rororo

Wolfgang Kaes, geboren 1958 in Mayen (Eifel), Studium der Politikwissenschaft, Kulturanthropologie und Pädagogik in Bonn, freiberuflich tätig als Polizei- und Gerichtsreporter für den «Kölner Stadt-Anzeiger», Reportagen für den «Stern», das «Deutsche Allgemeine Sonntagsblatt» und andere. Lokalchef in Bonn für die «Rhein-Zeitung», Textchef der «Mainzer Rhein-Zeitung», anschließend Wechsel zum «Bonner General-Anzeiger», Leiter der Redaktion Panorama/Medien/Justiz.

Gleich mit seinem ersten Roman «Todfreunde» (rororo 23515) gelang ihm ein großer Erfolg.

«Die Welt» urteilte begeistert: «Von diesem Hochgeschwindigkeitsritt durch die Bundeshauptstadt kann man sich schwer losreißen.» Das «Hamburger Abendblatt» schrieb: «Mit seinem Debüt ist Wolfgang Kaes ein höchst spannender und brisanter Polit-Thriller gelungen.»

Wolfgang Kaes

Die Kette

Thriller

Rowohlt Taschenbuch Verlag

meiner Fee
in Dankbarkeit für ihre Liebe

2. Auflage Oktober 2009

Originalausgabe | Veröffentlicht im Rowohlt Taschenbuch Verlag, Reinbek bei Hamburg, März 2005 | Umschlaggestaltung any.way, Cathrin Günther (Abbildung: zefa / L. Moses) | Satz Proforma PostScript bei Pinkuin Satz und Datentechnik, Berlin | Druck und Bindung CPI – Clausen & Bosse, Leck | Printed in Germany
ISBN 978 3 499 23873 4

«Eine Fabel ist eine Brücke, die zu den Ufern der Wahrheit führt.»

Arabische Inschrift im Saal der Könige, Alhambra/Granada

Freitag, 28. Februar

Karneval würde dieses Jahr komplett ins Wasser fallen, so viel war sicher. Alfons Becker hatte nichts dagegen. In drei Tagen war Rosenmontag, und der Wetterbericht prophezeite Regen mindestens bis Aschermittwoch. Bestens. Dann hatte er den Wald und den See für sich alleine. Alfons Becker hasste Karneval. Und noch mehr hasste er die Homos, die sich bei schönem Sommerwetter zu Dutzenden an seinem See herumtrieben. Pervers. Manchmal ließ er dann den Hund los, nur so zum Spaß. Aber jetzt war Februar, der letzte Tag des Monats, und es schüttete seit zwei Tagen wie aus Kübeln. Da war kein Mensch im Wald rund um den verlassenen, voll Wasser gelaufenen Steinbruch. Außer ihm. Und dem Hund. Ein Belgischer Schäferhund. Er hatte auch mal einen Deutschen Schäferhund. Aber die waren durch die Überzüchtung zu verweichlicht, wie er festgestellt hatte.

Alfons Becker kniff die Augen zusammen. Der Hund war nicht mehr zu sehen. Jagte wahrscheinlich wieder Kaninchen. Der Regen hatte die Trampelpfade aufgeweicht. Abwärts musste er aufpassen. Nichts als Pfützen und Schlamm. Man konnte sich alle Knochen brechen. Er war nicht mehr der Jüngste.

Der Hund schlug an. Alfons Becker wischte sich mit dem Handrücken das Wasser vom Gesicht. Das Gebell kam von unten, vom See. Der hatte noch Jagdtrieb, der Hund. Gesunden Jagdtrieb. Alfons Becker beschleunigte unmerklich seinen Schritt, kam ins Rutschen, fing sich an einem der überhängenden Zweige. Aufpassen, Alter, aufpassen. Wollen noch ein Weilchen auf der Erde bleiben. Kein Mensch würde ihn hier finden, bei diesem Sauwetter. Der Hund bellte wie verrückt. Halt endlich die Schnauze, du Mistvieh. Lauerte vermutlich vor einem Kaninchenbau, kam nicht dran.

Dann war er unten. Jenseits der Lichtung hämmerte der Regen laut und unerbittlich Muster in die dunkelgrüne Oberfläche des Dornheckensees. Das Bellen kam von der anderen Seite, von dem schmalen Pfad entlang der Wasserlinie unterhalb der Steilwand. Verdammter Köter. Sie hatten ihm den Hund schon mal wegnehmen wollen, weil er ihn immer von der Leine ließ und sich weigerte, ihm einen Maulkorb zu verpassen. Alfons Becker tastete sich mit der rechten Hand vorsichtig an der Steilwand entlang, machte kleine Trippelschritte. Der sonst so raue Basalt war jetzt vermoost und ganz glitschig. Und der Weg zwischen Steilwand und Wasserlinie keinen halben Meter breit.

«Verdammter Köter, halt endlich die Schnauze!»

Der Hund verstummte. Dann war Alfons Becker nahe genug dran, um zu sehen, was den Hund in Aufregung versetzte.

Aus der dunkelgrünen Brühe ragte ein Bein.

Die Maschine aus Madrid setzte am späten Morgen des 28. Februar auf dem Rollfeld des Aeropuerto von Fuerteventura auf. Eine halbe Stunde später warf Iris Cronenberg ihre

Reisetasche in den Kofferraum des Mietwagens, setzte ihre Sonnenbrille auf und steuerte den Seat Richtung Norden. Ihrer Strumpfhose unter der Jeans hatte sie sich bereits auf der Damentoilette des Flughafengebäudes entledigt, ebenso ihres Pullovers. Es war empfindlich kalt gewesen in Madrid. Sie überholte einen der unzähligen Shuttle-Busse, die unentwegt Touristen zu ihren Urlaubsquartieren auf der Insel karrten, und bog auf die Umgehungsstraße ab, um sich den Weg quer durch die Hauptstadt zu ersparen. Der trostlose Anblick, den Puerto del Rosario schon aus der Ferne bot, genügte ihr. Selbst der Parador Nacional am Rande der Steilküste, auf den das winzige Straßenschild verschämt hinwies, erinnerte eher an eine Kaserne als an die komfortablen, romantischen Herbergen, die sie vom spanischen Festland kannte.

Sie schaltete das Radio ein. Nachrichten. Sie konnte kein Spanisch, und der Nachrichtensprecher hatte den Schnellgang eingelegt. Aber sie beherrschte neben Englisch fließend Italienisch und Französisch, hatte zudem ein Talent für Sprachen und sich im Flugzeug aus dem Reiseführer ein paar spanische Vokabeln angeeignet. Das ging sehr schnell bei ihr, und so erahnte sie, dass es um ein Bombenattentat islamischer Terroristen ging. Ein Attentat auf die US-Botschaft in Madrid. Der Name Al-Qaida fiel in jedem zweiten Satz. Es hatte wohl Tote gegeben.

Die Bombe musste hochgegangen sein, kaum dass sie Madrid verlassen hatte. Was für ein Glück. Womöglich hätten sie noch den Flughafen gesperrt, und sie hätte in Madrid festgesessen. Sie schaltete das Radio aus und folgte den Schildern, die in Richtung Corralejo zeigten.

Überlandleitungen. Strommasten. Zwischen dem Bauschutt am Straßenrand ein paar kümmerliche eingestaubte

Palmen. Das Betongerippe eines verlassenen, halb fertigen Hotel-Komplexes. Sonst nichts, nichts als rostbraune, vertrocknete Erde und Geröll aus erstarrter Lava zwischen den nackten Vulkankegeln zu ihrer Linken und der Steilküste zur Rechten. «In diese Insel verliebt man sich erst auf den zweiten Blick», hatte der Mann neben ihr in der Maschine beim Landeanflug versichert.

Ein Geschäftsmann aus Burgos.

Iris Cronenberg hatte mit einem knappen, höflichen Lächeln geantwortet und den Gurt über ihrem Becken stramm gezogen. Sie würde sich nie an das Fliegen gewöhnen.

«Wissen Sie, was Miguel de Unamuno einmal über Fuerteventura gesagt hat?» Ihr Stirnrunzeln deutete er falsch und schickte sich an, ihr etwas Geschichtsunterricht zu erteilen: «Unamuno war zu Beginn des 20. Jahrhunderts Rektor der Universität Salamanca. In den 20er Jahren hatte ihn Primo de Rivera nach Fuerteventura verbannt. Na ja, selbst schuld. Es hätte schlimmer für den Herrn Professor kommen können. Aber der Diktator hatte was übrig für die Männer des Geistes. Auch wenn sie zu viel und zum falschen Zeitpunkt redeten. Wie der Professor. Miguel de Unamuno war ein kluger Kopf, aber leider ein Baske. Und die haben bekanntlich noch nie viel von Vaterlandsliebe gehalten.»

Er suchte in ihrem Gesicht nach der Wirkung seiner Worte. Vergebens. Iris Cronenberg hatte keine Lust auf Konversation. Nicht beim Landeanflug. Gut geschnittener Sommeranzug, gut geschnittenes Gesicht, volles schwarzes Haar trotz seines Alters, streng nach hinten gekämmt, graue Schläfen, ein sorgsam gestutztes Menjou-Bärtchen unter der schmalen aristokratischen Nase. Einer dieser

Sorte Männer, die mit zunehmendem Alter an Attraktivität gewinnen. Sie kannte diese Männer zur Genüge; angefangen bei ihrem Vater.

«Und? Was nun hatte dieser vaterlandslose Baske über Fuerteventura gesagt?»

Er lächelte galant. «Zu Beginn seiner Verbannung verglich er die Insel nicht sehr schmeichelhaft mit einem Haufen vergessener Knochen. Ja, so hat er Fuerteventura beschrieben: ein Haufen vergessener Knochen mitten im Meer! Später aber, in Paris, schrieb er, der Aufenthalt auf der zweifellos kargen Insel habe ihm die Stärke verliehen, in die Wüste der Zivilisation zurückzukehren.» Er lächelte erneut. Charmant. Höflich. Interessiert. Vielleicht doch nicht zu alt. Er sprach ein phantastisches Englisch. Zwar mit leichtem Akzent, aber sein Wortschatz war beeindruckend. «Sie sind Deutsche?»

Sie hatte einen deutschen Pass, aber sie hatte sich nie als Deutsche gefühlt. Als Kölnerin, als Rheinländerin, als Europäerin, als Weltbürgerin. Aber als Deutsche? Sie nickte trotzdem.

Er betrachtete ungeniert ihre Knie, die das Jil-Sander-Kostüm unbedeckt ließ. «Dachte ich mir doch gleich. Deutsches Blut. Sehr gut, sehr gut. Sie tragen die Rettung unserer abendländischen Kultur in Ihren Adern, wissen Sie das?»

Sie lachte laut auf. Nein, wusste sie nicht. Wollte er mit ihr eine Zucht aufmachen?

«Verzeihen Sie mir die Feststellung. Aber Sie sind zu jung, um dies zu begreifen. Das deutsche und das spanische Volk verbindet so viel. Mein Vater fiel in Stalingrad. Als Offizier der Blauen Division. Eine spanische Eliteeinheit aus Freiwilligen. Ich bin stolz auf ihn. Das waren alles tapfere Männer unseres Landes. Große Kämpfer an der

Seite der Deutschen. Nur viel zu wenige. Die Blaue Division war Francos bescheidene Dankbarkeitsbezeugung an Deutschland. Eigentlich eher eine Undankbarkeitsbezeugung, gemessen an der unermesslichen uneigennützigen Hilfe, die Deutschland zuvor unserem Land während des Bürgerkrieges zukommen ließ. Denn ohne die deutsche Legion Condor wäre damals nicht nur Spanien, sondern bald darauf auch ganz Europa der atheistischen Barbarei anheim gefallen. So wie nun unsere abendländische Kultur der islamischen Barbarei anheim zu fallen droht. Aber was rede ich. Verzeihen Sie. Es gibt keine größere Sünde, als schöne Frauen mit Politik zu langweilen. Ich bin neugierig: Aus welchem ... Teil Deutschlands stammen Sie, wenn ich fragen darf?»

«Aus dem Rheinland. Ich bin in Köln geboren und habe in Bonn ein Internat besucht. Meine Eltern ...»

«Aus dem Rheinland! Wissen Sie, was Luigi Pirandello einmal über den Karneval in Bonn geschrieben hat? Ich hoffe, mein Gedächtnis lässt mich jetzt nicht im Stich. Er schrieb: *Ich bin außerstande, einen Bonner Karnevalsball zu beschreiben, und was dabei aus den Frauen wird. Alles bis zum Kuss einschließlich ist erlaubt, ohne irgendwelches Vorurteil.* Die Liebeserklärung eines Italieners an die Frauen des Rheinlandes. Sie wissen sicher, wer Luigi Pirandello war?»

«Er studierte Ende des 19. Jahrhunderts an der Bonner Universität, er hauste in einer Dachwohnung in der Breite Straße mitten in der Bonner Altstadt, und er bekam später den Literaturnobelpreis – obwohl er ein verdammter Faschist war.»

Er lächelte milde, als ob er der Jugend und vor allem der Schönheit jede Torheit nachsehe. «Daran können Sie ermessen, dass Klugheit und Lebensart keine Frage der politischen Weltanschauung sind. Sie sagten, Sie sind Journalistin? Das stelle ich mir sehr interessant vor. Ich schätze die deutschsprachigen Zeitungen. Sie sind besser als unsere spanischen Blätter. Wir haben noch viel zu lernen.»

Wie zufällig verschob er den Zeitungsstapel auf seinem Schoß, sodass sie zwischen der *International Herald Tribune* und dem *Wall Street Journal* die *Frankfurter Allgemeine Zeitung* und die *Neue Zürcher Zeitung* erkennen konnte. Sie behielt für sich, dass sie für keines dieser Blätter, sondern vornehmlich fürs Privatfernsehen und für verschiedene Lifestyle-Illustrierte arbeitete. Und einst zwar Politikwissenschaft studiert, aber soeben über die aktuellen Haute-Couture-Schauen in Madrid berichtet hatte.

Aber sie hatte genügend Zeit in sterbenslangweiligen Hörsälen verbracht, um zu wissen, dass Primo de Rivera ein verdammter Militarist und reaktionärer Diktator gewesen war, lange vor Franco. Und Miguel de Unamuno ein mutiger Mann, der mit Hilfe seines Sohnes aus der Verbannung auf der Insel fliehen konnte und erst wieder aus dem Exil in Paris nach Spanien zurückkehrte, nachdem man Primo de Rivera zum Teufel gejagt hatte. Iris Cronenberg umkurvte eine Verwehung. Der feine Sand türmte sich meterhoch am Straßenrand auf, jederzeit bereit, mit Hilfe des Windes auch noch das die Dünen zerschneidende schmale graue Band aus Asphalt zurückzuerobern. Und Hitlers Legion Condor hatte die spanische Republik zurück ins Mittelalter gebombt. In einen mittelalterlichen Feudalstaat. 600 000 Menschen mussten sterben, weil ein paar spanische Offiziere die Demokratie hassten und von einem feudalistischen Ständestaat träumten.

Der kräftige Wind peitschte unablässig den Sand über die Straße. Fuerteventura, mächtiger Wind. Die Landschaft hatte sich verändert, wie sie erst jetzt bemerkte. Die Vulkanberge traten zurück, machten Platz für die goldgelben Dünen links und rechts der Straße. Das Meer funkelte versöhnlich im grellen Sonnenlicht. Irgendwo da drüben, jenseits des Horizonts, lag die Sahara. Die endlose Dünenlandschaft erschien ihr wie die Miniaturausgabe jener gigantischen Wüste, die den arabischen Norden vom Rest des afrikanischen Kontinents trennte.

Im Flughafengebäude hatte er sich mit einem angedeuteten Handkuss verabschiedet und war lächelnd in der Menge verschwunden. Ein Kavalier alter Schule. Ein perfektes Exemplar des spanischen Machismo. Als wäre er einem Hemingway-Roman entsprungen. Nein, so einfach war es nicht. Ein Fossil. Interessant. Charmant. Arrogant. Ein charmanter, arroganter Reaktionär. Vergiss ihn, Iris. Vergiss ihn einfach. Vergiss alle attraktiven, alten, mächtigen Männer.

Mitten in der unter Naturschutz stehenden Dünenlandschaft erhob sich das beste Hotel der Insel. Oder, besser gesagt, das einzige, das nach intensivem Studium der Prospekte in dem Madrider Reisebüro ihrer Ansicht nach den Namen Hotel verdiente. Es war noch zu Francos Zeiten gebaut worden. Ein hässlicher, sandfarben angepinselter Betonklotz. Iris verlangsamte das Tempo erst, nachdem sie sich im Rückspiegel vergewissert hatte, nicht Gefahr zu laufen, von einem der offenbar stets mit Vollgas über die Schnellstraße bretternden Lastwagen zermalmt zu werden, und bog an dem Schild mit der Aufschrift *Riu Palace Tres Islas* auf die schmale Zufahrtsstraße zum Meer ab.

Ein formvollendeter Kavalier alter spanischer Schule mit einem einzigen Schönheitsfehler: Er war all ihren Fragen über seine Person ausgewichen. So geschickt, dass sie es zunächst gar nicht bemerkte. Er hatte ihr keine Chance gelassen, ihre Neugier zu stillen. Und sie war von Natur aus verdammt neugierig. Sie wusste nichts über ihn. Nicht mal seinen Namen.

«Was hatten Sie eigentlich hier zu suchen?»

Sieh an, der unfreundliche Kommissar konnte nicht nur rumbrüllen, sondern tatsächlich auch ganz normal sprechen. Vor einer halben Stunde, als er hier aufgetaucht war, als Letzter, hatte er ihn gleich angeraunzt, er solle den Hund gefälligst an die kurze Leine nehmen. Der tut nichts, Herr Kommissar, hatte Alfons Becker entgegnet. Das interessiert mich nicht, hatte der Fettsack gesagt und ihn einfach stehen lassen, um sich mit den Tauchern zu unterhalten. Dabei wüssten die doch noch gar nichts von der Leiche, ohne seinen Hund, und wenn er nicht anschließend den ganzen Weg zurück zum Parkplatz gelaufen wäre, um in der Telefonzelle die 110 zu wählen.

«Also? Was hatten Sie hier zu suchen? Bei dem Wetter geht doch niemand freiwillig vor die Tür.» Als ob er den letzten Satz unterstreichen wollte, klappte Kriminalhauptkommissar Josef Morian den Kragen seines Trenchcoats hoch.

«Ich schon. Ich bin bei jedem Wetter hier draußen. Je schlechter, desto besser. Dann hab ich wenigstens meine Ruhe.»

«Wie heißt der Hund?»

«Der hat keinen Namen.»

«Der hat keinen Namen?»

«Der hat keinen Namen!»

«Warum nicht?»

«Der braucht keinen.»

Morian starrte auf die Ledersohle des schwarzen Halbschuhs, der mitsamt dem linken Fuß des Toten in einer Wurzel unmittelbar über der Wasserlinie steckte. Das Hosenbein des anthrazitfarbenen Anzugs war verrutscht und gab den Blick frei auf einen schmalen Streifen schneeweißer Haut, den die zu kurze schwarze Socke nicht bedeckte. Der Rest des Körpers war in der grünen Brühe des Sees verschwunden. Vielleicht sollte er mal das Thema wechseln.

«Sie sind Rentner?»

«Ja. Schon seit drei Jahren.»

«Wohnen Sie hier in der Nähe?»

«Da unten in Oberkassel. Wenn Sie da oben vom Parkplatz links den Berg runterfahren ...»

«Ich weiß, wo Oberkassel liegt. Habt ihr seine Adresse?» Jetzt brüllte er schon wieder. Gegen den Regen an. Die drei Uniformierten, die auf der gegenüberliegenden Seite des Steinbruchs damit beschäftigt waren, zwei Flutlichtmasten zu installieren, nickten diensteifrig, der mittlere hob die rechte Hand und streckte den Daumen nach oben. Die drei korpulenten älteren Herren in ihren schlecht sitzenden, zu engen Uniformen sahen aus, als hätten sie schon vor zehn Jahren ihre Pensionierung verpasst. Notbesetzung. Alle verfügbaren Bonner Kräfte waren in die Kölner Innenstadt und zum Flughafen abkommandiert. Das BKA hatte Hinweise auf einen möglichen terroristischen Anschlag. Morian ging das langsam auf die Nerven. Auf der einen Seite wurde aus Kostengründen permanent Personal abgebaut, seit Bonn nicht mehr Bundeshauptstadt war, auf der anderen Seite wurden die verbliebenen Kräfte ständig ausgeliehen und kreuz und quer durchs Land verschickt, weil das BKA wieder mal irgendwelche Hinweise auf irgendwelche durchgeknallten Islamisten hatte. Und er konnte dann sehen, mit welchen Pappnasen er einen Mord aufklären sollte. Morian starrte wieder auf die Ledersohle vor sich in der Wurzelgabelung. Wer auch immer der Tote war: Er hatte sich nicht gerade das ideale Schuhwerk für einen winterlichen Waldspaziergang im Regen ausgesucht.

«Vielen Dank, Herr Becker. Sie haben uns sehr geholfen. Sie können jetzt gehen. Wir melden uns dann bei Ihnen. Sie müssen nämlich Ihre Beobachtungen noch einmal später im Polizeipräsidium zu Protokoll geben.»

«Und wie geht's jetzt weiter, Herr Kommissar?»

«Sie meinen, was wir jetzt machen? Unsere Arbeit natürlich. Wir müssen zunächst die Identität des Toten ermitteln.»

«Wer das ist? Brauchen Sie nicht großartig zu ermitteln. Kann ich Ihnen auch so sagen. Das ist Heinz Lewandowski.»

Jetzt war der Kommissar aber echt sprachlos. Alfons Becker genoss den Moment. Morian starrte den Rentner an, der grinste unverhohlen triumphierend zurück.

«Ja, da staunen Sie, Herr Kommissar. Als ich kam, stand oben auf dem Parkplatz nur ein einziges Auto. Müssten Sie eigentlich auch gesehen haben, den silbergrauen Mercedes. Aber als Sie kamen, standen da ja schon die vielen Polizeiautos rum. Also als ich kam, da dachte ich noch bei mir, Mensch, das ist doch das Auto vom Heinz. Was macht der denn hier? Na ja, und dann hab ich im Vorbeigehen gesehen, dass die Fahrertür nur angelehnt war und der Zündschlüssel steckte. Mensch, Heinz, dachte ich noch so bei mir, das ist aber unvorsichtig. Schon mal von Heinz Lewandowski gehört? Der Waffenhändler! Den kennt jeder unten im Dorf. Schließlich ist er ja von hier ...»

«Ich weiß, wer Heinz Lewandowski ist. Vielen Dank, Sie können jetzt wirklich gehen!»

Josef Morians Laune war ohnehin nicht die beste, dank des Dauerregens und der Wasserleiche. Aber er hatte keine Lust, sich obendrein von einem faschistoiden Rentner vorführen zu lassen. Und die uniformierten Senioren drüben auf der anderen Seite des Sees, die konnten sich schon mal warm anziehen.

Iris Cronenberg warf Koffer und Handtasche aufs Bett und trat hinaus auf den Balkon. Das Panorama war atemberaubend. Unter ihr, wie eine blau eingefärbte Amöbe unter dem Mikroskop, lag im schützenden Winkel des V-förmigen Gebäudes der Pool, von Palmen umsäumt. Und von Menschen in Liegestühlen. Jenseits des eingezäunten Parks mit seinen von üppig in sämtlichen Farben blühenden Büschen eingerahmten Tennisplätzen breitete sich der endlose, goldgelbe, fast menschenleere Strand aus. Warum war dort niemand zu sehen? Wahrscheinlich war der Pool beheizt und das Meer noch zu frisch. Oder aber die Gäste schätzten die aseptische Umgebung des Hotels mehr als Wind, Sand und Salzwasser. Zum Greifen nah erhob sich aus dem türkis schimmernden Meer die kleine Insel Lobos, dahinter die große Schwester Lanzarote. Ein dickes weißes Fährschiff verließ den Hafen von Corralejo und stampfte hinaus aufs Meer. *Lineas Fred. Olsen* stand in blauen Lettern auf dem weißen Rumpf. Seltsamer Name für eine spanische Fähre.

Sie sog die salzige Luft des Atlantiks ein und schloss für einen Moment die Augen. Sie war nicht zum Vergnügen hier. Sie hatte zu arbeiten. Im Süden der Insel. «Modern Life» erwartete ihre Reportage bis Ende nächster Woche.

Den Mode-Text hatte sie noch von Madrid aus via Internet abgesetzt. In Deutschland war es kalt, und es regnete ununterbrochen, so hatte die zuständige Redakteurin am Telefon geklagt. Vielleicht hatte sie deshalb auch ohne langes Zögern den Anschlussjob zugesagt, als die Münchner Redaktion sie in Madrid anrief. Außerdem zahlte «Modern Life» verdammt gut, und sie konnte das Geld gebrauchen. Sie konnte immer Geld gebrauchen. Sie hatte für die paar neuen Klamotten von Strenesse, die drei Wolford-Bodys und die Armani-Schuhe ein kleines Vermögen in Madrid gelassen. Sie konnte bei guten Klamotten und bei verrückten Schuhen einfach nicht widerstehen. Vielleicht sollte sie nicht mehr über Mode schreiben. Kaufsucht hatte ihr Therapeut das genannt. Da hatte sie die Therapie auf der Stelle abgebrochen. Sicher war sicher.

Sie klappte das Notebook auf und wählte sich über ihr Handy ins Internet ein. Sie konnte es nicht ausstehen, auf fremdsprachige Zeitungen oder Rundfunkprogramme angewiesen zu sein, deren Sprache sie nicht in dem Maße verstand, wie es ihr permanenter Hang zum Perfektionismus verlangte. In Deutschland regnete es also immer noch. In Bagdad hatte der Mob vier italienische Krankenschwestern erhängt. In Jerusalem hatte ein irrer Selbstmord-Attentäter sich und 21 Besucher eines Supermarktes in die Luft gesprengt. Im US-Bundesstaat Idaho hatte das FBI einen Syrer festgenommen, in dessen Wohnung man Anleitungen zum Basteln von Bomben gefunden hatte. In Madrid gab es noch keine Spur von den Bombenlegern. Iris klappte das Notebook wieder zu. Sie hatte genug gesehen.

Was den neuen Job betraf, war es nicht besonders klug, sich so weit im Norden Fuerteventuras einzuquartieren. Denn das Objekt ihrer Recherche befand sich am südlichen Ende der lang gestreckten Insel. Aber ihre Neugierde hatte am Ende gesiegt. Sie war noch nie im Leben auf den Kanaren gewesen und hatte auch nicht vor, ein zweites Mal zu kommen. Aber sie kannte jemanden, der hier lebte. Hier im Norden dieser grauenhaften Insel. Jemanden aus ihrem früheren Leben. Und den wollte sie unbedingt wiedersehen, aus purer Neugierde.

Außerdem brauchte sie einen Inselführer und Dolmetscher. Sie blickte hinüber zu den weißen Häusern der Hafenstadt Corralejo. Die kürzeste Verbindung war der Strand. Eine halbe Stunde Fußmarsch, schätzte sie. Sie hatte die Adresse eines Restaurants im Hafen. Nichts weiter. Aber sie hatte große Lust, ihn wiederzusehen. Und sei es auch nur, um sich fürchterlich zu ärgern.

Was wohl das Wahrscheinlichste war.

Sie duschte ausgiebig, schlüpfte in ihren Badeanzug und zog ein schlichtes weißes, knielanges Leinenkleid über. Sie nahm die Flipflops aus ihrem Koffer, steckte Geldbörse, Haarbürste, Schlüssel und eine Plastiktüte in ihre Joop-Tasche und fuhr mit dem Aufzug ins Erdgeschoss.

«Un cortado, por favor.» Der junge Mann hinter dem Tresen der Pool-Bar verzog keine Miene, als er ihre Bestellung entgegennahm. Er verzog auch keine Miene, als er ihr den Mokka mit dem winzigen Schuss heißer Milch zuschob. Dagegen erhellte sich seine Miene, als sich ein gewaltiger, schweißtropfender Schädel in Iris' Blickwinkel schob. Der Mann, dem der Schädel gehörte, wischte sich mit einem Handtuch den Schweiß aus dem Gesicht, setzte seine Baseballkappe wieder auf und quetschte sich zwischen Iris und den Tresen, als sei sie Luft.

«Pedro! Na, alles klar auf der Andrea Doria?» Der

Dicke lachte schallend. Sein voluminöser Rumpf über den dürren Beinen bebte.

«Alles klar, alles klar», stammelte der Kellner auf Deutsch.

«Na prima! Due Espresso, aber pronto! Für mich und meine Holde. Und was trinkt ihr?»

Iris trat einen Schritt zurück, um den Angesprochenen Platz zu machen. Ein zweiter Mann, der nicht nur wegen der identischen Baseballkappe aussah wie der Zwillingsbruder des Italien-Experten, schob zwei abgemagerte, lederhäutige Frauen vor der Theke in Position, indem er jeder einen Klaps auf die knochigen Hintern verpasste.

Proleten.

Iris Cronenberg hasste Proleten.

Der Zwilling trank Bier, seine Frau Sangria, der Italien-Kenner Espresso, pronto, ebenso seine blondierte Frau, die es nicht für nötig befand, für den Ausflug an die Theke das Oberteil ihres Bikinis anzulegen, sondern stattdessen den jungen Spanier hinter dem Tresen provozierend anstarrte. Sie waren aus Düsseldorf, das blieb Iris nicht lange verborgen. Sie redeten laut und ungeniert. Der Italien-Kenner zahlte alles mit großer Geste und großen Scheinen und aus Versehen auch Iris' Kaffee. Der junge Kellner hatte ohnehin den Überblick verloren, seit die Frau mit den großen, nackten Brüsten damit begonnen hatte, ihm Eiswürfel in den Hemdkragen zu stecken. Iris schulterte ihre Tasche und ging, vorbei an den Tennisplätzen, den Werkstätten und der brummenden Aufbereitungsanlage des Pools. Sie schlüpfte durch die schmale Öffnung des Zauns und ließ die glückselige, dröhnende Pronto-Welt hinter sich. Sie war von einer Sekunde zu nächsten allein mit dem Meer und der brüllenden Brandung.

Kriminalhauptkommissar Josef Morian musste gar nicht erst den Kopf heben und aus dem Fenster neben seinem Schreibtisch sehen, um festzustellen, dass es immer noch regnete. Die Tropfen trommelten unablässig gegen die Scheibe. Heinz Lewandowski. Geboren in Bonn-Oberkassel. Vor 57 Jahren. Seit 25 Jahren verheiratet mit Doris Lewandowski, 44 Jahre alt.

13 Jahre jünger als ihr Mann.

Ein Jahr jünger als Morian.

Keine Kinder. Seit drei Monaten getrennt lebend.

Morian konzentrierte sich wieder auf die Akte vor sich auf dem Schreibtisch. Das Mordopfer.

Opfer. Der Begriff passte so gar nicht zu Heinz.

Hauptschulabschluss, anschließend absolvierte er eine Lehre als Großhandelskaufmann. Steile Karriere bei der Düsseldorfer Rheinmetall. Dann machte er sich selbständig. Sehr vermögend, auch wenn die Belegschaft seiner Firma lediglich aus ihm und einer Sekretärin bestand. Lewandowski war Makler: Immobilien, Grundstücke, Gemälde, Maschinen, ganze Fabrikanlagen.

Und Waffen.

Vor allem Waffen. Wegen der Waffen waren hin und wieder Morians Kollegen vom OK hinter ihm her gewesen, konnten ihm aber nie etwas beweisen. Wie so häufig bei der organisierten Kriminalität. Weil es keine Geschädigten als Zeugen gab. Außer den Kindern in der Dritten Welt, die auf seine lukrativen Landminen traten. Lewandowski hatte sich grundsätzlich für alles interessiert, was eine satte Provision versprach. Er kaufte nicht, und er verkaufte nicht, er handelte nicht, er brauchte kein Lager und keine Handlanger. Er vermittelte nur. Und kassierte seine Provision. Er brachte Menschen zusammen, Käufer und Verkäufer. Er schuf den Marktplatz für Angebot und Nachfrage. Und er hatte beste Beziehungen in aller Welt.

Vor allem zu allen Irren dieser Welt. Das stand natürlich nicht so in der Akte, die er sich bei den Kollegen vom Kommissariat Wirtschaftskriminalität besorgt hatte.

Im Büro roch es muffig. Daran war Morian nicht unschuldig. Er hatte den triefnassen Trenchcoat und das klamme Jackett über zwei Stuhllehnen gehängt und die Stühle vor den Heizkörper geschoben. Dann hatte er seine aufgeweichten Schuhe ausgezogen, auf den Sitzflächen platziert, schließlich auch noch seine nassen Socken dazugelegt.

Der Lärm jenseits der Bürotür hörte sich an, als würde eine Horde Büffel durch den Flur getrieben. Noch mehr Bonner Beamte und die Hundestaffel wurden nach Köln beordert. Ein anonymer Anrufer hatte gedroht, mitten im Hauptbahnhof eine Bombe zu zünden, wenn die Amis nicht binnen 24 Stunden irgendwelche inhaftierten afghanischen Taliban-Kämpfer freilassen würden. Morian versuchte, sich auf seine Arbeit zu konzentrieren.

Unfall, Selbstmord oder Mord? Die Klärung dieser Frage war nach der Besichtigung des Tatorts stets die erste Aufgabe für den Leiter einer Mordkommission.

Falsch! Die erste Aufgabe war, die nächsten Angehörigen zu informieren. Und das musste noch heute geschehen.

Denn Heinz Lewandowski war im Bonner Stadtteil Oberkassel geboren und aufgewachsen. Die Nachricht von seinem Tod im nahen Dornheckensee würde sich im Dorf, wie die Oberkasseler ihren Stadtteil nannten, wie ein Lauffeuer verbreiten. Josef Morian wollte sich nur einen kurzen Moment aufwärmen, um wieder klar denken zu können.

Angehörige von Mordopfern aufzusuchen war ohnehin nicht der angenehmste Job. Morian hatte sich noch nie davor gedrückt. Aber in diesem speziellen Fall hätte er liebend gern einen Kollegen geschickt.

Iris Cronenberg hatte sich getäuscht. Sie brauchte eine knappe Stunde bis Corralejo. Es wäre sicher etwas schneller gegangen, hätte sie nicht auf halber Strecke Lust verspürt, zu baden. Ihr war heiß vom schnellen, ungewohnt anstrengenden Marsch durch den Sand, und das türkisfarbene Meer wirkte verlockend. Sie faltete das Kleid so sorgfältig, wie der Wind dies zuließ, und klemmte es unter ihre Tasche. Sie rannte in die Brandung, hielt den Atem an, stürzte sich kopfüber in die erste Welle, schwamm ein paar Züge, machte schließlich kehrt. Das Wasser war noch überraschend kalt, aber die Sonne und die wunderbar salzig schmeckende Luft trockneten ihre Haut und ihr Haar im Nu. Sie stopfte den nassen Badeanzug in die Plastiktüte in ihrer Tasche und genoss eine Weile, mit geschlossenen Augen, den warmen Wind, der ihre nackte Haut streichelte. Schön.

Fast so schön wie Sex, dachte sie. Fast.

Sie schob das Gefühl beiseite. Denn es erinnerte sie daran, dass sie schon lange keinen Sex mehr gehabt hatte. Eine der Folgen eines Lebens in Hotelzimmern rund um den Globus. Aber sie hatte sich dieses Leben ausgesucht. Und keine Lust, abends in den Piano-Bars einen dieser gelangweilten, langweilenden, notgeilen Handelsvertreter in ihren Spießer-Anzügen abzuschleppen, die in jeder Hotelbar dieser Welt zu Dutzenden herumhingen.

Noch nicht.

Das nächste Mal würde sie auf den Badeanzug verzichten. Falls sich die Gelegenheit zum Baden noch einmal finden würde. Denn sie hatte nicht vor, auch nur eine Sekunde länger als für den Job nötig auf dieser gottverlassenen Insel zu bleiben.

Sie streifte das Kleid über und marschierte weiter, immer weiter, den endlosen Strand entlang, nach Norden.

Die Adresse war nicht schwer zu finden. Das Vereinslokal lag gleich an der Mole. «Cofradía de Pescadores» stand über der Eingangstür. Die Fischereibruderschaft betrieb also ihr eigenes genossenschaftliches Restaurant. Das versprach gutes Essen und schlechten Service. Aber sie war nicht wegen des Essens hier. Sie setzte sich an einen Tisch am Fenster und bestellte einen Fino.

Als der dicke Mann mit dem gewaltigen Schnauzbart und dem in den Hosenbund eingesteckten Küchenhandtuch den trockenen, eiskalten Sherry brachte, sprach sie ihn an, auf Spanisch, mit Hilfe der Sätze, die sie sich zuvor auf dem Hotelzimmer aus dem Wörterbuch zurechtgelegt hatte.

«*Muchas gracias.* Sind Sie Juan Carlos? Ich suche Max Maifeld.»

Der Mann schien sie nicht gehört zu haben. Er nahm das Ende des Küchenhandtuchs und wischte damit ihren Tisch, bevor er das Glas abstellte. «Karte?»

«Nein, danke. Ich suche ...»

«Kenne ich nicht.» Der Mann ging zurück in die Küche. Schöne Pleite. Max, du verdammtes Arschloch.

Das schmiedeeiserne Tor stand offen. Morian steuerte den Wagen über den von Rasen und Buchsbäumen gesäumten Kiesweg auf die Gründerzeit-Villa zu und parkte neben dem einzigen Auto vor der Freitreppe zur Haustür.

Ein BMW-Cabriolet. Ein Z4, wie die verchromten Buchstaben am Kofferraumdeckel verrieten. Laut TÜV-Plakette auf dem Nummernschild knapp ein Jahr alt. Sein alter, klappriger Volvo kam Morian in dieser Umgebung etwas deplatziert vor. Er selbst kam sich ebenfalls etwas deplatziert vor. Morian nahm zwei Stufen auf einmal, um dem Regen so schnell wie möglich zu entfliehen. Die Schuhe und die Socken waren immer noch nicht trocken. «Doris Lewandowski» stand auf der Messingtafel über dem Klingelknopf. Heinz Lewandowski war also bereits aus ihrem Leben gestrichen.

Doris ließ sich mit dem Öffnen der Tür Zeit. Etwa fünf Minuten. Morian hatte schon die Hand ausgestreckt, um ein drittes Mal zu läuten. «Komm rein», sagte sie, nicht weiter erstaunt, ihn zu sehen, drehte sich um und ging zurück in das riesige Wohnzimmer, in das bequem die komplette Notruf-Leitstelle des Polizeipräsidiums gepasst hätte. Der Rotwein schwappte bei jedem Schritt gefährlich nah an den Rand des bauchigen langstieligen Glases, das sie achtlos in der rechten Hand trug. Sie war alt geworden, dachte Morian. Nicht äußerlich. Sie hatte eine tadellose Figur in dem rostbraunen Hosenanzug. Sie war groß und schlank und hatte einen Gang, den ihr so schnell keine nachmachte. Aber ihre Augen waren seltsam alt geworden. Alt und kalt.

Früher hatten diese Augen immer so fröhlich geblitzt. Früher. Morian hatte diese Augen vor 25 Jahren zum letzten Mal gesehen.

«Irgendwann musste das ja mal passieren», sagte sie seltsam tonlos und ließ sich auf eines der beiden burgunderroten Sofas mitten in der Wohnhalle fallen. Morian wusste nicht, ob sie ihr Wiedersehen oder Lewandowskis

Tod meinte. Ein paar Tropfen aus dem Glas hatten bei dem kühnen Schwung nun doch den Weg auf den Fußboden gefunden. Doris Lewandowski warf ihnen einen gleichgültigen Blick nach, der eindeutig besagte, dass für die Beseitigung der Flecken auf dem Berberteppich jemand anderes als sie zuständig war. Während Morian noch grübelte, ob man nicht besser gleich Salz draufstreuen sollte, warf sie mit einer eleganten Kopfbewegung ihre rostbraune lockige Löwenmähne in den Nacken und schlug die Beine übereinander. Der Hosenanzug passte perfekt zur Haarfarbe. Morian konnte sich nicht mehr an die ursprüngliche Farbe ihrer Haare erinnern. Brünett, ja, aber nicht so schillernd, nicht so glänzend.

Außerdem war sie damals nicht so mager.

«Wer hat es dir erzählt?»

«Wer es mir erzählt hat?» Ihre Stimme wurde laut und schrill und überschlug sich. «Halb Oberkassel hat es mir erzählt. Das Telefon stand nicht mehr still. All die netten Nachbarn, voller Anteilnahme, und alle platzten vor Neugier. Du kommst also zu spät. Wie ist es passiert? Hat man ihn ersäuft?»

«Das wissen wir noch nicht. Theoretisch könnte es auch ein Unfall gewesen sein. Obwohl er für einen winterlichen Waldspaziergang im Regen nicht ganz passend gekleidet war.» Morian kratzte sich am Kopf. «Kannst du dir vorstellen, dass er sich umgebracht hat?»

Doris Lewandowski lachte auf. «Heinz sich umgebracht? Das ist wohl ein Scherz. Der würde noch fröhlich Champagner saufen, wenn ein Erschießungskommando vor der Tür stünde.» Sie war betrunken. Sonst wäre ihr aufgefallen, dass sowohl Tempus als auch Inhalt ihres letzten Satzes ziemlich daneben waren.

«Entschuldigung, ich habe dir gar nichts angeboten. Was möchtest du trinken?»

«Nichts, danke.» Morian schüttelte den Kopf.

«Oh, ich vergaß. Josef Morian, ein Mann mit moralischen Prinzipien. Daran hat sich offenbar nichts geändert.»

Etwas Verächtliches lag in ihrem Tonfall. Morian bezweifelte, dass es alleine ihn betraf. Vielleicht verachtete sie inzwischen alle Männer. Vielleicht auch die ganze Welt.

«Wer hatte Grund, ihn umzubringen?»

«Na, ich zum Beispiel.» Sie lachte wieder laut und schrill. «Und einige tausend weitere Personen. Wer ständig mit dem Feuer spielt, kommt eines Tages darin um, früher oder später. Der Drecksack verlässt mich vier Tage vor der Silberhochzeit. Kannst du dir das vorstellen? Zieht einfach aus, mit nichts weiter als zwei Koffern, lässt mir generös das Haus mit dem ganzen Plunder, lässt mich einfach hier sitzen. Wegen dieser kleinen Nutte. Und das nach 25 Jahren Ehe. Sieh mich an! Sehe ich so scheiße aus, dass man mich einfach wegwirft?»

Nein, dachte Morian. Kein Mensch hatte verdient, weggeworfen zu werden. Aber er spürte, dass Heinz Lewandowski sie nicht wegen ihres Ausssehens oder ihres Alters verlassen hatte. Morian sagte aber nichts. Sondern wartete.

Doris Lewandowski leerte das Glas in einem Zug.

Sie schwiegen eine Weile.

25 Jahre Quälerei im Fitnessstudio, 25 Jahre Dauerbestrahlung unter der Sonnenbank, 25 Jahre Hungerdiät, 25 Jahre Angst vorm Altwerden. Morian konnte ihre Angst sehen. Sie stand ihr ins Gesicht geschrieben. Doch in Wahrheit hatte ihr nicht das Alter, sondern die Angst vor dem Älterwerden jede Sinnlichkeit und Frische geraubt. Die

Angst und die bittere Erkenntnis, den Kampf am Ende zu verlieren, hatten deutliche Narben in ihrem einst so schönen Gesicht hinterlassen.

«Wie heißt sie?»

«Wer? Die kleine Nutte?»

Morian sah sie nur an.

«Eva Gering. 34 ist sie. Zehn Jahre jünger als ich. 23 Jahre jünger als er. Könnte also seine Tochter sein. Diese kleine, dralle, unbekümmerte, dämliche Kuh. Fußpflegerin. Ob du es glaubst oder nicht: Er hat sie kennen gelernt, als er sich die Hornhaut von seinen hässlichen Füßen schaben ließ. Ist das nicht romantisch?»

«Wo finde ich sie?»

«Versuch's doch mal in der adretten Praxis, die er ihr eingerichtet hat. Pediküre und Maniküre. Mitten im Dorf, auf der Königswinterer Straße. Er wollte immer, dass ich zu Hause bleibe. Doris, das haben wir doch nicht nötig, dass du arbeitest, hat er immer gesagt. Pflege dich lieber und tu was für deinen schönen schlanken Körper, hat er immer gesagt. Und dieser kleinen dicken Kuh richtet er sogar einen eigenen Laden ein. Dieses Arschloch. Kinder wollte er nie. Schatz, lass uns lieber das Leben genießen, hat er immer gesagt. Würde mich überhaupt nicht wundern, wenn sich herausstellte, dass er diesen Bauerntrampel auch noch geschwängert hat.»

«Wolltest du Kinder?»

Sie zündete sich eine Zigarette an, inhalierte tief, mit geschlossenen Augen. Sie vermied seinen Blick. Morian wusste, dass er keine Antwort auf seine Frage erhalten würde. Aber er wusste nicht, warum er die nächste Frage stellte:

«Hattet ihr noch Sex? Ich meine ...»

«Du meinst die letzten Jahre? Ist das nun dein privates Interesse, oder gehört das zum Verhör?»

«'tschuldigung. Vergiss es.»

«Dieses Schwein. Macht mich zum Gespött der Leute. Ich hatte schon alles organisiert für die Silberhochzeit. Schatz, lass uns ein großes Fest geben, hat er gesagt. Kauf dir was Schönes zum Anziehen. Das Kleid hängt noch im Schrank. Als er ging, habe ich ihn noch gefragt: Und was wird jetzt aus dem Fest? Mach dir darüber keine Sorgen, hat er gesagt. Ist doch alles schon bezahlt. Meine Sekretärin wird sich um die Absagen kümmern.»

«Wie heißt sie?»

«Seine Sekretärin? Meurer. Gisela Meurer. Die hat er schon ewig. Die kannte er noch von Rheinmetall. Er hatte sie abgeworben und mitgenommen, damals, als er sich selbständig machte. Sie ist ihm sklavisch ergeben, die Gute. Nichts ist ihr zu viel. Sie hegt geradezu mütterliche Gefühle für ihn. Na ja, zu Hause wartet ja auch niemand auf sie ...»

Morian irritierte, dass sie ständig in der Gegenwartsform sprach, als ob ihr Mann noch lebte. Angehörige ignorieren den Tod des Opfers. Das hatte er schon oft beobachtet. Nur wunderte ihn, dass ausgerechnet Doris Lewandowski nicht wesentlich mehr emotionale Distanz an den Tag legte. Offenbar fehlte ihr etwas; und wenn es auch nur der Mensch war, über den sie sich ärgern konnte.

«Hast du ihn nach seinem Auszug noch einmal wieder gesehen?»

«Heinz? O ja. Auf einem Foto in der Zeitung. Zusammen mit seiner kleinen, fetten Nutte. Das war eindeutig das stärkste Stück. Hast du nicht in der Zeitung gelesen, wie das neue Bonner Prinzenpaar heißt? Heinz I. und Eva I. Die hätten sich doch tatsächlich in drei Tagen beim Rosenmontagszug feiern lassen. Jetzt muss sie sich leider einen neuen Prinzen suchen. Willst du wirklich nichts trinken?»

Morian schüttelte den Kopf. «Wo wohnt denn diese Eva Gering?»

«Bei ihm natürlich. Als er hier Hals über Kopf mit seinen beiden Koffern verduftet ist, hat er sie gleich mitgenommen, in seine Jagdhütte im Siebengebirge. Mein Refugium, hat Heinz immer gesagt. In seiner kleinen, schäbigen Jagdhütte hat er mich damals rumgekriegt. Ich war so naiv. Warum hast du damals eigentlich nicht versucht, mich zu halten?»

Die Frage kam so unvermittelt, dass Morian um eine Antwort verlegen war. Er hatte sich Nacht für Nacht die Augen aus dem Kopf geheult, als sie ihn gleich nach dem Abi verließ, ohne ein Wort der Erklärung, um diesen kleinen, schmächtigen Angeber mit seinem Porsche zu heiraten. Er hatte nicht die geringste Chance, damals.

Und noch immer keinen Porsche.

Morian erhob sich aus dem Sofa. «Danke für deine Zeit. Bleib ruhig sitzen. Ich finde alleine raus.»

Als er nach seinem Mantel griff, stand sie plötzlich neben ihm, schickte sich an, etwas zu sagen, legte schließlich mit verlegener Miene ihre Hand auf seine Hand, versuchte ein Lächeln, was ihr nicht recht gelang. Sie war wohl etwas aus der Übung. Das Glas mit dem Rotwein glitt ihr aus der Hand, zerschellte neben dem Berberteppich auf den Terracottafliesen.

Morian ging ohne ein weiteres Wort.

Samstag, 1. März

Als Iris nach dem Frühstück auf der Hotelterrasse in ihr Zimmer zurückkehrte, lag ein Zettel auf ihrem frisch gemachten Bett. Der Quittungsbeleg für den Fino, den sie am Abend zuvor im Restaurant der Fischereibruderschaft getrunken hatte. Sie hatte keine Quittung verlangt. Sie drehte das dünne Thermopapier um. Jemand hatte etwas auf die Rückseite geschrieben.

«*La Factoría. Calle Colón.* Draußen. 11 Uhr.»

Sie sah auf die Uhr.

Das war in einer halben Stunde.

Max, du verdammter Idiot. Leidest du an Verfolgungswahn? Was soll das ganze Versteckspiel?

Sie griff nach ihrer Handtasche, sah nach, ob Autoschlüssel und Geldbörse an ihrem Platz waren, verließ ihr Zimmer und lief durch den Flur zum Aufzug. Die Idee, ihn unbedingt wiedersehen zu wollen, bereute sie von diesem Moment an.

Seine Frau hatte nichts gesagt. Sie sagte nie etwas, wenn es um seinen Job ging. Schon lange nicht mehr. Aber die Kinder hatten die Augen verdreht. Vorwurf im Blick. Beide. Schon wieder ein kaputtes Wochenende. Wie so oft. Der Freitagabend war schon abgehakt. Er hatte eigentlich mit den Kindern ins Kino gehen wollen. Er hatte es ihnen versprochen. Aber er war erst gegen zehn Uhr abends von dem Besuch bei Doris Lewandowski zurückgekehrt. Jetzt war auch noch der Samstag in Gefahr. Er stand früh auf und mähte rasch und schuldbewusst den Rasen vor dem

Haus, der seit drei Wochen nicht mehr gemäht worden war. Wenn's gut geht, bin ich ja in zwei Stunden wieder zurück, hatte er den Kindern anschließend beim Frühstück versichert.

Es war noch nie gut gegangen.

Morian fuhr zu Eva Gerings Fußpflege-Praxis. Der Laden am Ende der Königswinterer Straße war ihm noch nie aufgefallen, obwohl er ihn täglich auf dem Weg zur Arbeit passierte.

Edel. Holz, Glas, Stahl, Leder. Sie war nicht da. Ihre beiden weiblichen Angestellten berichteten, die Chefin sei am Morgen nicht erschienen. Man habe sie auch telefonisch nicht erreichen können, weder im Jagdhaus noch über Handy. Deshalb beginne man sich allmählich Sorgen zu machen.

Es war nicht ganz einfach, das abgeschieden im Wald gelegene Holzhaus zu finden, vor allem, weil es immer noch in Strömen regnete, die Waldwege völlig aufgeweicht waren und die Wischerblätter des Volvo schon vor dem letzten Winter hätten ausgetauscht werden müssen. Eine halbe Stunde später parkte Morian vor der Veranda eines Hauses, das aussah, als hätte sich jemand auf der einsamen Waldlichtung seinen Kindheitstraum von einer Wildwest-Ranch erfüllt. Morian ließ den Autoschlüssel stecken. Hier klaute niemand was.

Die Haustür war nur angelehnt. Morian klopfte trotzdem höflich. «Frau Gering?» Nichts. Morian stieß die Tür mit der Schuhspitze einen Spalt auf. «Frau Gering?»

Jagdtrophäen an den Wänden. Geweihe. Hirsche, Rehböcke. Eine alte Standuhr. Ein offener Kamin, daneben ein Stapel Brennholz, säuberlich aufgeschichtet. Links ein riesiger Fernseher, eine Couch, zwei Sessel, ein Couchtisch, ein Bücherregal. Geradeaus eine schmale Holztreppe, die nach oben führte. Rechts eine offene Küche mit einem Holztresen als Raumteiler.

Morian öffnete die Tür mit dem Fuß bis zum Anschlag. «Hallo? Jemand zu Hause? Frau ...»

Der Couchtisch bestand nur noch aus dem Rahmen. Die Glasplatte lag in tausend Scherben auf dem Holzfußboden. Einer der Barhocker vor dem Tresen war umgestürzt. Eine der Küchenschubladen stand offen. Morian registrierte all das in Sekunden. Dann sah er die rotbraunen Schlieren, die von der Küche die Treppe hinaufführten. Der Regen prasselte unablässig auf das Dach. Morian zog seine Dienstpistole aus dem Holster am Hosenbund und entsicherte sie, noch während er die ersten Stufen der Treppe nahm.

Eva Gering war tatsächlich klein und drall. Wie dämlich und unbekümmert sie laut Doris Lewandowskis Kurzbeschreibung war, konnte Morian nun nicht mehr feststellen. Denn Eva Gering war tot. Sie lag rücklings und nackt auf dem Bett im Schlafzimmer. Die Gliedmaßen von sich gestreckt, die Augen weit aufgerissen. Morian steckte die Pistole zurück in das Holster, dann nahm er sein Handy aus der Manteltasche und wählte die Nummer des Erkennungsdienstes im Polizeipräsidium.

La Factoría war ein neumodisches Szene-Café am anderen Ende des an den Hafen angrenzenden winzigen, überfüllten Stadtstrandes von Corralejo. Iris Cronenberg nahm acht Minuten vor elf in einem der Korbstühle auf dem Plateau vor dem Café Platz. Die Sonne stand jenseits der Bucht über dem Restaurant der Fischereibruderschaft, das sie am Abend zuvor besucht hatte, und strahlte ihr unbarmherzig ins Gesicht. Die Kellnerin war ebenso hübsch wie schlecht gelaunt. Sie hatte ihre Kleidung so gewählt, dass man das glitzernde Piercing in ihrem gebräunten Bauchnabel unmöglich übersehen konnte. Von ihrem Platz aus überblickte Iris die komplette Bucht, wenn sie nur die Augen hinter der Sonnenbrille fest genug zusammenkniff. Vor dem Restaurant der Fischereibruderschaft erkannte sie Juan Carlos, den stämmigen Wirt, der Tische und Stühle abwischte.

Max, du verdammter Hurensohn! Was war das wieder für ein lächerliches Spielchen?

Sie nippte an ihrem Bitter Lemon und beobachtete das Treiben am Strand. Einheimische Omas mit ihren Enkeln. Die Omas saßen aufrecht im Sand, in schwarzen Kleidern, deren Saum sie über die dicken weißen Knie geschoben hatten. Die Enkel planschten im seichten Wasser und versuchten, die Omas nass zu spritzen. Die Omas schimpften und drohten mit erhobenem Zeigefinger, die Enkel quietschten vor Schadenfreude und spritzten die Omas nass, als sei deren Schimpfen erst recht ein Ansporn.

Jenseits des Strandes stand im Gegenlicht eine einsame Gestalt auf der Mole und schien ebenfalls das Spektakel zu beobachten. Iris kniff die Augen zusammen. Weite, über den Knöcheln endende blaue Leinenhosen, wie sie die Fischer trugen, von einem Stoffgürtel gehalten. Darüber ein weites weißes, offenes Hemd, das im Wind flatterte und den Blick frei gab auf einen gebräunten Oberkörper. Er trug eine Sonnenbrille. Ein breitkrempiger, zerfetzter Strohhut überschattete das Gesicht. Espandrillos an den Füßen.

Ein Fischer. Sehr malerisch.

Es dauerte eine Weile, bis Iris begriff, dass der Fischer auf der Mole gar nicht die Omas und Enkel am Strand beobachtete.

Sondern sie.

Max!

Kein Zweifel. Er war es.

Im selben Augenblick wandte sich die Gestalt ab und verschwand, wie vom Erdboden verschluckt, jenseits der Mole in der Tiefe. Er musste ins Hafenbecken gesprungen sein. «Er holt Sie jetzt ab», sagte die Kellnerin lakonisch und deutete auf den Kassenbon unter dem halb vollen Glas. «Wollen Sie vielleicht schon mal zahlen?» In diesem Augenblick kurvte ein Fischerboot in weitem Bogen um die Mole und hielt auf sie zu.

Der Tod musste für Eva Gering eine Erlösung gewesen sein. Morian zählte acht aufgesetzte Schüsse auf Händen, Unterarmen, Waden und Füßen. Außerdem Schnittwunden an den Innenseiten ihrer Oberschenkel und an ihren Brüsten. Vermutlich mit dem Fleischmesser aus der Küche, das dort im Messerblock fehlte und jetzt neben dem Bett lag. Die Schnitte waren nicht sehr tief. Sie hatten jedenfalls nicht den Tod verursacht. Vermutlich auch nicht die Schüsse. Wer brachte so etwas fertig? Irgendwann wurde ihr Martyrium mit einem Schnitt durch die Kehle beendet.

Morian war gut eine Stunde allein mit Eva Gering, bis die Kollegen in den weißen Overalls eintrafen.

Einmal während dieser Stunde setzte er sich für ein paar Minuten zu ihr, auf die Bettkante. Die Kollegen vom Erkennungsdienst hätten vermutlich auf der Stelle einen kollektiven Herzinfarkt bekommen angesichts der Möglichkeit, dass er mit seinem dicken Hintern Millionen Faser- und DNA-Spuren auf der Bettkante unbrauchbar machte. Aber Morian war das egal. Er musste sich ein Bild machen.

Eva Gering war schon äußerlich das krasse Gegenteil

von Doris Lewandowski. Morian schätzte ihre Körpergröße auf knapp eins sechzig. Sie hatte ein paar Pfunde zu viel, ein kleines Bäuchlein, dralle Oberschenkel, mächtige, weiche Brüste mit großen, rosafarbenen Warzenhöfen. Einige feine nachgewachsene Stoppel ihrer rasierten Scham zeigten Morian, dass ihr hellblondes, fast weißes Kopfhaar nicht gefärbt war. Ihre Haut war blass, fast durchscheinend. Die Nägel ihrer Hände und Füße waren knallrot lackiert, in exakt derselben Farbe waren ihre Lippen geschminkt.

Sie war keineswegs schön im herkömmlichen Sinne, aber Morian konnte sich vorstellen, dass sie zu Lebzeiten eine ganz eigene, unmittelbare Sinnlichkeit ausstrahlte und bei Herren fortgeschrittenen Alters wie Lewandowski zwangsläufig Beschützerinstinkte weckte. «Da hast du wohl dem alten Drecksack einen zweiten Frühling beschert», flüsterte er, als wolle er die Totenruhe nicht stören, und betrachtete mitleidig ihre angstvoll aufgerissenen Augen. Dann zog er sich die hauchdünnen Handschuhe aus Latex über, die er stets in seiner Manteltasche trug, und begann, den Schrank mit den Spiegeltüren vor dem Bett zu durchsuchen, die Kommode, die beiden Nachttische, dann das angrenzende Badezimmer. Er fand nichts, was ihm weitergeholfen hätte. Das komplette Mobiliar sah so aus, als sei es in aller Eile kurz vor Ladenschluss bei Ikea eingekauft worden. Er war gerade auf der Treppe auf dem Weg nach unten, um sich das Erdgeschoss vorzunehmen, als er den VW-Bus des Erkennungsdienstes vorfahren hörte. Er ging nach draußen. Die Jungs waren schon in ihre weißen Overalls geschlüpft. Sahen allesamt ziemlich schlecht gelaunt aus. Kein Wunder, bei dem Wetter und bei dem Wochentag. «Mensch, Morian», grummelte der Älteste der Männer. Erwin Keusen. Schon ewig dabei. «Ist dir schon mal aufgefallen, dass Leichen dich anlocken wie eine tote Ratte die Fliegen?»

«Sehr witzig. Was war in Köln los?»

«Blinder Alarm. Trittbrettfahrer. Sie haben ihn in der Telefonzelle erwischt, diesen Spinner. Sagte, er wollte sich nur ein bisschen abreagieren, weil seine Freundin ihn verlassen hat.»

«Was soll das?» Sie schrie gegen den Fahrtwind, die raue See und den alten Dieselmotor an, der auf Hochtouren lief, während sie sich mit beiden Händen am vorderen Decksaufbau festhielt, um nicht von den Wellen und dem ruckartigen Aufschaukeln des Bootes von den Füßen geholt zu werden. «Max Maifeld, was ist das für eine bescheuerte Nummer?» Er stand achtern, die Ruderpinne zwischen den Beinen, die Hände in den Hosentaschen, und tat so, als habe er ihre Frage nicht verstanden. Sie umkurvten das stürmische, felsige Nordkap der Insel. Er drückte das Ruder hart backbord, das Boot drehte gegen die Wellen nach Südwesten ab. Die Gischt peitschte ihr ins Gesicht.

Sie war klatschnass. Max Maifeld, du verdammter Mistkerl.

«Wie hast du mich gefunden?»

«Was?»

«Du hast mich verstanden.»

«Dein alter Freund Josef Morian hat sich verplappert. Sei jetzt nicht böse auf ihn. Er hatte keine Chance. Du weißt doch: Ich bin verdammt gut in meinem Job.»

Max wusste nur, sie war eine verdammt gute Lügnerin. Er drückte das Ruder nach backbord, sodass der Kahn erneut über die Wellen tanzte und die Gischt über den Bug peitschte.

Ihr wurde schlecht.
Sie hasste Schiffe.

Er hasste Schiffe. Und er hasste das Meer. Er vermisste jetzt schon die karge, ausgedörrte Erde seiner Heimat. Er war seit dem ersten Tag seekrank, seit dem Moment, als die erste schwere Dünung auf hoher See den Bug des Schiffes gehoben hatte. Aber er durfte sich dies auf keinen Fall anmerken lassen. Er hatte zu führen, Selbstdisziplin zu demonstrieren, Kraft und Stärke, Härte gegen sich selbst und gegen andere. Schonungslos, ohne jegliche Sentimentalität und falsche Gefühlsduselei.

Die «MS Sirius» war gottlob ein ordentliches Schiff. Ein Stückgutfrachter. Aber machtlos gegen die Dünung des Atlantischen Ozeans. Seit Tagen gab es nichts als Wasser zu sehen. Die Erde war eine Scheibe, eine blaugraue, flüssige Scheibe. Wie viele Tage waren sie schon unterwegs? Wie viele Tage würden sie noch unterwegs sein? Er hatte jedes Gefühl für Raum und Zeit verloren. Er nahm sich vor, im Kalender nachzusehen. Der lag in seiner Kajüte. Später, das hatte Zeit. Hier oben auf Deck ging es ihm etwas besser. Der Schiffsarzt hatte ihm ein Medikament gegeben und ihm geraten, sich möglichst oft draußen an der frischen Luft aufzuhalten und den Horizont zu fixieren.

Atlantikwetter. Grauer Himmel, wie Blei. Windstärke sieben. Er durfte keine Schwäche zeigen. Er war ihr Retter, ihr Erlöser. Sie brauchten ihn, sie zählten auf ihn, jetzt, in dieser historischen Stunde, die mit etwas Glück die Welt verändern würde. Er trank viel Wasser, auf Anraten des Schiffsarztes, aber er verzichtete auf jegliche Nahrung. Besser so. Er hätte sich ohnehin nur übergeben.

Max Maifeld drosselte den Diesel, als das Boot in den kleinen, engen Naturhafen aus kohlrabenschwarzer Lava bog. Iris Cronenberg versuchte zu entziffern, was jemand in gut fünf Metern Höhe mit weißer Farbe in riesigen, ungelenken Lettern auf die schwarze Felswand gegenüber dem Kai gepinselt hatte. In spanischer Sprache. *Viva la virgen del buen viaje.*

«Es lebe die Jungfrau der glücklichen Reise», assistierte Max, der ihrem Blick gefolgt war. «Sie ist die Schutzheilige dieses zauberhaften Ortes. Und sie macht ihren Job außerordentlich gut.»

Er sprang auf die Kaimauer und machte das Boot fest. Dann half er ihr beim Aussteigen.

Jetzt erst bemerkte Iris die Menschen auf dem Kai. Sie hockten auf wackligen Holzstühlen vor dem Eingang einer schäbigen Bar oder saßen im Schneidersitz auf der Erde vor der blau getünchten Hauswand. Die Frauen trugen bunte, knöchellange Kleider mit Batikmustern, was Iris an ihre Schulzeit in den Siebzigern erinnerte. Die Männer trugen Latzhosen oder Jeans, ziemlich verwaschen, ziemlich abgerissen und ziemlich verdreckt, darüber bauschige, ehemals weiße Hemden wie aus alten Piratenfilmen, oder karierte Holzfäller-Hemden oder Wildleder-Westen oder gar nichts. Zwischen den Erwachsenen spielten nackte, schmutzige Kinder Nachlaufen zwischen den Tischen.

Sie alle glotzten Iris an und lächelten selig. Der Haarfarbe ihrer Dreadlocks und Bärte nach zu urteilen waren sie in der Mehrzahl keine Spanier. Iris benötigte keine zwei Sekunden, um das alles zu erfassen und die passenden Schubladen in ihrem Gehirn zu öffnen. Sie war schließlich ein Profi, was das Katalogisieren von Menschen betraf.

«Ich fasse es nicht. Ist hier gerade Drehpause von Easy

Rider II oder was? Oder sind das Billigimporte aus der Flower-Power-Zeitmaschine? Wo sind wir hier?»

Max Maifeld ließ sich mit der Antwort Zeit, so lange Zeit, bis er die zugeworfene Kusshand einer der Frauen mit einem breiten Grinsen erwidert hatte.

«Wir sind in El Cotillo, der Welthauptstadt der Schmuggler und Haschisch-Dealer. Willkommen in meiner neuen Heimat.»

Montag, 3. März

Die drei Clowns, die auf der Basaltmauer vor den Kinkel-Stuben an der Königswinterer Straße hockten, starrten verwundert in den grauen Himmel, während der Dauerregen ihren aufgemalten Gesichtern ein völlig neues, eigenwilliges, so nicht vorgesehenes Aussehen verlieh. Sie wirkten so verloren und traurig, als habe sie ein außerirdisches Raumschiff versehentlich auf diesem fremden Planeten abgesetzt. Morian gewann im Vorbeifahren den Eindruck, dass sie schon einige Tage und Nächte nicht mehr aus ihren farbenfrohen Kostümen gestiegen waren.

Ansonsten war die Hauptstraße Oberkassels an diesem Morgen menschenleer. Natürlich. Wie sollte es anders sein. Es war schließlich Rosenmontag, im Rheinland so etwas wie ein Feiertag, geschaffen durch die normative Kraft des Faktischen. In vier Stunden hätten Heinz I. und Eva I.

ihren großen Auftritt gehabt. Ob die Honoratioren des Bonner Frohsinns nun den Zug abblasen würden? Interessante Frage.

Morgen würde es in der Zeitung stehen.

Jetzt war er froh, ins Präsidium zu fahren und in Ruhe arbeiten zu können. In seinem Büro war er vor dem Karneval sicher.

Dort drüben, am Ortsende, war Heinz Lewandowskis Firma, im zweiten Stock des schmucklosen Bürogebäudes aus Backstein. Das Büro würde er sich morgen vornehmen, wenn Lewandowskis Sekretärin wieder im Dienst ...

Morian stieg so heftig in die Eisen, dass er an jedem anderen Montag des Jahres unweigerlich einen Auffahrunfall verursacht hätte. Licht. Kein Zweifel. Er hatte Licht in Lewandowskis Büro gesehen. Am Rosenmontag?

Jemand schrie.

Sie kamen zu dritt, um ihn zu holen. Er sah sie kommen, aber er konnte sich nicht bewegen. Herbach mit den blauen Augen und dem gefrorenen Lächeln – und seine Helfer: die Frau mit der Maske und der Psychopath mit der Narbe in dem schönen Gesicht.

Jemand schrie.

Sie öffneten die Tür. Ein Scheinwerfer war auf sein Gesicht gerichtet. Er konnte sich nicht rühren. Er konnte weder Arme noch Beine bewegen. Er war gelähmt.

Sie würden ihn holen. Ihn zwingen, sich das Video anzusehen. Dann würden sie ihm fürchterliche Schmerzen zufügen. Und später, viel später, würden sie ihn töten.

Jemand schrie.

Sterne tanzten vor seinen Augen. Sie wollten seine Kinder, seinen Sohn und seine Tochter, aber die hatte er gut versteckt, die würden sie niemals finden. Deshalb wollten sie nun ihn.

Um sich zu rächen. Alles war gleißend hell. Der Scheinwerfer.

Jemand schrie.

Es war kalt in dem Keller. Er fror, aber er konnte sich nicht bewegen. Er wusste ganz genau, was sie mit ihm machen würden.

Jemand schrie.

Sie wollten Rache. Sie kamen immer näher, dann ...

Dann wachte Max Maifeld auf, wie jeden Morgen. Auf seiner Stirn stand der kalte Schweiß, wie jeden Morgen. Kein Scheinwerfer, sondern die Morgensonne strahlte in sein Gesicht.

Eine Zeit lang hatte er abends das kleine Fenster mit einer Decke verhängt, in der schwachen Hoffnung, dass die Sonne die Albträume auslöste. Aber der Traum kehrte dennoch Nacht für Nacht zurück. Nur ohne Scheinwerfer. Da hatte er die Decke wieder entfernt, weil ihn der Scheinwerfer schneller aus dem lähmenden Traum erlöste. Er stand auf und stieg in die Hose, die auf dem Steinboden neben der Matratze lag, so wie er sie am Abend achtlos hatte fallen lassen. Er kletterte die enge Stiege hinauf aufs Dach, um nachzusehen, ob ihn nicht jemand vor der Haustür erwartete. Dann stieg er wieder hinab und ging leise hinaus, um die Katze nicht zu wecken, setzte sich auf die Kaimauer jenseits der Gasse und rauchte eine Zigarette. Die Gasse war so eng, dass kein Auto hindurchpasste. Das war gut so. Sein Herz schlug immer noch wild, aber der Anblick des Meeres beruhigte ihn gewöhnlich nach ein paar Minuten.

Die Sonne hatte noch keine Kraft. Ihm war kalt. Er ging wieder ins Haus, wusch sich den Schweiß vom Körper, rasierte sich, putzte sich die Zähne, zog sich das T-Shirt über und sah auf seine Armbanduhr, die neben der Pistole auf der Holzkiste am Kopfende der Matratze lag. Sieben Uhr. Um neun wollten sie los. Er hatte versprochen, sie um neun im Hotel *Tres Islas* abzuholen. Noch zwei Stunden. Die Autofahrt quer durch die Malpaís-Felder hinüber nach Corralejo und weiter zum Hotel würde maximal eine halbe Stunde dauern. Antonios Bar machte soeben auf.

Er konnte einen Kaffee vertragen.

Er schob die Pistole unter die Matratze, wie jeden Morgen, verschloss die Haustür sorgfältig und ging die paar Schritte hinüber zu Antonios Bar.

Wie jeden Morgen.

Der heiße Cortado und Antonios griesgrämige Art, den neuen Tag zu begrüßen, beruhigten seine Nerven. Er schlug die Zeitung auf, die Antonio auf dem Tisch vergessen hatte. *El País* berichtete auf den ersten drei Seiten über das Attentat in Madrid.

56 Tote. Angehörige der US-Botschaft und Passanten, die von umherfliegenden Trümmern erschlagen worden waren. Max Maifeld überflog die Berichte und schließlich den ellenlangen Kommentar des Chefredakteurs. Der einzig lesenswerte Text war eine Reportage seines alten Freundes Miguel über die Stimmungslage in der islamischen Gemeinde Madrids. Sie ließ erkennen, dass er die Stadt nicht erst seit gestern kannte. Dann klappte er die Zeitung zu. Er war lange genug in dem Job gewesen, um nach zehn Zeilen zu wissen, ob Journalisten tatsächlich Neues zu berichten wussten oder nicht. In diesem Fall stand auf drei Seiten nichts, was er nicht schon aus dem Radio kannte. Außer den pathetischen Stellungnahmen des spanischen Ministerpräsidenten und der US-Regierung in Washington. Aber

das war nichts wirklich Neues. Vorgestanzte Worthülsen. Ungefiltert aufs geduldige Papier gedruckt. Keine einzige kluge Antwort auf die entscheidende Frage, wo dieser abgrundtiefe Hass herrührte. Warum nahmen Politik-Redakteure sich und die Politiker nur immer so schrecklich wichtig?

Warum nur hatte er sich breitschlagen lassen? Hatte er es nötig, den Dolmetscher und Fremdenführer zu spielen? Ja, hatte er.

Er war nämlich pleite.

Der einzige Lichtblick des vorgestrigen Tages war die kurze Verhandlung über seine Tagespauschale. 400 Euro, hatte er gesagt, ohne mit der Wimper zu zucken. Einverstanden, hatte sie binnen einer Sekunde geantwortet, ohne mit der Wimper zu zucken. Okay, hatte er gesagt. Dann bis morgen. Nein, nicht morgen, hatte sie entgegnet. Übermorgen, Montag. Sie brauche den Sonntag noch für ein paar Telefonate.

Ansonsten war alles, wie er es erwartet hatte. Sie hatte sich nicht die Spur verändert. Sie war immer noch die gleiche arrogante Kuh wie damals. Vielleicht ist man zwangsläufig so geschädigt, wenn man als Tochter eines selbstgerechten Fernsehjournalisten und einer nicht minder eitlen Schauspielerin aufwächst.

Übereltern. Doppelte Dosis. Max hatte stets den Eindruck gehabt, dass Iris Cronenberg zeitlebens um Anerkennung kämpfen, ständig beweisen musste, wie tüchtig und erfolgreich sie war und deshalb doch bitteschön die Liebe ihrer Eltern verdient hatte. Liebe durch Leistung. Am Ende aber blieb sie immer die Gejagte; gejagt von dem entsetzlichen Gefühl, nicht gut genug zu sein.

Aber das war schließlich nicht sein Problem.

Iris Cronenberg. Schon der Klang ließ ganz richtig vermuten, dass ein Mensch dieses Namens nicht von ganz unten ins Leben starten musste. Geboren in Köln. Einzelkind. Internat in Bonn, das war bequemer für die sehr beschäftigten Eltern. Abitur am angeschlossenen Mädchengymnasium, Journalistik-Studium in München, Volontariat beim *Kölner Stadt-Anzeiger*. Dort war Max Maifeld, damals Polizeireporter, ihr zum ersten Mal begegnet. Die männlichen Kollegen lagen der jungen, schönen, charmanten Volontärin allesamt zu Füßen.

Bis auf eine Ausnahme.

Zugegeben, sie hatte Charme, und sie war schön. Nicht hübsch, sondern wirklich schön. Das war sie heute, 16 Jahre später, immer noch, auf eine angenehm zeitlose Art. Groß, schlank, sportlich, blond, süße Sommersprossen auf der Nase. Der skandinavische Typ, wie man ihn in jedem besseren Segel-Club antrifft. Wenn sie nicht von dem Gedanken besessen wäre, ihren Eltern eine steile berufliche Karriere vorweisen zu müssen, hätte sie vermutlich längst einen Zahnarzt geheiratet. Dachte Max.

Zugegeben, das war bösartig. Aber Max sah wirklich keine Veranlassung, warum er besonders nett zu ihr sein sollte. Ihr Ehrgeiz war ihm schon damals auf die Nerven gegangen. Das war kein journalistischer Ehrgeiz; nicht das Fieber bei der Jagd nach einer guten Geschichte. Nein, es war vielmehr der Ehrgeiz, unter allen Umständen Karriere machen zu wollen, koste es, was es wolle: Würde, Anstand, Fairness, Kollegialität.

Vielleicht war es der Umstand, dass Max diese Haltung bis dahin nur von Männern kannte und hasste.

Nach dem Volontariat arbeitete sie noch ganze drei Monate als Lokalredakteurin in Köln, dann kündigte sie und ging zum *Stern* nach Hamburg. Und Max machte drei Kreuze.

Aber er sollte sie wiedersehen. Ausgerechnet im eingekesselten Sarajewo. Dort ging sie buchstäblich über Leichen.

Aber das war auch schon wieder zehn Jahre her.

Max erfüllte es mit schadenfroher Genugtuung, dass sie inzwischen vorwiegend für diese hochglänzenden, flachgeistigen Lifestyle-Magazine schrieb.

Aber war das verwerflicher, als über Politik zu schreiben?

Der Kaffee war kalt geworden. Dafür wärmte die Sonne inzwischen. Max zahlte und ging.

Die Tür aus Mahagoni im zweiten Stock des verklinkerten Bürogebäudes stand sperrangelweit offen, ebenso die Glastür zwischen dem Vorzimmer und Lewandowskis ballsaalgroßem Büro. Drinnen saß Gisela Meurer mit verheulten Augen auf der vorderen Kante des ledernen Schreibtischsessels und ließ den Shredder auf Hochtouren laufen. Morian riss den Stecker aus der Wand, nahm sein Taschenmesser aus der Manteltasche und säbelte vorsichtshalber das Kabel entzwei. Dann legte er seinen Dienstausweis auf den Schreibtisch, ließ sich in den linken der beiden Besuchersessel fallen und sagte:

«Sind Sie verrückt geworden?»

Gisela Meurer zupfte ein Kleenex aus der Pappschachtel auf ihren Knien und tupfte sich die Augen.

«Das war Sachbeschädigung, Herr Kommissar.»

«Ich weiß. Kommt aber nicht ganz so teuer wie das, was Sie hier gerade veranstaltet haben.»

Iris Cronenberg hatte für den Ausflug den Seat Ibiza bei der Mietwagenfirma gegen einen in sämtlichen Farben des Regenbogens lackierten uralten Suzuki Samurai umgetauscht. Einen Geländewagen mit Allradantrieb für den Ausflug in den Süden der Insel zu nehmen war im Prinzip eine vernünftige Idee. Max fragte sich nur, und er fragte sich das laut, ob es vernünftig war, für eine journalistische Recherche einen Wagen zu benutzen, der dank seiner farbenfrohen Lackierung schon auf 100 Meter Distanz eindeutig als Touristen-Schaukel zu erkennen war. Iris entgegnete gereizt, auf dieser verdammten Touri-Insel sei doch wohl nichts unauffälliger als ein verdammter Touri-Jeep. Das Wort «verdammt» benutzte sie noch genauso gerne wie damals.

Max parkte seinen verrosteten, klapprigen Renault R4 vor dem Portal des *Palace Hotel Tres Islas* neben einem Jaguar, warf seinen alten Armee-Rucksack auf die Rückbank des offenen Mini-Jeep, kletterte über die Sitzlehne hinters Steuer und verkniff sich die Bemerkung, dass sie in jenem Teil der Insel, den sie nun aufsuchten, mit Sicherheit keinem einzigen Touristen begegnen würden. Und er verkniff sich eine Bemerkung über ihr Outfit, angefangen bei der großvolumigen Handtasche, die bei der Marine mühelos als Seesack durchgegangen wäre. Doch sie erriet seine Gedanken aus seinem spöttischen Blick.

«Die Handtasche ist übrigens von Joop; unglaublich praktisch und robust. Die Jeans? Natürlich von Tommy Hilfiger. Das Hemd ist ein altes Männerhemd vom Flohmarkt, nichts Besonderes, aber ich liebe es, weil es so strahlend weiß und altmodisch ist und weil es diese herrlich altmodische Knopfleiste hat und weil es diese Baumwollqualität heute gar nicht mehr gibt. Der Pulli über meinen Schultern ist natürlich aus Cashmere, was sonst, und die Segelschuhe von Helly Hansen sind aus dem piekfeinen Laden in Köln, wo mein Vater seine Segler-Klamotten einzukaufen pflegt. Meine Armani-Schuhe schienen mir eher unpassend heute für unseren Ausflug in die Wildnis, ebenso wie die Jil-Sander-Kostüme und wunderbaren neuen Strenesse-Blusen im Kleiderschrank meines Hotelzimmers, die ich mir vergangene Woche in Madrid gekauft habe. Noch irgendwelche Fragen?»

Gisela Meurer wirkte grau und freudlos von Kopf bis Fuß, von der praktischen Frisur bis zu den Gesundheitsschuhen. Und sie machte auf Morian den Eindruck, als läge das keineswegs an ihrem Alter. Sie war nach eigenem Bekunden 63 Jahre alt und seit 23 Jahren Lewandowskis Sekretärin – seit dem Tag, als er sich selbständig gemacht hatte. Er hatte sie von Düsseldorf mitgebracht, als er bei Rheinmetall rausgeflogen war. Sie war dort die Sekretärin seines Vorgesetzten gewesen. Er selbst war eines Tages wegen irgendwelcher Unregelmäßigkeiten rausgeflogen, die aber nie aktenkundig wurden. Dem Rüstungskonzern war offenbar daran gelegen, die Sache in aller Stille zu regeln.

Mit der ansehnlichen Abfindung hatte er sich selbständig gemacht. Er war damals zwar erst 34, aber er verfügte über die richtigen Kontakte. Die Unregelmäßigkeiten konkretisierte Gisela Meurer nicht näher, nannte sie aber «schäbige Intrigen seiner zahllosen Neider». Morian zog daraus zwei Schlüsse: Lewandowski hatte schon bei Rheinmetall krumme Geschäfte gemacht und in die eigene Tasche gewirtschaftet – und seine Sekretärin war ihm gegenüber bedingungslos loyal. Sklavisch ergeben, wie Doris Lewandowski es formuliert hatte. Bis in den Tod. Sonst wäre sie nicht an Rosenmontag ins Büro gekommen und hätte den Shredder angeworfen.

Morian wartete, bis die Kollegen vom Erkennungsdienst eintrafen. Dann schulterte er den Plastiksack mit den Papierschnipseln und fuhr ins Präsidium. Erst im Fahrstuhl auf dem Weg in sein Büro wurde ihm deutlich, dass er nichts von Gisela Meurer erfahren hatte. Aber auch gar nichts.

«Was ist mit dieser Villa?»

Max Maifeld schrie gegen den nervend jaulenden Motor des Suzuki an und gegen den Wind, der erbarmungslos und sandgetränkt durch den offenen Jeep fegte.

«Keine Ahnung. Die wollen eine Geschichte über die Villa, weil ein Deutscher sie mal gebaut hat. Ein Agraringenieur aus dem Schwarzwald namens Gustav Winter.»

Keine Ahnung. Wenn Iris Cronenberg ahnungslos tat, dann wusste sie mehr. Also bohrte Max weiter:

«Aha. Wenn also ein Deutscher auf einer spanischen Ferieninsel, die täglich von Charter-Maschinen voller Touristen aus Deutschland angeflogen wird, ein Häuschen baut, dann ist das einer deutschen Illustrierten natürlich eine Geschichte wert. Verstehe. Wird das eine Serie? Darfst du alle zwanzigtausend Folgen schreiben?»

Iris legte so viel Verachtung in ihren Blick, wie die Sandkörner, die ihr der Wind trotz der Sonnenbrille unablässig in die Augen trieb, dies gerade noch zuließen.

«Wer lebt denn nun auf dieser Insel, ich oder du? Dieser Herr Winter hat die Villa gleich nach dem Spanischen Bürgerkrieg gebaut, da gab es noch keinen Tourismus auf dieser gottverdammten Insel. Und ich verstehe bis heute nicht, warum jemand auch nur einen Cent dafür ausgibt, um in dieser Mondlandschaft Urlaub zu machen.»

«Ein Deutscher, der sich gleich nach dem Bürgerkrieg hier niederließ? Da muss er aber politisch auf der richtigen Seite gestanden haben.»

«Mehr als das, lieber Max. Generalissimo Franco persönlich muss Herrn Winter sehr geschätzt haben. Sonst hätte er ihm sicher nicht die komplette Halbinsel geschenkt.»

«Du meinst ... die komplette Halbinsel Jandía?»

«So ist es. 2300 Hektar Land. Erzähle ich dir tatsächlich etwas Neues? An der engsten Stelle war die Halbinsel sogar mit Stacheldraht vom Rest Fuerteventuras getrennt. Bis zum Ende des Zweiten Weltkrieges. Falsch, noch bis in die frühen fünfziger Jahre. Die Bewohner der Südhalbinsel wurden in den Norden umgesiedelt und durften ihre Heimaterde jahrzehntelang nicht mehr betreten. Gustav Winter sollte in Ruhe seine agrarwissenschaftlichen Versuchsfelder aufbauen können. Die Mondlandschaft in ein blühendes Paradies verwandeln. Nur ein paar handverlesene einheimische Landarbeiter durften mit Sonderausweis die Stacheldrahtgrenze passieren, die rund um die Uhr scharf bewacht wurde.»

Max überholte einen der unzähligen Tanklaster, die Trinkwasser kreuz und quer über die Vulkaninsel transportierten. Der hoffnungslos untermotorisierte Jeep beklagte sich lautstark gegen das Zurückschalten in den nächstkleineren Gang. Südlich der Inselhauptstadt Puerto del Rosario und des Flughafens verließ das graue Asphaltband der Schnellstraße die Küste und nahm die Abkürzung durch die Berge. Während der Suzuki sich mit der Steigung abmühte, klappte Max mit der rechten Hand die Landkarte auf und lehnte sie gegen das Lenkrad, während er mit der linken Hand steuerte. Ihr Ziel, die Halbinsel Jandía, sah auf der Karte aus wie der zu schlank geratene, nach links zeigende Fuß eines überproportionierten fetten Unterschenkels, der Fuerteventura hieß. Seine Wahlheimat El Cotillo fand er am nördlichen Ende oben an der Kniescheibe, das *Hotel Tres Islas* und die Hafenstadt Corralejo gegenüber in der Kniekehle. Die einstige Demarkationslinie musste sich demnach in Knöchelhöhe befunden haben. Entlang der Ferse reihten sich heute die modernen Hotelanlagen und Bungalow-Dörfer des Touristen-Ghettos Morro Jable. Die Villa Winter musste also irgendwo gegenüber auf dem Spann des Fußes liegen.

«Siehst du das? Da ist nichts. Sämtliche nennenswerten Städte und Dörfer der Insel liegen an der Afrika zugewandten Ostküste. Der Südwesten der Halbinsel ist menschenleer. Keine asphaltierte Straße, kein Hafen, keine Stromleitung, kein Restaurant, kein Fischhändler, kein Bäcker. Nichts als schroffe Berge und der offene Atlantik. Warum sollte ausgerechnet da jemand eine Villa bauen wollen?»

«Keine Ahnung. Interessiert mich auch nicht. Du weißt doch: Ich schreibe hirnlose Texte für Lifestyle-Magazine. Und es würde mich auch nicht weiter wundern, wenn diese blöde Villa am Ende überhaupt keine Story abgibt.»

Das Erste, was Morian ins Auge sprang, als er sein Büro im Bonner Polizeipräsidium betrat, war das Tattoo. Mit dem Rücken zu ihm saß das fremde Wesen breitbeinig, falsch herum, rittlings und weit vornübergebeugt auf Morians Bürostuhl, an Morians Schreibtisch, vor Morians Computer, bediente mit der einen Hand Morians Tastatur und hielt mit der anderen Hand Morians Becher, aus dem Kaffee dampfte. Die tiefbraune ornamentale Tätowierung rankte wie eine Dschungelpflanze aus dem Bund einer olivgrünen Armeehose aus grobem Leinen. Morian erkannte zudem den Ansatz eines schwarzen Stringtanga. Der Tanga, das Tattoo über dem Steißbein und die breiten Hüften ließen ihn vermuten, dass es sich bei dem Wesen um eine Frau handelte, auch wenn die pechschwarzen Haare so kurz geschoren waren, dass die Kopfhaut durchschimmerte. Die Frau trug ein schwarzes hautenges T-Shirt und darüber ein Schulterholster. Darin steckte eine mattschwarze Pistole. Sig-Sauer P228.

«Polizeiwaffe. Aber nicht die der Streifenpolizisten. Diese Waffe tragen normalerweise nur Spezialkommandos. Wer sind Sie?»

Sie fuhr auf dem Drehstuhl herum. Sie hatte ein schönes Gesicht. Sie war viel zu braun für die Jahreszeit. Morian konnte nicht umhin, auf ihre Brüste zu starren. Wegen des Schriftzugs auf dem T-Shirt. «Bombing for peace is like fucking for virginity», stand da in knallroten Lettern.

«Oh. Ich habe Sie gar nicht kommen gehört. Sie müssen Kriminalhauptkommissar Morian sein. Die P228 hat mir ein netter Kollege besorgt. Sie müssen es ja nicht unbedingt weitererzählen. Schleichen Sie sich eigentlich immer so an?»

«In meinem Büro schleiche ich, wie es mir passt. Und in meinem Büro stelle ausschließlich ich die Fragen. Also: Wer sind Sie, und was haben Sie in meinem Büro zu suchen?»

«Tschuldigung.» Sie stand auf, lächelte und streckte ihm die Hand entgegen. Sie war noch sehr jung, vielleicht Mitte zwanzig, ein einziges Muskelpaket. Sie hatte einen Händedruck, der Walnüsse knacken könnte, und sie sah aus, als käme sie frisch aus dem Urlaub. «Antonia Dix. Ich soll Ihnen zur Hand gehen.»

«Sie sollen was?»

«Ich bin Ihnen zugeteilt. Der Mordkommission. Sie haben doch einen Mord zu klären, oder?»

Morian war dankbar, dass in diesem Augenblick das Telefon klingelte. Sie sah ihn fragend an. «Soll ich ...»

«Setzen Sie sich da hin», sagte Morian barsch und wies auf den Besucherstuhl. Dann schob er mit dem Fuß den Plastiksack mit den Papierschnipseln unter seinen Schreibtisch, ließ sich auf seinen Bürostuhl fallen und nahm den Hörer ab.

«Morian?» Der Polizeipräsident. «Ich hatte ganz vergessen zu erwähnen, dass Sie von heute an wieder einen Protokollführer haben, der Ihnen den Rücken freihält und sich um die Ermittlungsakten kümmert.»

Die Stelle war tatsächlich frei. Schon viel zu lange. Erwin war vor drei Monaten in Pension gegangen. Auf den Tag hatte er sich schon seit ungefähr zwanzig Jahren gefreut. Erwin Breitscheid war so ziemlich der schlechteste Kriminalbeamte gewesen, dem Morian je begegnet war.

«Und wann kommt der Neue?»

«Seltsam. Er müsste eigentlich schon da sein.» Morian begriff allmählich. Antonia Dix grinste ihn an. «Dieser *Er* ist allerdings eine *Sie*», korrigierte sich der Polizeipräsident.

In diesem Augenblick wurde die Tür geöffnet, und die Haushandwerker trugen einen Schreibtisch, einen Bürostuhl und zwei Umzugskartons ins Zimmer. Antonia Dix sprang auf und gab den Männern in den blauen Kitteln Anweisungen.

«Stopp, stopp, stopp!» Morian protestierte und fuchtelte wild mit der freien Hand; der Polizeipräsident am Telefon war irritiert: «Was sagten Sie, Morian, ich verstehe nicht ...»

«Die tragen hier Möbel in mein Büro. Was soll das? Breitscheid hatte doch ein eigenes Büro.»

«Die Zeiten ändern sich, Morian. Wir müssen alle etwas zusammenrücken. Breitscheids Büro ist doch längst an die Kollegen von der Wirtschaftskriminalität vergeben. Die brauchen Platz. Die expandieren.»

Und ich explodiere, dachte Morian. Aber er behielt es für sich. Stattdessen fragte er: «Wer ist sie?»

«Was wollen Sie wissen, Morian?»

«Alles!»

«Also gut. Ich habe die Personalakte vor mir liegen. Moment, wo habe ich sie? Antonia Dix, 27 Jahre alt, 1,72 Meter groß, Kriminalkommissarin. Geboren und aufgewachsen in Köln. Nach dem Abitur zwei Semester Psychologie, hat dann keinen Spaß mehr an der grauen Theorie, geht deshalb zur Polizei, Einsatzhundertschaft, die ganze Ochsentour, dann Polizei-Fachhochschule in Köln, dann ein Jahr Praxiserfahrung im Kriminalkommissariat 22 beim PP Bonn. Alle Achtung. Hören Sie noch zu, Morian? Beste Zeugnisse, Beste ihres Jahrgangs bei der Kommissar-Prüfung in NRW. Ausgewiesene Computer-Expertin. Als Hobbys gibt sie Krafttraining und Kickboxen an, also sehen Sie sich vor, Morian.» Der Präsident lachte schallend über seinen eigenen Witz. «Außerdem eine begnadete Schützin. Und sehr hübsch, wie ich finde.»

Morian überhörte die letzte Bemerkung. «KK 22 ... Fallanalyse und Auswertung? Ein echter Profiler also.»

«Profiler-Azubi», korrigierte Antonia Dix über die Schulter, während sie die Kartons auf ihren Schreibtisch wuchtete und aus einem der beiden einen Flachbildschirm hervorzauberte. Morian traute seinen Augen nicht. «Noch Fragen, Morian?» Das war wieder der Präsident am anderen Ende der Leitung.

«Ja, eine noch. Wo kann man hier Flachbildschirme bestellen?»

«Bitte was?» Der Polizeipräsident wirkte langsam genervt. «Was soll die Frage, Morian? Sie haben doch das Rundschreiben aus dem Düsseldorfer Innenministerium gelesen. Es gibt keine Flachbildschirme für unsere Beamten. Zu teuer.»

«Und eine Sig-Sauer P228 ... Wo gibt's die? Genügt es, eine Bedarfsmeldung an die Verwaltung zu schicken?»

«Morian, haben Sie sonst noch Sorgen? Sie wissen doch, die ist nur Spezialkräften vorbehalten. Der Rest der Truppe muss sich mit der normalen Sig-Sauer begnügen. Aber vermutlich wird die Polizei ja in Kürze komplett auf Heckler & Koch umsteigen. Die Tests laufen noch. Aber seit wann interessieren ausgerechnet Sie sich fürs Schießen?»

«Erst seit einigen Minuten.»

«Wie gesagt, die neue Kollegin müsste jeden Moment bei Ihnen eintreffen. Seien Sie nett zu ihr, auch wenn Ihnen das bekanntlich schwer fällt. Bis später, Morian.»

Der Präsident hatte entnervt aufgelegt.

«Noch Fragen, Morian?» Die Stimme kam von irgendwo unter ihrem Schreibtisch. Morian beugte sich vor. Sie krabbelte auf allen vieren herum und verkabelte ihren Computer.

«Ja. Wo kriegt man hier Flachbildschirme?»

«Sie sollten es mal mit etwas Charme versuchen. Wirkt manchmal Wunder. Nächste Frage?»

«Wie haben Sie den Blaukittel-Trupp dazu gekriegt, an Rosenmontag zu arbeiten?»

«Antwort: siehe oben! Gilt übrigens auch für die Dienstwaffe und für das Schulterholster. Nächste Frage?»

«Waren Sie in Urlaub?»

«Nein. Ich sehe immer so aus. Meine Mutter ist Deutsche, mein Vater Brasilianer. Ist gentechnisch was hängen geblieben, wenn auch sonst nichts hängen geblieben ist. Ich habe ihn nämlich nie kennen gelernt. Leider. Nächste Frage?»

«Was hatten Sie an meinem Computer zu schaffen?»

«Ich wollte mir schon mal ein Bild von dem Fall machen, bevor Sie kommen. Der Gerichtsmediziner war übrigens eben hier, mit dem vorläufigen Ergebnis der Autopsie. Der Mann hat mich irgendwie an eine Fledermaus erinnert.»

«Dann war's Dr. Friedrich.»

«Ja, so hieß er. Er war nicht besonders freundlich. Ist der immer so grimmig, oder mag er keine Frauen?»

«Er ist der Beste.»

«Wenn Sie es sagen. Sie haben mal geboxt, oder?»

«Wie kommen Sie darauf?»

«Der Präsident hat es mir erzählt. Sie sollen mal richtig gut gewesen sein, hat er gesagt. Außerdem sehe ich das. Am Körperbau. Da habe ich einen untrüglichen Blick für. Auch wenn Sie inzwischen ganz schön Fett angesetzt haben. Vermutlich kocht Ihre Frau zu gut, stimmt's?»

«Können wir vielleicht das Thema wechseln?»

«Kein Problem, wenn Ihnen das unangenehm ist. Dann schlage ich vor, wir gehen jetzt an die Arbeit und schnappen einen Mörder.»

In einer vorzugsweise von englischen Touristen in Bermuda-Shorts frequentierten Tapas-Bar am Hafen von Morro Jable legten sie eine Pause ein. Hier endete die asphaltierte Schnellstraße. Und die Zivilisation. Mit dem Daumen maß Max Maifeld auf der Landkarte die Entfernung bis zur Villa an der gegenüberliegenden Küste der südlichen Halbinsel. Luftlinie sieben Kilometer. Dazwischen das Gebirge. Sie hatten kein Flugzeug, sondern einen untermotorisierten, altersschwachen, kanarienbunten Jeep. Mindestens 30 Kilometer kurvenreiche, ungesicherte Schotterpiste im Schritttempo. Die Engländer lärmten und tranken Bier. Max und Iris Cronenberg schwiegen und tranken Kaffee.

Bis Iris dem Schweigen ein Ende machte.

«Du bist immer noch sauer wegen Sarajewo, oder?»

Max starrte weiter aufs Meer, als könnte ihm das Meer eine Antwort darauf geben, ob er Lust auf dieses Gesprächsthema hatte.

«Meine liebe Iris, sauer ist das falsche Wort. Sauer würde bedeuten, dass du mich enttäuscht hättest. Eine Enttäuschung ist das Ende einer Täuschung. Nein, du hast mich nicht enttäuscht. In Wahrheit hast du dich in Sarajewo nicht anders benommen als damals während deines Volontariates in Köln.»

«Du hast mich von Anfang an nicht leiden können, stimmt's?»

«Stimmt.»

«Was habe ich dir eigentlich getan, verdammt noch mal?»

«Nichts.»

Schweigen.

Die Engländer zahlten und zogen lärmend weiter.

Der Lärm verebbte.

Bis nur noch das Meer zu hören war.

«Kannst du mir eine Zigarette geben?»

Ihr Blick war ein einziges Flehen um Liebe und Vergebung.

Er schob ihr die Schachtel und das Feuerzeug über den Tisch zu.

«Ist das so schwer zu verstehen?» Sie zündete sich eine Zigarette an und sog den Rauch tief ein, bevor sie weitersprach. «Ich wollte einfach nur eine gute Reporterin sein. So gut wie ihr. Ich wollte einfach nicht mit leeren Händen von meinem ersten großen Auftrag zurückkommen.»

«Ja, und deshalb hast du dir die Hände blutig gemacht und die Taschen voll. Wir hatten einen Ehrenkodex: keine Arrangements mit den Schweinen, die Menschen foltern, Kinder töten, Frauen vergewaltigen. Keine Interviews, keine Vorteilsannahme, keine Sonderbehandlung, keine Persilscheine, an denen Blut klebt. Du hast den Kodex gebrochen. So einfach ist das. Du hast dein blendendes Aussehen und deinen weiblichen Charme eingesetzt; du hast dich journalistisch prostituiert, um Erfolg zu haben. Du hast den Kodex gebrochen und eine Menge Kohle mit dem Interview gemacht. Du bist für deinen Erfolg buchstäblich über Leichen gegangen.»

«Ich war jung. Ich war dumm. Ich ...» Die Tränen schossen ihr in die Augen. Sie wollte nicht, dass er das sah. Sie drückte die halb gerauchte Zigarette im Aschenbecher aus. Ihre Hand zitterte. Sie sprang auf. Der Klappstuhl kippte nach hinten und klatschte auf den Steinboden. Sie ging zum Kai und starrte hinaus aufs Meer. Er betrachtete sie im Gegenlicht. Sie war wunderschön, fand er. Wunderschön und offenbar sehr verletzlich. Er begann zu bereuen, was er gesagt hatte. Am liebsten wäre er aufgestanden und zu ihr gegangen, hätte sie in den Arm genommen und getröstet. So wie man ein Kind tröstet. Als der Gedanke stärker wurde, scheuchte er ihn weg wie eine lästige Fliege.

Max winkte dem Kellner und bezahlte die Rechnung.

Heinz Lewandowski war nicht freiwillig in den Tod gegangen. Aber erst oben auf der Klippe des alten Steinbruchs, unmittelbar am Abgrund, hatte er begonnen, sich heftig gegen seinen bevorstehenden Tod zu wehren, stellten die Kollegen vom Erkennungsdienst anhand der Fußspuren fest. Saubere Fußabdrücke waren allerdings nicht mehr zu nehmen; wegen des starken Regens war der Boden völlig aufgeweicht.

Erwin Keusen versicherte, auf dem gesamten Weg vom Parkplatz bis zur Klippe hätten seine Leute keine Auffälligkeiten feststellen können. Keine abgeknickten Äste, kein aufgewühltes Erdreich. Als sei Heinz Lewandowski brav wie ein Lemming seinem Mörder zur Hinrichtungsstätte gefolgt.

Seine Hände waren gefesselt, als man ihn aus dem Wasser zog, und an dem Strick zwischen den beiden Handgelenken hing eine Einkaufstasche voller Steine. Heinz Lewandowski wäre so schnell nicht mehr vom Grund des Sees aufgetaucht, hätte die Wurzel nicht seinen freien Fall gestoppt.

Die braune Einkaufstasche aus Nylon stammte nicht von hier, so stand es in dem Bericht aus dem Labor.

Sondern aus Russland.

Die Mafia? Der Modus operandi würde passen. Und Lewandowskis dubiose Geschäfte ebenfalls. Der Waffenhändler musste wie seine Lebensgefährtin furchtbare Qualen erlitten haben. Tod durch Ertrinken. Einer der grausamsten

Tode. Vermutlich hatte er die Luft angehalten, knapp einen Meter unter dem Wasserspiegel, in der trügerischen Hoffnung, dem Tod entgehen zu können. Man hätte ihn auch oben auf der Klippe erschlagen, erstechen oder erschießen und anschließend die Leiche in den See werfen können, wäre es nur darum gegangen, ihn zu beseitigen. Stattdessen aber zog man es vor, ihn lebend von der Klippe zu stürzen, ihn sehenden Auges in den Tod gehen zu lassen, wissend, dass ihn die Steine unter Wasser ziehen und ihm einen qualvollen Tod bereiten würden.

Hatte der Mörder versucht, von Eva Gering etwas in Erfahrung zu bringen, indem er sie folterte? Was konnte das sein? Oder war das, was in der Jagdhütte passiert war, lediglich eine klassische Hinrichtung mit perversem Vorspiel? Hatten die Killer ihren Arbeitsauftrag lediglich mit ihrer privaten psychopathischen Neigung in Einklang gebracht? War Lewandowskis Tod eine brutale Bestrafung, in der Höhe angemessen aus der Sicht der Täter oder Auftraggeber? Wen bestraft man derart grausam?

Einen Verräter?

Der Parkplatz und die Wälder rund um den See waren ein beliebter Treffpunkt der rheinischen Schwulen-Szene. Gab es da einen Zusammenhang? Oder wenigstens einen Zeugen?

Mehr Fragen als Antworten.

Morian massierte seinen Nacken. «Wir werden uns die Arbeit teilen. Ich kümmere mich um die Russen-Spur, Sie kümmern sich um die Schwulen-Szene. Morgen fangen wir damit an.»

Antonia Dix nickte. «Und was machen wir jetzt?»

Morian stand auf und griff nach seinem Regenmantel. «Jetzt gehen wir was essen.»

«An Rosenmontag?»

Sie hatte Recht. Daran hatte er überhaupt nicht gedacht. An Rosenmontag war in der Stadt die Hölle los. Und die Gastronomie im Ausnahmezustand. Aber er hatte Hunger. Und wenn er Hunger hatte, konnte er nicht denken. «Keine Sorge. Irgendwo werden wir ein stilles Plätzchen finden. Verlassen Sie sich getrost auf mich.»

«Das tue ich doch schon die ganze Zeit.»

Morian sagte nichts, sondern hielt ihr die Tür auf. Musste sie eigentlich immer das letzte Wort haben?

Der Wind ließ die verrotteten Planen tanzen und wütend an den morschen Holzgerüsten zerren. Iris Cronenberg schlang die Arme um ihren Körper. Ihr war plötzlich kalt.

«Irgendwie unheimlich. Was ist das hier, Max?»

«Das waren mal Tomatenplantagen. Vor langer Zeit aufgegeben. Gigantisch. Hattest du nicht erzählt, dass Gustav Winter ein landwirtschaftliches Versuchsgut aufbauen wollte?»

Sie hatten etwa zwei Drittel der Bergstrecke hinter sich. Bisher war ihnen keine einzige Menschenseele begegnet. Nicht die Lufttemperatur, sondern die Landschaft in diesem Teil der Insel ließ sie frösteln: Sie war abweisend, kalt, lebensfeindlich. Die flatternden, knatternden Planen säumten nun schon seit einer halben Stunde ihren Weg über die schmale, von gefährlich tiefen Schlaglöchern durchsetzte Piste. Halbrechts vor ihnen türmten sich die schroffen Felsmassen des Pico de la Zarza auf. Jenseits des Bergrückens musste die Villa liegen. Der Suzuki quälte sich die Steigung hinauf. Der Wind wurde schärfer und kündigte an, was sie jenseits des Bergkamms erwartete.

Schon hinter der nächsten Kurve.

Der Atlantik. Endlos.

Max trat auf das Bremspedal.

Keine zwanzig Zentimeter vor der Stoßstange ging es steil abwärts, gut vierhundert Meter, bis ins Meer. Max setzte zurück, dann kurbelte er den Jeep durch die Haarnadelkurve. Die Geröllpiste war von nun an kaum breiter als der Geländewagen. Max ließ den Suzuki im ersten Gang abwärts klettern. Die tobende Brandung und der pfeifende Wind vereinigten sich zu einer Geräuschkulisse, die jede Unterhaltung unmöglich machte. Max hatte nichts dagegen. Er hatte ohnehin alle Hände voll zu tun, sie beide samt dem Wagen heil da runterzubringen. Wenn der Jeep ins Rutschen geraten sollte, konnten sie nur noch beten. Iris traute sich kaum zu atmen. Schließlich aber siegte ihre Neugierde. Sie nahm das Fernglas aus ihrer Handtasche. Sie wusste, in welcher Richtung sie suchen musste. Das wilde Schaukeln des Suzuki ließ das Glas vor ihren Augen tanzen. Es dauerte eine Weile, aber dann hatte sie im Fokus, wonach sie suchte.

Die Villa.

Inmitten dieser einsamen, wilden, scheinbar endlosen Küstenlandschaft, auf halber Strecke zwischen dem Bergkamm und der Wasserlinie, als sei sie ein Puppenhaus, das versehentlich aus einem Flugzeug vom Himmel gefallen war.

Eine Viertelstunde später hatten sie die Küste erreicht. Das Meer brüllte und schäumte, der Wind schleuderte Sand und Salzwasser in ihre Gesichter. Die Geröllpiste machte einen scharfen Rechtsknick und schlängelte sich dann den Berg hinauf. Max schirmte mit der rechten Hand seine Augen vor der Sonne ab, während er mit der linken Hand lenkte. Die Villa sah aus dieser kurzen Entfernung gar nicht mehr wie ein Puppenhaus aus.

Eher wie eine Festung.

Morian warf die Serviette auf den blanken Teller und lehnte sich zufrieden zurück. Chinesische Küche gehörte zwar nicht zu seinen Favoriten, aber das Essen war ordentlich, und wenigstens hatten sie hier ihre Ruhe vor dem lärmenden Karneval. Das Lokal bestand lediglich aus der offenen Küche mit den Wok-Pfannen auf dem Herd im vorderen Raum und einem albern dekorierten Hinterzimmer mit vier Plastiktischen. Sie waren die einzigen Gäste. Antonia Dix strahlte ihn an, während sie den letzten Bissen runterschluckte. «Irgendwie zwar wie Pommes-Bude auf Chinesisch, aber das Essen ist okay, oder? Ich komme manchmal abends her, wenn ich keine Lust zum Kochen habe. Für sich alleine zu kochen macht ohnchin keinen großen Spaß, finde ich.»

«Wie, wohnen Sie etwa hier in der Nähe?»

«Ja, um die Ecke. Über dem Rex-Kino. Genauer gesagt im Hinterhaus, gleich neben dem Vorführraum.»

«Ich dachte, Sie wohnen in Köln.»

«Hab ich auch. Mein Leben lang. Ich bin vorher jeden Tag nach Bonn gependelt, seit ich die Stelle im KK 22 bekam. Aber dann ist die Beziehung zu meinem Freund in die Brüche gegangen. Nach drei Jahren. War nicht leicht. Hat auch ganz schön wehgetan. Da habe ich mir gesagt, mach einen Schnitt, Antonia. Verändere dich. Tapetenwechsel tut dir vielleicht mal ganz gut, und deshalb bin ich vor vier Wochen nach Bonn umgezogen.»

Sie leckte sich genießerisch die Finger und wischte sie an ihren Hosenbeinen ab. Morian studierte ihren Aufzug. Die olivgrüne Armeehose hatte unzählige ausgebeulte Taschen. Sie trug halbhohe schwere Schnürschuhe mit Stahlkappen und grobstolligem Profil, als arbeitete sie auf dem Bau statt im Polizeipräsidium. Über dem engen T-Shirt trug sie jetzt eine schwarze Lederjacke. Die Jacke war ihr einige Nummern zu groß, das Leder so steif und abgewetzt, als stammte die Jacke noch aus Wehrmachtsbeständen. Die Kradmelder hatten solche Dinger getragen. Morians Großvater war im Krieg Kradmelder gewesen. Und die Motorrad-Streifen der Polizei hatten früher ebenfalls solche Jacken. Als Morian noch ein Kind war.

«Warum haben Sie sich nicht eine Wohnung in der Altstadt genommen?»

«Wieso sollte ich? Wegen meiner Klamotten etwa? Weil ich damit prima in die Alternativszene passe? Wann waren Sie zum letzten Mal in der Bonner Altstadt?»

«Ist schon eine Weile her. Ich hab früher da gewohnt... als ich noch Junggeselle war.»

«Natürlich habe ich mir die Altstadt angeschaut. Außerdem waren wir mit den Kollegen vom KK 22 da schon mal hin und wieder nach Feierabend ein Bier trinken. Aber die Szene, die Sie meinen, verschwindet langsam. Alles fest in türkischer Hand. An jeder Straßenecke ein so genanntes türkisches Kulturzentrum, sprich ein Raum mit Fernseher und fünf Tischen zum Zocken, vor dem Eingang stehen sie abends gelangweilt rum, glotzen mich an, ziehen mich mit ihren Blicken aus, na, du süße Schoko-Maus? Nein danke, kein Bedarf.»

Antonia Dix atmete schneller und heftiger.

Morian war irritiert.

«Sie sehen irritiert aus. Weil ich wegen meiner Hautfarbe eigentlich mehr Toleranz und Verständnis für ausländische Mitbürger aufbringen müsste? Glauben Sie mir: Ich weiß, was es heißt, anders auszusehen. Wenn man als Kind wegen seiner Hautfarbe gehänselt wird, ausgestoßen, gedemütigt wird. Es ist furchtbar. Es hat mir manchmal das Herz zerrissen. Aber davon spreche ich nicht. Schauen Sie sich den chinesischen Koch da vorne und seine Frau an. Sie sind freundlich, sie wollen niemandem wehtun, sie wollen nur in Frieden leben in diesem fremden Land und ihre Kinder anständig großziehen und satt kriegen. Nein, ich rede nicht von diesen Menschen. Ich rede von Männern, die mit ihren Familien in dieses Land kommen, ihre Frauen und Töchter in der Wohnung verstecken, wegsperren, aus religiösen oder kulturellen Gründen oder aus welchen Gründen auch immer, und dann alle anderen Frauen in ihrem Gastland wie Freiwild betrachten und dabei kein Problem haben, ihre Religion oder Kultur oder was auch immer an der Garderobe ihres so genannten Kulturzentrums abzugeben. Die sogar töten, um die scheinheilige Familienehre wiederherzustellen, nur weil ihre Töchter oder Schwestern oder Enkeltöchter, die sie aus der Heimat in dieses fremde Land geschleppt haben, eines Tages in diesem Land ein Leben führen möchten, wie Frauen es hier nun mal leben. Haben Sie mich jetzt verstanden?»

«Ja, ich denke schon.»

«Danke. Das Problem heißt nicht Deutscher oder Ausländer. Das Problem ist auch nicht die Hautfarbe. Das Problem ist die Religion. Beziehungsweise diejenigen Menschen, die im Namen der Religion anderen vorschreiben wollen, wie sie zu leben haben und ohne Skrupel sind, Verbrechen zu heiligen. Jetzt ist es gerade der Islam. Früher war es das Christentum. Die Hexenverbrennungen im Mittelalter, die Kreuzzüge im Namen Gottes, der Terror der Inquisition. Der Heiligen Inquisition. Jetzt ist es der Heilige Krieg des Dschihad. Die einzige Religion, die Toleranz als Gebot lebt und in deren Namen noch nie ein Krieg geführt wurde, ist der Buddhismus. Und deshalb bin ich Buddhistin. Was haben Sie eigentlich mit dem Plastiksack vor, den Sie unter Ihrem Schreibtisch versteckt haben?»

Morian hatte Mühe, ihren sprunghaften Gedanken zu folgen. Er benötigte eine Weile, bis er begriff, dass nun nicht mehr von der Inquisition und dem Dschihad die Rede war.

«Ach der. In den Plastiksack habe ich gestopft, was Gisela Meurer von den Akten ihres toten Chefs übrig gelassen hat. Ist natürlich Blödsinn. Was einmal durch den Shredder gelaufen ist, ist reif für den Müll. Dafür sind diese gefräßigen Dinger ja schließlich erfunden worden.»

«Gisela Meurer? Lewandowskis Sekretärin?»

Morian nickte. Draußen schwankte ein einsamer Clown vorbei. Der winzige Lautsprecher an der mit Styroporplatten verkleideten Decke krächzte einen chinesischen Schlager.

«Würden Sie mir den Sack mal leihen, Chef? Vielleicht kann ich mich ja nützlich machen.»

«Was haben Sie vor? Wollen Sie die Papierstreifen sortieren und wieder aneinander kleben? Sie sind zwar noch jung, aber bis zu Ihrer Pensionierung werden Sie damit nicht durch sein.»

«Lassen Sie mich mal machen, Chef.» Sie winkte der Frau des Wirts zu. «Die Rechnung übernehme ich. Betrachten Sie das Essen hier und die Papierschnipsel als meinen Einstand.»

Der Weg schlängelte sich durch die verwilderten Felder um das Anwesen hinauf zur Bergseite der in den Hang gebauten Villa. Sie bogen um die Ecke und rollten über einen asphaltierten Platz auf ein geschlossenes, halbkreisförmiges Holztor zu. Ein Tor, das groß genug war, um einen Mähdrescher passieren zu lassen.

Vor dem Tor hockte eine alte Frau auf dem Boden in der Sonne und knackte Pinienkerne. Neben ihr lag ein großer Hund faul in der Sonne, sprang aber augenblicklich auf, als er den Jeep sah, setzte zu einem wütenden Bellen an, umkreiste den Wagen und sprang an den Seitenscheiben hoch. Max öffnete das Fenster einen Spalt und sprach die Frau auf Spanisch an. Iris verstand kein Wort, aber der Tonfall seiner Stimme verriet ihr, dass Max keine Widerrede duldete. Augenblicklich pfiff die Alte den Hund zurück, kreischte und warf mit Steinen nach ihm, bis er sich widerwillig trollte und sich neben der Alten zu Boden fallen ließ. Max öffnete die Fahrertür und ging auf die Alte zu.

Iris blieb sitzen. Der Hund war ihr unheimlich, und sie wollte abwarten, wie er auf den fremden Besucher reagierte. Aber er blieb liegen, wenn auch seine Augen und Ohren signalisierten, dass er jederzeit zum Angriff bereit war. Max sprach mit der Alten, die daraufhin lachte und ihren fast zahnlosen Mund zeigte. Als Max ihr einen 10-Euro-Schein in die Hand drückte, raffte sie sich umständlich auf, ließ den Schein in ihren weiten schwarzen Gewändern verschwinden und öffnete eine kleine Tür, die in den rechten Flügel des geschlossenen Tores eingelassen war. Der Hund sprang auf und folgte ihr ins Innere. Max grinste, winkte Iris und verschwand ebenfalls durch die Tür. Jetzt blieb ihr nichts anderes übrig. Sie stieg aus. Keine Sekunde länger hätte sie hier draußen alleine in dieser Einöde zubringen wollen.

Sie standen in einem von Arkaden gesäumten Atrium, das an die Kreuzgänge romanischer Kirchen und Klöster erinnerte. Und an die Patios andalusischer Herrenhäuser. Die Villa Winter musste mal ein prächtiges Anwesen gewesen sein. Doch die Natur hatte sich das Areal zurückerobert. Der Garten im Innenhof war völlig verwildert und verdorrt, der kunstvoll aus Stein gemeißelte Brunnen, der Iris an die Alhambra in Granada erinnerte, ebenso versiegt wie der künstliche Bachlauf, der von dem Brunnen gespeist worden war. Nur ein paar armselige Agaven hatten die Rückkehr der Dürre überlebt. Die kostbaren Schnitzereien der hölzernen Rundbögen, die das Dach rund um den Patio trugen, verrotteten in der salzhaltigen Luft.

Die Türen im Schatten der Arkadengänge waren durch schwere Vorhängeschlösser gesichert, bis auf ein winziges Zimmer gleich links vom Tor, das offensichtlich die Alte bewohnte. Max warf nur einen kurzen Blick hinein. Ein schmales, ungemachtes Bett, gegenüber ein kleiner Kühlschrank, darauf eine angerostete elektrische Kochplatte, an der Kopfseite ein Waschbecken, daneben eine altmodische Kommode, darauf gestapelt ein halbes Dutzend Pappschachteln.

Verschlossen waren auch die massive Stahltür zum Kellergeschoss im Südflügel sowie die Tür zu dem Turm an der Nordseite, der das Dach des Hauptgebäudes nochmals um zwei Stockwerke überragte und an die Wehrtürme mittelalterlicher europäischer Burgen erinnerte. Den Geräuschen nach musste er von Tauben bevölkert sein.

Weit offen standen hingegen die kunstvoll gearbeiteten Flügeltüren jenseits des Innenhofs am meerseitigen Kopfende des Atriumbaus. Sie führten in den Salon. Auf dem Fußboden aus Marmor waren Strohballen gelagert und vor dem offenen Kamin Maiskolben zum Trocknen ausgelegt. Ein paar Ziegen ergriffen die Flucht und stürmten hinaus in den Patio. Ansonsten war der Salon leer. Kein einziges Möbelstück.

Als sie durch eine weitere Flügeltür am Ende des Salons auf die Terrasse traten, blieben sie für einen Moment stehen. Nicht nur, weil sie der kalte, beißende Wind ins Gesicht traf. Nein, der Blick über die monotone Landschaft hinunter zum wild schäumenden Atlantik verschlug ihnen den Atem. Nichts in diesem in drei Himmelsrichtungen endlosen Panorama gönnte dem Auge auch nur einen winzigen Moment der Ruhe und der Orientierung, nicht einmal der gigantische Schatten, der, erzeugt durch eine vom Wind getriebene Kumuluswolke am Himmel, mit rasender Geschwindigkeit über den Hang jagte und schließlich übers Meer am Horizont verschwand.

Wer auch immer hier gewohnt hatte, musste die Einsamkeit mehr als jedes andere Gut geliebt haben.

Der Hund hatte sich inzwischen mit Iris Cronenbergs linker Ferse angefreundet und sich inbrünstig knurrend im Absatz ihres Schuhs verbissen. «*Frio*», jammerte die Alte, die ihnen auf die Terrasse gefolgt war. «*Muy frio.*» Wie zur Übersetzung umklammerte sie ihre schmalen, knochigen Schultern und schüttelte sich. Ja, es war kalt auf der Terrasse. Der Wind pfiff erbarmungslos zwischen den steinernen Säulen hindurch, die das Dach trugen. Iris stand an der Brüstung, starrte hinaus aufs Meer und versuchte, den Hund an ihrer Ferse zu ignorieren, während die Alte, die ihr nicht mal bis zur Schulter reichte, unablässig auf sie einredete. Max verspürte wenig Lust, den Dolmetscher zu spielen und die Alte auszufragen, zumal er sowieso keine Ahnung hatte, was Iris eigentlich wissen wollte. Er jedenfalls wollte zurück in die Sonne und eine Zigarette rauchen. Als er unwillkürlich, so wie er es von seinem eigenen winzigen Haus gewohnt war, den Kopf neigte, um auf dem Weg zurück in den Salon nicht gegen den Türsturz zu stoßen, fiel sein Blick auf den Feldstecher auf der Fensterbank.

Er sah neu und teuer aus. Max nahm ihn in die Hand.

Ein deutsches Fabrikat. So ziemlich das Beste, was auf dem Markt zu kriegen war. Ein Zeiss 20x60 Nachtglas mit Bildstabilisierungssystem. Auf dem regulären Markt nicht unter viertausend Euro zu haben.

Max stellte den Feldstecher zurück auf die Fensterbank und ging weiter. Hinter sich hörte er die Alte gegen den infernalischen Lärm der Brandung anschreien, ja, sie habe Don Gustavo noch gekannt, ein guter Mann, Gott sei seiner Seele gnädig. Ihr Vater habe Don Gustavo als Knecht gedient, und ihre Mutter habe für ihn gekocht. Max wusste, dass Iris kein Wort von dem verstand, was die Alte da auf Spanisch, gefärbt vom Dialekt der Kanaren, von sich gab. Er verließ den Salon, durchquerte den Patio und trat durch das Hoftor hinaus auf den Vorplatz.

Schienen führten quer über den asphaltierten Platz in den Berg. Sie erinnerten Max an die Gleise der Straßenbahn seiner Kindheit in Köln. Wenn man nicht aufpasste, blieb man mit den Fahrradreifen darin stecken.

Max bückte sich und betastete die rostigen Schienen. Sie waren schon lange nicht mehr benutzt worden. Sie verschwanden unter einem Holztor in der Felswand jenseits des Vorplatzes. Max prüfte die Klinke. Das Tor war nicht verschlossen. Max lief zurück zu dem Suzuki und kramte in seinem Rucksack, bis er die Taschenlampe fand, die er am Morgen vorsorglich eingesteckt hatte, dann lief er zurück und öffnete das Tor.

Der in den Fels geschlagene Stollen war stockdunkel. Max ließ die Taschenlampe aufblitzen. Der glänzend schwarze Lack und die Reflektoren der Scheinwerfer des Landrover Defender warfen das Lichtbündel zurück und blendeten ihn einen Augenblick.

Der Geländewagen stand keine zwei Meter vor ihm entfernt, rückwärts eingeparkt. Wie weit der Stollen in den Berg führte, vermochte er nicht zu erkennen. Das Licht der Taschenlampe verlor sich schon nach wenigen Metern. Max richtete den Lichtstrahl nach oben. Der halbkreisförmige Tunnel hatte einen Durchmesser von etwa drei Metern.

GC 3745 AZ – der Wagen war also auf den Kanaren zugelassen. Kein Mietwagen, denn deren Kennzeichen begannen mit einer Ziffernkombination. Max öffnete die Fahrertür des Landrover. Mit Sicherheit kein Mietwagen. Denn der Wagen war gepanzert, so wie die Landrover der britischen Armee in Nordirland. Der Zündschlüssel steckte. Er warf einen Blick auf den Tacho. Der Wagen war nagelneu, der Motor noch keine 2000 Kilometer gelaufen. Er öffnete das Handschuhfach. Eine Landkarte der Insel im Maßstab 1:100 000 und ein billiger Kugelschreiber ohne Werbeaufschrift. Sonst befand sich nichts in dem Wagen, was Aufschluss über den Besitzer gegeben hätte.

Max drückte die Fahrertür leise ins Schloss und tastete sich an dem Geländewagen entlang tiefer in den Stollen. Nach ein paar Metern gab er auf. Keine Chance. Die Taschenlampe war viel zu schwach. Er wollte den Stollen wieder verlassen, als er sich das Schienbein stieß. Es tat höllisch weh. Er leuchtete den Boden ab. Rechts vor ihm lag in der Ecke eine umgekippte Lore, wie sie früher im Bergbau benutzt wurde. Völlig verrostet. Nur die Plakette des Herstellers war aus rostfreiem Stahl. Max richtete den Lichtstrahl auf die kreisförmige Plakette. Krupp Essen. «Gute deutsche Wertarbeit», fluchte er leise, während er sich das schmerzende Schienbein rieb.

Max Maifeld humpelte aus dem Tunnel und schloss das Tor. Er hatte sich gerade eine Zigarette angezündet, als Iris Cronenberg ins Freie trat, den unablässig knurrenden Hund an ihrer Ferse.

«Wo warst du so lange, verdammt noch mal? Warum lässt du mich mit dieser alten Hexe allein? Und dieser Bestie? Lass uns auf der Stelle von hier verschwinden. Ich krieg' gleich die Krise.»

Josef Morian parkte den alten Volvo in der Hofeinfahrt. Das Licht über der Tür des Fachwerkhauses brannte. Liz ließ es immer brennen. Für ihn. Als Willkommensgruß. Seit sie das Haus gekauft und hergerichtet hatten.

Das war schon ziemlich lange her.

Eines der vielen Rituale ihrer Ehe.

Morian stellte den Motor ab, blieb aber sitzen. Der Regen trommelte gegen die Windschutzscheibe. Sie hatten sich einmal sehr geliebt, er und Liz. Zwei Wunschkinder bekommen.

Das war auch schon ziemlich lange her.

Die Sache damals hatte alles verändert. Unmerklich, schleichend, wie ein geruch- und geschmackloses, langsam, aber tödlich wirkendes Gift. Sie sollten sich dringend einer Paartherapie unterziehen, meinte Liz in regelmäßigen Abständen. Ja, gute Idee, entgegnete Morian jedes Mal und stürzte sich dann noch mehr in seine Arbeit. Du versteckst dich hinter deiner Arbeit, sagte Liz. Die Sache damals hat deine Gefühle abgetötet.

Sie hatte vermutlich Recht. Schließlich war seine

Frau Therapeutin von Beruf, und so wie er als Polizist einst an den Rechtsstaat geglaubt hatte, so glaubte sie nach wie vor an die Heilkraft der Psychotherapie. Das Problem war nur: Morian hatte keine Lust, mit einem wildfremden Menschen das alles noch einmal durchzukauen. Er wollte nur vergessen.

Wenn das so einfach wäre.

Er war damals schon Leiter der Mordkommission. Hatte sich zuvor gerade erst von der Sitte zur Mordkommission versetzen lassen, weil der Blick in den Abgrund ihn beinahe zerbrochen hätte. Liz hatte ihm geraten, sich versetzen zu lassen. Und dann holte ihn doch alles wieder ein, mit der Ermittlung in einem Mordfall, und weil Max Maifeld, dieser dämliche, sture Hund, seiner Tochter unbedingt einen Gefallen tun wollte. Sie waren in diese Sache einfach so reingeschliddert, wollten die Wahrheit finden. Am Ende wollten sie nur noch überleben.

Sie hatten einen Kinderschänder-Ring gesprengt. Aber den Drahtzieher, den Kopf, den Cheflogistiker dieser Psychopathen, den hatten sie nicht gekriegt. Die letzte Spur verlor sich in Chile.

Hartmut Herbach lief immer noch frei rum.

Irgendwo in Chile.

Vielleicht aber auch irgendwo da draußen.

Hartmut Herbach hatte Max Maifeld Rache geschworen: Er würde seine Kinder töten, eines Tages. Auf einen Mord mehr oder weniger kam es ihm nicht an, und er hatte genug Geld, seine Drohung von jedem Versteck der Welt aus mittels bezahlter Killer wahr zu machen. Max Maifeld hatte auf der Stelle seine Tochter und seinen Sohn außer Landes gebracht und alle Spuren verwischt, so gut es ging. Das hatte ihn alles gekostet, was er besaß. Dann hatte er ebenfalls Köln verlassen, alle Zelte hinter sich abgebrochen, war eine Weile in Amsterdam untergetaucht, dann in Barcelona, war weitergezogen wie ein Getriebener, bis sich seine Spur verlor, und hatte sich eines Tages telefonisch bei Morian gemeldet, aus einem gottverdammten Nest auf den Kanaren, wo er seitdem lebte. Morian hatte keine Ahnung, wovon eigentlich. Aber das hatte er früher auch nicht so genau gewusst. Und wollte es auch nie so genau wissen, weil er sich nicht sicher war, ob das Wissen mit seiner Berufsethik vereinbar war. Manchmal telefonierten sie miteinander. Nicht oft.

Vielleicht war es ein Fehler gewesen, Iris Cronenberg die Adresse zu geben. Aber es war schließlich nur die Adresse dieser Fischereibruderschaft, und Max hatte es schließlich selbst in der Hand, ob er mit ihr in Verbindung treten wollte oder nicht.

Manchmal beneidete er Max. Einfach abhauen, ein neues Leben beginnen. Einfach so.

Als Polizeibeamter mit zwei schulpflichtigen Kindern?

An dem Baudarlehen würde er bei seinem Gehalt wohl abbezahlen, bis er in Pension ging.

Das war's wohl. Das Leben des Josef Morian.

Herbach war damals Pate einer kriminellen Vereinigung, die mit perversen Partys und dem auf Video und DVD festgehaltenen Missbrauch von Kindern mehr Profit machte als türkische Drogenbosse mit dem Heroin-Handel.

Sie hatten sich dem mächtigen Netzwerk in den Weg gestellt. Alleine. Ohne Rückendeckung von oben.

Seitdem hatte er keine Nacht mehr durchgeschlafen.

Seit zwei Jahren.

Liz hatte irgendwann die Konsequenzen aus seiner

seit zwei Jahren andauernden Sprachlosigkeit und Gefühllosigkeit gezogen. Und beschlossen, dass es noch etwas anderes geben musste außer einer verkorksten Ehe. Sie engagierte sich seither ehrenamtlich in Organisationen zur Bekämpfung des Missbrauchs von Kindern, ging auf Vortragsreisen, schrieb Bücher über das Thema, nahm einen Lehrstuhl an, wurde zu Talkshows eingeladen.

Sie distanzierte sich, so wie er sich distanziert hatte. Sie hatten sich darauf geeinigt, zusammenzubleiben, bis die Kinder groß waren. Morian hatte keine Ahnung, ob das funktionieren würde. Er bemühte sich, möglichst wenig darüber nachzudenken.

Die Scheiben im Volvo beschlugen. Er konnte nichts mehr sehen außer dem schwachen verschwommenen Lichtschein der Laterne über der Haustür. Der Regen trommelte immer heftiger, immer lauter aufs Wagendach, und ihm wurde kalt. Er konnte nicht die ganze Nacht hier sitzen und grübeln. Er atmete einmal tief durch, stellte den Kragen des Trenchcoats hoch, zog den Zündschlüssel ab und zwängte sich aus dem Volvo.

Während Max Maifeld den Miet-Jeep zurück über den Pass in Richtung Morro Jable und damit zurück in die Zivilisation steuerte, verbrachte Iris Cronenberg die Rückfahrt vornehmlich damit, per Handy sämtliche Fluggesellschaften abzuklappern, um einen Rückflug nach Deutschland für den übernächsten Tag zu erwischen. Schließlich buchte sie bei Air Berlin ein Ticket nach Köln/Bonn, nannte ihre Kreditkartennummer sowie die Nummer ihrer silbernen Kundenkarte und legte auf.

«Du willst schon abreisen? Was ist mit deiner Story?»

«Welche Story? Ein verfallenes Haus in einer Steinwüste am Arsch der Welt? Eine zahnlose Alte mit einem durchgeknallten Köter? Die können mich mal mit ihrer Story. Ich will nur noch weg von dieser Scheiß-Insel.»

Ihr Vokabular passte nicht annähernd zu ihrer äußeren Erscheinung, dachte Max. Aber das behielt er für sich. Ebenso wie seine Beobachtungen. Der sündhaft teure Feldstecher. Der in dem Stollen versteckte nagelneue Landrover. Max konnte sich nicht vorstellen, dass die zahnlose Alte dies benutzte. Und er konnte sich auch nicht vorstellen, dass Iris Cronenberg damit etwas anfangen konnte. Die Lifestyle-Journalistin. Was hatte er mit ihren Storys zu tun? Sollte sie doch selber die Augen aufmachen. Er jedenfalls hatte seinen Job als Chauffeur und Fremdenführer erledigt. Mit dem Geld würde er eine Weile zurechtkommen, und Iris Cronenberg würde ihn ohnehin auf ihre Spesenrechnung setzen, so wie den Jeep, das Hotelzimmer, den Flug und alles andere.

«Du Ärmste, ich hoffe, du hast dich jetzt nicht vergeblich in Unkosten gestürzt?»

«Wo denkst du hin? Meinst du, ich nehme einen Auftrag ohne Vorkasse und Spesen an?»

Als sie die Schnellstraße in Richtung Norden erreicht hatten, fiel die Dunkelheit wie ein Stein auf die Insel. Max Maifeld lebte nun schon länger als ein Jahr auf Fuerteventura, aber er war immer noch jedes Mal davon fasziniert, wie hier, vor der Küste Afrikas, in Höhe der Sahara, Tag und Nacht sich ohne Dämmerung in Minutenschnelle ablösten. Er schaltete die Scheinwerfer ein und konzentrierte sich auf die Strecke. Die entgegenkommenden Lastwagen hatten wie üblich ein Tempo drauf, als führen die Männer am Steuer um ihr Leben. Der Straßenverkehr unterschied sich erheblich von der Umdrehungszahl des restlichen Alltagslebens auf der Insel. Iris saß zusammengekauert auf dem Beifahrersitz, hatte die Füße auf die Sitzkante hochgezogen, die Arme um ihre Knie geschlungen und ihr Kinn in ihrem Cashmere-Pullover vergraben. Sie starrte ausdruckslos vor sich hin und schwieg den Rest der Fahrt.

Bis Max in die Einfahrt zum *Palace Hotel Tres Islas* einbog.

«Kommst du noch auf einen Kaffee mit rein ... in die Hotelbar?»

«Ich denke, es ist besser, du gibst mir das Geld, das du mir schuldest, und ich verschwinde. Ich bin noch verabredet.»

«Aha. Schade.» Sie kramte in ihrer Tasche. «Tut mir Leid, aber ich habe nicht so viel Bargeld bei mir. Ich muss es mir an der Rezeption auszahlen lassen.»

Iris betrat die Lobby durch die Drehtür, während Max draußen den Miet-Jeep parkte und sein Gepäck in seinen R4 umlud.

Die breiten, bequemen, dick gepolsterten Korbsessel in der Halle waren fast alle besetzt. Ältere Damen in rosafarbenen Abendkleidern, ältere Herren in weißen Hosen und dunkelblauen Blazern mit goldenen Knöpfen, die aussahen, als warteten sie auf das Casting für die nächste Traumschiff-Serie. Dabei warteten sie wie jeden Abend auf den Beginn der Show um 21.30 Uhr im Nightclub des Hotels. Heute warteten sie auf die drei fabelhaften Brown Sisters, die mit einer Supremes-Kopie für Kurzweil sorgen wollten, wie die Plakate in der Lobby verrieten.

Das Warten machte ihnen nichts aus, im Gegenteil, sie waren das Warten gewohnt. Es war Teil ihres Alltagslebens, darauf zu warten und zuzuschauen, wie die Zeit verstrich: Die Mehrzahl der Stammgäste des *Palace Hotel Tres Islas* bestand aus wohlhabenden deutschen Rentnern und Pensionären.

Nur einer unter ihnen stach aus der Masse hervor, wirkte an diesem Ort völlig deplatziert – und fiel ihr deshalb sofort auf: ein Schwarzer mit kahl rasiertem und poliertem Schädel, Mitte vierzig vielleicht, schwer zu schätzen, an die zwei Meter groß und annähernd so breit wie der Korbsessel, in dem er mehr lag als saß. Seine Muskelberge hatte er unter einem cremeweißen Leinenanzug versteckt, unter dem offenen Jackett trug er ein schwarzes T-Shirt, das über seinem gewaltigen Brustkorb spannte. Außerdem trug er keine Schuhe. Der Mann war barfuß.

Erst als er ihr zuzwinkerte, wurde ihr bewusst, dass sie ihn angestarrt hatte, eine Spur zu lange. Sie sah schnell weg und eilte weiter zur Rezeption. Peinlich. Da hatten die linksliberalen Eltern der 68er-Generation ihrer Klein-Iris pausenlos eingetrichtert, Menschen anderer Hautfarbe seien Menschen wie du und ich, und dann starrte sie, ausgerechnet sie, die weltläufige Journalistin, einen Schwarzen an, als käme er vom Mars. Der Bedienstete hinter dem Tresen lächelte sie stumm und geduldig an, während sie noch ihren Gedanken nachhing. «Mein Name ist Iris Cronenberg. Ich wohne in Zimmer 225 und brauche dringend etwas Bargeld. Bitte zahlen Sie mir 400 Euro aus und schreiben Sie den Betrag auf meine Rechnung.»

«Dein Englisch ist wirklich beeindruckend. Aber spar dir die Mühe. Die sprechen alle phantastisch deutsch hier.»

Max lehnte neben ihr am Tresen.

«Na und? Ich spreche englisch, solange es mir passt. Und ich spreche englisch, um nicht überall gleich als deutsche Touristin erkannt zu werden. Das geht mir nämlich gewaltig auf die Nerven. Hier. Dein Geld.»

In diesem Augenblick bemerkte sie den Schwarzen in dem weißen Anzug, der sich aus dem Korbsessel gestemmt hatte und mit einem breiten Grinsen auf sie zuschlenderte, provozierend langsam. Auch das noch. Noch ein paar Sekunden, noch ein paar Schritte, und sie würde erneut Max Maifelds beißender Ironie ausgesetzt sein.

Doch der Schwarze grinste gar nicht sie an. Sondern Max. Und als er die Rezeption erreichte, fiel er Max um den Hals.

Die beiden Männer hielten sich eine Weile schweigend in den Armen. Dann löste sich der Schwarze von Max und sagte: «Willst du mich nicht mal deiner Begleitung vorstellen?»

«Das ist Iris Cronenberg, Journalistin aus Köln und für einen Tag meine Arbeitgeberin. Iris, das ist Hurl. Er hat keinen Nachnamen, war mal Amerikaner, ist Kampfsport-Experte, arbeitet zur Zeit als Personal Trainer im Fitnessstudio des Hotels, die Attraktion schlechthin bei den weiblichen Gästen im *Tres Islas* und deshalb stets ausgebucht – und außerdem mein Freund aus einer Zeit, als wir beide noch gar nicht wussten, wo sich diese Insel überhaupt auf der Landkarte befindet.»

«Sehr erfreut.» Der Mann namens Hurl steckte seinen Arm aus und ließ ihre Hand in seiner Hand komplett verschwinden, während er sie schüttelte. «Wie wär's mit einem Drink?»

«Tut mir Leid.» Max schüttelte den Kopf. «Ich fahr' schon mal los. Ich will noch duschen und die Katze füttern. Außerdem sehen wir uns ja später auf der Party.» Dann wandte er sich Iris zu: «Vielen Dank für den Job. Gute Heimreise übermorgen. Grüß Köln von mir.» Dann steckte er das Geld ein und verschwand durch die Drehtür in der Nacht.

Der Ozean hatte sich beruhigt. Der Abendhimmel war sternenklar. Er stand an der Reling, steuerbord, nahe des mächtigen Bugs, der unermüdlich durch den Atlantik pflügte, starrte ins Dunkel und ließ seinen Gedanken freien Lauf. Das Schiff machte gute Fahrt, selbst das Wetter war nun auf ihrer Seite, hatte ihn der Kapitän soeben beim Abendessen in der Offiziersmesse beruhigt.

Er straffte seine Schultern und hob das Kinn. Wenn ihn nur sein toter Vater jetzt sehen könnte. Er wäre stolz auf ihn. Jetzt würde es nicht mehr lange dauern. Sie warteten drüben in Europa nur noch auf seine Ankunft, auf sein Signal: Dann würden sie losschlagen, die von Gott gegebene, von Gott gewollte Überlegenheit ihrer Kultur machtvoll demonstrieren, klar und deutlich und unmissverständlich, unübersehbar, unüberhörbar wie ein Donnerschlag.

Die Zeit der Demütigungen hatte nun ein für alle Mal ein Ende. Sie würden mit Todesverachtung den Kampf aufnehmen, diesen letzten, großen, heiligen Kampf. Sie würden einen Sturm entfachen, der die Welt in atemloses Staunen versetzen würde. Und wenn diese letzte, alles entscheidende Schlacht des Schicksals geschlagen war, dann würden sie hart und unerbittlich durchgreifen und dieses gottlose Gesindel, diesen Abschaum, ein für alle Mal zum Teufel jagen.

War es der Wein, der ihr allmählich zu Kopf stieg? Dieser wunderbare Rioja, der nach Vanille und Waldbeeren schmeckte und von dem sie längst mehr getrunken hatte, als sie vertrug? War es die Musik von Carlos Santana, die aus den von den Hippies vor einem klapprigen VW-Bus in Stellung gebrachten gigantischen Boxen über den Strand wehte? War es das warme, flatternde Licht der Fackeln und des aus Strandgut genährten Lagerfeuers, das in der pechschwarzen Nacht ihre Gesichter verzauberte? War es der funkelnde Sternenhimmel über dem jetzt so friedlichen Meer? Oder war es ihre stille Sehnsucht nach Frieden, nach Freundschaft, nach Nähe, nach Wärme, nach Liebe?

Sie wusste es nicht.

ES!

Aber ES war da, einfach da.

Hurl hatte sie in seinem Wagen mitgenommen nach El Cotillo. Dieser seltsame Riese mit dem ansteckenden Lachen hatte sie in der Hotel-Lobby, kaum dass Max das *Tres Islas* verlassen hatte, gefragt, ob sie Lust hätte, mitzukommen. Ein kleines Strandfest mit Freunden, hatte er gesagt. Nette Leute. Drüben in El Cotillo. Das sei doch sicher netter, als den ganzen Abend alleine auf einem Hotelzimmer zu verbringen.

«Und Max?»

«Klar, Max ist auch da.» Aus seinem Mund klang es wie: «Na und?» Er lehnte sich in seinem Korbsessel zurück und grinste breit: «Also? Was ist? Haben Sie Lust?»

Lust.

Natürlich hatte sie Lust.

«Lassen Sie mir zehn Minuten Zeit, damit ich schnell hoch in mein Zimmer laufen und mich etwas frisch machen kann?»

«Klar doch», nickte er und sog genüsslich an dem Strohhalm, der in seinem alkoholfreien Long Drink steckte. «Lassen Sie sich ruhig Zeit. Der Abend ist noch lang.»

Der Abend ist noch lang. Sie stand auf, verließ das

Lagerfeuer, ging ein paar Schritte über den Strand, bis die Dunkelheit sie umgab wie ein wärmender Mantel, genoss den weichen Sand unter ihren nackten Füßen, atmete tief durch, ganz tief durch, als könnte das ihren Kopf aufräumen. Sie mühte sich, ihre wirren Gedanken zurechtzurücken. Wie schwere, alte Möbelstücke. Dann setzte sie sich mitten unter den Sternenhimmel, der sich wie ein schützendes, funkelndes Dach über ihr wölbte, ließ ihren Oberkörper zurück in den Sand fallen und schloss die Augen.

Sie konnte ihn eigentlich nicht kommen hören. Sie hörte nur die wunderschöne Ballade, in der Bruce Springsteen mit seiner rauen, sanften Stimme von Liebe und Sehnsucht sang, untermalt von den sparsamen Moll-Klängen einer akustischen Gitarre und einer Mundharmonika, dem sanft plätschernden Meer und dem unbeschwerten Lachen der Männer und Frauen am Lagerfeuer. Sie konnte ihn nicht hören und nicht sehen und wusste doch ganz genau, dass er es war, der sich neben sie setzte.

Lange bevor er den Mund aufmachte:

«Es tut mir Leid.»

Max.

Sie war nach einer Viertelstunde aus ihrem Hotelzimmer zurück in die Lobby geeilt. Die anschließende Fahrt in Hurls uraltem Ford Mustang hatte knapp eine halbe Stunde gedauert. Während dieser halben Stunde hatte dieser seltsame schwarze Riese ohne Nachnamen pausenlos geredet, mit diesem warmen, beruhigenden amerikanischen Südstaaten-Akzent, über Freundschaft, über «wahre Freundschaft, echte Freundschaft», wie er es nannte. Und deshalb sei er auf dieser Insel und halte im *Tres Islas* reiche alte Damen bei Laune. Um in seiner Nähe zu sein.

«In wessen Nähe?»

«In der Nähe meines Freundes. Um ihn zu beschützen.»

«Zu beschützen? Wovor?»

«Vor dem Bösen.»

«Aha. Und wer beschützt Sie vor dem Bösen?»

«Mein Freund. Max. Er beschützt mich. Und ich beschütze ihn. Wir beschützen uns gegenseitig vor dem Bösen.»

Wie mochte sich das anfühlen, diesen schwarzen Riesen zum Freund zu haben? Und wie musste ein Mensch beschaffen sein, der sich die Freundschaft dieses Mannes verdient hatte? In dieser Sekunde stellte sie erstmals fest, dass sie keine Freunde hatte. Der Gedanke berührte sie wie ein schmerzender Stromschlag. Dass sie seit ihrer Schulzeit im Internat nie mehr Menschen so nahe gekommen war, dass sie Freunde wurden. Ihr Adressbuch war voll mit Namen und Telefonnummern. Aber das waren Leute, die man auf ein Glas Wein traf, um über Gott und die Welt zu reden, über alles, nur nicht über sich selbst, und schon gar nicht über die eigenen Sorgen und Nöte, weil Sorgen und Nöte wie Aussatz waren, wie eine schlimme, ansteckende Krankheit, die das schöne, sorglose Leben der andern zu infizieren drohte. Wer in ihrer Welt über Sorgen und Nöte sprach, wurde augenblicklich ausgestoßen aus der Gemeinschaft, auf eine ferne Lepra-Insel am anderen Ende der glitzernden, bunten Stadt verbannt.

War diese Insel etwa ihre Lepra-Insel? Sie merkte, wie sie Mühe hatte, die richtigen Worte zu finden, um mit einem Menschen wie diesem Hurl zu kommunizieren, der so geradlinig redete, der in einfachen Sätzen genau das sagte, was er meinte. Sie stellte auch das während dieser Fahrt zum ersten Mal in ihrem Leben fest. Die Sprache der

Menschen, mit denen sie gewöhnlich Umgang hatte, beruflich wie privat, war nie ehrlich. Journalisten, Schauspieler, Künstler, Intellektuelle. Ihre Sprache war stets voller Ironie, voller Zynismus und geistreicher Wortspiele.

Aber nie ehrlich.

Wenn schon die Sprache nicht ehrlich war ...

«Es tut mir Leid. Ich bin heute ziemlich eklig zu dir gewesen.»

Jetzt hörte sie seinen Atem. Max atmete schwer. Offenbar war ihm schwer ums Herz. Sie öffnete die Augen, betrachtete eine Weile die Sterne über ihr, dann richtete sie sich auf. Jenseits der Bucht sah sie die Lichter von El Cotillo. Sie wandte sich ihm zu. Sie sah ihm in die Augen; jedenfalls dorthin, wo sie in der völligen Dunkelheit seine Augen vermutete.

Hurl hatte sie persönlich jedem Einzelnen am Strand vorgestellt. Das war ihr etwas peinlich gewesen. Als sei sie etwas Besonderes. «Hier ist jeder etwas Besonderes», hatte er voller Erstaunen geantwortet und sie unbeirrt weitergeschleppt, als sie ihm während des Begrüßungsparcours zugeflüstert hatte, ob das unbedingt sein müsse. Alle hatten ihr die Hand geschüttelt, ihr freundlich zugelächelt, sie willkommen geheißen, manche, vor allem die Frauen und die Kinder, waren ihr gleich um den Hals gefallen und hatten ihr einen Kuss auf die Wange gedrückt. Dann hatte ihr in dem Gedränge plötzlich jemand ein Glas Wein gereicht.

Max.

«Herzlich willkommen», hatte er gesagt. *«Salud!»*

Er hatte sein Glas gehoben, um es zu seinen Lippen zu führen, doch auf halbem Wege innegehalten, ihr in die Augen geschaut, als würde er sie zum ersten Mal sehen, richtig ansehen nach all den Jahren, die sie sich kannten und nicht kannten. Ihre Blicke verschmolzen, bis ihr schwindlig wurde und jemand nach ihm rief, ein zweites Mal und ein drittes Mal rufen musste, bis er sich widerwillig von ihren Augen löste, um einem der Hippies das Beil zu geben, das er mitgebracht hatte, um das getrocknete Strandgut zu Brennholz zu verarbeiten.

Eine Dreiviertelstunde später war Hurl verschwunden. Mit der dunkelhäutigen Einheimischen, die ihm schon gleich bei der Ankunft um den Hals gefallen war. «Wir gehen schwimmen», hatte er noch fröhlich gerufen, bevor ihn die Dunkelheit verschluckte. Ihr Kavalier war also mit einer anderen Dame, offenbar seiner momentanen Herzensdame, verschwunden. Aber er hatte brav gewartet, bis sie in dem Kreis aufgenommen worden war. Jetzt saß sie alleine mit diesen wildfremden, freundlichen, fröhlichen Menschen ums Lagerfeuer.

Falsch. Sie waren nicht alle wildfremd. Einer nicht. Einen dieser Menschen kannte sie seit vielen, vielen Jahren. Und sie spürte, dass dieser eine sie ständig beobachtete, sie mit seinen Augen verfolgte. Schon die ganze Zeit. Sie konnte seine Blicke auf ihrer Haut spüren, auch wenn sie nicht hinsah.

Der Wein stieg ihr zu Kopf. Die Musik ging ihr ins Blut. Sie kannte die meisten Stücke. Sie wippte im Takt mit der Fußspitze, begann automatisch, im Sitzen die Hüften zu bewegen, warf den Kopf zurück, sang unwillkürlich den Refrain des alten Police-Songs mit, als alle sangen, fühlte sich wohl und aufgehoben wie seit ihrer frühesten Kindheit nicht mehr.

«Every breath you take ...»

Dann spürte sie wieder seinen Blick. Er saß ihr jetzt genau gegenüber, nur das Feuer trennte sie. Er beobachtete sie interessiert, die ganze Zeit schon. Jetzt wollte sie es ganz genau wissen. Sie sah auf, über das prasselnde, lodernde Feuer hinweg, direkt in seine Augen. Wieder eine Ewigkeit. Sie formte den Refrain mit ihren Lippen, schickte ihm lautlos die Botschaft des Songs durch das Feuer: «Every breath you take ...»

Er lächelte.

Sie lächelte.

Sein Lächeln traf sie mitten ins Herz. Sie hätte ihm in diesem Augenblick zu gern alles erzählt, alles, was sie recherchiert hatte, in den letzten Tagen, schon in Madrid, am Ende der Modewoche, vor ihrem Abflug, dann am Sonntag, per Telefon, und ihm anvertraut, was sie nun wusste, diese seltsamen Geschichten über die geheimnisvolle Villa des Gustav Winter am Ende der Welt, und was sie nun vorhatte, gleich morgen früh, und ob er nicht Lust hätte mitzukommen, mit ihr, morgen früh.

In diesem Augenblick warf jemand ein Holzscheit ins Feuer, die Flammen schlugen knisternd hoch und trennten ihre Blicke.

Ihr Sitznachbar reichte ihr ein neues Glas Wein und stieß mit ihr an. Sie schämte sich plötzlich, wie sie die Leute vor zwei Tagen am Hafen von oben herab behandelt hatte. Die Hippies, die bei ihrer Ankunft vor der Bar an der Mole gesessen hatten, waren fast vollständig ums Lagerfeuer versammelt, soweit sie sich an die Gesichter erinnern konnte. Nette Leute, die nichts weiter wollten, als miteinander in Frieden zu leben und ein bisschen Spaß zu haben. Dazwischen saßen ein paar Einheimische, die sie zuvor noch nicht gesehen hatte. Sie redeten englisch, spanisch, schwedisch, niederländisch, deutsch, und es war überhaupt kein Problem, sie alle zu verstehen.

Jedes Wort.

«Es tut mir so Leid.»

«Ist schon gut», flüsterte sie. «Ist schon gut. Alles ist jetzt gut.»

Sie streckte ihren Arm aus und tastete in der Dunkelheit nach seinem Gesicht. Sein warmer Atem streifte ihre Hand. Sie zögerte einen Augenblick, einen winzigen Augenblick, dann berührte sie seine rauen Lippen mit ihren Fingerspitzen, die Bartstoppeln an seinem kräftigen Kinn, dann seinen Hals. Sie fühlte das Blut durch seine Halsschlagader pochen.

«Alles ist gut.» Das Pochen schlug den Takt zu Nick Drakes «Pink Moon». Die Ballade, die vom Lagerfeuer zu ihnen herüberwehte, erinnerte sie an eine andere Zeit. An eine Zeit der Träume, Wünsche, Hoffnungen, Illusionen.

Er legte seine große, schwielige Hand auf ihre Hand an seinem Hals. «Iris Cronenberg, ich habe dich nicht gesehen. Wo bist du die ganze Zeit gewesen?»

«Ich war nicht bei mir», flüsterte sie, erschrocken darüber, was sie sagte, wie plötzlich Worte aus ihrem Mund purzelten, die sie nicht zuvor in ihrem Gehirn geformt und gedrechselt hatte. «Ich war noch nie bei mir. Und ich war gerade dabei, mich in nichts aufzulösen.» Sie legte die Spitze ihres Mittelfingers in die Grube unterhalb seines Adamsapfels, dort, wo sich die Schlüsselbeine trafen. Sie spürte sein Schlucken. Der Wind streichelte ihre Gesichter. Sie spürte die krausen, weichen Haare unterhalb seines Halses. Sie zögerte wieder, dann schob sie ihre Hand in sein Hemd, vorsichtig, zaghaft, spürte sein Herz schlagen, wild. Sie wusste genau, was sie tat, wenn sie auch das Gefühl hatte, die Musik und der Wein, das Feuer und das Meer, der Mond und die Sterne hätten mit vereinten Kräften ihr Gehirn ausgeschaltet, es ausgeschüttelt, all die schweren Möbelstücke in ihrem Kopf auf den Sperrmüll geworfen.

«Halt mich fest. Bitte halt mich fest.» Sie ließ sich fallen, fiel in seine Arme, er hielt sie fest, ganz fest, seine Lippen berührten ihre Schläfe, seine Nase vergrub sich in ihr Haar, sein Atem berührte ihr Ohr. So verharrten sie. Wieder eine Ewigkeit. Sie vergaß die Zeit. Und alles andere.

«Tut mir Leid, euch zu stören. Aber ich muss morgen sehr früh raus. Die Kaulquappen lechzen nach Frühsport im Pool. Und ich bin nun mal ihr Guru. Wenn du also mitfahren willst, Iris ...»

Nein, wollte sie eigentlich nicht. Und wenn es nicht so stockdunkel gewesen wäre, hätte sie nicht nur Hurls schuldbewussten Dackelblick wahrgenommen, sondern auch in den Augen von Max lesen können: die Antwort auf die Frage, ob sie nun die Nacht bei ihm in El Cotillo bleiben sollte oder nicht. Weil sie aber nichts als die funkelnden Sterne über ihr sehen konnte, drückte sie Max einen flüchtigen Kuss auf den Mund und sprang auf. «Natürlich, Hurl. Ich komme. Mein Gott, ist das dunkel. Mach's gut, Max Maifeld. Vielleicht sieht man sich ja mal wieder. Irgendwo auf dieser Welt.»

Dienstag, 4. März

Vielleicht sollte er sich endlich mal einen neuen Mantel zulegen. Aus diesen modernen Superfasern. Wasserdicht und atmungsaktiv. Wie in der Werbung. Die liefen damit durch Autowaschanlagen und sahen danach aus wie aus dem Ei gepellt. Das hatte er mal nachts im Fernsehen gesehen, kurz bevor er wie üblich auf dem Sofa einnickte, nachdem er zuvor im Bett keinen Schlaf gefunden hatte.

Josef Morian legte zwar keinen gesteigerten Wert darauf, auszusehen wie aus dem Ei gepellt, aber sein 15 Jahre alter Trenchcoat war inzwischen gegen Dauerregen ungefähr so hilfreich wie ein Tempo-Taschentuch. Aber er hing an dem Teil. Wie an allem, was er einmal lieb gewonnen hatte. Jetzt lag das Teil klamm auf der Rückbank, müffelte vor sich hin und trug dazu bei, dass die Scheiben des Volvo von innen beschlugen, obwohl Josef Morian das Gebläse auf Orkanstärke gestellt hatte. Irgendwie hing er auch an diesem unansehnlichen Schrotthaufen.

Morian steuerte den Volvo über die Autobahn nach Köln. Da hatte er zwar als Bonner Polizeibeamter nichts zu suchen, aber er machte sich lieber selbst ein Bild, als die Kölner Kollegen um Amtshilfe zu bitten. Vom Bonner Polizeipräsidium bis zum Großmarktgelände in der Kölner Südstadt brauchte er selbst mit dem Volvo keine halbe Stunde. Bei einem offiziellen Amtshilfeersuchen konnten locker zwei Wochen vergehen.

Noch so ein Grund, warum die Polizei den ewigen Kampf gegen das Verbrechen nie gewinnen konnte.

Der Kölner Großmarkt war eine Stadt in der Stadt.

Hier wurde so ziemlich alles gehandelt. Sogar Lebensmittel. Die Schranke stand offen, die Pförtnerloge war nicht besetzt. Morian kannte den Weg. Er parkte auf dem Kopfsteinpflaster vor der Rampe an Halle 8, stieg aus und zog sich den Trenchcoat über, bevor er auf die Rampe kletterte. In dem offenen Tor stand ein Mann in einer billigen schwarzen Lederjacke und einer noch billigeren schwarzen Polyesterhose. Die Uniform der russischen Totschläger. Sein Blick war unmissverständlich: Durchgang verboten. Morian wusste, dass sein Bonner Dienstausweis hier, in diesem Teil Kölns, etwa so viel zählte wie eine Dauerkarte fürs Müngersdorfer Stadion.

«Ich will zu Sergej.»

Der Totschläger sagte nichts, sondern bedeutete ihm mit einem Blick, hier draußen im Regen zu warten und sich gefälligst nicht von der Stelle zu rühren. Dann verschwand er in dem schwarzen Loch unter dem Rolltor.

Morian wartete draußen im Regen und rührte sich nicht von der Stelle. Das Wasser tropfte ihm in den Nacken.

Nach zwei Minuten tauchte der Mann in der schwarzen Lederjacke wieder auf und nickte. Das hieß: Mantel öffnen. Der Mann tastete ihn von den Achselhöhlen bis zu den Fußknöcheln ab und durchsuchte ihn nach Waffen, schnell, routiniert. Morian hatte seine Dienstwaffe erst gar nicht mitgenommen, als er sein Büro im Bonner Polizeipräsidium verließ.

Der Mann erhob sich wieder aus der Hocke und nickte erneut. Das hieß: Mitkommen und Maul halten! Morian folgte ihm. Der Mann war ungefähr so groß und so breit wie ein Billy-Regal von Ikea, ging es Morian durch den Kopf, als er auf das schwarzlederne Kreuz des Mannes starrte. Er hatte seinen Kindern erst am Sonntag zwei dieser Bücherregale aufgebaut. Vier Wochen, nachdem er sie gekauft hatte.

«Morian. Was für eine Freude. Wir haben uns ja eine Ewigkeit nicht mehr gesehen. Was machen Frau und Kinder? Alles gesund daheim? Du bist dicker geworden, mein Freund. Jetzt bist du ja fast so dick wie ich.»

Sergej kam ihm mit ausgebreiteten Armen durch die Lagerhalle entgegen. Er trug einen dunkelgrauen Zweireiher, eine weinrote Krawatte und ein passendes weinrotes Einstecktuch. Der Totschläger drehte ab und postierte sich wieder im Eingang.

«Was für eine Freude.» Sergej umarmte ihn und klopfte ihm auf den Rücken. Dann packte er ihn mit ausgestreckten Armen bei den Schultern und strahlte ihn an, als sei er der verlorene Sohn.

«Komm mit, mein Freund. Was kann ich für dich tun?»

Sergej lotste ihn durch den Mittelgang der Halle. Vier Männer entluden einen polnischen Lastwagen. Sergej gab dem Fahrer des Gabelstaplers einen Wink. Der nickte und setzte die nächste Holzkiste nicht auf dem Boden ab, sondern rollte damit auf Sergej zu, der sich nun nicht zu bücken brauchte, um das Brecheisen, das ihm einer der Arbeiter reichte, anzusetzen und die Kiste mit einem Ruck zu öffnen.

«Das müssen wir begießen, mein Freund. Mit dem besten Wodka, den du je getrunken hast.» Er nahm eine der Flaschen aus der mit Holzwolle gefütterten Kiste. Die Flasche trug kein Etikett. «Glaub mir, mein Freund, wenn du den hier gekostet hast, willst du nie mehr etwas anderes trinken.»

Sergej liebte die große dramatische Geste, und er liebte die Rolle des Bohemien. Vermutlich sah er deshalb so gar nicht wie ein russischer Mafiosi aus, sondern dem französischen Romancier Honoré de Balzac zum Verwechseln ähnlich. Mit dem Unterschied, dass Balzac, als er 1850 starb, erst 51 und arm wie eine Kirchenmaus war. Sergej hingegen war ein vor Gesundheit strotzender Mittsechziger und schwerreich. Mit seiner Import-Export-Firma nutzte er das Steuer- und Zoll-Gefälle zwischen West- und Osteuropa zu seinen Gunsten. Es ging das Gerücht, dass er sich das einstige Jagdschloss des Politbüros des ZK der KPDSU im Kaukasus unter den Nagel gerissen hatte, um dort später seinen Lebensabend zu verbringen.

Als sie schließlich den aus Sperrholz und Glas errichteten Würfel am Ende des Ganges erreichten, öffnete Sergej die Tür seines provisorischen Büros, ließ Morian den Vortritt und deutete auf das rostbraune Ledersofa vor dem gewaltigen Art-déco-Schreibtisch aus Kirschholz. «Setz dich doch. Mach's dir bequem. Was kann ich für dich tun, mein Freund?»

Morian sagte ihm, was er für ihn tun konnte: «Du kannst mir eine Frage beantworten. Wer hat Heinz Lewandowski umgebracht?»

Sergej füllte zwei Wassergläser je zur Hälfte mit Wodka, reichte Morian eines davon, stellte das andere auf dem Schreibtisch ab und schloss die grauen Plastikrollos vor den Glasscheiben, sodass nun aus der Halle niemand mehr in das Büro schauen konnte.

«Dann stimmt es also, was ich gehört habe. Jemand hat mit Heinz Lewandowski eine Rechnung beglichen.»

Morian zog ein Polaroidfoto aus der Manteltasche und legte es neben Sergejs Glas auf den Schreibtisch. «Ja. Jemand, der russische Einkaufstaschen mag.»

Sergej leerte sein Glas in einem Zug, leckte sich genießerisch die Lippen, dann warf er einen Blick auf das Foto.

«Eine Tasche. Eine Einkaufstasche. Was ist damit?»

«Jemand hat sie mit Steinen gefüllt. Und dann an den Strick gehängt, mit dem Lewandowski gefesselt war. Und dann hat er ihn von der Klippe gestoßen und ersäuft.»

«Was soll das, Morian? Natürlich kenne ich diese Taschen. Ich kenne sogar die Fabrik in der Nähe von Moskau, die sie herstellt. Tausende, vielleicht auch Millionen Großmütterchen zwischen Sankt Petersburg und Nowosibirsk laufen mit den Dingern zum Einkaufen. Weil sie unverwüstlich sind. 100 Prozent Synthetik. Gutes altes Nylon. Auf dem westlichen Markt sind sie nicht zu verkaufen. Jute statt Plastik, oder wie sagt ihr hier. Aber zum Glück für die Fabrik ist der russische Markt groß genug. Also: Was willst du mir mit dem Foto sagen? Dass ich Heinz Lewandowski umgelegt hätte?»

«Ich will damit sagen, mein lieber Sergej, dass es nicht auszuschließen ist, dass ein Russe ihn umgelegt hat.»

«Morian, mein Freund, wie lange kennen wir uns schon? Fünfzehn Jahre, sind es fünfzehn Jahre? Oder mehr?» Er lächelte milde und setzte sich hinter seinen Schreibtisch. «Du kennst mich. Ich bin gelegentlich gezwungen, einen Geschäftspartner auf getroffene Vereinbarungen hinzuweisen. Auf Erfüllung des Kontraktes sozusagen. Das erledigen meine Jungs für mich. Manchmal gibt es dabei eine gebrochene Nase oder zwei geschwollene Eier. So ist nun mal das Geschäft. Jeder muss sehen, wo er bleibt. Die Zahlungsmoral wird immer schlechter. Aber wir legen unsere Geschäftspartner nicht um. Wozu auch? Dann könnten wir ja keine Geschäfte mehr mit ihnen machen. Morian, das war eine Hinrichtung. Das ist was für Geistesgestörte. Ich bin Geschäftsmann, Morian. Rache interessiert mich nicht. Mich interessiert nur Geld. Außerdem ...»

«Was außerdem?»

«Außerdem: Wenn ich einmal in die Situation käme, einen Menschen umlegen zu müssen – wozu der ganze Aufwand mit dem See und der Tasche und den Steinen? Da genügt doch eine Pistole mit einer Patrone im Lauf.»

«Bei seiner Freundin hat man sich anders beholfen. 7,65 Millimeter, Vollmantel-Geschoss. Aufgesetzte Schüsse, in die Arme, in die Beine ...»

«Hör auf, Morian. Hör auf. Ich kann das nicht mehr hören. Wer kann das einer Frau antun? Wer quält eine Frau?»

Sergej knöpfte den Zweireiher auf, griff mit der rechten Hand unter die linke Achsel, zog eine Pistole heraus und legte sie vor Morian auf den Tisch. «Das ist eine Beretta Cougar aus poliertem, rostfreiem Inox-Stahl. Neun Millimeter Parabellum. Fünfzehn Stück davon im Magazin. Schönes Stück, nicht wahr? Ich habe jedem meiner Jungs eine davon gekauft. Und ihnen strikt verboten, etwas anderes zu tragen, geschweige denn zu benutzen. So habe ich immer die Kontrolle, und das wissen sie. Ich will keine Schießereien, und ich will keine Scherereien. Heinz Lewandowski war ein Stück Scheiße, damit du es weißt, Morian. Und deshalb habe ich nie Geschäfte mit ihm gemacht. Aber die Spinner mochten ihn. Und er mochte die Spinner. Weil man die so wunderbar übers Ohr hauen kann.»

«Was für Spinner meinst du, Sergej?»

Der Russe senkte die Stimme unmerklich. «Ich meine diese politischen Spinner. Man kann sie zwar wunderbar übers Ohr hauen, aber sie sind unberechenbar. Für einen anständigen Geschäftsmann wie mich eine grauenhafte Vorstellung, dass etwas unkalkulierbar ist ...»

«Sergej, lass uns endlich zum Punkt kommen.» Morian wusste auch, wie man Rollen spielte. Nicht gerade die des Bohemien wie Sergej. Aber zum Beispiel die Rolle des langsam, aber sicher verärgerten Bullen.

Der Russe beugte sich über den Schreibtisch, strich sich die schulterlangen, pechschwarz gefärbten Haare hinters Ohr und senkte seine Stimme ein weiteres Mal. Das Ergebnis war ein kaum noch vernehmbares monotones Flüstern. «Ich weiß gar nichts, Morian. Man hört nur schon mal was. Hier und dort. Zufällig. Wirres Zeug. Ich höre aber nicht genauer hin, Morian. Und vor allem stelle ich keine Fragen.»

Morian erhob sich aus dem Sofa. «Danke für den Wodka. Und grüß die Kollegen von der Kölner Zollfahndung herzlich von mir, wenn die demnächst zur Razzia auftauchen.»

«Nun sei doch nicht gleich eingeschnappt, Morian. Ich muss vorsichtig sein. Gegen diese Leute sind wir hier doch nur ein Kindergarten. Bleib bitte sitzen, Morian.»

Morian setzte sich wieder.

Sergej zupfte gedankenschwer an seinem Oberlippenbärtchen. «Politische Spinner, das sagte ich schon. Heinz Lewandowski machte Geschäfte mit diesen Spinnern. Terroristen. Große Geschäfte. Mehr weiß ich wirklich nicht, Morian, ich schwöre beim Leben meiner Töchter.»

«Sei vorsichtig mit dem Schwören, Sergej. Was denn nun: Palästinenser? Iraker? Al-Qaida?»

«Die Kette.»

«Die was?»

«Die Kette.» Sergejs Stimme war kaum noch vernehmbar. «Muss ich hier so rumschreien? Spreche ich so undeutlich, dass du mich nicht verstehst? Die nennen sich so. Die Kette. Aber ich habe nicht die geringste Ahnung, was das für ein Club ist. Und was die wollen. Hottentotten, Muselmanen, Tschetschenen, Afghanen, Araber, was weiß ich. Die sind doch alle gleich. Ich weiß nur, dass sie irre sind, vollkommen irre, und deshalb sehr gefährlich. Das war alles, Morian. Mehr sage ich nicht. Weil ich nicht mehr weiß. Glaube es mir oder lass es bleiben. Wie geht's deiner Familie? Alle wohlauf? Schmeckt dir der Wodka nicht? Du hast dein Glas ja noch gar nicht angerührt!»

Die Sonne weckte ihn. Die Sonne. Nicht die Scheinwerfer. Max Maifeld konnte sich nicht erinnern, wann er das letzte Mal ohne Hartmut Herbach und diesen Albtraum aufgewacht war. Er sah auf die Armbanduhr, die auf der Holzkiste neben seinem Bett lag. Halb zehn. Er konnte sich auch nicht erinnern, wann er das letzte Mal so lange geschlafen hatte. Er duschte und gönnte sich ein frisches T-Shirt. Er nahm die Pistole von der Holzkiste und schob sie unter die Matratze. Er kletterte die Stiege hinauf auf das von einer steinernen Brüstung eingefasste Flachdach und sah hinunter in die Gasse. Wie jeden Morgen.

Niemand da.

Wie jeden Morgen.

Dann stieg er wieder hinab und ging leise hinaus, um die Katze nicht zu wecken. Doch die Katze saß draußen vor der Tür und maunzte ihn vorwurfsvoll an. Das war schon die zweite Veränderung an diesem Morgen. Er ließ sie hinein und gab ihr zu fressen. Dann verließ er das Haus und verschloss die Tür sorgfältig. Die Katze hatte ihre eigene Tür, oben auf dem Dach. Von dort aus konnte sie bequem über die Ruinen des verfallenen Nachbarhauses hinuntergelangen. Aber sie weigerte sich beharrlich, die für sie vorgesehene Tür zu benutzen. Jedenfalls solange er in der Nähe war.

Max hielt in der schattigen Gasse einen Moment inne, genoss die frische Morgenluft und besah sich sein Zuhause von außen: Das Haus Nr. 16 in der Calle Requena war nichts weiter als ein weiß getünchter Steinwürfel mit einer blau gestrichenen Holztür und daneben einem winzigen Fenster, dessen Läden ebenfalls blau gestrichen waren. Ein ehemaliger Schuppen der Fischer auf der Klippe über dem Naturhafen. Er hatte das Haus damals ausgewählt, weil die enge Sackgasse für Autos unpassierbar war und er im Notfall genau wie die Katze über das Flachdach und das verfallene Nachbarhaus zur Rechten verschwinden konnte, ohne die Haustür zu benutzen. Von dort aus hatte er zwei Optionen: durch die Innenhöfe der rückwärtigen Häuser bis zur Calle Major, wo er stets sein Auto parkte, oder über die provisorische, halsbrecherisch steile Holztreppe neben Antonios Bar über die Klippen hinunter in den Hafen, wo sein Boot lag.

Auf dem Dach des Nachbarhauses zur Linken fütterte Paco seine Tauben und winkte ihm zu. Max winkte zurück.

«*Que tal*, Max?»

«*Muy bien*, Paco, *gracias.*»

Sehr gut. Das antwortete er immer, wenn sein Nachbar Paco ihn sah und fragte, wie es ihm gehe. Nur mit dem Unterschied, dass es ihm heute wirklich sehr gut ging.

Paco war ein versoffener Gelegenheitsarbeiter, dem die Frau weggelaufen war und der nun seine ganze Liebe seinen Brieftauben schenkte. Max argwöhnte allerdings, dass er seinen Tauben schon vorher seine ganze Liebe geschenkt hatte und die Frau deshalb weggelaufen war. Und dass Paco nicht wegen der Trennung soff, sondern um frühmorgens im Rausch das nervende Gegurre nicht hören zu müssen. Jetzt öffnete Paco das Gatter des Schlags. Die Tauben drehten ein paar Runden über der Bucht, dann verschwanden sie über dem Haus der Hippies hoch über der jenseitigen Steilküste.

Die Hippies schliefen noch. Sämtliche Fensterläden waren geschlossen. Das gesamte Haus schien vor sich hin zu dösen. Nur die schwarze Piratenflagge flatterte aufgeregt im Wind.

Max ging hinüber zu Antonios Bar.

Wie jeden Morgen.

Aber irgendetwas war anders an diesem Morgen.

Nein, nicht irgendetwas.

Er war anders an diesem Morgen.

Das Meer war erstaunlich friedlich. Max Maifeld saß auf der Terrasse vor Antonios Bar und trank seinen Kaffee.

Sie ging ihm nicht aus dem Kopf. Wenn er vergangene Nacht nur ihre Augen hätte sehen können, vielleicht hätte er dann darin lesen können, ob er sich hätte trauen sollen, sie zu fragen, ob sie nicht ...

Hätte, hätte, hätte.

Der sündhaft teure Feldstecher. Der gepanzerte Landrover Defender. Was hatte er eigentlich davon, seine Beobachtungen in der Villa Winter für sich zu behalten?

Gar nichts.

Sie ging ihm nicht mehr aus dem Kopf. Was war nur los mit ihm? Hatte er sich etwa verliebt? Konnte sich das mit 43 tatsächlich genauso anfühlen wie mit 16? Konnte man sich überhaupt in eine Frau verlieben, die man achtzehn Jahre lang nicht mochte? Vom ersten Tag ihres Volontariates an, als sie in der Kölner Lokalredaktion aufkreuzte, vom Chefredakteur persönlich durch die Büros geführt; Herr Maifeld, ich bitte Sie, seien Sie ganz besonders nett zu der jungen Dame, zwei Stunden und drei Telefonate später war ihm klar, warum er besonders nett zu Iris Cronenberg sein sollte: Ihr Vater und sein Verleger spielten regelmäßig zusammen Golf.

Der ganze alte Groll war verflogen. Selbst die Sache in Sarajewo. Seit er ihre tiefe Verletzlichkeit gespürt hatte. Und sie seine Seele berührt hatte. Seit der letzten Nacht am Strand.

Er legte 60 Cent auf den Tisch und ging durch die Gasse hinauf zur Calle Major, wo er letzte Nacht den R4 geparkt hatte.

Antonia Dix war sauer. Ihre ehemaligen Kollegen vom KK 22 hatten sie an ihrem letzten Arbeitstag vor dem Wechsel beglückwünscht und ihr den Leiter der Bonner Mordkommission als scharfsinnigen, erfahrenen Kriminalisten geschildert. Antonia, von dem kannst du eine Menge lernen.

Was sie bisher von Kriminalhauptkommissar Josef Morian zu lernen glaubte, war, wie man Zeit verschwendete.

Gestern Abend hatte sie auf sein Geheiß hin sämtliche einschlägigen Schwulen-Bars in Köln und Bonn abgeklappert. Ergebnis: Nullkommanull. Die wirklichen netten, wirklich hübschen Jungs hinter den Tresen hatten allesamt milde gelächelt: Mädel, bist du wirklich so naiv? Ja, natürlich sei der Dornheckensee im Sommer ein beliebter Schwulen-Treffpunkt. Aber doch nicht im Februar, bei strömendem Regen. Für diese ungemütliche Jahreszeit gäbe es doch genügend Sauna-Clubs. Und falls es doch wider Erwarten einen unfreiwilligen Zeugen am See gegeben hätte: Ob sie sich etwa einbilde, dass ein, sagen wir mal, verheirateter Telekom-Abteilungsleiter und Familienvater, der dort für ein Stündchen im Auto seine heimliche sexuelle Vorliebe mit einem Gleichgesinnten pflegt, so hirnverbrannt sei und sich freiwillig als Zeuge bei der Polizei meldete?

Nein, so naiv war sie nicht. War denn Kriminalhauptkommissar Josef Morian so naiv? Der angeblich so scharfsinnige, erfahrene Ermittler? Vermutlich nicht. Also konnte Kriminalkommissarin Antonia Dix daraus nur einen Schluss ziehen: Er wollte sie beschäftigt wissen, damit sie ihm nicht im Weg stand und mit ihren Fragen nervte. Aber da hatte er sich geschnitten, der scharfsinnige Ermittler. Und deshalb war sie nun auf eigene Faust nach Oberkassel gefahren.

Die Haustür wurde von einer Frau geöffnet, die unmöglich Doris Lewandowski sein konnte. Sie war keine 160 Zentimeter groß, keine 30 Jahre alt, und ihre Gesichtszüge ließen erst gar keine Zweifel an ihren indianischen Vorfahren aufkommen.

Außerdem war sie sehr ängstlich.

«Ja bitte?»

«Mein Name ist Antonia Dix. Hier ist mein Ausweis. Ich möchte Frau Lewandowski sprechen.»

Die Frau warf einen Blick auf den Ausweis. Dann öffnete sie die Tür sperrangelweit und guckte so erschrocken, als sei Antonia Dix im Begriff, sie festzunehmen.

«Keine Angst. Ich bin nicht wegen Ihnen hier. Machen Sie sich keine Sorgen. Woher kommen Sie?»

«Ecuador. Ich putze hier bei Frau.»

«Wo ist sie?»

«Unten.» Die Putzfrau deutete verlegen auf die Treppe, die in den Keller führte. «Sie hat gesagt, ich soll Tür aufmachen.»

«Angela? Ist das der Masseur? Schick ihn runter.» Das musste Doris Lewandowskis Stimme sein. Aus dem Keller.

Angela wollte antworten, aber Antonia Dix legte den Zeigefinger auf die Lippen.

Sie hatte schon einige Keller in ihrem Leben gesehen. Privat wie beruflich. Düstere, verdreckte Löcher, in die sich Landstreicher zum Sterben zurückgezogen hatten. Moderne Betonkeller in Mietshäusern, mit weiß getünchten Wänden und endlosen Gängen hinter feuerfesten Stahltüren und links und rechts schmalen Holzverschlägen, für jede Mietpartei einen samt Vorhängeschloss. Und Schildern mit Aufschriften wie «Fahrräder abstellen verboten» oder «Eltern haften für ihre Kinder».

Aber einen Keller wie den im Haus von Doris Lewandowski hatte sie noch nicht gesehen.

Der Fußboden war aus echter Terrakotta, die verputzten Wände mit weißem Schiffslack gestrichen. Gemauerte Deckenfluter tauchten die Halle in ein warmes, angenehmes Licht. Esoterische Musik perlte aus unsichtbaren Boxen. Es gab keinen einzigen rechten Winkel in diesem Raum, dessen Mitte ein nierenförmiger Pool einnahm. In dem türkisfarbenen, vom Boden des Pools aus beleuchteten Wasser schwamm Doris Lewandowski.

Nackt.

Sie hob kurz den Kopf: «Vergessen Sie's. Ich hatte ausdrücklich einen Mann bestellt.»

«Der wird sicher gleich kommen. Bis dahin vertreibe ich Ihnen die Zeit mit ein paar Fragen.»

«Ich bedaure, aber Señora Cronenberg ist bereits abgereist.»

«Unmöglich. Ihr Flugzeug geht doch erst morgen.»

Der Mann in dem schlichten schwarzen Anzug registrierte Max Maifelds ungläubigen Blick und blätterte verlegen in seinen Unterlagen. «Sie haben Recht. Señora Cronenberg hatte das Zimmer tatsächlich bis morgen gebucht. Aber sie ist bereits abgereist. Vor einer halben Stunde.»

«Was heißt das?»

Der Mann wandte sich dem Computer-Bildschirm auf dem Tresen zu. «Hier steht's. Vor einer halben Stunde wurde die Rechnung beglichen. In bar.»

«Wo ist sie hin? Hat sie etwas gesagt?»

Der Mann schüttelte den Kopf. «Sie hat nicht selbst ausgecheckt. Ihr Assistent hat das für sie erledigt.»

«Ihr was?»

Der Mann mühte sich redlich, gegenüber dem Fremden mit dem reichlich unpassenden Äußeren die in zahlreichen hausinternen Schulungen antrainierte Höflichkeit aufrechtzuerhalten. «Mein Herr, bitte haben Sie Verständnis dafür, dass wir Ihnen über unsere Hotelgäste keine näheren Auskünfte geben dürfen. Kann ich sonst noch etwas für Sie tun?»

Max sah auf seine Armbanduhr. Es war jetzt halb eins. Er verließ das Hotel durch die gläserne Drehtür und lief zu seinem Wagen. Vor einer halben Stunde. Ihr Assistent. In bar. Was war das für eine seltsame Geschichte? «Komm schon, mach schon.» Der R4 hatte wieder seine üblichen Startprobleme, wie immer, wenn der Motor noch heiß war. Schließlich, nach einer Ewigkeit, sprang er an. Max jagte den Wagen zurück zur Schnellstraße, dann bog er nach links Richtung Süden ab. Richtung Flughafen.

Mittwoch, 5. März

Aschermittwoch. Kriminalhauptkommissar Josef Morian, Leiter der Mordkommission im Polizeipräsidium der rheinischen Karnevalshochburg Bonn, hatte schlechte Laune. Das lag nicht an Aschermittwoch. Im Gegenteil. Das Ende des Karnevals war für ihn gewöhnlich ein Festtag. Schluss mit den Alkoholleichen, Schluss mit den nächtlichen Schlägereien, die nur unnötig Personal in Anspruch nahmen. Nein, Josef Morian war schlechter Laune, weil er ein Problem hatte. Ein Autoritätsproblem.

Mit einer Kollegin, die vom Alter seine Tochter sein könnte.

Und von ihrer Sturheit auch.

«Die Witwe hat angerufen.»

«Wer?» Sie sah noch nicht mal von ihrem Monitor auf, sondern starrte, ohne ihn zu beachten, auf den Flachbildschirm, als sei dort die Lösung des Mordfalls zu entdecken.

«Doris Lewandowski. Sie hat sich über Sie beschwert.»

«So?» Jetzt wandte Antonia Dix doch ihren Kopf und bedachte ihn mit einem spöttischen Blick.

Morian konnte seine Verärgerung nur schwer zügeln. «Was hatten Sie dort überhaupt zu suchen?»

«Ich wollte mir ein Bild machen. Natürlich erst, nachdem ich Ihren idiotischen Auftrag, mich in der Schwulen-Szene umzuhören, gewissenhaft erledigt hatte.»

Morian überhörte ihren Sarkasmus. «Glauben Sie mir, ich habe alles versucht, sie zu besänftigen. Aber sie will die

Sache nicht auf sich beruhen lassen. Sie will sich über ihren Anwalt beim Polizeipräsidenten beschweren.»

«Diese alte Kotzkuh. Was hat sie denn so fürchterlich aufgeregt?»

«Sie seien in ihr Haus eingedrungen, Sie hätten ihre Intimsphäre verletzt, Sie hätten taktlose Fragen gestellt.»

Antonia Dix wandte sich wieder demonstrativ ihrem Computer zu, als beginne das Gespräch sie zu langweilen. «Aha. Was ist denn im Zusammenhang mit der Ermittlungsarbeit eines Kriminalbeamten in einem Mordfall eine taktlose Frage?»

«Na, zum Beispiel die Frage, ob sie den Masseur ausschließlich fürs Massieren bezahle.»

Antonia Dix grinste, während sie weiter auf den Monitor starrte. «Aber das war erst ganz am Ende der Vernehmung, nachdem sie mich mit ihrer arroganten, selbstgefälligen Art fürchterlich auf die Palme gebracht hatte.»

«Liebe Frau Dix, Sie vergessen, dass Frau Lewandowski nicht unter Verdacht steht. Wir sollten uns in unserem Beruf so weit im Griff haben, dass wir in der Lage sind, unsere persönlichen Gefühle aus der Arbeit herauszuhalten.»

«Aha.» Jetzt sah sie ihn wieder an, fixierte ihn scharf. «Doris Lewandowski hat mir übrigens erzählt, Sie hatten mal was mit ihr, Chef. Konnten Sie Ihre persönlichen Gefühle raushalten, als Sie die Witwe besucht haben? Soweit ich mich an meine Ausbildung an der Polizeihochschule erinnere, hätten Sie in diesem Fall niemals selbst und schon gar nicht alleine das Gespräch mit ihr führen dürfen. Ohne Zeugen. Daraus könnte man Ihnen später echt einen Strick drehen, Chef.»

Das saß. Morian formte die Büroklammer in seinen Händen zu einer abstrakten Skulptur. Sie hatte völlig Recht.

Auch wenn er keine Lust verspürte, sich von einer 27-jährigen Anfängerin belehren zu lassen. Er warf die verbogene Büroklammer in Richtung Papierkorb. Sie fiel daneben.

«Sie haben mit allem Recht. Ja, ich wollte Sie eine Weile beschäftigt wissen, damit ich in Ruhe meine Arbeit tun kann. Ich bin leider nicht gerade das, was man heutzutage auf Neudeutsch einen Teamworker nennt. Aber ich werde mir Mühe geben. Ich weiß nicht, was Frau Lewandowski Ihnen erzählt hat, aber das mit ihr und mir ist schon 25 Jahre her. Da waren Sie noch nicht im Kindergarten, und ich hatte gerade das Abitur in der Tasche. Frau Dix, ich schlage vor, wir fangen nochmal ganz von vorne an. So als hätten wir uns erst vor fünf Minuten kennen gelernt. Was halten Sie davon? Einverstanden? Also: Was haben Sie bisher herausbekommen?»

«Einverstanden, Chef. Fangen wir ganz von vorne an. Also: Was haben Sie bisher herausbekommen?»

Jetzt musste Morian grinsen. Sie war ganz schön frech. Aber ihre Frechheit zeugte von Intelligenz. Und das gefiel ihm.

«Okay. Ich habe den Fürsten der rheinisch-russischen Schmuggler-Mafia besucht. Wir kennen uns schon ewig. Er schädigt zwar den deutschen Staat, aber er handelt nicht mit Drogen, nicht mit Waffen, nicht mit Menschen. Ich traue ihm. Er ist ein zuverlässiger Informant, und er weiß, dass wir ihn deshalb in Ruhe lassen. Tun Sie mir den Gefallen und erzählen Sie das nicht dem Polizeipräsidenten. Der hat ohnehin schon genug Herz-Kreislauf-Probleme. Also, mein Russe sagt, die Russen haben nichts mit Lewandowskis Tod zu tun. Aber Lewandowski hatte angeblich geschäftlich mit einer terroristischen Vereinigung zu tun, die sich ‹Die Kette› nennt.»

«Die Kette?» Sie klang atemlos und machte große Augen wie ein Kind, das zum ersten Mal den Weihnachtsmann sieht.

«Ja. Keine Ahnung, wer oder was sich dahinter verbirgt.»

«Vielleicht hilft uns das ja weiter», sagte sie und konnte nur mit Mühe den Stolz in ihrer Stimme verbergen. Sie öffnete eine ihrer Schreibtischschubladen, zog einen Schnellhefter hervor, stand auf, schlenderte betont gleichgültig zu Morians Schreibtisch hinüber und schob den Schnellhefter über die Tischplatte.

«Was ist das?», fragte Morian.

Sie zog sich die Hosen am Bund hoch, so wie Bauarbeiter das tun, dann schlenderte sie zurück zu ihrem Computer und starrte gelangweilt auf ihren Monitor, während sie ihm antwortete: «Ich war nicht untätig, Chef. Außer dass ich mir die Zeit mit hübschen Jungs in Schwulen-Bars vertrieben habe und Frau Lewandowski geärgert habe. Das ist mein versprochener Einstand. Sie erinnern sich? Die Papierschnipsel aus dem Shredder, die Sie in Lewandowskis Büro in den Plastiksack gestopft und mitgenommen haben? Das war eine prima Idee von Ihnen.»

Morian nahm den Schnellhefter in die Hand. «Sie wollen damit doch nicht sagen ...»

«Doch. Manchmal ist es von Vorteil, frisch von der Polizeischule zu kommen. Dann kennt man den neuesten Stand der Wissenschaft. Und die entsprechenden Leute. Wir hatten einen Gastdozenten vom Bundeskriminalamt in Wiesbaden, der war damals ziemlich hinter mir her, du meine Güte, so ein blasser, schmalbrüstiger Computer-Freak mit Doktortitel und Kassengestell auf der verpickelten Nase, kaum älter als ich, der mir in jeder Zigarettenpause auf die Pelle rückte mit seinem schlechten Atem und versicherte, ich könne mich jederzeit an ihn wenden, wenn ich mal ein Problem hätte. Und jetzt kommt's: Der hat zusammen mit Wissenschaftlern vom Fraunhofer-Institut für Konstruktionstechnik in Berlin ein Verfahren entwickelt, um vernichtete Stasi-Akten zu rekonstruieren. All das Zeug, was die damals in der Normannenstraße durch den Shredder gejagt hatten, als die Leute unten vor dem Tor schon ‹Wir sind das Volk› brüllten. Das technische Verfahren ist völlig neu und deshalb noch nicht ganz ausgereift. Die sind beim BKA noch in der Experimentierphase. Wundern Sie sich also nicht über einzelne inhaltliche Lücken in den Dokumenten. Ich hatte das zufällig kürzlich in einer Fachzeitschrift gelesen: Jeder einzelne Schnipsel wird in Folie geschweißt und dann eingescannt. Die eigens dafür entwickelte Computer-Software identifiziert und sortiert die Schnipsel und setzt sie wieder zusammen – automatisch und digital. Also habe ich mir Ihren Plastikbeutel geschnappt und bin mal schnell nach Wiesbaden gefahren. Eigentlich hat mein verpickelter Freund 16 000 Stasi-Säcke voller Shredder-Schnipsel in der Warteschleife ...»

«Lassen Sie mich raten», sagte Morian. «Für Sie hat er eine Ausnahme gemacht ...»

«So ist es. Grinsen Sie nicht so blöd. Ich musste mich von diesem Pickelgesicht sogar begrapschen lassen, nur um ihn bei Laune zu halten. Eine Hand hatte er auf der Tastatur, die andere andauernd auf meinem Knie. Ich gehe mal davon aus, dass mir der Polizeipräsident als Entschädigung einen Orden umhängen wird, wenn dieser Schnellhefter hilft, den Fall zu lösen.»

Die gestrige Fahrt zum Flughafen war vergeblich gewesen. Er hatte sie ausrufen lassen. Ohne Ergebnis. Er hatte in der Abflughalle sämtliche Warteschlangen, Cafés, Duty-Free-Läden abgeklappert, sogar vor den Damentoiletten Stellung bezogen, bis er sicher war, dass Iris Cronenberg sich nicht im Gebäude befand. Er hatte die Schalter sämtlicher Fluggesellschaften aufgesucht. Fehlanzeige. Eine Iris Cronenberg war auf keiner einzigen Passagierliste des Tages zu finden. Bei Air Berlin hingegen war sie nach wie vor für den Flug AB 3123 am Mittwoch, 5. März, registriert. Er hatte sich also nicht verhört, als sie während der Rückfahrt von der Villa Winter nach Norden per Handy das Ticket geordert hatte. Mittwoch, 5. März.

Das war heute.

Er hatte eine unruhige Nacht hinter sich. Die Albträume waren zurückgekehrt. Dann war er am frühen Morgen erneut zum Flughafen gefahren. Das Ticket für Frau Cronenberg lag immer noch am Service-Schalter für sie bereit, versicherte ihm die Mitarbeiterin von Air Berlin. Abflug 13.25 Uhr, Ankunft in Köln/Bonn um 21.25 Uhr Ortszeit. Max sah auf die Uhr.

10.30 Uhr.

Noch drei Stunden.

Er postierte sich an der Theke eines Stehcafés in Hörweite des Air-Berlin-Schalters, bestellte sich einen Cortado, zündete sich eine Zigarette an und griff nach der druckfrischen Ausgabe des *El País*, die jemand auf der Theke hatte liegen lassen. In Barcelona hatten sie vier Marokkaner festgenommen, denen Verbindungen zur Al-Qaida nachgesagt wurden. Maschinenbau-Studenten, Mitte zwanzig, drei Männer und eine Frau. Eine Spezialeinheit der Polizei hatte morgens um vier die Wohnung gestürmt. Man fand fünf Pistolen, zwei leichte Maschinenpistolen und eine Anleitung zum Basteln von Bomben aus Rohstoffen, die in jedem Baumarkt erhältlich waren. Westliche Geheimdienste ordneten die vier Studenten einer Bewegung namens Salafistischer Heiliger Krieg zu, die sich in Casablanca gegründet hatte, ihre Leute in den Elendsvierteln der marokkanischen Küstenstadt sowie im nordmarokkanischen Tanger rekrutierte und in Pakistan nahe der afghanischen Grenze ausbilden ließ. Bei der Festnahme konnte die Frau nur knapp daran gehindert werden, aus dem Küchenfenster der Wohnung im achten Stock einer anonymen Mietskaserne im Barrio Chino zu springen. Mitsamt einer um den Bauch geschnallten Sprengladung. Die Frau war im vierten Monat schwanger. Ein spanischer Professor für Orientalistik an der Universität von Sevilla geißelte im Interview mit der Zeitung die jüngsten Anschläge als perversen Ausdruck eines «neuen, modernen Islamo-Faschismus» und erinnerte daran, dass zwischen den beiden «von Natur aus unversöhnlichen Weltreligionen» Christentum und Islam geographisch gesehen keine Welten, sondern nur 14 Kilometer lägen: die Meerenge von Gibraltar. Dann stellte er die rhetorische Frage, wenn denn die Ursache all dessen lediglich die ökonomische Unterentwicklung der arabischen Völker sei, die es mit West-Geldern zu beheben gelte, wie manche Linksliberalen im Westen behaupteten, dass also Armut und soziale Benachteiligung gegenüber dem christlichen Westen die eigentliche und alleinige Ursache des Übels seien – warum dann die Dschihadisten nicht zunächst die verlogene Kleptokratie der Saudis, die dynastische Diktatur in Syrien oder das durch und durch korrupte Regime in Ägypten bis aufs Blut bekämpften. Er selbst glaube die Ursache vielmehr in der zunehmenden «Entchristianisierung Europas» und der «fatalen Appeasement-Haltung der westlich-christlichen Bevölkerung und ihrer feigen Wortführer» entdeckt zu haben, die ein Vakuum schaffe, in das die fanatischen islamischen Gewalttäter nun ungehindert vorstoßen können. Das Interview schloss der Professor mit einem Churchill-Zitat: «Beschwichtiger füttern das Krokodil in der Hoffnung, als Letzte gefressen zu werden.»

Max Maifeld überflog die restlichen Nachrichten auf der ersten Seite. Man konnte den Eindruck gewinnen, die Welt stünde in Flammen. Selbstmord-Attentäter. Ferngesteuerte Bomben. Hingerichtete Geiseln. Killer-Kommandos. Vergeltungsschläge. Tote in Bagdad. Tote in Kabul. Tote in Hebron.

Er klappte die Zeitung zu. Die Zigarettenschachtel war leer. Er sah auf die Uhr. 13.05 Uhr. Der Flug AB 3123 von Fuerteventura nach Köln/Bonn wurde soeben zum zweiten Mal aufgerufen. Wenig später wurde Iris Cronenberg ausgerufen und gebeten, sich am Schalter von Air Berlin einzufinden.

Die nette Frau hinter dem Tresen des Info-Schalters hakte das Mikrophon wieder in die Halterung und zuckte mit den Schultern. Bedaure, mehr könne sie nicht tun, vielleicht solle er sich jetzt doch besser an die Polizei wenden. Max Maifeld dankte höflich und wartete, bis die Maschine vom Rollfeld abhob und nach Nordwesten übers Meer abdrehte. Mit einem Passagier zu wenig an Bord. Er trieb sich noch etwa eine Stunde auf dem Parkplatz vor dem Flughafengebäude herum, in der vagen, irren Hoffnung, sie könne doch noch überraschend auftauchen. Dann fuhr er zurück nach El Cotillo, fütterte die Katze, setzte sich auf die Kaimauer des Hafens und starrte hinaus aufs Meer.

Er musste etwas unternehmen.

Wenn er zur Polizei ginge, um Vermisstenanzeige zu stellen, würde er etwas aufgeben, das er seit zwei Jahren mehr hegte und pflegte als alles andere. Sein heiligstes Gut.

Seine Anonymität.

Max Maifeld verschloss sorgfältig die Tür seines Hauses, ging zu seinem Wagen und fuhr hinüber nach Corralejo, um die Firma ausfindig zu machen, bei der Iris Cronenberg den kanarienbunten Suzuki-Jeep gemietet hatte.

So ein Zufall, meinte der kleine, ältere Herr mit dem Zigarrenstummel im Mundwinkel, nachdem er in seinem Computer nachgesehen hatte. Der Wagen sei vor einer halben Stunde abgegeben worden. Max sah auf seine Armbanduhr. Es war jetzt halb fünf. Hatte er sie knapp verpasst? Nein, sagte der Alte, der Suzuki wurde nicht hier in Corralejo, sondern bei der Zweigstelle der Verleihfirma im Süden der Insel, in Morro Jable, abgegeben. Max drängte ihn, dort anzurufen, was er widerwillig tat. Nein, Señora Cronenberg habe den Wagen nicht persönlich zurückgebracht, sondern ihr Assistent, und der habe in bar bezahlt, sagte der Alte, nachdem er den Hörer aufgelegt hatte.

«Kann ich sonst noch was für Sie tun?»

«Ja. Sie können mir einen Geländewagen vermieten.»

«Cuantos días?»

«Für 48 Stunden.»

«Hm. Lassen Sie mal sehen», murmelte der Alte, starrte auf seinen Bildschirm, kaute auf seinem Zigarrenstummel herum und kratzte sich gedankenverloren den Bauch. Das ehemals weiße Hemd zeugte von einem ausgiebigen Mittagessen. «Hier. Ein Sonderangebot. Suzuki ...»

«Ich brauche was Anständiges», unterbrach ihn Max. «Kein Spielzeug. Was haben Sie noch?»

Max wählte einen grauen Toyota Land Cruiser Diesel älteren Baujahrs, zahlte den völlig überteuerten Preis in bar, parkte seinen R4 zwei Straßenkreuzungen weiter in einer stillen Gasse und steuerte den Geländewagen zum *Tres Islas*. In der Lobby wartete er im Schatten einer Säule, bis der Mann an der Rezeption, mit dem er am Tag zuvor gesprochen hatte, mit einem älteren Ehepaar beschäftigt war, das die exakte Temperatur des beheizten Pools wissen wollte, dann sprang er im letzten Moment, bevor sich die Türen schlossen, in einen der beiden Aufzüge, bevor der den Weg nach oben nahm.

In dem Aufzug befanden sich bereits vier Menschen im schwer zu schätzenden Alter zwischen fünfzig und sechzig. Zwei Männer und zwei Frauen, jeweils gekleidet wie Zwillingspaare. Die beiden Männer trugen blaue Baseballkappen, mit denen die Düsseldorfer Brauerei Schlösser für ihr Alt-Bier warb, ferner winzige gelbe Badehosen unter feuerrot verbrannten Bäuchen, deren Volumen den Eindruck vermittelte, als hätte die Bier-Werbung bereits hinreichend Früchte getragen, und an den Füßen blau-weiß gestreifte Badelatschen. Die beiden Frauen, offensichtlich die Ehefrauen der beiden Männer, trugen goldfarbene Pumps, flaschengrüne String-Tangas um die knochigen Hüften und Tücher aus grün schimmerndem, durchsichtigem Tüll über ihren nackten, von der Sonne gegerbten lederhäutigen Brüsten. Als Max den Aufzug betrat, setzten die Frauen neugierig ihre Sonnenbrillen ab, schoben sie in ihre hochgesteckten Haare und starrten ihn unverfroren an wie ein exotisches Tier im Zoo. Offenbar hatten sie den lieben langen, langweiligen Tag am Pool verbracht, steuerten nun ihre Zimmer an, um sich fürs Abendessen fein zu machen, und waren dankbar für die kleine, kurze

Abwechslung in Form eines gut gebauten männlichen Wesens, das mindestens zehn Jahre jünger war als ihre eigenen Männer.

«Wohin?», brummte einer der beiden Männer und ließ seine Hand über der Aluminiumblende mit den Knöpfen schweben. Offenbar spielte er gerne den Liftboy.

«Sechste Etage», antwortete Max.

«Sechste Etage? Die Zimmer gehen nur bis zur fünften Etage», stellte der Mann mit dem unverkennbar nordrheinischen Singsang des Düsseldorfers fest.

«Stimmt», pflichtete Max bei.

«Also?»

«Sechste Etage», wiederholte sich Max. «Sehen Sie den obersten Knopf mit der Ziffer sechs drauf? Wenn Sie den bitte drücken würden. Sonst kann ich das gerne auch selber tun.»

«Mann, seien Sie doch nicht gleich eingeschnappt. Immer langsam mit den alten Pferden. Wir sind schließlich nicht auf der Flucht, sondern im Urlaub. Was ist denn da oben?»

«Da ist ein Fitnessstudio.»

«Ein Fitnessstudio?» Die Frage hatten alle vier im Chor formuliert, als hätten sie das Wort Fitness noch nie gehört. Max besah sich die vier Figuren und glaubte ihnen aufs Wort.

«Ja, ein Fitnessstudio, und eine Sauna, und eine dazugehörige schöne Dachterrasse.» Max bedauerte auf der Stelle seine Gesprächigkeit. Denn jetzt drückte der Wortführer bereitwillig den Knopf: «Ihr Lieben, das Essen kann noch warten. Das sehen wir uns jetzt doch mal an, oder?»

Die sechste Etage war ein Penthouse, das der Architekt auf den Schnittpunkt der beiden in einem Winkel von

90 Grad zueinander stehenden Flügel des Hotelkomplexes gesetzt hatte. Außer dem kleinen, aber bestens ausgestatteten Studio und der Sauna beherbergte es den Maschinenraum der Aufzuganlage sowie ein winziges Apartment. Dort oben wohnte und arbeitete Hurl.

Die Glastür mit den aufgedruckten Öffnungszeiten und dem schwungvollen Schriftzug «Hurl's Wellness-Center» stand offen. Max durchschritt den Vorraum. Links ging es zum Studio, rechts durch eine Schiebetür aus Glas auf die Dachterrasse mit der Saunahütte, und geradeaus, hinter dem winzigen Tresen mit den vier Barhockern, führte eine Tür in Hurls Apartment. Hinter dem Tresen, der als Erfrischungs- und Espresso-Bar sowie als Rezeption diente, stand eine junge, bemerkenswert schöne, dunkelhaarige Frau in weißen Jeans und einem schlichten weißen T-Shirt. Max war sich sicher, sie schon einmal gesehen zu haben. Natürlich: die Einheimische, mit der Hurl beim Strandfest in der Nacht verschwunden war. Jetzt glotzten die beiden dickbäuchigen Männer, als stünden sie im Zoo.

«*Buenas tardes, Señores.* Was kann ich für Sie tun?»

«*Buenas tardes.* Ich weiß nicht, was Sie für die vier Herrschaften hier tun können. Aber ich suche Hurl.»

Sie nickte in Richtung des Studios. «Er nutzt die Zeit, wenn die Gäste beim Abendessen sind.»

Max ging weiter, ohne sich um die beiden Ehepaare zu kümmern. Hurl lag rücklings auf einer Bank und stemmte eine Langhantel mit beeindruckenden Gewichten. Aus den Boxen an der Decke war Chet Bakers wunderbar warmes, weiches Trompetensolo aus Jim Halls «Concierto de Aranjuez» zu hören. Draußen im Vorraum erklärte die Frau am Tresen den beiden Düsseldorfer Ehepaaren geduldig die Preise und Öffnungszeiten. Mit einem leisen Ächzen pumpte Hurl ein letztes Mal und hängte die Hantel in die Halterung über ihm. Dann richtete er sich auf. Er trug eine schwarze Karatehose und war wie stets barfuß. Sein kahler Schädel und sein nackter Oberkörper trieften vor Schweiß. Max kannte ihn schon so lange und war doch jedes Mal aufs Neue überrascht, wie ein einzelner Mensch solche Muskelberge besitzen konnte. Hurl setzte sein obligatorisches Grinsen auf. «Max, Max, manchmal spüre ich das Alter. Und dann, in solchen Momenten, frage ich mich: Wozu die ganze Quälerei?»

«Dein Körper ist nun mal dein Kapital, Hurl. Ich sehe übrigens mit Freude, dass dein Unternehmen expandiert. Seit wann hast du denn eine Mitarbeiterin?»

«Seit sie mich gefragt hat, ob ich nicht einen Job für sie im Hotel wüsste. Und da ich zwischendurch gerne etwas Zeit für mich selbst im Studio habe, jobbt sie jetzt stundenweise hier. Aber keine Sorge: Sie hat jetzt Feierabend, dann schließe ich ab, und wir können in Ruhe reden.»

Hurls Grinsen erstarb plötzlich, und Max drehte sich unwillkürlich um. Die zwei Düsseldorferinnen steckten neugierig die Köpfe durch die Tür und tuschelten, während ihre beiden Männer unüberhörbar immer noch damit beschäftigt waren, der Frau am Tresen Löcher in den Bauch zu fragen.

«Treten Sie näher, meine Damen. Was kann ich für Sie tun?»

«Och», sagte die eine verlegen. «Wir wollten nur mal gucken.» Das Gucken beschränkte sich im Wesentlichen auf Hurls Oberkörper. Hurl erhob sich von der Bank und ging auf die beiden Frauen zu. «Gucken Sie ruhig. Und wenn Sie genug geguckt haben, dann können Sie sich ja bei meiner Mitarbeiterin einen Termin geben lassen.» Hurl blieb erst einen knappen Meter vor den beiden Frauen stehen. Sein gewaltiger Brustkorb hob und senkte sich immer noch von der Anstrengung des Krafttrainings und dem beschleunigten Kreislauf. Die Wortführerin starrte unverfroren auf seinen Bauchnabel, der sich etwa in ihrer Augenhöhe befand, dann glitt ihr Blick langsam nach oben, und nach einem nervösen Räuspern fragte sie: «Geben Sie auch Einzelstunden?»

«Selbstverständlich, Lady. Das ist meine Spezialität. Stretching, Kraftaufbau, Bauch, Beine, Po, Herz-Kreislauf-Training, Wasser-Aerobic jeden Morgen im Pool, Yoga-Kurse auf der Dachterrasse. Die Sauna ist übrigens im Preis inbegriffen. Fragen Sie doch bitte meine Mitarbeiterin nach einem Termin. Sie können das auch morgen in Ruhe telefonisch von Ihrem Zimmer aus erledigen. Im Prospekt steht unsere Durchwahlnummer. Darf ich Sie jetzt hinausbegleiten? Wir machen nämlich Feierabend.»

Mit einem charmanten Lächeln schob er die beiden Frauen durch die Tür und verschwand mit ihnen im Vorraum. Max legte sich rücklings auf die Bank und verschränkte die Hände im Nacken. Jetzt löste Paul Desmond mit seinem Alt-Saxophon Chet Bakers Trompete ab. Um sich die Zeit zu vertreiben, griff er nach der Hantel über ihm, drückte sie nach oben – und ließ sie eine Zehntelsekunde später wieder in die Halterung plumpsen. Zwecklos. Wer Max Maifeld jemals zu nahe gekommen war, würde ihn anschließend nicht gerade als mageren Schwächling bezeichnen. Aber Hurl bewegte sich eindeutig in einer anderen Spielklasse. Nach ein paar Minuten tauchte der Riese wieder auf, alleine und kopfschüttelnd.

«Ich habe natürlich nichts dagegen, wenn du mir neue Kunden bringst. Aber ich muss schon sagen, mein lieber Max, dein Geschmack war schon mal besser. Wo hast du denn diese beiden Ladys aufgegabelt?»

«Hurl, ich muss mit dir reden.»

«Kein Problem.» Hurl wurde sofort wieder ernst. «Darf ich noch schnell duschen? Du weißt ja, wo der Kaffee steht.»

Sie war nicht da. Er wusste nicht, wo sie war. Wahrscheinlich bei einer Sitzung ihrer unzähligen Arbeitsgemeinschaften, deren Namen er sich nicht merken konnte. Die Kinder waren am Vormittag abgereist, mit der kompletten Schule eine Woche in Skiferien in den Alpen, wie jedes Jahr. Er hatte die beiden morgens zum Bahnhof gefahren.

Josef Morian machte nur in der Diele und in der Küche Licht. Er warf den Schnellhefter auf den Küchentisch, hängte den triefnassen Mantel über einen Stuhl vor der Heizung, schmierte sich ein Brot und öffnete eine Flasche Bier. Das mit dem Bier wurde langsam zu einer schlechten Angewohnheit. Er musste aufpassen. Vielleicht mal eine Pause einlegen.

Er setzte sich an den Küchentisch, schlug den Schnellhefter auf und begann zu lesen. Eine Stunde später war er fertig. Er nahm den Notizblock und einen Kugelschreiber vom Regal über der Spüle und las alles noch einmal, von der ersten bis zur letzten Seite. Als er fertig war, hatte er eine vage Vorstellung von dem, womit Heinz Lewandowski in den letzten Wochen und Monaten vor seinem Tod beschäftigt war.

Zum Beispiel mit der Beschaffung zweier Kampfhubschrauber vom Typ AH-64 Apache. Hersteller: McDonnell Douglas, inzwischen von Boeing geschluckt. Hauptabnehmer waren gewöhnlich die US-Streitkräfte, was für die Qualität der Ware sprach. Lewandowski hatte alles fein säuberlich vermerkt, was ihm wichtig erschien:

Maximales Startgewicht: 10 107 kg; Leergewicht: 5352 kg. Länge: 17 Meter. Hauptrotor-Durchmesser: 14,36 Meter. Höchstgeschwindigkeit: 360 Stundenkilometer. Dauergeschwindigkeit: 293 Stundenkilometer. Reichweite mit einer Tankfüllung: 407 Kilometer. Bewaffnung: variabel; in diesem Fall automatische Maschinengewehre mit 30-mm-Explosiv-Geschossen, 625 Schuss pro Minute, außerdem Fernlenkraketen vom Typ Hellfire Missiles. Im ersten Golfkrieg 270 gegnerische Panzer zerstört. Absolut wüstentauglich, keine Probleme mit Landung auf Sand!!!

Die Ausrufezeichen waren mit einem Filzschreiber handschriftlich an den Rand gemalt. Die Wüstentauglichkeit schien ihm besonders wichtig gewesen zu sein.

Ferner beschaffte Heinz Lewandowski für denselben Kunden zwei Transporthubschrauber vom Typ Sikorsky S-65/CH-53 Sea Stallion; Reichweite mindestens 433 Kilometer, schwächer in der Bewaffnung und in der Geschwindigkeit sowie doppelt so schwer wie die Apache-Kampfhubschrauber. Dafür konnte jeder der beiden «See-Hengste» bis zu 55 Soldaten an Bord nehmen.

Morian schüttelte den Kopf. See-Hengste. Militärs hatten was übrig für sexualisierte Sprache. Er war nie beim Militär gewesen. Er war gleich nach dem Abi zur Polizei gegangen.

Auch Heinz Lewandowski war nicht beim Bund gewesen. Untauglich. Er hatte aber auch kein Abi gemacht, sondern war ziemlich früh wegen mangelhaften Betragens vom Oberkasseler Kalkuhl-Gymnasium geflogen.

Heinz Lewandowski hatte stattdessen viel, viel Geld gemacht.

Und die schönste Frau des Dorfes geheiratet.

Außer den vier Hubschraubern vermittelte Lewandowski den Kauf eines speziell gepanzerten Geländewagens vom Typ Landrover Defender, wie er in dieser Spezialanfertigung gewöhnlich nur von der britischen Nordirland-Armee verwendet wurde. Farbe schwarz, darauf hatte der Kunde bestanden. Für die Vermittlung der insgesamt fünf Posten hatte Lewandowski zwei Millionen Euro Provision kassiert, plus Spesen, plus Unkosten für die logistische Vorbereitung und Durchführung der Anlieferung der Ware samt gefälschter Frachtpapiere auf dem Seeweg von Antwerpen nach Tarfaya.

Morian ging ins Wohnzimmer und sah im Lexikon nach. In einem Anflug von Bildungsbeflissenheit und im Blick auf die Schulausbildung der Kinder hatte er mal den kompletten Brockhaus angeschafft.

Tarfaya war demnach eine Hafenstadt im äußersten Süden Marokkos, unmittelbar an der Grenze zur Westsahara, dem ehemaligen Spanisch-Marokko. Die triste, abgelegene Hafenstadt war 1916 bis 1958 von Spanien annektiert und hatte zweimal in ihrer Geschichte eine gewisse historische Bedeutung erlangt: In den 20er Jahren arbeitete dort Antoine de Saint-Exupéry, der Autor des Bestsellers «Der kleine Prinz», als Postflieger. Außerdem war Tarfaya Sammelpunkt für 350000 Demonstranten, die Marokkos König Hassan II. für seinen «Grünen Marsch» am 11. November 1975 über die Grenze nach Süden mobilisiert hatte. Der Grüne Marsch läutete das Ende der spanischen Kolonialherrschaft über die Westsahara ein. Der Zeitpunkt war von der marokkanischen Regierung clever gewählt: Spanien befand sich in einem Machtvakuum. Franco lag auf dem Sterbebett, und sein rechtmäßiger Nachfolger, der junge König Juan Carlos, hatte andere Sorgen, innenpolitische Sorgen: die von ihm schon in aller Stille geplante Umwandlung Spaniens von einer Militärdiktatur in eine Demokratie. Für ein außenpolitisches Machtspiel auf dem afrikanischen Kontinent mit ungewissem Ausgang, hohem Risiko und zweifelhaftem Nutzwert war da kein Platz. Neun Tage nach Beginn des Grünen Marsches starb Franco am 20. November 1975. Juan Carlos befahl den Rückzug aus Spanisch-Marokko und die sofortige Verlegung der dort stationierten 4500 spanischen Fremdenlegionäre auf die nur 90 Kilometer entfernte Kanaren-Insel Fuerteventura. Die politische Ultrarechte in Spanien geriet natürlich aus dem Häuschen. Denn ehemaliger Kommandant der spanischen Fremdenlegion, der mit seinen Soldaten schon einmal die Marokkaner aus der Kolonie vertrieben hatte, bevor er zur politischen Karriere im Spanischen Bürgerkrieg ansetzte, war ausgerechnet die soeben verstorbene Lichtgestalt der ewig Gestrigen: Francisco Franco.

Morian stellte den Brockhaus-Band zurück ins Regal. Die Papiere, die Lewandowskis Sekretärin Gisela Meurer durch den Shredder gejagt hatte, waren keine Geschäftspapiere im üblichen Sinn. Keine Verträge, keine Belege fürs Finanzamt. Der Handel mit Kriegswaffen war ohnehin illegal. Josef Morian gewann zunehmend den Eindruck, dass es sich bei den geschredderten Papieren um Heinz Lewandowskis ganz private Niederschriften handelte, als habe er ausgerechnet dieses Geschäft, entgegen aller Gepflogenheiten seiner Branche, unbedingt schriftlich festhalten wollen.

Warum? Zu seinem Schutz? Als Lebensversicherung?

Das hatte nachweislich nicht funktioniert.

Aber das musste nichts heißen. Nicht jede Lebensversicherung zahlte sich am Ende tatsächlich aus.

Oder um jemanden damit zu erpressen?

Das wäre ein Motiv für den Mord, passte aber nicht zu Lewandowskis Ruf in der Branche.

Morian sah auf die Uhr. Kurz vor Mitternacht. Er war müde. Sie war noch immer nicht zurück. Er klemmte sich den Schnellhefter und seine Notizen unter den Arm, löschte das Licht, verließ die Küche, ging die zwei Treppen hinauf in die Mansarde, die er sich vor zwei Jahren notdürftig hergerichtet und mit einem kleinen Schreibtisch, einem Bücherregal und einem schmalen Gästebett möbliert hatte, zog sich aus, öffnete die Dachluke einen Spalt, entschloss sich aber nach wenigen Sekunden, sie wieder zu schließen, weil der Wind den Regen unablässig durch den Spalt peitschte, und ließ sich schließlich ins Bett fallen, ohne noch einmal das Badezimmer aufzusuchen. Bevor er das Licht löschte und die Augen schloss, kontrollierte er den Wecker, der auf dem Fußboden neben dem Bett stand.

Aber er fand keinen Schlaf.

Warum hatte Gisela Meurer ausgerechnet diese Papiere vernichtet? Morian nahm sich vor, sie noch einmal zu vernehmen. Mit etwas mehr Druck.

Lewandowski kaufte und verkaufte nicht, das wusste Morian aus den Ermittlungsakten der Kollegen vom OK. Lewandowski war ein Makler. Er brachte Käufer und Verkäufer zusammen, er schuf den Marktplatz. Dafür kassierte er seine Provision.

Der Verkäufer der vier kriegserprobten Hubschrauber tauchte in Lewandowskis Notizen nicht auf. Offenbar war er nicht so wichtig. Nicht für Lewandowski. Aber der Käufer der beiden Kampfhubschrauber, der zwei Transporthubschrauber sowie des gepanzerten Landrovers war sorgfältig notiert und mit Filzschreiber dick unterstrichen:

Die Kette.

«Iris ist verschwunden», sagte Max, kaum dass Hurl frisch geduscht und in Jeans die Dachterrasse des Hotels betreten hatte. Er stellte sich neben Max an die Brüstung aus Plexiglas, sah hinaus aufs Meer, genoss den frischen, salzhaltigen Passatwind und verrührte bedächtig den Zucker in dem Espresso, den er sich mitgebracht hatte. «Haben wir uns etwa verliebt?»

«Unsinn. Es ist etwas passiert. Es muss etwas passiert sein. Das passt alles nicht zusammen: Sie checkt nicht selbst aus, sondern lässt das von jemandem erledigen, der sich als ihr Assistent ausgibt. Dabei kennt sie doch niemanden auf der Insel. Dieser Assistent gibt auch ihren Mietwagen ab, aber nicht in Corralejo, sondern im Süden, in Morro Jable. Warum? Das macht keinen Sinn. Sie verschwindet zwar aus dem Hotel, aber sie fliegt nicht ab. Sie fliegt aber auch am nächsten Tag nicht ab. Sie lässt ihr Ticket, das für sie am Schalter bereit liegt, verfallen und macht auch keine Anstalten, es umzutauschen. Außerdem: Alles wird in bar bezahlt, sowohl das Hotel als auch der Mietwagen, obwohl ich keinen Menschen auf der Welt kenne, der seine goldenen Kreditkarten so sehr liebt wie Iris Cronenberg. Sie würde noch nicht einmal eine Zahnbürste im Supermarkt in bar bezahlen.»

«Was, glaubst du, ist passiert?»

«Hurl, ich habe keine Ahnung.»

«Was soll ich tun?»

«Deine Kontakte im Hotel nutzen. Ich würde gerne wissen, wann sie zum letzten Mal gesehen wurde, ob sie am

Morgen noch gefrühstückt hat, ob sie von ihrem Zimmer aus telefoniert hat. Sie hat zwar ein Handy, aber alle Telefonate vom Zimmer kann sie bequem mit der Hotelrechnung auf ihre Spesen setzen. Also wird sie alle wichtigen Telefonate vom Zimmer aus geführt haben.»

«Warte einen Augenblick.» Hurl verschwand durch die Terrassentür. Max setzte sich auf die Kante eines Liegestuhls. Der Pool sechs Stockwerke unter ihm war wie ausgestorben. Die Gäste waren nun offenbar alle beim Abendessen. Der Keeper der Bar auf der kleinen künstlichen Insel mitten im Pool sammelte die Aschenbecher ein und wischte Tische und Stühle. Ein Arbeiter in einem blauen Overall raffte die Matratzen von den Sonnenliegen, stapelte sie auf einem Karren und verschwand mitsamt den Matratzen über eine zwischen Palmen und Bougainvillea-Stauden versteckte Rampe durch eine breite Stahltür in den Katakomben des Hotels. Im vierten Stock des Nordflügels trat eine Frau mittleren Alters aus ihrem Zimmer auf den Balkon. Sie hatte nichts an, außer einem Handtuch, das sie sich als Turban um den Kopf gewickelt hatte. Offenbar kam sie gerade aus der Dusche. Sie sah sich um, und als sie erleichtert feststellte, dass sie nicht alleine auf der Welt war, tat sie so, als sei sie alleine auf der Welt.

Max sah weg.

Nach einer Weile erschien Hurl wieder auf der Terrasse. Das obligatorische Grinsen war aus seinem Gesicht verschwunden.

«Seltsame Geschichte. Also, sie ist morgens um sechs Uhr los, ähnlich gekleidet wie am Vortag, hatte ihre große Tasche dabei und verstaute darin ihr Lunchpaket.»

«Was für ein Lunchpaket?»

«Das hatte sie am Abend zuvor telefonisch von ihrem

Zimmer aus bei der Rezeption bestellt. Ziemlich spät, nachdem ich sie vom Strandfest mitgenommen und im Hotel abgesetzt hatte. Sie hätte das natürlich auch gleich bei unserer Ankunft im Hotel an der Rezeption erledigen können. Hat sie aber nicht. Wir sind nämlich noch zusammen Aufzug gefahren, sie ist in der zweiten Etage ausgestiegen. Also entweder ist ihr die Idee mit dem Lunchpaket erst später gekommen, oder aber, so vermute ich, sie wollte nicht, dass ich das mitbekomme. Außerdem hatte sie es verdammt eilig, auf ihr Zimmer zu kommen. Ich wollte sie nämlich noch zu einem Drink an die Bar einladen, aber sie hat abgelehnt. Sie sagte dem Nachtportier am Telefon, sie könne leider das Frühstück nicht in Anspruch nehmen, weil sie sehr früh zu einer Sightseeingtour aufbrechen werde. Ob es vielleicht möglich sei, ihr etwas einzupacken. Ist es natürlich. Sie nahm also morgens um sechs an der Rezeption ihr Lunchpaket in Empfang und verschwand mit dem Suzuki. Sie hatte übrigens mit keinem Wort erwähnt, dass sie beabsichtige, noch am selben Tag abzureisen.»

«Und dieser Assistent?»

«Eigenartig. An den kann sich keiner so richtig erinnern. Mittleres Alter, unauffällig gekleidet, durchschnittliche Größe, durchschnittliche Figur. Meine Meinung? Jemand, der es versteht und es gewohnt ist, sich unsichtbar zu machen. Ein Profi also. Kein Spanier. Gutes Englisch mit osteuropäischem Akzent. Übrigens hatte niemand weiter Verdacht geschöpft, weil sie selbst sein Kommen angekündigt hatte.»

«Wer? Iris?»

«Ja. Sie hatte eine halbe Stunde zuvor angerufen und mitgeteilt, dass sie selbst leider nicht erscheinen könne. Ob sie das tatsächlich selbst war, am Telefon, ist natürlich nicht mehr zu klären. Da der Fremde die Zimmerschlüssel hatte, eine unterschriebene Vollmacht und außerdem das nötige Bargeld, um alles zu bezahlen, war die Sache erledigt. Die erleben schließlich jeden Tag die verrücktesten Dinge mit ihren Gästen.»

«Über was habt ihr gesprochen während der Rückfahrt?»

«Über dich natürlich.»

«Über mich?»

«Ja. Sie wollte alles Mögliche über dich wissen. Was du für ein Mensch bist und so. Ich glaube, sie hat sich verliebt. Aber vielleicht war sie ja auch schon immer in dich verliebt.»

«Was hast du ihr erzählt?»

Es klingelte. Hurl stand auf und verschwand durch die Terrassentür. Sekunden später war er zurück, mit einem Stück Papier in der Hand, das er Max gab. Der Computer-Ausdruck mit der Auflistung der Telefonate, die Iris Cronenberg während der Dauer ihres Hotelaufenthaltes von ihrem Zimmer aus geführt hatte. Max warf einen kurzen Blick darauf, dann faltete er die Liste und steckte sie in seine Hemdtasche.

«Also? Was hast du ihr erzählt?»

Hurl sah plötzlich verärgert aus. «Was glaubst du denn, was ich ihr erzählt habe? Wie sehr du dich verändert hast seit der Sache vor zwei Jahren? Wie du dich immer mehr verhärtet hast? Oder vielleicht, wo du deine Kinder versteckt hast? Dass dein Freund Morian seitdem nur noch ein Schatten seiner selbst ist? Nein, natürlich nicht. Nichts habe ich ihr erzählt. Ich habe ihr erzählt, was für ein prima Kerl du bist und dass du nur hier bist, weil du eine kleine Auszeit brauchst. Sie ist Journalistin, Max. Und keine schlechte, habe ich den Eindruck. Die wusste alles über Herbach und sein Pädophilen-Netzwerk, und sie hat immerhin auch aus Morian rausgekriegt, dass du dir die ödeste, trostloseste Insel auf dem ganzen Erdball ausgesucht hast, um deine Wunden zu lecken. Aber vielleicht ist das ja inzwischen auch gar nicht mehr so schwer, aus Morian was rauszukriegen.»

Hurl redete selten mehr als zwei Sätze am Stück. Er war sichtlich aufgewühlt. Max legte seine Hand auf den schwarzen muskulösen Unterarm seines Freundes. «Tut mir Leid, Hurl.»

Dann schwiegen sie eine Weile und schauten der untergehenden Sonne zu. Von ferne, aus dem Hafen von Corralejo, kündigte die dickbauchige Fähre der Lineas Fred. Olsen mit dreimaligem dunklem, heiserem Hupen ihre baldige Abfahrt nach Lanzarote an. Das augenblicklich einsetzende Gekreische am Himmel verriet, dass die Möwen Beute witterten.

«Schon gut, Max. Wir haben alle unsere Unschuld verloren, damals. Verstehst du, was ich meine? Nichts wird jemals wieder so sein, wie es einmal war. Schau dir Morian und Liz an. Die große Liebe. Dachte jeder, der sie kannte. Ein wunderbarer Mann und eine wunderbare Frau. Und jetzt? Sie sind immer noch ein wunderbarer Mann und eine wunderbare Frau. Nur hat die Geschichte vor zwei Jahren inzwischen ihre Liebe zerstört. Aber vielleicht ist die große, die ewige Liebe ja auch nichts weiter als eine wunderschöne, ewige Illusion.»

«Ist sie dir schon mal begegnet, Hurl?»

«Nein. Noch nie. Aber ich hatte mich ja auch für viele Jahre selbst ins Abseits befördert. Bis ich aus diesem Männerclub wieder ausgetreten bin. Im Dschungel oder in der

Wüste hat man wenig Gelegenheit, die Frau seines Lebens zu treffen. Und wenn du so weitermachst, wird sie dir auch nie begegnen. Also, worauf wartest du noch? Such sie gefälligst.»

Max sah ihn irritiert an. «Wen? Die große Liebe?»

«Iris Cronenberg natürlich.»

Er würde eine Rede vorbereiten müssen. Eine Rede, die er sogleich bei seiner Ankunft zu halten gedachte, gleich übermorgen, sobald er endlich das Schiff verlassen und geheiligte Erde betreten würde. Eine Rede, die eines charismatischen Führers würdig sein musste. Eine Rede, die vor allem die Herzen der tapferen Kämpfer entflammen musste. Eine Rede, die seinen Vater mit Stolz erfüllt hätte. Eine Rede, die er jetzt nur noch schreiben musste, jetzt, wo der Atlantik sich endlich so weit beruhigt hatte, dass er sich traute, längere Zeit unter Deck in seiner Kabine zu verbringen. Er sah durch das Bullauge der rot glühenden Sonne zu, wie sie am Horizont im Meer versank. Dann nahm er ein weißes Blatt Papier und seinen Füllfederhalter aus der Schublade des Schreibtisches. Er war kein geübter Schreiber. Und kein geübter Redner. Und ihm blieb nicht mehr viel Zeit.

Donnerstag, 6. März

Er kam gut voran. Der Toyota war ein grundsolides Auto. Nicht nur sicher und kraftvoll im Gelände, sondern auch zügig auf dem Asphalt. Max nahm die Umgehungsstraße vorbei an Puerto del Rosario nach Süden. Es war nur so eine Idee, nur so eine Ahnung. Nein, es war mehr als eine Ahnung. Max konnte geradezu spüren, wohin Iris Cronenberg am frühen Dienstagmorgen mit ihrem Suzuki und ihrem Lunchpaket und ihrer großen Joop-Tasche gefahren war. Er hatte sie unterschätzt. Sie hatte ihm Desinteresse vorgegaukelt, und er hatte es gefressen. Indem sie ganz geschickt seine dämlichen Vorurteile über sie benutzt und gegen ihn verwendet hatte. Er war ein Idiot. Er hätte es merken müssen, auf der Fahrt nach Süden: Sie hatte sich schon viel zu viel Wissen angeeignet, viel zu viel Zeit und Energie in die Sache gesteckt, um plötzlich desinteressiert aufzustecken und nur noch nach Hause zu wollen. Max hörte sie reden, als säße sie immer noch neben ihm:

«Generalissimo Franco persönlich muss Gustav Winter sehr geschätzt haben. Sonst hätte er ihm wohl nicht die komplette Südhalbinsel Jandía geschenkt. 2300 Hektar Land. Erzähle ich dir tatsächlich etwas Neues? An der engsten Stelle war die Halbinsel sogar mit Stacheldraht vom Rest Fuerteventuras getrennt und streng bewacht. Bis in die frühen fünfziger Jahre. Die Bewohner der Südhalbinsel wurden in den Norden umgesiedelt und durften ihre Heimaterde nicht mehr betreten …»

Die alte Geschichte – als ob sie immer noch, wie damals in Sarajewo, Konkurrenten bei der Jagd um die beste Story wären. Sie hatte ihm auf der Rückfahrt erfolgreich weisgemacht, dass ihr die Villa Winter gestohlen bleiben könne, mitsamt der zahnlosen Alten und ihrem Drecksköter, sie hatte ein bisschen die Zicke gespielt, und er hatte es gefressen. Weil es seinem Bild von ihr entsprach. Clever. Vielleicht haben Journalisten das für immer im Blut, diesen Jagdinstinkt. Genau aus diesem Grund hatte er auch seine Beobachtungen für sich behalten: der supermoderne, sündhaft teure Feldstecher auf der Fensterbank. Der nagelneue Landrover in dem Stollen.

Max verzichtete diesmal auf eine Pause in Morro Jable. Er hatte es eilig. Er hetzte den Toyota hinauf in die Berge.

Die Recherchen gestern Abend, nachdem er Hurl verlassen hatte und zurück nach El Cotillo gefahren war, hatten ihn nicht eben schlauer gemacht. Er hatte sich mit der Telefonliste aus dem Hotel-Computer in Antonios winziges Büro im ersten Stock über der Bar einquartiert. Max hatte in seinem Haus kein Telefon. Weil er kein Telefon wollte.

Früher war er mal ein richtiger Technik-Freak gewesen. Als er noch glaubte, Technik garantiere Sicherheit. Handy, Computer, GPS, Alarmanlage, Überwachungskameras rund um seine Burg, die alte Fabrik am Kölner Rheinufer.

Eine Illusion.

Es gab keinen Schutz gegen das Böse.

Seitdem zog er es vor, sich unsichtbar zu machen, in der Anonymität abzutauchen, möglichst nichts zu tun, was es erfordert hätte, seinen Namen zu nennen oder gar seinen Personalausweis oder seinen Führerschein vorzuzeigen. Er hielt sich an die Straßenverkehrsregeln, er zahlte alle Rechnungen sofort und stets in bar, er hinterließ keine Spuren.

Und soeben war er im Begriff, all das über Bord zu werfen. Wegen einer Frau, für die er noch vor drei Tagen keinen Finger gerührt hätte.

Während Max den Toyota den Berg hinaufhetzte, erinnerte er sich an den gestrigen Abend:

Er hatte in Antonios Büro im ersten Stock gesessen, die Telefonliste vor sich auf dem Schreibtisch. Aus der Bar unter ihm drangen gregorianische Choräle an sein Ohr. Der mehrstimmige A-cappella-Gesang der Mönche legte sich wie ein dicker Teppich über den Hafen und über die Bucht von El Cotillo. Max sah aus dem winzigen Fenster des Büros. Dort drüben, jenseits der Bucht, am Strand, hatte sie ihn berührt.

Antonio liebte diese Musik aus den europäischen Klöstern, die sich seit dem Mittelalter nicht verändert hatte. Dass er sich damit auf Dauer schon einige Kunden vergrault hatte, war ihm völlig egal. Abends gab es Choräle. Morgens auch. Basta.

Sämtliche Telefonate waren am Sonntag geführt worden. Die erste Telefonnummer auf der Liste war die Durchwahl der Redaktion jener Hochglanz-Zeitschrift in München, in deren Auftrag Iris zur Modewoche nach Madrid und anschließend nach Fuerteventura geflogen war. Nein, Frau Cronenberg sei unter dieser Nummer nicht zu erreichen, da sie kein Mitglied der Redaktion, sondern freie Autorin sei. Außerdem sei sie zurzeit in Spanien unterwegs. Nein, ihre Handynummer könne man leider aus datenschutzrechtlichen Gründen nicht herausgeben.

Die nächste Nummer war ein Anschluss in Madrid. Eine Frau mittleren Alters meldete sich, ohne ihren Namen zu nennen. Das war in Spanien nicht unüblich und damit auch nicht als unhöflich zu verstehen. Dennoch hatte Max den Eindruck, als ströme pure Angst durch die Leitung in sein Ohr.

«Por favor, quisiera hablar con Señora Cronenberg.»

«Un momentito, por favor.» Die Frau legte den Hörer beiseite und rief nach ihrem Mann. Flüstern im Hintergrund. Sie stritten sich. Bildungsbürgertum, eindeutig. Die Wortwahl, die Akzentuierung. Angst, viel Angst in beiden Stimmen.

«Ja bitte?»

«Guten Tag, Señor. Mein Name ist Max Maifeld. Ich bin ein Bekannter von Iris Cronenberg ...»

«Woher haben Sie meine Nummer?»

«Frau Cronenberg hat sie mir gegeben, für den Fall, dass ...»

«Lassen Sie mich bitte in Ruhe. Ich hatte mit Frau Cronenberg nur unter der Bedingung gesprochen, dass sie mit niemandem darüber redet, dass mein Name völlig aus der Sache rausbleibt. Diese Vereinbarung hat sie gebrochen, wie ich jetzt zu meinem Bedauern feststellen muss. Ich habe Familie! Bitte rufen Sie mich nie wieder an. Nie wieder.»

«Frau Cronenberg ist spurlos verschwunden!»

Schweigen. Ein nervöses Räuspern.

Max setzte nach. «Señor, bitte helfen Sie mir. Bitte! Weshalb hat Iris Cronenberg Sie angerufen? Was wollte sie von Ihnen wissen? Was haben Sie ihr erzählt? Bitte!»

Aufgelegt. Die Leitung war tot.

Die Mönche schwiegen. Die CD mit den gregorianischen Gesängen war verstummt. Schadenfrohes Gelächter aus der Bar. Manchmal, wenn Antonio in der Küche oder im Lagerraum auf der gegenüberliegenden Seite der Gasse zu tun hatte, machten sich die Stammgäste einen Spaß daraus, den CD-Player einfach auszuschalten. Oder etwas anderes aufzulegen, eine selbst mitgebrachte CD. So wie jetzt. Allman Brothers. Stormy Monday. Die Hippies waren also in der Bar eingefallen.

Max wählte die nächste Nummer. Er kannte die Vorwahl nicht. Dickey Betts wurde mitten in seinem warmen, samtweichen Südstaaten-Gitarren-Solo abgewürgt. Offenbar hatte Antonio wieder seinen Kommandoposten hinter der Theke eingenommen. Gelächter. Sekunden später kehrte das Mittelalter zurück.

«Ja, hallo? Wer wünscht mich zu sprechen?»

Die dunkle, raue Stimme eines alten Mannes mit unverkennbar andalusischem Akzent.

«Guten Abend. Mein Name ist Max Maifeld. Ich ...»

«Rufst du aus einer Kirche an?»

«Wie bitte? Nein, nein, das ist nur Musik. Ich kann sie leider nicht abstellen, ich ...»

«Die Musik ist sehr schön. Wunderschön. Schöne Musik aus einer grausamen Zeit.»

«Ja. Señor. Vor ein paar Tagen ...»

«Tomás.»

«Wie bitte?»

«Tomás. Ich heiße Tomás. Nicht Señor. Ich gehöre nicht zur besitzenden Klasse. Ich verabscheue die besitzende Klasse, auch wenn das heute nicht mehr modern ist. Außerdem lehne ich das Dogma von der Unfehlbarkeit des Papstes ab. Kein Mensch ist unfehlbar. Und der Papst ist auch nur ein Mensch.»

«Einverstanden, Tomás. Ich bin Max. Vor ein paar Tagen hat Sie eine deutsche Journalistin angerufen. Iris Cronenberg. Was wollte sie von Ihnen?»

«Sie wollte wissen, wie man in Andalusien Scampis zubereitet.»

«Sie wollte was?»

«Schwerhörig? Sie wollte wissen, wie man Scampis zubereitet. Das weiß doch jeder zwischen Sevilla und Granada: Tomás, der alte, verrückte Sternengucker von Nerja, macht die besten Scampi-Gerichte der Welt. Sie wollte meine Rezepte abdrucken, in so einer Zeitschrift, die auf diesem modernen Papier gedruckt wird, mit dem man sich nicht mal den Hintern abwischen kann. Ich kann kein Deutsch, ich kann nicht mal lesen und schreiben, also warum sollte ich ihr meine Rezepte verraten? Ich sagte ihr, kommen Sie vorbei, junge Frau, besuchen Sie mich doch in Nerja, und wenn Ihre Anmut mich blendet, dann, ja dann überlege ich es mir ja vielleicht noch anders. Vielleicht.»

«Das war alles?»

«Was soll das heißen? Genügt das etwa noch nicht?»

«Doch, doch. Danke. Vielen Dank. *Buenas noches.*»

Max legte auf. Die letzte Telefonnummer auf der Liste hatte eine Auslandsvorwahl. Er kannte sie, und er wusste sogar auf einen Blick, in welcher Stadt der Eigentümer der Telefonnummer lebte, auch wenn er die Städtevorwahl vorsichtshalber mit einer Nummer in seinem schmalen, abgewetzten Taschenkalender verglich.

Amsterdam.

Er wollte schon auflegen, nach dem sechsten Klingelton, als sich eine Stimme meldete.

«Ja? Hallo? Wer spricht da?»

Ebenfalls die Stimme eines alten Mannes, aber ganz anders als die des Andalusiers. Kraftlos, dünn, zerbrechlich wie ein Reagenzglas. Der Mann sprach seltsamerweise nicht niederländisch, sondern deutsch.

«Guten Tag. Mein Name ist Max Maifeld. Ich suche eine Freundin. Iris Cronenberg. Sie hat ...»

Die Leitung war tot. Vielleicht war mit der Verbindung etwas nicht in Ordnung. Max wählte ein zweites Mal. Die Verbindung war in Ordnung. Jemand hob ab und legte gleich wieder auf. Eindeutig. Denn beim dritten Versuch war es nicht anders. Wem auch immer dieser Anschluss gehörte: Er wollte nicht über Iris Cronenberg sprechen.

Max wählte die Nummer aus seinem Taschenkalender. Seine Tochter war nicht zu Hause, aber der Anrufbeantworter sprang an. Es war schön, ihre Stimme zu hören, wenigstens vom Band. Braves Kind: Sie nannte in der Ansage nicht ihren Namen, sondern nur ihre Rufnummer.

«Hi. Ich bin's. Kannst du mir einen Gefallen tun? Da gibt es jemanden in deiner Stadt, der nicht mit mir sprechen will. Ich kenne ihn nicht. Ich würde gerne wissen, wer er ist. Aber gehe kein Risiko ein. Null Risiko, hörst du? Danke.»

Er nannte die Nummer des Mannes und legte auf.

Dann trank er ein Glas Rioja unten in der Bar und verbrachte dennoch eine schlaflose Nacht.

Im Morgengrauen stand er auf, duschte, rasierte sich und fütterte die Katze. Diesmal steckte er die Pistole nicht unter die Matratze, sondern in seinen alten Armee-Rucksack. Er schulterte den Rucksack und verschloss sorgfältig die Haustür.

Jetzt saß er in einem gemieteten Toyota und fuhr zum zweiten Mal in seinem Leben zur Villa Winter.

Es war ungewöhnlich windstill an diesem Morgen. Die zerfetzten Planen der verlassenen Tomatenplantagen hingen schlaff und kraftlos in den verwitterten Holzgerüsten. Ein salzgetränkter Dunstschleier verhüllte die gezackten Spitzen des Bergkamms, als der Toyota über den Pass kletterte. Er würde die zahnlose Alte zum Reden bringen, so viel war sicher. Er hatte sich gestern in Lajares beim Metzger ein schönes Stück blutiges rohes Fleisch besorgt und mit einer Einwegspritze Valium injiziert. Für den Hund, falls er der Alten zusetzen musste.

Alles schien unverändert. Auf dieser Insel schien immer alles unverändert, seit die Vulkane vor langer Zeit Ruhe gegeben hatten.

Dann bemerkte er doch eine Veränderung.

Auf einem Plateau am höchsten Punkt, kurz bevor sich die Schotterpiste in einer Rechtskurve hinab ins Tal stürzte, stand ein Geländewagen der Guardia Civil.

Max passierte den Wagen. Das Wappen der Garde auf der Tür des grün-weiß lackierten Wagens schimmerte in der Morgensonne: ein symbolisches X, gebildet aus dem Schwert der Kreuzritter und dem «Fascis», dem Rutenbündel mit der herausragenden Streitaxt, einst das Symbol der italienischen Faschisten und ihrer Schwester-Bewegung, der spanischen Falange. Max fragte sich, was er sich immer fragte, wenn er das Wappen der Guardia Civil an den Wagentüren und über den Kasernentoren sah: Wie konnte ein faschistisches Symbol im Wappen einer staatlichen Organisation ein Vierteljahrhundert Demokratie überleben? Das wäre etwa so, als prangte das Hakenkreuz auf den Hubschraubern des deutschen Bundesgrenzschutzes.

Die beiden Gardisten hinter der Windschutzscheibe des Nissan-Geländewagens sahen aus wie alle Mitglieder dieser paramilitärischen spanischen Landpolizei: Sie trugen Sonnenbrillen und einen gelangweilten, fast schläfrigen Gesichtsausdruck zur Schau. Max Maifeld erinnerte sich unwillkürlich, wie sie noch ihre der Kopfbedeckung Napoleon Bonapartes nicht unähnlichen glänzend schwarz lackierten Zweispitze und ihre stets auf Hochglanz polierten Reitstiefel trugen, als er in jenem ersten Sommer nach

Francos Tod, gleich nach dem Abi, mit ein paar Freunden nach Spanien getrampt war. Jener Sommer war eine einzige Fiesta. Der Diktator ist tot, es lebe die Freiheit. Viva la Libertad. Sie campierten südlich von Cadaqués in einer Bucht an der Costa Brava, an deren Felswände einheimische junge Leute mit weißer Farbe «Playa nudista» gepinselt hatten. Etwa drei Dutzend junge Leute aus aller Herren Länder campierten am Strand. Sie kauften jeden Tag Wein und Brot, Oliven, Ziegenkäse und frische Tomaten im nahe gelegenen Dorf, sie grillten jeden Abend frischen Fisch, und sie demonstrierten ihre Verbundenheit zum antifaschistischen spanischen Volk, indem sie «Guantanamera» am Lagerfeuer sangen, nackt badeten und Marihuana rauchten.

Max nickte den Gardisten im Vorbeifahren zu. Sein Gruß blieb unerwidert. Es schien, als sähen sie durch ihn hindurch.

Zwanzig Minuten später, unten im Tal, etwa fünf Meter vor der Gabelung des Weges, der nach links in gerader Linie hinunter zur Küste führte und sich nach rechts den Berg hinauf bis zur Villa Winter schlängelte, stoppte er den Toyota zum ersten Mal, seit er im Morgengrauen in El Cotillo aufgebrochen war.

Mitten auf der Weggabelung stand der schwarz glänzende Landrover Defender. Es war unverkennbar der gepanzerte Geländewagen, den er in dem Stollen hinter der Villa entdeckt hatte. GC 3745 AZ. Kein Zweifel.

Der Landrover versperrte den Weg in beide Richtungen, sowohl zur Küste als auch zur Villa. Vor dem Wagen standen zwei Männer und lehnten an der Kühlerhaube. Sie trugen schwarze Springerstiefel, weite schwarze Kampfhosen mit aufgesetzten Seitentaschen, eng anliegende schwarze T-Shirts, schwarze Sonnenbrillen und schwarze

Baretts. An ihren Gürteln steckten Pistole, Gummiknüppel und Sprechfunkgerät.

Sie machten keine Anstalten, näher zu kommen, sondern beobachteten den Toyota lediglich interessiert und entspannten ihre durchtrainierten Körper.

Max stellte den Motor ab und stieg aus.

«Buenos días.»

Sie erwiderten den Gruß stumm mit einem Kopfnicken.

«Ich würde gerne die Villa besichtigen.»

Sie reagierten nicht. Sie verzogen keine Miene. Entweder hatten sie keine Lust, mit ihm zu reden ... oder sie verstanden kein Wort Spanisch.

Max wiederholte den Satz auf Englisch.

«Das geht nicht», antwortete der Ältere der beiden Männer auf Englisch, durch den Akzent deutlich erkennbar nicht seine Muttersprache. «Das hier ist alles Privateigentum.»

«Seit wann?»

«Schon immer.»

«Dann möchte ich den Eigentümer sprechen. Wie heißt er?»

«Der Eigentümer möchte nicht gestört werden. Bitte verlassen Sie das Gelände. Sie befinden sich bereits auf Privateigentum.»

Er legte seine Hand demonstrativ auf den Knauf des Gummiknüppels an seinem Gürtel. Der Jüngere löste sich von der Kühlerhaube und streckte sich.

Max war einen kurzen Moment versucht, sie nach Iris Cronenberg zu fragen. Aber seine Intuition sagte ihm, das besser bleiben zu lassen. Er wusste nicht, wie er in jenem Sommer nach Francos Tod, mit gerade mal 19 Jahren, auf eine solche Situation reagiert hätte. Wahrscheinlich hätte er sich mit ihnen angelegt und anschließend seine blutige Nase gekühlt.

Keine Chance. Seine Intuition riet ihm, den einfältigen Touristen zu spielen. Er schimpfte auf Englisch wie ein Rohrspatz, dass in seinem Reiseführer ausdrücklich erwähnt sei, man könne die Villa besichtigen, dass er kein Verständnis für diesen Mangel an Gastfreundschaft aufbringe und dass er unter diesen Umständen zum ersten und letzten Mal seinen Urlaub auf dieser verdammten Insel verbringe. Dann stieg er in den Toyota, wendete und fuhr zurück, hinauf zum Pass.

Die Streife der Guardia Civil war verschwunden.

Wieder Tote im Irak, US-Soldaten, die in einen Hinterhalt geraten waren. Außerdem Tote in Afghanistan, Soldaten und Zivilisten. Tote in Israel, ein Selbstmord-Anschlag auf einen Supermarkt. Unter den Toten ein sechs Wochen altes Baby und drei Schulkinder. Frühestens nächste Woche, sagten sie im Radio, sei mit einer Wetterbesserung zu rechnen. Stau-Schau auf Eins live. Dann Musik. Josef Morian schaltete das Radio aus und die Scheibenwischer an. Er brauchte dringend neue Scheibenwischer. Besser noch ein neues Auto.

Diese Musik. Für die Hörfunk-Macher gehörte er offenbar nicht zur werberelevanten Zielgruppe. Er hatte schon länger den Eindruck, in seinem Autoradio nur noch Sender zu finden, die entweder Musik für 20-Jährige oder aber Musik für 70-Jährige spielten. Er sah für einen Moment nicht auf die regennasse Straße, sondern an sich hinab. Kein Wunder. Man musste sich nur seinen alten Volvo und seinen ebenso alten Trenchcoat anschauen, um zu sehen, dass jede speziell für ihn geschaltete Werbeminute rausgeschmissenes Geld wäre.

Er fand nur mit Mühe die richtige Straße und mit noch mehr Mühe den richtigen Hauseingang. Die Wohnblöcke sahen aus wie geklont. Der Brüser Berg war ein Retorten-Stadtteil aus einer Zeit, als Bonn noch Bundeshauptstadt war und man nicht wusste, wohin mit den ganzen Beamten. Inzwischen wusste man es, nämlich ab nach Berlin, und die dramatische Veränderung der Sozialstruktur in diesem wie in einigen anderen Bonner Retorten-Stadtteilen war, was sowohl Richtung als auch Tempo betraf, am besten mit dem freien Fall aus einem Flugzeug vergleichbar. Noch war der Erdboden nicht erreicht. Josef Morian hoffte inständig, vorher die Pension durchzuhaben.

Fast die Hälfte der ermittelten Straftäter in diesem Bezirk hatte das 21. Lebensjahr noch nicht erreicht, sagte die jüngste Kriminalstatistik. Was der Polizeipräsident aber den Journalisten in seiner jährlichen Pressekonferenz als übersichtliche, handliche Zusammenfassung aus dem dicken Papierberg stolz und mundgerecht servierte, waren beispielsweise die vorbildlich hohen Aufklärungsraten der Bonner Polizei etwa bei Mord oder Drogendelikten. Mord: 93 Prozent. Drogen: 100 Prozent. Morian hätte darüber gelacht, wenn es nicht zum Heulen wäre. Die Aufklärungsrate bei Mord war nicht nur in Bonn, sondern in der gesamten westlichen Welt ähnlich hoch. Morde waren in der überwiegenden Mehrzahl Beziehungstaten, und dann war es mit Hilfe moderner Techniken wie der DNA-Analyse mitunter ein Kinderspiel, den Täter aus einem überschaubaren Kreis von Verdächtigen zu ermitteln. Und bei Drogen lag die Aufklärungsquote schon aus mathematischen Gründen immer bei 100 Prozent, da konnten die wirklich netten und engagierten Kollegen vom KK 14 machen, was sie wollten. Denn bei Drogendelikten gab es keine Opfer, die zur Polizei rannten und Anzeige erstatteten. Bei Drogendelikten gab es zwangsläufig in der Statistik nur so viele Straftaten, wie zuvor auch Straftäter gefasst worden waren. Die politischen Entscheidungsträger in den Chefsesseln der Polizeipräsidien und der Landesinnenministerien hatten sogar ein probates Mittel zur Hand, um die Zahl der Drogendelikte in der Kriminalitätsstatistik künstlich zu senken: weniger Personal in den Rauschgift-Kommissariaten gleich weniger gefasste Dealer gleich weniger Drogendelikte auf dem geduldigen Papier gleich weniger Ärger mit den Medien und damit mit dem lästigen Wählervolk.

Und wer waren die jugendlichen Straftäter in den Retorten-Stadtteilen? Zum Großteil straff und streng hierarchisch organisierte, untereinander verfeindete Banden aus vornehmlich zwei ethnischen Gruppen: die Kinder deutsch-russischer Aussiedler und die Kinder türkischer Gastarbeiter. Den Politikern war das offenbar völlig egal. Und geradezu peinlich. Denn die Christdemokraten hatten während der Kohl-Ära die Russen ins Land geholt, mit dem Argument, dass deren Vorfahren schließlich mal Deutsche gewesen seien, vor 200 Jahren. Morians Haltung dazu war weniger altruistisch: Wirtschaftsflüchtlinge, einst von Zarin Katharina der Großen zum Aufbau Ost mit viel Begrüßungsgeld in Form von Ackerland nach Russland gelockt, mit einer 200 Jahre gültigen Rückfahrkarte. Seiner Meinung nach war aber auch die Haltung der Christdemokraten keineswegs altruistisch gewesen: Vielmehr ging bei der nächsten Bundestagswahl die Rechnung auf, dass die vom Kommunismus restlos bedienten Deutsch-Russen garantiert rechts stimmen würden. Und die Sozialdemokraten, und die Grünen? Die verhielten sich still, weil es in deren Vorstellung von Political Correctness nicht passte, dass Türken, also Ausländer, Straftaten begingen. Weil Skinheads Türken hassen. Der Feind meines Feindes ist mein Freund. Und Opfer können nicht zugleich Täter sein. So einfach ist Politik mitunter. Schwieriges Thema? Aussitzen. Nächstes Thema. Sollen sich doch die Polizeibeamten gefälligst darum kümmern.

Für Morian war die Kriminalitätsstatistik ein Spiegel der Gesellschaft, ebenso wie das ewig hinterherhinkende Strafgesetzbuch. Und er konnte nur den Kopf schütteln angesichts der ernsthaft geführten Diskussion, ob die Türkei Mitglied der Europäischen Union werden solle. Ein Kulturkreis, der in seinem staatlichen Gesetzbuch vorsieht, dass ein Vergewaltiger straffrei ausgeht, wenn er nach der Tat das Opfer heiratet?

36 Mietparteien wies die Klingelanlage aus. Morian suchte eine Weile, bis er den Knopf mit der Aufschrift «Gisela Meurer» fand.

Er war schon lange nicht mehr zur Wahl gegangen. Er hatte große Zweifel, ob das der richtige Weg war. Aber ihm fiel kein besserer Weg ein. Er wusste beim besten Willen nicht mehr, wen er wählen sollte. Früher hatte er Willy Brandt gewählt, Helmut Schmidt gewählt, dann die Grünen gewählt, als die erstmals in den Bundestag zogen, um sich dann über ihr Lieblingsthema Abgeordnetenrotation selbst zu zerfleischen, zur großen Schadenfreude der anderen Parteien.

Manchmal hatte er Sorge, dass der Polizeiberuf ihn noch zum Reaktionär machte. Er hoffte auch in diesem Punkt, in Pension zu sein, bevor es so weit war.

«Wer ist da bitte?» Die Stimme klang scheu und

ängstlich, als sei jedes Klingeln eine potenzielle Bedrohung. War's ja vielleicht auch in diesem Viertel.

«Polizei. Kriminalhauptkommissar Josef Morian. Frau Meurer, ich hätte Sie gerne ein paar Minuten gesprochen.»

«Ja, aber eigentlich, im Augenblick ...»

Morian sagte nichts. Er erzielte oft große Erfolge mit seiner Methode, zum richtigen Zeitpunkt nichts zu sagen.

Der Summer. Morian drückte die Haustür auf. Das Treppenhaus. Die Wände aus dunkelgrauem Sichtbeton. Geradeaus das Heer der Briefkästen, manche waren aufgebrochen; rechts eine Pinnwand, an der einsam zwei DIN-A-4-Zettel hingen, die Hausordnung und der Putzplan für den Monat März; links der Aufzug. Nach der Anordnung auf der Klingelanlage draußen zu urteilen, wohnte sie im obersten Stock. Morian drückte auf den obersten Knopf. Der Aufzug ließ sich mit dem Schließen der Tür eine Ewigkeit Zeit, dann ruckelte er nach oben. Die Kabine war eng und schäbig. Es roch nach Erbrochenem, was vermutlich auch aus dem Quadratmeter Teppichboden unter seinen Füßen nie wieder rausgehen würde. Jemand hatte etwas mit Filzschreiber von innen auf die Rückwand der Kabine gekritzelt: «Tobias, du Arschloch. Wir kriegen dich.» Armer Tobias.

Gisela Meurer wartete schon auf ihn. Sie stand mit verschränkten Armen in der offenen Wohnungstür. Sie sah müde aus.

«Kommen Sie rein.»

Morian hatte schon viele fremde Wohnungen in seinem Leben gesehen. Wohnungen, die schon in der Diele vom sozialen Stand ihres Bewohners berichteten, von dessen Bildungsniveau und Weltanschauung, Alter und Geschlecht, mitunter sogar von seiner seelischen Verfassung.

Diese Wohnung berichtete ihm von gar nichts. Zumindest weder Diele noch Wohnzimmer noch Küche. Er hätte zu gern das Schlafzimmer gesehen. Aber vielleicht auch besser nicht. Im Interesse seiner eigenen seelischen Verfassung. Er war auch so schon deprimiert genug.

Diese Wohnung war in einem Maße aufgeräumt, als sei sie soeben als Ausstellungsstück zur Eröffnung einer Möbelmesse hergerichtet worden. Da hing kein Mantel an der Garderobe, bis Morian seinen Trenchcoat auszog und aufhängte, da lag keine Zeitschrift auf dem Couchtisch, da stand kein Wasserglas im Spülbecken der Einbauküche. Und zu allem Überfluss sagte Gisela Meurer: «Entschuldigen Sie bitte. Wenn ich gewusst hätte, dass Sie kommen, hätte ich aufgeräumt. Wollen Sie Kaffee?»

Der Kaffee war dünn.

«Dürfte ich mal Ihre Toilette benutzen?»

Morian war überrascht, dass im Bad ein Zahnputzbecher samt Zahnbürste herumstand. Einfach so. Er öffnete, so leise es ging, den Spiegelschrank über dem Waschbecken. Ein Kopfschmerzmittel, stärker als Aspirin, und ein Röhrchen verschreibungspflichtiger Schlaftabletten, sonst keine Medikamente. Er betätigte die Klospülung, um keinen Verdacht zu erregen, und kehrte ins Wohnzimmer zurück. Gisela Meurer rauchte eine Zigarette. Die dritte, seit er gekommen war. Sie saß kerzengerade auf der Kante der Couch, als sei nicht er, sondern sie zu Besuch in dieser Wohnung. Genauso hatte sie auch auf der Kante von Lewandowskis schwarzledernem Chefsessel gesessen, als der Shredder im Büro an Rosenmontag auf Hochtouren lief.

Kerzengerade.

«Die Kette», sagte Morian und beobachtete dabei ihre Augen.

«Wie bitte?» Ihre Verwunderung war gespielt, verrieten ihre Augen. Sie drückte hastig den Rest der erst halb gerauchten Zigarette in dem schweren Kristallaschenbecher aus.

«Die Kette, Frau Meurer. Wer ist das?»

«Ich habe keine Ahnung, was Sie ...»

«Natürlich haben Sie eine Ahnung. Ihr Chef ist tot, Frau Meurer. Sie können ihm also nicht mehr schaden. Sie können aber dabei helfen, seinen Mörder zu finden. Wollen Sie das?»

«Ja, natürlich.» Sie räusperte sich. Auf einmal tat sie ihm unendlich Leid. Eine Woge des Mitleids durchströmte Morian. Mitleid mit einer Frau, die ihr komplettes Berufsleben, also den Großteil ihres Lebens überhaupt, der bedingungslosen Loyalität zu einem kleinen, verfetteten, hässlichen Waffenhändler gewidmet hatte. Jetzt war ihr Chef tot, und sie war arbeitslos. Und sie würde in ihrem Alter nie wieder einen Job als Sekretärin finden. Sie würde in ihrem Alter und angesichts der Wirtschaftslage überhaupt keinen Job mehr finden. Morian betrachtete sie eingehend. Sie war der Typ Frau, deren Frisur in ihrer Künstlichkeit stets an eine schlecht gemachte Perücke erinnerte, jener traurige Typ Frau, der selbst in den teuersten Klamotten stets so wirkte, als habe sie sich soeben in der Kleiderstube der Caritas eingedeckt. Jener Typ Frau, der schon früher in der Tanzschule jeder mathematischen Gleichung zum Trotz immer übrig blieb, selbst wenn die Geschlechter paritätisch besetzt waren, und für die jenes Trauma in der Tanzschule später zum allgemeingültigen Lebensprinzip wurde. Der Typ Frau, der am falschen Ende der Waage saß, der sich stets aufopferte, aber nie etwas zurückbekam.

Als schien sie in diesem Augenblick genau dasselbe

zu denken, vielleicht zum ersten Mal in ihrem traurigen Leben, ließ sich Gisela Meurer plötzlich tief in die Couch sinken und legte die Hände in ihren Schoß, den, so vermutete Morian, noch nie ein Mensch aus Liebe zu ihr berührt hatte. «Sie haben Recht. Die Kette war ein Auftraggeber. Es ging um einen ... größeren Auftrag. Nicht nur was den Warenumfang betraf, sondern auch die Anlieferung der Ware. Übrigens der letzte Auftrag, bevor ...»

Sie senkte den Blick und betrachtete ihre Hände.

«Frau Meurer, wer ist dieser Auftraggeber?»

«Ich weiß es nicht.» Sie hob den Kopf und sah ihm in die Augen. «Ich weiß es wirklich nicht. Bitte glauben Sie mir. Eine dieser furchtbar geheimniskrämerischen Organisationen. Wie so viele, mit denen er zu tun hatte. Professionelle Kriminelle oder politische Spinner, oder beides zusammen. Das war Lewandowskis Erfolgsgeheimnis, das machte seinen besonders guten Ruf in der Branche aus: Die Auftraggeber konnten sich stets hundertprozentig sicher sein, dass ihre Anonymität gewahrt blieb. Selbst gegenüber mir, seiner Sekretärin. Heinz Lewandowski hätte sich eher die Hand abhacken lassen.»

Morian hätte seinen Volvo auf das Gegenteil verwettet. Seine Meinung von Lewandowski war nicht halb so hoch wie die seiner langjährigen Sekretärin.

«Frau Meurer, kann es sein, dass irgendwas bei diesem letzten Auftrag schief gelaufen war? Dass Lewandowski einen Fehler gemacht hat? Dass jemand Rache übte?»

«Ich weiß es nicht.» Sie schüttelte den Kopf. «Er war nervös in letzter Zeit. Ständig gereizt. Aber das war nichts Ungewöhnliches bei ihm. Das war hin und wieder so. Dann hatte er seine Launen. Und dann ging man ihm auch besser aus dem Weg. Aber diesmal schien er Angst zu haben. Ich weiß nicht, warum und vor wem. Und ich hätte nie gewagt, ihn zu fragen, was los ist. Er weihte mich nie ein. Das sei besser so für mich, sagte er immer. Zu meinem eigenen Schutz sei das besser so, sagte er. Meine Aufgabe war es nicht, seine dunklen Geheimnisse zu teilen. Ich habe mich um die Ablage mit den Unterlagen gekümmert, die der Steuerberater benötigte. Ich habe seine regelmäßigen Spenden an die Freiwillige Feuerwehr und an den Karnevalsverein überwiesen. Ich habe ihm die Flugtickets und die Hotelzimmer für seine Dienstreisen gebucht, die Tische in den teuren Bonner und Kölner Restaurants für die Arbeitsessen, und sogar die Callgirls für seine Geschäftsfreunde aus aller Welt bestellt und dafür gesorgt, dass sie pünktlich erschienen. Ich habe seine Anzüge und seine bekleckerten Krawatten in die Reinigung gebracht und wieder abgeholt, ich habe ihm neue Oberhemden besorgt, wenn die Kragen und Manschetten nicht mehr in Ordnung waren, ich habe auch dafür gesorgt, dass er seinen Hochzeitstag und den Geburtstag seiner Frau nicht vergaß, bevor ...»

«Bevor was?»

«Bevor er sie verlassen hat. Danach hat sich ja seine neue Freundin um vieles gekümmert, was den eher privaten Bereich betraf, will ich mal sagen. Seine Anzüge, seine Hemden ...»

«Frau Meurer, können Sie sich vorstellen, dass Heinz Lewandowski einen seiner Auftraggeber, vielleicht diesen letzten Auftraggeber, aufs Kreuz gelegt hat?»

Sie schwieg. Im Treppenhaus kläffte ein Hund. Eine Frau schrie, er solle gefälligst damit aufhören. Nach einer Weile hörte er damit auf. Eine Tür schlug zu. Die Wände in diesem Haus schienen aus Pappe zu sein. Morian fand, dass der Pullover, den Gisela Meurer trug, farblich nicht zu ihrer Hose passte. Es gab keine Pflanzen im Wohnzimmer, ungewöhnlich für eine Frau.

«Ich weiß nicht, ob Sie wissen, was Heinz Lewandowski für ein Mensch war, Herr Kommissar.» Ihr Tonfall war leise und schleppend. Morian schwieg und ließ den Satz in der Luft hängen, bis sie sich genötigt sah, weiterzusprechen.

«Er hatte zum Beispiel keine Freunde. Er hatte viele Bekannte, die er mit Geld bei Laune hielt: Leute, die sich in seinem fragwürdigen Glanz sonnten. Skatbrüder. Kegelbrüder. Ja, im Grunde seines Herzens war er ein kleiner, provinzieller Spießer. Eine Laune des Schicksals hätte genügt, und er wäre vielleicht Filialleiter des Edeka-Marktes in seinem geliebten Oberkassel geworden statt Waffenhändler. Und glauben Sie mir, er wäre damit nicht weniger glücklich gewesen. Auch ohne das viele Geld, auch ohne den Porsche und den Mercedes.»

«Was wollen Sie mir damit sagen, Frau Meurer?»

«Ich will damit sagen ... was wollte ich eigentlich sagen?» Mit der Hand, der freien Hand, die nicht die Zigarette hielt, ordnete sie ihre Frisur, an der es nichts zu ordnen gab. «Ich wollte damit sagen, Heinz Lewandowski hatte zu keiner Menschenseele Vertrauen. Weder zu mir, noch zu seiner Frau, noch zu seiner Geliebten. Zu Frauen nicht, und erst recht nicht zu Männern. Ich weiß nicht, was in seiner Kindheit passiert ist. Aber er misstraute jedem. Das war schon immer so. Er konnte durchaus charmant sein, sehr charmant sogar, um sein Ziel zu erreichen – einen Geschäftspartner zu umgarnen, oder eine Frau ... ins Bett zu kriegen. Entschuldigen Sie den Ausdruck. Aber er hegte keine echten Gefühle für andere. Daraus entwickelte sich so eine Art vorbeugendes Misstrauen, so nach dem Motto:

Besser ich lege dich aufs Kreuz, bevor du mich aufs Kreuz legst. Andererseits: Er wusste ganz genau, dass seine Geschäftspartner mächtiger waren als er, viel mächtiger, und absolut skrupellos. Die gingen über Leichen. Schließlich besorgte er ihnen Waren, die ausschließlich dem Zweck dienten, Leichen zu produzieren.»

Ihre Gesichtszüge verhärteten sich, als sie weitersprach. «Er wäre niemals so dumm gewesen, solche Leute aufs Kreuz zu legen. Aber er spielte gerne mit ihnen. Wenn er bei diesem Spiel von Angebot und Nachfrage das bessere Ende erwischt hatte, dann reizte er seine Karten gerne aus, das machte ihm Spaß.»

«Frau Meurer, haben Sie eine Idee, wie wir herauskriegen könnten, wer sein letzter Auftraggeber war?»

Sie schüttelte heftig den Kopf. «Es gab keinerlei Dokumente zu diesem Geschäft. Absolut nichts. Was ich vernichtet habe, waren seine privaten Aufzeichnungen. Er hatte es mir aufgetragen: Gisela, sagte er, sollte mir etwas passieren, dann vernichten Sie auf der Stelle die Aufzeichnungen aus dem Safe. Ich glaube, er hatte sie angefertigt, um sich zu schützen. Aber er wusste, wenn der Schutz nicht funktionierte, würden die Aufzeichnungen möglicherweise noch andere in Gefahr bringen. Seine Freundin beispielsweise. Als ich die Aufzeichnungen vernichtete, wusste ich noch nicht, dass sie auch schon tot war.»

Morian stand auf. Er hatte das dringende Bedürfnis, diese zutiefst deprimierende Umgebung zu verlassen. «Danke für den Kaffee. Was werden Sie jetzt tun?»

« Ich weiß nicht. Nächste Woche habe ich einen Termin beim Arbeitsamt. Das ist ja eine seltsame Situation. Ich habe nicht gekündigt, und ich bin nicht gekündigt worden. Mal sehen, was die beim Arbeitsamt sagen.»

Sie stand ebenfalls auf und brachte ihn zur Tür. Beinahe hätte er seinen Trenchcoat vergessen, der einsam an der Garderobe hing, wenn sie ihn nicht darauf aufmerksam gemacht hätte. Er hatte sich schon verabschiedet, mit einem Kopfnicken, das aufmunternd wirken sollte, aber lediglich Ausdruck seiner Verlegenheit war, und er hatte schon den Knopf neben der Aufzugtür im Treppenhaus gedrückt, als ihm doch noch etwas einfiel.

«Frau Meurer, was war eigentlich das Letzte, was Sie für Ihren Chef erledigt hatten?»

Sie stand genauso in der Tür, wie sie ihn vor einer Stunde empfangen hatte, die Arme verschränkt, was ihm vorhin und vor einer Stunde erspart hatte, ihr die Hand zu schütteln. Als habe er Sorge, sie könne ihn mit einer ansteckenden, unheilbaren Krankheit infizieren: mit ihrer Tristesse.

«Ich hatte ein Flugticket für ihn gebucht. Nach Casablanca. Gisela, sagte er, ich weiß noch nicht, wie lange ich bleibe. Heute wollte er fliegen. Aber dazu ist es ja nicht mehr gekommen.»

Sie trafen sich im Hafen von Corralejo. Max hatte Hurl unterwegs von Puerto del Rosario aus angerufen. Er verspürte wenig Lust, im Hotel aufzukreuzen und sich erneut den misstrauischen Blicken des Personals an der Rezeption auszusetzen. Hurl war wie immer zu früh. Er hockte bereits auf der Kaimauer und betrachtete scheinbar gelangweilt und teilnahmslos die im Gleichtakt schaukelnden Fischerboote. Er liebte es, mindestens zehn Minuten zu früh an einem Treffpunkt zu erscheinen. Um die Lage zu sondieren. Aus alter Gewohnheit.

Max ließ sich neben ihm nieder und zündete sich

eine Zigarette an. «Die Villa wird von einer Privatarmee bewacht.»

«Wie viele?»

«Keine Ahnung. Ich kam nicht näher als einen halben Kilometer an die Villa ran.»

«Profis?»

«Sieht so aus.»

«Bewaffnung?»

«Handfeuerwaffen.»

«Das heißt natürlich nichts. Du weißt nicht, was für ein Arsenal sie in der Villa deponiert haben.»

Sie schwiegen. Die Frage hing in der Luft; leicht wie eine Feder tanzte sie im Wind. Nur die Antwort war schwer wie Blei.

«Hurl, sie ist da drin. Ich gehe jede Wette ein: Sie ist da drin. Könnten wir die Villa stürmen?»

«Nein.»

«Warum nicht?»

«Weil wir nicht lebensmüde sind. Wir sind hier nicht zu Hause, Max. Wir sind nicht in Köln. Wir haben nicht die richtigen Leute für den Job, und wir haben nicht die Ausrüstung.»

«Wir könnten das durch einen cleveren Überraschungscoup wettmachen, nachts, wenn ...»

«Aha. Ich stelle mir das gerade vor: Du nimmst die alte Armeepistole, die du unter deiner Matratze versteckt hast und von der du bis heute nicht weißt, ob sie überhaupt funktioniert, und ich nehme mein Gewehr aus dem Kofferraum des Mustang. Dann fahren wir kurz rüber zu Antonio nach El Cotillo, sagen ihm, er soll für ein paar Stunden seine Bar schließen und mal schnell seinen dicken Bruder Juan Carlos anrufen, damit wir wenigstens zu viert sind.

Die beiden sollten unbedingt ihre Steinschleudern mitnehmen. Dann steigen wir in dein altes Boot und umrunden die Insel. Der Motor dieselt auf Hochtouren, während sich das Boot durch die Brandung quält. Sollten wir die Landung überleben, und sollte uns wie durch ein Wunder niemand gehört und gesehen haben, dann haben wir noch einen kleinen Fußweg hinauf zur Villa vor uns, der Juan Carlos an den Rand eines Herzinfarkts bringen wird. Ich denke, man wird uns dort oben mit Flutlicht empfangen. Das ist hilfreich, denn dann können Antonio und sein Bruder ihre Steinschleudern gezielter zum Einsatz bringen. Vielleicht aber wird das Glück auf unserer Seite sein, dass die Typen vor Langeweile wieder eingeschlafen sind, bevor wir dort oben ankommen. Vielleicht könnten wir auch noch ein paar von den Hippies aus El Cotillo mitnehmen, zur Verstärkung. Deren Anblick wird die Wachmannschaft in der Villa sicher zu Tode erschrecken. Nein, Max. Ohne mich.»

«Dein letztes Wort?»

«Mein letztes Wort. Max, du weißt genau, ich bin kein Feigling. Aber das ist Selbstmord.»

Max stand auf und ging.

«Hey, Max, was hast du vor?»

Er wusste es nicht. Er musste nachdenken.

Dieses faschistische Arschloch. Wenn Antonia Dix wütend war, neigte sie dazu, wesentlich schneller zu fahren als die Polizei erlaubte. Sie schaltete zurück und drückte energisch das Gaspedal durch, der Mini Cooper S machte dank seines Mini-Gewichts und seiner 163 PS einen gewaltigen Satz nach vorne und schoss in Sekundenschnelle rechts an dem Mercedes vorbei, der die linke Spur der Reuterstraße für sich gepachtet hatte. Was bildete der alte Sack sich ein? Sie hatte im Präsidium die Vernehmung des Rentners Alfons Becker übernommen, dessen Köter am Freitag Lewandowskis Leiche im Dornheckensee gefunden hatte. Reine Formsache, aber Vorschrift. Fürs Protokoll. Auf Morians Wunsch hatte sie das übernommen. Offenbar hatte ihr Chef wenig Lust, sich erneut mit dem Rentner zu unterhalten.

Jetzt wusste sie, warum. 80 Prozent dessen, was Alfons Becker von sich gegeben hatte, taugte nicht fürs Protokoll. Angefangen damit, dass er Wert auf die Tatsache legte, dass sein verdammter Köter kein Deutscher Schäferhund, sondern ein Belgischer Schäferhund sei. Dann schreiben wir doch einfach Schäferhund, hatte sie nichts Böses ahnend vorgeschlagen. Da ging's los: Er, Alfons Becker, werde auf keinen Fall ein Protokoll unterschreiben, aus dem nicht eindeutig hervorgehe, dass ein Belgischer Schäferhund die Leiche gefunden habe. Ein Deutscher Schäferhund sei doch heute weder als Arbeitsgerät noch als Waffe zu gebrauchen. Dem habe man doch im Interesse der Schönheit den ganzen Biss weggezüchtet. Da brauche man sich doch nur mal den debilen Gesichtsausdruck anzuschauen. Wie der gelangweilt in die Gegend glotze. Der Hund zeige doch gar keine Leistungsbereitschaft mehr, keine natürlichen Triebe, keine Instinkte, keinen Funken von Tapferkeit. Ein Weichei. Ein Angstschisser. Wenn er alleine im Wald unterwegs sei und begegne plötzlich einer Horde arbeitsscheuer türkischer Halbstarker, was wolle er denn da mit einem Deutschen Schäferhund ausrichten? Eine Schande sei das, was man aus dem Tier gemacht habe. Das habe er so wortwörtlich auch dem Bundeszuchtwart des Vereins für Deutsche Schäferhunde, immerhin der größte Rassehund-Zuchtverein der Welt, jawoll, in seinem Kündigungsschreiben mitgeteilt, er brauche sich doch nur mal die Statistik anzuschauen, wie der Deutsche Schäferhund bei der Weltmeisterschaft für Gebrauchshunde letztes Jahr abgeschnitten habe, einfach erbärmlich, einfach jämmerlich. Da habe er kein Blatt vor den Mund genommen in dem Brief, man werde ja wohl noch seine Meinung sagen dürfen. Aber der Bundeszuchtwart habe es noch nicht einmal für nötig befunden, ihm persönlich zurückzuschreiben. Und das nach 37 Jahren Mitgliedschaft in dem Verein, und der Goldenen Ehrennadel. Die habe er übrigens gleich auf den Müll geworfen.

Das war nur der Anfang. Bis das Protokoll fix und fertig und unterschrieben war, erfuhr Antonia Dix eine Belehrung über die Ursachen der deutschen Wirtschaftskrise, die Ursachen der deutschen Bildungsmisere, ferner eine Analyse der deutschen Jugend und der Gesellschaft an sich, und was die Schwulen und Lesben und die Ausländer damit zu tun hatten.

Als sich Alfons Becker schließlich über die zunehmende Zahl von Ausländern in der deutschen Polizei erging und ihr dabei abschätzige Blicke zuwarf, schob sie wortlos ihren deutschen Personalausweis über den Tisch und kam noch mal auf das Hunde-Thema zurück: Da es doch heute in Deutschland keine Konzentrationslager mehr zu bewachen gäbe, sei das Problem mit dem Deutschen Schäferhund doch vielleicht zu vernachlässigen.

Von da an kamen sie mit dem Protokoll recht zügig voran. Ergebnis: Alfons Becker hatte bei seinem Spaziergang im Regen keine Menschenseele getroffen, aber das einzige Fahrzeug auf dem Parkplatz im Wald, einen Mercedes, eindeutig als das Fahrzeug des Mordopfers erkannt und zudem dank seiner Neugierde festgestellt, dass es nicht verschlossen war.

Das war alles.

Antonia Dix schob die CD in den Schlitz des Autoradios. Red Hot Chili Peppers. Genau das Richtige, um sich abzureagieren. Die Ampel zeigte schon gelb. Der Mini flog durch die Linkskurve in die Frongasse. Tempo 30. Sie ging vom Gas, sie musste ohnehin einen Parkplatz finden. Jeden Abend dasselbe Theater. Im Radius von 100 Metern um ihre Wohnung befanden sich das Rex-Kino, daneben eine stets proppenvolle irische Kneipe mit Livemusik, daneben das avantgardistische Theater im Ballsaal, gegenüber das populäre Kabarett-Theater Haus der Springmaus, und um die Ecke gab es auch noch den Jazz-Club Harmonie. Wenn Antonia Dix Feierabend machte, waren alle Parkplätze besetzt.

Solche Sorgen waren Heinz Lewandowski fremd gewesen. Er hatte gleich fünf Plätze in der Tiefgarage unter seinem Büro angemietet. Dort fanden sie auch seinen Porsche. Der Mercedes stand immer noch zur erkennungsdienstlichen Untersuchung im Innenhof des Polizeipräsidiums.

Sie stieg die schmale Stiege im Hinterhof des Rex-Kinos hinauf. Am Ende der Stiege gab es zwei Türen. Durch die linke Tür betrat man den Filmvorführraum des Kinos. Sie öffnete die rechte Tür zu ihrer Wohnung, betätigte sämtliche Lichtschalter und drehte die Heizkörper auf. Im Gefrierfach des Kühlschranks fand sie eine Fertig-Pizza und schob sie in den Backofen. Sie prüfte den Anrufbeantworter. Keine Nachricht. Sie schaltete den Computer ein und fragte ihre E-Mails ab. Nichts. Sie hatte sich von ihrem Freund getrennt, sie hatte Köln verlassen und war in eine Stadt gezogen, die ihr immer noch fremd war, sie hatte einen anstrengenden Job mit unregelmäßigen Arbeitszeiten.

Gleich drei Gründe, einsam zu sein.

Vielleicht sollte sie eine Flasche Wein und zwei Gläser nehmen und nach nebenan gehen. Claude, der Filmvorführer, war ein netter Kerl und immer dankbar für etwas Abwechslung. Er kam aus Montpellier im Süden Frankreichs und studierte deutsche Literatur an der Bonner Uni. Er arbeitete jeden Abend als Filmvorführer, weil er das Geld zur Finanzierung seines Studiums brauchte und weil der Job ihm zugleich viel Zeit zum Lesen ließ. Er war geistreich, witzig, ein aufmerksamer Zuhörer, er hatte ein ansteckend sonniges Gemüt, er war genauso alleine in dieser Stadt wie sie, und er hatte einen süßen französischen Akzent.

Zwei einsame Herzen.

Eigentlich die besten Voraussetzungen für eine kleine romantische, leidenschaftliche Affäre. Aber ihr war nicht danach. Noch nicht. Und heute war ihr noch nicht einmal nach einer netten Plauderei mit Claude über Gott und die Welt bei einem Glas Wein. Heute war ihr nur danach zu heulen, bis die Pizza fertig war.

Casablanca. Er hatte den Film mit Humphrey Bogart und Ingrid Bergman bestimmt ein halbes Dutzend Mal gesehen. Und bei der Szene mit der Marseillaise musste er jedes Mal heulen. Insgeheim fand Josef Morian nur Filme gut, die es schafften, ihn zum Weinen zu bringen, heimlich, in der Anonymität eines verdunkelten Kinosaals. Außerdem imponierte ihm, wie ein Film, den die amerikanischen Studiobosse 1942, mitten im Zweiten Weltkrieg, als Billigproduktion für die schnelle Kasse konzipiert hatten, dank der überragenden, engagierten Leistung samt und sonders deutscher Nebendarsteller zu einer beeindruckenden Metapher der Menschlichkeit, der Freundschaft und des Widerstands wurde. Paul Henreid, Peter Lorre, Conrad Veidt, Curt Bois – allesamt einstige UfA-Stars, die wie so viele Künstler Hitler-Deutschland verlassen mussten und diesen Film als Chance begriffen. Und nutzten. Morian hatte mal gelesen, dass die erste deutschsprachige Fassung, die nach dem Krieg in die bundesdeutschen Kinos gelangte, erheblich gekürzt und in der Synchronisation verfälscht war. Man hatte alle Bezüge zum Nationalsozialismus gestrichen und aus einem hochpolitischen Film eine banale Agentenstory gebastelt. Erst Anfang der 70er Jahre wurde den Deutschen eine authentische, ungekürzte Synchronfassung zugemutet.

Als er damals, kurz vor dem Abi, den Film zum ersten Mal in der rekonstruierten Originalfassung gesehen hatte, wollte er unbedingt nach Casablanca, gleich nach dem Abi, mit dem Motorrad.

Und mit Doris.

Mit Doris Lewandowski, seiner großen Liebe, wollte er in der Altstadt nach Rick's Café suchen, oder wenigstens in einer Bar, die dem Schauplatz des in den Warner-Studios gedrehten Films ähnlich war, einen Mokka trinken, nach den Spuren jenes Milieus Ausschau halten, in dem sich einst Exilanten, Agenten und schillernde Halbweltfiguren getummelt hatten.

Doch das Leben hatte andere Pläne mit ihm.

Und mit Doris.

Und andere Pläne mit Casablanca.

Die Stadt war längst nicht mehr das weltoffene internationale Pflaster, das Ziel der Künstler der Beatnik-Generation; aber sie war wieder oder immer noch ein Schmelzpunkt der Ideologien. Ein brodelnder Moloch, dessen rasant wachsende Elendsviertel einen fruchtbaren Nährboden für islamistische Heilsverkünder bildeten. Morian hatte mit den Kollegen vom Staatsschutz gesprochen. Casablanca war inzwischen der wichtigste westliche Stützpunkt der Al-Qaida, ein Rekrutierungslager, um junge, fanatische, zu allem bereite Dschihad-Kämpfer und Selbstmord-Attentäter anzuwerben.

Was wollte Heinz Lewandowski in Casablanca?

Josef Morian öffnete die mittlere Schublade seines Schreibtisches, zog den alten Schulatlas, den er morgens von zu Hause mitgebracht hatte, hervor, außerdem ein Lineal. Er klappte die Seite mit der Karte von Nordafrika auf, die er mit einem Zettel als Lesezeichen versehen hatte. Es dauerte eine Weile, bis er das Kaff ganz im Süden Marokkos gefunden hatte.

Tarfaya. Was wollten Lewandowskis Auftraggeber mit vier waffenstarrenden, hochmodernen Hubschraubern in Tarfaya? In sämtliche vier Himmelsrichtungen gab es nur Wüste, ein paar winzige Oasen, keine nennenswerte menschliche Ansiedlung.

Falsch. In drei Himmelsrichtungen.

Es war nur so eine Idee.

Er legte das Lineal an und vergewisserte sich, indem er einen Blick auf den Maßstab der Karte warf.

Die verhasste christlich-westliche Welt lag tatsächlich keine 90 Kilometer Luftlinie von der Hafenstadt Tarfaya entfernt. Nach Westen. Man musste nur übers Meer. Für die Hubschrauber ein Katzensprung, knapp zwanzig Minuten Flugzeit, hin und zurück ohne Zwischentankstopp problemlos zu bewältigen.

Fuerteventura.

Die kanarische Ferieninsel lag keine 90 Kilometer Luftlinie entfernt von dem Ort, wo vier hochgerüstete Hubschrauber auf ihren Einsatz warteten.

Morian klappte den Atlas wieder zu.

Vielleicht war das alles eine Nummer zu groß für ihn. Für einen übergewichtigen, privat wie beruflich frustrierten Bonner Polizeibeamten, dem eine Mitarbeiterin zur Hand gehen sollte, die noch völlig grün hinter den Ohren war.

Vielleicht sollte er das Bundeskriminalamt verständigen.

Vielleicht sollte er mal Max anrufen. Nur so.

In diesem Augenblick klingelte das Telefon. Schrill und viel zu laut. Morian schrak zusammen, dann fluchte er. Die Putzfrau verstellte immer das Rädchen unter dem Gehäuse.

«Polizeipräsidium Bonn, Kriminalhauptkommissar Morian am Apparat, was kann ich für Sie tun?»

«Ich bin's.» Er meldete sich nie mit Namen. Aber der gregorianische Choral im Hintergrund ließ keinen Zweifel daran, wer ihn da anrief.

«Gut, dass du anrufst. Wie ist das Klima auf deiner Insel?»

«Das Klima ist hier immer gut. Das ganze Jahr über. Nie zu heiß und vor allem nie zu ...»

«Ich meine, das politische Klima.»

«Das politische Klima? Hier gibt es weit und breit kein politisches Klima. Das politische Klima wird in Madrid gemacht, oder in Brüssel, oder in Washington. Neuerdings vielleicht auch in Riad. Ich bin politisch nicht mehr so auf dem Laufenden.»

«Ich meinte, gibt es irgendetwas Auffälliges, Ungewöhnliches, worüber vielleicht die lokalen oder sogar die nationalen spanischen Zeitungen schreiben? Geht irgendetwas Ungewöhnliches vor auf der Insel?»

«Jo, hier gibt es mehr Ziegen als Menschen. Und viel, viel Sand. Hier passiert nie etwas, außer dass gelegentlich ein Lastwagen den Abflug in die nächste Düne macht, wenn der Passatwind wieder mal die Straßen mit Sand zugedeckt hat. So etwas ist ein wichtiges Thema hier. Und warum die Behörden es nicht schaffen, die Straßen freizuhalten. Das steht in der Zeitung. Und die nächtliche Schlägerei zwischen drei Rekruten der Fremdenlegion und vier kommunistischen Dockarbeitern in einem Striptease-Schuppen im Hafen von Puerto del Rosario. Die Dockarbeiter hatten angefangen, sagen Augenzeugen. Die Karriere der Rekruten ist dennoch beendet, bevor sie so richtig angefangen hat, sagt die Kommandantur. Ein Fremdenlegionär lässt sich nicht provozieren. Was stand heute noch in der Insel-Zeitung? Ach ja. Da ist wieder mal ein manövrierunfähiges, altersschwaches Boot an den Strand gespült worden, voller Flüchtlinge aus Afrika, mehr tot als lebendig. Das passiert hier jede Woche, und das passt den Behörden überhaupt nicht, schon alleine der Touristen wegen, die so etwas natürlich nicht an ihrem Strand sehen wollen. Touristen mögen saubere Strände. Weshalb fragst du?»

«Vergiss es. Nicht so wichtig. Weshalb rufst du an?»

«Ich brauche deine Hilfe.»

«Klar, weshalb solltest du auch sonst anrufen? Um was geht's?»

«Um die Frau, die du mir geschickt hast. Iris Cronenberg.»

«Tut mir Leid. Sie hatte mich echt überrumpelt. Sie machte den Eindruck, als wäret ihr die allerbesten Freunde aus uralten Zeiten. Was ist denn mit ihr?»

«Sie ist weg.»

«Na, dann ist doch alles wieder in bester Ordnung.»

«Jo, sie ist spurlos verschwunden. Irgendetwas stimmt da nicht. Ich mache mir Sorgen.»

«Um sie?»

«Ja.»

Morian bohrte nicht weiter nach. «Also? Was soll ich tun?»

«Ich glaube zwar, dass sie immer noch auf der Insel ist, aber könntest du bitte sicherheitshalber überprüfen, ob sie vielleicht doch in Deutschland angekommen ist? Außerdem: Könntest du eine Telefonnummer in Madrid überprüfen lassen? Ich muss unbedingt wissen, wem der Anschluss gehört.»

Max nannte Morian die zweite Nummer auf der Liste der Telefonate, die Iris Cronenberg im *Palace Hotel Tres Islas* von ihrem Zimmer aus geführt hatte.

«Kein Problem. Wenn's weiter nichts ist. Meine ungeklärten Toten können ruhig warten. Warum gehst du nicht einfach zur Polizei? Gibt's in Spanien keine Polizei?»

«Du weißt genau, weshalb ich nicht zur Polizei gehe. Was ist los mit dir? Du hörst dich nicht besonders gut an. Wie geht es Liz und den Kindern? Ist alles in Ordnung?»

«Den Kindern geht es gut. Und Liz vermutlich auch. Ich weiß es nicht so genau. Sie ist viel unterwegs. Wir sehen uns selten.»

«Das tut mir Leid. Willst du reden?»

Morian entgegnete nichts. Er hatte keine Lust, über seine Ehe zu reden. Selbst mit Max nicht. Deshalb wechselte er das Thema. «Ich werde das überprüfen. Wenn Iris Cronenberg hier aufgetaucht ist, dann kriege ich das raus. Max, ich rufe dich wieder an. Ich habe noch eine Menge zu tun. Grüß Hurl von mir. Bis dann.»

Er legte auf.

Er hatte in Wahrheit nichts mehr zu tun. Also wählte er die Nummer von Interpol. Ersuchen um Amtshilfe bei den spanischen Behörden. Ein Telefonanschluss in Madrid, der Name des Eigentümers. Der Grund, bitte. Wie bitte? Der Grund für die Anfrage, bitte. Ach so, verstehe: dringende Mordsache, im Zusammenhang mit Waffenhandel. Wird sofort erledigt, Herr Kollege. Eingang 16.25 Uhr bestätigt. Antwort per Fax, noch in der Nacht. Danke vielmals. Keine Ursache. Grüße nach Deutschland. Morian hängte ein.

Draußen begann es wieder zu regnen. Früher hätte er mit Max die ganze Nacht geredet. Über alles. Früher. Aber das war vorbei. Jetzt war alles anders. Seit der Sache.

Aber so konnte es nicht mehr lange weitergehen. Er musste eine Entscheidung treffen. Sein Leben wieder selbst in die Hand nehmen. Er stand auf, nahm den Trenchcoat vom Haken neben der Tür, knipste die Schreibtischlampe aus und verließ das Büro.

Aleksandar, hatte sein Lehrer daheim in Serbien immer gesagt, Aleksandar, deine Boshaftigkeit wird dich eines Tages ins Gefängnis bringen. Oder an den Galgen.

Dieser senile Idiot. Eines Tages war er gestorben, eines Nachts, Gehirnschlag, kurz bevor Aleksandar im Alter von 13 Jahren entschied, die Schule für immer zu verlassen.

Sonst hätte er ihm zum Abschied den Hals umgedreht.

Seine Skrupellosigkeit und seine Instinkte sicherten ihm seither ein materiell sorgloses Leben. Und seine ausgeprägte sadistische Ader verschaffte ihm sogar noch Befriedigung bei dem, was er für Geld tat. Was wollte man mehr?

Auch wenn die Jobs nicht immer angenehm waren.

Zum Beispiel war es nicht besonders angenehm, vor

einem fremden Haus unter einer Treppe hinter einer hüfthohen Bruchsteinmauer zu hocken, die außer ihm die stinkenden Mülltonnen verbarg, und sich vorsichtshalber das Rauchen zu verkneifen. Das Haus war verlassen, seine Bewohner offensichtlich verreist. Aber das Haus interessierte ihn nicht. Dieses nicht. Es diente ihm lediglich als Versteck und Beobachtungsposten. Ihn interessierte das Haus auf der gegenüberliegenden Straßenseite.

Nur zehn Minuten hatte er vom Flughafen Barajas bis ins Villenviertel Mirasierra im Norden Madrids gebraucht. Ideal. Genauso schnell würde er wieder verschwinden, sobald der Auftrag erledigt war. Zurück nach Fuerteventura.

Der Seat Toledo näherte sich im Schneckentempo. Aleksandar sah auf die Uhr. Auf die Sekunde. Nicht schlecht. Professionalität nötigte ihm stets Respekt ab. Don Felipe hatte seine Gewährsleute und Spitzel wirklich überall. Nur die Drecksarbeit, die überließ seine Organisation gerne anderen.

Zum Beispiel ihm.

Der Toledo parkte in der Einfahrt vor der offenen Garage. Aleksandar zog die Skimütze über. Aus dem Wagen stieg ein älteres Paar, beide etwa Mitte sechzig. Er war groß und hager, hatte einen Gehfehler und trug einen nicht mehr ganz neuen dunkelblauen Anzug. Aleksandar zog die Lederhandschuhe über. Sie war klein und schlank, trug enge Jeans und einen weiten Pullover. Die Kleidung war eher ungewöhnlich für eine Frau ihres Alters. Aber für ihr Alter war sie auch ungewöhnlich gut erhalten.

Der Alte öffnete den Kofferraum und trug die Einkäufe bis zur Haustür. Er hinkte. Ein steifes Bein. Sie schloss auf und küsste ihn auf den Mund, wie ein verliebter Teenager.

Ekelhaft.

Dann verschwand sie im Haus, ließ die Tür aber offen stehen. Er setzte sich wieder hinters Steuer, umständlich, schwerfällig, wegen des steifen Beins, startete den Motor und ließ den Wagen vorsichtig in die enge Garage rollen.

Jetzt.

Aleksandar war im Haus, bevor der Alte die Garage verlassen hatte. Er war in der Küche, bevor der Alte in der Diele die Haustür schloss und die Sicherheitskette vorlegte.

Sie stand mit dem Rücken zu ihm und räumte die Lebensmittel in den Kühlschrank. Sie bückte sich nach vorne. Ihre Jeans spannte über ihren Hüften. Aleksandar tätschelte ihren Hintern.

«Nicht doch», sagte sie mit gespielter Empörung, als sei ihr die Geste nicht fremd. «Was möchtest du zum Abendessen, Schatz?»

«Abendessen fällt aus!»

Sie wirbelte herum, entgeistert. Aleksandar verpasste ihr eine Ohrfeige. Bevor sie um Hilfe schreien konnte, auch nur einen Mucks von sich geben konnte, drückte er ihr mit der linken Hand den Hals zu. Er genoss das Röcheln und die Panik, die sich in den weit aufgerissenen Augen spiegelte.

Natürlich. Er wollte unbedingt den Helden spielen, der alte Sack. Aleksandar ließ das Klappmesser in seiner rechten Hand aufspringen und fuhr ihm damit einmal quer durchs Gesicht, ohne auch nur eine Sekunde den Griff zu lockern, mit dem er die röchelnde Frau am ausgestreckten Arm hielt.

«Setzen!», zischte er und deutete mit der Messerspitze auf den Essplatz vor dem Fenster.

Der Alte setzte sich. Das Blut tropfte aus seiner Nase auf den Küchentisch. Ekelhaft.

«Bitte lassen Sie meine Frau los. Bitte! Sie kriegt doch gar keine Luft mehr.»

«Du redest nur, wenn du gefragt wirst. Und zwar auf Englisch, damit ich dich besser verstehe. Hast du Geld im Haus?»

«Natürlich. Sie können alles haben. Ich habe zwar nicht viel Bargeld im Haus, aber Sie können alles haben. Nehmen Sie sich einfach, was Sie brauchen.»

«Rede englisch mit mir! Du kannst doch Englisch?»

«Natürlich. Sehr gern. Kein Problem. Wie können wir Ihnen helfen?»

«Wo ist das Geld?»

«Drüben. Drüben im Wohnzimmer. Ich habe einen kleinen Safe im Schreibtisch.»

«Aufstehen! Du gehst voran, Hinkebein!»

Aleksandar schob die Frau am ausgestreckten Arm vor sich her. Sie musste rückwärts gehen. Sie stolperte über den Teppich. Er riss sie hoch. Er grinste sie an, fixierte ihre weit aufgerissenen Augen. Das Wohnzimmer war voller Bücher. An allen vier Wänden Regale vom Boden bis zur Decke, sogar um die Tür und um die beiden Fenster herum. Aleksandar hatte noch nie in seinem Leben so viele Bücher gesehen. Der Alte machte sich am Schreibtisch zu schaffen. Aleksandar riss die Frau herum, drückte sich von hinten an sie, ließ das Messer zuklappen, steckte es in seine Hosentasche, schob die freie Hand unter ihren Pullover, langsam, genoss das Zittern ihres Körpers. Mit einem Ruck riss er den BH nach oben, legte ihre Brüste frei. Er wollte nur überprüfen, was man sich erzählte. Dass die Brustwarzen strangulierter Frauen angeblich erigierten, genauso wie der Penis bei Männern, wenn man sie am nächsten Baum aufknüpfte.

Tatsächlich.

Bei Männern hatte er es schon gesehen. Bei Frauen hatte er noch nie darauf geachtet.

Tatsächlich.

Aleksandar wartete geduldig, bis der Alte sich umdrehte. Der Alte war wie vom Donner gerührt. Aleksandar genoss dessen mordlustigen Blick, während er weiter mit den Brüsten der Frau herumspielte.

Jetzt würde der Alte ihn auf der Stelle umbringen.

Wenn er nur könnte.

Dann begann ihn das Spiel zu langweilen, und er zog die Hand aus ihrem Pullover.

«Bitte nehmen Sie das Geld und lassen Sie uns jetzt zufrieden.»

Der Alte streckte ihm die Banknoten entgegen.

«Lass es einfach auf dem Schreibtisch liegen!»

Der Alte warf das Bündel auf die Schreibtischunterlage. Dann sah er ihn erwartungsvoll an. Hoffnungsvoll. Aleksandar grinste. Bis der Alte endlich begriff.

«Sie sind gar nicht wegen des Geldes gekommen.» Mehr eine Feststellung als eine Frage.

Aleksandar schwieg und dirigierte die Frau ein Stück weiter in Richtung Schreibtisch.

«Die Kette schickt Sie, nicht wahr?»

Die Frau zitterte jetzt wie Espenlaub. Sie würde jeden Augenblick kollabieren. Aleksandar hatte endgültig genug.

Er ließ den Alten nicht aus den Augen.

Er ließ das Klappmesser aufspringen.

Ein Schnitt.

Dann ließ er die Frau fallen.

Er wusste genau, was nun passieren würde.

Sie lag auf dem Teppich, ihre Beine zuckten, während

sie nach Luft japste und vergeblich versuchte, mit ihren Händen das Blut zu stoppen, das aus ihrem Hals quoll. Der Alte ließ sich augenblicklich neben ihr auf die Knie fallen, versuchte ihr zu helfen. Aleksandar stellte sich hinter ihn und packte seinen Schopf.

Ein Schnitt.

Der sandfarbene Teppich färbte sich dunkelrot.

650 Euro. Er steckte das Geld ein, nahm ihm die Armbanduhr ab und ihr den Schmuck. Im Safe fand er den Schnellhefter. Sicherheitshalber durchkämmte er das ganze Haus vom Keller bis unters Dach. Nichts. Keine weiteren Akten. Zimmer für Zimmer verwandelte er mit wenigen Handgriffen in ein Schlachtfeld. Lautlos. In einem Aufwasch. Die Garage würde er durchsuchen, bevor er mit dem Toledo verschwinden würde.

Bevor er den Schnellhefter auftragsgemäß in die Badewanne warf und verbrannte, setzte er sich damit in die Küche und las das Dokument aufmerksam durch. Es war immer von Nutzen, über Ziele und Interessen von Auftraggebern genauestens im Bilde zu sein. Was er las, beruhigte und beunruhigte ihn zugleich. Das gesammelte Material war nicht besonders umfangreich, teilweise spekulativ und keineswegs dazu angetan, die Operation in der kurzen noch verbleibenden Zeit ernsthaft gefährden zu können. Sie wussten nichts über den Tag X.

Das beruhigte ihn.

Was ihn jedoch beunruhigte, war die Bestätigung, dass Don Felipe über eine Hundertschaft Gleichgesinnter in ganz Europa verfügte. Militär, Polizei, Justiz, Medien, Geheimdienste, Politik. Sie hockten bereits in den Startlöchern. Sie alle schauten auf Spanien. Sie warteten nur auf das Signal.

Es war wohl klug, den Job ordentlich und zur Zufriedenheit des Auftraggebers zu beenden und sich nach dem Tag X besser eine Weile aus dem Staub zu machen.

Bevor der Sturm losbrach.

Freitag, 7. März

Windstille. Keine einzige Wolke am Himmel. Das Meer ein Spiegel, vom Hafen bis zum Horizont. Die Zeit schien stillzustehen, zumindest an diesem Punkt des Universums. Oder zäh zu tropfen, wie in Dalís Gemälde. Als sei das Leben kein Film, sondern ein Foto. Heute in Hochglanz. Max Maifeld sah auf die Uhr. Kurz vor zehn. Die Zeit stand also doch nicht still. Er hatte in der Nacht keinen Schlaf gefunden, sich lange und vergeblich im Bett herumgewälzt, dann hatte er einen langen Spaziergang unternommen, sich anschließend wieder aufs Bett gelegt, nachgedacht. Erst am frühen Morgen schließlich war er in einen kurzen, traumlosen, komatösen Schlaf gefallen.

Er verschloss sorgfältig die Tür und ging hinüber zu Antonios Bar. Die Katze hatte das frische Futter, das er in ihren Napf gefüllt hatte, nicht angerührt, sondern wartete geduldig vor der Tür, um ihm zu folgen wie ein Hund. Nicht etwa, weil sie so anhänglich war wie ein Hund. Sondern weil sie so klug war wie eine Katze.

Antonio servierte ihr einen Teller mit Fischresten und

ihm einen Kaffee. Er legte wortlos einen Zettel neben die Tasse. Auf dem Zettel standen zwei Telefonnummern. Die eine Nummer war Morians Büroanschluss. Die andere die Nummer seiner Tochter in Amsterdam. Max warf Antonio, der schon wieder hinter der Theke stand und Gläser polierte, einen fragenden Blick zu.

Der nickte. «Klar. Geh rauf ins Büro. Ich lasse auch die Musik aus. Mein Bruder hat übrigens angerufen. Du sollst ihn dringend in Corralejo besuchen. Heute noch. Er ist den ganzen Tag in seinem Restaurant. Er will dir was erzählen.»

Vera, seine Tochter, nahm unmittelbar nach dem zweiten Klingeln ab.

«Wie geht's dir, mein Engel?»

«Mir geht's gut, Paps. Wie soll es mir auch anders gehen. Ich lebe schließlich in der schönsten Stadt der Welt. Wie geht es meinem kleinen Bruder?»

Paul würde wohl immer ihr kleiner Bruder bleiben, auch wenn er inzwischen sogar einen Kopf größer als Max war.

«Dein kleiner Bruder ist zum Kapitän des Basketball-Teams an seiner High School gewählt worden. Und außerdem hat ihn Hurls Cousin vor zwei Tagen erstmals zum Sichtungstraining für die künftigen College-Freshmen eingeladen. Dein kleiner Bruder schwebt also derzeit auf Wolke sieben.»

«Hoffentlich steigt ihm das nicht zu Kopf. Das passiert schnell bei kleinen Jungs, wenn die große Schwester nicht in der Nähe ist. Na ja, ich werde vermutlich kein Problem haben, ihn ruckzuck wieder auf den harten, steinigen Boden der Tatsachen zurückzuholen, sobald ich ihn wiedersehe.»

Das würde so bald nicht sein.

«Also, was hast du herausgefunden, mein Engel?»

«Ach ja. Deshalb hatte ich ja angerufen. Ist übrigens immer sehr nett am Telefon, dein Antonio. Sehr charmant. Vielleicht sollte ich dich doch mal besuchen kommen. Wenn er nur nicht immer diese schreckliche Musik laufen hätte. Also, ich hatte mir diese Telefonnummer angesehen, und dachte auf einmal, Mensch, das ist doch hier bei mir, im Jordaan-Viertel. Man kann das an den ersten Ziffern erkennen. Dann hab ich die Nummer gewählt und hatte mir vorher eine nette Geschichte zurechtgelegt, was ich sagen würde, um das Gespräch in Gang zu halten, bis ich etwas herausgefunden hätte. Aber das brauchte ich dann gar nicht mehr. Das war vielleicht eine Überraschung. Ich brauchte nämlich nur noch zu sagen: Guten Tag, Herr Glück, hier ist Vera, wie geht es Ihnen, das freut mich zu hören, ist meine Bestellung von letzte Woche vielleicht schon da? Ich kenne den Mann nämlich.»

«Du kennst den Mann?»

«Ja. Ist das nicht verrückt? Jakob Glück. Die Nummer war mir gleich bekannt vorgekommen, ich hätte nur in mein Adressbuch schauen müssen. Aber ich kann mir doch so schlecht Zahlen merken, nicht mal meine Kontonummer.»

«Vera, wer ist Jakob Glück?»

«Ein alter jüdischer Buchhändler. Er besorgt mir immer die Bücher, die ich für mein Studium brauche und die aber eigentlich längst vergriffen sind. Wegen der kleinen Auflagen. Ich habe keine Ahnung, wie er das immer schafft, aber auf dem Gebiet ist er ein echtes Genie. Außerdem hege ich den Verdacht, dass er sich von mir nur den Einkaufspreis geben lässt. Der mag mich. Die kleine, nette Kunststudentin. Fräulein Vera, sagt er immer zu mir. Ein richtiger Charmeur. Er wohnt bei mir um die Ecke, im Claes Claesz, das ist so ein altes, verwinkeltes Hinterhofquartier. Sein Antiquariat ist schräg gegenüber, im Souterrain des *Café 't Smalle* an der Egelantiersgracht.»

«Wieso meldet er sich am Telefon auf Deutsch?»

«Er hat nie richtig Niederländisch gelernt, obwohl er schon so lange hier lebt. Er spricht so eine Mischung aus antiquiertem Deutsch und Jiddisch. Er stammt aus Frankfurt. Keiner weiß so richtig, wie alt er wirklich ist, aber er muss uralt sein. Er lebt allein. Ein ziemlich verschrobener Kauz. Deutsch sei die Sprache seiner Familie, hat er mir einmal gesagt, nicht nur die Sprache seiner Feinde. Und deshalb spreche er grundsätzlich nur deutsch, weil das die Erinnerung an seine Familie wachhalte. Die Leute hier sagen, er sei nicht mehr ganz richtig im Kopf. Er fühlt sich immer bedroht. Manchmal ruft er nachts die Polizei an und behauptet, die Nazis seien wieder hinter ihm her. Klassischer Fall von Paranoia. Aber auch kein Wunder. Seine ganze Familie ist in den Gaskammern von Auschwitz umgebracht worden. Er ist der einzige Überlebende. Er war noch ein halbes Kind. Die Leute hier sagen, er habe überlebt, indem er in die verwesenden Leichenberge gekrochen sei und dort drei Tage regungslos ausharrte, bis die Rote Armee kam. Er selbst spricht nicht darüber. Was willst du eigentlich von ihm?»

Was sollte er antworten? Er wusste es nicht.

«Ich weiß es nicht.»

«Paps?»

«Ja?»

«Pass auf dich auf.»

«Mach ich. Danke. Tschüs, mein Engel.»

Er legte auf.

Die Katze war ihm gefolgt, nachdem sie ihr Frühstück verschlungen hatte, setzte mit einem eleganten Sprung auf den Schreibtisch, rammte ihren schönen Kopf gegen sein Kinn, sah ihn aus ihren gelben Augen erwartungsvoll an und begann zu schnurren. Max kraulte gedankenverloren ihr seidiges pechschwarzes Fell. Auf Antonios zugemülltem Schreibtisch lag obenauf die druckfrische Ausgabe des *El Pais*. Das Titelfoto zeigte ein Haus, vor dem vier Streifenwagen der Polizei, ein Rettungswagen und ein Wagen der Feuerwehr wild durcheinander parkten. Scheinwerfer. Absperrband. Ratlose Gesichter. Max Maifeld schob die Papierberge samt der Zeitung ein Stück zur Seite. Die Katze missbilligte die Störung und zeigte das, indem sie ihm ihre Zuneigung entzog und wieder vom Tisch sprang. Früher war er regelrecht süchtig nach Zeitung. Das Erste, was er morgens tat. Kaffee, Zigarette, Zeitung. Früher. Er fischte einen Zettel aus dem Papierkorb unter dem Schreibtisch. Ein schon vergilbter Kassenbon, die Schrift auf dem Thermopapier war kaum noch zu erkennen. Er drehte das Blatt um, da war genug Platz. Er kramte in der Schublade nach einem Kugelschreiber, fand aber nur einen Bleistift und begann, sich in Stichworten Notizen zu machen.

Abgesehen von dem Telefonat mit ihrer Redaktion in München hatte Iris Cronenberg zwei Tage vor ihrem Verschwinden drei Menschen angerufen: einen offenbar geistesgestörten Kochrezepte-Sammler in Andalusien, der sich selbst als den verrückten Sternengucker von Nerja bezeichnete und damit seine Identität ausreichend beschrieben sah, ferner einen alten Juden in Amsterdam, der unter Verfolgungswahn litt, und außerdem …

Max wählte Morians Nummer.

«Polizeipräsidium Bonn, Kriminalhauptkommissar Josef Morian am Apparat, was kann ich für Sie ...»

«Ich bin's. Habt ihr alle ein Marketing-Seminar besucht? Wie behandle ich meine Kundschaft? Die Polizei, dein Freund und Helfer in der modernen Dienstleistungsgesellschaft?»

«Halt's Maul, Maifeld! So besser?»

«Viel besser. Hast du was herausgefunden?»

«Sie ist nicht nach Deutschland geflogen. So viel steht schon mal fest.»

«Bist du sicher?»

«Max, geh mir bitte nicht auf die Nerven. Ich bin heute extra eine Stunde früher ins Büro gefahren, um für dich den Privatdetektiv zu spielen. Als hätte ich sonst nichts zu tun. Ich habe hier seit genau einer Woche die Leiche eines Waffenhändlers liegen. Eine Woche! Du weißt, was das bedeutet.»

«Die Spuren werden langsam kalt.»

«So ist es. Verdammt kalt.»

«Hast du was über die Telefonnummer in Erfahrung bringen können?»

«Ja. Vor mir liegt das Fax von Interpol. Du hattest Recht: ein Anschluss in Madrid. Ein Ehepaar. Moment, wo habe ich den Zettel mit den Namen? Hier: Elena, das ist die Frau, und ...»

Das billige, hauchdünne Thermopapier riss unter dem Druck des Bleistifts. Max zerknüllte es und griff hastig nach der Zeitung. Zwischen dem Foto und dem dazugehörigen Text darunter war etwas Platz. Das würde für die Notiz reichen.

«... und Jorge Muñoz Sánchez. Er ist Professor für ...»

Max Maifeld hielt mitten im Schreiben inne. Die Bleistiftspitze brach ab. Aber er konnte sich das Mitschreiben jetzt ohnehin sparen. Denn alles lag gedruckt vor ihm.

«für Politikwissenschaft und Dekan der Philosophischen Fakultät an der Universität Madrid. Und sie ist dort ...»

Max Maifeld las die Schlagzeile unter dem Foto mit dem Haus ein zweites Mal, als könne er seinen Augen nicht trauen.

«... Professorin für spanische Geschichte ...»

PROFESSOREN-EHEPAAR ERMORDET

«... Elena mit Vornamen. Aber das sagte ich dir ja schon ...»

POLIZEI VERMUTET RAUBÜBERFALL

«... mehr konnte ich auf die Schnelle nicht in Erfahrung bringen, Max. Das ist nämlich nicht so ganz einfach, über Interpol ...»

WELT DER WISSENSCHAFT TRAUERT UM EINEN GROSSEN SPANISCHEN GELEHRTEN

«... man muss nämlich einen Grund für die Anfrage angeben. Ich habe als Grund die Ermittlungen im Fall Lewandowski angegeben, was Besseres fiel mir auf die Schnelle nicht ein ...»

Max hielt beim Lesen inne. «Heinz Lewandowski ist tot? Der Waffenhändler? Ermordet?»

«Ja. Sagte ich doch schon, oder nicht? Heute vor einer Woche wurde seine Leiche aus dem Dornheckensee gefischt. Jemand hatte Spaß daran, ihn zu ertränken. Aber das ist mein Problem. Ich hoffe, du kannst was mit den Namen anfangen.»

Unten in der Bar sangen die Mönche wieder ihre mittelalterlichen Gesänge. Antonio hielt es wohl nicht mehr länger aus.

«Sie sind tot, Jo.»

«Was sagst du?»

«Ermordet. Jorge Muñoz Sánchez und seine Frau Elena wurden gestern Abend in ihrem Haus in einem Vorort von Madrid von unbekannten Tätern erstochen.»

Die Tür stand offen. Morian klopfte dennoch mit dem Knöchel des Zeigefingers zweimal dagegen. Der Polizeipräsident hob unwillig den Kopf, sah über den Rand der Lesebrille hinweg, legte die Stirn in Falten, deutete wortlos auf die beiden Besuchersessel vor seinem Schreibtisch und vertiefte sich wieder in das Schriftstück in seinen Händen.

Morian setzte sich schweigend in den linken der beiden Sessel und sah dem Präsidenten beim Lesen zu. Eine klassische Geste der Macht. Ebenso wirkungsvoll wie durchschaubar. Zuerst machte ihm die Chefsekretärin atemlos am Telefon klar, er habe gefälligst schleunigst beim Präsidenten anzutanzen, dann aber gab es plötzlich alle Zeit der Welt, um in Ruhe ein Schriftstück zu studieren und ihn warten zu lassen.

Morian wartete. Er wusste nicht, um was es ging. Aber er hatte eine Ahnung, und das beruhigte ihn keineswegs.

Die zweite Insignie der Macht: Die Besuchersessel waren so beschaffen, dass man in ihnen versank und beim anschließenden Gespräch gezwungen war, zum Präsidenten hinter dem Schreibtisch aufzuschauen. Morian gönnte ihm das, denn der Polizeipräsident war nicht besonders groß und kam also an anderen Orten nicht oft in diesen Genuss. Entscheidender aber als die Körpergröße war für das alltägliche Arbeitsverhältnis die berufliche Vita des kleinen Mannes: Der Polizeipräsident war kein Polizist, sondern Verwaltungsjurist. Wie gewöhnlich alle Polizeipräsidenten.

Was er über Polizeiarbeit wusste und anschließend gern bei Pressekonferenzen oder Stehempfängen zum Besten gab, war ohne Ausnahme angelesen.

Der Polizeipräsident war noch keine zwei Jahre Polizeipräsident. Sein Vorgänger hatte es ins Düsseldorfer Innenministerium geschafft. Das war der Traum aller Polizeipräsidenten. Sein Vorgänger hatte auch fast alles aus dem riesigen Büro mitgenommen, das fiel Morian komischerweise jetzt erst auf, als er sich in Ruhe umschaute. Nur die zwei Einbauschränke waren geblieben. Sie bildeten die linke und die rechte Wand des Raumes, der etwa doppelt so groß war wie Morians Wohnzimmer. Er hatte sich schon immer gefragt, was ein einzelner Mensch wohl alles aufheben konnte, um diese monströsen Wandschränke zu füllen. Morians Schätzung nach hätten sämtliche Exponate der Asservatenkammer im Keller des Präsidiums locker in diese Schränke gepasst. In einem offenen Regal war ein Fernseher untergebracht, daneben dekorativ das Strafgesetzbuch, die Strafprozessordnung, ein Bildband über Bonn und ein Pokal, dessen Gravur ihn als erfolgreichen Teilnehmer eines Marathonlaufs auswies. Der Pokal stand denkbar günstig in Augenhöhe und Sichtweite des Besuchers.

Die Wand hinter dem Schreibtisch bestand aus Glas. Das Fenster im obersten Stockwerk des Gebäudes gewährte einen großartigen Blick über den Rhein und auf das Siebengebirge mit dem dottergelb leuchtenden *Hotel Petersberg* am jenseitigen Ufer. Statt der Gemälde zeitgenössischer rheinischer Künstler, mit denen einst die Wand neben der Tür in Morians Rücken tapeziert gewesen war, hing dort nun ein gigantischer Bonner Stadtplan.

Der Polizeipräsident war offenbar anders als sein Vorgänger kein ausgesprochener Kunstfreund. Aber ebenso wie sein Vorgänger ein Freund erlesenen Büromobiliars. Vom Stil her allerdings deutlich nüchterner und moderner. Wie auch seine Kleidung. Ein klassisch-konservativ geschnittener dunkelgrauer Einreiher, der seine sportlich-schlanke, drahtige Figur betonte, dazu eine hellblaue Krawatte nebst passendem Einstecktuch als Farbtupfer, der Weltoffenheit verkünden sollte. So gab er sich gerne: konservativ, aber dynamisch und weltoffen.

Auf seinem Schreibtisch hätte man bequem ein Tischtennis-Doppel austragen können. Man hätte dafür auch gar nicht viel wegräumen müssen; nur das Telefon, die kabellose Tastatur nebst kabelloser Maus, den Flachbildschirm und das Schriftstück, das der Präsident vor sich abgelegt hatte, bevor er seine goldene Brille zurechtrückte und Morian nachdenklich und schweigend betrachtete wie ein Lehrer einen missratenen Schüler.

Morian hatte genug von dem pädagogischen Schweigen. «Guten Morgen. Sie haben mich rufen lassen ...»

«Morian, Morian. Was haben Sie sich nur dabei gedacht?»

Die klassische Eröffnungsvariante, um den Gegner zu verunsichern. Morian hatte selbst mal Schach gespielt. Also versuchte er es mit einem raschen Bauernopfer. «Herr Präsident, Sie wissen selbst, dass wir im Mordfall Lewandowski keine einzige heiße Spur haben. Die Spuren sind so kalt wie die Leiche. Da muss man schon mal ungewöhnliche Wege gehen.»

«Keine Frage, Morian, ganz klar. Ich bin immer für ungewöhnliche Wege zu haben. Solange man dabei das Ziel nicht aus den Augen verliert. Aber das hier könnte Ärger bedeuten. Viel Ärger.» Er nahm das Schriftstück wieder zur Hand. Ein einzelnes DIN-A4-Blatt Papier. «Das Bundeskriminalamt fragt sich, was Ihre Anfrage bei Interpol und damit Ihre Bitte um Amtshilfe bei den spanischen Behörden soll. Und was der ermordete Professor mit dem Mordfall Lewandowski zu tun hat.»

«Zwei ermordete Professoren.»

«Wie bitte?»

«Es wurden zwei Professoren ermordet, nicht einer, Herr Präsident. Die Ehefrau war ebenfalls Professorin.»

«Ach so, ja, ja.» Er sah irritiert auf das Blatt Papier. Morian registrierte es sorgfältig: Offenbar war das BKA nur an Jorge Muñoz Sánchez interessiert und nicht an dessen Frau Elena.

«Wie dem auch sei, Morian: Was wollten Sie von ihm?»

Morian wusste, dass Notlügen nur funktionieren, wenn man sie so dicht wie möglich im Umfeld der Wahrheit belässt:

«Es gibt eine Spur, wenn auch zugegebenermaßen eine lauwarme, die darauf hindeutet, dass Lewandowski vor seinem Tod, unmittelbar vor seinem Tod, geschäftlichen Kontakt zu islamistischen Terroristen unterhielt. Seine Sekretärin hat mir das versichert. Auf dem Sektor bin ich nicht gerade Fachmann. Um mir ein Bild von dieser Szene zu machen, habe ich einen alten Schulfreund angerufen, der Politikwissenschaften an einer deutschen Uni lehrt, und der gab mir die Telefonnummer des spanischen Professors und meinte, der sei in Europa die absolute Kapazität für das Thema Terrorismus. Weil ich aber in der Eile vergessen hatte, mir den Namen zu der Telefonnummer zu notieren, den Professor aber aus Gründen der Höflichkeit am Telefon mit Namen ansprechen wollte, und mein Schulfreund gerade nicht erreichbar war, bin ich den Weg über Interpol gegangen. Zugegeben: Das war ziemlich blöd von mir.»

«Saublöd, um mich gemäßigt auszudrücken, Morian. Sie wissen gar nicht, in welches Wespennest Sie da gestochen haben. Die spanischen Ermittler sind vollkommen aus dem Häuschen.»

«Wieso denn eigentlich? Angeblich geht es doch um einen stinknormalen Raubmord ...»

Der Präsident antwortete nicht, sondern ließ Morians Frage durch den Raum entschweben wie den Rauch einer Zigarre. Er legte seine Stirn erneut in Falten, schob die Brille tiefer, um darüber hinwegzusehen, beugte sich vor und beäugte ihn misstrauisch. Vorsicht, Morian, Vorsicht.

«Übrigens, Morian: Wie wollten Sie sich eigentlich mit ihm verständigen? Auf Spanisch etwa?»

Morian lehnte sich entspannt zurück. Der Präsident gab sich gerne misstrauisch. Zum Glück hatte sich Morian den kompletten Artikel aus der spanischen Zeitung von Max übersetzen und vorlesen lassen. Um genügend Zeilen zu erzielen, die eine Aufmachung auf der Titelseite rechtfertigten, hatten die spanischen Journalisten die dürren Informationen über den Doppelmord in ihrer Zeitnot mit reichlich Biographischem aus dem Archiv aufgeblasen.

«Ich spreche kein einziges Wort Spanisch, Herr Präsident. Aber der Professor spricht, pardon, sprach, phantastisch Deutsch – neben Englisch, Arabisch und Persisch übrigens.»

Schachmatt in sechs Zügen. Morian hatte allerdings nicht damit gerechnet, dass der Polizeipräsident einfach das Spielbrett umwerfen könnte.

«Morian, vielleicht ist das alles eine Nummer zu groß für uns. Waffenhandel, Terrorismus, islamische Fanatiker, internationale Verwicklungen. Vielleicht sollten wir den ganzen Fall ans BKA abgeben. Ganz sicher sollten wir das tun. Und Sie nehmen endlich mal Ihren Resturlaub, den Sie noch vor sich herschieben. Das ist kein Rat, sondern eine Anordnung.»

Hinter Lajares hämmerte Max Maifeld die Pistolenschaltung in den vierten Gang und jagte den aufjaulenden R4 auf der schnurgeraden Landstraße durch die Malpaís-Felder mit Vollgas den Berg hinab, in Richtung Ostküste. Er versuchte, Ordnung in seinem Kopf zu schaffen. Vergeblich. Iris Cronenberg hatte also am Sonntag, zwei Tage vor ihrem Verschwinden, mit zwei Verrückten in Andalusien und Amsterdam sowie mit einem international anerkannten Experten für islamischen Fundamentalismus in Madrid telefoniert. Der Montag, der Tag vor ihrem Verschwinden, war lückenlos rekonstruierbar: Den hatte sie mit ihm verbracht, bis auf zwei kurze Zeitspannen am Abend. Die Autofahrten vom Hotel zum Strandfest und zurück: unter ständiger Beobachtung von Hurl. Zuvor hatte sie am Nachmittag telefonisch einen Rückflug nach Deutschland für den übernächsten Tag gebucht und demonstrativ ihr Desinteresse an einer Story über die Villa Winter bekundet. Und er war darauf reingefallen.

Was hatte sie nur am Tag ihres Verschwindens vorgehabt? Sie ließ sich frühmorgens ein Lunchpaket geben und verließ das Hotel ohne ihr Gepäck. Sie kannte niemanden auf der Insel außer ihm. Sie kannte nichts auf der Insel außer ihrem Hotel und dem Flughafen – und der Villa Winter.

Und die ist plötzlich streng bewacht.

Von einer Privatarmee.

Max fand eine Parklücke auf der Avenida General

Franco, vor dem Centro Atlantico mit der Karaoke-Bar und dem Nachtclub. Seltsames Land. Seltsames Volk. Die Avenida General Franco war nicht nur die Hauptstraße Corralejos, sondern zugleich die Amüsiermeile der Stadt. Die Amüsiermeile war also benannt nach einem Diktator, dessen katholizistische Frömmelei so weit gegangen war, dass während seiner Herrschaft kleine spanische Kinder am Strand Ganzkörper-Badeanzüge tragen mussten. Eltern, die diese Vorschrift missachteten, drohte wie für so viele andere banale Vergehen das Gefängnis. Seltsam fand Max nicht die wiedererlangte gesellschaftliche Freiheit der Spanier, die von ihrer gesamten Mentalität her alles andere als prüde waren. Seltsam fand er vielmehr die Tatsache, dass Jahrzehnte nach Francos Tod spanische Straßen überall im Land immer noch den Namen dieses Tyrannen trugen.

Er lief die paar Schritte durch die verwinkelten Gassen hinunter zum Hafen zu Fuß. Morian hatte ihm dringend angeraten, zur Polizei zu gehen. Morian hatte gut reden.

Das würde bedeuten, seine Anonymität aufzugeben und seine Identität preiszugeben. Seinen Schutz.

Andererseits ...

Er hatte Angst um sie. Die Angst wuchs mit jeder Stunde.

Und er wusste nicht mehr weiter, wusste nicht, was er noch tun konnte, um sie zu finden.

«Max! *Que tal?* Wie geht es dir?»

Juan Carlos, soeben einstimmig wiedergewählter Präsident der *Cofradía de pescadores*, der Fischereibruderschaft der Insel, und zugleich Wirt des vereinseigenen Restaurants, wischte sich die dicken Finger an der fleckigen Schürze ab, die er um den massigen Leib trug, dann umarmte er ihn, klopfte ihm auf die Schulter und drückte ihm einen Kuss auf die Stirn. Sein dicker schwarzer Schnurrbart kitzelte, und der Rest seines Gesichts hatte seit mindestens drei Tagen keine Rasierklinge mehr gesehen. «*Amigo! Que te pasa?* Was ist los? Du siehst so besorgt aus.» Er kratzte sich den kahlen, gebräunten Schädel.

«Alles in Ordnung, Juan Carlos. Alles in Ordnung. Erzähle mir was über die Polizei auf der Insel.»

«Die Polizei? Setz dich. Willst du was zu trinken? Welche Polizei meinst du? Meinst du die Amateure oder die Faschisten?»

Juan Carlos war eingeschriebenes Mitglied der PSOE, der sozialistischen Partei Spaniens. Der Großvater von Juan Carlos und Antonio war ein aus Andalusien stammender anarchistischer Fabrikarbeiter in Barcelona. Er hatte wie so viele andalusische Gastarbeiter in Katalonien im Spanischen Bürgerkrieg auf der Seite der Republik gekämpft, war schließlich im letzten Augenblick vor Francos marodierenden Fremdenlegionären über die Pyrenäen nach Frankreich geflohen und dort von der Vichy-Regierung gleich in ein Lager gesteckt worden.

Juan Carlos hatte Max die Geschichte seines Großvaters, die Geschichte seiner Familie, eines Abends bei einer Flasche Rioja erzählt. Ein großer Vertrauensbeweis.

In dem von Stacheldraht umzäunten Areal am Strand von Argèles-sur-Mer gab es nur Sand und Salzwasser, kaum etwas zu essen und zu trinken, keinen Schutz vor der sengenden Sonne, und die Gestapo ging dort nach Belieben ein und aus, auf der Suche nach politisch und rassisch unerwünschten Elementen. Eines Tages wurde der Großvater von Juan Carlos zusammen mit anderen Spanienkämpfern und deutsch-jüdischen Exilanten nach Deutschland deportiert, ins KZ Mauthausen, dann ins KZ Buchenwald. Dort lernte er 1943 seinen erst 20-jährigen Landsmann Jorge Semprún kennen, den späteren Schriftsteller, Kulturminister, Träger des Friedenspreises des Deutschen Buchhandels und der Goethe-Medaille. Beide gaben selbst im KZ den Widerstand gegen den Faschismus nicht auf.

Jorge Semprún überlebte das Lager. Der Großvater von Juan Carlos und Antonio nicht. Er starb 1945, wenige Tage bevor die Alliierten das KZ befreiten. Seine Familie in Barcelona ließ Franco wie so viele Angehörige gefallener, ermordeter oder inhaftierter Republikaner auf die trostlose Kanaren-Insel Fuerteventura deportieren.

«Hier. Trink was, Amigo.»

Juan Carlos schob Max einen Fino über den Tisch. «Also, es gibt in Spanien neben einer landesweiten Kriminalpolizei, die ihre Kommissariate und Zivilbeamten nur in den größeren Städten hat und sich um die Aufklärung schwerer Verbrechen kümmert, traditionell getrennt eine Schutzpolizei in den Städten und eine Polizei auf dem Land: die Policia Municipal, manchmal heißt sie auch Policia Local, und auf dem Land die Guardia Civil. Die Polizei in den Städten ist eine ganz normale Polizei, die sich um den Verkehr und um Unfälle oder kleinere Diebstähle kümmert. Aber die Guardia Civil ist viel mehr als eine Polizei. Sie ist wie ein Staat im Staat. Stell dir vor, sie haben sogar Panzer. Die Guardia ist ein streng hierarchisch organisierter paramilitärischer Verband, mächtig und unkontrollierbar, und ihr oberster Chef in Madrid ist kein Polizist oder Jurist oder Politiker, sondern ein Luftwaffengeneral. Die Zivilgardisten leben in Kasernen, sie haben militärische Dienstgradbezeichnungen, und nach alter Tradition werden die unteren Ränge nie heimatnah eingesetzt, damit sie sich nicht mit der Bevölkerung verbrüdern. Sie waren neben der

Fremdenlegion Francos wichtigste Stütze im Bürgerkrieg. Und danach.»

«Und wie ist das hier auf der Insel mit der Polizei geregelt?»

«Da es auf Fuerteventura nur eine einzige Stadt nennenswerter Größe gibt, nämlich Puerto del Rosario, gibt es auch nur dort eine Policia Municipal. Für den Rest der Insel ist die Guardia Civil zuständig. Weißt du, was man in meiner Familie immer gesagt hat? Uns wurde das schon gepredigt, als wir noch Kinder waren: Hüte dich vor der Guardia Civil, dem größten Feind der Freiheit. Du weißt, mein Großvater war Anarchist. Sechs Jahre nach Francos Tod haben sie ja auch tatsächlich noch einmal versucht, die Demokratie zu stürzen. Da stand Antonio Tejero, Oberstleutnant der Guardia Civil, am Rednerpult des Parlaments in Madrid und schoss 37-mal in die Decke, bis sich sämtliche Abgeordnete zitternd vor Angst unter ihren Pulten verkrochen hatten. Der König hatte die Demokratie damals gerettet. Er hat den Putschisten die Stirn geboten. Ich glaube aber, sogar die Guardia Civil hat inzwischen begriffen, dass Franco tot ist und mit ihm das alte Spanien beerdigt wurde. Sie wissen, dass sie keine Chance mehr hätten, die Uhren anzuhalten und zurückzustellen. Heute haben sie sich ganz auf die Terrorismusbekämpfung konzentriert. Die baskische Eta. Das können sie gut. Sie haben ja auch eine lange Erfahrung als Verhörspezialisten. Aber weshalb willst du das alles wissen, *hombre*?»

Der Fino war eiskalt und schmeckte wunderbar nach Mandeln. Sie saßen in einer kühlen, dunklen Ecke des menschenleeren Restaurants gleich neben dem Durchgang zur Küche. Draußen lärmte das Strandleben. Das Kindergeschrei, das dreimalige Hupen der Fähre nach Lanzarote, all das drang nur gedämpft zu ihnen, seiner grellen Spitzen beraubt, als wirke der Perlenvorhang im Eingang wie ein Filter. Max hätte ewig hier sitzen mögen. Er hatte Deutschland verlassen, um Ruhe zu finden. Jetzt schien es ihm, als hätte ihn das Gift wieder eingeholt.

Das Gift des Bösen. Er konnte das Gift riechen. Aber er konnte das Böse noch nicht sehen.

«Juan Carlos, kannst du dich an die Frau erinnern, die vor genau einer Woche hier in deinem Restaurant gesessen hat und nach mir gefragt hat? Die deutsche Journalistin?»

«Natürlich. Letzten Freitag. Eine schöne Frau.» Er grinste. «Was ist denn mit ihr?»

«Sie ist verschwunden. Und deshalb will ich jetzt zur Polizei gehen.»

«Ist sie es wert?» Der Wirt erwartete keine Antwort, sondern kratzte sich den Schädel. Er dachte nach. «Du musst nach La Oliva, das ist die ehemalige Hauptstadt im Inselinneren. Das Hauptquartier der Guardia Civil in La Oliva ist zuständig. Die kleine Wache hier in Corralejo kannst du vergessen. Ein Außenposten im touristischen Feindesland. Die schicken dich sowieso gleich weiter. Die Guardia Civil hält sich von den Touristenzentren fern, seit Franco damals den Tourismus als Devisenquelle entdeckt hatte. Sie sollen nicht die Touristen erschrecken, sondern die eigene Bevölkerung in Schach halten. Sag unbedingt Hurl Bescheid, wenn du zur Guardia gehst. Und er soll dann sofort mir Bescheid sagen, hörst du? Damit wir wissen, seit wann du dort bist. Nur für den Fall, dass ...»

«Dass was?»

«Du bist Ausländer, Max. Das mit der EU hat die Guardia Civil noch nicht so ganz begriffen. Du wirst ihnen suspekt sein. Weil du kein anständiger Tourist bist, weil du kein Rückflugticket von Neckermann in der Tasche hast. Wann willst du hin?»

«Jetzt. Hurl weiß Bescheid, du weißt Bescheid. Eine letzte Frage: Was weißt du über die Villa Winter?»

Der Wirt schlug sich mit der flachen Hand vor die Stirn. «Fast hätte ich es vergessen. Gut, dass du fragst. Deshalb hatte ich doch meinen Bruder angerufen und ihn gebeten, dich herzuschicken. Also, das ist eine seltsame Geschichte. Wo fange ich an? Kennst du Manuel, den alten Fischer, der drüben an der Calle Colón seine Hütte hat? Er sitzt oft abends hier und spielt Karten.»

«Keine Ahnung, wen du meinst.»

«Du kennst ihn bestimmt, wenn du ihn siehst. Jedenfalls ist Manuel mit seinem Sohn und dem Boot frühmorgens im Süden von Jandía unterwegs, auf der Westseite der Insel, nördlich des Roque del Moro. Es ist noch dunkel, sie haben ihre Positionslichter gesetzt, obwohl man dort nie einem anderen Schiff begegnet. Die Ecke liegt nicht auf dem Kurs der Dickschiffe, weil das Gebiet viel zu gefährlich ist. Die Dickschiffe machen einen großen Bogen um die Südspitze. Untiefen, Felsen, tückische Strömungen, nicht selten eine mörderische Brandung. Wer sich dort nicht auskennt, kann schnell sein blaues Wunder erleben. Du weißt, was ich meine. Gefährlich für fremde Schiffe sind zwar sämtliche Gewässer rund um die Insel, und überall entlang der Küste liegen gestrandete Frachter und Segelyachten rum. Aber zwischen Roque del Moro und Punta de Las Goteras ist es besonders gefährlich. Das ist auch der Grund, warum es dort kein Dorf und keinen Hafen gibt. Das war schon immer so. Land und Meer haben dort nie Freundschaft geschlossen. Nichts gibt es dort. Außer natürlich der Villa Winter ...»

Juan Carlos hielt inne und sah auf. Max, der mit dem Rücken zum Eingang saß, drehte sich unwillkürlich um. Der Perlenvorhang rasselte, dann standen vier Touristen in dem großen schmucklosen Raum. Max erkannte sie auf der Stelle wieder: die beiden Ehepaare aus Düsseldorf, mit denen er im Aufzug des *Tres Islas* hinauf zu Hurl aufs Dach gefahren war. Sie schauten sich ungeniert um, ohne auch nur einmal Blickkontakt zu den beiden Männern am Tisch aufzunehmen. Nach einer Weile verließen sie wortlos das Lokal.

Juan Carlos schüttelte den Kopf. «Sind eigentlich viele Menschen aus deinem Land so unhöflich und sagen noch nicht einmal Guten Tag, wenn sie ein fremdes Haus betreten?» Max war dankbar, dass der Wirt keine Antwort auf seine Frage erwartete, sondern weitererzählte: «Wo war ich stehen geblieben? Also, Manuel und sein Sohn sind gerade dabei, die Netze einzuziehen, weil bald die Sonne aufgehen wird. Du musst wissen, Manuel und sein Sohn sind die Einzigen, die dort fischen. Die anderen würden sich nie dort hintrauen. Fischer sind sehr abergläubige Menschen. Seit dort einmal während des Krieges ein deutsches U-Boot ins Netz ging, abtauchte und ein wirklich großes Fischerboot samt sechsköpfiger Besatzung mit in die Tiefe riss, lässt sich dort kein Fischer mehr blicken. Obwohl das ja nun schon, na, lass mich rechnen, über sechzig Jahre her ist. Während des Zweiten Weltkrieges. Aber so sind Fischer nun mal. Außer Manuel. Aber der ist ja auch Atheist. Der glaubt an gar nichts, nicht einmal an den lieben Gott. Aber auch ihm rutscht das Herz in die Hose, als im Morgengrauen plötzlich dieses riesige Dickschiff aus dem Dunst auftaucht, so lang wie ein Fußballfeld, so hoch wie ein Berg. Und tatsächlich direkt vor seiner Nase Anker wirft. MS Sirius. So ein altmodischer Stückgutfrachter. Heute sieht man ja auf dem Meer fast nur noch Containerschiffe. Später hat Manuel beim Hafenmeister hier in Corralejo im Flaggenbuch nachgeschaut. Argentinien. Das Schiff kam aus Argentinien.»

Juan Carlos goss sich aus der Flasche nach und nahm einen Schluck, bevor er weitersprach. «Dann sehen sie, wie vom Strand aus ein Schlauchboot mit Außenborder startet und Kurs auf den Frachter nimmt. Der Frachter lässt backbord eine Gangway ab. Die zwei Männer in dem Schlauchboot haben große Mühe, an der Gangway festzumachen. Es ist zwar ein großes, ordentliches Schlauchboot, aus dickem Naturkautschuk und mit eingelassenem Holzboden, aber eben doch ein Schlauchboot, und es tanzt wie verrückt auf den Wellen, stößt gegen die Schiffswand und springt dann jedes Mal weg wie ein Jojo. Schließlich haben sie es geschafft. Einer bleibt an Bord, der andere klettert die Gangway hinauf. Oben an der Reling stehen der Kapitän und ein Passagier. Als der Mann aus dem Schlauchboot oben ankommt, unterhalten sich die drei Männer wild gestikulierend. Manuel und sein Sohn verstehen natürlich kein Wort, das wilde Meer verschluckt alles, aber ihnen wird schnell klar, was da los ist: Der Passagier schüttelt immer wieder wütend den Kopf und verschränkt die Arme; er weigert sich, in das tanzende Schlauchboot umzusteigen. Wahrscheinlich hat er Angst. Wenn er kein Seemann ist, kann man das ja auch verstehen. Schließlich zeigt er mit dem Arm auf Manuels Boot. Der Mann klettert wieder hinunter. Sie machen das Schlauchboot los, werfen den Außenborder an und nehmen Kurs auf Manuels Boot. Manuel überlegt einen Moment, beizudrehen und abzuhauen. Aber dann sieht er, dass die beiden Männer bewaffnet sind. Sie tragen schwarze Hosen und schwarze T-Shirts und im Gürtel Pistolen, und sie haben solche Mützen auf dem Kopf, so ähnlich wie Baskenmützen ...»

«Baretts ...»

«Genau. Außerdem ist so ein Schlauchboot viel schneller als Manuels alter Kahn. Also wartet Manuel ab. Und sein Sohn macht sowieso, was Manuel sagt. Die Männer im Schlauchboot machen längsseits fest, legen die Leine auf Slip. Sie können kein Spanisch. Aber sie zeigen auf den Frachter und dann auf den Strand. Manuel reibt Daumen und Zeigefinger gegeneinander. Das verstehen sie. Der Ältere greift in die Hosentasche, zieht ein mit einem Gummi gehaltenes Geldbündel hervor und wirft es Manuel zu. Der fängt es auf, macht den Gummi ab und zählt. Tausend Euro. Manuel steckt das Geld in seine Hosentasche und nickt.»

Juan Carlos machte eine Pause und nahm einen weiteren Schluck. Seine Wangen glühten, und der Schweiß bildete feine Perlen auf seiner Stirn. Der Ventilator über ihm an der hässlichen nikotingelben Plastikdecke lief auf vollen Touren. Max zündete sich eine Zigarette an. Juan Carlos beugte sich vor, stützte die Unterarme auf den Tisch und faltete die Hände.

«Kurz und gut, sie nehmen den Passagier an Bord und bringen ihn rüber zum Strand. Natürlich nicht ganz bis zum Strand. Manuels Boot hat zwar extrem wenig Tiefgang, aber bis auf den Strand kann er natürlich nicht fahren. Du wirst nicht glauben, was nun passiert: Einer der beiden Männer aus dem Schlauchboot, der Jüngere, watet durch das Wasser, das ihm bis zum Bauch steht, nimmt den Passagier auf seine Schultern, trägt ihn zum Strand und setzt ihn dort behutsam auf dem Trockenen ab. Wie ein kleines Kind. Und der Passagier guckt dabei die ganze Zeit, als sei dies das

Selbstverständlichste von der Welt. Sag selbst: Ist das nicht eine verrückte Geschichte?»

«Wie geht die Geschichte weiter, Juan Carlos?»

«Die beiden Männer mit den ... wie hießen die Dinger nochmal ...»

«Baretts.»

«Genau. Baretts. Die beiden Männer mit den Baretts auf den Köpfen ziehen also das Schlauchboot ganz auf den Strand und pflocken es an. Manuel lässt sich derweil extra viel Zeit mit dem Abdrehen, lässt den Diesel auf unterster Drehzahl laufen, sodass die Schraube kaum gegen die Brandung ankommt. Weil er natürlich neugierig ist. Die drei Männer steigen in einen schwarzen Landrover und fahren hinauf zur Villa Winter. Als Manuel schließlich wieder offenes Wasser erreicht, hat der argentinische Frachter schon längst wieder volle Fahrt aufgenommen. Nach Westen, Richtung Horizont.»

«Das war's?»

«Ja, Max. Bis auf die Sache mit der Uniform.»

«Was für eine Uniform?»

«Na, die Uniform, die der Kerl trug. Der Passagier. Das war eine von euren Uniformen, sagt Manuel. Von früher.»

«Ich verstehe kein Wort.»

«Manuel meint, eine alte deutsche Uniform. Er hätte so eine Uniform mal in einem Film gesehen. Der Kerl war ganz in Schwarz: polierte, eng anliegende Reitstiefel, Reiterhosen mit weiten Beinen an den Oberschenkeln, Uniformjacke mit Stehbündchen. Schirmmütze. Über dem Schirm ein kleiner Totenkopf. Und auf dem Stehkragen zwei silbern glänzende Buchstaben aus Metall: SS. Glaub es oder lass es bleiben, mein Freund. Aber Manuel ist sich ganz sicher, und er hatte nicht getrunken: Der Kerl trug eine SS-Uniform.»

Ein Schlauchboot. Wie lächerlich. Hatten sie sich allen Ernstes eingebildet, er würde in ein Schlauchboot steigen? Von einem triumphalen Empfang in der Alten Welt hatte er geträumt, von jubelnden Massen, die ihn als Messias willkommen heißen. Stattdessen zwangen sie ihn, sich wie ein Dieb an Land zu stehlen, huckepack auf dem Rücken eines dahergelaufenen Söldners, der nicht für die Ehre, sondern für Geld kämpfte. Das war demütigend. Wollte der Spanier ihn demütigen? Adelspack. Am Ende waren sie alle gleich, diese Blaublütigen. Er hätte es wissen müssen. Wer hatte denn den Führer am 20. Juli verraten? Degeneriertes Adelspack. Inzucht. Sein Vater hatte ihn immer vor dem Adel gewarnt. Er sah sich in dem Zimmer um. Vielleicht hatte sein Vater genau in diesem Zimmer genächtigt, damals, vor seinem Aufbruch in die Neue Welt und in ein neues Leben. Von der Villa Winter aus war seinem Vater 1945 die Flucht nach Südamerika geglückt, ihm und so vielen seiner treuen Kameraden. Dank Gustav Winter und dem Vatikan.

Es war angenehm kühl. Die dicken Kellermauern hielten die Hitze fern. Durch das kleine vergitterte Fenster konnte er das Meer sehen. Das Zimmer war nicht besonders komfortabel, aber darauf legte er keinen Wert. Es war spartanisch, aber ausreichend möbliert. Ein Feldbett, ein Schrank, eine Kommode, ein kleiner Schreibtisch, ein Stuhl, eine nachträglich installierte Duschkabine, ein WC und ein Waschbecken. Er brauchte keinen Luxus. Er wollte keine Sonderbehandlung, nur weil er einer der Finanziers des großen Kreuzzuges war.

Er hängte die Uniform in den Schrank, schweren Herzens. Seinem Vater hatte sie gepasst wie angegossen. Er hatte die Uniform seines Vaters stets gehütet wie einen Schatz, seit er gestorben war, und schließlich vor seiner Abreise bei seinem Schneider in Buenos Aires aufarbeiten und ändern lassen. Er war wesentlich kleiner und schmächtiger als sein Vater. Er hätte es nicht in die SS geschafft. Aber er hatte andere Qualitäten.

Zum Beispiel hatte er Geld, sehr viel Geld.

Er duschte ausgiebig, rasierte sich und wählte für das Abendessen einen leichten, cremefarbenen Sommeranzug aus Leinen. Er entschloss sich, das Hemd offen, ohne Krawatte, zu tragen. Er würde vor dem Abendessen noch einen kleinen Spaziergang unternehmen und sich mental vorbereiten. Er öffnete noch einmal den Schrank, nahm das Manuskript aus der Innentasche des Uniformrocks und steckte es ein. Sicher ergäbe sich beim Dinner eine Gelegenheit, die Rede zu halten, die er in den vergangenen Tagen auf See vorbereitet hatte. Er hoffte zudem für den Abend auf angenehmere Gesellschaft als die Söldner, mit denen sich der spanische Graf umgab. Leute, die des Geldes wegen kämpften statt mit dem Herzen, waren ihm zuwider.

Der Graf hatte ihn gebeten, auf das Tragen der Uniform zu verzichten. Dazu sei später ausreichend Gelegenheit, nach dem Endsieg, hatte er gesagt, mit seinem charmanten Lächeln. Er hatte tatsächlich «Endsieg» gesagt, auf Deutsch, der Sprache seiner Vorväter. Ansonsten unterhielten sie sich auf Spanisch, der Sprache seiner argentinischen Mutter. Nahm ihn der Graf überhaupt ernst? Oder hatte er ihn nur seines Geldes wegen eingeladen, dem Losschlagen der Bewegung beizuwohnen, dem letzten Kreuzzug? Zunächst hatte er sich geschmeichelt gefühlt, vor allem auch wegen der Bedeutung, die dieses Gebäude für das Schicksal seiner Familie hatte. Vielleicht aber hätte er Bedingungen knüpfen sollen an die fünf Millionen US-Dollar, die er noch von Argentinien aus von seiner Hausbank auf das Konto der Bewegung in Spanien hatte überweisen lassen.

Er verließ das Zimmer und trat auf den Gang. Neonröhren tauchten das notdürftig verputzte und weiß gekälkte Gewölbe in kühles, blau schimmerndes Licht. Vor der Tür des Nachbarzimmers stand ein Söldner und hielt Wache, mit auf dem Rücken verschränkten Händen, gespreizten Beinen, das mächtige Kreuz durchgedrückt. Sie hatten die Gefangene dort untergebracht, gleich neben ihm. Er verstand nicht, warum sie sich mit Gefangenen belasteten. Im Krieg. Warum warfen sie diese neugierige Journalistin nicht einfach ins Meer? Gefährliche Gefühlsduselei. Wahrscheinlich verstand der Graf das unter Ritterlichkeit. Er ging an dem Söldner vorbei, ohne ihn zu beachten. Wie es seinem Rang entsprach. Der Söldner beachtete ihn allerdings ebenfalls nicht, grüßte nicht militärisch, nahm noch nicht einmal Haltung an. Unglaublich.

Als er sich dem Ende des langen Ganges näherte, bog der Graf um die Ecke, in Reitmontur. Er hatte sich eines seiner Pferde von seinem andalusischen Landsitz auf dem Festland bringen lassen. Was für ein Snob. Der Graf grüßte freundlich, aber knapp und ging eiligen Schrittes weiter. Der Söldner wiederum grüßte den Grafen zackig, trat beiseite und gab die Tür frei. Der Graf klopfte an, wartete aber nicht auf eine Antwort, sondern öffnete die Tür und verschwand im Zimmer der Gefangenen. Er nahm sich vor, später mit dem Grafen ein ernstes Wort zu reden. Denn er hatte nicht vor, den Kreuzzug durch irgendeine dämliche Gefühlsduselei oder falsch verstandene Galanterie dieses eitlen blaublütigen Gockels in Gefahr bringen zu lassen.

Die kurze und nicht sonderlich ereignisreiche Geschichte der kanarischen Vulkaninsel Fuerteventura seit ihrer Annektion durch das Königreich Spanien kann neben der Hauptstadt Puerto del Rosario immerhin gleich drei Ex-Hauptstädte im Inselinneren vorweisen. Nach der Eroberung war zunächst Betancuria die Hauptstadt, benannt nach dem normannischen Seefahrer und Insel-Entdecker Jean de Béthencourt, der die Stadt 1405 gründete. Per päpstlichem Dekret aus Rom wurde die Kirche Santa Maria zur Kathedrale geweiht und Betancuria offiziell Bischofssitz, auch wenn sich nie ein Bischof in dem verschlafenen Nest sehen ließ. 1593 legten Piraten Betancuria in Schutt und Asche. 1835 wurde die erst kurz zuvor gegründete Nachbarstadt Antigua Hauptstadt, musste den Titel aber schon ein Jahr später an La Oliva weiter im Norden abgeben, weil sich die uneingeschränkten Herrscher und Ausbeuter der Insel, die Mitglieder der Offiziersfamilie Manrique y Laras, inzwischen entschlossen hatten, in La Oliva einen festungsartigen Palast als Familiensitz zu errichten: *la Casa de los Coroneles*. Nur 24 Jahre später, 1860, forderten allerdings die wirtschaftliche Potenz und das rasche Bevölkerungswachstum der Hafenstadt Puerto del Rosario einen politischen Tribut. Soda aus Salzkraut und Farbstoff aus dem Blut der Cochenille-Laus, über Jahrhunderte dank der leibeigenen Bauern Exportschlager und Garant des Reichtums der Coroneles, wurden von der internationalen Chemieindustrie durch wesentlich billigere synthetische Stoffe ersetzt. Wiederum ein Jahrhundert später sorgten die Pauschaltouristen, die von Marokko nach Fuerteventura umgesiedelten Fremdenlegionäre und die im Gefolge der Touristen und Söldner entstandene Gastronomie und Vergnügungsindustrie vom Taxigewerbe bis zur Prostitution für eine regelrechte Landflucht und verhalfen der immer sonnigen Ostküste zum endgültigen ökonomischen Sieg über das karge, trostlose Landesinnere.

An die einstige Hauptstadt-Herrlichkeit erinnerte in La Oliva abgesehen vom Landsitz der einstigen Herrscher nur noch der völlig überdimensionierte, von kostbaren, handgeschmiedeten Laternen gesäumte menschenleere Marktplatz vor der Casa de los Coroneles. Ein gigantischer Parkplatz, den niemand nutzte.

Außer Max Maifeld.

Er parkte den R4 am Rande des verlassenen Platzes und ging die Straße zurück bis zum Tor der Kaserne.

Das Zentrum der Ex-Hauptstadt La Oliva war wie ausgestorben. An der Küste ging selbst im Hochsommer stets ein frischer Wind. Hier aber, im Landesinneren, in den Gassen zwischen den geweißten Häusern, stand schon im März die sengende Nachmittagshitze so unverrückbar wie die toten schwarzbraunen Vulkankegel rund um die Stadt. Unterwegs begegneten ihm ein ausgemergelter streunender Hund, der verängstigt die Straßenseite wechselte, und ein alter Mann, der im Schatten seines Hauses auf einem Klappstuhl aus Plastik saß und ihm nachstarrte.

Der Wachhabende vor der offenen Toreinfahrt musterte ihn gelangweilt durch die pechschwarzen Gläser der Sonnenbrille, bevor er schließlich Max Maifelds Frage beantwortete: «Geradeaus über den Hof, dann durch die gegenüberliegende Tür, links den Gang runter, die dritte Tür rechts.»

Ein Wartezimmer. Wie beim Arzt. Nur dass es keine Zeitschriften gab. Stattdessen Fahndungsplakate an den Wänden. Eta-Terroristen. Islamisten, die man verschiedener Anschläge in Barcelona und Madrid verdächtigte. Zwei

Türen: die Tür, durch die er eingetreten war, und genau gegenüber eine weitere Tür. Er war allein in dem Raum. Er setzte sich.

Er sah auf die Uhr. Er wartete seit einer Viertelstunde. Er stand auf, klopfte an die gegenüberliegende Tür und öffnete sie. Ein Vorzimmer. Hinter dem Schreibtisch ein misslauniger älterer Zivilgardist mit geöffnetem Uniformrock. Die Hitze machte ihm offensichtlich zu schaffen, denn trotz des auf Hochtouren laufenden Tischventilators stand ihm der Schweiß in dicken Perlen auf der Stirn. Nach einer Weile blickte der Zivilgardist von seiner Arbeit auf und sah Max Maifeld fragend an.

«Guten Tag. Ich möchte eine Vermisstenanzeige erstatten.»

«*Si, claro.* Alle, die herkommen, wollen Anzeige erstatten. Warten Sie, bis Sie gerufen werden.»

Max schloss die Tür und nahm wieder im Wartezimmer Platz. Durch das offene vergitterte Fenster waren Schritte auf dem Pflaster des Innenhofs und dann das zweimalige metallische, ungedämpfte Schlagen von Wagentüren zu hören. Dann wurde ein Motor angelassen. Ein Diesel. Vermutlich der grün-weiß lackierte Geländewagen, den er zuvor gesehen hatte, als er den Hof überquert hatte. Der Streifenwagen entfernte sich.

Dann war wieder Stille.

Eine Fliege hatte den Weg durch das Fenster gefunden. Max Maifeld sah ihr eine Weile zu, wie sie die verstaubte Lampe an der Decke umkreiste.

Er sah auf die Uhr. Er wartete jetzt seit fast einer Stunde. Ihn beschlich das Gefühl, einen Riesenfehler begangen zu haben. Er dachte darüber nach, was für ihn nun weniger unangenehm werden könnte: weiter zu warten, oder aber möglichst unauffällig und notfalls unter Verwendung irgendeiner billigen Ausrede zu verschwinden. Er hatte sich gerade für die zweite Möglichkeit entschieden, als die Tür zum Vorzimmer geöffnet wurde und der misslaunige Zivilgardist ihn hereinwinkte. Max stand auf und betrat unschlüssig das Vorzimmer. Der Zivilgardist wies schweigend auf die jetzt offen stehende, mit rostbraunem Leder gepolsterte Tür im Hintergrund des Vorzimmers. Max ging durch die Tür, die der Zivilgardist hinter ihm schloss, und stand in einem großen, zum Schutz gegen Sonne und Hitze abgedunkelten, kärglich möblierten Büro.

Mitten in dem Büro stand ein Schreibtisch, und hinter dem Schreibtisch erhob sich ein Offizier, lächelte freundlich, trat auf ihn zu, reichte ihm die Hand und wies auf den einfachen Holzstuhl, bevor er wieder hinter dem Schreibtisch Platz nahm.

«*Buenas tardes.* Nehmen Sie doch Platz, Señor ...»

«... Maifeld ...»

«... Maifeld. Ich bin Capitán Pedro Calvo Moreno. Bitte verzeihen Sie, dass Sie so lange warten mussten. Was kann ich für Sie tun, Señor Maifeld?»

«Ich möchte eine Vermisstenanzeige erstatten.»

Der Offizier schraubte einen Füllfederhalter auf und begann, sich auf dem einzelnen Blatt Papier, das vor ihm lag, Notizen zu machen. «Erzählen Sie ruhig weiter!»

«Es handelt sich um eine deutsche Touristin. Iris Cronenberg. Sie ist vor genau einer Woche angereist, am Freitag, den 28. Februar, aus Madrid. Sie hat im *Palace Hotel Tres Islas* gewohnt ...»

«Aha. Ein sehr gutes Hotel, sagt man.»

«Ja. Sie wollte am Mittwoch, den 5. März, wieder abreisen. Mit Air Berlin nach Köln/Bonn. Am Vortag aber ist sie spurlos verschwunden. Also am Dienstag, den 4. März. Sie ist morgens in aller Frühe mit einem gemieteten Jeep aufgebrochen und seither nicht wieder aufgetaucht.»

Pedro Calvo Moreno schrieb. Max wartete. Auf dem Schreibtisch befanden sich keine Arbeitsmaterialien außer dem weißen Blatt Papier, auf das er schrieb. Keine Aktenmappen. Kein Computer. Kein gerahmtes Foto der Familie. Nicht mal ein Telefon. Max Maifeld hegte die Vermutung, dass dieser Raum gar nicht das Büro des Capitán war. In Reichweite seiner rechten Hand standen eine mit klarem Wasser und Eiswürfeln gefüllte Karaffe und zwei leere Gläser, außerdem eine Schachtel Zigaretten und ein Benzinfeuerzeug, aber kein Aschenbecher. An der vorderen Kante des Schreibtisches, unmittelbar vor dem Besucherstuhl, hatte der Capitán seine Kopfbedeckung abgelegt: den bei der Guardia Civil eigentlich längst abgeschafften, mit glänzend schwarzem Lack überzogenen Zweispitz.

«In welcher Beziehung stehen Sie zu der Vermissten?» Calvo Moreno fragte, während er weiterschrieb.

«Sie ist eine Bekannte. Eine ehemalige Kollegin. Wir hatten uns schon viele Jahre nicht mehr gesehen, und jetzt wollte sie mich ein paar Tage besuchen.»

«Welche Profession?»

«Journalisten. Wir sind beide Journalisten.»

«Aha. Ein sehr interessanter Beruf, wie ich vermute.» Der Offizier sah auf und lächelte. «Für welche Zeitung arbeiten Sie?»

«Sie arbeitet frei, für verschiedene ...»

«Nein, nein. Ich fragte: Für welche Zeitung arbeiten Sie, Señor Maifeld?» Calvo Moreno lächelte immer noch.

«Ich habe zurzeit keinen Auftraggeber. Ich mache eine Pause.»

«Ah. Sehr schön. Ich verstehe: Sie genießen das Meer, die Sonne, das wunderbare Klima auf unserer Insel …»

Calvo Moreno machte sich wieder Notizen. Er schrieb langsam und bedächtig, als ob er es genoss, jedem Einzelnen der Buchstaben, die er malte, mit seinem Füllfederhalter eine eigene, unverwechselbare ästhetische Form zu geben.

«Sie sind also wie Señora Cronenberg ein deutscher Tourist …»

«Ja. Ich bin Deutscher.»

«Und wie lange gedenken Sie, noch auf Fuerteventura zu bleiben?» Dieses ewige Lächeln.

In diesem Augenblick öffnete sich im Rücken des Capitán eine zweite, ebenfalls mit Leder gepolsterte Tür, die Max zuvor gar nicht aufgefallen war. Das Lächeln aus Calvo Morenos Gesicht verschwand für den Bruchteil einer Sekunde und machte Verärgerung Platz. Ein junger Zivilgardist, Mitte zwanzig vielleicht, trat ein, beugte sich über die Schulter des Capitán und flüsterte ihm etwas ins Ohr. Calvo Moreno hörte aufmerksam zu. Dann erhob er sich und setzte wieder sein Lächeln auf. «Bitte entschuldigen Sie mich einen Augenblick.» Er folgte dem jungen Zivilgardisten durch die Hintertür.

Max versuchte einen klaren Gedanken zu fassen. Vergebens. Sein Gehirn fühlte sich an wie ein Sieb. Die gepolsterten Türen. Der leere Schreibtisch. Das war kein Büro, sondern das Verhörzimmer. Er starrte die Karaffe und die Zigaretten auf dem Schreibtisch an. Vergiss es. Die Wand rechts von ihm schmückte eine verblasste Luftaufnahme der Insel in einem etwa zwei Meter hohen und einen Meter breiten Holzrahmen. Hinter dem Schreibtisch, rechts von der Hintertür, standen in einer geschmiedeten Halterung zwei Fahnen, deren vergoldete Spitzen fast bis zur Decke reichten. Die spanische Flagge und die Flagge der Guardia Civil. Max entzifferte den Schriftzug über dem Wappen mit dem Schwert und dem Fascis-Bündel: *Todo por la patria.* Alles für das Vaterland.

Die Luft wurde plötzlich unerträglich, bleischwer. Max sah unwillkürlich zur Decke. Der Ventilator über ihm drehte sich langsamer und langsamer und blieb schließlich stehen. Das kleine Fenster in der Wand links von ihm war vergittert. Es wäre auch keine besonders gute Idee gewesen, durchs Fenster zu verschwinden.

Er hatte Lust auf eine Zigarette.

Er hatte Lust, sich in Luft aufzulösen.

Hurl hatte ihn gewarnt.

Morian hatte keine Ahnung.

Seine eigenen Zigaretten hatte er vermutlich im Auto liegen lassen.

Außerdem gab es keinen Aschenbecher.

Hatte er die Katze gefüttert?

Würde Antonio sich um sie kümmern?

Was würden Juan Carlos und Hurl unternehmen?

Er vermied es, auf die Uhr zu sehen.

Was war mit Iris passiert?

Wenn sie nicht aufgetaucht wäre …

Plötzlich kroch die Panik wie eine Schlange durch seine Gedärme in ihm hoch. Es gab keine Sicherheit vor dem Bösen, nirgendwo auf der Welt. Nicht mal auf einer gottvergessenen Insel mitten im Atlantik. Früher, da hatte er einmal geglaubt, sich schützen zu können. Sich und seine Kinder und seine Freunde. Er hatte die alte, verfallene Fabrik am Kölner Rheinufer in eine Festung verwandelt. Seine Burg. Seine uneinnehmbare Burg.

Vergebens. Er hatte damals alles verloren. Seine materielle Basis, seine Aufträge, seine Firma, seine Selbstsicherheit, sein Vertrauen in die eigene Kraft, sein lange Zeit unerschütterlicher Glaube an das Gute, das am Ende siegt.

Der Ventilator an der Decke setzte sich wieder in Gang, langsam zunächst, schwerfällig, dann immer schneller. Die gepolsterte Tür wurde geöffnet, Capitán Pedro Calvo Moreno erschien auf der Schwelle, nachdenklich in einen Schnellhefter vertieft. Er blickte auf und sah ihn erstaunt an: «Da sind Sie ja noch. Sie können gehen. Wir werden Señora Cronenberg suchen. Auf unserer Insel kann niemand spurlos verschwinden. Ich wünsche Ihnen noch angenehme Ferien.»

Max fuhr nach Hause. In El Cotillo parkte er den R4 an seinem angestammten Platz und lief zu Fuß durch die Gassen zum Hafen. Antonio stand mit fragendem Blick vor seiner Bar.

«Alles in Ordnung, Antonio. Kannst du Juan Carlos und Hurl anrufen und ihnen sagen, dass alles in Ordnung ist?»

«*Claro.* Mach ich. Während du weg warst, ist übrigens hier bei mir in der Bar ein Zivilgardist aufgetaucht. So ein ganz junger, Mitte zwanzig vielleicht. Der hatte mich eine Weile mit seinen Bestellungen auf Trab gehalten. Aber ich glaube, das hatte nichts zu bedeuten. Zufall. Der war einfach nur kurz vorm Verdursten und Verhungern. Ich habe natürlich aufgepasst und ihm nachgesehen, als er wieder los ist. Aber der hatte nicht mal einen Blick auf dein Haus verschwendet.»

«*Gracias*, Antonio. Danke für alles.»

«*De nada, amigo.* Bis später dann.»

Antonio verschwand in der Bar, um seinen Bruder anzurufen. Max starrte aufs Meer und sog die frische Luft tief in seine Lungen. Alles war wie immer. Drüben, jenseits des Hafenbeckens, saßen die Hippies oben auf der Klippe vor ihrem Haus, genossen die restlichen Sonnenstrahlen und warteten auf den Abend. Die Katze strich um seine Beine. Alles war wie immer. Er atmete tief durch, schloss die Haustür auf, öffnete sie vorsichtig und nur einen Spalt, tastete vergebens über seinem Kopf nach dem Papierschnipsel, den er dort eingeklemmt hatte.

Er lag auf dem Fußboden.

Es war also jemand in seinem Haus gewesen.

Er hob die Matratze an.

Die Pistole war weg.

Die Luft roch nach nassem, faulig gärendem Gras. Er hatte am vergangenen Wochenende den Rasen gemäht und vergessen, das Gras, das immer noch in einer Ecke des Vorgartens vor dem Haus lag, wegzuräumen und in die Biotonne zu werfen. Jetzt fiel es ihm wieder ein: Er hatte den Rasen rasch noch am Samstagmorgen gemäht. Bevor er die Leiche von Eva Gering fand.

Die Lampe über der Haustür brannte nicht. Liz war also nicht da. Morgen früh würden die Kinder vom Schulausflug zurückkehren. Morian öffnete die Haustür und machte Licht im Treppenhaus. Dann machte er Licht in der Küche und fand den Brief.

Er lag mitten auf dem Küchentisch, in einem unbeschrifteten Kuvert. Morian schmierte sich ein Brot. Im Kühlschrank war noch eine angebrochene Flasche Riesling. Nicht mehr der Rede wert. Er goss den Rest in ein Wasserglas, setzte sich an den Küchentisch, aß lustlos und starrte währenddessen das Kuvert an.

Dass man ihn von einem Fall abzog, war ihm erst einmal in seinem Leben passiert. Vor zwei Jahren. Das hatte damals sein Leben verändert. Sonst läge der Brief jetzt nicht auf dem Tisch. Morian ahnte, was in dem Brief stand.

Er stellte den Teller in die Spülmaschine, setzte sich wieder an den Tisch, leerte das Glas in einem Zug und öffnete das Kuvert.

Der Brief war von Liz.

Lieber Jo,
ich kann nicht mehr. Ich bin am Ende meiner Kräfte. Ich will nicht mehr so leben. Ich habe zwei Jahre auf dich gewartet, in der Hoffnung, dass du eines Tages aus deiner inneren Emigration zurückkehrst. Ich habe die Hoffnung aufgegeben. Wenn du diesen Brief findest, werde ich fort sein. Ich habe nur das Nötigste mitgenommen. Ich habe alles in unsere Reisekoffer gepackt, weil ich nicht davon ausging, dass du sie in nächster Zeit brauchen wirst, bei deinem Arbeitspensum und deinem unaufgeklärten Doppelmord. Morgen hole ich die Kinder am Bahnhof ab. Ich bitte dich, dort nicht zu erscheinen. Im Laufe des Wochenendes werden Freunde von mir mit meinem Schlüssel kommen und die Sachen der Kinder holen. Wir wohnen vorübergehend bei einer Kollegin von mir, die für ein Semester als Dozentin ins Ausland geht und mir ihre Wohnung zur Verfügung gestellt hat. Bitte habe Verständnis, dass ich dir nicht die Adresse gebe. Ich weiß, dass du dann augenblicklich hier erscheinen würdest, um mich umzustimmen. Das möchte ich nicht. Ich möchte nicht umgestimmt werden. Ich brauche Abstand. Wenn es etwas zu regeln gibt: Du hast ja meine Handynummer. Es ist sicher sinnvoll, dass du die Kinder regelmäßig siehst.

Ich weiß, wie sehr du an ihnen hängst. Und sie an dir. Ich schlage deshalb vor, dass du sie jedes zweite Wochenende zu dir nimmst, wenn du einverstanden bist. Das wäre also erstmals in zwei Wochen. Lass uns telefonieren, um alles Nähere sinnvoll zu regeln. Mit dem Haus werden wir sicher eine faire Regelung finden. Ich denke aber, wir sollten es verkaufen.
Ich hatte dich einmal sehr geliebt. Als du noch Jo Morian warst.
Liz

Josef Morian las den Brief ein zweites Mal, schließlich ein drittes Mal. Dann faltete er den Brief sorgfältig und steckte ihn zurück in das Kuvert. Er nahm sein Handy aus der Tasche des klammen Trenchcoats, den er immer noch am Leib trug, obwohl er schon eine halbe Stunde zu Hause war, und wählte ihre Nummer. Eine Computerstimme teilte mit, dass der gewünschte Gesprächspartner zurzeit nicht erreichbar sei.

Der gewünschte Gesprächspartner.

Traumfrau. Wunschkinder. Traumhaus.

Ihr Handy war abgeschaltet.

Dein Doppelmord.

Morian blieb noch eine Weile am Küchentisch sitzen und starrte auf das Kuvert. Dann erhob er sich schwerfällig und kletterte die Treppe hinauf in den ersten Stock. Nacheinander betrat er die nebeneinander liegenden verwaisten Zimmer seiner Kinder. Zuerst das Zimmer von Tim. Fast hätte er ein Buch, das aufgeklappt auf dem Nachttisch des Jungen lag, zur Hand genommen. Aber er konnte nichts anrühren. Er konnte nicht. Er beschränkte sich darauf, alles zu betrachten und in seinem Gedächtnis aufzunehmen.

Als du noch Jo Morian warst.

Dein Doppelmord.

Es war nicht sein Doppelmord, und er war Josef Morian, genannt Jo, Kriminalhauptkommissar, Leiter der Bonner Mordkommission, Polizist von Beruf, Bulle, schon seit seinem 18. Lebensjahr, zurzeit zwangsweise in Resturlaub, ferner Hausbesitzer, untauglicher Ehemann und Vater zweier Kinder.

Er ging hinüber in Lauras Zimmer. Die Wände voller Poster mit Pferden. Es würde nicht mehr lange dauern, dann würde sie die Pferde auf den Müll werfen und Poster mit jungen Kerlen aufhängen, die Mikrophone oder E-Gitarren in der Hand hielten. Er würde es nicht mehr erleben.

Er verließ das Kinderzimmer, stieg die Treppe hinab, ging ins Wohnzimmer. Er nahm ein Fotoalbum aus dem Bücherregal, wählte zwei Fotos von Tim und Laura aus. Tim stolz auf seinem ersten Fahrrad, kurz nachdem er ihm das Fahrradfahren ohne Stützräder beigebracht hatte. Laura als Prinzessin bei einer Theateraufführung ihres Kindergartens. Er stopfte die beiden Bilder in die Innentasche seines Mantels. Er wusste nicht, warum er ausgerechnet diese beiden Fotos ausgewählt hatte. Sie waren schon viele Jahre alt. Aus einer anderen Zeit, aus einer anderen Welt.

Vorbei. Für immer vorbei.

Er öffnete den Safe und legte seine Dienstwaffe hinein. Er würde sie eine Weile nicht brauchen. Er hätte sie lieber nicht in diesem Haus gelassen, aber der Safe war der sicherste Ort.

Dann wusste er nicht mehr, was er noch tun konnte.

Das Telefon klingelte. Er war mit drei Sätzen in der Diele.

«Ja?»

«Chef? Ich bin's. Was ist los? Behrendt sagt, Sie seien beim Präsidenten gewesen und danach verschwunden.»

Einen winzigen Moment lang hatte er gehofft, es sei Liz. Aber es war Antonia Dix. Kriminaloberkommissar Ludger Behrendt, von dem sie sprach, war stellvertretender Vorsitzender des Personalrats und außerdem sein krankhaft neugieriger und stets über sämtliche Betriebsinterna bestens informierter Büronachbar.

«Gibt's Ärger, Chef?»

«Ärger? Nein, jetzt ist der Ärger vorbei. Wir sind raus aus dem Lewandowski-Fall, und ich habe Urlaub.»

Sie schwieg. Er schwieg. Er wusste nicht, was er noch sagen sollte. Er hörte sie atmen. Er hörte ihr beim Atmen zu, ohne etwas zu sagen. Er war froh, in dem leeren Haus noch jemanden atmen zu hören außer sich selbst.

«Chef? Ich bin noch im Büro. Aber ich habe zu Hause eine Flasche Bordeaux im Regal. Der wird ziemlich gut sein. Schließlich habe ich den zum Abschied von den Kollegen beim KK 22 geschenkt bekommen, und die konnten mich ziemlich gut leiden. Ich wollte ihn für eine ganz besondere Gelegenheit aufbewahren. Ich denke, heute ist so eine Gelegenheit. Ich könnte es in einer halben Stunde schaffen. Ich wohne in ...»

«Ich weiß. Ich bin in einer halben Stunde da.»

Die Strohballen waren verschwunden, ebenso die zum Trocknen ausgelegten Maiskolben, die Ziegen und auch die zahnlose Alte. Der Salon der Villa Winter war nicht wiederzuerkennen. Zwei Kellner in roten Samtwesten zündeten die zahllosen weißen Kerzen auf der mit Silberbesteck, rubinroten Damastservietten und altmodischen Kristallgläsern eingedeckten Tafel an. Den Tisch säumten zwölf Stühle mit hohen geschnitzten Rückenlehnen. Den inzwischen auf Hochglanz gebrachten Marmorfußboden bedeckte unter dem Tisch ein Berberteppich. Im Kamin an der Stirnwand prasselte ein Feuer. Die gegenüberliegende Stirnwand war mit einem Gobelin geschmückt, die Wand gegenüber dem Ausgang zur Terrasse mit sechs in chronologischer Reihenfolge sortierten Ölgemälden, die Porträts von Männern unterschiedlicher Epochen zeigten, wie an deren Kleidung unschwer zu erkennen war. Die Porträts in Öl beschäftigten Iris Cronenberg weniger wegen ihrer eher zweifelhaften künstlerischen Qualität als vielmehr wegen der Motive: Die Männer aus sechs Generationen glichen sich abgesehen von der wechselnden Bart- und Haartracht wie Sechslinge. Und sie alle sahen wiederum dem Mann zum Verwechseln ähnlich, der sie gefangen hielt.

Felipe Marqués de Portago. So hatte er sich ihr formvollendet, mit angedeutetem Handkuss vorgestellt, als er vor zwei Stunden in Reitmontur ihr Gefängnis in den Katakomben der Villa betreten und zugleich sein Bedauern zum Ausdruck gebracht hatte, dies vor einer Woche im Flugzeug auf dem Weg von Madrid nach Fuerteventura versäumt zu haben. Und geradezu untröstlich sei er, eine so schöne und bezaubernde Frau nunmehr den vierten Tag gefangen halten zu müssen. Er hoffe aber, das Essen und die Unterkunft seien zufrieden stellend, mehr Komfort könne er unter den gegebenen Umständen leider nicht bieten, und sollte die frisch installierte Dusche in ihrem Kellerverlies einmal nicht funktionieren, solle sie einfach an die Tür klopfen und ungeniert ihr Anliegen vortragen, dann werde der Wachhabende sofort einen Handwerker kommen lassen. Auch jeder andere ihrer Wünsche sei seinen Männern Befehl. Darauf gebe er ihr sein Wort als Ehrenmann.

Iris Cronenberg hatte ihn sarkastisch gefragt, wie es denn mit seiner Selbsteinschätzung als Ehrenmann vereinbar sei, eine Frau vier Tage gefangen zu halten, ohne sich ein einziges Mal nach ihrem Wohl zu erkundigen.

«Sie irren sich, Señora. Ich habe mich natürlich täglich nach Ihrem Wohlbefinden erkundigt. Bei meinen Männern.»

Dann hatte einer seiner Söldner ein in Klarsichtfolie gehülltes Kleid gebracht und auf ihr Bett gelegt.

«Señora, Sie würden mir eine große Freude machen, wenn Sie dieses Kleid heute Abend für mich tragen könnten. Ich meinerseits würde Sie gerne heute Abend zum Dinner in den Salon bitten. Wir haben ein paar Gäste. Ich könnte mir vorstellen, eine kleine Luftveränderung und etwas Gesellschaft tun Ihnen nach vier Tagen in diesem Keller ganz gut.»

Seine Söldner hatten sie geschnappt, als sie versucht hatte, durch ein nur angelehntes Kellerfenster an der Nordseite der Villa einzudringen. Am Dienstagmorgen. Heute war Freitag, wenn sie sich nicht verrechnet hatte. Dabei war am Dienstag zunächst alles so gut gelaufen. Sie hatte früh genug, kaum dass sie den Pass überquert hatte, instinktiv gespürt, dass die Villa sich verändert hatte, dass Bewegung in der Villa war. Irgendetwas war anders als am Tag zuvor, anders als am Montag, als sie mit Max dort war. Sie konnte es förmlich riechen. Sie hatte augenblicklich gebremst, vorsichtig zurückgesetzt, Meter für Meter, dabei darauf geachtet, dass der Motor des Suzuki nicht aufheulte, obwohl die Brandung jedes Geräusch verschluckte. Sie hatte den Wagen hinter der Biegung auf dem Pass abgestellt, dann hatte sie ihr Fernglas aus der Tasche genommen, war nach vorne bis zum Abgrund gelaufen, hatte sich hinter einen

Felsvorsprung gekauert, die Villa durch das Fernglas beobachtet und gewartet.

Sie musste nicht lange warten. Etwa fünf Minuten. Dann verließ ein schwarzer Landrover den Hof, rollte den Berg hinunter und postierte sich an der Abzweigung zur Küste. Zwei Männer stiegen aus und lehnten sich an die Kühlerhaube.

Als hätten sie auf sie gewartet.

Unsinn. Sie hatte niemandem von ihrem Plan erzählt.

Und sie war auch, seit sie hinter Morro Jable auf die Schotterpiste eingebogen war, niemandem begegnet, außer einer Streife der Guardia Civil. Der grün-weiß lackierte Geländewagen parkte kurz hinter Morro Jable am Straßenrand. Die beiden Zivilgardisten hinter der Windschutzscheibe schienen zu schlafen.

Sie schlich zurück zu ihrem Wagen, nahm ihre Tasche von der Rückbank, steckte das Fernglas ein, schulterte die Tasche und machte sich auf den Weg. Den Weg, den Tomás, der verrückte andalusische Sternengucker aus Nerja, ihr beschrieben hatte, so gut es ging am Telefon, und soweit ihn so viele Jahrzehnte später seine Erinnerung an seinen fünfjährigen unfreiwilligen Aufenthalt auf der Insel nicht trog. Es gibt erstaunlicherweise immer noch Dinge auf der Welt, die sich nie verändern, dachte sie, als sie nach knapp einer halben Stunde den alten Pfad der Ziegenhirten gefunden hatte. Der schmale Trampelpfad verlief auf halber Höhe der Bergkette parallel zum Meer, hoch genug, um von den beiden vor dem schwarzen Landrover postierten Männern unten im Tal nicht gesehen zu werden.

Es war kalt, es war stürmisch, der Wind fuhr ihr unter den Pullover und durch die Hosenbeine, ließ sie frösteln, riss an ihrer Tasche und blies ihr die Haare ins Gesicht. Außerdem war sie nicht schwindelfrei. Im Gegenteil. Sie litt unter Höhenangst. Eine regelrechte Phobie. Aber sie hatte ein Ziel, und wenn Iris Cronenberg einmal ein Ziel ins Auge gefasst hatte, dann waren Hindernisse auf dem Weg dorthin allenfalls lästig, aber niemals ein Grund, das Ziel aufzugeben.

Ihr Ziel war die Villa Winter, und der alte Pfad der Ziegenhirten führte auf kürzestem Wege dorthin.

Nach einer Stunde schaute sie fast senkrecht auf das Anwesen hinab. Da stellte sie zum ersten Mal fest, dass die Einfriedung des Anwesens aus Bruchsteinmauern exakt den Umrissen der Insel Fuerteventura entsprach. Gustav Winter, der deutsche Ingenieur aus Neustadt am Titisee, musste ein in Details verliebter Pedant gewesen sein oder ein Mann, der geradezu versessen auf religiöse Symbolik war. Oder beides. Vermutlich beides, nach allem, was sie in der kurzen Zeit über Francos guten alten deutschen Freund in Erfahrung gebracht hatte.

Sie folgte dem Pfad noch etwa hundert Meter. Auf der Nordseite des Geländes fühlte sie sich sicherer. Denn wer auch immer sich in der Villa aufhielt, witterte Gefahr nur von der Südseite. Denn nur von Süden war die Villa mit dem Auto erreichbar, und im Norden grenzte das Grundstück an ein riesiges militärisches Sperrgebiet der Fremdenlegion, das hatte sie auf der Landkarte gesehen.

Dann begann der gefährlichste Teil ihres Weges.

Der Abstieg.

Kein Pfad. Nichts. Nur Geröll. Sie hasste Berge.

Aber sie hatte ein Ziel.

Eine halbe Stunde später duckte sie sich an die Nordwand der Villa und spähte hinauf zu dem offenen Kellerfenster. Nichts weiter als eine enge Luke. Und viel zu hoch. Aber offen. Ihre von den scharfkantigen Felsen zerschundenen Knie und Hände schmerzten.

Egal. Sie sah sich um. Sie begann, rundum im Überfluss vorhandene Felsbrocken und Steine an der ockerfarbenen Gebäudewand aufzuschichten. Sie baute sich eine Treppe. Sie kletterte hinauf, bekam den Fensterrahmen zu fassen, zog sich hoch, ihre Füße rutschten an dem glatten Putz ab, sie strampelte mit den Beinen in der Luft, ihre Knie schlugen gegen die Wand, sie kämpfte verbissen, der Fensterrahmen aus rostigem Eisen schnitt ins Fleisch, ihre Hände waren taub vor Schmerz, das Meer brüllte, sie gab nicht auf, sie wollte in dieses Haus, sie hatte es sich in den Kopf gesetzt, sie gab nie auf, nie, nie, nie, noch ein kleines Stück, jetzt, jetzt, jetzt.

Sie hing bis zum Bauch in der Luke. Plötzlich schwanden ihre Kräfte, sie verlor das Gleichgewicht und rutschte kopfüber in den stockdunklen Kellerraum. Bevor sie auf dem Boden aufschlug, wurde sie aufgefangen und auf die Füße gestellt.

Das Licht ging an. Zwei Männer. Nicht dieselben wie die mit dem Landrover, aber genauso gekleidet. Die Drillichhosen, die Springerstiefel, die schwarzen Baretts auf den kahl geschorenen Köpfen. Der eine half ihr auf, der andere richtete seine Pistole mit ausgestrecktem Arm direkt auf ihren Kopf.

«Vielen Dank. Das ist aber eine nette Begrüßung.» Sie versuchte es mit der Unschuldiges-Weibchen-Nummer. Zwecklos. Schweigend, mit unbewegter Miene, nahm ihr der Mann, der ihr aufgeholfen hatte, die Tasche weg. Dann riss er sie herum, stieß sie gegen die Wand, trat ihr mit seinen schweren Stiefeln so heftig gegen die Achillesferse, dass sie vor Schmerz aufschrie und freiwillig die Beine spreizte. Er tastete sie nach Waffen ab, und er hatte keine Scheu, unter ihren Pullover und zwischen ihre Beine zu greifen. Dann packte er sie am Handgelenk und zog sie hinter sich her. Es tat weh. Sie verließen den Kellerraum und traten auf einen Korridor. Der mit der Pistole ging schnellen Schrittes voran, blieb nach einer Weile stehen, öffnete eine weiß lackierte Metalltür und hielt sie auf. Der andere stieß sie hinein. Die Tür fiel mit lautem Hall hinter ihr ins Schloss. Ein Riegel wurde vorgeschoben. Wie im Gefängnis.

Es war ein Gefängnis. Ihr Gefängnis.

Dreimal am Tag brachten sie ihr etwas zu essen und zu trinken. Schweigend. Am ersten Tag, sie wusste nicht, wie viele Stunden seit ihrer Gefangennahme vergangen waren, hatten sie ihren Koffer gebracht. Da hatte sie zum ersten Mal Angst bekommen. Schreckliche Angst. Das bedeutete, sie waren in ihr Hotelzimmer eingedrungen. Das bedeutete, sie hegten keine Sorge, Ärger mit der Polizei zu bekommen – oder nahmen es in Kauf.

Mit ihrer Nagelfeile kratzte sie kleine Striche in den Putz, einen Strich für jede Mahlzeit. Sie hatten ihr die Armbanduhr weggenommen, außerdem fehlten die Autoschlüssel, ihr Handy, ihr Notebook, ihr Personalausweis, ihr Führerschein, ihr elektronisches Termin- und Adressbuch. Alles, was aus ihr Iris Cronenberg machte, einen Menschen mit Identität.

Eine komfortable Gefängniszelle. Strom, warmes Wasser, eine Duschkabine, eine Toilette, ein Waschbecken. Ein Spiegel. Ein Handtuch, ein Badetuch. Ein Feldbett mit Kopfkissen, Laken und Decke. Eine Kommode.

Sie konnte das Meer hören. Aber sie konnte nichts sehen außer den vier grauen nackten Wänden ihrer Gefängniszelle. Deshalb schleifte sie mehrmals am Tag die schwere Kommode unter das vergitterte Fenster hoch über ihr, so leise es ging, Zentimeter für Zentimeter, damit der Wachposten draußen vor der Tür nichts hörte, kletterte auf die Kommode und spähte vorsichtig hinaus. Das Meer. Tiefblau, wild, endlos. Und der schwarze Landrover unten an der Weggabelung. Sonst nichts. Bis gestern. Sie wollte gerade schon wieder von der Kommode steigen, als sie den Toyota kommen sah. Der Geländewagen hielt vor dem Landrover, der den Weg versperrte. Ein Mann stieg aus.

Max.

Es war tatsächlich Max. Er ging auf die beiden Männer zu, redete mit ihnen. Sie konnte kein Wort verstehen, sie waren zu weit weg, und das Meer war zu laut. Hilf mir, bitte hilf mir. Die Männer antworteten zunächst nicht, dann sagten sie doch etwas. Max antwortete, er sah wütend aus. Dann ging er zurück zu dem Toyota und fuhr davon. Ihre Augen folgten Max in dem Geländewagen, bis das Fenstergitter sie daran hinderte. Bitte hilf mir. Sie kletterte von der Kommode, schleifte sie zurück an ihren Platz, setzte sich auf das schmale Bett und heulte.

Warum hatte sie ihn nicht in ihre Pläne eingeweiht? Warum hatte sie ihm nichts von dem erzählt, was sie recherchiert hatte? Sie hätte ihm wenigstens die Telefonnummer von Jorge Muñoz Sánchez in Madrid geben können, für den Notfall. Der Professor hätte ihm dann schon erklärt, hinter welcher Spur sie her war. Den Rest hätte Max sich dann zusammenreimen können, und schon hätte er gewusst, wo sie steckte.

Das Problem war, dass sie grundsätzlich niemandem vertraute. Selbst dann nicht, wenn sie jemandem im Überschwang der Gefühle und aus ungestillter Sehnsucht nach Zärtlichkeit bei einem romantischen nächtlichen Strandfest ihre Hand unters Hemd schob. Sie heulte wie ein Schlosshund, weil sie sich so alleine fühlte auf der Welt. Nicht nur jetzt.

Das war gestern. Den Rest des Tages passierte nichts mehr. Nichts, nichts, nichts.

Heute war sie sehr früh aus unruhigem Schlaf aufgewacht, war sofort aus dem Bett gesprungen und hatte die Kommode unter das Fenster geschleppt. Das war riskant, weil sie nicht wusste, ob nicht jeden Augenblick das Frühstück gebracht wurde. Schwarzer, bitterer Kaffee und eine Scheibe Brot mit einem Stück Ziegenkäse. Wie jeden Morgen. Aber sie ging das Risiko ein, irgendetwas drängte sie, aus dem Fenster zu sehen.

Sie traute ihren Augen nicht. Ein argentinischer Frachter. Ein Schlauchboot. Außerdem ein kanarisches Fischerboot. Und ein Mann in SS-Uniform, der an Land getragen und in den Landrover verfrachtet wurde. Hatte sie schon Halluzinationen?

Plötzlich stoppte der schwarze Geländewagen. Der Söldner auf dem Beifahrersitz stieg aus, bückte sich, dann schleuderte er einen Stein gegen ihr Fenster. Der Stein zerplatzte mit einem hässlichen Geräusch an dem Fenstergitter. Sie wäre vor Schreck beinahe rücklings von der Kommode gestürzt.

Zehn Minuten später wurde der Riegel zur Seite geschoben. Zwei Söldner betraten den Raum, schweigend, wie immer. «Guten Morgen», sagte sie freundlich, zitternd vor Angst. Seit Dienstagmorgen hatte kein Mensch mehr mit ihr auch nur ein Wort gewechselt. Die Männer zogen die Schubläden aus der Kommode, eine nach der anderen, kippten den Inhalt auf den Betonfußboden und trugen die

Kommode aus dem Raum. Die Tür schlug zu, der Riegel fiel ins Schloss. Das Fenster war nun unerreichbar. Jetzt gab es nur Warten.

Erschreckt fuhr sie vom Bett hoch, als einige Stunden später die Tür erneut geöffnet wurde und statt der Söldner ein Mann vor ihr stand, den sie kannte. Nein, keine Halluzination. Der Mann, der vor ihr stand, war ihr wohlerzogener, charmanter, grau melierter Sitznachbar auf dem Flug von Madrid nach Fuerteventura vor nicht ganz einer Woche.

«Mein Name ist Felipe Marqués de Portago. Ich freue mich, Sie wiederzusehen, Señora Cronenberg.»

Nun stand sie im Salon der Villa Winter und sah den beiden Kellnern bei den Vorbereitungen zu. Sie trug das Kleid, das er ihr gegeben hatte. Sie hätte alles getan, um für ein paar Stunden ihr Gefängnis verlassen zu dürfen und einem Menschen zu begegnen, der bereit war, mit ihr zu sprechen. Das Kleid war ein aufwendig gearbeitetes, altmodisches Stück in Rubinrot. Das korsettartige Oberteil lag in der Taille eng an und wölbte ihre Brüste aus dem mit sevillanischer Spitze gesäumten Dekolleté. Unterhalb der Taille bauschten sich unter der äußeren rubinroten Hülle unzählige Röcke aus weißer Spitze bis knapp oberhalb ihrer Fesseln. So etwas hatten spanische Frauen der besseren Kreise vor mindestens einem halben Jahrhundert getragen, wenn es feierlich zuging, stellte sie sich vor. Das Kleid saß perfekt. Entweder war das Zufall, oder der Graf hatte es eigens für sie umschneidern lassen. Aber woher wusste er ihre Konfektionsgröße?

Auch die rubinroten Schuhe passten wie angegossen. Sie waren im Gegensatz zu dem Kleid neu, sie rochen noch ganz intensiv nach Leder. Spanische Schuhe, so wie sie Flamenco-Tänzerinnen trugen, mit einem Riemchen über dem Spann. Die halbhohen, mit Metallplättchen versehenen Absätze knallten bei jedem Schritt auf den Marmor, hallten durch den spärlich möblierten Salon. Zunächst mühte sie sich vergebens, leise aufzutreten. Dann aber begann es ihr Spaß zu machen. Diese Schuhe verwandelten den Gang einer Frau, jeden einzelnen ihrer Schritte, in ein Ereignis: aufregend, mächtig, stolz, sinnlich. Die beiden Kellner waren verschwunden. Sie genoss es, die gedeckte Tafel festen Schrittes zu umrunden, wieder und immer wieder, als hätte sie eine Zeitreise unternommen, als befände sie sich in einer anderen Welt, in einer Welt, in der die Frauen ...

«Sie sehen bezaubernd aus. Wie eine Königin.»

Sie erschrak. Sie hatte ihn nicht bemerkt. Don Felipe betrat den Salon, schritt auf sie zu, nahm ihre Hand und deutete einen Handkuss an. Genau, er ging nicht wie normale Menschen, er schritt, fand Iris. Er trug einen weißen Smoking und sein ewiges Lächeln. Er sah zweifellos gut aus für sein Alter, mit seinen blitzenden braunen Augen unter den Schlupflidern, den Lachfalten und der gesunden Gesichtsfarbe, die auf viel Zeit an der frischen Luft schließen ließ, Reiten, Segeln, was auch immer, wenn auch sein irgendwo zwischen Errol Flynn und David Niven angesiedeltes Äußeres auf Iris eine Spur zu kalkuliert wirkte. Das schwarze, nur an den Schläfen graue Haar war streng nach hinten gekämmt und mit viel Pomade in Form gebracht, das bleistiftschmale Menjou-Bärtchen über der Oberlippe sorgsam gestutzt. Felipe Marqués de Portago war nicht allein. Hinter ihm betrat ein kleiner, schmächtiger Mann in einem cremefarbenen Leinenanzug den Salon. Iris erkannte den Mann. Sie hatte ihn im Morgengrauen durch ihr Kellerfenster gesehen. Da hatte er eine SS-Uniform getragen.

Der kleine, schmächtige Mann lächelte nicht. Er ließ seinen Blick unverhohlen lüstern über ihren Körper schweifen, begann bei ihren Füßen und arbeitete sich langsam hoch. Als er genug gesehen hatte, starrte er ihr feindselig ins Gesicht.

Josef Morian benötigte für die Strecke von Oberkassel nach Endenich nicht wie am Telefon angekündigt eine halbe Stunde, sondern nur knapp zwanzig Minuten. Er war, kaum dass er aufgelegt hatte, aus dem Haus gegangen. Was sollte er noch länger dort? Er hatte ja nicht einmal seinen Trenchcoat ausgezogen. Die Straßen waren wie ausgestorben. So war das immer im Rheinland an den ersten Abenden nach Aschermittwoch. Die Leute hatten sich über Karneval sechs Tage und Nächte lang ausgetobt, ihr Geld für den Rest des Monats auf den Kopf gehauen, getrunken, gesungen, geschunkelt und gefeiert, Kinder gezeugt und Ehen zertrümmert, alles im Namen des rheinischen Frohsinns. Jetzt war Fastenzeit. Jetzt senkte sich bleierne Stille über die Stadt, bis die ersten warmen, sonnigen Tage den Frühling ankündigen würden. Das konnte noch dauern, dieses Jahr.

Morian fand erstaunlicherweise sofort eine Parklücke, keine zwanzig Meter vom Rex entfernt. Er kletterte die Stiege im Hinterhof des Kinos hinauf. Die Tür zu ihrer Wohnung stand einen Spalt offen. Sein Puls ging augenblicklich schneller.

«Hallo? Frau Dix?»

Nichts.

Er griff unwillkürlich nach seiner Waffe. Dann fiel ihm ein, dass er sie zu Hause in den Tresor gelegt hatte.

Zu Hause.

Er wollte gerade den Klingelknopf neben der Tür drücken, als er den mit einem Stück Tesafilm befestigten Zettel registrierte.

BIN NUR SCHNELL NOCH UNTER DIE DUSCHE. HEREINSPAZIERT. FÜHLEN SIE SICH GANZ WIE ZU HAUSE.

Ganz wie zu Hause. Er trat ein, schloss die Tür hinter sich und hängte seinen Trenchcoat an das zusammengeschweißte Gestänge, das die Garderobe darstellte. Jedenfalls hing da auch ihre schwere Kradmelder-Lederjacke, die er bereits kannte. Dann sah er sich um. Eine winzige Diele. Eine nackte Glühbirne an der Decke. Die Wände gelb gestrichen und anschließend in einem Terrakotta-Ton marmoriert. Ein mannshoher schlanker Spiegel, der Rahmen aus demselben geschweißten Metall wie die Garderobe. Morian stellte sich vor den Spiegel und sah einen alten Mann. Das Gesicht blass, fahl, faltig. Der Bauch. Das sich lichtende Haar. Hängende Mundwinkel, hängende Schultern. Er wandte sich schnell ab. Die Tür zum Wohnzimmer war ausgehängt und wartete vermutlich im Keller auf den nächsten Mieter. Zwei kleine Fenster zum trostlosen Hinterhof, außerdem eine Lichtkuppel aus milchigem Plexiglas an der Decke, die blau wie der Abendhimmel gestrichen war, inklusive Mond und Sternen. Hellblaue Wände, weiß marmoriert. Eine pinkfarbene Couch, eine monströse Hifi-Anlage mit gewaltigen Boxen. Ein winziger Fernseher. Neben dem Fernseher lagen eine Langhantel und zwei Kurzhanteln mit beeindruckenden Gewichten auf dem Holzboden, der bei jedem Schritt dermaßen federte, dass Morian Sorge hatte, beim nächsten Schritt unten im Kinosaal zu landen.

Das Wohnzimmer war zugleich Schlafzimmer. Über der Couch schwebte das etwa zwei Meter breite und zwei Meter tiefe Hochbett aus grobem Nadelholz, eine Leiter führte hinauf. An der gegenüberliegenden Wand ein Vorhang aus bunten Perlenschnüren, der eine fensterlose Kochnische versteckte. Ein Kleiderschrank von Ikea, obendrauf ein Koffer und eine Sporttasche. Rechts vom Schrank waren drei unausgepackte Umzugskartons übereinander gestapelt, links lehnten gerahmte Bilder an der Seitenwand des Schranks, die noch darauf warteten, aufgehängt zu werden. Neben der Couch führte eine offen stehende Schiebetür ins Badezimmer. Jedenfalls war von dort das Plätschern von Duschwasser zu hören.

«Morian, sind Sie's?»

«Ja!»

Was hätte wohl jemand geantwortet, der nicht Josef Morian hieß und Polizeibeamter von Beruf war? Der zufällig die geöffnete Wohnungstür im Hinterhof entdeckt hätte, ein Dieb, ein Einbrecher, ein geisteskranker ...

«Haben Sie Lust, schon mal die Flasche zu öffnen? Sie finden alles in der Küche. Ich bin gleich bei Ihnen.»

Morian öffnete den Wein, füllte zwei Gläser, zweckentfremdete den obersten Umzugskarton als Tisch, indem er ihn von dem Stapel hinunter auf die knarrenden Holzdielen wuchtete. Die Gewichtsveränderung ließ den Fußboden vibrieren wie ein Schiffsdeck bei schwerer See. Er platzierte den Karton vor die Couch, legte ein Küchenhandtuch als Tischdecke darüber, stellte darauf die Gläser und eine Kerze, die er in der Küche gefunden hatte, und ließ sich in die plüschige Couch fallen.

Der rechte Flügel des unverschlossenen Kleiderschranks schwang durch die erneute Erschütterung auf.

Antonia Dix stand mit Türschlössern offensichtlich auf Kriegsfuß. Das Plätschern hatte aufgehört. Der Fußboden war offenbar auch noch völlig schief, denn die Schranktür schwang immer weiter auf, wie in Zeitlupe. Sie war innen komplett verspiegelt. Morian starrte in den Spiegel der halb offenen Schranktür. In dem Spiegel konnte er sehen, wie Kriminalkommissarin Antonia Dix aus der Dusche stieg.

Kriminalhauptkommissar Josef Morian hätte natürlich wegsehen können. Aber er schaute nicht weg. Er schaute ganz genau hin. Er betrachtete fasziniert den nackten Körper der Protokollführerin der Bonner Mordkommission, starrte gebannt auf die kräftigen festen Oberschenkel, den muskulösen Rücken, das Tattoo über dem üppigen schönen Hintern. Sie griff nach einem Handtuch und rubbelte sich die streichholzkurzen Haare trocken, während sich die braune Haut über ihrem beeindruckenden Bizeps spannte. Er hatte noch nie eine Kickboxerin nackt gesehen.

Er hatte auch noch nie eine Kollegin nackt gesehen.

Er hatte schon lange keine Frau mehr nackt gesehen.

Sie warf das Handtuch über die Stange des Duschvorhangs. Dann betrachtete sie sich selbstvergessen und mit kritischem Stirnrunzeln im Spiegel über dem Waschbecken, legte den Kopf in den Nacken, schnitt Grimassen, bleckte die Zähne – bis sie ihn bemerkte. Sie erschrak weniger als er. Sie grinste nur breit, dann knickte sie in der Hüfte ein, wirbelte um ihre Achse, während sie ihr linkes Bein in einer pfeilschnellen fließenden Bewegung in die Waagerechte brachte, und schloss die Schiebetür mit einer schwungvollen eleganten Drehung ihrer Fußspitze, sodass sie krachend ins Schloss fiel.

Sie trafen sich in einer vorwiegend von englischen Touristen frequentierten Karaoke-Bar mitten im Vergnügungsviertel von Corralejo. Der sicherste Ort für ein ungestörtes, unauffälliges Treffen. Dachten sie.

Zwei minderjährige Rothaarige mit grausam verbrannten Gesichtern und Schultern, die eine spindeldürr und etwa 1,80 Meter groß, die andere pummelig und zwei Köpfe kleiner, beide in Miniröcken und knallengen Tops in himmelschreienden Leuchtfarben, kreischten voller Inbrunst «Like a virgin» von Madonna ins Mikrophon, während sich vor der Bühne die Meute vor Lachen bog und auf die Schenkel klatschte. In dem Laden gab es kaum noch Luft zum Atmen und keinen einzigen freien Platz mehr. Mittendrin saßen an einem Vierertisch Max, Hurl, Juan Carlos und sein Bruder Antonio.

«Du musst verschwinden», sagte Hurl.

«Ich muss sie finden», sagte Max.

«Keine Frau ist es wert, sich wegen ihr mit der Guardia Civil anzulegen», sagte Juan Carlos. Er war seit 24 Jahren verheiratet.

Antonio sagte nichts.

«Du musst untertauchen», sagte Hurl. «Am besten verschwindest du gleich morgen früh von der Insel, mit der ersten Maschine. Und während du weg bist, werden wir hier die Augen nach ihr offen halten und sie suchen. Die Insel ist viel zu klein, um sie auf Dauer versteckt halten zu können.»

«Sie ist in der Villa», sagte Max. «Wir müssen sie nicht suchen. Sie ist in der Villa Winter.»

«Was macht dich so sicher?», fragte Hurl. «Du bist doch dort gewesen. Du hast doch erzählt, dass niemand mehr reinkommt, dass die Villa bewacht wird. Außerdem:

Ihr seid doch zusammen dort gewesen. Warum sollte sie am nächsten Tag noch einmal dorthin fahren? Das ergibt keinen Sinn.»

«Es ergibt einen Sinn, wenn sie die Absicht hatte, mich hinters Licht zu führen. Sie wusste schon vor ihrer Ankunft auf Fuerteventura eine ganze Menge über die Geschichte der Villa. Anschließend hatte sie noch fehlende Informationen am Sonntag von ihrem Hotelzimmer aus mit drei Telefonaten komplettiert. Sie brauchte nur noch einen Führer, der ihr den Weg dorthin zeigte, Spanisch sprach und von dem sie sicher sein konnte, dass er sie nicht verpfiff – an wen auch immer. Kein unbekannter Einheimischer, von dem sie nicht weiß, welche Interessen er verfolgt, welche Kontakte er hat. Da kam ich wie gerufen. Womit sie allerdings nicht gerechnet hatte, war, dass zwischen den beiden Besuchen der Villa am Montag und am Dienstag überraschend jemand in die Villa eingezogen ist.»

«Okay», sagte Hurl. Der nächste Satz kostete ihn einige Überwindung: «Dann lass es uns versuchen, Max.»

«Was?»

«Wir stürmen die Villa.»

«Aber du hast doch gesagt, dass wir nicht die geringste Chance haben.»

«Wir versuchen es einfach. Juan Carlos, können wir auf der Insel ein paar zuverlässige Männer und Waffen auftreiben?»

«Was sagst du dazu, Antonio?», fragte Juan Carlos seinen Bruder. Antonio sagte immer noch nichts, sondern starrte in Richtung Tür. Dort standen zwei Zivilgardisten und ließen ihre Blicke über die Köpfe der Besucher der verqualmten, schlecht beleuchteten Bar schweifen. Sie suchten offensichtlich jemanden.

«Raus hier», zischte Hurl und packte Max am Arm. «Komm mit. Ich habe die Toiletten gecheckt. In der rechten Damentoilette gibt es ein Fenster zum ...»

Max riss sich los. «Hurl! Wir sind hier nicht in irgendeiner lateinamerikanischen Bananendiktatur. Wir sind hier in einem freien Land Europas. Ich laufe nicht mehr davon!» Die letzten Worte schrie er gegen Madonna an. Die beiden Zivilgardisten wurden aufmerksam, sahen in ihre Richtung, nickten sich zu und bahnten sich einen Weg durch die Menge.

«Señor Maifeld? Wir müssen Sie auffordern, uns zu begleiten.»

Hurl sprang so heftig auf, dass sein Stuhl umkippte. Der jüngere Zivilgardist griff erschrocken nach seiner Pistole. Antonio schob sich zwischen die beiden, während sein Bruder versuchte, Hurl zu beruhigen. Max blieb sitzen und sprach den älteren Zivilgardisten an: «Darf ich fragen, was so dringend ist?»

«Der Capitán will Sie sprechen.»

«Dann sagen Sie Ihrem Capitán, ich werde gleich morgen früh bei ihm vorbeischauen.»

Der ältere der beiden Zivilgardisten räusperte sich, drückte sein Kreuz durch und pumpte seinen Brustkorb voll Luft. Im Hintergrund kreischten die beiden Engländerinnen den Refrain von «Like a virgin» ins Mikrophon. «Señor Maifeld, ich nehme Sie fest wegen unerlaubten Waffenbesitzes und wegen des Verdachts auf Mitgliedschaft in einer terroristischen Vereinigung. Kommen Sie bitte jetzt augenblicklich mit, anderenfalls sehen wir uns genötigt, Gewalt anzuwenden.» Er legte seine Hand demonstrativ auf den Griff seiner Pistole im Gürtelholster.

Max stand auf. «Macht euch keine Sorgen. Ich bin in

zwei Stunden zurück.» Dann folgte er dem jüngeren Zivilgardisten. Der Ältere wollte folgen, da hielt Juan Carlos ihn auf. Der Wirt sah dem Zivilgardisten in die Augen.

«Woher stammst du, *hombre*?»

«Aus Galicien. Warum fragst du?»

Juan Carlos trat noch einen Schritt näher, fixierte sein Gegenüber aus knapp dreißig Zentimetern Entfernung. «Aus Galicien. Das ist weit weg von hier. Du bist weit weg von der Heimat. Was hat dein Vater gemacht? Wie hat er dich und deine Familie ernährt? War er Arbeiter? Oder Bauer? Oder Fischer?»

«Er war Bauer», antwortete der Zivilgardist zögernd und sichtlich verlegen. «Aber warum fragst du?»

«Ein Bauer», nickte Juan Carlos bedächtig. «Mit seiner Hände Arbeit hat er seine Frau und seine Kinder ernährt. Auf rauer galicischer Erde. Mit ehrlicher Arbeit. Gefällt es dir hier bei uns?»

«Was willst du von mir, Mann?» Der Zivilgardist wurde langsam nervös. «Ich muss gehen.»

«Ich will dir sagen, Galicier, du fühlst dich jetzt sicher in deiner Kaserne und unter deinen Kameraden. Aber wenn unserem Freund auch nur ein Haar gekrümmt wird, wirst du nicht mehr viel Freude an dieser sonnigen Insel haben. Dann wirst du den Tag verfluchen, an dem du deine kalte, regnerische Heimat verlassen hast. Du willst sicher nicht immer in der Kaserne leben, mit drei anderen stinkenden, schwitzenden Jungs auf einem Zimmer. Du willst sicher Karriere machen, eine Familie gründen, ein Haus kaufen. Wenn du das willst, dann sorge dafür, dass unserem Freund kein Haar gekrümmt wird. Sonst werden der frisch gefangene Fisch und das warme, duftende Brot immer gerade dann ausgegangen sein, wenn deine künftige Frau den Laden betritt, und deine Kinder werden in der Schule die Hölle auf Erden erleben, und eines Nachts wird dein Haus lichterloh brennen. Hast du mich verstanden, *hombre*? Ich will dir damit sagen: Du hast eine Pistole, und du hast Arrestzellen, und eine schöne Uniform. Aber wir haben die Macht auf dieser Insel.»

Juan Carlos verzog sein Gesicht zu einer Grimasse, die ein Lächeln darstellen sollte. Dann ließ er ihn stehen.

Sie kannte ihn gerade mal fünf Tage. Sie könnte seine Tochter sein. Ihre erste Begegnung vor fünf Tagen hatte wenig Anlass zur Hoffnung auf eine fruchtbare Zusammenarbeit gegeben. Und jetzt, während sie die Flasche leerten und der Regen auf die Lichtkuppel aus Plexiglas über ihnen prasselte, erzählte ihr dieser schweigsame, schwerfällige, schwermütige Mann namens Josef Morian sein Leben, breitete es auf dem Umzugskarton vor der Couch aus wie ein offenes Buch, systematisch, chronologisch, als fasse er den Stand einer kriminalistischen Ermittlung zusammen, als triebe ihn die Sorge, versehentlich ein wichtiges Detail vergessen zu können. Er erzählte ihr von seiner Kindheit, die kein Vertrauen und keine Liebe kannte, von dem desinteressierten, allenfalls körperlich anwesenden Vater, der in seinen Beruf und in sein Geld verliebt war, und von der psychisch kranken, ständig zwischen aufgesetzter Euphorie und tiefer Depression schwankenden Mutter, die manchmal, als er noch ganz klein war, tagelang apathisch in ihrem Sessel saß und vor sich hinstierte. Wie viel oder wie wenig Aufmerksamkeit und Wärme er als Kind erhielt, hing ausschließlich von der Qualität der ständig wechselnden Haushälterinnen ab. Gleich, ob sie nett waren oder boshaft, jung oder alt, hübsch oder hässlich: Keine hatte es länger als ein Jahr im Hause des prominenten Staranwalts Dr. Karl-Georg Morian ausgehalten.

Er erzählte von seiner wilden, durch die ständige Suche nach dem ultimativen Kick geprägten Jugend, von seiner Karriere als Amateurboxer, die ihn lehrte, seine aufgestauten, ziellosen Aggressionen zu kanalisieren und im Zaum zu halten, von seiner Angst vor der Endlichkeit der Liebe, von seinem daraus resultierenden Tanz durch die Betten fremder Frauen, die ihm auch am nächsten Morgen noch fremd waren, bis er später, sehr viel später, eine Frau namens Liz traf, die ihm zeigte, dass man lieben kann, ohne zu verlieren.

Er erzählte von seinem Entschluss, zur Polizei zu gehen, weil ihm nach dem mittelmäßigen Abitur nichts Besseres einfiel und weil er wusste, dass es seinen Vater, den erfolgreichen, viel beschäftigten Strafverteidiger, auf die Palme bringen würde, wenn er nicht Jura studierte, um viel Geld zu machen, sondern sich stattdessen mit einem mittelmäßigen Beamtengehalt zufrieden gab, und wie der Sohn damals besessen von der Idee war, so viele Beweise gegen die richtig großen Schweine zu sammeln, dass sein Vater keine Chance mehr hätte, sie vor Gericht freizubekommen. Er erzählte ihr außerdem von der durch die Erfahrung der Berufsjahre wachsenden und schmerzenden Erkenntnis, dass diese schöne Idee nichts weiter als eine schöne Illusion war.

Dann erzählte er ihr von dem Wendepunkt in seinem Leben. Vor zwei Jahren. Von dem Abgrund, in den er geschaut hatte. Kinderpornographie. Millionenprofite mit getöteten Seelen. Wie sie das lukrative Geschäft des Unternehmers Hartmut Herbach zerschlagen hatten, aber der allmächtige, einflussreiche Drahtzieher des Pädophilen-

Netzwerks ihnen am Ende durch die Lappen gegangen war. Weil es die Staatsräson so wollte. Weil für die bessere Gesellschaft zu viel auf dem Spiel stand.

Das hatte sein Leben schlagartig verändert. Und nicht nur seines. Aber im Gegensatz zu ihm hatten seine beiden Freunde, Max und Hurl, die Konsequenzen gezogen und ihr Leben auf den Kopf gestellt, ihre hochgerüstete Hightech-Welt als Eigentümer einer bestens laufenden Kölner Privatdetektei von heute auf morgen aufgegeben, alle Spuren ihres bisherigen Lebens verwischt und sich auf eine Insel im Atlantik zurückgezogen.

Er, Josef Morian, war geblieben, in seiner Welt. Er hatte ein Haus abzubezahlen und zwei Kinder großzuziehen. Er versuchte, die äußere Fassade seines Lebens zu restaurieren, und merkte die ganze Zeit nicht, zwei Jahre lang nicht, wie sich seine Seele verhärtet und verschlossen hatte. Außerdem war er geblieben, weil er glaubte, dass der Polizeiapparat ihn und seine Familie schützte, und weil er damals nicht so im Fokus stand wie Max. Hartmut Herbach würde nie aufhören, Max Maifeld zu suchen. Und dessen Kinder, die unter falschem Namen außerhalb Deutschlands lebten. Seit den ersten Morddrohungen. Hartmut Herbach hatte viel Geld und einen langen Atem. Er war der Typ Mensch, den Josef Morians Vater mit Freude vor Gericht verteidigt hätte.

Schließlich erzählte er ihr von dem Brief auf dem Küchentisch. Liz. Er erwähnte immer wieder ihren Namen. Er liebte seine Frau noch immer, das spürte Antonia Dix ganz genau. Aber er hatte seine Ehe aufgegeben. Und sich selbst.

Dann wurde er dienstlich und fasste das Gespräch mit dem Polizeipräsidenten in wenigen Sätzen zusammen. Wir sind raus aus dem Fall, Antonia, sagte er und duzte sie versehentlich. Er entschuldigte sich förmlich und sagte dann, er heiße Josef, aber seine Freunde würden ihn Jo nennen. Er versicherte, er werde jetzt tatsächlich seinen zweiwöchigen Resturlaub antreten, er werde gleich morgen früh ins Reisebüro gehen, noch schnell ein paar wichtige Dinge erledigen, und dann nichts wie weg. Er werde mit ihr in Kontakt bleiben, versprochen, und ob sie vielleicht Lust habe, ein bisschen an dem Fall dranzubleiben, nur ein bisschen, ohne dass der Präsident es merkt, und noch einmal den beiden Frauen, Lewandowskis Witwe und seiner Sekretärin, auf den Zahn zu fühlen, was Lewandowskis Geschäfte betraf.

«Die Kette! Frag sie nochmal nach dem Namen. Frag sie nach Verbindungen zur internationalen Terrorszene, zu islamischen Fundamentalisten. Setz sie ruhig unter Druck, Antonia. Die beiden wissen mehr, als sie zugeben. Und wenn der Polizeipräsident dich antanzen lässt, dann sag ihm einfach, ich hätte dir den Auftrag dazu erteilt. Keine Sorge, Antonia, ich habe den breiteren Rücken.»

Der Rest der aktuellen Arbeit in der Mordkommission sei im Augenblick Routine, keine große Sache, versicherte er. Das schaffe sie schon alleine. Ein Suizid in Bad Godesberg, nur eine Formsache. Ein Abschiedsbrief, außerdem Schuldenberge und die drohende Insolvenz als glasklares Motiv. Eine noch nicht identifizierte Wasserleiche im Rhein, aber so wie die aussehe, sei die ganz schön weit geschwommen, das habe Dr. Friedrich schon angedeutet, und man könne deshalb davon ausgehen, dass man den Fall schnell an die Kollegen in Koblenz oder Mainz abgeben könne, sobald der Gerichtsmediziner durch sei.

Das sei im Moment alles.

Er sah unvermittelt auf die Uhr, stand auf, bedankte

sich für den netten Abend. Er müsse jetzt gehen. Sie nahm ihn in der Diele spontan in den Arm, den großen schweren Mann, und drückte ihn tröstend an sich. Er ließ es geschehen, für einen Augenblick. Dann löste er sich aus ihrer Umarmung und berührte zum Abschied zärtlich ihre Wange.

«Wenn ich zwanzig Jahre jünger wäre», sagte er, «dann würde ich jetzt versuchen, Sie zu verführen. Entschuldigung: dich zu verführen. Wir duzen uns ja jetzt.»

Sie musste lachen. Verführen! Was für eine altmodische Vorstellung. Er lachte ebenfalls, das erste Mal in den fünf Tagen, die sie ihn kannte. Er wünschte ihr ein schönes Wochenende, dann ging er, winkte ihr aus dem Hinterhof noch einmal zu und verschwand in der Dunkelheit.

Draußen auf dem Parkplatz wollte ihm der jüngere Zivilgardist Handschellen anlegen, doch der ältere winkte ab. Er hatte offenbar das Sagen. Es gab zwar einen kurzen Wortwechsel, einen erfolglosen Moment des Aufbäumens, doch dann steckte der Jüngere die Handschellen wieder in seinen Gürtel. Er hieß Javier mit Vornamen, und er sprach den Älteren mit Arturo an. Dass sie sich duzten, sprach dafür, dass sie denselben unteren Dienstgrad hatten und dass lediglich der Altersunterschied und die Zahl der Berufsjahre für das geringfügige Autoritätsgefälle verantwortlich waren. Max warf einen Blick auf die Streifen an den Unterärmeln ihrer Uniformjacken: Sie waren beide Sergentos, das entsprach in etwa dem deutschen Dienstgrad Feldwebel.

Sie stiegen in den Geländewagen und verließen Corralejo über die von schrillem Neon hell erleuchtete lärmende Avenida General Franco, bis die Dunkelheit sie verschluckte. Er saß auf der Rückbank, die beiden Zivilgardisten vorne. Die Nacht war sternenklar. Die beiden Männer schwiegen während der Fahrt nach La Oliva, und Max Maifeld hatte nichts dagegen. Er versuchte, ihre Gesichter zu studieren. Javier, der Jüngere, war vielleicht Mitte zwanzig, Arturo allenfalls Mitte dreißig. Sie wirkten nicht besonders abgebrüht, nicht so wie diese drahtigen, brutalen Sonnenbrillen-Visagen, die man gewöhnlich bei den Straßenkontrollen der Guardia Civil beobachten konnte. Sie wirkten eher unsicher, wie einfältige junge Männer vom Land, die der Zufall in eine Uniform gesteckt und auf eine Touristeninsel im Atlantik geschickt hatte.

Hurl würde verrückt werden vor Sorge. Er reagierte allergisch auf Militär und auf Polizei. Auf alles, was eine Uniform trug. Kein Wunder. Hurl war ein Deserteur. Er hatte viele Jahre eine Uniform getragen, als Elitesoldat einer US-Einheit, von der lediglich das Pentagon, der CIA und die engsten Berater des Präsidenten wussten, aber weder der Kongress noch der Präsident selbst. Eines Tages hatte Hurl genug vom Töten und von den fadenscheinigen moralischen Legitimationen. Er ging, ohne auf Wiedersehen zu sagen. Seither war er auf der Flucht.

Max hatte keine Lust mehr auf Flucht. Er war zwei Jahre lang geflüchtet. Er war müde. Früher hatte er jeden seiner Schritte bis ins Detail geplant, nichts in seinem Leben dem Zufall überlassen. Jetzt ließ er sich nur noch treiben. Hurl, der schon seit Jahrzehnten auf der Flucht war, würde das nie verstehen.

Der Geländewagen bog in den Hof der Kaserne und rumpelte über das Pflaster. Sie stiegen aus. Der jüngere Zivilgardist ging voran. Ein Korridor. Notbeleuchtung. Keine Menschenseele. Eine Tür. Ein verlassenes Büro. Sie machten Licht. Sie nahmen seine Fingerabdrücke. Sie filzten seine Taschen, kassierten alle persönlichen Gegenstände.

Ausweis, Führerschein, Autoschlüssel, sogar seine Zigaretten und sein Feuerzeug.

Ein weiterer Korridor. Am Ende eine Treppe. Die Treppe führte in den Keller. Max spannte unwillkürlich seine Muskeln an. Sein Puls ging schneller. Sein Gehirn lief auf Hochtouren, er bedachte das Für und Wider, wog Chancen und Risiken ab. Zu spät. Eine Arrestzelle. Die Tür schlug hinter ihm zu.

Ein Feldbett. Eine muffige Decke. Ein Aborteimer.

Eine Viertelstunde später wurde die Tür geöffnet. Der ältere Zivilgardist. Alleine. Nervös. Er stellte hastig ein Tablett auf den Fußboden. Ein Tonkrug mit Wasser, ein Plastikbecher, eine Schachtel Zigaretten, Streichhölzer.

«Gracias, Arturo.»

Arturo drehte sich überrascht um. Er versuchte ein aufmunterndes Lächeln und ging dann wortlos. Max Maifeld unternahm erst gar nicht den Versuch, ihn zu fragen, wann denn der Capitán ihn nun zu sprechen wünsche. Er wusste auch so, dass dies auf keinen Fall vor morgen früh sein würde.

Das Licht ging aus. Er ließ sich rücklings auf die ausgeleierte Pritsche fallen, verschränkte die Hände hinter dem Kopf. Es roch nach Schweiß und Pisse. Angstpisse. Angstschweiß. Er zog nicht mal die Schuhe aus, so als wolle er sich selbst demonstrieren, dass er nicht die Absicht hatte, lange zu bleiben. Er atmete konzentriert, soweit der Gestank dies zuließ, lauschte seinem Atem, versuchte sich zu entspannen, allen Ballast aus seinem Kopf zu entfernen, seine alte Kraft und Energie wiederzufinden.

Sie ging ihm nicht aus dem Kopf.

Konnte man sich plötzlich, über Nacht, in einen Menschen verlieben, den man zuvor jahrelang ignoriert hatte?

Warum verliebte er sich in eine Frau, die ihm nicht vertraute?

Was würde morgen passieren?

Er musste morgen hellwach sein.

Also zwang er sich, zu schlafen.

Um sechs Uhr weckten sie ihn.

Pechschwarze Nacht über dem Atlantik. Er war nicht zu sehen durch die Fenster des Salons, aber er war zu hören, und er schickte seinen zuverlässigen Boten, den Wind, durch die offene Terrassentür. Die Flammen der unzähligen Kerzen im Raum zitterten und warfen unruhige, zuckende Schatten auf die Gesichter der Ahnengalerie an der Wand und auf die Gesichter der Lebenden am Tisch. Iris Cronenberg hatte Mühe, dieses Abendessen am Ende der Welt als Teil ihres realen Lebens zu begreifen.

Sie hatten zu sechst an der Tafel Platz genommen. Außer ihr, dem Marqués neben ihr in seinem weißen Smoking am Kopf des Tisches und dem kleinen, schmächtigen Mann ihr schräg gegenüber, den der argentinische Frachter ausgespuckt hatte, saßen drei weitere Menschen am Tisch. Der Marqués hatte ihr die drei Gäste zu Beginn des Abends vorgestellt, gleich nach deren Eintreffen, allerdings auf Spanisch, und außerdem nahm sie alles nur noch wie im Nebel wahr. Sie hatte, noch bevor sie Platz nahmen, zwei Gläser Cava in sich hineingeschüttet, um sich zu betäuben. Ein Geistlicher in einer schlichten schwarzen, bis zum Boden reichenden Soutane saß ihr genau gegenüber, alt und unglaublich fett. Er beobachtete sie nicht so lüstern, aber ebenso feindselig wie der kleine Mann im Leinenanzug. Sie hatte den Namen und Rang des Geistlichen ebenso schnell vergessen wie den des Offiziers neben ihr, den der Marqués als Kommandant der auf der Insel stationierten spanischen Fremdenlegion vorstellte. Eine bullige Gestalt, kantiges Kinn, Bürstenhaarschnitt, ausrasierter Nacken, schmale Augen, stets auf der Hut, wie die Augen eines wilden Tieres, das jeden Augenblick zur Bestie werden kann. Der Mann war ihr unheimlich.

Die sechste Person saß am anderen Kopfende des Tisches und wurde ihr als der Kommandant der hiesigen, in La Oliva stationierten Guardia Civil vorgestellt. Pedro Calvo Moreno. Den Namen hatte sie sich seltsamerweise gemerkt. Vielleicht wegen seiner eingängigen Sprachmelodie. Vielleicht aber auch, weil der Mann außer dem Marqués der Einzige am Tisch war, der lächelte, wenn er sprach. Er hatte sogar für sie ein Lächeln übrig. Der Mann sah nett aus, gemütlich, fröhlich, trotz der strengen, tadellos sitzenden Uniform. Er hatte ein rundliches Gesicht und dickes, volles, lockiges Haar, das sich vor allem in seinem Nacken und um seine Ohren kringelte. Der Capitán sprach ein wenig Englisch, und er erkundigte sich so höflich und interessiert nach ihrer Herkunft und nach ihrem Beruf, dass Iris schon für einen Moment vergaß, dass sie keineswegs Gast in diesem Haus war.

Sondern eine Gefangene.

Eine Geisel, eine Entführte, eine widerrechtlich in diesem Haus Festgehaltene, die heiter mit dem Chef der hiesigen Polizei über Gott und die Welt plauderte, in der Gewissheit und im stillen gegenseitigen Einvernehmen, dass nur ein einziges offenes Wort über den wahren Grund ihrer Anwesenheit an diesem Tisch sie augenblicklich zurück in den Keller befördern würde.

Gleich nach dem Hauptgang hatte sich der kleine, schmächtige Mann, dessen seltsame Ankunft sie durch ihr

Kellerfenster beobachtet hatte, von seinem Platz erhoben, hatte ein Stück Papier aus seinem Leinenanzug gezupft und umständlich entfaltet, mit seiner Gabel an sein Weinglas geklopft, obwohl ohnehin schon alle irritiert und neugierig in seine Richtung schauten, und eine Rede gehalten. In deutscher Sprache. Dennoch verstand Iris kaum etwas von dem, was er sagte. Vielleicht lag es an dem Alkohol, weit mehr Alkohol, als sie vertrug, vielleicht auch an dem seltsam antiquierten Deutsch, das der Mann sprach, als sei seine Muttersprache über Jahrzehnte eingefroren gewesen. Vielleicht lag es aber auch an dem völlig verqueren Inhalt.

Der Mann redete von einem letzten, blutigen Kreuzzug, von einem reinigenden Sturm, den er mit allen Mitteln und gemeinsam mit den anderen entfachen wolle, von der Ordensgemeinschaft der rassischen Elite und dem heroischen Überlebenswillen der abendländischen Völker, dann plötzlich und ohne Überleitung von den Tempelrittern und von dem schwarzen Stein der Göttin Isais, der hier, an diesem heiligen Ort, dem Ort des untergegangenen Atlantis, des einst vom Atlantik verschlungenen Thule-Reiches, im Auftrag der Lichtgöttin Ischtara versteckt worden sei, auf dass ihn eines Tages, bald, sehr bald schon, die neuen Herrscher der Welt fänden und zu nutzen verstünden.

Iris hörte jedes einzelne Wort, aber ihr Gehirn weigerte sich beharrlich, die gehörten Wörter zu einem sinnhaften Ganzen zusammenzufügen, so als wolle ihr Gehirn sie davor schützen, in die Seele dieses Mannes zu blicken, in dessen Geist einzutauchen, von dem Strudel des Irrsinns mitgerissen zu werden.

Gegen Ende seiner Rede wurde die Stimme des kleinen Mannes immer lauter, er streckte sich und stand auf den Zehenspitzen, und die letzten Sätze schleuderte er mit krächzender, heiserer, sich überschlagender Stimme über den Tisch: «Aus den wogenden Wellen der reißenden Brandung, vom knirschharten Sockel der Insel geborgen, des Meeres Wüten mit Kühnheit entrissen – so wollt gewonnen er sein, der machtvolle Stein!»

Er ließ sich erschöpft und schwer atmend auf seinen Stuhl fallen, die Hände sanken kraftlos in seinen Schoß, die Blätter des Redemanuskripts schlidderten zu Boden.

Stille. Nur das tobende Meer war zu hören. Und das Rascheln des Papiers, das der Wind über den Marmorboden trieb. Iris blickte in verstörte Gesichter. Nur der Marqués lächelte freundlich und applaudierte plötzlich in die Stille hinein. Die beiden Offiziere folgten höflich seinem Beispiel, obwohl Iris sicher war, dass sie kein einziges Wort Deutsch verstanden. Nur der Geistliche schaute mürrisch und faltete die Hände zum stillen Gebet.

Iris neigte sich zu dem immer noch lächelnden Gastgeber und flüsterte ihm auf Englisch ins Ohr: «Marqués de Portago, Sie haben vorhin ...»

«Don Felipe.»

«Wie bitte?»

«Don Felipe. Nennen Sie mich Don Felipe.»

«Wie Sie wollen. Don Felipe, Sie haben es vorhin versäumt, mir den Redner vorzustellen. Wer ist der Mann?»

Don Felipe lächelte ihr ins Gesicht. «Irrtum, meine Liebe. Ich habe es nicht versäumt. Ich hatte vielmehr nie die Absicht.» Dann wandte sich der Graf seinem Tischnachbarn zur Rechten zu, dem Geistlichen, und redete mit seiner sanften, dunklen, hypnotischen Stimme beschwichtigend auf ihn ein. Auf Spanisch, sodass Iris so gut wie nichts verstand. Auch die beiden Offiziere steckten die Köpfe zusammen und unterhielten sich miteinander auf Spanisch.

Ihr schräg gegenüber saß zusammengesunken der kleine, schmächtige Mann. Immer noch schwer atmend erwachte er plötzlich aus seiner Lethargie, hob den Kopf, stierte sie an, voller Hass, stürzte ein Glas Wein hinunter, stierte sie wieder an, fixierte sie unverschämt direkt, ließ sich mit herrischer Geste von einem der Kellner nachschenken, ohne den Blick von ihr abzuwenden, leerte das Glas erneut in einem Zug.

Iris hatte das Gefühl, in der engen Corsage des ekelhaft altmodischen Kleides zu ersticken. Plötzlich sprang der Mann auf und schrie, während das Weinglas seiner Hand entglitt und auf dem Marmorboden zerschellte: «Wir fühlen in Horsten und Höhen des Adlers verwegenes Glück!»

Die Gespräche am Tisch brachen ab. Felipe Marqués de Portago schnippte mit den Fingern. Augenblicklich erschienen zwei der schwarz gekleideten Söldner im Raum, die zuvor schon in der Tür gewartet haben mussten, sonst hätten sie nicht so schnell zur Stelle sein können. Sie hakten den betrunkenen kleinen Mann unter und verschwanden mit ihm durch die Tür des Salons nach draußen.

Schweigen.

Iris zitterte.

«Ist Ihnen kalt, Señora?»

Don Felipe berührte ihre nackte Schulter. «Sie zittern ja, Sie Ärmste. Ich bin untröstlich.»

Er ließ seine Hand auf ihrer Schulter ruhen.

Sie zitterte. Aber nicht vor Kälte.

Der Marqués schenkte ihr ein Lächeln, stand auf und schloss die Tür zur Terrasse.

Samstag, 8. März

«Aufstehen!» Javier, der jüngere Zivilgardist, weckte ihn, indem er an seiner Schulter rüttelte. «Mitkommen!» Er trieb ihn zur Eile, ließ ihm kaum Zeit, sich die Müdigkeit aus den Augen zu reiben. Max warf einen Blick auf sein linkes Handgelenk. Sechs Uhr morgens. Seine Zunge fühlte sich unangenehm pelzig an. Er wollte noch schnell einen Schluck Wasser trinken, aber das Tablett, das Arturo, der ältere Gardist, ihm am Abend gebracht hatte, war verschwunden. *«Rapido!»* Javier war nervös. Sie traten aus der Zellentür hinaus in den dunklen Korridor. Sie nahmen die Treppe aus dem Keller hinauf ins Erdgeschoss.

Obwohl es draußen noch stockdunkel war, brannte in dem Verhörzimmer, das Max von seinem ersten Besuch in der Kaserne kannte, lediglich die altmodische Schreibtischlampe. In deren Lichtkegel, mitten auf dem Schreibtisch, lag sie.

Seine Pistole.

Das Magazin war entfernt worden und lag neben der Pistole, ebenso die Patrone, die im Lauf gesteckt hatte. Sie waren also tatsächlich in seinem Haus gewesen. Sie waren gründlich gewesen und hatten sogar die Matratze umgedreht. Sie waren in seinem Haus gewesen, während er hier vor diesem Schreibtisch gesessen und die Vermisstenanzeige aufgegeben hatte.

Hinter dem Schreibtisch saß Pedro Calvo Moreno und machte sich Notizen in einer Kladde, die Max an die kartonierten Schreibhefte seiner Schulzeit erinnerte. Der Capitán wirkte frisch und ausgeruht. Er war sorgfältig rasiert und gekämmt, seine Uniform saß tadellos. Diesmal stand er nicht vom Schreibtisch auf, um Max die Hand zu geben. Er blieb sitzen, lächelte höflich und deutete auf den Besucherstuhl vor dem Schreibtisch. Die Pistole würdigte der Capitán keines Blickes.

Max setzte sich. Javier grüßte militärisch. Pedro Calvo Moreno nickte und wartete, bis sein Untergebener den Raum verlassen und die gepolsterte Tür hinter sich geschlossen hatte.

«Verzeihen Sie bitte, dass Sie so lange warten mussten, Señor Maifeld. Ich hoffe, wir haben Ihnen keine allzu großen Unannehmlichkeiten bereitet.»

Die Pistole. Max war sofort rüber zu Antonio gelaufen, als er bemerkt hatte, dass die Pistole fehlte.

«Haben Sie inzwischen etwas von Señora Cronenberg gehört?»

Antonio war nichts Besonderes aufgefallen in der Zeit, die Max mit der Vermisstenanzeige in La Oliva verbracht hatte – außer dem jungen Zivilgardisten, der seine Bar betreten und ihn eine Weile mit Bestellungen auf Trab gehalten hatte.

«Ich bin sicher, sie wird bald wieder auftauchen, Señor Maifeld.»

Das musste nach der Beschreibung Javier gewesen sein. Er bestellte Kaffee mit heißer Milch und dazu ein Bocadillo mit Serrano-Schinken.

«Die deutschen Frauen von heute werden nicht anders sein als die spanischen Frauen von heute, vermute ich. Plötzlich haben sie einen Einfall, brauchen ein neues Kleid oder ein paar schicke Schuhe, und schon sind sie spurlos verschwunden, ohne ihrem Liebsten Bescheid zu sagen. Wahrscheinlich ist sie mit dem Fährschiff rüber nach Lanzarote gefahren. Arrecife ist eine richtige Stadt, mit mehr Einwohnern als unsere ganze Insel ... was sage ich ... fast doppelt so vielen Einwohnern wie unsere ganze Insel; mit feinen Cafés und Restaurants und mit schönen Geschäften, solche Geschäfte haben wir hier doch gar nicht.»

Also verschwand Antonio in der Küche, stellte Milch auf den Herd, schnitt Brot auf, träufelte Olivenöl auf die Brotscheiben, rieb anschließend eine frische Tomate und frischen Knoblauch ein, bevor er den Schinken schnitt und zwischen die Brotscheiben klemmte. Währenddessen Javiers Kollege Arturo in aller Ruhe das gegenüberliegende Haus durchsuchen und die Pistole einstecken konnte, ohne von Antonio bemerkt zu werden.

«Señor Maifeld, wir machen uns übrigens im Augenblick größere Sorgen um Sie als um Señora Cronenberg. Wissen Sie eigentlich, dass Ihre zweijährige Aufenthaltserlaubnis vor vier Wochen abgelaufen ist? Sie halten sich also im Augenblick sozusagen illegal in unserem Land auf.»

Verdammt. Er hatte es vergessen. Er hatte schlichtweg vergessen, sie verlängern zu lassen.

«Wissen Sie, wir haben in Spanien ein großes Problem mit Ausländern, die an unseren Küsten stranden, weil hier die Sonne so schön scheint. Dann merken diese Ausländer, dass man sich von Salzwasser und Hitze nicht ernähren kann, und dann kommen sie auf die verrücktesten Ideen. Dann versuchen sie sich als Bettler, als Diebe, als Drogenkuriere, manche auch als Zuhälter. Und warum kommen sie auf diese verrückten Ideen? Ich sage es Ihnen: Weil sie nicht arbeiten wollen. Sie sind zu faul zum Arbeiten, es ist unter ihrer Würde. Das sind Schmarotzer. Parasiten. Und das ist ein Problem für unser Volk, Señor Maifeld. Es verändert die guten Sitten. Es macht unser Volk rebellisch. Es zerstört auf Dauer die Arbeitsmoral unserer Leute. Und deshalb sehen wir uns zunehmend gezwungen, an dieser Stelle hart durchzugreifen. Verstehen Sie mich bitte nicht falsch: Wir haben nichts gegen Touristen, die mit ihrem fleißig verdienten und ersparten Geld kommen, um ein, zwei, drei Wochen Erholung zu finden oder sich unsere Kultur anzuschauen, unsere Kathedralen, unsere schönen Städte, all die beeindruckenden Bauwerke, die von der großen Geschichte dieses Landes und seiner fleißigen, gottesfürchtigen Bewohner zeugen.»

Der Capitán hielt inne, griff nach der Karaffe, füllte eines der beiden Gläser auf dem Schreibtisch mit Wasser randvoll, leerte das Glas in einem Zug, aber langsam und bedächtig, in kleinen Schlucken, während sein Adamsapfel auf und ab schnellte. Max sah weg. Seine Kehle fühlte sich an, als hätte er eine Tüte Mehl geschluckt. Vor der Karaffe lagen das Päckchen Zigaretten und Arturos Streichhölzer. Arturo würde Ärger bekommen. Max hatte plötzlich unbändige Lust auf eine Zigarette. Er zwang sich wegzusehen. Er fixierte seine Pistole im scharfrandigen kreisrunden Lichtkegel der Schreibtischlampe. Neben der Pistole und dem Magazin und der einzelnen Patrone lag noch etwas, was er nicht kannte, wie ein Fremdkörper auf dem ordentlich aufgeräumten Schreibtisch. Winzig. Unscheinbar. Eingewickelt in Alufolie. Halb so groß wie Arturos Streichholzschachtel. Wirre Gedankenblitze durchzuckten sein Gehirn. Wie schnell würde er es schaffen, über den Schreibtisch zu greifen, das Magazin in die Waffe zu schieben und zu entsichern? Zwei Sekunden? Wie lange wäre die Reaktionszeit des Mannes vor ihm, bis er in der Lage wäre, das zu verhindern?

Der Capitán tupfte seine Lippen behutsam mit dem

Handrücken trocken und folgte dabei interessiert seinem Blick. Dann setzte er unbeirrt seinen Vortrag fort:

«Franco selbst hatte den Tourismus in den fünfziger Jahren ins Land geholt. Der Caudillo war ein großer Freund der Deutschen. Außerdem brauchten wir dringend Devisen zum Wiederaufbau unseres Landes, nachdem die Roten es im Bürgerkrieg völlig verwüstet hatten. Aber selbst Franco in seiner Weisheit und Weitsicht konnte damals nicht absehen, dass unsere Gastfreundschaft eines Tages schändlich missbraucht werden könnte. Spätere Regierungen hätten es erkennen und eingreifen müssen, aber demokratische Regierungen erweisen sich oft als unfähig, konsequent zu handeln.»

Pedro Calvo Moreno betrachtete Max Maifeld, als erwarte er, Zustimmung oder Ablehnung in dessen Augen ablesen zu können. Als er keine Reaktion feststellte, sprach er weiter:

«Zuerst kamen die Hippies und zerstörten die Moral unserer Jugend, indem sie Hasch rauchten und nackt badeten und die freie Liebe propagierten. Make love not war! So hieß es doch, oder? Dabei wussten sie weder, was Krieg noch was Liebe ist. Sie kannten den Krieg gar nicht, und sie verwechselten Sex mit Liebe. Dabei unterscheidet genau das uns Menschen von den Tieren ...»

«Was? Dass wir wissen, was Krieg ist?»

Max hatte sich noch in der Arrestzelle geschworen, unter allen Umständen gelassen zu bleiben, sich nicht provozieren zu lassen, keinen einzigen überflüssigen Satz von sich zu geben. Pedro Calvo Moreno überhörte die Bemerkung und fuhr unbeirrt fort:

«Aber die Hippies waren nur der Anfang. Dann kamen die Geschäftemacher. Die Drogenhändler. Die Immobilienhaie. Der Marbella-Jetset. Amerikaner. Deutsche. Sie kamen von überall her. Egoisten ohne Gewissen, ohne Moral. Sie haben unser Land, mein Volk, sturmreif geschossen für die dritte, die gefährlichste Invasion: die Rückkehr des Islam!»

Er machte eine Pause, um die Wirkung seiner Worte zu prüfen. Max tat ihm den Gefallen.

«Die Rückkehr des Islam?»

«So ist es, Señor Maifeld. Die Rückkehr des Islam. Die feindliche Übernahme durch eine fremde Kultur. Und das gleich an zwei Fronten. Zum einen durch den internationalen Terrorismus der fundamentalistischen Islamisten. Sie hassen uns. Sie hassen das Abendland abgrundtief. Sie hassen unsere Religion, unsere kulturellen, wirtschaftlichen und technischen Errungenschaften. Sie hassen uns, weil wir die in allen Bereichen überlegene Kultur sind. In Wahrheit aber hassen sie sich selbst, weil sie nie verwunden haben, dass sie selbst einmal die überlegene Kultur waren. Sie wollen uns ausradieren, für immer aus den Geschichtsbüchern streichen. Und dennoch lassen die ach so liberalen Regierungen der ach so toleranten westlichen Welt sie immer noch gewähren, als hätte es den 11. September in New York oder den 11. März in Madrid nicht gegeben. Die westlichen Geheimdienste führen einen aussichtslosen Kampf, weil sie nur die Speerspitze jagen dürfen, diejenigen geistesgestörten Moslems, die bereits mit Sprengstoff im Gepäck unterwegs sind. Aber ihre Brutstätten, die Moscheen, Koranschulen und so genannten Kulturzentren, die dürfen auf unserem Boden gedeihen, ihre geisteskranken Botschaften verbreiten und den terroristischen Nachwuchs schulen. Das ist übrigens die zweite Front, die ich vorhin erwähnte: die angeblich friedliebenden Moslems, die in Wahrheit unsere Kultur unterwandern und von innen aushöhlen. Was sollen eigentlich unsere Vorfahren von uns denken, die 1492 unter Einsatz ihres Lebens Granada als letzte spanische Stadt nach 800 Jahren islamischer Fremdherrschaft befreit haben? Was sollen unsere Vorfahren von uns denken, dass wir den Moslems nun erlaubt haben, 500 Jahre später ausgerechnet in Granada die größte Moschee Europas zu bauen? Genau gegenüber der Alhambra, die getränkt ist vom Blut unserer tapferen Vorfahren. 500 Jahre nach der Reconquista wieder eine Moschee in Granada. Ein Prachtbau. Für vier Millionen Euro. Woher kommt das viele Geld? Ich sage es Ihnen, denn die machen gar kein Geheimnis daraus: aus Saudi-Arabien und aus Libyen. Und gleichzeitig gehen ihre Bomben in unseren Städten hoch, sprengen sie unsere Kinder in die Luft. Sind wir Masochisten? Sind wir krank? Sind wir pervers? Lieben wir die Selbstzerstörung? Eines Tages werden wir uns vor dem Jüngsten Gericht dafür verantworten müssen. Wir verraten Gott, so wie Judas einst Jesus verraten hat.»

Der Capitán zwängte einen Finger in seinen Hemdkragen und zerrte daran, als bekäme er keine Luft mehr. Dann trank er ein zweites Glas Wasser und betrachtete anschließend die Pistole auf seinem Schreibtisch, als würde er sie jetzt zum ersten Mal wahrnehmen. Er besah sich nacheinander die Pistole, das Magazin, die Patrone, nahm jeden einzelnen Gegenstand in die Hand, drehte und wendete ihn und legte ihn wieder vor sich ab. Schließlich nahm er das winzige Päckchen in die Hand, betrachtete es versonnen, zupfte schließlich bedächtig die Alufolie auf, befeuchtete einen Zeigefinger mit seiner Zunge, steckte den Finger in das halb geöffnete Päckchen. Als er den Finger erneut zu seiner Zunge führte, klebte weißer Puder an ihm.

«Kokain. Beste Ware. Teuer. Sehr teuer.»

«Das gehört mir nicht. Das haben Sie nicht in meinem Haus gefunden. Das wissen Sie ganz genau. Sie wollen mich aufs Kreuz legen. Ich will sofort einen Anwalt sprechen.»

Pedro Calvo Moreno sah überrascht auf, während er das Päckchen wieder verschloss. Dann lächelte er milde.

«Wollen Sie etwa behaupten, wir haben Ihnen das Päckchen untergeschoben? Wollen Sie etwa als Nächstes behaupten, die Pistole gehört Ihnen auch nicht? Wo haben Sie die Pistole eigentlich her? Wer hat sie Ihnen verkauft?»

Max schwieg. Der Capitán wartete schweigend, fixierte ihn mit regloser Miene. Irgendwo draußen krähte ein Hahn.

Max hielt dem Blick stand. Dieses Spiel wirst du nicht gewinnen, du verdammter Drecksack. Du kriegst mich nicht klein. Ewig kannst du mich nicht in deinen Keller sperren. Und sobald ich hier raus bin, spiele ich mein Spiel. Mit dir.

Der Hahn krähte ein zweites Mal. Ihre Augen verschwammen ineinander, ihre Körper lösten sich auf, wurden leichter und leichter, ihr Atem ging synchron, ebenso ihr Herzschlag, wie von einem unsichtbaren Uhrwerk gesteuert. Max spürte seine Zunge nicht mehr, er spürte keinen Durst, keine Müdigkeit.

Es wurde merklich heller in dem Verhörzimmer. Und Max machte eine Beobachtung. Auf der Stirn des Mannes in der perfekt sitzenden Uniform bildete sich eine winzige Schweißperle unter den gestriegelten Stirnlocken. Noch hielt sie sich durch das Naturgesetz der Kohäsion an seiner Haut fest. Dann aber gab sie auf, folgte dem Naturgesetz der Schwerkraft und bahnte sich einen Weg nach unten, Millimeter für Millimeter, durchquerte mühevoll, aber unbeirrt Stirnfalte um Stirnfalte, fand unterwegs neue Freunde, vereinigte sich, verschmolz, wuchs, wanderte weiter, bis sie von der buschigen Augenbraue aufgehalten wurde. Aber für wie lange? Die Schwerkraft würde am Ende siegen, dies war gewiss. Dann würde der Capitán ...

Plötzlich brach die Sonne durch das vergitterte Fenster, jagte einen gefräßigen Laserstrahl über den staubigen Fußboden, Millimeter für Millimeter auf den Schreibtisch zu, um die Magie der Nacht zu zerstören. Auch der Lichtkegel der Schreibtischlampe verlor in diesem Augenblick seine magische Kraft. Der Capitán blinzelte, wischte sich mit dem Handrücken über die Augenbraue, sah kurz aus dem Fenster, setzte wieder sein Lächeln auf.

«Sie sind Deutscher, Señor Maifeld. Sie sind sogar als getaufter Katholik aufgewachsen, auch wenn Sie bereits als junger Erwachsener aus der Kirche ausgetreten sind, wie wir inzwischen erfahren haben. Ja, da staunen Sie, was wir alles wissen. Sogar die Kirche unterhält ihren eigenen Geheimdienst. Warum fliegen Sie nicht einfach zurück, nach Hause, in Ihr schönes Land, und suchen sich dort wieder eine anständige Arbeit? Sie haben doch einen Beruf gelernt. Sie hatten sogar Ihre eigene Firma in Deutschland. Machen Sie was aus Ihren Talenten. Kehren Sie nach Deutschland zurück. Ich wäre dann geneigt, diese Sache hier auf meinem Tisch zu vergessen. Wir machen alle mal Fehler. Wissen Sie, es gibt viele Deutsche, die seltsamerweise die Sache der baskischen Eta unterstützen. Gemeinsame Sache mit diesen Mördern und Bombenlegern machen. Warum auch immer. Vielleicht wissen Sie, dass der Kampf gegen den Terrorismus neben der Drogenbekämpfung inzwischen die wichtigste Aufgabe der Guardia Civil ist. Und wenn wir einen arbeitsscheuen, bewaffneten Deutschen antreffen, dann liegt natürlich der Verdacht nahe. Nach dem spanischen Anti-Terrorismus-Gesetz könnte ich Sie übrigens problemlos bis zu zehn Tage hier im Keller behalten, Sie nach Belieben rund um die Uhr verhören, ohne dass Sie das Recht hätten, jemanden anzurufen, einen Anwalt einzuschalten oder einen Richter zu Gesicht zu bekommen. Wussten Sie das? Aber irgendwie traue ich Ihnen, Señor Maifeld. Sie sind im Grunde Ihres Herzens kein schlechter Mensch, das spüre ich. Na? Was halten Sie von meinem Vorschlag? Sie besorgen sich umgehend ein Flugticket, und ich vergesse die Pistole. Darf ich Ihnen eine Zigarette anbieten? Ein Glas Wasser vielleicht?»

Sie war der Typ Frau, mit dem Josef Morian schon immer auf Kriegsfuß gestanden hatte, solange er sich entsinnen konnte. Die Mode änderte sich, die Haarfarbe, die Modeberufe – aber der Typ Frau, mit dem Morian auf Kriegsfuß stand, blieb immer gleich. Es gab auch einen speziellen Typ Mann, aber dieser war in dem Reisebüro, das er soeben betreten hatte, zufällig nicht vorhanden. Es war überhaupt kein Mann vorhanden. Es gab drei Schalter. Hinter jedem Schalter saß eine Mitarbeiterin des Reisebüros. Vor dem linken und vor dem rechten Schalter hatte zudem jeweils eine Kundin Platz genommen und ließ sich beraten.

Der mittlere Schalter war frei. Morian setzte sich also auf den freien Stuhl. Die Frau, mit der er augenblicklich auf Kriegsfuß stand, bevor er auch nur ein einziges Wort mit ihr gewechselt hatte, beachtete ihn nicht, sondern starrte schweigend in ihren Computerbildschirm. In Abständen von etwa zwei Minuten klimperte sie mit ihren aufgeklebten fliederfarbenen Fingernägeln auf der Tastatur herum. Morian registrierte zu seinem Erstaunen, dass auf den Nägeln der beiden kleinen Finger winzige Strasssteine glitzerten. Das fiel besonders auf, weil sie die kleinen Finger beim Tippen geziert abspreizte. Sie schrieb nämlich nicht mit zehn Fingern, sondern nur mit den beiden Zeigefingern. Die Farbe der Nägel war perfekt abgestimmt auf die Farbe ihres Lippenstiftes sowie die Farbe ihres asymmetrisch ausgeschnittenen Tops, das die linke Schulter frei ließ. Alles fliederfarben. Morian betrachtete das hervortretende knöcherne, tief gebräunte Schlüsselbein, das ihn, vermutlich weil er noch nicht gefrühstückt hatte, unweigerlich an zu lange gegrillte Hähnchenschenkel erinnerte und ihn zu der Vermutung veranlasste, dass die Frau dank ausgefeilter Hungerdiät gut und gerne zehn Kilogramm unter Normalgewicht auf die Waage brachte. Da sie immer noch keinen Blickkontakt mit dem neuen Kunden aufgenommen hatte, besah sich Morian noch in Ruhe ihre Hochsteckfrisur mit der goldfarbenen Spange, die wiederum farblich perfekt auf die acht goldenen Ringe abgestimmt war, die sie trug, bevor er schließlich das Wort an sie richtete:

«Guten Morgen. Ich würde gerne ...»

«Moment bitte!»

Sie sprang auf. Tack, tack, tack, tack, tack. Ihre Pfennigabsätze war ebenso waffenscheinpflichtig wie ihre langen Fingernägel, und die Schühchen unter der schwarzen Hose aus zart fließender Viskose waren natürlich fliederfarben. Sie blieb vor einem Regal stehen, entnahm ihm einen Prospekt, kehrte an ihren Platz zurück, warf den Prospekt auf die Tischplatte, ließ sich mit elegantem Hüftschwung auf den Bürostuhl fallen, schlug hektisch eine Seite auf und tippte wieder in ihren Computer.

Morian sah auf die Uhr. In einer halben Stunde war er mit Dr. Ernst Friedrich in der Bonner Gerichtsmedizin verabredet. Der Doc hatte zwar gemault, ob das nicht Zeit hätte bis Montag, aber Morian hatte die Frage mit nein beantwortet.

«Ja bitte?»

Sie sah ihn an. Sie sah ihn tatsächlich an. Morian tippte mit dem Zeigefinger auf seine Brust. «Meinen Sie mich?»

«Ja natürlich.» Das «Wen denn sonst?» lag ihr auf der Zunge, aber sie verschluckte es. «Wie kann ich Ihnen helfen?»

«Indem Sie mich so schnell wie möglich und so billig wie möglich nach Fuerteventura bringen.»

Sie lachte auf. In ihren ummalten Augen lag Spott. «Da müsste ich erst einmal wissen, was für eine Art Urlaub Sie machen möchten. Aktiv-Urlaub. Single-Urlaub. Möchten Sie surfen, Tenniskurse belegen, neue Leute kennen lernen ...»

«Ich möchte gar nichts tun. Und auf keinen Fall neue Leute kennen lernen. Ich möchte nur einen Flug und ein Bett für mich alleine und ab und zu etwas zu essen. Mehr nicht.»

Sie sah ihn schweigend an, vermutlich in der Hoffnung, in seinen Augen zu erkennen, ob sie es mit einem Menschen zu tun hatte oder mit einem Wesen von einem fremden Stern. Sie gab sehr schnell auf, spreizte ihre Finger und begann, auf die Tastatur ihres Computers einzuhämmern.

«Dann schauen wir zuerst einmal nach freien Flügen. Wann und wo möchten Sie abfliegen? Wie lange wollen Sie bleiben?» Ihre Stimme klang merklich gereizt.

«Zwei Wochen. Köln/Bonn oder Düsseldorf oder Frankfurt oder so. Abflug unbedingt heute.»

Die Frau hob ihren Kopf. «Ich weiß nicht, ob Sie schon einmal eine Pauschalflugreise gebucht haben, aber ...»

Nein, er hatte noch nie in seinem Leben eine Pauschalflugreise unternommen. Seine Eltern hatten stets getrennt Urlaub gemacht, und sie hatten ihn nie mitgenommen, sondern in der Obhut der jeweiligen Haushälterin gelassen. Später dann, als er selbst Kinder hatte, waren sie jeden Sommer mit dem bis unters Dach mit Klamotten und Spielsachen voll gestopften Volvo in ein gemietetes Ferienhaus nach Holland gefahren. Nein, Josef Morian schickte sich soeben an, die erste Pauschalflugreise seines Lebens anzutreten. Und er sah die Frau vor ihm erwartungsvoll an, ob sie vielleicht bereit war, ihren Satz zu Ende zu führen.

War sie nicht.

«Also heute geht natürlich nichts mehr.»

«Dann morgen.»

«Also das ist sehr ungewöhnlich, dass Kunden ...»

«Ich will einfach nur wissen, wann der nächste Flug frei ist. Könnten Sie das jetzt für mich rauskriegen?» Er zwang sich zu einem Lächeln.

Sie konzentrierte sich wieder auf ihren Monitor. Morian zog sein Handy aus der Manteltasche. Sein Zeitplan geriet durcheinander. Er wählte die Nummer von Dr. Friedrich. Der Gerichtsmediziner war sofort dran. Wie immer. Er hatte sein Handy immer um den Hals hängen, selbst am Seziertisch.

«Ich bin's. Tut mir Leid, es wird bei mir ein paar Minuten später. Ich wusste nicht, dass es so kompliziert ist, eine Reise zu buchen. Was? Nein, nein, keine Sorge. Ich werde Sie nicht lange aufhalten. Ich habe nur zwei, drei Fragen und wollte mir nochmal kurz die Leiche anschauen, wenn Sie gestatten. Was? Lachen Sie nicht so dämlich. Das weiß ich selbst. Manchmal muss man seine Gewohnheiten eben ändern. Also werde ich mir gleich die Leiche nochmal anschauen. Sie müssen ja nicht unbedingt in meinem Beisein drin rumstochern, Sie Barbar. Gut. Bis gleich.»

Morian steckte das Handy wieder ein. Die fliederfarbene Frau starrte ihn entgeistert an.

«Ist was? Haben Sie einen Flug gefunden?»

Paco, sein Nachbar, würde sich während seiner Abwesenheit um die Katze kümmern. Max war erleichtert. Paco war zwar versoffen und arbeitsscheu, aber er liebte Tiere, liebte sie mehr als die Menschen, und er kümmerte sich hingebungsvoll um seine Brieftauben auf dem Dach. Solange die Katze Pacos Brieftauben in Ruhe ließ, würde es keine Probleme geben. Max schloss die verwitterte Holztür ein letztes Mal und umarmte Antonio, der gegenüber vor der Hintertür seiner Bar stand, und gab ihm die Schlüssel für den R4 und das Boot unten im Hafen.

«Mach's gut, altes Schlitzohr.»

Antonio nickte, brachte aber kein Wort heraus.

Max schulterte den Seesack und ging, ohne sich noch einmal umzusehen. Das winzige Haus Nr. 16 in der Calle Requena war fast zwei Jahre lang sein Zuhause gewesen. Am Ende der schmalen Gasse wartete Hurl auf ihn. Er hatte seinen Ford Mustang auf der Plaza Mayor gleich neben dem R4 geparkt und lehnte an dem morschen, von der salzigen Atlantikluft zerfressenen, blau übertünchten Holzschild, das den Weg zu Antonios Bar namens *La Vaca Azul* wies.

«Das Schild fällt mir heute zum ersten Mal auf. Wie kommt jemand auf die Idee, seine Bar ‹Die blaue Kuh› zu nennen?»

«Keine Ahnung. Vielleicht muss man dafür so verrückt sein wie Antonio. Und auf gregorianische Choräle stehen.»

Hurl grinste, nahm ihm den Seesack ab und warf ihn in den Kofferraum. Dann startete er den Mustang und ließ ihn aus dem Dorf rollen. Sie nahmen die Landstraße von El Cotillo nach Lajares. Auf halber Strecke stoppte Hurl an einem Bauernhof. Max stieg kurz aus und gab dem Bauern, seinem Vermieter, den Hausschlüssel und die letzte offene Miete in bar.

Die kürzeste Strecke führte über La Oliva, aber Hurl machte lieber den Umweg über Corralejo und bog dort auf die Schnellstraße nach Süden. Bis zum Flughafen redeten sie kein Wort mehr. Alles Nötige war bereits besprochen.

Sie durfte aus ihrer Zelle. Zum Frühstück mit Don Felipe, auf der zugigen, schattigen Terrasse der Villa. Die Ordonnanzen servierten Kaffee, heiße Milch, frisches, noch warmes Brot, frisch gepressten Orangensaft, Käse und geräucherten Schinken.

«Iberico und Pata Negra», sagte Don Felipe und schob ihr den Teller mit dem Schinken über den Tisch entgegen. «Den müssen Sie unbedingt probieren. Beide Sorten. Vielleicht das Beste, was Spaniens Küche zu bieten hat.»

Sie hatte keinen Hunger. Ihr war kalt. Sie umklammerte die heiße Kaffeetasse, um ihre Hände zu wärmen.

«Haben Sie keinen Appetit, Señora? Ist Ihnen zu kalt? Wir können das Frühstück auch in den Salon verlegen.» Don Felipe schnippte mit den Fingern.

«Nein, nein. Lassen Sie nur. Wie haben Sie es eigentlich geschafft, meinen Koffer aus meinem Hotelzimmer zu holen?»

Der Marqués scheuchte die herbeieilende Ordonnanz wieder weg wie eine lästige Fliege.

«Das war nicht so schwierig. Wir haben das Zimmer gekündigt.»

«Gekündigt?»

«Ja. Wir haben zuerst eine Frau im Hotel anrufen lassen, die sich in englischer Sprache als Señora Cronenberg ausgab und mitteilte, dass sie leider einen Tag früher abreisen müsse und ihren persönlichen Assistenten schicke, um alle Formalitäten zu erledigen. So haben wir auch die Rückgabe Ihres Mietwagens abgewickelt. Aleksandar hat sich um alles gekümmert.»

«Aleksandar?»

«Ja. Mein Verbindungsoffizier. Mein bester Mann. Sie haben ihn übrigens schon kennen gelernt. Er hatte Sie im Keller in Empfang genommen ... als Sie sich widerrechtlich Zutritt zu meinem Haus verschafft hatten.»

Iris erinnerte sich nur noch an die fremden Hände unter ihrem Pullover. Nicht an das Gesicht. Die Gesichter der Söldner unter den schwarzen Baretts sahen alle gleich aus.

Gleich brutal und kaltschnäuzig. Gesichter, die man niemals wiedersehen möchte. Augen, die einen nur durch Blickkontakt in die Knie zwangen.

«Was haben Sie mit mir vor?»

Der Marqués lächelte. Das Lächeln schien zu ihm zu gehören wie die herrische Geste, mit der er Untergebene verscheuchte. Iris konnte sich vorstellen, dass er ebenso eine Frau auf Händen tragen wie einem Mann das Genick brechen konnte, ohne dass beides nur im mindesten seinen Gefühlshaushalt belastete.

«Was ich mit Ihnen vorhabe? Das liegt ganz bei Ihnen.

Ich würde mich freuen, nach dem Sieg eine schöne, kluge Frau an meiner Seite zu wissen, die es versteht, gemeinsam mit mir die süßen Früchte des Sieges zu genießen.»

«Und zum Siegen brauchen Sie Leute wie diesen ...»

«Sie meinen diesen kleinen, schmächtigen, kurzatmigen, hässlichen alten Mann, diese Karikatur seiner selbst, über dessen Identität ich Sie bisher im Unklaren gelassen habe? Seine Ziele sind nicht unsere Ziele. Aber das weiß er noch nicht. Das muss er auch noch nicht wissen. Hauptsache, er stellt sein Geld und das seiner irren Bundesgenossen in den Dienst unserer Sache. Er ist übrigens ein Landsmann von Ihnen, auch wenn er einen argentinischen Pass besitzt. Aber Blut ist bekanntlich dicker als Tinte. Diese lächerliche Uniform, die er am liebsten den ganzen Tag tragen würde, hat seinem Vater gehört. Sein Vater war ein hoher SS-Offizier. Totenkopfverband. Obersturmbannführer. Kommandant eines Konzentrationslagers im Baltikum. War es Lettland? Ich erinnere mich nicht. Jedenfalls gab das dem Herrn Papa die Gelegenheit, im Lauf der Jahre einiges beiseite zu schaffen, was einmal wohlhabenden Juden gehört hatte und sich zu Geld machen ließ. Antiquitäten, Schmuck, Teppiche, Gemälde. Als dann die tausend Jahre schon nach zwölf Jahren beendet waren, nahm er seine gesammelten US-Dollars und Schweizer Franken und setzte sich nach Argentinien ab. Dort kaufte er Rinderfarmen und andere lukrative Unternehmen und ließ das schöne viele Geld für sich arbeiten, bis er friedlich in seinem Bett einschlief und sein einziger Sohn alles erbte. Nicht nur das Vermögen. Sondern auch diese kranke Ideologie. Der Sohn hat die Hoffnung nie aufgegeben, dass sein geliebtes Deutschland, das er übrigens noch nie gesehen hat, eines Tages wieder von einem nationalsozialistischen Führer regiert wird, nach rassischen Prinzipien ... offenbar besitzt er keinen Spiegel. Wir nähren diese Hoffnung übrigens. Solange er uns nützlich ist.»

«Und Sie? Was wollen Sie?»

Don Felipe antwortete nicht, sondern nickte der Ordonnanz, die geduldig im Halbdunkel des Salons gewartet hatte, auffordernd zu. Der Mann in der roten Kellner-Livrée trat neben Iris, verneigte sich und reichte ihr den Cashmere-Pullover aus ihrem Koffer im Keller, den er vermutlich auf Anweisung seines Herrn geholt hatte. Sie hasste es, wenn jemand in ihren Sachen herumwühlte. Aber es war gleichgültig, was sie hier hasste oder liebte. Sie war eine Gefangene. Sie zog den Pullover dankbar über.

«Ich will Ihre Frage so beantworten, Señora. Ha ben Sie sich schon einmal gefragt, warum Herr Hitler nach nur zwölf Jahren Herrschaft eine Zyankali-Kapsel schluckte, während Francisco Franco nach fast 37 Jahren unangefochtener Herrschaft eines friedlichen Todes starb? Ganz einfach: Die Hitlers, Himmlers, Görings waren geistesgestört und größenwahnsinnig. Sie strebten nach der Weltherrschaft, haben es aber unterdessen nur geschafft, die ganze Welt gegen sich aufzubringen und damit am Ende ihr eigenes Land in Schutt und Asche zu legen. Franco hingegen war bei klarem Verstand. Ihm genügte es, sein eigenes Land vernünftig und nach seinen Vorstellungen zu formen. Was jenseits der spanischen Grenze geschah, war ihm gleichgültig. Das war sein Erfolgsrezept. Ein kluger Mann, der Caudillo. Ohne Hitlers Legion Condor hätte er es zwar nie geschafft, den Spanischen Bürgerkrieg zu gewinnen. Aber aus dem Zweiten Weltkrieg hat er sich klugerweise herausgehalten. Das war sehr weitsichtig. Spanien blieb neutral. So wie Schweden oder die Schweiz. Und zur Besänftigung

Hitlers hat er Freiwillige geschickt. Die ‹divisíon azul›. Die Blaue Division. Tapfere Männer, die durch das Stahlgewitter des Bürgerkrieges gegangen waren. Sie haben den Russlandfeldzug mitgemacht. Mein Vater fiel als General der Blauen Division in Stalingrad. Glücklicherweise hatten wir damals einen sehr fähigen und aufrichtigen Gutsverwalter, der die Geschäfte für meine Mutter führte, bis ich erwachsen war. Sie haben übrigens gestern Abend seinen Sohn kennen gelernt.»

«Wen?»

«Den Sohn unseres damaligen Gutsverwalters. Capitán Calvo Moreno, der Kommandant der hiesigen Guardia Civil. Wir sind zusammen aufgewachsen, zwischen Pferden und Stieren. Zuchtstiere. Meine Vorväter haben schon immer Kampfstiere für die großen Arenen gezüchtet. Die besten. Auf unserem Landsitz in der Nähe von Jerez de la Frontera. Pedro und ich sind also zusammen aufgewachsen. Das verbindet.»

Er missdeutete ihr überraschtes Gesicht: «Ungewöhnlich, nicht wahr? Ein Knecht und der adlige Erbe eines Gutes als dicke Freunde. Sie müssen wissen, auf dem Land, als Kinder, fielen die Standesunterschiede nicht so ins Gewicht. Meine Mutter und ich lebten übrigens nicht das ganze Jahr in Andalusien. Wir waren auch oft in unserem Stadthaus in Burgos, wenn es in Andalusien im Sommer zu heiß wurde.»

Er sprang auf, federnd, leichtfüßig, wie ein kleiner Junge. «Kommen Sie! Ich muss Ihnen etwas zeigen.»

Er hakte sie unter und führte sie durch den Salon, hinaus in den Innenhof, von dort durch das große Tor auf den Platz, weiter nach links. Sie hatten eine Koppel aufgebaut. Er pfiff, und der Pfiff wurde augenblicklich von einem

Wiehern und dem donnernden Stakkato von Hufen erwidert.

Iris hatte noch nie ein so schönes Pferd gesehen. Im gestreckten Galopp näherte es sich dem Zaun, bremste erst auf den letzten Metern ab, wirbelte mit seinen Hufen den Staub auf. Wild schnaubend. Ungestüm. Mächtig.

«Das ist El Cid.» Don Felipe tätschelte liebevoll den muskulösen Hals des Pferdes. Das Pferd schüttelte seine lange unbändige Mähne und warf stolz den Kopf zurück.

«El Cid ist ein Andalusier. Das ist eine Rasse, die wir seit sechs Generationen züchten. El Cid, begrüße unseren Gast! Die Andalusier stammen von den Arabern ab. Das einzig Positive, das uns die Mauren nach ihrer 800-jährigen Fremdherrschaft hinterlassen haben. El Cid ist ein Hengst. Wir halten nichts davon, Hengste zu kastrieren, nur weil es dann einfacher und bequemer ist, sie am Gängelband zu führen. El Cid soll ruhig noch viele Nachkommen zeugen, mit wundervollen, schönen Stuten. Schauen Sie sich sein prächtiges Gemächt an. Das wäre doch eine Schande. Nein, El Cid soll wild und mächtig und frei sein. So wie Spanien eines Tages wieder sein wird.»

Der Hengst würdigte sie keines Blickes, hatte nur Augen für seinen Herrn. Don Felipe massierte seine Nüstern, und das Pferd ließ es hingebungsvoll geschehen. Die Beziehung zwischen dem Mann und dem Hengst hatte etwas Heiliges. Iris ahnte, wie sehr er dieses Tier liebte. Vermutlich mehr als jedes andere Wesen auf dieser Welt.

Ein Räuspern. Einer der Söldner.

«Was gibt's?»

«Ein kleines technisches Problem. Wir brauchen Ihre Entscheidung. Es geht um ...»

«Ich komme.» Don Felipe löste seine Hand nur widerwillig von dem großen Kopf des Tieres. «Wollen Sie mich begleiten, Señora? Es dauert nicht lange. Anschließend können wir bei einem Glas eiskaltem Fino weiterplaudern.»

Sie folgten der Wendeltreppe hinauf in den Turm. In dem kreisrunden Raum saßen vier Männer vor Computerbildschirmen. Sie trugen Kopfhörer. Der Marqués beugte sich über die Schulter eines der Männer, der seinen Kopfhörer abnahm, ihm etwas zuflüsterte und ihn fragend ansah.

«No!» Don Felipe schüttelte energisch den Kopf. *«No!»*

Das war alles. Die Entscheidung war getroffen.

Er lächelte und hakte sie wieder unter.

«War das Ihre Kommandozentrale?»

«Meine Kommandozentrale?» Don Felipe lächelte, während sie die Wendeltreppe hinabstiegen. «Kommen Sie. Ich zeige Ihnen meine Kommandozentrale.»

Er führte sie in den Keller, vorbei an ihrer Zelle. Am Ende des Korridors bogen sie nach links ab. Eine Stahltür. Don Felipe tippte eine vierstellige Ziffernkombination in das graue Kästchen mit der Tastatur links neben der Tür. Die Leuchtdiode in dem Kästchen blinkte dreimal, dann öffnete sich die hydraulische Tür automatisch.

«Bitte schön.» Er ließ ihr den Vortritt. Die Hydraulik zischte, dann fiel die schwere Tür hinter ihnen fast geräuschlos ins Schloss.

Ein endloser Gang. Wände und Decke zunächst aus Beton, schließlich aus purem Fels. Ihre Schritte hallten durch den Stollen, der in den Berg getrieben war. Nach ein paar Minuten standen sie erneut vor einer Stahltür. Wieder die Prozedur mit der vierstelligen Ziffernkombination.

Diesmal sah sie genau hin.

1 …4 …9 …

Die letzte Ziffer war ihr entgangen. Er hatte plötzlich seinen Körper zwischen sie und das Kästchen gebracht, als sei ihm in letzter Sekunde der Gedanke gekommen, ihr vielleicht doch besser zu misstrauen.

Die Tür öffnete sich. Und gab den Blick frei auf eine Szenerie, von der Iris bis zu dieser Sekunde geglaubt hatte, ihr nur im Kino begegnen zu können. In schlechten Agenten-Filmen der 60er Jahre.

«Willkommen in meiner Kommandozentrale.»

Eine Höhle. Nein, keine Höhle. Ein Saal. Ein in den Berg gemeißelter Saal. Groß. Wie groß? Riesig. Schwer zu schätzen, weil nur die Mitte des Saals beleuchtet war und sich die Peripherie im Dunkel verlor. Menschen, ein Dutzend etwa. Nur Männer, keine Frau. Einige in den schwarzen Kampfanzügen, andere in Zivil. Computer, Monitore. Zwei Video-Beamer, die an einem Gestänge von der Decke hingen. Zwei Projektionsschirme, so groß wie eine Kino-Leinwand. Die eine der beiden hochauflösenden Kameras musste auf einem der Vulkanberge im Norden der Insel stehen. Denn sie kannte das Objekt, das die Kamera gestochen scharf von schräg oben zeigte und das der Video-Beamer auf den Projektionsschirm warf.

Der winkelförmige Grundriss, die Form eines auf 90 Grad gestellten Zirkels. Links und rechts bis zu den Rändern des Bildes nichts als Sanddünen. Die Palmen, der Rasen und der hellblau leuchtende Pool, eingebettet in das geöffnete rechtwinklige Dreieck. Die Tennisplätze, der Strand, der Atlantik, tiefblau.

Das *Palace Hotel Tres Islas.*

Das Gebäude auf dem zweiten Schirm konnte sie nicht zuordnen. Es kam ihr irgendwie bekannt vor. Ein historisches Gebäude. Groß. Sehr groß. Ein von Säulen getragenes, mächtiges Portal. Rasen. Ein Kiesweg. Ein Schloss?

«Ich denke, die technischen Details würden Sie nur langweilen. Aber die Geschichte dieses beeindruckenden unterirdischen Bauwerks könnte Sie vielleicht interessieren. Kommen Sie!»

Er fasste sanft ihren Arm und führte sie nach links. Ein Lastenaufzug. Don Felipe schloss das Gitter. «Vorsicht. Es geht jetzt noch weiter abwärts. Bleiben Sie bitte von den Wänden weg. Der Aufzug hat keine Seitenverkleidung. Der Fels würde Sie zermalmen. Bleiben Sie ganz ruhig in der Mitte des Aufzugs stehen. Jetzt wird es etwas ungemütlich.»

Der Airbus der Iberia aus Fuerteventura mit der Flugnummer IB 871 landete pünktlich um 13.40 Uhr auf dem Barajas-Airport. Max Maifeld deponierte seinen Koffer in einem Schließfach und nahm ein Taxi ins Zentrum der spanischen Hauptstadt. Er nannte dem Fahrer kein konkretes Ziel. An der Puerta del Sol ließ er ihn anhalten, zahlte und stieg aus. Er setzte sich auf eine Parkbank. Nach zehn Minuten sprang er auf, überquerte eiligen Schrittes den belebtesten Platz Madrids und ließ sich am anderen Ende erneut auf einer Bank nieder.

Kein Zweifel. Sie waren zu zweit. Die gelangweilten Gesichter. Die gesenkten Köpfe. Die unauffälligen Anzüge. Sie waren ihm schon auf dem Madrider Flughafen aufgefallen. Er wartete weitere zehn Minuten, dann stand er auf und verließ den Platz in südwestlicher Richtung, überquerte die Plaza Mayor, betrat in der Calle de Toledo die Filiale der Deutschen Bank und wies sich als der Kunde aus, der Stunden zuvor seine Wünsche telefonisch durchgegeben hatte. Als er die Bank durch den rückwärtigen Personaleingang wieder verließ, verfügte er über ein Konto mit einem Guthaben in Höhe von 30 000 Euro, eine EC-Karte und zwei Kreditkarten, Visa und Master Card. Seine eiserne Reserve. Sein letztes Geld aus seinem früheren Leben, überwiesen von einem Konto in der Schweiz.

Er nahm schnellen Schrittes die Parallelstraße zurück zur Plaza Mayor, folgte der Calle de Alcalá nach Osten, betrat einen Laden, nannte seinen Namen, zahlte in bar und verließ den Laden mit einem handlichen Apple-Notebook und einem internetfähigen Handy ebenfalls durch den Hintereingang. Er bog nach links in eine unbelebte Seitenstraße und wartete erneut.

Nichts.

Er hatte sie abgeschüttelt. Amateure.

Auf dem kleinen Flughafen von Puerto del Rosario hatte es nur so von Zivilgardisten gewimmelt. Sie hatten ihn beobachtet, bis er in die Maschine nach Madrid gestiegen war, und sie hatten sich erst gar keine Mühe gegeben, dies zu verbergen.

Hier, in der spanischen Hauptstadt, war das anders. Offenbar reichte ihr mächtiger Arm noch nicht so weit, die Polizei in Madrid anzurufen und um Amtshilfe zu bitten.

Max Maifeld folgte der Seitenstraße in nördlicher Richtung, bis sie auf die Gran Vía stieß. Schräg gegenüber nahm er an einem Bistrotisch auf dem breiten Bürgersteig vor dem *Café Molinero* Platz. Am Nebentisch saß ein Mann mittleren Alters im kurzärmeligen weißen Hemd und Krawatte, der typischen Sommerkleidung der Madrileños, die in den umliegenden Büros arbeiteten, und war in den *El País* vertieft. Spaniens wichtigste Tageszeitung widmete immer noch ihre halbe Titelseite dem Mord an dem Professoren-ehepaar, wie selbst auf die Entfernung unschwer an der fetten Schlagzeile zu erkennen war. Max bestellte einen *cortado* und ein Glas Wasser, setzte seine Sonnenbrille auf, obwohl er einen Schattenplatz unter der Markise gewählt hatte, sah den elegant gekleideten Frauen nach und wartete.

Wieder nichts.

Als er sich sicher war, dass ihn niemand beobachtete, stand er auf, noch bevor der Kellner die Bestellung brachte, nahm am Nebentisch Platz und setzte die Sonnenbrille ab.

«*Que tal*, Max? Schön, dich zu sehen.» Der Mann ließ die Zeitung sinken und grinste. Dann schob er eine CD in einer unbeschrifteten Papierhülle über den Tisch. Max ließ sie in der Außentasche seines Sakkos verschwinden.

«*Hola*, Miguel. Wie lange ist das her? Elf Jahre? Zwölf Jahre?»

«Mindestens hundert Jahre, Max.» Instinktiv verdeckte der spanische Journalist seine rechte mit seiner linken Hand, damit man den abgeschnittenen kleinen Finger nicht sah.

Das letzte Mal hatten sie sich auf dem Flughafen von Bogotá in die Augen geschaut. Miguel wurde auf einer Krankenbahre und in Begleitung eines Arztes sowie eines Diplomaten der spanischen Botschaft in Kolumbien in ein Flugzeug verfrachtet, das ihn zurück in seine Heimat brachte. Miguel war noch sehr jung gewesen damals, Mitte zwanzig, ehrgeizig und hitzköpfig, er hatte Biss, und er hatte sich in den Kopf gesetzt, eine Reportage über die üblen Machenschaften des Medellín-Kartells zu schreiben.

Ein Job für Lebensmüde.

Max Maifeld hatte ihm das Leben gerettet.

Die Knochenbrüche waren schnell verheilt, ebenso die Prellungen und Blutergüsse an seinen Hoden und die

Verbrennungen auf seiner Haut. Aber der Finger war weg und würde ihn für den Rest seines Lebens an seine journalistischen Anfänge erinnern. Seither beschäftigte er sich nicht mehr mit dem internationalen Drogenhandel, sondern in der Madrider Redaktion von *El País* mit spanischer Innenpolitik.

«Ich freue mich, dir etwas zurückgeben zu können, Max. Ich wäre damals ...»

«Miguel! Du bist mir nichts schuldig. Was hast du herausgefunden? Was weißt du über den Doppelmord?»

Der Kellner erschien mit dem *cortado* und dem Wasser. Miguel wartete, bis er wieder verschwunden war.

«Der Doppelmord. Das politische Spanien ist in hellem Aufruhr. Nicht wegen der angesehenen Historikerin Elena Muñoz Rodriguez, sondern wegen ihres ermordeten Mannes.»

«Jorge Muñoz Sánchez. Kanntest du ihn?»

«Ja. Jeder Journalist und jeder Politiker in Madrid kannte ihn. Und jeder Staatsmann, jeder Diplomat in der westlichen Welt. Aber ich bilde mir ein, mit uns war das etwas Besonderes. Seit unserer ersten Begegnung. Er mochte mich. Wie ein weiser, geduldiger, gütiger Vater seinen noch ungebildeten, ungestümen Sohn mag. Der berühmte Professor für Politikwissenschaft und der junge politische Redakteur. Er war viele Jahre Rektor der Universität von Madrid gewesen. Und bis zu seinem Tod Dekan der Philosophischen Fakultät. Er war vor allem aber eine international anerkannte Kapazität auf dem Feld der Terrorismus-Forschung. Ein kluger Mann. Ein Freigeist. Ein integrer, unbestechlicher Wissenschaftler. Einer, der nie ein Blatt vor den Mund nahm. Von den internationalen Medien geschätzt als Essayist und Interviewpartner. Seinen messerscharfen Verstand fürchteten die Bush-Regierung oder die Kreml-Administration ebenso sehr wie diese selbst ernannten Rebellen-Häuptlinge rund um den Globus.»

«Wer hatte ein Motiv, ihn zu töten?»

Miguel lachte. «Wenn du so willst: alle. Alle, denen er schon einmal in die Suppe gespuckt hatte. Und das waren nicht wenige.»

«Was sagen die Gerüchte?»

«Uninteressant. Die Zahl der Gerüchte ist nämlich etwa so groß wie die Zahl der Regierungen und der terroristischen Organisationen dieser Welt. Er war zum Beispiel vor einem halben Jahr als Vermittler zwischen London und der nordirischen IRA tätig gewesen. Bis er feststellte, dass in Wahrheit beide Seiten überhaupt nicht an einer Einigung interessiert waren. Da hat er seine Arbeit eingestellt. Deshalb besagt jetzt eines der Gerüchte, die Irische Befreiungsarmee hätte sich im Nachhinein übervorteilt gefühlt und ihn deswegen liquidiert. So ein Unsinn.»

«Was glaubt die Polizei?»

«Ich kann dir nicht sagen, was sie glauben, sondern nur, was sie sagen: gar nichts. Die Kriminalpolizei ist ausgebootet. Und hat einen Maulkorb verpasst bekommen. Jetzt bearbeiten die Generalstaatsanwaltschaft und die Geheimdienste den Fall. Obwohl es ja offiziell nur ein simpler Raubmord war.»

«Und was glaubst du?»

Miguel ließ sich Zeit mit der Antwort. «Vor ein paar Tagen war ich noch bei ihm. Zu Hause. Am Montag. Ein Interview über den wachsenden Nationalismus in Europa seit dem Fall des Eisernen Vorhangs. So ein Allerweltsthema, das aber die Zeitungsseite schmückt, weil der Interviewte Jorge Muñoz Sánchez heißt. Seine Frau machte uns *pinchos*.

Doña Elena, die große Historikerin, Expertin für spanische Geschichte, Spezialistin für die Epoche der Reconquista, machte uns *pinchos*. Sie war immer so fürsorglich. Wie eine Mutter. Es gab einen phantastischen Rotwein. Aber sie wirkten so verhalten an diesem Abend. Beide. Ich kannte sie so gar nicht. Die Antworten auf meine Fragen waren ausweichend. Sie wirkten seltsam verängstigt. Das ist mir allerdings erst so richtig aufgefallen, nachdem sie tot waren. Sie hatten Angst, ganz offensichtlich. Das passte so gar nicht zu ihm, zu diesem furchtlosen alten Mann. Das kann nur bedeuten, dass er sich und seine Familie ganz konkret bedroht sah.»

«Familie? Hatten sie Kinder?»

«Eine Tochter. Sie lebt in den USA. Irgendwo im Bundesstaat Arizona. Sie arbeitet dort als Ärztin in einem sozialen Projekt für illegale Flüchtlinge aus Lateinamerika.»

«Womit hatte sich der Professor aktuell beschäftigt?»

«Möchtest du noch etwas trinken?»

«Ja. Nochmal dasselbe.»

Miguel bestellte einen *cortado* und ein Wasser für Max und für sich einen Fino. Er sah sich nervös um, bevor er antwortete. Die Gran Vía erwachte aus der Siesta. Autos, Busse, Taxis, Passanten, Geschäftsleute, Flaneure, Touristen einigten sich unbewusst auf den schnellen, erbarmungslosen Herzschlag der Millionenstadt, der Kapitale der hispanischen Welt.

«Jorge Muñoz Sánchez war davon beseelt, eines Tages die Weltformel für die Ursache von politischem und religiösem Fanatismus zu finden. In der Hoffnung, seine wissenschaftliche Erkenntnis könne zur Lösung des weltweiten Problems beitragen. Er hatte ein großes Herz für sozial Schwache, für die Benachteiligten, für die Nöte ausgebeuteter und gedemütigter Völker überall auf der Welt. Aber er hasste Gewalt und Fanatismus. Das war seine Triebfeder. Als ich am Ende des erstaunlich langweiligen Interviews das Aufnahmegerät abschaltete, beugte er sich zu mir vor und sagte, nein, flüsterte fast: Fanatismus ist keine Frage der Religion, Miguel. Mal wird diese Religion, mal wird jene Religion als Schmierstoff benutzt. Mehr als alle anderen jedoch fürchte ich die Fanatiker in unseren eigenen Reihen, Miguel. Mehr kann ich Ihnen im Augenblick nicht sagen, Miguel. Aber Sie werden der Erste sein, der es von uns erfährt. Exklusiv. Sie und eine deutsche Journalistin, zu der meine Frau und ich großes Vertrauen haben.»

«Iris Cronenberg?»

«Ich vermute es, nach all dem, was du mir am Telefon berichtet hast. Und ich glaube, er hatte triftige Gründe dafür, dass er ausgerechnet einen spanischen und einen deutschen Journalisten ausgewählt hatte, um seine Botschaft in die Öffentlichkeit zu transportieren. Er hätte nie etwas dem Zufall überlassen.»

«Da staunen Sie, nicht wahr?» Don Felipes Lachen rollte wie Donner durch die unterirdische Halle. «Hitlers Traum. Doch die Allmacht deutscher Ingenieurskunst scheiterte an der Allmacht der Natur. Die Fahrrinne konnte nicht tief genug gehalten werden. Das Meer schwemmte sie immer wieder voll Sand. Seine Admiräle und Generäle haben ihm, solange es ging, immer wieder Sand in die Augen gestreut, aus Angst vor seinen cholerischen Wutausbrüchen. Irgendwann hatte er andere Sorgen. Stalingrad. Die Invasion in der Normandie. Und so geriet das Projekt in Vergessenheit. Seien Sie vorsichtig! Der Beton ist sehr glitschig.»

Sie war vorsichtig. Vorsichtiger konnte sie gar nicht sein. Denn sie rührte sich ohnehin nicht von der Stelle, weil sie zunächst nicht begriff, was sie sah. Die Halle hatte die Ausmaße eines Fußballfeldes. Sie war in den Fels gesprengt. Der Boden war aus Beton gegossen. Er hatte die Form einer Gabel. Zwischen den Zinken der Gabel aus grauem Beton schwappte das Wasser, schwarz, abweisend, bedrohlich.

«Ich stelle fest, Señora, Sie wissen immer noch nicht, was das hier ist. Ich sehe es Ihren Augen an.» Er schrie gegen das Brüllen des unsichtbaren Atlantik an. «Das ist ein U-Boot-Hafen. Beziehungsweise: Das sollte einmal ein U-Boot-Hafen werden. Sehen Sie den Lichtpunkt am Ende der Röhre? Da ist das Meer. Die Felswand über der Ausfahrt ist irgendwann einmal eingestürzt. Da passt kein U-Boot mehr durch. Aber hier hat sowieso nie ein U-Boot gelegen. Sie haben das Problem mit der Fahrrinne nicht lösen können. Verstehen Sie jetzt den Unterschied zwischen Franco und Hitler? Die deutschen Ingenieure haben hier im Auftrag des Oberkommandos der Wehrmacht immer weiter gebastelt und getüftelt, an diesem potemkinschen U-Boot-Hafen, gegen jede Vernunft, nur weil niemand sich traute, dem Führer die Wahrheit zu sagen. Aber die Realität war nicht so wichtig. Wichtig war nur die Phantasiewelt in Hitlers Kopf. Kommen Sie! Oben wartet ein phantastischer Fino auf uns.»

Die nette Stewardess forderte ihn höflich auf, sich anzuschnallen, das Tischchen hochzustellen und vor allem das Notebook wegzupacken. Der Airbus 340-320 hatte seine Reiseflughöhe verlassen und steuerte im Sinkflug den Amsterdamer Flughafen Schiphol an. Max Maifeld fügte sich der Bitte und ließ das Notebook unter dem Sitz verschwinden. Er hatte genug gelesen. Miguel hatte ganze Arbeit geleistet. Auf der CD-ROM, die er für ihn gebrannt hatte und die Max noch vor dem erneuten Einchecken auf dem Madrider Flughafen in einem Müllcontainer verschwinden ließ, nachdem er deren Inhalt auf die Festplatte des Notebooks geladen hatte, fand sich alles über Don Gustavo und seine Villa, was Miguel auf die Schnelle zusammentragen konnte. Manches wusste Max bereits. Vieles jedoch war ihm noch vor zwei Stunden völlig unbekannt:

> *Hola, amigo.* Seltsame Geschichte, das mit deiner Villa. Folgendes konnte ich bisher dank unseres Archivs herauskriegen:
>
> Gustav Winter wurde 1893 in Neustadt/Titisee im Schwarzwald geboren (Quelle: «Frankfurter Rundschau»). Zu Beginn des Ersten Weltkrieges ging er nach Argentinien und ersparte sich so die Einberufung. 1915 ging er von dort aus nach Spanien. Er studierte in Madrid (Examen 1921). 1924, mit erst drei Jahren Berufserfahrung, erhielt der 28-jährige Diplom-Ingenieur den Auftrag, das Elektrizitätswerk CICER auf Gran Canaria zu planen, welches am 21. Oktober 1928 eröffnet wurde.
>
> 1933, kurz nach der Machtergreifung Hitlers in Deutschland, begab sich Winter erstmals nach Fuerteventura (Quelle: der Leiter des Historischen Archivs auf Fuerteventura, Francisco Navarro Artiles). 1937 erwog Winter, eine Zementfabrik und eine Fischverarbeitungsfabrik auf der Südhalbinsel Jandía zu

errichten. Die Projekte wurden allerdings nie realisiert, vermutlich wegen des Spanischen Bürgerkrieges (1936–1939).

Am 19. Juli 1937 unterschrieb Winter mit dem Eigentümer der Halbinsel Jandía, einem gewissen Don Alejandro Marqués de Portago, im nordspanischen Burgos einen Pachtvertrag für diese gesamte Südhalbinsel Fuerteventuras (Quelle: Francisco Navarro Artiles, s. o.). Das Grafengeschlecht gehört übrigens heute noch zu den größten spanischen Landbesitzern. Die können in der Regel ihren Besitz bis in die Zeit der Reconquista vor mehr als 500 Jahren zurückverfolgen. Damals wurden die spanischen Adligen von den Katholischen Königen großzügig mit Ländereien dafür entschädigt, dass sie ihre Leibeigenen zur Vertreibung der Mauren in die Schlacht geworfen hatten.

Das Gebiet, das Gustav Winter von dem Marqués pachtete, war zwar riesig, dennoch dürfte die Pacht relativ gering gewesen sein, weil es sich zum damaligen Zeitpunkt um völlig wertloses Land handelte. Erloschene Vulkane, Wüste, absolut keine Infrastruktur: kein Trinkwasser, keine Elektrizität, keine Straßen, kein Hafen. Und natürlich noch kein Pauschaltourismus.

Im selben Jahr reiste Winter in die Reichshauptstadt Berlin, um für ein nicht näher beschriebenes Vorhaben den nötigen finanziellen Zuschuss aufzutreiben. Im Sommer 1938 reiste er mit einer kleinen Gruppe deutscher Fachleute an Bord des Motorschiffes «Richard Ohlrogge» nach Fuerteventura, um die Halbinsel

Jandía zu erkunden, Fotos zu machen und topographische Karten zu erstellen (Quelle: Manuel Ros Agudo: «La guerra secreta de Franco»). Ebenfalls im Jahr 1938 kam es nachweislich zu einer Besprechung zwischen Winter und Abwehr-Chef Wilhelm Canaris, der oft in Spanien weilte und als enger Freund Francos galt. Dabei wurde vereinbart, dass Winter auf Jandía im Auftrag Berlins ein «Vorhaben durchführt» und dafür deutsches Fachpersonal erhält. Keine Ahnung, um was es dabei tatsächlich ging.

1939 endete der Spanische Bürgerkrieg dank der deutschen Legion Condor mit dem Sieg Francos. Von nun an durften die Einheimischen ihre Heimaterde auf der Halbinsel Jandía nicht mehr betreten. Das Gebiet wurde komplett evakuiert und abgesperrt. Winter ließ eine Flugzeug-Landepiste an der Südspitze der Insel sowie einen größeren Hafen in dem Fischerdorf Morro Jable bauen. Die Landebahn wird zwar seit Jahrzehnten nicht mehr benutzt, ist aber immer noch vorhanden und theoretisch nutzbar (Quelle: Francisco Navarro Artiles, s. o.).

Am 23. Oktober 1940 kam es zu einem Treffen zwischen Hitler und Franco in Hendaye, dem französischen Atlantik-Seebad unmittelbar hinter der spanischen Grenze. Beide Delegationen reisten mit dem Zug an. Allerdings hielt Franco den vereinbarten Termin nicht ein und ließ Hitler stundenlang auf dem Bahnsteig warten. Der schäumte schon vor Wut, bevor die Unterredung überhaupt begann, und schimpfte den Caudillo vor dessen Eintreffen einen kleinen miesen marokkanischen Teppichhändler. Während der Unterredung in einem Salonwagen wollte Hitler Franco zum Kriegseintritt Spaniens bewegen und erinnerte ihn an die massive personelle und materielle Hilfe Deutschlands für die Putschisten während des Bürgerkrieges. Vor allem ging es der deutschen Seite um die Besetzung der Halbinsel und britischen Kolonie Gibraltar. Von der Meerenge aus hätte man den Zugang vom Atlantik zum Mittelmeer kontrollieren und sperren können. Ferner forderte Hitler einen deutschen Marinestützpunkt auf einer der Kanarischen Inseln.

Franco lehnte jedoch nach geschicktem Hinhalten und unannehmbar hohen Gegenforderungen nach wirtschaftlicher Hilfe zwei Monate später, im Dezember 1940, das deutsche Ersuchen rundherum ab: Sein Land könne nach dem Aderlass des Bürgerkrieges unmöglich die Lasten eines weiteren Krieges tragen.

Dennoch wurden zwischen März und Juli 1941 deutsche U-Boote im Hafen von Las Palmas auf Gran Canaria (Codename: Culebra) versorgt. Militärhistoriker glauben, dass dies Canaris inoffiziell und unter der Hand mit seinem Freund Franco geregelt hatte, sodass der nach außen hin seine Neutralität wahren konnte. Die Alliierten registrierten in den kanarischen Gewässern folgende deutsche U-Boot-Typen (in chronologischer Reihenfolge): U-124, U-105, U-106, U-123, U-69, U-103.

Am 28. April 1941 unterschrieben bei einem Notar in Madrid drei Spanier (über deren Identität und Biographie ich auf die Schnelle leider nichts in Erfahrung bringen konnte) einen Kaufvertrag als neue Eigentümer der Halbinsel Jandía. Sie gründeten eine Firma: «Dehesa de Jandía S. A.». Als Geschäftsführer wurde Gustav Winter eingetragen (Quelle: Francisco Navarro Artiles, s. o.). Politische Häftlinge des Konzentrationslagers in Tefía bauten die Schotterpiste von Morro Jable zur Villa.

Außerdem gab es tagelang Sprengungen auf der Westseite der Halbinsel rund um die Villa (Quelle: Francisco Navarro Artiles, s. o). Angeblich existierten Pläne, einen U-Boot-Hafen zu bauen, deren Umsetzung aber an den topographischen und nautischen Gegebenheiten scheiterte. Ältere Einheimische sowie ehemalige spanische KZ-Häftlinge auf der Insel behaupteten damals allerdings, unter der Villa existiere ein gigantisches Labyrinth aus Stollen und Höhlen.

Lieber Max, leider gibt es nun eine Recherche-Lücke in der Chronologie bis weit nach Ende des Zweiten Weltkrieges, die ich in der Eile nicht zu schließen vermochte.

1962 übertrug die Firma «Dehesa de Jandía S. A.» 2300 Hektar Land zwischen Morro Jable und der Villa notariell an Gustav Winter – als «Entschädigung» für dessen unermüdliche Anstrengungen zur Erschließung der Halbinsel. (Quelle: Reportage der deutschen Illustrierten «Stern», 1971).

1971 starb Gustav Winter im Alter von 78 Jahren in Las Palmas (Gran Canaria). Wenig später erschien die oben erwähnte «Stern»-Reportage.

1985 ließen die auf Gran Canaria und in Mexiko lebenden Erben die Kellerzugänge der Villa zumauern.

Bis Anfang der 90er Jahre wurde die Villa von bewaffneten Mitarbeitern eines privaten Security-Unternehmens vor neugierigen Besuchern geschützt. Seither steht sie leer, verfällt und wird gelegentlich von Ziegenhirten als Unterschlupf genutzt. Seit wenigen Jahren ist die Villa im Besitz der spanischen Immobilien-Investment-Gesellschaft «Ventura S. A.» mit Sitz in Madrid. Hauptanteilseigner: Don Felipe Marqués de Portago – der Sohn des Mannes, von dem Gustav Winter einst die Halbinsel gepachtet hatte. Da scheint sich ein Kreis zu schließen.

Das war's, mein Freund. Ich hoffe, ich konnte dir ein wenig helfen. Mach was draus. *Hasta luego, amigo.*»

Mach was draus. Max Maifeld nahm die Rolltreppe ins Untergeschoss des Flughafengebäudes und stieg in die wartende Bahn. 15 Kilometer und 20 Minuten später durchquerte er die Halle des Amsterdamer Hauptbahnhofs und verließ die Centraal Station durch den Haupteingang. Obwohl es bereits kurz nach 22 Uhr war, pulsierte vor ihm wie auf einer Freilichtbühne das Leben in der schönsten Stadt der Welt, wie seine Tochter Amsterdam nannte. Er ließ die glockenhell klingelnde Straßenbahn passieren, dann überquerte er die hell erleuchtete Prins Hendrikkade und lief ein Stück den Damrak hinauf, bis er ein passendes Café fand. Er suchte sich einen Tisch im Wintergarten, von dem aus er die Straße und den breiten Bürgersteig beobachten konnte.

Niemand war ihm gefolgt.

Max wartete, bis der Kellner die Bestellung aufgenommen hatte, dann aktivierte er das Handy, klappte das Notebook auf, klickte sich ins Internet und setzte eine kurze E-Mail ab:

ICH BIN DA.

Ein Sonnenstrahl verirrte sich auf die steinerne Terrasse und ließ den einsamen, erbärmlichen Oleander in der Ecke leuchten. Ein Raubvogel kreiste am Himmel, ließ sich treiben, wartete geduldig auf Beute, unter ihm, in der endlosen, ausgedörrten Geröllwüste. Über dem Meer ballten sich Wolken zu grauen Ballen, rollten Welle für Welle auf die Küste zu, wälzten sich träge den Hang hinauf, über die Bergkette, um sich jenseits der schroffen Gipfel in luftige Gespinste zu zerstreuen.

Weit weg, an der Wasserlinie, stand der Mann, dessen Vater ihm ein großes Vermögen und eine viel zu große SS-Uniform vererbt hatte, und starrte unentwegt in Richtung Horizont. In dieser Entfernung wirkte er noch kleiner und schmächtiger.

«Er macht Ihnen Angst, nicht wahr?»

«Ja, er macht mir Angst. Er ist irre.»

Don Felipe lachte amüsiert auf. «Keine Sorge. Er wird Ihnen nichts tun. Solange ich Sie schütze.»

«Wie lange wird das sein?»

«Solange Sie dies wollen. Alles hängt von Ihnen ab. Sie tragen Ihr Schicksal in Ihrer Hand. Wie viele Menschen können das schon von sich behaupten?»

«Erklären Sie mir bitte, wieso ich am Montag eine verlassene Villa vorfand, abgesehen von der alten Frau mit dem Hund, und am nächsten Tag, am Dienstag ...»

«Zufall. Oder vielleicht Schicksal? Wir sind zufällig am Abend Ihres ersten Besuches eingezogen. Die alte Frau ist eine Ziegenhirtin. Sie musste leider ausziehen. Die Ziegenhirten müssen sich jetzt eine andere kostenlose Bleibe suchen. Wir wussten natürlich, dass Sie ein paar Stunden zuvor hier gewesen waren, Señora. Sie und Ihr ... Bekannter. Weil unsere Vorhut schon einige Tage vor Ort war. Die Männer hatten sich in den Keller zurückgezogen, während Sie hier oben herumschnüffelten. Wir hielten Sie zunächst für gewöhnliche Touristen. Ein grober Fehler unserer Aufklärungsleute, wie ich zugeben muss. Aber wir lernen aus unseren Fehlern. Das ist unsere Stärke.»

«Was haben Sie vor?»

«Nun, ich denke, das Pferd hat etwas Bewegung nötig. Anschließend werde ich ...»

«Ich meinte, was haben Sie und Ihre Leute vor? Was ist mit dem *Hotel Tres Islas*?»

Don Felipe erhob sich, ging die wenigen Meter bis zur Brüstung und stützte seine Hände auf das steinerne Geländer. «Gar nicht viel. Wir sind bescheiden in unseren Zielen. Im Gegensatz zu diesem ... Herrn da unten. Der sucht hier nicht nur den Schwarzen Stein der Tempelritter, der sucht hier nicht nur das untergegangene Atlantis. Der will einen Kreuzzug. Wir nicht. Der würde am liebsten die ganze Welt erobern. Wir nicht. Uns interessiert die Welt außerhalb Westeuropas nicht. Wir wollen nichts weiter als ein friedliches, christliches Abendland. Und wir begnügen uns im ersten Schritt mit einem friedlichen, christlichen Spanien. Aber dieser Friede ist natürlich nicht zum Nulltarif zu haben. Es wird schmerzhafte Einschnitte geben müssen. Es wird nicht ohne Gewalt gehen im Verlauf der zweiten Reconquista, mehr als fünf Jahrhunderte nach der erfolgreichen ersten unter der Führung der Katholischen Könige. Wir wollen nicht die Welt erobern, wir wollen nicht

Vietnam oder Kambodscha oder Afghanistan oder den Irak missionieren. Die sollen dort machen, was sie wollen. Das ist uns egal. Aber sie sollen gefälligst dort bleiben. Wir werden ganz einfach alle, die etwas gegen unser christliches Abendland einzuwenden haben könnten, hinauswerfen. Das wird allerdings keiner komplizierten juristischen Prüfung des Einzelfalls bedürfen. Wir werden sie allesamt in ihre Heimatländer zurückschicken oder aber sie kurzerhand ins Meer werfen, ganz wie sie wollen. Wir wollen hier keine Moscheen und Koranschulen. Wir wollen aber auch keine Homosexuellen-Ehen und keine Drogen. Und keine arbeitsscheuen, asozialen Schmarotzer. Und da dies mit demokratischen Regierungen natürlich nicht zu machen ist, werden wir dafür sorgen, dass die Völker Europas uns am Ende dankbar zujubeln werden, wenn wir die Macht übernehmen. Und damit sie dies tun, werden wir zunächst das ein oder andere Zeichen setzen müssen. Damit sie etwas schneller begreifen, welche Gefahr ihnen durch den Islam droht.»

«Was ist mit dem *Hotel Tres Islas*?»

Don Felipe seufzte, wie ein Großvater, der über das nervende Verhalten seines Enkelkindes hinwegsieht.

«Señora, Sie werden noch ausreichend Zeit und Gelegenheit finden, sich meines Vertrauens würdig zu erweisen. Bis dahin: Genießen Sie den Tag. Genießen Sie das Gefühl, schon bald eine historische Wende in der wechselvollen Geschichte des Abendlandes hautnah miterleben zu dürfen.»

Er lächelte und ging. Er verließ die Terrasse durch den Salon und ließ sie zurück. Iris Cronenberg rechnete damit, dass nun zwei seiner Söldner erscheinen würden, um sie in Empfang zu nehmen und zurück in ihre Zelle im Keller zu führen.

Niemand erschien.

Sie stand auf, ging zur Brüstung und sah hinab. Vier Meter. Hang. Geröll. Spitze, schroffe Felsbrocken. Sie würde sich sämtliche Knochen brechen.

Der kleine Mann war verschwunden.

Auch der Landrover an der Weggabelung war verschwunden.

Der Wind nahm wieder zu.

Das grollende Donnern der Brandung drang wie durch einen dämpfenden Membranfilter an ihr Ohr.

Sie sah ihn davonreiten, entlang der Küste, in Richtung Norden, auf diesem großen, mächtigen Pferd.

Sie ging zur Tür und warf einen Blick in den Salon.

Niemand wartete dort auf sie.

Ein Test.

Sie setzte sich wieder an den Frühstückstisch auf der Terrasse.

Ein verdammter Test.

Sie spürte die Hitze in sich aufsteigen.

Die Wut.

Du verdammtes Faschistenschwein.

Sie stand auf und schlenderte betont gelangweilt in den Salon.

Nichts. Niemand. Absolute Stille.

Sie trat hinaus in den Patio. Jemand hatte das verwitterte Holz unter den Arkadengängen frisch lackiert und den Ziergarten rund um den Springbrunnen bearbeitet. Wolfsmilchgewächse, Bananenstauden, Hibiskussträucher, Geranien, frisch gepflanzte und gegossene, noch etwas mickrige Bougainvillea-Pflanzen am Fuß jeder hölzernen Säule. Das Tor am Ende des Innenhofs stand offen. In der Toreinfahrt waren zwei Männer postiert, mit dem Rücken zu ihr, bewegungslos, breitbeinig, die Hände hinter dem Rücken verschränkt.

Keine Chance.

Sie kehrte um, nahm die Treppe hinunter in den Keller und betrat ihr Zimmer. Jemand hatte eine Vase mit frischen Blumen neben ihr Bett gestellt.

Sie ließ sich auf das Bett fallen.

Sie dachte nach.

Ihr Puls jagte und schlug ihr bis zum Hals. Ruhig, Iris. Ruhig. Du musst einen klaren Gedanken fassen. Eine Lösung finden. Die Risiken und Chancen abwägen. Eine Entscheidung treffen.

Das Licht am Ende des U-Boot-Hafens.

Die Stahltür.

Der Nummerncode.

1-4-9-

Die verdammte vierte Ziffer.

Ein Geburtsdatum?

Unwahrscheinlich.

1-4-9-

Die Reconquista!

Sie sprang auf, schritt wie ein Tiger im Käfig auf und ab, zermarterte ihr Gehirn.

Die Reconquista. Der Fall von Granada. Herrgott nochmal. Wann war das gewesen? Konzentriere dich, Iris. Im selben Jahr, ein paar Monate später, war Kolumbus in Sevilla aufgebrochen, um einen Seeweg nach Indien zu finden. Sie erinnerte sich noch lebhaft an die Fernsehbilder von der 500-Jahr-Feier aus Anlass der Entdeckung Amerikas. Vor ein paar Jahren. Wie viele Jahre war das her? Acht Jahre? Zehn Jahre? Zwölf Jahre?

1-4-9-

Sie durchkämmte das Zimmer nach einer Waffe. Sie fand lediglich ihre Nagelfeile. Lächerlich. Aber besser als nichts. Sie schob die Nagelfeile in die rechte Gesäßtasche ihrer Jeans. Dann öffnete sie vorsichtig die Tür ihres Zimmers.

Nichts.

Sie schlich durch den Korridor und bog um die Ecke.

Die Stahltür.

1-4-9-

Granada.

Kolumbus.

Amerika.

1-4-9-2

Die Hydraulik ließ die Stahltür aufschwingen.

Iris rannte, so schnell sie konnte.

Die zweite Tür.

1-4-9-2

Die Kommandozentrale. Ihr Herz pochte, während sie ein gelangweiltes, unbekümmertes Gesicht aufsetzte. Niemand beachtete sie. Die Männer hatten nur Augen für ihre Monitore. Sie bog nach links ab und drückte den Knopf neben dem Lastenaufzug. Komm schon.

Sie schloss das Gitter und drückte erneut den Knopf. Mach schon. Mach schon.

Der Lichtpunkt. Sie wählte den schmalen Steg aus Beton entlang der linken Felswand und rannte, so schnell sie konnte. Der Lichtpunkt wurde größer. Der Beton war feucht und glitschig. Vorsicht, Iris, Vorsicht, kein Fehltritt. Sie konnte das Meer hören. Die Brandung. Am Ende des Steges türmten sich herabgestürzte Felsbrocken zu einer Wand. Sie kletterte nach oben, Meter für Meter, auf die Öffnung zu. Die Brandung wurde immer lauter, echote durch die Höhle. Der Lichtpunkt war ein Schlitz zwischen den Felsbrocken. Sie legte sich flach auf den Bauch, robbte vorwärts, Zentimeter für Zentimeter, stieß sich den Kopf, stieß sich die Knie, schürfte sich die Hände an den scharfkantigen Felsen auf, zog und schob und rutschte und trat, bis ihr der salzige feuchte Wind ins Gesicht schlug.

Die Brandung schleuderte grollend und zischend die weiße Gischt zu ihr hoch, lechzte nach ihr, griff nach ihr. Sie legte sich flach auf den Felsvorsprung, atmete tief durch, versuchte ihren Herzschlag zu normalisieren. Ruhig, Iris, ganz ruhig. Du bist draußen. Du hast es geschafft.

Sie spähte vorsichtig nach rechts, nach Norden. Es dauerte eine Weile, bis sie den winzigen schwarzen Punkt ausmachte, der sich aus großer Entfernung auf sie zu bewegte. Das grelle Gegenlicht blendete sie. Sie kniff die Augen zusammen, konzentrierte sich auf den winzigen tanzenden Punkt.

Ein Reiter.

Kein Zweifel. Don Felipe, auf dem Rückweg.

Sie spähte nach links.

Unten am Strand, zwei Meter tiefer und etwa fünfzig Meter entfernt, stand wieder der alte Mann und starrte aufs Meer. Er hielt eine Landkarte in der Hand, drehte sie, um sie mit der Umgebung in Einklang zu bringen.

Der Landrover war nirgends zu sehen.

Jetzt oder nie.

Sie sprang auf, stieß sich von der Felsnase ab, landete Sekunden später im knirschenden nassen Sand, mit federnden Knien, rollte über den Arm und die Schulter ab, so wie sie es als Kind im Judo-Unterricht gelernt hatte. Den Schwung nutzend, stand sie sofort wieder auf den Beinen und rannte los. Noch vierzig Meter.

Der Alte in seinem hellen Leinenanzug starrte immer noch aufs Meer. Die Hose flatterte um seine dürren Beine. Dreißig Meter.

Der Alte ließ den Blick entlang des Horizonts nach rechts schweifen. Zwanzig Meter. Er wird dich jeden Augenblick entdecken. Zehn Meter.

Der Alte drehte sich zu ihr um und starrte sie ungläubig an, noch unschlüssig, wie er sie aufhalten sollte. In vollem Lauf zog sie Kopf und Nacken ein und rammte ihm ihre rechte Schulter gegen die Brust. Der Alte verlor das Gleichgewicht und kippte wie ein gefällter Baum rückwärts in die schäumende Brandung.

Sie rannte weiter, so schnell sie konnte, den Strand entlang, nach Süden, in Richtung Pass. Sie wagte nicht zurückzublicken. Sie bog auf die Schotterpiste ein. Jetzt war das Laufen weniger anstrengend, weil ihre Füße nicht mehr so tief im Sand versanken. Aber sie musste höllisch Acht geben, um nicht über die auf der Schotterpiste verstreuten Steine zu stürzen. Der Wind zerrte an ihren Haaren, sprühte ihr Sand in die Augen, trocknete ihren Mund aus. Wenn sie unbemerkt die Berge erreichen würde, über den alten Pfad der Ziegenhirten, dann wäre sie in Sicherheit. In den Bergen könnte sie sich tagsüber verstecken und nur bei Nacht marschieren, irgendwann, egal wann, Morro Jable erreichen, sich ins sichere Touristengetümmel stürzen, einen rotgesichtigen Bermuda-Shorts-Träger mit ihrem charmanten Lächeln überreden, sie mal kurz mit seinem Handy telefonieren zu lassen, und Max anrufen, Max, der sofort mit seinem klapprigen R4 käme, um sie abzuholen, sie in Sicherheit zu bringen, sie in seine starken Arme zu nehmen, sie vergessen zu lassen, diesen Albtraum ...

In diesem Augenblick rollte der gepanzerte Landrover Defender über den Pass. Iris warf im Laufen einen Blick nach links. Zwecklos. Der Berghang war an dieser Stelle zu steil, sie konnte noch nicht abbiegen, sie musste weiter der Schotterpiste folgen, um den Pfad der Ziegenhirten zu erreichen, sie musste also an dem Landrover vorbei, so wie an dem alten Mann, nur dass der ein kleiner, schmächtiger alter Mann war, während die Besatzung des Landrovers aus zwei durchtrainierten, bewaffneten Muskelbergen bestand, aber sie hatte keine andere Chance, und deshalb rannte sie weiter, versuchte ihre Atmung zu kontrollieren und die Schmerzen in ihrer Lunge zu ignorieren, das Krampfen in ihren Waden, das Rauschen in ihren Ohren, sie rannte auf den Landrover zu, der den Berg hinab auf sie zurollte, näher und näher. Vielleicht hatte sie ja Glück, noch einmal Glück, vielleicht waren sie zu überrascht, vielleicht waren sie als auf Befehl und Gehorsam gedrillte Söldner gar nicht in der Lage, eine eigenständige Entscheidung zu treffen, vielleicht wussten sie nicht, wie sie die fremde Deutsche einzuordnen hatten, war sie nun eine Gefangene, ein Feind, oder war sie das Liebchen ihres Kommandanten und Arbeitgebers, vielleicht hatte der Marqués ihnen Order gegeben, seiner künftigen Zuchtstute kein Haar zu krümmen, vielleicht würden sie nun über Handy versuchen, Kontakt mit dem Marqués aufzunehmen, vielleicht würde ihnen das nicht gelingen, weil der Marqués kein Handy zum Ausritt mitnahm, weil vielleicht das Pferd beim Klingeln scheuen könnte, vielleicht …

Der Landrover stoppte. Sie rannte weiter, auf den Landrover zu, als sei er Luft. Niemand stieg aus. Noch zehn Meter. Links und rechts von dem Wagen war kaum mehr als eine Handtuchbreite Platz. Die engste Stelle des Weges. Der Punkt war gut gewählt. Sie ahnte, was die Männer vorhatten: Sie brauchten nur im richtigen Moment die Tür aufzustoßen, und ihre Flucht war beendet. Sie rannte, angetrieben vom Adrenalin in ihrem Blut – und von ihrer Wut. Dann sprang sie. Über die Stoßstange mit der Seilwinde hinauf auf die Kühlerhaube, vorbei an den verdutzten Gesichtern hinter der Windschutzscheibe weiter aufs Dach, zwei schnelle Schritte, abwärts, Vorsicht, Iris, zu spät, sie landete auf einem Stein, knickte um, egal, weiter, nur weiter, der Fuß tat höllisch weh, sie rannte weiter, das Adrenalin betäubte den Schmerz, sie rannte, der Freiheit entgegen.

Sie sah nicht zurück, während sie lief. Der Landrover war nicht zu hören, das genügte ihr. Dann nahm sie durch das Donnern der Brandung ein neues Geräusch war.

Ein anderes Donnern.

Der Boden vibrierte.

Das Donnern der Hufe, direkt hinter ihr.

Instinktiv sprang sie nach links in die Böschung. Der Hengst streifte sie fast, als er an ihr vorbeigaloppierte. Sie verließ die Piste und hetzte durch das Geröll den Berg hinauf. Die Tränen schossen ihr in die Augen. Sie knickte erneut um. Sie wurde langsamer, immer langsamer. Ihre Lunge brannte. Das Blut hämmerte in ihrem Kopf. Tränen schossen ihr in die Augen. Wut und Verzweiflung und Erschöpfung. Die Jeans klebte an ihren Beinen. Sie hörte das Getrampel der Hufe hinter sich, immer näher. Sie wirbelte herum, verlor das Gleichgewicht, griff im Fallen in die Gesäßtasche der Jeans, riss die Nagelfeile heraus und streckte ihre Faust nach oben. Sie spürte den Luftwirbel, sie hörte noch das Zischen, dann traf die Reitgerte sie mitten ins Gesicht.

Das Jordaan-Viertel war ein Labyrinth aus engen Gassen und windschiefen Puppenhäusern und lag auf der falschen Seite, nämlich der westlichen Seite der die alten vornehmen Kaufmannshäuser wie eine soziale Burgmauer umschließenden Prinsengracht. Das Jordaan-Viertel, eingeklemmt zwischen Nassaukade und den Hafendocks, war seit Jahrhunderten das Arme-Leute-Viertel Alt-Amsterdams. Hier waren einst die Hafenarbeiter und Handwerksgesellen zu Hause, die der Stadt zu ihrem Wohlstand verholfen hatten, bis ihre Arbeit im Zeichen der zweiten industriellen Revolution und der Globalisierung nicht mehr gefragt war und nun Künstler, Studenten und Repräsentanten der vielfältigen Amsterdamer Alternativszene das Viertel wegen seiner billigen Mieten, seines eigenwilligen Ambiente und seiner Geschichte entdeckten und zu ihrem Mikrokosmos erkoren.

Max Maifeld klappte den Kragen seines Sakkos hoch und zog die Schultern ein. Er hätte sich in Madrid einen Mantel kaufen sollen. Er hatte an alles gedacht, nur nicht an das Wetter in Westeuropa. Acht Grad Celsius und Nieselregen. Dank der exakten Wegbeschreibung, die ihm seine Tochter gemailt hatte, kostete es ihn wenigstens weder Zeit noch Mühe, das Haus Nr. 12 in der Egelantiersgracht zu finden. Das Haus lag keine zehn Minuten Fußweg vom Anne-Frank-Haus entfernt und beherbergte das *Café 't Smalle*, eines der typischen Braunen Cafés Amsterdams.

Ein enger, hoher Schankraum, die Wände von jahrzehntealtem Nikotin in einem Ton gefärbt, wie ihn kein Innenarchitekt dieser Welt erfinden könnte. Tische und Stühle aus altem dunklem Holz, messingfarbene Devotionalien aus der Geschichte der Seefahrt, alte Schiffstruhen als Sitzbänke, verstaubte Ölgemälde und vergilbte Schwarz-Weiß-Fotos von stolzen Frachtseglern.

Der Wirt hinter der Theke sah aus, als gehöre er ebenfalls seit Jahrzehnten zum Inventar dieses privaten nautischen Museums. Er war an die zwei Meter groß, breitschultrig und von den Handgelenken bis hinauf zu den mächtigen Oberarmen tätowiert. Er trug einen feuerroten Vollbart, einen feuerroten geflochtenen Zopf, der ihm fast bis zum Hintern reichte, ein T-Shirt, das ihn als Fan der «Grateful Dead» auswies, sowie einen dicken goldenen Ring am Ohr. Er hatte Max im Blick, kaum dass der das Café betreten hatte. Max quetschte sich mit seinem zerschlissenen Koffer und seiner altmodischen ledernen Aktentasche, die das Notebook verbarg, an einem Tisch mit zwei Schachspielern vorbei, um an die Theke zu gelangen.

«Guten Abend. Ich bin ...»

«Sie sind oben», unterbrach ihn der Wirt, verließ seine Kommandobrücke hinter dem Tresen und lotste ihn mit einer knappen Bewegung seines gigantischen Kopfes zu der schmalen, steilen Stiege, die sich neben der Theke nach oben wand. Er hängte die Kette, an der ein Messingschild mit der Aufschrift «Gesloten» baumelte, aus dem Haken am Geländer und ließ ihn vorbei, bevor er die Kette wieder einhängte.

Auf der winzigen fensterlosen Galerie über der Küche und den Toiletten gab es nur einen einzigen Tisch. Vera sprang auf und fiel Max um den Hals.

Eine Weile verharrten sie stumm in der Umarmung, dann löste sich Vera und strahlte ihn an. Sie sah gut aus.

«Du siehst gut aus.»

«Und du siehst müde aus, Dad. Außerdem bist du viel zu dünn angezogen. Darf ich dir Herrn Glück vorstellen?

Jakob Glück kletterte umständlich von seinem Stuhl. Stehend war er nicht größer als sitzend. Jakob Glück war ein Zwerg.

Der Zwerg fixierte ihn mit kritischen, wachsamen Augen. Dann reichte er Max die Hand: «Ich freue mich, den Mann kennen zu lernen, der von Gott mit einer so klugen, warmherzigen, charmanten und schönen Tochter gesegnet wurde. Nehmen Sie doch bitte Platz, Herr Maifeld.»

Jakob Glück kletterte wieder auf seinen Stuhl. Er trug einen anthrazitfarbenen Anzug, darunter eine Weste, keine Krawatte, sondern ein altmodisches weißes Hemd mit Stehkragen. Er nestelte an einer feingliedrigen Kette, die an der Weste befestigt war, zog daran eine Uhr aus der Westentasche und ließ den silbernen, blank polierten Deckel aufspringen. «Es ist schon spät. Wir sollten keine Zeit verlieren. Fangen wir an.»

Max brauchte noch ein paar Sekunden, um sich zu orientieren und sich zu sammeln. Er hatte fast fünf Stunden im Flugzeug verbracht, unterbrochen von dem Treffen mit Miguel in Madrid, und er hatte den Tag um sechs Uhr morgens in einer Arrestzelle der Guardia Civil begonnen. Nicht nur der lange, anstrengende Tag, auch der Klimawechsel machte ihm zu schaffen. Seine Tochter strahlte erwartungsfroh, so wie früher, wenn er das Monopoly-Brett aufgebaut hatte. Jakob Glück beobachtete ihn mit ernsten Augen. Die Ernsthaftigkeit schien zu seinem Wesen zu gehören. Er hatte seine winzigen, von Altersflecken übersäten Hände flach auf dem Tisch abgelegt. Ein grauer Dreitagebart bedeckte die eingefallenen blassen Wangen und das spitze Kinn. Die tiefen Geheimratsecken betonten sein Vogelgesicht. Mit seinen ebenfalls grauen, fast weißen Haaren, die streng zurückgekämmt bis auf seine schmalen

Schultern fielen, sah er aus wie die Karikatur eines Konzertpianisten.

«Herr Glück, ich bin auf der Suche nach einer deutschen Journalistin, die auf der Kanaren-Insel Fuerteventura spurlos verschwunden ist. Iris Cronenberg. Vor nicht ganz einer Woche, am vergangenen Sonntag, hat sie mit Ihnen telefoniert.»

«Ja», krächzte er mit seiner hohen Fistelstimme. Mehr sagte er nicht. Seine Augen lauerten. Nicht auf Beute. Sondern auf Gefahr. Jakob Glück gehörte nicht zur Gattung der Raubtiere. Er gehörte zur Gattung der Fluchttiere.

«Um was ging es in dem Gespräch?»

Seine Augen sahen sich um. Nur seine Augen. Sein Kopf blieb unbewegt auf Max Maifeld gerichtet.

«Herr Glück, um was ging es in dem Gespräch?»

«Wenn Sie nicht zufällig der Vater von Vera wären, würde ich Ihnen gar nichts sagen. Wie haben Sie das herausgefunden?»

«Was?»

«Na, dass Frau Cronenberg mich angerufen hat.»

«Über die Telefonabrechnung ihres Hotels.»

«Aha. Das war sehr dumm von ihr. Ich habe die Aufrichtigkeit dieser Frau und ihre lauteren Motive richtig eingeschätzt. Davon bin ich nach wie vor überzeugt. Aber ich habe ihre Professionalität als Journalistin offenbar überschätzt. Warum hat sie mich nicht von ihrem Handy aus angerufen? Sie hat doch sicher ein Handy, oder? Warum hat sie es nicht benutzt?»

Max hätte ihm die Frage beantworten können. Aber er zog es vor zu schweigen. Jakob Glück schien auch keine Antwort zu erwarten, sondern sprach einfach weiter: «Oder aber sie war sich zu diesem Zeitpunkt noch nicht der Dimension der Geschichte bewusst, in der sie da herumwühlte.»

«Welche Geschichte?»

«Haben Sie nur die Telefonnummer oder auch meinen Namen und meine Adresse erfahren?»

«Nur Ihre Rufnummer. Ein absoluter Zufall, dass Vera Sie und diese Nummer kennt.»

«Kannte.»

«Wie bitte?

«Kannte. Ich habe sie nämlich bereits ändern lassen. Die Nummer.»

Max rieb sich die Augen. Er ahnte, dass dieser Tag so anstrengend enden würde, wie er begonnen hatte.

«Wovor haben Sie Angst, Herr Glück?»

«Ich habe immer Angst. Sie nicht?»

«Ich ...»

«Hören Sie mir zu. Wenn Sie Ihre Kindheit so wie ich im KZ verbracht hätten, dann hätten Sie so wie ich immer Angst. Sie würden so wie ich den Rest Ihres Lebens in ständiger Angst leben. Die Angst hat dafür gesorgt, dass ich noch im Konzentrationslager das Wachstum eingestellt habe. Ich bin seit meinem zwölften Lebensjahr keinen Zentimeter mehr gewachsen. Und auch die grauen Haare habe ich seit jener Zeit. Verrückt, nicht wahr? Ich habe mich seither nie wieder sicher gefühlt. Aber kommen wir zurück zur Gegenwart. Die erste Person, die Iris Cronenberg am Sonntag angerufen hatte, ist bereits tot. Und ihr Mann.»

«Sie meinen, seine Frau.»

«Ich sagte: und ihr Mann. Hören Sie doch einfach zu! Jorge Muñoz Sánchez war ein hervorragender Wissenschaftler. Experte auf dem Gebiet des internationalen Terrorismus. Die Geschichte hat zweifellos mit Terrorismus zu tun, aber aufgedeckt hat sie seine Frau. Meine Freundin Elena. Professorin für spanische Geschichte. Dort liegt nämlich der eigentliche Schlüssel, und nicht in der aktuellen Weltpolitik. Ich will Sie jetzt nicht damit langweilen, Herr Maifeld, wie Elena der Sache auf die Spur kam. Außerdem will ich Sie nicht in Verlegenheit bringen, indem ich weitere Namen ausplaudere. Wir müssen nicht unnötig noch mehr Menschen in Gefahr bringen. Es reicht, dass ...»

Seine Augen wurden wässrig. Vera legte ihre Hand auf seine Hand. Max schwieg.

«Herr Glück, wenn Sie möchten, beenden wir ...»

«Nein, nein, schon gut.» Der alte Mann räusperte sich. «Vielleicht sollten wir etwas trinken. Joop?»

Der Wikinger hinter der Theke, der also Joop hieß, polterte augenblicklich die Treppe hinauf, als hätte er nur darauf gewartet, gerufen zu werden. Er warf Jakob Glück einen fragenden, dann mitfühlenden und anschließend Max Maifeld einen wütenden Blick zu. Offenbar machte er ihn persönlich verantwortlich für die Tränen des alten Mannes.

«Joop, bring uns doch bitte eine Flasche von deinem feinen Roten und außerdem drei Gläser.»

Joop kehrte zwei Minuten später zurück, entkorkte die Weinflasche, schenkte ihnen ein, stellte eine Tonschale mit Erdnüssen mitten auf den Tisch und warf, bevor er wieder verschwand, Max einen letzten Blick zu. Der Blick sagte: Nimm dich in Acht, ich bin Jakob Glücks Beschützer, und du hast keine Chance gegen mich.

Der Zwerg hob sein Glas. «Wie sagt man in Spanien? *Salud*, Elena. *Salud*, Jorge.»

Er nippte kurz und stellte das Glas vor sich ab.

«Wo waren wir stehen geblieben? Manchmal gibt es

verrückte Zufälle. Elena hatte Ihre Frau Cronenberg auf der Modemesse in Madrid kennen gelernt. Elena war verrückt nach schöner Kleidung. Sie war eine sehr elegante Frau, eine aparte Erscheinung, müssen Sie wissen. Die beiden Frauen kamen mehr oder weniger zufällig ins Gespräch. Sie waren sich gleich sympathisch. Sie redeten über Mode, dann redeten sie über Politik. Schließlich erzählte die deutsche Journalistin, dass sie nach Fuerteventura weiterfliege, ihr nächster Auftrag, eine Reportage über die Villa Winter. Und Elena erzählte ihr, was sie über die Villa wusste. Frauen sind wohl untereinander gesprächiger als Männer. Ich glaube, das liegt in ihrer Natur. Sie fassen schneller Vertrauen. Oder wie sehen Sie das, Herr Maifeld?»

«Was passierte dann?»

«Elena gab ihr meine Telefonnummer und außerdem das Passwort.»

«Das Passwort?»

«Ja, Herr Maifeld. Das Passwort unserer Organisation. Damit ich nicht gleich auflege, sondern mit ihr spreche.»

«Ihre Organisation?»

«Ja. Wir sind eine Gruppe von Menschen in Europa, die sich zum Ziel gesetzt haben, dazu beizutragen, dass nie wieder passiert, was damals passiert ist. Zu uns gehören Wissenschaftler jener Generation, die immer von einer besseren, einer gerechteren Welt geträumt hat, ferner aus Altersgründen ausrangierte Agenten des israelischen Mossad, aber auch ehemalige Opfer des Faschismus. Alle haben ihre ganz persönlichen, ganz privaten Gründe, sich in den Dienst unserer Sache zu stellen. Elena gehörte dazu, Jorge gehörte dazu, und selbst eine unbedeutende Person wie ich gehört dazu. Für mich wurde die Organisation zur Ersatzfamilie, nachdem ich meine Familie verloren hatte.

Wir verfügen über keine nennenswerten finanziellen Mittel, wir verfügen auch nicht im hinreichenden Maße über die modernen Werkzeuge der Telekommunikation und der Datensicherung, weil wir nie gelernt haben, sie zu benutzen. Wir sind nämlich allesamt alte Menschen, und deshalb wird unsere Organisation eines nicht mehr fernen Tages aussterben. Manchmal geben wir unsere gesammelten Erkenntnisse an Organisationen wie die von Simon Wiesenthal oder die von Serge Klarsfeld weiter, damit sie gezielt an die Öffentlichkeit getragen werden. Etwa die Identifizierung eines untergetauchten Nazis. Sofern die Öffentlichkeit reif und empfänglich ist für eine Information. Im konkreten Fall aber ist die Öffentlichkeit unseres Erachtens noch nicht reif dafür. Leider Gottes noch nicht. Die Information würde sinnlos verpuffen. Aber Elena zuliebe habe ich Frau Cronenberg ein paar Dinge erzählt. Nicht viel. Nur ein paar Dinge, auf die man mit etwas Ausdauer und Intelligenz auch alleine kommen könnte.»

«Und Ihre Organisation ...»

«Mehr müssen Sie über uns nicht wissen, Herr Maifeld. Unsere Diskretion und unsere Anonymität garantieren unsere Effektivität und gewöhnlich auch unser Überleben.»

Jakob Glück trank einen Schluck Wein. Max Maifeld sah kurz zu seiner schweigenden Tochter hinüber, senkte seinen Blick aber augenblicklich wieder. Er wollte ihr nicht in die Augen sehen. Weil sie in seinen Augen gelesen hätte, was er fühlte. Er fühlte sich mitschuldig am Tod des Professorenehepaars. Er und Iris Cronenberg trugen Schuld. Zwei erfahrene Journalisten, die sich so unprofessionell verhalten hatten wie Anfänger. Die verräterische Telefonliste, der chaotische Ausflug zur Villa Winter, das Einschalten von

Morian und Interpol mit der Bitte um Amtshilfe bei den spanischen Behörden, all das hatte bestimmte Kreise in Aufregung versetzt und das Ehepaar in Madrid zum Sicherheitsrisiko für diese Kreise werden lassen.

«Herr Maifeld?»

«Ja?»

«Möchten Sie wissen, was ich Frau Cronenberg erzählt habe?»

Josef Morian stand am Fenster, starrte hinunter auf die Straße drei Stockwerke unter ihm und versuchte an nichts zu denken. Die grelle Neonreklame über dem Hoteleingang spiegelte sich im regennassen Kopfsteinpflaster. Die Bonner Altstadt war jetzt menschenleer, bei dem Wetter, zwei Stunden nach Mitternacht. Die meisten Kneipen hatten geschlossen. Morian hatte eine von ihnen als letzter Gast verlassen, als die Wirtin die Stühle auf die Tische stellte.

Nach seinem Besuch im Reisebüro war er zu Dr. Friedrich in die Gerichtsmedizin gefahren, anschließend war er stundenlang am Rhein spazieren gegangen. Dann hatte er sich das Hotelzimmer genommen. 40 Euro, ohne Frühstück. Der Portier hinter seinem zugigen Mini-Tresen im Treppenhaus hatte komisch geguckt, als er tagsüber, ohne Gepäck und zudem alleine eincheckte. Die Kombination war ihm offenbar noch nicht allzu oft begegnet. Aber in Hotels dieser Preiskategorie und dieser Lage wunderte sich das Personal grundsätzlich nicht über eigenartige Gäste. Hauptsache, sie zahlten, ließen das Mobiliar heil und verschwanden wieder, ohne dass ihnen die Polizei beim Auschecken behilflich sein musste.

Die Idee mit dem Hotel war ihm gekommen, als er sich bewusst wurde, dass er auf gar keinen Fall den Freunden seiner Frau in die Arme laufen wollte, während die das Haus ausräumten. Er hätte es nicht ertragen. Psychologen. Sozialpädagogen. Die hätten ihn womöglich noch in ein therapeutisches Gespräch verwickelt, um ihm am Ende in wohlfeilen, selbstgerechten Worten klar zu machen, was für ein Arschloch er sei.

Da er nicht mal eine Zahnbürste auszupacken hatte, war er noch im Mantel aufs Bett gefallen und auf der Stelle eingeschlafen.

Als er zwei Stunden später aufwachte, war es schon dunkel. Er fühlte sich alt und schmutzig. Er zog sich aus, stellte sich unter die Dusche, zog sich wieder an, verließ das Hotel und setzte sich in die nächstbeste Kneipe. Er spielte Skat mit wildfremden Menschen, als die ihn dazu aufforderten, er ließ sich zu Kölsch und Schnaps einladen, weil wildfremde Menschen das ihm unerklärliche Bedürfnis hatten, mit ihm anzustoßen, er hörte sich geduldig an, was ihm die wildfremde Wirtin mit den schlecht und vor zu langer Zeit gefärbten Haaren, den viel zu engen Jeans und der viel zu tief ausgeschnittenen Bluse über die unschätzbaren Vorteile des Single-Lebens zu berichten wusste, und schließlich wettete er mit einem wildfremden Gast auf dessen ausdrücklichen Wunsch, wer denn diese Saison Deutscher Fußballmeister werde. Morian hatte keine Ahnung von Fußball, und er hatte keine Ahnung, wie er in ein paar Monaten seine Wettschuld einlösen sollte, wenn es so weit war, weil er den Gast nicht kannte, aber das schien dem völlig egal zu sein.

Morian hatte in seinem Leben schon deprimierendere Abende verbracht.

Weiß Gott.

Der Nachtportier schlief mit dem Kopf auf der Mini-

Theke. Morian klopfte so lange gegen die gläserne Tür, bis er aufwachte und ihm öffnete. Morian fragte ihn, was er noch im Angebot habe, und der Nachtportier verkaufte ihm zwei Piccolos, Hausmarke, sechs Euro das Stück. Nur Gläser habe er keine, da müsse er den Zahnputzbecher nehmen.

Morian trank aus der Flasche, während er am Fenster stand, hinunter auf die nachtdunkle Straße drei Stockwerke unter ihm starrte und versuchte, an nichts zu denken.

Was ihm nicht gelang.

Das Reisebüro hatte er um 996 Euro ärmer verlassen, aber in der Gewissheit, dass 24 Stunden später am Flughafen Köln/Bonn eine Maschine auf ihn wartete, um ihn nach Fuerteventura zu bringen und 14 Tage später wieder abzuholen. Leben würde er die zwei Wochen laut Katalog «in unmittelbarer Nähe des lebensbejahenden Vergnügungsviertels von Corralejo, sehr verkehrsgünstig gelegen, im erst kürzlich eröffneten Club-Hotel Happy Ventura, einer modernen, besonders für junge Leute geeigneten Anlage mit 79 Zimmern, Rezeption und Meerwasser-Pool». Ein Einzelzimmer, ganz für ihn alleine, laut Katalog «mit Dusche, WC, Balkon, Minibar, Telefon und Sat-TV. All inclusive. Safe, Billard, Tischtennis, Sonnenschirme, Pool-Liegen und Badehandtücher gegen Gebühr». Statt eines Fotos gab es in dem bunten Hochglanz-Katalog eine Zeichnung, weil der Katalog längst schon gedruckt war, als das Club-Hotel vergangene Woche eröffnete, hatte ihm die Ziege mit den künstlichen Fingernägeln erklärt, als rede sie mit dem grenzdebilen, aber ungefährlichen Freigänger einer psychiatrischen Anstalt.

Ein Paar bog eng umschlungen in die Straße ein. Ihre Schritte und ihr Kichern hallten über das Kopfsteinpflaster. Sie brauchten ungefähr zehn Minuten für die knapp vierzig Meter bis zum Hoteleingang. Dann blieben sie erneut stehen, unmittelbar unter Morians Fenster. Ihre Körper verschmolzen. Morian öffnete den Schraubverschluss der zweiten Piccolo-Flasche. Er hatte in der Kneipe weit mehr getrunken, als er vertrug. Egal. Er hatte es ja nicht weit bis zum Bett.

Sie löste sich aus seinen Armen und zog ihn hinter sich her, quer über die Straße. Das Hotel war gar nicht ihr Ziel gewesen. Sie schloss die gegenüberliegende Haustür auf. Licht im Treppenhaus. Sie zog ihn hinein. Sein Widerstand war nicht der Rede wert. Die Haustür fiel ins Schloss.

Morian versuchte erneut, an nichts zu denken.

Dr. Friedrich war äußerst zurückhaltend gewesen. Vorsichtig. Distanziert. Obwohl sie sich seit vielen Jahren kannten. Und obwohl sie nach vielen Jahren Vertrauen zueinander gefasst hatten. Der Bulle und der Wissenschaftler. Sie mochten sich, so wie zwei Menschen, die von ihrer Wesensart nicht unterschiedlicher sein konnten, sich durch die professionelle Konzentration auf ein gemeinsames Ziel mit der Zeit mögen.

Morian ahnte, warum der Gerichtsmediziner so zurückhaltend war. Dr. Friedrich wusste wahrscheinlich längst, dass man Morian von dem Fall abgezogen hatte. Auch wenn der Pathologe es mit keiner Silbe erwähnte. Nach etwa einer Stunde war sich Morian sicher, dass Dr. Friedrich ihm dennoch alles gesagt hatte, was er wusste, dass er über keine neuen Erkenntnisse verfügte.

Immerhin etwas.

Erst beim Hinausgehen stellte Morian die Frage, die ihn schon seit einer Woche beschäftigte:

«Doc, könnte das auch eine Frau getan haben?»

Dr. Friedrich kratzte sich hingebungsvoll den Rücken durch den weißen Kittel über dem tadellos sitzenden dunkelblauen Anzug. Offenbar half ihm das Kratzen beim Nachdenken.

«Sie denken an seine Ehefrau? Nein. Ausgeschlossen. Nicht etwa, weil ich einer Frau nicht grundsätzlich jede erdenkliche Bestialität zutraue, zu der auch ein Mann fähig wäre. Und seine Geliebte, dieses kleine Pummelchen Eva Gering zu töten, so bestialisch zu foltern und zu töten, das hätte in Wahrheit jedes Kind gekonnt. Theoretisch. Aber ich habe Frau Lewandowski hier im Institut gesehen, als sie die Leiche identifizierte. Sie ist magersüchtig, nicht wahr? Gucken Sie nicht so verblüfft. Das sieht man doch auf den ersten Blick. Wo waren wir stehen geblieben? Heinz Lewandowski. Das Problem sind die letzten Meter vor dem Abgrund. Da begriff er nämlich erstmals, was man mit ihm vorhatte. Und begann sich zu wehren. Sehr heftig zu wehren. So wie sich ein Mensch in Todesangst halt wehrt, selbst wenn sein Schicksal unabwendbar ist. Das sagen uns die Spuren, obwohl die wegen des starken Regens nicht viel taugen. Wussten Sie, dass der Mensch rund 20 Prozent seiner muskulären Energie erst in Augenblicken größter Angst mobilisieren kann? Das hat die Natur so vorgesehen. Als eiserne Reserve für den Notfall. Sollte die Pharmaindustrie es eines Tages schaffen, dieses Problem zu lösen und die Natur auszutricksen, würde das dem Hochleistungssport gleich haufenweise neue Weltrekorde bescheren. Und der Pharmaindustrie natürlich eine goldene ...»

«Doc, um noch einmal auf den Punkt zu kommen: Könnte eine Frau das bewerkstelligt haben? Ja oder nein?»

«Sie sind immer so schrecklich ungeduldig. Das bekommt Ihrem Herzen nicht.» Der Gerichtsmediziner reagierte beleidigt auf Morians Unterbrechung.

«Tut mir leid, Doc. Also?»

«Also, also, also. So lässt sich die Frage nicht beantworten. Erinnern sie sich noch an diese Kugelstoßerinnen aus der DDR oder aus der Sowjetunion bei früheren Olympischen Spielen? So eine hätte damit kein Problem gehabt. Aber diese sprechende Kleiderstange namens Doris Lewandowski? Keine Chance.»

«Danke, Doc. Sie haben mir sehr geholfen.»

«Gern geschehen. Schönen Urlaub.»

Danke, Doc. Sie haben mir sehr geholfen. Wobei eigentlich? Der Besuch in der Gerichtsmedizin hatte ihn in Wahrheit keinen Schritt weitergebracht. Oder hatte ihm die Auskunft genügt, dass Doris Lewandowski, die Frau, die er einmal geliebt hatte, vor vielen Jahren, keines Mordes fähig war?

Im dritten Stock des Hauses auf der gegenüberliegenden Straßenseite ging das Licht an. Eine Küche. Das Paar. Sie nahm eine Flasche aus dem Kühlschrank. Sekt. Oder Champagner? Kein Piccolo. Und hoffentlich auch nicht so ein billiges, süßes Zeug, wie er es gerade in sich hineinschüttete. Sie brauchte eine Weile, um die Flasche zu entkorken, und ihre lässigen Bewegungen ließen darauf schließen, dass sie keine Sorge hegte, der Inhalt könne aus der Flasche schäumen. Also weniger Druck, also weniger Kohlensäure. Eines dieser modernen Alcopop-Getränke? Nein. Naturkorken. Also italienischer Prosecco. Wunderbar.

Sie lachte. Er konnte ihr Lachen hören, weil das Küchenfenster gekippt war und sein eigenes Fenster weit offen stand. Ihr Lachen perlte so wunderbar fein wie der Prosecco, den sie in die beiden offenbar schon vor ihrer Heimkehr auf der Spüle deponierten langstieligen Gläser goss. Also hatte sie damit gerechnet, es zu schaffen, ihn heute Abend abzuschleppen. Sie stießen miteinander an, sie blickten sich tief in die Augen, sie führten die Gläser in Zeitlupe zum Mund, ohne den Blickkontakt aufzugeben. Er verschluckte sich vor Aufregung und hustete, sie lachte herzhaft und glockenhell, stellte ihr Glas ab, klopfte ihm auf den Rücken. Sie griff in das Regal über der Spüle. Sekunden später Musik. Die CD hatte sie also schon vorher eingelegt. Morian kannte das Stück. Er wunderte sich über das Stück, weil die beiden gut und gerne zwanzig Jahre jünger waren als er.

«In the air tonight» von Phil Collins.

Sie drehte sich wieder zu ihm um, schaute ihm frech in die Augen. Dann zog sie sich in einer raschen fließenden Bewegung das Sweatshirt über den Kopf.

Morian schloss das Fenster und zog die Vorhänge zu.

Ihm war kalt, trotz des Trenchcoats, den er immer noch trug.

Er setzte sich aufs Bett und wartete auf den Tag.

Das Verhörzimmer im rückwärtigen Teil der Kommandozentrale war ein in den Fels gegossener Betonwürfel, tief unter der Villa Winter. Niemand wusste, zu welchem Zweck der Raum einmal errichtet worden war. Aber alle wussten, welchem Zweck er jetzt diente. Und alle, die sich jetzt über die Monitore beugten und in ihrer Arbeit vergruben, wussten zu schätzen, dass der Raum absolut schalldicht war.

Der fensterlose Raum war lediglich mit einem kleinen quadratischen Tisch aus grün lackiertem Metall und zwei einfachen Holzstühlen möbliert. Der Tisch war zur Seite gerückt. Auf den beiden Stühlen in der Mitte des Raumes saß die Besatzung des Landrover. Die Hände der

Männer waren hinter den Stuhllehnen verschränkt und gefesselt.

«Seht mich gefälligst an, wenn ich mit euch rede!»

Die Männer hoben die Köpfe, ganz langsam, ängstlich, schuldbewusst, und sahen schließlich Aleksandar in die Augen, der breitbeinig vor ihnen stand.

«Ich dachte, ich hätte die Besten für diesen Job ausgewählt. Ihr wollt Serben sein? Ihr besudelt die Ehre eurer Vorväter. Ihr verdient hier mehr Geld, als ihr je in eurem Leben auf einem Haufen gesehen habt. Und ihr seid nicht mal in der Lage, eine flüchtende Frau zu stoppen.»

«Wir dachten ...»

«Ihr habt zu gehorchen! Das Denken besorge ich für euch. Der Marqués musste die Frau schließlich einfangen. Unser Auftraggeber. Ein alter Mann auf seinem Pferd. Ihr habt die Firma blamiert. Ihr habt mich blamiert. In vier Tagen sollen wir die Welt aus den Angeln heben, und ihr seid nicht einmal in der Lage, eine mit einer Nagelfeile bewaffnete Frau zu stoppen! Wisst ihr eigentlich, was das bedeutet hätte, wenn ihr die Flucht gelungen wäre?»

Die Männer senkten die Köpfe.

«Seht mich gefälligst an! Ihr wisst, dass ihr Strafe verdient habt. Ihr wisst, dass ich euch jetzt bestrafen muss, nicht wahr?»

Die Männer sagten nichts.

«Antwortet mir!»

«Ja», hauchte der Ältere der beiden tonlos. Er bemühte sich vergeblich um eine festere Stimme. «Ja, wir haben deine Bestrafung verdient.»

Aleksandar lächelte zufrieden. Er fegte mit einer einzigen blitzschnellen Handbewegung die Baretts von ihren Köpfen. Dann ging er zu dem Tisch in der Ecke, hielt einen

Moment inne, sammelte sich, wie ein Priester vor dem Altar, legte seine Armbanduhr ab, nahm den Lederhandschuh, streifte ihn über die rechte Hand, schob darüber den Schlagring und griff mit der linken Hand nach dem bereitgelegten Gummiknüppel.

Sonntag, 9. März

Ratline. Max Maifeld lehnte sich, so gut es ging, in dem engen Sitz zurück und schloss die Augen. Ratline. Haben Sie davon schon mal gehört, Herr Maifeld? Die Boeing 737 der Air France mit dem Ziel Málaga via Paris hatte ihre Reisehöhe erreicht. Er wollte ursprünglich wieder mit Iberia fliegen, hatte sich dann aber auf dem Flughafen Schiphol kurzfristig entschieden, die Airline zu wechseln. Sicherheitshalber.

Vielleicht litt er schon an Paranoia.

So wie Jakob Glück.

«Ratline. Den Namen hatte damals die CIA erfunden. Beziehungsweise schon deren Vorläuferorganisation. Die in Europa stationierten Agenten des amerikanischen Geheimdienstes waren auch die Ersten, die davon wussten. Nur dagegen unternommen haben sie nichts. Der Zweite Weltkrieg war vorbei, der neue, der Kalte Krieg begann, und plötzlich war der Russe der Staatsfeind Nummer eins. Sie kennen sicher das Credo der amerikanischen Außenpolitik seit Gründung der USA: Der Feind meines Feindes ist mein Freund. Das gilt bis heute. Die Regierung der Supermacht USA handelt nach dem gleichen taktischen Prinzip wie jeder beliebige jugendliche Bandenführer in der South Bronx. Nach mir die Sintflut. Nur dass die Sintflut uns immer wieder einholt, seit die Welt zum Dorf geschrumpft ist, Herr Maifeld. Nehmen Sie nur das Beispiel Afghanistan: In der Zeit der sowjetischen Invasion hat Washington die fundamentalistischen Rebellen massiv unterstützt und damit die Voraussetzung für den späteren Taliban-Staat geschaffen. Um nach dem 11. September den Taliban-Staat abzuschießen, haben sie massiv die regionalen Warlords unterstützt und mit Waffen versorgt. Um sie bei Laune zu halten, lassen die Amerikaner es sogar zu, dass sich die Warlords über den Opiumanbau finanzieren. Was bedeutet das im Ergebnis? Die amerikanische Regierung ist mitschuldig, dass amerikanische Kinder zwischen Boston und Seattle mit Heroin vergiftet werden. Oder nehmen Sie das Beispiel Irak: Als die Ayatollahs in Teheran noch der Staatsfeind Nummer eins waren, wurde Saddam Hussein während des barbarischen Gaskrieges zwischen Iran und Irak massiv von den USA unterstützt und mit Waffen versorgt. Erst dieser nur durch die Hilfe der USA ermöglichte Sieg hat Hussein im eigenen Land so stark gemacht. Verstehen Sie jetzt, was ich meine, Herr Maifeld?»

Max räusperte sich. «Sie wollten noch von der Ratline und Fuerteventura erzählen, Herr Glück.»

«Ja. Ich will nur, dass Sie die großen Zusammenhänge verstehen, Herr Maifeld. Das ist wichtig. Sehr wichtig.»

Der Zwerg stand auf und verschwand in dem Labyrinth aus scheinbar achtlos und ordnungslos bis zur Decke gestapelten Büchern. Sie hatten das *Café 't Smalle* kurz nach

Mitternacht als letzte Gäste verlassen, weil Joop endlich Feierabend machen wollte, und waren um die Ecke in die kaum zwei Meter breite Gasse gebogen, wo sich im rückwärtigen Souterrain des Cafés Jakob Glücks Laden befand. Für Laufkundschaft eine denkbar ungeeignete Lage. Aber seit Max Maifeld das Antiquariat betreten hatte, gewann er zunehmend den Eindruck, als lege Jakob Glück gar keinen besonderen Wert auf Kundschaft.

Vera wurde immer stiller und ernster. Sie hockte auf einem Stapel alter Kunstbildbände und hing ihren Gedanken nach.

«Wie geht's dir, meine Tochter? Alles okay? Was macht die Vreije Universiteit?»

Sie hob den Kopf und versuchte ein Lächeln. «Alles bestens. Mir geht's gut. Die Professoren sind okay, manche sind sogar ausgesprochen nett. Die Studenten sowieso. Nur ... die Kunstgeschichte gaukelt eine heile Welt vor. Eine heile Geschichte. Die Geschichte großer Künstler und genialer Werke. In Wahrheit aber ist die Welt furchtbar kompliziert. Manchmal, so wie heute Abend, denke ich, die wahre Geschichte der Welt ist die Geschichte von geisteskranken Machtmenschen und ihrer zerstörerischen missionarischen Besessenheit.»

Jakob Glück tauchte aus dem Labyrinth auf. Seine Haare waren seltsam zerzaust. Er trug jetzt eine Brille mit kreisrunden dicken Gläsern und wuchtete einen Berg gebundener Akten auf den Tisch, der ihm als Ladentheke diente.

«Meine Augen sind sehr schlecht geworden in letzter Zeit. Vielleicht sollte ich eine bessere Beleuchtung anschaffen.» Der Zwerg schielte hinauf zur Decke des nur knapp zwei Meter hohen Raumes. Max vermutete, dass auch bei

Tag durch die enge Gasse und das winzige Schaufenster im Souterrain kaum Licht in den Ladenraum gelangte. «Hier. Wenn Sie mir nicht glauben, dann können Sie hier alles nachlesen. Das sind Kopien der CIA-Akten. Die Originale liegen im Archiv des Hauptquartiers der Central Intelligence Agency in Langley. Das ist in Virginia, nur knapp 15 Kilometer von der Hauptstadt Washington entfernt. Eine Festung, glauben Sie mir. Diese Akten beschreiben sehr treffend die damalige Stärke und zugleich die von Jahr zu Jahr zunehmende Schwäche unserer Organisation: Wir haben es damals geschafft, sie zu kopieren und aus dem CIA-Hochsicherheitstrakt herauszuschmuggeln. Das war in den sechziger Jahren. Aber schauen Sie sich den Zustand der Kopien an. Sie sind vergilbt, und die Schrift verblasst zusehends. Wir haben leider nicht das Geld und nicht das technische Wissen, um unsere Schätze digital zu archivieren.»

«Was steht denn in den Papieren?» Max wusste, dass er am Morgen eine Maschine nach Málaga kriegen musste. Und er hatte nicht die geringste Ahnung, wann Jakob Glück gewillt war, endlich zum Punkt zu kommen.

«Das sind die Ratline-Akten. Nach Kriegsende wurde den prominentesten Kriegsverbrechern in Nürnberg der Prozess gemacht. Ein Schauprozess für die Weltöffentlichkeit. Die USA hatten längst andere Dinge im Kopf. Zum Beispiel den Marshall-Plan, der ja nicht nur der Ankurbelung der deutschen und europäischen Wirtschaft, sondern vorrangig der Ankurbelung der amerikanischen Exportwirtschaft diente, nachdem ja nun die gigantischen Rüstungsaufträge seit Kriegsende ausblieben. Tausende Kriegsverbrecher gingen straffrei aus, weil sie unbehelligt nach Lateinamerika flüchten konnten. Hohe SS-Offiziere. KZ-Kommandanten. Wissenschaftler und Ärzte, die für die Rassenforschungs-

oder Euthanasieprogramme verantwortlich waren. Namenlose Täter. Grauenvolle Herrenmenschen. Tausendfache Mörder. Die geheimen Fluchtwege aus Deutschland über Italien, Spanien oder Portugal nach Lateinamerika tauften die US-Agenten zynisch auf den Namen Rattenweg. Sie schauten auf Anordnung ihrer obersten Vorgesetzten tatenlos zu, wie sich Verbrecher ihrer Strafe durch Flucht entzogen. Aber wissen Sie, wer damals nach Kriegsende die Rattenwege organisierte? Na?»

«Keine Ahnung, Herr Glück.»

«Der Vatikan!»

«Der Vatikan?»

«Der Vatikan! Wenn Sie mir nicht glauben, können Sie das alles hier nachlesen. Der Vatikan und in Ausübung vor Ort dessen Tochterorganisationen. In Franco-Spanien zum Beispiel die geheime katholische Bruderschaft Opus Dei. Und damit wären wir bei der Villa Winter auf Fuerteventura. Die Villa war damals ein logistischer Stützpunkt der Ratline.»

«Das ist lange her. Was hat das mit Iris Cronenberg zu tun? Und mit dem Doppelmord in Madrid? Will der Vatikan verhindern, dass sein zweifelhaftes Engagement mehr als ein halbes Jahrhundert später ans Tageslicht kommt?»

«Ach was! Der Vatikan hat schon ganz andere Schweinereien ausgesessen. Denken Sie nur an die Verbindungen zur italienischen Mafia. Katholische Banken als Geldwaschanlagen. Nein, nein. Wegen so einer lächerlichen Kleinigkeit wie dem Aufbau der Ratline nach Kriegsende lässt der Vatikan nicht kidnappen und morden.»

Vera war im Sitzen eingeschlafen. Max sah die Zeit davonrennen. Wertvolle Zeit, die Iris Cronenberg das Leben retten könnte, wenn er sie nicht gerade im muffigen Laden eines alten, unter Paranoia leidenden Mannes verplempern würde.

«Herr Glück, ich möchte nicht unhöflich sein, aber mir rennt allmählich die Zeit davon ...»

«Zeit? Zeit heilt alle Wunden, sagt ein deutsches Sprichwort. Gelogen. Es gibt Wunden, die heilen nie. Sie sind noch jung, Herr Maifeld, Sie genießen die Gnade der späten Geburt, um einen ihrer früheren Bundeskanzler zu zitieren. Das entschuldigt Ihre Ungeduld. Sie wollen wissen, was Frau Cronenbergs Verschwinden mit dieser alten Geschichte zu tun hat? Ganz einfach: Die Geschichte ist nicht alt. Sie ist hochaktuell. Denn die Ratline ist jetzt, mehr als ein halbes Jahrhundert später, wieder aktiviert worden ... nur in umgekehrter Richtung.»

«Ich verstehe nicht, Herr Glück.»

«Sie kommen zurück, Herr Maifeld. Sie kommen zurück!»

«Wer kommt zurück?»

«Die Ratten kommen zurück. Auf dem Weg, den sie kennen. Auf dem alten Rattenweg.»

«Wer? Die alten Nazi-Bonzen? Wer lebt denn noch von denen?» Max starrte den alten Mann ungläubig an.

«Ihre Nachfahren. Die Rattenbrut. Um den Plan zu erfüllen. Den Z-Plan von Wilhelm Canaris. Sie glauben an die Verheißung. Sie glauben, dass ihre Zeit nun gekommen ist. Sie glauben an den Z-Plan, den die Kette für die nachfolgenden Generationen hinterlegt hat. Der Z-Plan ist das Testament der Kette.»

«Die Kette?» Max wurde hellhörig.

«Sehen Sie? Die Welt ist zu kompliziert, um sie in drei Sätzen erklären zu können. Haben Sie schon einmal von Admiral Wilhelm Canaris gehört?»

«Ja ... Chef der Deutschen Abwehr. Das war sozusagen der militärische Geheimdienst der Wehrmacht.»

«So ist es. Eine schillernde Persönlichkeit. Geheimnisvoll, wie sich das für einen Agenten gehört. Dabei war seine Vita gar nicht außergewöhnlich für die damalige Zeit. Leider nicht blaublütig, aber doch immerhin großbürgerlicher Herkunft. Geboren 1887 in Dortmund-Applerbeck als Sohn des Industriellen Carl Canaris. Nach dem Abitur tritt er in die Kaiserliche Marine ein. Zahlreiche Fahrten nach Südamerika. Auf dem Groß-Kreuzer Dresden nimmt er im Ersten Weltkrieg an der Seeschlacht um die Falkland-Inseln teil. Internierung in Chile, abenteuerliche Flucht, Rückkehr nach Deutschland. 1916 schickt die Kaiserliche Admiralität den jungen Kapitänleutnant mit einem Geheimauftrag nach Spanien. Näheres weiß man leider nicht. Außer dass er damals einen jungen spanischen Offizier namens Francisco Franco kennen lernte. 1918 kapitulierte das Kaiserreich, und Canaris heiratete die Industriellentochter Erika Waag. Standesgemäß.»

Jakob Glücks Wangen glühten, seine Augen flackerten, sein Zeigefinger huschte über die Zeilen, gelegentlich benetzte er ihn hektisch mit der Zunge, um eine der hauchdünnen Seiten aus billigem Pauspapier umzuschlagen.

«Keine Sorge, Herr Maifeld. Ich fasse mich kurz. So kurz es geht. Was dachte dieser Mann politisch? Welches Weltbild hatte er? Wir wissen, dass er später in regelmäßigem Kontakt zu den Offizieren der Widerstandsgruppe des 20. Juli stand und dass er deshalb nach dem gescheiterten Attentat auf Hitler 1944 verhaftet, zum Tode verurteilt und am 9. April 1945 im KZ Flossenbürg hingerichtet wurde. Tod durch den Strang. War Wilhelm Canaris also ein Widerstandskämpfer? Ein Nazi-Gegner?»

«Ich denke ja ... oder?» Max ging die schulmeisterliche Art des alten Mannes langsam auf die Nerven.

«Lassen Sie mich die Frage mit einer Gegenfrage beantworten. Ich frage Sie, Herr Maifeld: Warum gab es den 20. Juli erst 1944? Warum gab es keinen 20. Juli 1933, nachdem gleich nach Hitlers Machtübernahme die Gestapo nachts die Wohnungen der Sozis und Kommunisten stürmte, sie unter dem Flehen der Ehefrauen und dem Geschrei der Kinder aus ihren Betten holte und spurlos verschwinden ließ? Warum gab es keinen 20. Juli 1940, nachdem die braunen Horden unsere Synagogen in Brand gesteckt, unsere Geschäfte zertrümmert hatten und Hitler völkerrechtswidrig in Tschechien und in Polen eingefallen war? Ich sage es Ihnen, Herr Maifeld: Weil das noch alles für die Offiziere in Ordnung ging. Kein Problem. Sie waren Reaktionäre, Monarchisten, bestenfalls stramme Antidemokraten, manche auch überzeugte Nazis. Diese Widerständler hatten Jahre zuvor noch allesamt vom kühnen Griff nach der Weltmacht geträumt. Erst als sie aufgrund ihrer beruflichen Erfahrung erkannten, dass der Krieg nicht mehr zu gewinnen war und Hitlers Psyche sich dem Irrsinn näherte, hielten sie es für sinnvoll, einzugreifen. Nur Wochen vor dem Attentat waren die Amerikaner in der Normandie gelandet, und die Russen standen 100 Kilometer vor Ostpreußen. In der Tat hätte es ohne Adel und Großbürgertum keinen 20. Juli 1944 gegeben. Aber auch keinen 30. Januar 1933. Später erhielten die Offiziere des 20. Juli einen Heiligenschein, weil man in Deutschland froh war, der Weltöffentlichkeit überhaupt ein paar Widerständler präsentieren zu können. Aber das war nur der äußere Schein. Im Inneren Deutschlands gab es doch selbst nach dem Krieg keinen wahrhaft demokratischen Geist. Bundeskanzler Konrad Adenauer persönlich hintertrieb zum Beispiel die Wiedereinstellung des zum Stauffenberg-Kreis zählenden Diplomaten Erich Kordt im Auswärtigen Amt mit der Begründung, der habe doch schon einmal seinen Chef betrogen. Verstehen Sie, was ich meine, Herr Maifeld? Verstehen Sie das System?»

Der Alte schrie fast, als dächte er, nur so zu seinem Gesprächspartner durchdringen zu können. Vera wachte auf, rieb sich die Augen, erhob sich und streckte die Glieder. «Ich geh jetzt schlafen, Dad. Sehen wir uns noch?»

«Ja. Ich wecke dich mit einem Frühstück, bevor ich zum Flughafen fahre.»

«Ich lege den Hausschlüssel unter die Fußmatte. Ich habe dir ein Bett auf der Couch gemacht. Kannst du Herrn Glück nach Hause begleiten? Das ist ja gleich bei mir um die Ecke. Du würdest mir damit einen großen Gefallen tun.»

Max nickte stumm. Vera verließ den Laden. Er wäre lieber mit ihr gegangen, hätte lieber noch etwas Zeit mit seiner Tochter verbracht, mit ihr geredet, über ihre Welt. Jakob Glück wälzte seine Akten, als habe er gar nicht mitbekommen, dass seine junge Stammkundin plötzlich verschwunden war.

«Hier. Die innere Geisteshaltung des Herrn Canaris zur Weimarer Republik, zur ersten deutschen Demokratie. Das passt. 1919 ist Canaris Mitglied des Kriegsgerichts, das die des Mordes an Rosa Luxemburg und Karl Liebknecht angeklagten Freikorps-Soldaten bis auf eine Ausnahme freispricht. Ein einziger Soldat wird zu zwei Jahren Haft verurteilt. Zwei Jahre, Herr Maifeld! Wegen zweifachen Mordes! 1920 unterstützt Canaris den Kapp-Putsch, der die demokratische Regierung stürzen soll. Er wird deswegen sogar inhaftiert, aber schon kurze Zeit später freigelassen und, Sie werden es nicht glauben: Er darf sogar seine Position im

Stab des sozialdemokratischen Reichswehrministers behalten. 1933 begrüßt Canaris ausdrücklich die Abschaffung der Demokratie durch die Nationalsozialisten und macht Karriere: Er wird 1935 als Konteradmiral zum Chef der Abteilung Ausland/Abwehr im Reichskriegsministerium berufen. Später entsteht daraus ein eigener Nachrichtendienst, ein militärischer Geheimdienst, der unmittelbar dem OKW, dem Oberkommando der Wehrmacht, unterstellt ist. Canaris wird Vizeadmiral, dann Admiral. Eine glänzende Karriere. Er ist am Ziel. Er hat alles erreicht, was man in seinem Beruf erreichen kann. Er ist ganz oben angekommen. Und er ist zudem ein gut aussehender Mann, ein attraktiver Mann, dem die Frauen zu Füßen liegen.»

Max stellte sich im Geiste Wilhelm Canaris in seiner Uniform vor. Bei einem der zahllosen Sektempfänge, irgendwo in Berlin. Frauen in eleganter Abendgarderobe, die seine Nähe und seine Aufmerksamkeit suchten, indem sie über jeden dämlichen flachgeistigen Kasernenwitz der umstehenden, mit Orden behängten Herren in hysterisches Gelächter ausbrachen, nur um ihre makellosen Zähne zeigen, ihren Kopf mitsamt ihren blonden Dauerwellen in den Nacken werfen, ihren schneeweißen Hals unterwürfig darbieten zu können. Sitte und Anstand, deutsches Wesen, deutsche Zucht, züchtiger Ausschnitt, unzüchtiger Blick. Verheißung. Versklavung. Macht, grenzenlose Macht, die Erotik der Macht, verliehen durch eine Uniform.

Dann betrachtete er Jakob Glück. Und stellte sich vor, wie Jakob Glück zu diesem Zeitpunkt gelebt hatte.

Vegetiert hatte.

Untermensch. Herrenmensch.

«Canaris hat keinerlei Problem damit, zu SS-Obergruppenführer Reinhard Heydrich, dem Chef des konkurrierenden Sicherheitsdienstes SD, zu dem auch die berüchtigte Gestapo zählt, ein geradezu freundschaftliches Verhältnis zu pflegen. Die beiden sind im Privatleben sogar Hausnachbarn. Wussten Sie das? Man reitet gemeinsam aus, man musiziert miteinander. Ausgerechnet zu Heydrich, diesem Satan in Menschengestalt. Canaris hat irgendetwas gegen ihn in der Hand. Irgendein dunkles Geheimnis. Vielleicht aus der Zeit, als Heydrich Marineoffizier war. Er wurde 1931, zwei Jahre vor Hitlers Machtergreifung, von einem militärischen Ehrengericht entlassen. Jedenfalls nutzt Canaris das dunkle Geheimnis, um sich Heydrichs Schutz zu erkaufen. Heydrich hat großen Einfluss auf Himmler. Es funktioniert offenbar auch wunderbar, bis Heydrich 1942 in Prag einem Attentat zum Opfer fällt. Außerdem: Manche Abteilungen im Verantwortungsbereich des feinen Admirals stehen den Brutalitäten der Heydrich-Leute durchaus in nichts nach. Zum Beispiel die Geheime Feldpolizei der Wehrmacht. Sie geht in Osteuropa mit unbeschreiblicher Menschenverachtung und Erbarmungslosigkeit zu Werke. Deportationen. Standgerichte. Massenerschießungen. Canaris hat die skrupellosen Spitzel der GFP zuvor schon im Spanischen Bürgerkrieg in den Dienst Francos gestellt, als Ausbilder. In dieser Zeit entsteht eine echte Männerfreundschaft zu Franco. Auf dem Schreibtisch von Canaris steht später, bis er diesen Schreibtisch unfreiwillig räumen muss, kein Bild des Führers, sondern ein Foto des Caudillo. Und Franco kümmert sich nach der Hinrichtung des Admirals hingebungsvoll um die Witwe Canaris', die nach Barcelona emigriert. Man weiß schließlich, was man einem alten Freund schuldig ist. Canaris unterstützt auch, um dem Kriegsgegner England zu schaden, die irische IRA mit Sprengstoff und Waffen und ist damit mitschuldig am Tod ziviler Terroropfer in London. Was für ein Mensch also ist dieser Admiral Canaris?»

Plötzlich zuckte Jakob Glück zusammen. Sekunden bevor Max Maifeld den Grund dafür in der Ferne vernahm. Draußen lärmte eine Horde betrunkener Jugendlicher durch die Gasse. Das Lärmen wurde lauter und lauter, je näher sie dem Laden kamen. Sie grölten Lieder, deren Inhalt nicht zu verstehen war, vielleicht die Hymne ihres Fußball-Vereins, sie kickten eine leere Bierdose über das Pflaster, trieben die scheppernde Dose johlend vor sich her, bis sie am Ende der Gasse in die Gracht platschte. Jakob Glück zog den Kopf ein, zwischen die schmalen Schultern, und wurde hinter seinem Ladentisch noch kleiner, immer kleiner, bis sich die Horde so weit entfernt hatte, dass ihr Grölen schließlich erstarb.

Sie war sofort wach, als die Taschenlampe aufblitzte und der grelle Lichtstrahl sie mitten ins Gesicht traf.

«Aufstehen!» Das Wort war noch nicht verhallt, da wurde ihr auch schon die Decke weggerissen. Sie hatte nichts an, weil ihr Gefängnis unerträglich heiß und stickig war. Es war noch nie jemand hereingekommen, ohne vorher anzuklopfen.

Jetzt war alles anders.

Der Lichtkegel der Taschenlampe wanderte über ihren Hals, ihre Brüste, ihren Bauch, ihre Scham, sprang dann zurück in ihr Gesicht.

«Anziehen!»

Sie schwang die Beine über den Rand des Feldbetts, stand auf, griff hastig nach ihrem Slip, nach ihrer Jeans und dem Pullover. Alles lag griffbereit auf dem Fußboden, gleich neben dem Kopfende des Bettes, wo sie die Sachen jeden Abend ablegte. War es überhaupt Abend? Sie war völlig erschöpft eingeschlafen, daran erinnerte sie sich. Aber sie hatte, seit das Fenster verdunkelt worden war, kein Gefühl mehr für Raum und Zeit.

«Schneller!»

Sie ließen ihr nicht einmal die Zeit, ihre Schuhe anzuziehen. Jemand packte sie am Arm und zerrte sie aus dem Zimmer, sie stolperte barfuß hinterher.

Die Stahltür. Der Kasten mit der Zifferntastatur. Der Korridor. Die unterirdische Kommandozentrale. Voller Menschen. Aber niemand beachtete sie. Alle sahen weg. Ja, sie sahen weg. So viele Menschen. Vielleicht war gar nicht Nacht. Vielleicht war Tag. Eine Tür am Ende der Halle. Ein Nebenraum. Die Tür fiel hinter ihr ins Schloss, ein Riegel wurde vorgeschoben, nichts war mehr zu hören.

Der Raum maß etwa fünf Meter im Quadratmeter. Fünf Schritte von Wand zu Wand. Wände, Fußboden und Decke aus Beton. In der Mitte ein kleiner quadratischer Tisch aus grün lackiertem Metall. Zwei einfache Holzstühle. Auf dem Tisch eine altmodische Schreibtischlampe, eine wie in diesen alten französischen Kommissar-Filmen. Die einzige Lichtquelle im Raum.

Der Tisch. Die beiden Stühle. Die Lampe auf dem Tisch. Das war alles.

Sie hörte sich atmen.

Sie hörte nichts außer ihrem Atem.

Sie setzte sich auf den Stuhl, der es ihr erlaubte, die Tür im Blick zu behalten. Sie lehnte sich ein Stück zurück und verfolgte das Stromkabel der Schreibtischlampe aus dem Augenwinkel. Unter dem Tisch war in den Fußboden eine Steckdosenleiste eingelassen. Sie kontrollierte ihre Mimik, ihre Gestik, ihre Blicke, als würde sie beobachtet, was unmöglich sein konnte. Sie sah sich möglichst unauffällig um. Nichts.

Da gab es kein verstecktes Mikro, keine Wanze, kein heimliches Kameraauge.

Wirklich nicht?

Sie hätte gerne gewusst, wie spät es war.

Ob es Nacht oder Tag war.

Sie hatte Durst.

Sie rieb sich die Augen.

Sie war müde.

Du musst jetzt wach bleiben, Iris. Hellwach.

Der Boden war kalt. Sie stellte ihre nackten Füße auf die Zehenspitzen.

Er hatte ihr eine Falle gestellt, und sie war hineingetappt. Er hatte sie getestet, und sie war durchgefallen, beim großen gräflichen Mätressen-Test. Sechs, setzen!

Er hatte ihr die Reitgerte mitten durchs Gesicht gezogen, als er sie mit seinem Pferd eingeholt hatte, dieses Schwein. Die Wunde brannte immer noch wie Feuer. Sie wagte es nicht, die Wunde zu berühren. Er hatte sie dort liegen lassen, war einfach wieder auf sein Pferd gestiegen und davongaloppiert. Seine Söldner hatten sie abtransportiert, zurück in ihr Gefängnis gebracht.

Warum nur übte sie diese unwiderstehliche Anziehungskraft auf reiche, ältere, machtbesessene Männer aus?

Umgekehrt war die Frage vielleicht einfacher zu beantworten. Von erfolgreichen, älteren, mächtigen Männern hatte sie sich zeit ihres Lebens magisch angezogen gefühlt. Schon während der Schulzeit konnten ihr die Jungs in ihrem Alter gestohlen bleiben. Sie hatte nichts übrig für all die hübschen, langhaarigen, rebellischen, Moped fahrenden Sportskanonen und Rockgitarristen, denen ihre Klassenkameradinnen zu Füßen lagen und durchheulte Nächte widmeten. Mit 17 hatte sie im Internat eine Affäre mit einem verheirateten Lehrer. Ihrem Sportlehrer. Sie erinnerte sich noch gut daran, wie sie damals der sportliche Ehrgeiz gepackt hatte. Und wie einfach es am Ende war, ihn rumzukriegen. So furchtbar einfach.

Was hatte sie eigentlich davon? Nichts. Die meisten waren nicht mal gut im Bett. Viel zu eitel und selbstverliebt, um wirklich gute Liebhaber zu sein. Liebten diese Typen sie? Nein! Wollte sie von ihnen geliebt werden? Keine Ahnung! Vielleicht von dem ersten. Der Prototyp. Ihr Vater. Was hätte sie für seine Aufmerksamkeit und Anerkennung gegeben. Ihr Leben! Er war nie da. Der große Fernsehjournalist. Wenn sie ihn sehen wollte, brauchte sie nur den Fernseher einzuschalten. Und ihre Mutter? Die gefeierte Schauspielerin aus den Vorabendserien, gesegnet mit den Attributen ewiger Jugend. Sie hatte ihre Tochter schon früh als lästige Konkurrentin begriffen. Als Spiegel der eigenen Vergänglichkeit. Und ihr einziges Kind bekämpft. Ja, bekämpft. Und ins Internat gesteckt. Aus den Augen, aus dem Sinn. Sie spürte die Tränen kommen. Nein, du bist stark. Du heulst nicht. Niemand darf Iris Cronenberg heulen sehen.

Schon gar nicht jetzt.

Wie spät mochte es sein?

Was wollten sie von ihr?

Iris wollte nur noch nach Hause, zurück ins kalte, regnerische Köln, ein Bad nehmen, Musik hören, nichts tun, nichts sehen, nichts hören, nichts denken, nichts fühlen.

Dann heulte sie doch.

Bis die Tür geöffnet wurde.

Der Mann, den sie Aleksandar nannten, betrat den Raum, gefolgt von zwei weiteren Söldnern, die sich links und rechts des Eingangs postierten, nachdem sie die Tür geschlossen hatten. Sie wischte sich verstohlen die Tränen aus dem Gesicht.

Aleksandar nahm auf dem freien Stuhl ihr gegenüber Platz und faltete die Hände. Alles an ihm wirkte feindlich. Die Augen. Der Mund. Der Haarschnitt.

«Was hast du mir zu sagen?» Er duzte sie. Sein Deutsch klang fremd und mühsam erlernt.

Er wartete. Sie wartete.

«Ich habe keine Ahnung, was Sie ...»

Seine Faust landete krachend vor ihr auf dem Tisch. Sie zuckte zusammen. «Ich weiß doch nicht ... Was wollen Sie denn überhaupt von mir wissen?»

Sie begann zu zittern, am ganzen Körper, schrecklich zu zittern, als er aufstand, seinen Stuhl an der Lehne packte, ihn auf die Tischplatte niedersausen ließ, in tausend Stücke zerschmetterte. Dann stützte er sich mit seinen beiden Fäusten auf die metallene Oberfläche des Tisches, beugte sich ganz weit vor, ihr entgegen, sodass sie seinen Atem auf ihrer pelzigen Zunge schmeckte.

«Wo ist dieser Maifeld? Rede! Was hat er vor?»

«Ich nehme an, er wird mich suchen. Er wird nichts unversucht lassen, um mich zu finden.» Sie antwortete schneller, als sie denken konnte, in der vagen Hoffnung, dass er sie in Ruhe ließ, solange sie nur redete.

«Einen Scheißdreck tut er für dich. Er hat die Insel verlassen. Er ist abgehauen, nachdem wir ihn ein bisschen unter Druck gesetzt haben, dein großer Beschützer. Was weißt du über unsere Operation?» Er sprach leise und lauernd, wie ein Raubtier.

«Oh, eine ganze Menge. Don Felipe hat mir viel erzählt über seine politischen Pläne.»

Das funktionierte. Der Name seines Arbeitgebers bremste ihn. Und die Tatsache, dass er nicht unterscheiden konnte, was sie von dem Marqués während ihrer bisherigen Gefangenschaft erfahren hatte und was sie bereits vorher recherchiert hatte, irritierte ihn sichtlich. Er brauchte die Kontrolle, sonst war er verloren. In dieser winzigen Atempause begriff Iris, dass sowohl Aleksandar als auch der Marqués nichts über sie wussten, nicht wussten, was sie wusste und was sie interessierte ... außer dass sie zweimal die Villa Winter aufgesucht hatte. Alles war nur eine Farce: die nächtliche Weck-Aktion, das Verhör, die zur Schau gestellte Gewalt, auch die dämliche Schreibtischlampe.

Als sie das begriff, wurde sie ruhiger. Er stellte nur offene Fragen. Jemand, der im Begriff war, sie aufs Glatteis zu führen, sie aufs Kreuz zu legen, würde ganz anders fragen. Augenblicklich kehrte ihre Widerstandskraft zurück. Das war eine ganz billige Nummer. Okay, spielt nur euer Spiel. Ich habe euch durchschaut. Und ich spiele es sogar mit.

«War das alles, was Sie wissen wollten? Kann ich jetzt wieder schlafen gehen?»

«Sie schlafen erst wieder, wenn ich es will!»

Aleksandar drehte ihr den grellen Lichtkegel der Schreibtischlampe ins Gesicht. Sie schloss unwillkürlich die Augen.

Jakob Glück lauschte immer noch, mit gesenktem Kopf und gespitzten Ohren, wie eine Katze, stets zur Flucht bereit. Erst nach Minuten sprach er weiter. Merklich leiser als zuvor:

«Canaris. Der Mann mit den zwei Gesichtern. Schauen wir uns seine engsten Mitarbeiter an. Da haben wir einerseits den Leiter seiner Zentralabteilung, Generalmajor Hans Oster, und dessen engsten Mitarbeiter Hans von Dohnanyi, den Vater des späteren SPD-Bundesministers und Hamburger Bürgermeisters. Die beiden gehören zum Stauffenberg-Kreis, der das Attentat auf Hitler und den Sturz des Nazi-Regimes vorbereitete. Canaris weiß das, aber er lässt sie gewähren, deckt sie sogar. Gibt uns dies einen Hinweis auf den wahren Charakter des Geheimdienst-Chefs? Bevor wir die Frage beantworten, schauen wir uns einen weiteren Mann aus dem engsten Mitarbeiterkreis des Admirals an: Reinhard Kopps alias Juan Maler, wie er sich später in Südamerika nennt. Ein überzeugter, ein fanatischer Nazi. Zudem ein Esoteriker, der den Faschismus wie eine Religion begreift. Darauf werden wir noch zu sprechen kommen, denn das ist der Schlüssel für alles. Jedenfalls flieht Kopps nach Kriegsende nach Rom, zu Bischof Alois Hudal, ein enger Vertrauter von Papst Pius XII. und dessen Berater im Vatikan. Hudal besorgt Kopps einen Job in seinem Büro, und mit Segen des Bischofs baut der Ex-Canaris-Vertraute die Ratline auf. Gefälschte Papiere werden über den Vatikan besorgt und ermöglichen einer illustren Schar prominenter Nazis die Flucht in diverse arabische Länder, die stramme Antisemiten und Judenhasser mit offenen Armen empfangen, vor allem aber nach Lateinamerika, weil den dortigen Machthabern erfahrene Menschenschinder mit garantiert antidemokratischer Gesinnung sehr willkommen sind: zum Beispiel Adolf Eichmann, der Architekt der Vernichtungsprogramme, SS-Standartenführer Walter Rauff, der die Gaswagen erfand, Auschwitz-Arzt Josef Mengele, Franz Stangl, Kommandant der Vernichtungslager Sobibor und Treblinka, SS-Obersturmführer

Friedrich Warzok, Kommandant des Konzentrationslagers Lemberg-Janowka, SS-Hauptsturmführer Klaus Barbie, der berüchtigte Schlächter von Lyon, und sein SS-Kollege Erich Priebke. Das sind nur die prominentesten Namen. Prominent und der Öffentlichkeit bekannt auch deshalb, weil einige von ihnen durch den israelischen Geheimdienst, durch Wiesenthal und Klarsfeld, ferner durch unsere Organisation oder durch hartnäckige und unbestechliche Journalisten in ihren Verstecken aufgespürt wurden und so kurzzeitig noch einmal für öffentliches Interesse sorgten, weil ihre Gastländer sie widerwillig auslieferten und man ihnen in Europa oder in Israel den Prozess machte. Doch an die große Mehrheit kann sich niemand mehr erinnern. Weil sie erfolgreich abgetaucht waren oder aber nicht ausgeliefert wurden. Allein in Argentinien sind damals 143 Nazi-Bonzen untergetaucht. Sie konnten unbehelligt ihren Lebensabend in der neuen Heimat verbringen und ihr aus Europa transferiertes Vermögen mehren. Vermögen, das auf Mord, auf Raub und Diebstahl fußte – dem Blut unzähliger jüdischer Opfer. Was wollte ich noch ... die Opfer ...»

Jakob Glück hatte den Faden verloren. Er hockte kraftlos und zusammengesunken hinter seinem Tisch, starrte mit leeren Augen auf den verwitterten, staubigen Steinfußboden und rang nach Worten, als sei in seinem im Vergleich zu seinem winzigen Körper riesigen Kopf etwas durcheinander geraten. Die Zeit verrann. Irgendwo im Jordaan-Viertel läutete eine Kirchturmuhr. Der Turm der Westerkerk. Dreimal. Drei Uhr morgens. Jakob Glück war weit weg, in einer anderen Zeit. Einer Zeit, die ihm seine Vergangenheit und seine Zukunft geraubt hatte. Max Maifeld wartete. Er legte sein Notizbuch und den Kugelschreiber auf den Bücherstapel, der Vera zuvor als Sitz gedient hatte, und streckte seine Glieder. Nach einer weiteren Viertelstunde fingerte er, so leise es ging, eine Zigarette aus der Schachtel in der Außentasche seines Sakkos. Die erste, seit sie das Café verlassen und den Laden im Souterrain betreten hatten. Das Klicken des Feuerzeugs ließ den Antiquar hochschrecken.

«Sie sind Raucher? Wie unhöflich von mir. Warten Sie. Ich besorge Ihnen einen Aschenbecher.» Er sprang auf, verschwand in den Tiefen des Labyrinths und kehrte mit einer Untertasse, einer halb vollen Flasche Wein und zwei Wassergläsern zurück. «Tut mir Leid. Ich bin nicht sehr gut ausgestattet hier.»

«Stört es Sie, wenn ich rauche? Die Bücher?»

«Nein, nein. Rauchen Sie ruhig.» Er ruderte beschwichtigend mit den Armen. «Solange Sie die Bücher nicht verbrennen!» Er lachte, kurz und heftig. «Wissen Sie, jiddischer Humor ist immer auch Galgenhumor. Der typische Humor geborener Opfer. Vielleicht hilft Ihnen das Rauchen ja, sich zu konzentrieren. Oder sollen wir ein anderes Mal fortfahren? Sollen wir vielleicht eine Pause machen und morgen ...»

«Nicht nötig, Herr Glück. Kein Problem. Ich höre Ihnen zu ...»

«... Hören Sie, Monsieur? Monsieur?»

Max Maifeld schrak aus seinem Sitz hoch. Geschminkte Lippen, ein Lächeln, der Duft eines wunderbaren Parfums. Das Gesicht der Stewardess, keine zwanzig Zentimeter von seiner Nasenspitze entfernt. Ihre schmale gepflegte Hand ruhte immer noch auf seiner Schulter. «Möchten Sie etwas essen, Monsieur?»

Max schüttelte den Kopf. Die Stewardess knipste das Lächeln aus, griff sich ein Tablett aus dem Servierwagen und knipste es für den Fluggast neben ihm wieder an. Max rieb sich die Augen. Wie lange hatte er geschlafen? Er sah auf seine Armbanduhr. Allenfalls eine halbe Stunde. Er tippte das Notebook an, das ebenfalls eingeschlafen war, weil es das Betriebssystem so wollte, und fuhr fort, die Mitschrift aus seinem Notizbuch in eine Textdatei zu übertragen. Einmal weil er stets Schwierigkeiten hatte, Tage später seine eigene grauenhafte Handschrift zu entziffern. Zum anderen, weil das Abschreiben ihm half, das in der Nacht Gehörte zu ordnen. Zu ordnen und zu sortieren. Nicht zu verstehen, nicht zu begreifen. Denn was er in den frühen Morgenstunden von Jakob Glück gehört hatte, bevor er den alten, am Ende schon leicht betrunkenen und wankenden Mann kurz nach Tagesanbruch wohlbehalten in seiner winzigen schäbigen Dachwohnung im Claes Claesz abgeliefert und anschließend seiner Tochter und sich in deren Wohnung zwei Straßen weiter ein Frühstück improvisiert hatte, ohne die ihm von Vera bereitete Bettstatt auf dem Sofa auch nur angetastet zu haben, war nicht zu verstehen, war nicht zu glauben, war nicht zu begreifen.

Liz hatte die Koffer mitgenommen. Also kramte er auf dem Dachboden nach seiner alten Sporttasche. Er hatte sie seit seinem letzten Boxtraining nicht mehr benutzt. Wie viele Jahre war das her? Sie war etwas aus dem Leim gegangen. So wie er. Vielleicht aus Solidarität zu ihm, aus alter Verbundenheit, in Erinnerung an eine gemeinsame glorreiche Zeit. Der Reißverschluss war kaputt. Er würde sie also nicht aufgeben können, sondern als Handgepäck mit in die Maschine nehmen müssen. Wie schwer durfte sie dann sein? Fünf Kilogramm? Er würde ohnehin nicht viel einpacken. Eine Badehose würde er sich dort unten kaufen müssen. Seine alte passte ihm schon lange nicht mehr. Sie waren schon lange nicht mehr in Urlaub gewesen. Weil ihnen das Haus über den Kopf gewachsen war. Das Darlehen. Die Nebenkosten.

Er drehte auf dem Weg nach unten systematisch sämtliche Heizkörper im Haus ab. Er warf wie in Trance wahllos Gegenstände in die Sporttasche. Zahnbürste. Rasierzeug. Socken. Unterwäsche. Er hatte keine Ahnung, was man so alles für einen Pauschalurlaub im Süden benötigte. War sein Personalausweis überhaupt noch gültig? Hatte er seinen Führerschein dabei? Er stopfte den Inhalt des Kühlschranks in eine Plastiktüte und warf sie zusammen mit der alten Badehose in die Mülltonne vor dem Haus. Draußen wartete schon Antonia Dix in ihrem Mini Cooper, um ihn zum Flughafen zu fahren.

«Bin gleich so weit. In zwei Minuten.»

Er lief zurück, ging noch einmal, zum wiederholten Mal, seit er das Haus nach einer schlaflosen Nacht im Hotel an diesem Morgen betreten hatte, durch alle Zimmer, als müsse er jedes einzelne Zimmer, jeden Winkel des Hauses fotografisch in seinem Gedächtnis abspeichern. Dann nahm er die Sporttasche und verließ das Haus, das einmal sein Zuhause gewesen war.

Im Transitraum des Pariser Flughafens Charles de Gaulle kaufte sich Max Maifeld ein zerknautschtes, gummiartiges, mit Käse belegtes Baguette und einen viel zu heißen Café au lait. Er stellte das Tablett auf einem Stuhl ab und entmüllte den einzigen Tisch, der nicht von wartenden Fluggästen belagert war, vermutlich, weil ihn soeben erst ein Dutzend britischer Fußballfans verlassen und darauf Berge von Pommes-Schalen und Bierdosen hinterlassen hatten. Er aß lustlos, verrührte Zucker in den Kaffee, blies und probierte und gab es dann auf. Er nahm das Notebook aus der Aktentasche und schaltete es ein. Während er darauf wartete, dass sich das Betriebssystem aufbaute, dachte er an Jakob Glück, der angesichts des Grauens in Auschwitz sein Wachstum eingestellt hatte. Ihm fiel die Hauptfigur aus dem Roman von Günter Grass ein. Die Blechtrommel. Oskar Matzerath. Der hatte im Alter von drei Jahren das Wachstum eingestellt.

Weil ihm danach war.

Max hatte das Buch geliebt, seit er es als Gymnasiast zum ersten Mal gelesen hatte. Wegen seiner Skurrilität und seines respektlosen, von emotional distanzierter Ironie geprägten Umgangs mit den tausend Jahren deutscher Geschichte. Jetzt wusste er, dass er dieses Buch nie mehr würde lesen können. Seit er Jakob Glück kennen gelernt hatte. Der nicht aus Lust und Laune, sondern aus Todesangst und ohnmächtigem Entsetzen das Wachstum eingestellt hatte. Mit zwölf Jahren. Da hatte das Schicksal entschieden, ihn zwar am Leben zu lassen, ihm aber alles andere zu nehmen. Seine Familie. Seine Hoffnungen. Seine Zuversicht. Seine Jugend. Seine Zukunft.

Konnte ein Mensch, der erleben musste, was Jakob Glück erlebt hatte, noch die Wahrheit sehen, die Realität erkennen, ohne sie zuvor automatisch durch den Filter seiner Paranoia zu jagen? Und konnte Max glauben, was Jakob Glück ihm erzählt hatte?

Die Ratten kehren zurück.

Das Notebook war bereit. Max sah auf die Uhr. In einer halben Stunde würde ihn die Boeing 737 der Air France mit der Flugnummer AF 1730 nach Málaga bringen. Er rief die Textdatei auf, die er auf dem Flug von Amsterdam nach

Paris eingerichtet und mit Inhalt gefüllt hatte, und las noch einmal, was er aus seinen handschriftlichen Notizen übernommen hatte.

Admiral Wilhelm Canaris. Der Mann mit den zwei Gesichtern. In Wahrheit aber, so behauptete Jakob Glück, war ein drittes Gesicht, sorgfältig unter einer Tarnkappe verborgen, das wahre Gesicht des mächtigen Geheimdienst-Mannes.

Jakob Glück behauptet allen Ernstes, dass seit jeher und bis heute die Welt nicht von Politikern regiert werde, weder von einzelnen Diktatoren noch von demokratisch legitimierten Regierungen oder Parteien gelenkt werde, sondern ausschließlich von mächtigen Geheimbünden; von okkulten, teilweise kooperierenden, gelegentlich heftig konkurrierenden Organisationen, deren Mitglieder pseudoreligiöse, esoterische Rituale pflegen und ihre politischen Ziele mit missionarischem bis fanatischem Feuereifer, mit dem Einsatz von viel, viel Geld und vor allem über Generationen hinweg verfolgen. Nur wenige Wissenschaftler oder Journalisten hätten bisher auch nur ansatzweise dieses perverse Spiel mit der Macht durchschaut.

Wie zum Beweis hatte der Zwerg in der Nacht aus seinen Aktenbergen einen Brief gefischt, den ihm Carl Anatol Fried, der langjährige und inzwischen pensionierte politische Kolumnist der *New York Times*, geschickt hatte:

«Lieber Jakob, dieser Irak-Krieg ist kein Krieg, den die Masse des amerikanischen Volkes wollte, sondern ausschließlich ein Krieg der amerikanischen Elite. Diesen Zynikern kam der 11. September, kam der islamistische Terror wie gerufen. Sie mehren nun ihre Macht, indem sie das Gedenken an die Terroropfer als billiges Marketing-

instrument missbrauchen. Ich könnte Ihnen die Namen von vielleicht 15 Männern nennen, die alle ihre Büros hier in Washington innerhalb eines Radius von fünf Blocks rund um mein eigenes Büro unterhalten und die allesamt nicht Mitglied der US-Regierung sind, niemals waren und niemals sein werden. Aber wenn man diese 15 Männer vor dem 11. September auf eine einsame Insel geschickt hätte, dann hätte es diesen unsinnigen Irak-Krieg und das nachfolgende Desaster nicht gegeben. Nachdem nun mit dem Kalten Krieg, der sie über Jahrzehnte ernährt hat, seit dem Fall des Eisernen Vorhangs und dem Ende der atomaren Hochrüstung kein Geld mehr zu verdienen ist, basteln sie munter an der Idee eines World War IV.»

Das hätte sein Freund Carl Anatol Fried natürlich nie in der *New York Times* geschrieben, als er noch für sie schrieb.

Doch diese *Think Tanks*, wie sie sich euphemistisch nannten, in denen sich die Good Old Boys fortgeschrittenen Alters bei einer guten Zigarre treffen, um sich darauf zu einigen, in welche Richtung sich der Planet Erde gefälligst zu drehen habe, seien keine Erfindung der Gegenwart und vor allem keine amerikanische Erfindung, versicherte Jakob Glück: «So wie okkulte US-Drahtzieher den persischen Schah fallen ließen, weil der plötzlich eine ihnen nicht genehme Öl-Politik verfolgte, und sie deshalb Ayatollah Khomeini aus dem Pariser Exil nach Teheran schleusten, genauso hatte die deutsche Kaiserliche Oberste Heeresleitung, damals ebenfalls ein okkulter Staat im Staate, am Ende des Ersten Weltkrieges den russischen Revolutionär Lenin aus seinem Exil in Zürich in einer Geheimoperation nach Moskau geschleust, um dort den Zar zu stürzen.»

Während aber amerikanische Geheimbünde wie

der Wallstreet-Club «Council of Foreign Relations» (nach Jakob Glücks Worten «das Politbüro des Kapitalismus») oder die elitäre Yale-Connection «Skull and Bones» des Bush-Clans das vorrangige Ziel verfolgten, wirtschaftliche Macht durch politische Einflussnahme zu mehren, seien europäische Geheimbünde, vom mittelalterlichen Templer-Orden bis zur zeitgenössischen italienischen P2-Loge, traditionell eher umgekehrt daran interessiert, durch wirtschaftlichen Einfluss ihre politische und weltanschauliche Macht zu mehren.

Der europäische *Think Tank* des Wilhelm Canaris sei die Thule-Gesellschaft gewesen; gegründet gleich nach der Kapitulation des Kaiserreiches und dem Ende des Ersten Weltkrieges 1918 in München; eine Geheimloge, die rasch die unterschiedlichsten sektiererischen okkulten Gruppierungen in sich aufsog: Esoteriker, die an Aromatherapie, Astralreisen, Freikörperkultur und Lichtnahrung glaubten, – und an Reinkarnation wie der spätere SS-Chef Heinrich Himmler, der davon überzeugt war, die Wiedergeburt des Slawen-Bezwingers Heinrich I. aus dem 10. Jahrhundert zu sein. Leute wie der spätere Nazi-Chefideologe Alfred Rosenberg und der Geo-Politiker Karl Haushofer, Schöpfer der folgenschweren Idee vom Lebensraum im Osten. Veganer und Naturfreunde. Theosophen und Anthroposophen. Selbst ernannte Germanen-Forscher. Anhänger des britischen Magiers und Satanisten Aleister Crowley, der in seinen Schriften die Idee vom Herrenmenschen vorwegnahm. Jakob Glück zitierte aus Crowleys Schriften: *«Ihr seid meine Auserwählten. Nichts haben wir gemein mit den Untauglichen. Lasset sie sterben. Denn sie fühlen nicht. Mitleid ist Laster. Verdammt die Mitleidigen. Tretet nieder die Schwachen, denn das ist das Gesetz der Starken.»*

Eine Heimat fanden in der Thule-Gesellschaft außerdem christliche Fundamentalisten, die sich als rechtmäßige Nachkommen der Tempelritter sahen, der ersten internationalen Supermacht der Weltgeschichte. Phantasten, die kein Problem damit hatten, die Menschheit sauber in Gut und Böse einzusortieren, auf einen neuen Kreuzzug hofften und ihre pseudowissenschaftliche Rassentheorie und ihren Antisemitismus darauf fußten, dass der Jude Jesus Christus ans Kreuz genagelt habe.

Der Thule-Orden tagte konspirativ, aber standesgemäß im Münchner Nobel-Hotel *Vier Jahreszeiten*, dessen damalige Eigentümer ebenfalls dem Orden angehörten. Dort wurden auch die Waffen versteckt, um den sozialistischen bayerischen Ministerpräsidenten Kurt Eisner zu ermorden. Dort wurden auch die ersten Freikorps-Verbände zusammengestellt, aus deren Reihen die Offiziere kamen, die Rosa Luxemburg und Karl Liebknecht ermordeten.

Benannt war der Orden nach dem geheimnisvollen Thule, der nordisch-germanischen Bezeichnung des sagenhaften, einst vom Meer verschlungenen Atlantis, das Plato vor 2500 Jahren in seinen philosophischen Dialogen beschrieben hatte. Nicht wenige Mitglieder der Thule-Gesellschaft glaubten, dass die Kanarischen Inseln die letzten verbliebenen Reste dieses arischen Königreichs im Atlantik seien. Und sie stützten ihre These auf die Logbücher normannischer Seefahrer, die jene später im Lauf der spanischen Kolonialisierung ausgestorbenen Ureinwohner der Kanaren, die Guanchen, als blond und blauäugig beschrieben hatten.

Die Thule-Anhänger waren davon überzeugt, dass irgendwo im Süden der Insel Fuerteventura, auf dem felsigen Boden des einstigen Kontinents Atlantis, versteckt in einer heiligen Höhle, der geheimnisvolle Schwarze Stein der Göttin Isais läge, der dem, der ihn eines Tages fände, die Allmacht über die Welt verleihe.

Behauptete Jakob Glück.

Max hatte in der Nacht kein Hehl aus seinen Zweifeln gemacht. Indem er nachfragte und nachfragte. Bohrte und bohrte. Nur die Höflichkeit verbot ihm, laut zu sagen, was er schließlich dachte: Er hielt Jakob Glück für verrückt.

«Sie halten mich für verrückt, Herr Maifeld, nicht wahr?»

«Das spielt jetzt nicht die entscheidende Rolle, Herr Glück. Ich versuche, Iris Cronenberg zu retten, und bilde mir ein, dies nur tun zu können, wenn ich weiß, was Sie ihr erzählt haben.»

«Dann üben Sie sich bitte noch einen kleinen Augenblick in Geduld. Denn was ich Ihnen erzähle, habe ich ihr auch erzählt, allerdings in geraffter Form. Das aber war vermutlich der Fehler, der sie in Gefahr brachte. Weil sie durch meine Raffung die Gefährlichkeit dieser Leute nicht erkannt hat.»

«Gut. Fahren Sie bitte fort, Herr Glück.»

«Wie Sie wollen, Herr Maifeld. Die Wahrheit ist nämlich: Nicht ich bin verrückt, sondern diese Leute sind verrückt. Und genau das macht sie so gefährlich. Ich zitiere Hermann Rauschning, der 1933 mit den Stimmen der Nazis und des katholischen Zentrums zum Senatspräsidenten der Freien Stadt Danzig gewählt wurde, der sein Amt aber 1934 aus Protest gegen die Nazis niederlegte und in die Schweiz floh. Rauschning schrieb nach seiner Flucht ... wo habe ich es ... hier: *Jeder Deutsche steht mit einem Fuß in jenem sagenhaften Atlantis, in dem er einen recht stattlichen Erbhof sein Eigen nennt. Diese Fähigkeit, in doppelten Welten zu leben, eine imaginäre immer wieder in die reale hinein zu projizieren, trifft auf besondere Weise auf Hitler und seinen magischen Sozialismus zu. All diese kleinen, verwachsenen Sehnsüchtigen, die keine rechte Erfüllung finden; sie machen aus ihren Marotten eine Religion. Sie lassen ihre geheimen Wünsche in die vielen Gaszellen des Riesenluftschiffs der Partei einströmen, um mit ihm einen noch höheren Flug zu wagen, angetrieben von Gehässigkeit, Rechthaberei und atemlosem Fanatismus. Für alle, die meinen, zu kurz gekommen zu sein, ist der Nationalsozialismus der Traum von der großen Magie.»*

Jakob Glück hob triumphierend den Kopf, als habe er mit dem Zitat des Ex-Nazis, der sich außergewöhnlich früh vom Saulus zum Paulus wandelte, den endgültigen Beweis für seine These von der okkulten Weltverschwörung angetreten. Max Maifeld sagte nichts, sondern zündete sich eine weitere Zigarette an.

Regelrechte Spinner seien sie gewesen, die Mitglieder der Thule-Gesellschaft. Aber mächtige Spinner, einflussreiche Mitglieder der besseren Gesellschaft aus Adel, Wirtschaft, Kultur, Militär und Justiz. Dem Thule-Orden habe zum Beispiel die Boulevard-Zeitung *Münchner Beobachter* gehört, aus der später der *Völkische Beobachter* wurde, das Zentralorgan der NSDAP. Und Hitler, dieser arbeitslose Kunstmaler und Almosenempfänger, habe Kontakt zur Thule-Gesellschaft gesucht, um so den Weg in die besseren Kreise zu finden. Erst die Thule-Gesellschaft habe ihn salonfähig gemacht, ihm den Geruch der Straße genommen. Sie erkannten sein teuflisches Charisma, seine hypnotische Wirkung auf die Massen, und sie beschlossen, ihn für ihre Zwecke zu benutzen: als Einpeitscher, als Trommler, als geeignetes Werkzeug, um die verhasste Republik zu stürzen. Dass er den okkulten Orden verbieten ließ, als er schließlich die Macht in Händen hielt, sei ein anderes Kapitel. Man habe den Mann ganz einfach unterschätzt. Und dann sei es zu spät gewesen.

«So, und jetzt brennen Sie darauf zu erfahren, was das alles mit der Gegenwart zu tun hat, nicht wahr, Herr Maifeld?»

«Was grinst du so dämlich? Hast du noch nie einen Touristen gesehen? Oder sehe ich etwa aus wie vom Mars?»

Morians Empörung ließ Hurls Grinsen noch breiter werden. Er konnte es einfach nicht abstellen. Um es zu verbergen, nahm er den Freund in die Arme und drückte ihn an seine Brust. «Schön, dich zu sehen. Ist schon eine Weile her. Ich habe dich übrigens vermisst, du altes Schlachtross. Wie ist das Wetter in Deutschland? Nicht böse sein, alter Junge. Aber du bist wahrscheinlich der einzige Mensch, der hier im Regenmantel herumläuft. Willkommen auf Fuerteventura, der Wüsten-Insel, wo es so gut wie nie regnet.»

«Wo ist Max?»

«Erzähl ich dir später. Komm jetzt.»

Hurl schulterte Morians Sporttasche. Gemeinsam verließen sie das Flughafengebäude, überquerten die Zufahrtstraße und steuerten den Besucherparkplatz an. Dort lehnten Juan Carlos und Antonio mit verschränkten Armen und teilnahmslosen Mienen an einem mindestens 20 Jahre alten sandfarbenen Toyota Landcruiser Troop Carrier und starrten in den Himmel.

«Darf ich vorstellen? Josef. Juan Carlos. Antonio.»

Die beiden Brüder nahmen vorne Platz, Hurl und Morian auf der Rückbank. Morian kniff die Augen zusammen und blinzelte in die Sonne, bis Hurl ihm eine Sonnenbrille reichte.

«Danke. Hätten wir nicht eben nach rechts abbiegen müssen? Der Pfeil für Corralejo auf dem Straßenschild zeigte nach rechts.»

«Einem ordentlichen deutschen Kriminalisten entgeht aber auch gar nichts. Wir machen einen kleinen Ausflug, bevor wir dich in deinem Ferienparadies abliefern.»

Den Rest der Fahrt schwiegen sie. Morian sprach kein Spanisch und die beiden Männer vor ihm kein Deutsch. Hurl machte zwischendurch einen unvorsichtigen Anlauf, nach Liz und den Kindern zu fragen. Morian antwortete so einsilbig, dass Hurl sofort damit aufhörte.

Es ging in die Berge. Juan Carlos ließ die Gänge krachen, der Toyota machte nach jedem Schalten einen ruckartigen Satz nach vorne. Die ausgedörrte Landschaft deprimierte Morian. Er hatte sich das Urlaubsparadies anders vorgestellt. Sie verließen die asphaltierte Straße. Der Toyota ackerte sich heulend die steile Geröllpiste hinauf. Die einzigen Lebewesen, denen sie unterwegs begegneten, waren ein paar magere Ziegen. Es war stickig in dem aufgeheizten Blechkasten. Morian schälte sich auf der engen Rückbank umständlich aus seinem Trenchcoat. Darunter trug er einen anthrazitfarbenen Anzug.

Den trug er eigentlich immer.

So sah der Anzug auch inzwischen aus.

Hurl beobachtete ihn aus den Augenwinkeln und grinste wieder.

«Wir werden dir wohl morgen ein paar Dinge zum Anziehen kaufen müssen. Ich kenne da in Corralejo eine ...»

Da Morian keine Lust hatte, erneut über seine Kleidung zu diskutieren, fiel er Hurl ins Wort und wechselte das Thema.

«Wir fahren zur Villa Winter, stimmt's?»

«Stimmt. Aber wir sind nicht eingeladen. Also nehmen wir die Abkürzung. Dort, wo wir hinfahren, ist die Aussicht besser.»

Zwei Minuten später gab der Toyota auf. Selbst die grobstolligen Reifen fanden keinen Halt mehr. Sie stiegen aus und gingen zu Fuß weiter. Alle außer Morian trugen Rucksäcke. Nach etwa einer halben Stunde endete der Trampelpfad im Nichts. Schließlich kletterten sie auf allen vieren den Berg hinauf. Die Hitze warf Morians Kreislauf binnen Minuten völlig aus der Bahn.

Kurz vor dem Gipfel bedeutete ihnen Hurl mit einem Handzeichen, auf ihn zu warten, während er weiter hinaufkletterte. Morian war dankbar für die Pause. Sein Puls raste. Antonio reichte ihm schweigend eine Wasserflasche aus seinem Rucksack. Morian nahm sie dankbar entgegen und trank gierig. Während er noch trank, schubste ihn Juan Carlos an und zeigte den Berg hinauf. Oben verharrte Hurl auf allen vieren und winkte.

«Vamos.»

Zehn Minuten später legten sie sich neben Hurl. Sie lagen zu viert bäuchlings auf dem rostroten Felsplateau und sahen in die Tiefe.

Die Villa Winter befand sich fast senkrecht unter ihnen.

Wie ein Puppenhaus, auf die Entfernung.

Der großzügige, von Arkaden gesäumte Patio erinnerte Morian an die Kreuzgänge mittelalterlicher Klöster.

Hurl starrte unentwegt durch das Fernglas, das er aus seinem Rucksack genommen hatte.

Vor dem Tor zum Patio parkte der gepanzerte Landrover Defender, den Morian aus Heinz Lewandowskis Notizen kannte. Sonst war nichts zu sehen.

Hurl und die beiden Brüder unterhielten sich flüsternd auf Spanisch. Morian verstand kein Wort.

Nichts rührte sich da unten.

Der Wind zerrte an seinen Hosenbeinen.

Die Sonne stach erbarmungslos in seinen Nacken.

Der Anzug war jetzt völlig ruiniert.

Hurl starrte durch das Fernglas.

Plötzlich spürte Morian, wie sich Hurls Körper neben ihm versteifte. Jeder Muskel schien gespannt. Morian kniff unwillkürlich die Augen zusammen und fixierte die Villa.

Mitten in dem Patio stand ein Mann.

Der Mann starrte sie an.

Bevor Morian realisierte, dass der Mann sie zwischen den zerklüfteten Felsen auf diese Entfernung, ohne Fernglas und vor allem im grellen Gegenlicht der über dem Bergrücken stehenden Sonne unmöglich sehen konnte, hatte sich das Adrenalin bereits in seinem Körper ausgebreitet. Er duckte sich noch tiefer, drückte sein Kinn auf den Felsboden, dann atmete er ein paar Mal tief durch, um seinen Herzschlag zu normalisieren.

Der Mann stand breitbeinig da und hielt die Arme hinter dem Rücken verschränkt. Er genoss offenbar die Nachmittagssonne. Er streckte ihr sein Gesicht entgegen, schloss Morian aus der unnatürlichen Kopfhaltung. Die Gesichtszüge konnte er mit bloßem Auge nicht erkennen. Der Mann zündete sich eine Zigarette an. Er schloss die Augen, genoss die Zigarette und die Sonne. Als er aufgeraucht hatte, drehte er sich um und verschwand im linken Seitenflügel des Gebäudes.

Morian spürte, dass sich der schwere, muskulöse Körper neben ihm immer noch nicht entspannt hatte. Er drehte den Kopf vorsichtig in Hurls Richtung. Der ließ gerade das Gewehr mit dem Zielfernrohr sinken. Morian hatte, obwohl er unmittelbar neben ihm lag, nicht gemerkt, wann und wie er es gegen das Fernglas eingetauscht hatte. Hurl schob sich mit den Händen einen halben Meter zurück, legte das Gewehr quer vor sich, baute es völlig lautlos und in Sekundenschnelle auseinander und ließ es in seinem Rucksack verschwinden.

«*Vamos*», sagte Hurl und ließ sich rückwärts von dem Felsplateau gleiten. Sie folgten ihm schweigend.

Der Abstieg war schwieriger und gefährlicher als der Aufstieg. Morian war schweißgebadet, als sie schließlich den Toyota erreichten. Juan Carlos steuerte den behäbigen Geländewagen vorsichtig um die knietiefen Schlaglöcher. Sie schwiegen. Das Grinsen aus Hurls Gesicht war verschwunden. Er hockte still auf dem Rücksitz und hing seinen Gedanken nach.

«Das Gewehr ...», brach Morian das Schweigen.

«Was ist damit?»

«Das ist doch dein altes Scharfschützen-Gewehr ...»

«Ja.»

«Wie hast du das ins Land geschmuggelt? Wie hast du das nur durch die Sicherheitsschleusen am Flughafen gekriegt? Ich meine, eine Kriegswaffe ...»

«Ich habe es nicht geschmuggelt. Ich habe eine Genehmigung.»

«Eine Genehmigung?»

«Eine Sondergenehmigung für Sportschützen. Kein Problem. Die Spanier mögen Jäger und Sportschützen. Ich bin deshalb vorher in Deutschland einem Sportschützen-Verein beigetreten. In Köln. Sportschützen-Gesellschaft Hubertus Köln-Brück 1925 e.V. Dann ist das kein großes

Problem mehr. Dann kriegt man von der Guardia Civil ein Dokument, und das war's.»

Als sie die asphaltierte Straße erreicht hatten, drehte sich Antonio auf dem Beifahrersitz nach hinten zu Hurl um und fragte ihn etwas auf Spanisch. Hurl schüttelte nur schweigend den Kopf. Der Spanier fand seine Frage offenbar hinreichend beantwortet, schaute wieder nach vorne und legte seine Stirn in Sorgenfalten.

«Was hat er gefragt?», wollte Morian wissen.

«Antonio hat gefragt, ob alles in Ordnung sei.»

«Und das ist es nicht.»

«Nein.»

«Weil du den Mann erkannt hast, der im Innenhof stand und eine Zigarette rauchte.»

«Ja.»

«Die Sache ist also ernst, Hurl?»

«Die Sache ist sehr ernst.»

«Wer war der Mann?»

«Aleksandar.»

Max Maifeld wählte den unauffälligsten Wagen, den er in den zahllosen Mietgaragen rund um den Flughafen auftreiben konnte: einen dunkelgrauen Seat Leon Diesel, ein spanischer Wagen der unteren Mittelklasse, der auf den Straßen der iberischen Halbinsel zu Tausenden anzutreffen war. Er zahlte den Preis für die Mindestmietdauer von 24 Stunden in bar und verließ den Flughafen in Richtung Küste. Kurz hinter der postmodernen Basketball-Arena des Erstliga-Clubs Unicaja Málaga bog er nach Osten auf die neue vierspurige Umgehungsstraße ab und sparte sich ein zeitraubendes Wiedersehen mit Picassos hässlicher Geburtsstadt. Das Asphaltband durchschnitt die Berge und folgte schließlich dem Verlauf der Küste. Er sah immer wieder in den Rückspiegel. Gelegentlich hielt er an einer Tankstelle, nur um sicherzugehen.

Niemand folgte ihm.

Costa del Sol. Die Sonne bot wenig Trost angesichts der grauenhaften Ansammlung von einförmigen, kantigen, schmucklosen Betonsilos für Low-Budget-Touristen, die rund um Torre del Mar kilometerweit die Küstenstraße säumten, bis sich der einzige Lichtblick der östlichen Costa del Sol näherte: Nerja. Das Fischerdorf war von der Bauwut vermutlich nur verschont geblieben, weil die Küste an dieser Stelle so felsig und zerklüftet war und zwar einige romantische Sandbuchten, aber keine kilometerlangen, schnurgeraden Strände bot.

Max Maifeld parkte auf dem Platz hinter dem Rathaus, überquerte den von sonntäglichen Müßiggängern bevölkerten Paseo, bog nach links in Richtung Calle Hernando de Carabeo ab, betrat nach zwanzig Metern die mittlere der drei winzigen, nebeneinander liegenden Bars in der rechten Häuserzeile der engen Gasse, bestellte an der Theke einen *cortado* und schlenderte durch die Bar, deren Grundriss an eine deutsche Kegelbahn erinnerte. Aus den Augenwinkeln registrierte er im Vorbeigehen die Gäste. Allesamt ältere andalusische Señoras, die zu dritt oder zu viert an den Tischen saßen und Kuchen in sich hineinschaufelten, während sie wild durcheinander schnatterten. Am Ende des Raumes öffnete Max Maifeld eine gläserne Schiebetür und hielt den Atem an.

Das lag zum einen an der frischen, salzhaltigen Luft und an der Windstärke. Das lag zum anderen aber an dem Ausblick.

Er stand auf einem schmalen Balkon hoch über dem

Meer. Unter ihm rahmte eine hufeisenförmige Formation aus rotbraunen Felsen einen kleinen Strand ein sowie eine Armada von auf den Sand gezogenen, in sämtlichen erdenklichen Farben angemalten Fischerbooten. Passend dazu präsentierte sich das Meer vom Strand bis zum Horizont in allen Schattierungen der Farbe Blau. Eine unwirkliche Postkartenidylle in Cinemascope, exklusiv für die Besucher des Balkons.

Max Maifeld war der einzige Besucher des Balkons.

Zum Glück. Denn mit drei winzigen Bistrotischen und jeweils zwei Stühlchen war der schmiedeeiserne Balkon auch ohne die Anwesenheit weiterer Gäste hoffnungslos überfüllt. Den fast ganzjährig von der wärmenden Sonne verwöhnten Einheimischen war es hier oben um diese Jahreszeit einfach zu frisch. Max wählte den mittleren Tisch. Der Wirt brachte den *cortado*, schüttelte belustigt den Kopf und schloss die gläserne Schiebetür hinter sich, als er wieder im Inneren der Bar verschwand.

Die rechte Begrenzung der Bucht schob sich als Felsnase weit ins Meer. Man hatte auf dem Plateau eine von Palmen gesäumte Flaniermeile errichtet, die sich vom Paseo bis auf den Rand der Klippe erstreckte, und auf den poetischen Namen «Balcón de Europa» getauft. In der Tat war der Blick von der Spitze, die von zwei schweren gusseisernen Schiffskanonen gerahmt wurde, theoretisch frei bis Afrika.

Es war Sonntag. Die Männer trugen frisch gewaschene, gestärkte und gebügelte, strahlend weiße Hemden, die Frauen hatten sich mit farbenfrohen Kleidern und Spangen im Haar herausgeputzt. Man flanierte auf und ab, hielt hier und da ein Schwätzchen, schaute den Porträtmalern und den Jongleuren und den Taschenspielern zu und rief gelegentlich den Nachwuchs zur Ordnung, der um ein Eis oder um eine Tüte frisch zubereiteter *churros* bettelte oder beim Herumtollen die Sonntagskleidung ruinierte. Ein Sonntag in Andalusien.

Vom Paseo her näherte sich ein Mann, der zwei große Koffer schleppte. Die billigen Koffer aus verstärkter Pappe wirkten schwer, doch der Mann schien es gewohnt zu sein, sie zu tragen. Durch die Griffe der Koffer waren Lederriemen gezogen, die der Mann über den Schultern trug. Die beiden Koffer schienen ihn nicht wesentlich mehr zu behindern als die flanierenden Frauen ihre Handtaschen. Im Gegenteil: Der Mann behielt trotz der schweren Last eine aufrechte, stolze Körperhaltung, einen aristokratischen Gang, als wolle er demonstrieren, dass der gesamte Balcón de Europa ihm alleine gehöre.

Der Mann war alt. Jenseits der siebzig. Selbst für einen jungen Mann wäre seine Aufmachung abenteuerlich gewesen: Er trug einen grauen Dreitagebart und sein schneeweißes Haar schulterlang. Er hatte die Haare sorgfältig hinter die Ohren geklemmt, sodass man sein von der Sonne gegerbtes aristokratisches Gesicht und den massiven goldenen Ohrring von der Größe eines 2-Euro-Stücks sehen konnte. Nicht zu übersehen waren außerdem die dicken goldenen Ringe an fast jedem Finger, ein breites goldenes Armband am rechten Handgelenk sowie eine goldene Halskette mit einem Kreuz über der offenen Hemdbrust. Das weiße Rüschenhemd hatte weite, bauschige Ärmel. Dazu trug er eine hellbraune Wildlederhose mit einem breiten beschlagenen Gürtel und Stiefel aus Wildleder. Alles in allem sah er aus, als wolle er sich für die Hauptrolle in einem Piratenfilm bewerben.

Im Mittelpunkt der kreisförmigen Plattform vorne

auf der Klippe stellte er die beiden Koffer ab, zündete sich ein Zigarillo an, blies genüsslich den Rauch in den Himmel und betrachtete eingehend den Sonnenstand am Horizont. Er schien mit der Wahl seines Standortes zufrieden zu sein.

Er schien mit seinem Leben zufrieden zu sein.

Offenbar hatte er die Zügel seines Schicksals nie aus der Hand gegeben. Offenbar war er nie ohnmächtiges Opfer gewesen, sondern stets Architekt seines eigenen Lebens geblieben.

«Wir sind ein Jahrgang», hatte Jakob Glück in Amsterdam erwähnt, als er Max den Mann beschrieb. Ein weniger geeignetes Beschreibungsmerkmal, um einen wildfremden Mann auf der Straße zu erkennen, konnte es nicht geben. Zum Glück war die restliche Beschreibung zutreffend, sodass Max Maifeld keinen Zweifel mehr hegte.

Er zahlte und verließ die Bar, um den Mann mit den Koffern zu treffen.

Der Mann mit den Koffern war Tomás.

Tomás, der verrückte Sternengucker.

«Wer ist dieser Aleksandar?»

Sie saßen zu zweit auf dem Dach des *Tres Islas*. Juan Carlos und Antonio hatten sie vor dem Hotel abgesetzt und waren weiter nach Corralejo gefahren. Hurl stellte zwei Gläser zwischen die beiden Plastikstühle auf den Boden und füllte sie mit eiskaltem Weißwein. Die Gläser beschlugen augenblicklich.

«Ein Killer. Außerdem Gesellschafter und so genannter Operativ-Direktor eines florierenden, weltweit tätigen Unternehmens. Ich bin ihm zweimal begegnet. Das erste Mal in Sarajewo. Das zweite Mal wenig später in Afrika. Da war er schon nicht mehr Offizier der serbischen Armee. Da arbeitete er schon auf eigene Rechnung. Ich hatte damals beschlossen, ihm besser kein drittes Mal zu begegnen. So ist das Leben: unberechenbar. Wie gefällt dir eigentlich mein neues Heim?»

«Ich finde, für so ein winziges Apartment ist die Terrasse etwas überdimensioniert. Danke für die Klamotten.»

Hurl hatte ihm aus seinem Kleiderschrank eine schwarze Jeans und ein schreiend buntes Hawaii-Hemd besorgt. Morian musste lediglich die Beine der Jeans etwas nach oben krempeln, aber das Hemd passte leidlich. Was ihn nur teilweise freute.

«Keine Ursache. Das Hemd steht dir gut.»

«Wo bist du ihm in Afrika begegnet?»

Hurl trank einen Schluck, stellte das Glas ab, ließ sich in den Liegestuhl sinken und verschränkte die Arme hinter dem Kopf. Morian spürte deutlich, dass Hurl überhaupt keine Lust hatte, darüber zu reden. Er tat es dennoch:

«In Äquatorial-Guinea. Das ist in Zentralafrika. 1778 von den Portugiesen an die Spanier verkauft, die dort einen Stützpunkt für ihren Sklavenhandel aufbauten. Bis 1959 spanische Kolonie, seit 1968 unabhängig. Nennt sich seitdem Republik, ist aber de facto eine Diktatur, weil die Wahlergebnisse regelmäßig gefälscht werden. Ein für afrikanische Verhältnisse winziges Land an der Westküste, südlich von Kamerun, nordwestlich von Gabun. Muss man nicht kennen. Mir wäre es auch lieber, ich hätte es nie kennen gelernt. Tropischer Regenwald, Giftschlangen, Malaria, 89 Prozent Luftfeuchtigkeit. Kaum besiedelt. Die Hauptstadt Malabo hat mal gerade 30 000 Einwohner. Aber die haben da jede Menge Öl. Darum geht es immer. Um das verdammte Öl. Du siehst, Uncle Sam tut was für die Bildung seiner

Krieger. Seitdem spreche ich auch Spanisch. Ich gehörte einer Special Operations Group an, die dort im Auftrag des Pentagon tätig war. Wir wurden monatelang auf den Einsatz vorbereitet. Nur schwarze GIs, wegen der Tarnung. War ja alles konspirativ. Und natürlich illegal im Sinne des Völkerrechts. Aber wen interessiert in Afrika schon das Völkerrecht? Wir wurden in Gabun nahe der Grenze nachts von Hubschraubern abgesetzt, krochen durch den Dschungel ins Land und sollten ausloten, wie stark die militärischen Kräfte dort waren. Als Entscheidungshilfe für Washington. Man überlegte dort nämlich, den korrupten und zunehmend unbeliebten Staatschef loszuwerden, war sich aber noch über den geeigneten Weg uneins. Den Namen habe ich schon längst wieder vergessen. Oder? Doch nicht: Teodoro Obiang Nguema Mbasogo. So hieß der. Was man so alles in seinem Gedächtnis aufbewahrt. Ist der immer noch dran? Keine Ahnung. Der Auftrag nahm nämlich ein unerwartetes Ende. Während wir nichts ahnend durch den Dschungel robbten, wurde unterdessen dem im spanischen Exil lebenden Oppositionspolitiker Severo Moto Nsa ein bisschen langweilig. Also traf er sich in Madrid mit einem libanesischen Geschäftsmann zum Abendessen. Der hatte anonyme Geldgeber an der Angel, und Severo Moto Nsa, der sich schon auf dem Sessel des Staatspräsidenten sah, unterschrieb einen Handel: Die anonymen Geldgeber entsorgen Mbasogo, und sein Nachfolger vermacht ihnen dafür die Rechte an allen künftig noch zu erschließenden neuen Ölquellen vor der Küste. Gesagt, getan. Unser libanesischer Geschäftsmann engagierte daraufhin über seine Geldgeber eine PMF ... Weißt du, was eine PMF ist?»

«Nie gehört. Keine Ahnung.»

«PMF heißt Private Militär-Firma. Du kannst heute

für alle erdenklichen Zwecke eine Privatarmee chartern. Die haben die verrücktesten Namen: Geolink ist ein französisches Unternehmen, Stabilco sitzt in Südafrika, ebenso wie Executive Outcomes, kurz EO. Sandline International ist eine große britische Firma. Logo Logistics residiert auf einer der britischen Kanalinseln. Die handverlesenen Angestellten sind ausgemusterte Gladiatoren aus aller Herren Länder: arbeitslose Rotarmisten, französische und spanische Fremdenlegionäre, südafrikanische Fallschirmjäger, rumänische Geheimagenten, serbische Einzelkämpfer, pensionierte amerikanische Spezialisten der Green Barets oder der Navy Seals. Sie machen den Job, den sie gelernt haben; nur dass sie bei einer PMF während der Einsätze tausend Dollar und mehr pro Tag kassieren; plus Unterkunft, Verpflegung und Spesen.»

«Und diesem Aleksandar gehört eine solche Firma?»

«Ja. Nicht alleine. Da gibt's noch Investoren im Hintergrund. Stille Teilhaber. Aleksandar kümmert sich um das operative Geschäft, und die anderen besorgen das Geld.»

«Und dann tauchte er im Dschungel auf?»

«Ja. Plötzlich waren sie da. Sie landeten mit Schnellbooten an der Küste und sprangen mit Fallschirmen im Landesinneren ab. Und wir mittendrin. Wir wussten nicht, was wir tun sollten, die Sache wurde brenzlig, weil alles in Aufruhr war. Wir holten uns Order, und Washington entschied, die PMF per Guerillakrieg zu verwirren und zu schwächen, damit sie sich zurückzieht. Auftauchen, zuschlagen, untertauchen. Falls das nicht funktionierte, sollten wir uns nach Kamerun durchschlagen. Hat aber am Ende funktioniert. Weil sie nicht wussten, wer wir waren und wie viele wir waren. Gott sei Dank. Denn wir waren ihnen an Personal und Ausrüstung hoffnungslos unterlegen. Aber im Gegensatz zum Generalstab irgendeines durchgeknallten Staatsoberhauptes macht eine PMF-Leitung stets eine nüchterne Kosten-Nutzen-Bilanz auf, schaut noch mal in den Vertrag und sagt dann dem Auftraggeber: Sorry, aber Widerstand war nicht vorgesehen. Die Konditionen haben sich verändert. Da müssen wir erst mal über einen neuen Vertrag reden. Und über eine bessere Honorierung.»

«Und dieser Aleksandar?»

«Ein Profi. In Sarajewo stand ich ihm gegenüber. Auge in Auge. Wir legten beide den Rückwärtsgang ein. Er ist schlau. Er geht kein vermeidbares Risiko ein, prüft zunächst die Alternativen. In Afrika konnte ich ihn beobachten, ohne dass er mich sehen konnte. Als er mit seinen Leuten ein Dorf dem Erdboden gleichmachte. Einfach so. Das hatte nichts mit seinem Auftrag zu tun. Aber das macht ihm Spaß. Das verschafft ihm tiefe Befriedigung. Er ist einer der skrupellosesten Menschen, denen ich je begegnet bin. So, das reicht. Ich möchte nicht mehr darüber reden. Das war eine andere Zeit, eine andere Welt ...»

«Seltsam. Ich kann mich überhaupt nicht erinnern, darüber was in den Zeitungen gelesen zu haben.»

Hurl seufzte und lächelte gütig. «Lieber Jo, auch wenn es deine Vorstellung von Rechtsstaatlichkeit und Völkerfreundschaft sprengt: Die wichtigsten politischen Ereignisse stehen grundsätzlich nicht in der Zeitung. Weil kein Journalist der Welt je etwas davon erfährt – von gelegentlichen Pannen bei der Geheimhaltung einmal abgesehen.»

Hurl stand auf, ging zur Brüstung, stemmte seine gewaltigen Arme gegen den weiß lackierten Handlauf, als müsse er den kompletten Hotelbau um ein paar Meter verschieben, und starrte hinaus aufs Meer. Der Wind wurde kühler, die Sonne war längst hinter dem Penthouse verschwunden.

Morian dachte plötzlich an Liz und an die Kinder und an sein Leben in Deutschland, das nach seiner Rückkehr irgendwie weitergehen musste.

Er hatte keine Ahnung, wie.

Er versuchte, die Gedanken zu verscheuchen. Er leerte sein Glas und versuchte, an nichts zu denken.

Es ging nicht.

Dann dachte er an den toten Heinz Lewandowski. Und an den leichenblassen, zerschundenen, nackten Körper der toten Eva Gering, die sterben musste, weil sie sich den falschen Mann ausgesucht hatte. Und er dachte an Doris Lewandowski. Die ihn, Josef Morian, vor vielen, vielen Jahren zum falschen Mann erklärt hatte. So wie nun Liz.

Wann und wie wurde man falsch? Liebte man in Wahrheit eine Illusion? Hatte er sich tatsächlich verändert? Oder hatte Liz sich verändert? Er hatte sich die Frage bisher noch nie gestellt.

Würden seine Kinder ihn weiter lieben?

Ihn befiel eine tiefe, hoffnungslose Traurigkeit, die ihn wegzuschwemmen drohte, als Hurl sich abrupt umdrehte. Das charmante Grinsen war wieder da.

«Komm jetzt. Wir reden morgen weiter. Ich fahre dich jetzt in dein Urlaubsparadies.»

Hurl verschloss die Tür zum Fitnessstudio. Sie nahmen den Aufzug nach unten. In der Hotelhalle warteten die Gäste bereits ungeduldig, aber in Reih und Glied wie brave Erstklässler auf das Öffnen der Flügeltür, die jetzt noch den Weg zum Speisesaal versperrte. Aus der Pole-Position vor der Flügeltür lösten sich plötzlich zwei Frauen im für Morian nur schwer zu schätzenden Alter zwischen fünfzig und sechzig und eilten winkend und juchzend, mit gerafften Kleidersäumen und wippenden Brüsten quer durch die Halle auf Hurl zu, so schnell ihre lebensgefährlich hohen Stöckelschuhe sie tragen konnten. Den Ausschnitt ihrer goldfarben schimmernden Abendkleider mit dem Begriff «gewagt» zu umschreiben wäre eine Untertreibung gewesen. Zurück blieben zwei dickbäuchige Herren in weißen Anzügen, offenbar die Ehemänner der beiden Frauen. Ihr Blick schwankte zwischen Panik und Verärgerung, denn in diesem Augenblick wurde die Flügeltür von innen geöffnet. Die Lemminge strömten durch die Öffnung und das Spalier der Kellner, die allen einen guten Abend und einen guten Appetit wünschten, und schwemmten die beiden Dickbäuchigen erbarmungslos mit in den Speisesaal.

«Wir haben uns angemeldet», schrie die eine der beiden Frauen quer durch die Halle. Hurl wartete höflich vor der Drehtür des Hoteleingangs. Morian blieb nichts weiter übrig, als sich das Schauspiel anzuschauen. Sie stoppten einen halben Meter vor Hurl und sahen ergriffen und erwartungsvoll zu ihm auf, als sei er ihr Messias. Der Messias der ewigen Jugend.

«Sehr schön, meine Damen. Sehr schön. Welche Kurse haben Sie denn gewählt?»

«Morgen früh um acht Wasser-Aerobic im Pool und nachmittags oben im Studio Bauch, Beine, Po.»

Das «Po» hauchte sie so atemlos, dass es sich für Morian anhörte, als wäre soeben ein Autoreifen über einen Nagel gefahren.

«Eine ausgezeichnete Wahl, meine Damen. Wasser-

Aerobic übernimmt morgen früh meine Assistentin, weil ich leider verhindert bin. Aber der Intensivkurs Bauch, Beine, Po findet natürlich unter meiner persönlichen Anleitung statt.»

Die Enttäuschung war ihnen deutlich anzumerken. Zu gerne hätten sie am Morgen Hurl in Badehose gesehen. Aber Hurl hatte das unnachahmliche Talent, seine Worte mit Hilfe seines charmanten amerikanischen Südstaatenakzents so zu formen, dass die beiden Damen nun unweigerlich davon ausgehen mussten, er würde am Nachmittag persönlich ihre Gesäße mit seinen starken Händen in Form bringen.

«Sollten Sie anschließend noch die Sauna auf der Dachterrasse aufsuchen wollen, geben Sie einfach zu Trainingsbeginn kurz Bescheid. Dann schalte ich sie rechtzeitig ein. Ich mache Ihnen dann auch gerne einen Aufguss. Das entspannt die Muskulatur nach dem Training. Wenn Sie mich nun entschuldigen würden, meine Damen ... dringende Geschäfte, Sie verstehen. Ich freue mich schon auf morgen.»

Ein Zwinkern, ein Lächeln, Abgang durch die Drehtür. Erst als sie in Hurls altem Ford Mustang in Richtung Corralejo rollten, fand Morian seine Sprache wieder:

«Ich hatte keine Ahnung, dass du einen so anstrengenden und gefährlichen Job hast.»

«Sie sind zu früh, mein Herr. Es muss erst dunkel werden. Solange es hell ist, kann man nichts sehen.» Tomás lächelte den Fremden freundlich an und widmete sich dann wieder der Reinigung seiner messingfarbenen Fernrohre. Erst aus der Nähe sah man, dass er doch wesentlich älter war, als seine Körperhaltung aus der Ferne vermuten ließ.

Sein braun gebranntes schmales Gesicht war von tiefen Falten durchfurcht, und sein Mund war mit Goldzähnen gespickt.

«Jakob Glück schickt mich.»

Das Lächeln aus dem Gesicht des Alten verschwand. «Dann sind Sie Max, der Deutsche. Ich weiß Bescheid. Aber ich muss erst sichergehen. Wie heißt das Losungswort?»

«Wer Menschenblut vergießt, dessen Blut wird durch Menschen vergossen.»

«*Muy bien.* Erstes Buch Mose, neun, sechs. Schade. Heute hätten wir den Anblick des Ring-Planeten Saturn und seiner Monde genießen können. Der Saturn bringt mehr ein als alle anderen Gestirne zusammen. Wenn die Leute den Saturn sehen, sind sie immer besonders spendabel. Sei's drum. Sind sowieso noch nicht so viele Touristen in der Stadt. Mit der Semana Santa geht's erst richtig los. Dann läuft das Geschäft bis Oktober wie geschmiert. Allerdings muss man hier sehr früh am Abend Posten beziehen. Sonst machen sich die fliegenden Händler mit ihrem Plastikschund breit. Kommen Sie. Wir verschwinden.»

Tomás packte seine Fernrohre ein, schulterte die beiden Koffer und eilte in einem waghalsigen Slalom so rasch und behände durch die Menge, dass Max Mühe hatte, ihm zu folgen, ohne die Passanten umzurennen. Am Ende des Paseo bog er hinter der Pfarrkirche El Salvador scharf nach links. Max hätte die weniger als einen Meter breite Gasse für einen Hauseingang gehalten. Sie mündete in eine Treppe, die steil nach unten führte und unterhalb der Kirche in einer winzigen Bucht endete. Auf dem Sand lag ein halbes Dutzend Fischerboote. Die passenden Fischerhütten zu den Booten gab es auch. Allerdings waren nur die weiß getünchten vorderen Fassaden zu sehen, mit jeweils einer kleinen, blau gestrichenen hölzernen Tür und daneben jeweils einem Fensterchen mit ebenfalls blau lackiertem Rahmen. Die Fassaden erinnerten Max an sein Haus in El Cotillo. Doch der Rest der Behausungen verschwand im Fels. Tomás steuerte die zweite Fassade von rechts an und öffnete die Tür, ohne einen Schlüssel zu benutzen. «Ja, da staunen Sie. Ich bin quasi das Fundament der Katholischen Kirche. Ein Fundamentalist also. Willkommen in meiner Räuberhöhle. Keine Angst, wir bleiben nicht lange. Passen Sie auf Ihren Kopf auf.»

Das Haus war tatsächlich eine Höhle. Max erkannte im Halbdunkel ein ungemachtes Bett und eine Kommode. Der hintere Teil der Höhle lag völlig im Dunkeln.

«Ich habe keinen Strom. Sie haben mir den Strom abgestellt. Und das Telefon. Ich hatte wieder vergessen, die Rechnungen zu bezahlen. Ich müsste erst eine Petroleumlampe anzünden. Aber das lohnt sich nicht. Wir haben es eilig.»

Tomás schob die beiden Koffer unter das Bett. Max versuchte zu erkennen, wen die gerahmten Schwarz-Weiß-Fotos auf der Kommode darstellten. Ehe sich seine Augen an die Dunkelheit gewöhnen konnten, trieb Tomás zur Eile. «Kommen Sie. Wir haben einen weiten Weg vor uns. Wo steht Ihr Auto?»

Sie folgten der Küstenstraße nach Osten. Nachdem sie die Zuckerrohrfelder von Salobreña passiert hatten, verließen sie die Küste und bogen nach Norden auf die Nationalstraße 323 ab, die sich hinauf in die Sierra Nevada schlängelte.

«Wir fahren in die Berge?»

Tomás lächelte die Windschutzscheibe an und lehnte sich entspannt im Beifahrersitz zurück. «Lassen Sie sich überraschen, mein Freund. Ihnen wird diese Nacht eine große Ehre zuteil. Schauen Sie! Ist das nicht wundervoll?»

Tomás deutete durch die Windschutzscheibe auf die von Schnee bedeckten Gipfel der Dreitausender. Der Schnee leuchtete rosa im Zwielicht der untergehenden Sonne.

Ja, es war wundervoll. Wie im Märchen. Max Maifeld fühlte sich ohnehin seit einigen Tagen wie ein Statist in einem Fantasy-Film, der mit der Realität gar nichts mehr gemein hatte.

Sie fuhren nach Granada. Tomás wies ihm den Weg. Er lotste ihn auf den Hof einer Reparaturwerkstatt mitten in der Stadt. «Das sind Freunde von mir. Hier kann der Wagen stehen, solange wir wollen. Die Parkhäuser sind viel zu teuer. Und wenn man irgendwo unerlaubt parkt, wird man sofort abgeschleppt. Was für eine Welt.» Er schüttelte bedenkenschwer den Kopf, als seien städtische Sanktionen gegen das Falschparken eines der größten Probleme der Menschheit. Dabei besaß er nicht mal einen Führerschein, wie er während der Fahrt durch die Sierra erwähnt hatte. Aber Max gewann zunehmend den Eindruck, dass Tomás, der Sternengucker, eher grundsätzlich nichts für Obrigkeiten und deren Sanktionskataloge übrig hatte.

Sie umrundeten im Laufschritt die mächtige Kathedrale, überquerten die verstopfte Gran Vía de Colón – und tauchten in eine andere Welt ein.

«Das ist der Albaicín. Der älteste noch erhaltene Teil der Stadt. Adieu, Europa. Willkommen im Orient.»

Das Viertel hatte tatsächlich etwas von einer arabischen Medina. Nein: Es war eine arabische Medina. Ein Labyrinth aus steil ansteigenden engen Gassen und Treppen, unterbrochen von maurischen Rundbögen, gesäumt von Kaffeehäusern, Teehäusern, Läden, Werkstätten, überspannt von Wäscheleinen. Alle Türen standen weit offen, das Leben fand vor den Türen, in den Gassen und auf den Treppen statt, gespenstisch beleuchtet von Laternen aus Messing, geschraubt an die weißen, mit Blumentöpfen behängten und mit geometrischen Kachelmustern verzierten Wände der windschiefen Häuser. Licht und Schatten, fliegende Händler, spielende Kinder, streunende Hunde und Katzen, Tischler, Schmiede, Schneider, Schuster, Kartenspieler, Würfelspieler, ein Esel, der sich unter seiner Last, lautstark angetrieben von seinem Herrn, den Berg hinaufquälte.

Sie hatten den Zenit erreicht. Ein Kirchplatz. Stille. Links die kleine Pfarrkirche San Nicolás. Rechts eine kniehohe Mauer, die Unvorsichtige vor dem Sturz in die Tiefe schützen sollte. Eine von Zypressen gesäumte Schlucht. Blühende Gärten. Kakteen und Avocados. Und jenseits der Schlucht, auf dem nächsten Berg, hell erleuchtet, strahlend ockerfarben in der blaudunklen Nacht, gewaltig und unvorstellbar schön ...

«*Vale:* Die Alhambra. Habe ich zu viel versprochen?»

Max Maifeld hatte bisher nur Fotos von ihr gesehen. Kein Fotograf der Welt war in der Lage, die gewaltige Dimension und vor allem die Ausstrahlung dieses Bauwerks einzufangen, dessen trutzige Außenfassade auf einer Länge von 720 Metern aus dem Berg zu wachsen schien. Er stand da und staunte.

«Genug gestaunt. Es kommt noch besser. Weiter!»

Sie liefen an der Kirche vorbei und tauchten wieder in die Gassen ein. Max Maifeld verlor den Überblick. Niemals hätte er hier alleine wieder herausgefunden. Nach etwa zehn Minuten standen sie am Ende einer Sackgasse vor einer Felswand. Eine Tür. Dahinter eine Treppe, die nach unten führte. Stimmengewirr. Lachen. Ein Gang. Der Gang weitete sich zu einem Kuppelsaal. Lange Tische und Bänke, am Ende eine Bühne. Männer, Frauen, vielleicht ein Dutzend; schätzungsweise im Alter von zwanzig bis siebzig. Als sie Tomás bemerkten, johlten und klatschten sie begeistert, sprangen auf und umringten ihn, umarmten ihn wie einen verlorenen Sohn, küssten und knufften ihn.

«Darf ich vorstellen? Das ist Max, mein Freund aus Deutschland. Das sind Santiago, Anita, Alejandro, Cristóbal, Evita, Miguel, Pilar, Roberto, Juana, Pablo, Estéban, Angela, Jesús, Estefania und Jaime. Meine Familie.»

Sie setzten sich an einen der Tische. Jemand stellte einen Krug Wein, zwei Wassergläser und einen großen Teller mit Tapas vor sie hin. Jetzt erst fiel Max auf, wie lange er schon nichts mehr gegessen hatte. Und wie lange er schon nicht mehr richtig geschlafen hatte. Er aß und trank gierig. Alle hatten sich inzwischen wieder hingesetzt, redeten wild durcheinander, die Stimmen hallten von der Kuppeldecke wider. Tomás sah Max interessiert beim Essen zu, rührte aber selbst nichts an, sondern nippte gelegentlich an seinem nur zur Hälfte gefüllten Glas und paffte dazu einen Zigarillo.

«In eurer Familie scheint man etwas übrig zu haben für Höhlen.»

Tomás lachte. «Ja. Gitanos lieben Höhlen. Drüben auf dem Sacramonte, unserem heiligen Berg, gibt es ganz viele Höhlenwohnungen, und nicht weit von hier, östlich von hier, in den Bergen der Sierra Nevada, gibt es eine Zigeuner-Stadt namens Guadix, die besteht praktisch nur aus Höhlenhäusern.»

«Du bist also ein ...»

«... ein Gitano. Ja. Du kannst auch Zigeuner sagen.

Ich weiß, dass ihr das Wort nicht mehr verwendet. *Political Correctness.* Ach, ihr Deutschen. Ihr seid immer so extrem. Früher habt ihr uns ins KZ gesteckt, jetzt vermeidet ihr verschämt unseren Namen. Früher habt ihr euch von Hitler sagen lassen, was richtig und was falsch ist, jetzt lasst ihr euch von irgendwelchen schmallippigen, ausgetrockneten, blassen, blutleeren Moralaposteln vorbeten, was politisch korrekt ist. Früher habt ihr alles, was anders ist als ihr, gehasst und bekriegt, und jetzt hasst ihr euch selbst und glaubt, dass ein Mensch schon deshalb ein guter Mensch sein muss, nur weil er eine andere Nationalität, eine andere Hautfarbe, eine andere Religion hat. Wann fangt ihr Deutschen endlich an, selbst zu denken? Glaube mir, mein Freund: Ob ein Mensch ein guter Mensch oder ein schlechter Mensch ist, hängt alleine von seiner Seele ab. Aber nie von seiner Nationalität, von seiner Hautfarbe, von seiner Religion.»

Zwei junge Männer holten ihre Gitarren unter den Bänken hervor, ein älterer erhob sich und begann zu singen, die Stimme voller Schmerz. Sein Gesang erinnerte an den Gebetsruf des Muezzin vom Minarett einer arabischen Moschee. Doch der Mann sang nicht von Gott, sondern von einer schönen Frau und von einer verlorenen Liebe. Die Männer und Frauen feuerten ihn mit Zwischenrufen an, gaben mit ihren Händen einen Takt vor, dessen ebenso faszinierende wie komplizierte Phrasierung Max nicht durchschaute, formten mit ihren gewölbten Handflächen Töne, hell oder dunkel, die zur gemauerten Kuppel emporstiegen, von dort zurückgeworfen wurden und mit den soeben neu entstandenen Tönen aus ihren Händen zu einem Rhythmus verschmolzen, der ihren Herzschlag beschleunigte.

«Das ist Flamenco, mein Freund. Der echte Flamenco, nicht dieses geglättete Zeug für die Touristen. Du müsstest sehen, wie unsere Frauen tanzen. Gleich wird die erste aufspringen. Weil sie es nicht mehr aushält auf der Bank. Weil der Dämon heraus will aus ihr. Dann würdest du erleben, was echte Leidenschaft ist, was innere Schönheit ist. Schönheit, die aus der Seele kommt. Unvergängliche Schönheit. Hast du jemals echte Leidenschaft empfunden, mein Freund? Bist du je von einer Frau leidenschaftlich geliebt worden? Ohne Wenn und Aber, ohne Bedingungen, von einer Frau, die das schreckliche Wort ‹Beziehung› niemals benutzen würde, nicht einmal denken würde, sondern nur von Liebe spricht, und die Liebe schenkt, verschwenderisch, mit jeder Faser ihrer Seele und ihres Körpers? Gleich würdest du eine solche Frau erleben. Egal, ob sie zwanzig oder siebzig ist. Aber dafür haben wir jetzt leider keine Zeit. *Vamos!* Wir müssen gehen. Sieh nur!»

Auf der Bühne stand einer der Männer und gab ihnen ein Zeichen. Als der Mann registrierte, dass Tomás ihn bemerkt hatte, verschwand er hinter dem Vorhang. Tomás stand auf und folgte ihm, und Max folgte Tomás.

Eine Falltür. Der Mann stemmte sie auf. Sie nahmen die Taschenlampen, die er für sie bereitgestellt hatte, und kletterten hinab in den Schacht. Eine enge Wendeltreppe aus Eisen führte immer tiefer hinunter in den Berg. Der kreisrunde Schacht hatte einen Durchmesser von knapp zwei Metern. Die letzte Stufe. Ein kühler Luftzug. Ein Tunnel. Stockdunkel. Die beiden Lichtkegel der Stablampen huschten über den Fels. Tomás eilte voran. Der Alte hatte eine erstaunliche Kondition. Max musste gebückt laufen, um sich an der scharfkantigen Decke des Tunnels nicht den Kopf zu stoßen. Die Absätze der Cowboystiefel des alten Zigeuners schlugen nun den Takt.

«Können wir reden, Tomás?»

«Natürlich. Solange wir dabei nicht unser Tempo verlangsamen. Was willst du wissen?»

«Warum haben wir es so eilig?»

«Weil wir jetzt nur noch zwei Stunden Zeit haben.»

«Was wollte Iris Cronenberg von Ihnen?»

«Dasselbe, was du von mir willst. Die Wahrheit.»

«Welche Wahrheit? Die Wahrheit über Scampi-Rezepte?»

Tomás kicherte. «Meine Scampis sind wirklich die besten in ganz Andalusien. Wir bräuchten einfach mehr Zeit, mein Freund. Dann würde ich auch dich davon überzeugen. Aber es gibt in Wahrheit immer mehr als nur eine Wahrheit.»

«Ohne die Empfehlung von Jakob Glück würden Sie vermutlich nicht mit mir sprechen.»

«Nein. Oder vielleicht doch: über Scampi-Rezepte.»

«Wie lange und woher kennen Sie Jakob Glück?»

«Es ist besser, wenn du nicht alles weißt. Das ist sicherer für dich und – noch viel wichtiger – sicherer für mich.»

«Warum sprechen Sie mit mir?»

«Weil wir zu wenige sind, um das Unglück aufzuhalten. Und weil wir zu alt sind.»

«Wohin führt dieser Tunnel?»

«Sieh doch selbst nach, mein Freund.»

Tomás blieb stehen und leuchtete mit seiner Taschenlampe nach oben. Eine schmiedeeiserne Wendeltreppe, ähnlich wie die unter dem Flamenco-Keller.

«Es ist besser, wenn du vorangehst, mein Freund. Denn da oben gibt es wieder eine Falltür. Aber es ist niemand da oben, der sie für uns aufhält. Das hoffe ich zumindest. Du bist jünger und hast die kräftigeren Schultern. Ab jetzt müssen wir uns allerdings etwas leiser unterhalten.»

Sie klemmte. Max stemmte die Falltür auf, die offenbar schon lange nicht mehr geöffnet worden war und nach dreimaligem kräftigem Stoßen nachgab. Eine fensterlose, schmucklose, unmöblierte Kammer, vielleicht acht Quadratmeter groß, Wände und Decke unverputzt, der Boden rund um die Falltür aus nacktem Fels. Tomás zog seine Stiefel aus, nahm Max bei der Hand, zog ihn aus der Kammer und ließ seine Taschenlampe aufleuchten.

«Na, habe ich zu viel versprochen?»

Tausendundeine Nacht.

Tanzende Blumen und Blätter, Monde und Sterne: Die Wände waren Gobelins aus Stein, denen jede Schwere genommen worden war. Säle und Flure, Säulen und Bögen, Arkadengänge und Höfe: ziseliert wie Schmuckstücke. Eine einzige Stickarbeit aus Stein, Wasserspielen und Blütenmeeren.

Die Alhambra.

«Alle zwei Stunden machen die Wärter ihre Runde. Wir haben also noch etwas Zeit. Komm!»

Tomás zog ihn zwischen den filigranen marmornen Säulen hindurch in den Löwenhof. Den Brunnen in der Mitte fütterten vier künstliche Bachläufe aus den vier Himmelsrichtungen. Zwölf Löwen aus Marmor spien das Wasser wieder aus. Die Decke des nächsten Saales bestand aus einem Meer von Stalaktiten. Eine von Menschenhand geschaffene Tropfsteinhöhle aus feinem weißem Marmorstaub. Tomás zog ihn in den nächsten Saal, drehte sich langsam um die eigene Achse im Kreis und leuchtete dabei die Wände an. Es gab keine einzige blanke Stelle, keinen Quadratzentimeter in diesem Raum, der nicht von Steinmetzen bearbeitet worden war.

Tomás führte Max' Hand über den kühlen Marmor.

«Fühlst du das, mein Freund? Das sind keine Ornamente. Weißt du, was das ist?»

Jetzt erkannte er es. Die vermeintlichen Ornamente waren arabische Schriftzeichen. Die komplette Halle war ein in Stein gemeißeltes Buch.

«Hier!» Tomás deutete auf eine Stelle, strich liebevoll darüber, liebkoste mit den Händen jeden einzelnen Buchstaben, als wäre er ein Blinder, der es genoss, die Brailleschrift zu beherrschen:

«Weiß du, was hier steht? Hier steht geschrieben: Die größte Entfernung auf diesem Planeten ist die Entfernung, die zwei Herzen trennt.» Tomás eilte hastig ein paar Schritte weiter. «Ist das nicht unglaublich? Und hier steht: Vergeben ist die schönste Blume des Sieges.» Der alte Mann wurde ganz aufgeregt. «Wo war das noch gleich? Warte, ich habe es gleich gefunden. Ja, hier! Hier steht: Die Schuld liegt nie bei der Herde, sondern immer beim Hirten.» Tomás lief weiter, blieb stehen, ging zwei Schritte zurück, bückte sich. «Das ist verrückt, dass man sich ausgerechnet vor diesem Spruch verneigen muss, um ihn lesen zu können. Hier steht: Der grausamste Kampf, den es im Leben zu gewinnen gilt, ist der Kampf gegen die Abgründe der eigenen Seele.»

Max wunderte sich. Die in Stein gemeißelten Lebensweisheiten passten so gar nicht zu dem Bild vom heutigen Islam. Und er wunderte sich über Tomás: «Ich dachte immer, Zigeuner könnten nicht lesen. Und Sie können sogar Arabisch ...»

«Du hast Recht, mein Freund. Unser Volk hatte ursprünglich eine schriftlose Kultur. Natürlich beherrschen die Jüngeren unter uns die Schrift des jeweiligen Gastlandes, seit es fast überall die allgemeine Schulpflicht gibt. Wir waren schon immer sehr gut darin, uns an unsere Gastländer anzupassen; an die Sprache, an die Religion. Aber ich zum Beispiel kann weder schreiben noch lesen, weder Lateinisch noch Arabisch.»

«Und woher wissen Sie, was da geschrieben steht?»

«Ich habe es mir als Kind ganz einfach gemerkt. Ich habe mir die Stellen gemerkt, und ich habe mir die Sätze gemerkt. Mein Vater hat es mir gezeigt, als ich noch klein war. Und dessen Vater hatte es ihm gezeigt. Und wahrscheinlich lässt sich das so weiter zurückführen bis in das Jahr, als dieser Palast gebaut wurde. So funktioniert unsere Kultur seit Jahrtausenden, seit unser Volk aus Indien vertrieben wurde: Alles, was wir über das Leben wissen, das wissen wir aus den Erzählungen unserer Vorfahren. Wir vererben unser Wissen, indem wir uns Geschichten erzählen. Komm! Wir setzen uns in den Myrtenhof. Damit ich dir nun eine Geschichte erzählen kann.»

Im Wasserbassin des Myrtenhofs spiegelte sich der Mond. Tomás setzte sich auf den Mosaikboden, lehnte sich mit dem Rücken an eine der Säulen und streckte die Beine weit von sich. Seine Socken hatten Löcher. Er wusste offenbar alles über die Geschichte der Alhambra: «Das Bassin ist übrigens so bemessen, dass sich bei Sonnenlicht die komplette Fassade des Thronsaales darin spiegelt. Dadurch wirkt der Thronsaal doppelt so groß. Jedes ausländische Staatsoberhaupt, jeder Gesandte eines fremden Reiches betrat die Alhambra durch den Myrtenhof, wurde gezielt durch diesen Hof in den Thronsaal geleitet. Du kannst dir sicher vorstellen, mein Freund, die waren schon alle ziemlich eingeschüchtert, noch bevor sie den Kalifen zu Gesicht bekamen.»

«Sie wollten mir eine Geschichte erzählen ...»

Tomás lächelte. «Ungeduld ist die Tugend der Jugend. Dabei wären wir Alten es eigentlich, die keine Zeit zu verlieren hätten. Ja, ich will dir eine Geschichte erzählen. Die Geschichte von *Al Andalus* – das ist arabisch und heißt übersetzt: Land der Vandalen. So nannten die Mauren und Berber dieses Land, als sie im Jahre 711 von Marokko nach Gibraltar übersetzten, am 19. Juli in der Nähe von Jerez das Heer der Westgoten schlugen und bald die komplette Iberische Halbinsel eroberten, von der portugiesischen Atlantikküste bis zur katalanischen Mittelmeerküste, von der Sierra Nevada bis zu den Pyrenäen. Das Gastspiel des Islam in Europa endete genau hier, wo wir jetzt sitzen, am 2. Januar 1492, mit dem Fall der Alhambra und der Kapitulation Granadas, des letzten arabischen Kalifats in Spanien, nach jahrelanger Belagerung durch das Heer der Katholischen Könige. Rechne nach: Andalusien, *Al Andalus*, war also wesentlich länger islamisch als seither katholisch. Wie sah diese islamische Herrschaft aus, mein Freund? Es gab zum Beispiel Religionsfreiheit. Der Kommandeur der 2000 Mann starken Leibgarde des Emirs von Córdoba war ein Christ, und viele bedeutende Wissenschaftler, Berater und Diplomaten der Kalifen und Sultane waren Juden. Es herrschte eine im Vergleich zum restlichen mittelalterlichen Europa ungewöhnliche gesellschaftliche Toleranz. Es herrschte breiter Wohlstand, es gab keinen Hunger, es gab Universitäten und Krankenhäuser, es gab Schulen nicht nur für die Oberschicht. Die Araber ließen ganz Andalusien dank raffinierter Bewässerungssysteme und Terrassierungen erblühen. Und auch Wissenschaft und Kultur erlebten eine Blüte. Literatur, Philosophie, Mathematik, Astronomie, Medizin. Unser Zahlensystem ist arabisch. Die Araber wussten lange vor Galileo, dass die Erde keine Scheibe, sondern eine Kugel ist, und kein Religionsführer verbot ihnen dieses Wissen. Andalusien war die kultivierteste und zivilisierteste Landschaft Europas. Aber rundherum herrschte finsterstes Mittelalter. Das Mittelalter des Christentums.»

«Und warum nahm das Paradies auf Erden ein Ende?»

«Ja, das hier ist das Paradies auf Erden, nicht wahr? Nach außen hin eine Trutzburg, eine uneinnehmbare Festung. Innen das Paradies. Für mich ist die Alhambra das achte Weltwunder. Vielleicht hatten die Araber nicht damit gerechnet, dass jemand etwas gegen Wohlstand und Toleranz einzuwenden haben könnte, und hatten deshalb nur noch in Wissenschaft und Kunst, aber nicht mehr genug Geld in ihr Heer investiert. Nach der Vermählung der Katholischen Könige Isabella von Kastilien und Ferdinand von Aragonien wurde mit finanzieller Unterstützung des Vatikans und personeller Unterstützung diverser nordspanischer Adelshäuser, die ihre Leibeigenen als Landsknechte an Isabella und Ferdinand ausliehen, eine mächtige Streitmacht aufgestellt, die fast ganz Andalusien eroberte. Doch selbst diese Streitmacht vermochte die Alhambra nicht zu stürmen. Also belagerten sie die Festung jahrelang und hungerten sie aus. Schließlich wurde die Kapitulation ausgehandelt. In dem Papier, das hier, genau an dieser Stelle, unterschrieben wurde, garantierten die Katholischen Könige den Besiegten Religionsfreiheit. Papier ist geduldig. Zunächst ging man hin und führte gleich nach der Kapitulation grauenhafte Juden-Pogrome durch. Man stahl ihren Besitz, warf sie aus dem Land oder tötete sie. Dann wurden alle Moslems zwangsweise umgetauft. Sie hatten die Wahl zwischen Zwangsbekehrung oder Tod. Wiederum 100 Jahre später hat man 296 000 zwangsweise zu Christen umgetaufte Moslems, deren Familien schon seit Jahrhunderten in Spanien lebten, nach Nordafrika deportiert. Ihr Land, ihre Häuser, ihr Hab und Gut teilte man wie zuvor den Besitz der Juden unter den spanischen Adligen auf. Die machten die verbliebenen freien andalusischen Bauern zu Leibeigenen und Tagelöhnern, dann quetschten sie das Land aus wie eine reife Zitrone. Sie investierten aber nicht, die komplizierten arabischen Bewässerungssysteme wurden nicht gepflegt, das Land verrottete. Wäre nicht wenige Monate nach dem Fall Granadas ein Herr namens Kolumbus in Sevilla mit seinem Schiff in Richtung Westen aufgebrochen, hätte nicht dieser Kolumbus den nachfolgenden Conquistadores den Weg gewiesen, wie man in Amerika einen ganzen Kontinent nach Lust und Laune und mit dem Segen der Kirche plündert und ausbeutet, dann wäre Spanien damals binnen kürzester Zeit bankrott gewesen. Die berühmte Reconquista, die Rückeroberung des islamischen Spanien durch die Christen, war kein Fortschritt, sondern wirtschaftlich und kulturell eine einzige Pleite.»

Tomás hatte sich in Rage geredet. Er sah auf die Uhr. «Ich muss leiser sprechen. Wir haben nicht mehr viel Zeit. Amerika. Das bedeutete: Gewürze, Kaffee, Kakao, Tabak, die Kartoffelpflanze, alles zum Nulltarif. In Europa aber so wertvoll wie Gold. Nur so konnte eine Feudalgesellschaft überleben, die von ihrem wissenschaftlichen und technischen Know-how weit hinter den Arabern zurücklag. Du hast die Kathedrale gesehen, an der wir heute auf dem Weg zum Albaicín vorbeigelaufen sind? Dort liegen Isabella und Ferdinand begraben. Außerdem ihre Tochter und ihr Schwiegersohn: Juana die Wahnsinnige und Philipp der Schöne. Die Namen sagen doch schon alles, oder?»

Tomás kicherte in sich hinein. Dann sah er auf seine Armbanduhr und sprang auf.

«Wir müssen gehen, mein Freund.»

Max zog die Falltür hinter sich zu und folgte Tomás über die Wendeltreppe hinunter in den Tunnel. Bei jedem Schritt pochte sein Schädel. Vor 24 Stunden hatte er in Amsterdam schon einmal einem alten Mann gegenübergesessen und nicht gewusst, was er mit dessen Geschichten anfangen sollte.

War es Tag? War es Nacht? Sie wusste es nicht. Sie hatte jedes Gefühl für die Zeit verloren.

Sie hatten sich von außen an dem Fenster zu schaffen gemacht, gleich nach ihrer gescheiterten Flucht. Sie hatte Don Felipes Söldner draußen arbeiten gehört, hämmern gehört, reden gehört, in einer Sprache, die sie nicht verstand. Als sie fertig waren, konnte sie ihre Hand nicht mehr vor Augen sehen. Sie hatte sich durch den Raum getastet und das elektrische Licht eingeschaltet. Sie hatte sich ausgezogen und ins Bett gelegt. Sie hatte Angst vor der völligen Dunkelheit. Wie damals. Als sie noch ein Kind war. Ein kleines Mädchen, das sich vor Räubern, vor Hexen und bösen Zauberern fürchtete.

Sie hatte vorgehabt, fortan das Licht brennen zu lassen, Tag und Nacht. Irgendwann ging es einfach aus. Sie konnten es also von außen ein- und ausschalten. Da konnte es noch nicht Abend gewesen sein. Unmöglich. Sie benutzten es also, um sie zu verwirren, mürbe zu machen, zu terrorisieren. Sie hatte darüber gelesen, in einer *amnesty*-Studie über Foltermethoden. Trotzdem war sie eingeschlafen.

Bis Aleksandar und seine Leute sie geweckt und zum Verhör mitgenommen hatten.

Nun lag sie wieder im Bett, aber diesmal hatte sie T-Shirt und Slip anbehalten. Sie wollte sich kein zweites

Mal von fremden, gesichtslosen Männern, die ihr die Decke wegrissen, anstarren lassen. Nachdem sie das Fenster komplett abgedichtet hatten, dachte sie zunächst, sie würde ersticken. Sie hatte nach Luft gerungen, völlig hysterisch, klaustrophobisch. Eingemauert. Tod durch Ersticken. Dann, Minuten später – Minuten, die ihr wie eine Ewigkeit erschienen – begann mit einem ohrenbetäubenden Lärm die Belüftungsanlage an der Decke mit ihrer Arbeit. Zwei rostige Rohre aus Blech, die links und rechts der Tür durch die Wand stießen und entlang der Decke bis zur Mitte des Raumes liefen, mit jeweils einem Ventilator am Ende. Der eine spie frische Luft aus, die nach Salz und nach altem Eisen schmeckte, der andere saugte die verbrauchte Luft ab. Jetzt sprang die Belüftungsanlage wieder an. Sie hielt sich die Ohren zu.

Sie hatten sie weggesperrt, jetzt wohl endgültig, seit ihrem Fluchtversuch. Vermutlich hatte sie Don Felipes Mannesehre in den Schmutz gezogen. Ihn vor seinen Leuten blamiert. Und vor dem reichen Argentinier, dieser Comicfigur. Hatte Don Felipe Marqués de Portago sich tatsächlich eingebildet, er könnte sie mit seinem Lächeln und seinem Hengst und dem albernen, nach Mottenpulver müffelnden Abendkleid beeindrucken und zu seiner Mätresse machen? In welchem Jahrhundert lebte er?

Ein Arzt war gekommen und hatte ihre Wunde im Gesicht versorgt. Sie hatte das stumme Entsetzen in seinem Gesicht gesehen. Sie selbst konnte sich nicht mehr sehen. Don Felipes Söldner hatten den Spiegel über dem Waschbecken abmontiert. Sie hatten ihr die Nagelfeile weggenommen. Und die Haarbürste. Und die Seife. Und die Zahnbürste.

Außerdem funktionierte die Dusche nicht mehr.

Vermutlich begann nun die Zeit der Erniedrigungen. Die Zeit der Demütigungen. Vermutlich bildete sich dieser aufgeblasene spanische Rinderzüchter und Großinquisitor ein, sie würde ihm irgendwann die polierten Reitstiefel küssen, wenn er sie nur lange genug demütigte.

Vermutlich behielt er sogar Recht. Eines Tages würde er kein Lächeln mehr benötigen, um zu bekommen, was er wollte. Kein Lächeln, keine teuren Kleider, keine Schlösser, keine Porsches. Nicht mal Champagner. Eines fernen Tages würde sie es vermutlich tun.

Für ein Stück Seife.

Sie fürchtete sich vor dem Tag.

Tomás zündete sich einen Zigarillo an und hockte sich neben Max Maifeld auf die Mauer vor der Pfarrkirche San Nicolás. Der Albaicín hatte sich schlafen gelegt. Die Kirchturmuhr schlug zwei Mal. Zwei Uhr morgens. Es war immer noch angenehm warm. Der Duft der Blüten lag in der Luft, strömte aus dem Tal hinauf zu ihnen. Irgendwo in den Gassen vereinten sich eine Katze und ein Kater mit jämmerlichem, nicht enden wollendem Lustgeschrei. Metall schepperte über das Pflaster, hallte durch die Gassen. Vermutlich hatte sich jemand von den Katzen in seiner Nachtruhe gestört gefühlt und das Erstbeste, was er in der Küche finden konnte, aus dem Fenster geschleudert. Es hörte sich an wie ein Topf, der nun über die Treppen abwärts kullerte. Das weckte einen Hund, der heiser bellte, bis er seiner Pflicht müde wurde.

Dann war wieder Stille. Müde. Er war müde. Wie lange hatte er nicht mehr richtig geschlafen? Sie schwiegen. Jenseits des Tals erhob sich, von verborgenen Scheinwerfern angestrahlt, das rotbraune künstliche Gebirge der Alhambra. Mauern, Türme, Zinnen, Dächer. Mächtig. Erhaben. Uneinnehmbar.

«Ich habe meine Geschichte noch nicht zu Ende erzählt, mein Freund», brach Tomás schließlich das Schweigen. «Es fehlt noch die Moral der Geschichte. Die Moral ist: Nicht Religionen sind gut oder schlecht, sondern Menschen. Religionen werden missbraucht, solange es Menschen gibt. Selbst die friedlichste und toleranteste aller Religionen, der Buddhismus. Aber am häufigsten werden die drei monotheistischen Weltreligionen missbraucht: Christentum, Judentum und Islam. Denn sie eignen sich von ihrer Struktur her am besten für den Missbrauch. Jede von ihnen ist nämlich davon überzeugt, Gott habe ihnen allein die Wahrheit über sich, über das Leben und über die Welt offenbart. Jede dieser drei Religionen bezeichnet Andersdenkende als Ungläubige und Heiden. Obwohl sie anders als der Buddhismus gemeinsamen Ursprungs sind: Der Islam kennt den Erzengel Gabriel ebenso wie den Urvater Abraham und einen Propheten namens Jesus. Diese drei Religionen sind ideale Nährböden für Missionare, für selbst ernannte Welterlöser, für religiöse Eiferer, für politische Fanatiker. Mein Freund, was in diesen Zeiten im Namen Allahs geschieht, ist grauenvoll, ist menschenverachtend. Diese Menschen sind blind vor Hass. Sie kennen keine Nächstenliebe, sie lieben nur noch Allah und dessen selbst ernannte Propheten auf Erden, diese psychopathischen Manipulatoren. Ist der Islam die Ursache? Im Koran steht geschrieben: *Tötet die Heiden, wo ihr sie findet.* Ist das Christentum besser? In der Bibel steht geschrieben: *Auge um Auge, Zahn um Zahn.* Altes Testament, zweites Buch Mose. Und im Neuen Testament sagt Jesus: *Ich bin gekommen, um den Sohn mit seinem Vater zu entzweien und die Tochter mit ihrer Mutter. Wer Vater und Mutter mehr liebt als mich, ist meiner nicht würdig. Glaubet nicht, ich sei gekommen, Frieden auf die Erde zu bringen. Ich bin nicht gekommen, Frieden zu bringen, sondern das Schwert.* Was sagst du nun, mein Freund?»

«Und das Judentum?»

Tomás lächelte. «Ach, das Judentum. Ein sehr schwieriges Thema. Ein heikles Thema. Erinnerst du dich an Jigal Amir?»

«Nein. Wer war das?»

«Ein jüdischer Student. Wir haben seinen Namen vergessen, so wie unsere Kindeskinder den Namen dieses Osama bin Laden vergessen werden. Wer nichts aufbaut, sondern nur zerstört, von dem bleibt nicht einmal ein Fußabdruck in der Wüste, weil der Wind ihn eines Tages verwehen wird. Jigal Amir hieß der Mann, der am 4. November 1995 seinen Landsmann erschoss, den israelischen Premierminister Yitzhak Rabin, und glaubte, mit seiner Bluttat den Willen Gottes zu erfüllen. Seines jüdischen Gottes. Auch der erste Selbstmord-Attentäter der Geschichte war ein Jude: Samson, rund 1200 Jahre vor Christi Geburt, als die Israeliten unter der Herrschaft der Philister litten. 3200 Jahre vor dem Einsturz des World Trade Center ließ Samson einen Palast der Philister einstürzen. 3000 Männer, Frauen und Kinder starben in den Trümmern. Das kannst du alles in der Bibel nachlesen.»

«Das ist lange her, Tomás.»

«Ja, mein Freund, das ist lange her. Die andere Geschichte ist noch nicht so lange her: Am 25. Februar 1994 betritt der jüdische Arzt Kirjat Arba die Ibrahim-Moschee in Hebron und entleert sein Sturmgewehr in die betende Menge palästinensischer Gläubiger. 29 Menschen sterben,

125 werden schwer verletzt, bevor man den irren Arzt mit einem Feuerlöscher erschlägt. Waren das krankhaft gestörte Einzelgänger? Außenseiter der israelischen Gesellschaft? Im Juli 1946, während des britischen Protektorats, jagt eine jüdische Untergrundgruppe im Jerusalemer King-David-Hotel eine Bombe in die Luft. 90 Menschen sterben. Niemand hindert den Chef dieser terroristischen Vereinigung später daran, israelischer Premierminister zu werden: Menachem Begin.»

«Und das Christentum?»

«Du hast die Inschriften in den Wänden der Alhambra noch in Erinnerung? Die Inschriften, die ich dir vorgelesen habe? Sie sind reine Poesie. Sie zeugen von Liebe, von Toleranz, von der Suche nach Wahrheit. So war der Islam in jener Zeit. Wie zeigte sich das Christentum in diesen Jahrhunderten? Sie veranstalteten Juden-Pogrome und Kreuzzüge, mit dem Segen des Papstes. War es eine Dummheit, war es eine rhetorische Fehlleistung von US-Präsident Bush, als er nach dem 11. September zu einem Kreuzzug aufrief? Oder war es vielleicht sogar kaltschnäuziges politisches Kalkül? Denn die mittelalterlichen Kreuzzüge dürften der zivilisierten Welt des 21. Jahrhunderts wohl kaum als Vorbild dienen. Sie waren eine Aggression wie Hitlers Überfall auf Polen. Ein kollektiver Blutrausch im Namen des Christengottes, der mehr als fünf Millionen Menschen das Leben kostete. Anschließend verfolgten Päpste in Europa Hand in Hand mit den weltlichen Herrschern fünf Jahrhunderte lang alle, die es wagten, Gott anders zu verehren, als die Hüter der katholischen Kirchenlehre es vorschrieben. Mehr als eine Million Menschen wurden von Tribunalen der Heiligen Inquisition zum Tode verurteilt. Mein Namensvetter, der Dominikanermönch Tomás de Torquemada, der erste spanische Großinquisitor, war stolz auf seinen ganz persönlichen Rekord: In einem einzigen Jahr ließ er 12000 Menschen auf dem Scheiterhaufen bei lebendigem Leib verbrennen. Alles zum Segen Gottes. 80000 Frauen wurden im christlichen Europa als Hexen verbrannt – nachdem man sie zuvor so lange gefoltert hatte, bis sie unter den Höllenqualen gestanden, Sex mit Satan gehabt zu haben. Wie pervers müssen diese geistlichen Führer gewesen sein?»

«Aber das ist vorbei, Tomás.»

«Ja. Aber noch nicht sehr lange. Und ist es wirklich vorbei? Erst Joseph Bonaparte, der Bruder Napoleons, verbot 1808 das kirchliche Folterinstrumentarium, und erst 1826 wurde in Valencia der letzte Ketzer gehängt. Hat sich seither die Gedankenwelt der Kirchenführer geändert, mein Freund? Ich glaube nicht. Vor wenigen Jahren, bei der UN-Konferenz zur Familienplanung in Kairo, paktierten die Delegierten des Vatikans mit radikalen Islamisten, um eine Resolution zur Empfängnisverhütung zu verhindern. Und was ist mit dem christlich-protestantischen Fundamentalismus in den USA? Dort knallen sie auf offener Straße Ärzte ab, die Abtreibungen vorgenommen haben. Dort zündet der Ku-Klux-Klan Schwarzen das Dach über dem Kopf an. Unter den weißen Kapuzen stecken ehrbare Bürger der Gemeinde, die überzeugt sind, im Namen Gottes zu handeln.»

«Tomás, ich bin den weiten Weg zu Ihnen gekommen, weil ich eine deutsche Journalistin namens Iris Cronenberg retten will. Die Frau, die Sie vor genau einer Woche angerufen hat. Als Ihr Telefon noch funktionierte.»

«Ich weiß, mein Freund, ich weiß. Ich wurde von Jakob gebeten, mit ihr zu reden, und Jakob wurde von Elena gebeten. Jetzt sind Elena und ihr Mann Jorge tot. Und Jakob hat große Angst.»

«Und Sie? Haben Sie keine Angst?»

Tomás sah sich um. Was er sah, beruhigte ihn. Max Maifeld folgte seinem Blick. In ihrem Rücken, keine zehn Meter entfernt, lehnten zwei Männer mittleren Alters an der Fassade der Kirche und behielten den Platz im Auge. Max hatte keine Ahnung, wie lange sie dort schon standen.

«Keine Angst. Das sind Mitglieder meiner Familie. Zigeuner. Sie passen auf uns auf. Sie folgen uns schon, seit wir uns in Nerja getroffen haben. Sie tragen zwar nur Messer, keine Schusswaffen. Aber sie wissen mit ihren Messern umzugehen, glaube mir. Sie sind sehr geschickt mit ihren Messern. Also: Warum sind meine beiden madrilenischen Freunde tot? Weil die deutsche Journalistin nicht richtig zugehört hat. Sie war unaufmerksam. Sie wollte den schnellen Erfolg. Eine schicke Reportage, in einer ihrer glänzenden Zeitschriften. Das Geheimnis der Villa Winter. Vielleicht tue ich ihr Unrecht. Aber ich bin wütend, und wenn man wütend ist, wird man ungerecht. Hätte sie aufmerksam zugehört, hätte sie unsere Worte, die wir nun an dich richten, richtig gedeutet, dann hätte sie die Gefährlichkeit dieser Leute erkannt und wäre niemals alleine zur Villa gefahren.»

«Sie kennen die Villa Winter?»

«O ja, mein Freund. Ich habe Señora Cronenberg sogar erklärt, wie man dorthin gelangt, ohne gesehen zu werden. Wohlgemerkt: um die Villa ungesehen zu beobachten. Und nicht, um in sie hineinzustapfen wie ein dämliches Nilpferd. Über den alten Pfad der Ziegenhirten durch die Berge kommt man ungesehen bis zur Villa. Er verläuft parallel zur Küste. Das ist zwar schon eine Ewigkeit her, dass ich diesen Pfad selbst benutzt habe, aber mein Gedächtnis funktioniert noch ausgezeichnet, wie man sieht. Denn sie hat ihn ja wohl auch gefunden, obwohl ich ihr den Pfad nur am Telefon beschreiben konnte. Aber ich hatte sie gewarnt: Señora, gehen Sie auf gar keinen Fall alleine zur Villa, hatte ich ihr eingeschärft. Sie hatte gelacht. Ich glaube, sie hielt mich für ein ängstliches Kaninchen. Als wäre die Welt ein großer Spielplatz. Ein einziger großer Spielplatz. Hast du Feuer?»

Max gab ihm Feuer. Tomás zog genüsslich an seinem Zigarillo und blies den Rauch in den Himmel.

«Weißt du, als junger Mann habe ich etwas getan, was sehr ungewöhnlich für einen Angehörigen meines Volkes ist: Ich habe meinen angestammten sicheren Platz in der Geschichte und meine von meinem Volk zugewiesene Rolle verlassen und mich in der Welt der Nichtzigeuner engagiert. Politisch. Ich war gegen Franco, wie die meisten Andalusier. Ich war Anarchist, wie viele Andalusier. Wir träumten von einer Welt ohne Gesetze, ohne persönlichen Besitz, von einer Welt ohne Regierungen, ohne Polizei und Militär. Und natürlich von der freien Liebe. Ich habe dafür bezahlt. Mit acht Jahren KZ-Haft auf Fuerteventura. Ich war im KZ von Tefía. Wir haben damals als Zwangsarbeiter die Schotterpiste von Morro Jable quer durch die Berge hinüber zur Villa Winter gebaut. Danach bin ich noch zwei Jahre in dieser Einöde geblieben, um das Geld für die Heimreise zu verdienen. Als Ziegenhirte. Daher kenne ich die Insel und die Villa.»

«Was war denn Ihre Rolle gewesen?»

«Die Rolle des Chamäleons. Diese Rolle hatte mein Volk schon immer. Das hat uns lange Zeit das Überleben garantiert. Wir Zigeuner stammen aus Indien. Wir gehörten dort zur untersten Kaste, der Kaste der Parias, der Unberührbaren. Wir waren Gaukler. Zirkusleute, würde man heute sagen. Artisten, Feuerschlucker, Bärenführer, Jongleure, Wahrsager. Niemand weiß, warum wir Indien eines Tages verlassen haben. Wir zogen nach Westen. In Osteuropa teilten wir uns. Manche blieben in Ungarn, manche zogen weiter in Richtung Westeuropa, und einige, nämlich meine Vorfahren, zogen nach Ägypten, dann weiter die nordafrikanische Küste entlang und setzten im Gefolge der maurischen Eroberer im achten Jahrhundert nach Spanien über. Wahrscheinlich dienten wir der Belustigung und Zerstreuung der arabischen Fürsten und Heerführer auf ihren Feldzügen. Abends, an den Lagerfeuern. Weil wir aus Ägypten kamen, nennt man uns heute noch Gitanos, wie die Spanier, oder Gypsies, wie die Engländer. Jeder nennt uns anders, so wie es ihm beliebt. Und da wir der hinduistischen Kaste der Unberührbaren entstammen, haben wir überall auf der Welt immer alles angenommen, was man uns gab: Namen, Religion, Sprache, Kultur. Zum Schein. Um nicht aufzufallen. Um zu überleben. Wir sind Wanderer zwischen den Welten. Nomaden. Exoten. Im Mittelalter zogen wir von Jahrmarkt zu Jahrmarkt. Wir nahmen die Rollen an, die man uns bei unserer Ankunft in einer fremden Stadt zuwies. Und wenn man uns fragte, seid ihr etwa die Nachfahren unserer Kreuzzügler aus dem Morgenland, dann antworteten wir: Natürlich, klar, das sind wir. Bevor man uns aber zum Sündenbock machen konnte, so wie man das mit Fremden, mit Exoten gerne tut, uns für Hagelschläge, Dürre, Missernten oder für die Pest verantwortlich machen konnte, sind wir immer rechtzeitig weitergezogen, vorsichtshalber. Im Gegensatz zu den

Juden. Die wollten immer geliebt werden von ihren Mitbürgern. Geliebt und geachtet und akzeptiert. Im Ersten Weltkrieg gab es keine patriotischeren Deutschen als die deutschen Juden. Wir aber haben uns seit unserem Auszug aus Indien eine gehörige Portion Misstrauen bewahrt. Das hat uns lange Zeit, über Jahrhunderte, vor dem Schicksal der Juden bewahrt. Bis die Nazis kamen. Da waren meine Leute genauso dran wie die Juden. Aber bis dahin hatte es funktioniert. Und in Spanien, da konnten wir es uns im Mittelalter sogar erlauben, sesshaft zu werden, weil uns die Toleranz des mittelalterlichen Islam schützte. Daran konnten anschließend auch die Katholiken nichts mehr ändern. Dafür waren wir zu schlau. Nach dem Fall Granadas waren wir mit Sicherheit die ersten und eifrigsten Kirchgänger. Wir spanischen Zigeuner sind dem Islam dankbar. Wir durften uns während der maurischen Herrschaft etablieren. Bis heute sind die mutigsten Stierkämpfer, die berühmtesten Flamenco-Sänger, Tänzer und Gitarristen allesamt Gitanos, Zigeuner. Wir sind angesehen. Solange wir uns wohlgefällig verhalten und nicht aus der Reihe tanzen wie dieser dämliche Heißsporn Tomás während der Franco-Diktatur. Aber auch der hat es schließlich begriffen, im KZ, und erfreut heute die Touristen mit seinen Fernrohren und seinen Sternen.»

Die Augen des alten Zigeuners wurden plötzlich seltsam ausdruckslos, als ob sein Blick nach innen gekehrt sei, als ob er sein bisheriges Leben einer kritischen Bilanz unterzog. Max Maifeld rauchte seine Zigarette auf, drückte die Glut an der Mauer aus und steckte die Kippe in die Hosentasche. Dann erhob er sich, sprang von der Mauer und streckte seine Glieder. «Tomás, ich muss jetzt los. Ich will in Málaga die erste Maschine nach Madrid kriegen. Soll ich

Sie in Nerja absetzen? Dann können wir während der Fahrt noch reden.»

«Nein danke. Ich habe beschlossen, noch ein paar Tage hier zu bleiben. Vielleicht auch ein paar Wochen. Hier bei meiner Familie. Das ist sicherer. Ich werde eine Weile untertauchen. Außerdem gibt es nun nichts mehr zu reden, mein Freund. Alles, was ich dir sagen wollte, habe ich gesagt.»

Max gab dem alten Mann die Hand. «Adiós, Tomás. Was erwarten Sie eigentlich nun von mir?»

Der Alte lachte schallend. Sein Lachen zerriss die Stille. Dann deutete er auf seinen weit aufgerissenen Mund. «Siehst du das? Eine Ruine. Kaum ein Zahn ist noch echt. Auch wenn mir nicht wenige der schönsten Frauen Andalusiens versichern, das Gold stehe mir ausgezeichnet. Ich bin zu alt. Ich kann niemandem mehr die Zähne zeigen. Aber du kannst es. Du bist jung und stark. Und klug. Ich erwarte nichts von dir. Ich erwarte grundsätzlich von niemandem etwas. Das schützt vor Enttäuschungen. Jeder Mensch muss wissen, was er tut. Ich habe nur die Hoffnung, dass jemand etwas tut. Sich ihnen in den Weg stellt, wenn sie zurückkommen.»

«Wem in den Weg stellt?»

«Mein Freund, es gibt mindestens drei Lager, die Nutzen aus dem islamistischen Terror ziehen. Einmal natürlich die Terroristen selbst. Mit jedem erfolgreichen Anschlag steigt die Zahl ihrer jubelnden, zu allem bereiten Anhänger. Sie geilen sich auf an den Opfern. Sie stellen Fotos von schrecklich zugerichteten Leichen ins Internet. Sie versammeln sich vor dem Fernseher, um sich johlend und schenkelklopfend, wieder und immer wieder, Videos vom 11. September anzuschauen, von den brennenden Türmen in New York, von Menschen, die sich in ihrer Verzweiflung aus den obersten Stockwerken stürzen. Diese Geisteskranken schauen sich die Videos an und applaudieren begeistert, wenn es zum Höhepunkt kommt, wenn das World Trade Center, das Symbol des verhassten Abendlandes, sich schließlich in eine große graue Wolke auflöst. Wer noch zieht einen Nutzen aus dem 11. September? Natürlich jene Leute, die aus jedem Krieg, in den die USA marschieren, ihren wirtschaftlichen Nutzen ziehen, jene Leute, die am Verbrauch von Waffen und Munition verdienen, selbst an den Kaugummis und Kondomen für die GIs. Das ist aber nichts Neues. Korea, Vietnam, Irak, immer dasselbe. Neu ist aber die dritte Gruppe: einflussreiche Leute mit Geld, die unter der westlichen Bevölkerung Angst vor dem Islam schüren, weil ein Klima der Angst diese Leute ihrem politischen Ziel näher bringt, ihren pseudoreligiösen Wahnvorstellungen. Ihr Ziel ist die zweite Reconquista, die Wiederherstellung einer abendländischen Gesellschaft ihres Geschmacks, in der du und ich so wenig leben wollen wie ... nun, sagen wir, wie in Afghanistan zu Zeiten der Taliban-Herrschaft. Verstehst du, was ich meine, mein Freund? Sie werden losschlagen. Schon bald. Sie wollen ein Zeichen setzen. Sie sind mächtig, sie haben ihre Leute überall. Sie hocken bereits in den Startlöchern, überall in Europa. Es wäre schön, wenn jemand zur Stelle wäre und sie daran hindern würde. Indem er die Medien mobilisiert, die Öffentlichkeit wachrüttelt, wenn es so weit ist. Ich erwarte nichts von dir. Aber ich wünschte mir, du würdest ein bisschen in Deutschland aufpassen, während wir hier in Spanien die Augen offen halten. Und sag deinem schwarzen Freund einen schönen Gruß von mir, er soll das Hotel *Tres Islas* im Auge behalten. Das ist alles. *Vamos.*»

Er stand auf und ging. Die beiden Männer nickten Max ernst zu und folgten dem Alten. Max sah ihnen nach, bis die dunklen Gassen des Albaicín sie verschluckten.

Er fand keinen Schlaf. Er wälzte sich seit zwei Stunden im Bett herum. Aber es lag nicht an dem Bett. Vielleicht lag es an dem ungewohnten Wetter, an dem Klimawechsel. Morian stand auf, verließ die Schlafkammer, ging nach nebenan ins Wohnzimmer und öffnete den Kühlschrank hinter dem schmalen Tresen, der als Ersatz für einen Esstisch diente. Er fragte sich, was manche Menschen im Kopf hatten, die Behausungen für andere Menschen planten. Wollten sie tatsächlich, dass man morgens, noch schlaftrunken, zum Frühstück auf einen wackligen Barhocker kletterte und anschließend, die Kaffeetasse oder ein Brötchen in der Hand, permanent gegen den Verlust des Gleichgewichts und die Gesetze der Erdanziehungskraft ankämpfte? Er nahm ein Bier aus dem Kühlschrank und trat nackt, wie er war, hinaus auf die Terrasse. Sie lag im Dunkel, aber der Pool jenseits der schwindsüchtigen Palmen vor seiner Terrasse war hell erleuchtet. Das sah schön aus. So friedlich. Die Grillen zirpten. Fast wie im Paradies.

Das Paradies hatte sich bei seiner Ankunft rasch als Animierschuppen für Einsame und Kontakthof für Singles entpuppt.

«Ich bin die Jana», flötete die Rezeptionistin, als er eincheckte, nachdem Hurl ihn vor der Einfahrt zur Clubanlage abgesetzt und auffällig rasch das Weite gesucht hatte. Jana war allenfalls Mitte zwanzig, groß, sehr groß, bestimmt eins achtzig, außerdem spindeldürr, braun gebrannt und gepierct, und zwar am Bauchnabel, am linken Nasenflügel, an der rechten Augenbraue, flächendeckend am linken Ohr und, wie er erst nach einer Weile bemerkte, auf der Zunge. Wo vielleicht sonst noch, entzog eine seidene Schlabberhose und ein knappes, knallenges Top seinem Blick. «Das ist dein Schlüssel zum Paradies», flötete sie verheißungsvoll. Dabei war der Schlüssel, den sie über die Theke schob, lediglich der Schlüssel zu seinem Apartment.

«Du brauchst auch kein Bargeld hier auf dem Clubgelände. Wenn du einen Drink nimmst, dann zeigst du einfach deinen Schlüssel. Auf dem Anhänger ist ein Barcode drauf. Das wird dann hier im Computer registriert, und du zahlst erst, wenn du auscheckst. Und wenn du irgendwelche Probleme hast, kommst du einfach her», flötete sie und schenkte ihm einen hinreißenden Augenaufschlag. «Wenn du an einem der Kurse teilnehmen willst, Beachvolleyball oder so, dann trägst du dich einfach auf der entsprechenden Liste drüben am schwarzen Brett ein. Da stehen auch die Uhrzeiten und die Sprechstunden unseres Orga-Teams und die Termine für die Ausflüge, Jeep-Safari, Piraten-Törn und so. Piraten-Törn ist echt geil. Ansonsten sind wir hier alle ganz locker drauf, nach dem Motto: Nichts muss, alles kann.»

Morian glaubte ihr aufs Wort. Das vertrauliche Geduze ging ihm jetzt schon auf die Nerven. Frischfleisch. Fleischbeschau. Die Männer und Frauen, die vor Lässigkeit strotzend durch die einem indischen Tempel nachempfundene Empfangshalle schlenderten, waren so locker drauf, dass sie ihn ungeniert von oben bis unten musterten, als käme er von einem anderen Stern.

Kam er ja auch.

Das Bier war lauwarm. Offenbar funktionierte der Kühlschrank in seinem Apartment nicht richtig. Er war sich nicht sicher, ob dies eines der Probleme war, die es freimütig bei Jana im indischen Tempel anzusprechen galt.

Der beleuchtete Pool sah wirklich wunderschön aus. Wie ein funkelnder Spiegel.

Morian stand auf und fischte in der Schlafkammer aus der bunten Plastiktüte die Badehose, die Hurl unterwegs in Corralejo für ihn ausgesucht und gekauft hatte.

Sie passte.

War dies vielleicht das Geheimnis aller Wünsche und Sehnsüchte? Denn kaum hatte er sein Ziel, sich mit dem funkelnden Spiegel zu vereinen, erreicht, kaum hatte er seine Sehnsucht gestillt und die Zehen lustvoll eingetaucht, verlor der Spiegel seinen Zauber und löste sich in konzentrisch vor ihm flüchtende Wellen auf.

Er schwamm ein paar Bahnen, bis das Blut spürbar und wohltuend durch seinen Körper zirkulierte. Dann stützte er seine Ellbogen rücklings auf den Beckenrand, ließ seine Beine treiben, betrachtete seine Zehen, betrachtete seinen weißen Bauch, der aus dem silbrig blauen Wasser ragte wie eine einsame Insel, betrachtete die Sterne über ihm. Er hatte noch nie in seinem Leben so viele Sterne auf einem Haufen gesehen.

Vielleicht sollte er das Boxtraining wieder aufnehmen. Das Konditionstraining beim Boxen war phänomenal und wirkte Wunder. Früher hatte er nie Gewichtsprobleme. Gab es überhaupt Boxclubs für Senioren?

Vielleicht sollte er sich einen anderen Job suchen.

Vielleicht sollte er sich ein anderes Leben suchen.

Vielleicht sollte er den Mörder von Heinz Lewandowski finden.

Hier? Im Ferienparadies?

Er dachte an Tarfaya. Und an die Kampfhubschrauber, die Heinz Lewandowski nach Tarfaya geliefert hatte. Wenn man von Hurls Terrasse auf dem Dach dieses Luxushotels übers Meer schaute, beziehungsweise wenn man weit genug übers Meer schauen könnte, dann würde man Tarfaya sehen.

Marokko. Kampfhubschrauber. Die Kette. Heinz Lewandowski.

Doris Lewandowski.

Irgendwo wurde eine Tür geöffnet. Musik. Lachen. Dann fiel die Tür wieder ins Schloss. Stille.

Bis auf das Glucksen des Wassers in der Überlaufrinne.

Und die Grillen.

Er dachte an Doris Lewandowski. Nein, er dachte an Doris, bevor sie Lewandowski hieß. An die Doris, die ihm eines Sommers, eines Nachts, auf einer Wiese am Rheinufer gezeigt hatte, was Männer und Frauen so alles miteinander tun können. Dinge, an die er vorher nicht mal im Traum gedacht hätte. Seine persönliche Reifeprüfung, noch vor dem Abitur. Er dachte an die Doris, die er mit nach Marokko nehmen wollte. Vielleicht wäre er damals besser nach Marokko gefahren, auch ohne Doris, statt zur Polizei zu gehen. Vielleicht wäre sein Leben völlig anders verlaufen.

Wer weiß.

Er dachte an das erste und letzte Wiedersehen nach so vielen Jahren. Vor neun Tagen.

Hatte er sie eigentlich geliebt?

Damals.

Liebe.

Ein großes Wort. Liebten sich die beiden da drüben? Hätten sie die Frage überhaupt beantworten können, in dem Alter, gerade erst der Pubertät entronnen? In diesem Club schien außer ihm niemand älter als fünfundzwanzig zu sein, und diese beiden waren mit Sicherheit noch keine zwanzig.

Eng umschlungen schlenderten sie durch den Park auf den Pool zu, blieben alle zehn Meter stehen und küssten sich leidenschaftlich. Seine Hände waren überall. Sie war blond, ebenso spindeldürr wie Jana vom Orga-Team, aber nicht so braun gebrannt. Eher blass. Wahrscheinlich war sie noch nicht lange hier. Außerdem war sie klein, sehr klein. Sie wirkte fast schon zerbrechlich. «Nein! Jetzt ist genug!» Sie hatte ein hübsches Gesicht, wie Morian feststellte, als sie sich aus der Umklammerung löste und an den Beckenrand trat. Stupsnase, wache Augen, die Intelligenz und Sanftmut signalisierten. Sie hatte Morian noch nicht bemerkt. Sie trug einen schlichten hellblauen Bikini. Er steckte in einer dieser furchtbar bunten Bermuda-Shorts, die bis über die Knie reichten. Er war ebenfalls blond, sein Haar war lang und zu einem Pferdeschwanz gebunden. Er war braun gebrannt, schlank und für sein Alter ungewöhnlich muskulös. Vermutlich verbrachte er die halbe Zeit des Tages im clubeigenen Kraftraum. Er streichelte selbstverliebt über seinen Waschbrettbauch. Seine Augen wanderten ihren Rücken hinab und ruhten schließlich auf ihrem Po.

«Was meinst du, sollen wir eine Runde schwimmen gehen?», fragte sie, ohne sich umzudrehen. Seine Erregung war unter den Bermuda-Shorts nicht zu übersehen. Auch er hatte Morian noch nicht bemerkt, sonst hätte er sich vielleicht nicht getraut, das Mädchen mit einem ziemlich brutalen Schlag zwischen die Schulterblätter in den Pool zu befördern.

«Hey, spinnst du?»

Er grinste breit, sprang hinterher. Sie konnte Nase und Mund gerade so über der Wasseroberfläche halten, wenn sie sich auf die Zehenspitzen stellte und den Kopf in den Nacken legte. Sie wirkte verärgert. Sie schickte sich an, zum

Beckenrand zu schwimmen. Er hielt sie am Fuß fest. «Was soll ...» Der Satz erstarb, als er sie unter Wasser zog. Sie kam wieder hoch, prustete, schnappte nach Luft. Er drückte ihren Kopf unter Wasser, grinste sardonisch, während ihre Arme und Beine die Wasseroberfläche peitschten.

«Lass sie zufrieden!»

Der Blonde drehte sich verwundert zu Morian um. Das Mädchen nutzte den Moment, um ihren Kopf über Wasser zu kriegen. Panik in ihren Augen. Der Blonde ließ seinen Blick kurz über Morians Körper schweifen, taxierte dessen Alter und Übergewicht.

«Halt's Maul, alter Fettsack.»

Er wandte sich wieder dem Mädchen zu und drückte dessen Kopf erneut unter Wasser.

«Du lässt sie jetzt auf der Stelle zufrieden!»

Der Blonde wirbelte herum. Zu spät. Morian stand bereits genau vor ihm. Der Blonde holte zum Schlag aus, Morian duckte sich weg und rammte ihm die Faust mitten ins Gesicht. Das hässliche Knirschen signalisierte das Brechen des Nasenbeins ebenso wie das Blut, das ins Wasser tropfte.

Morian half dem Mädchen aus dem Pool.

«Geht's wieder?»

Sie nickte schniefend und schluchzend. Sie zitterte am ganzen Körper.

«Warten Sie bitte einen Augenblick.»

Morian hüpfte zwischen den Palmen hindurch und über die Terrasse in sein Apartment, riss die Decke von seinem Bett, lief zurück und legte sie ihr über die Schultern.

«So, jetzt bringe ich Sie nach Hause. Sie müssen mir nur sagen, in welchem Apartment Sie wohnen und mir den Weg zeigen. Ich kenne mich nämlich überhaupt nicht aus hier. Ich bin nämlich erst heute angekommen.»

«Danke. Ich bin auch erst heute angekommen. Ich heiße Anne.»

«Hallo, Anne. Ich heiße Josef.»

Sie gingen schweigend durch den Park.

«Hier wohne ich. Nochmals vielen Dank.»

«Wohnen Sie mit ...?»

«Nein, nein, keine Sorge. Ich habe das Apartment für mich alleine gebucht. Gute Nacht, Josef.»

«Darf ich Sie noch etwas fragen?»

Sie runzelte die Stirn.

«Ich dachte nur gerade über etwas nach, als Sie und ihr ... also als Sie am Pool erschienen. Ich hatte in dem Moment gerade über die Liebe nachgedacht. Und was die Liebe wohl eigentlich ist. Ich weiß es nämlich nicht mehr. Und deshalb würde ich Sie gerne fragen: Lieben Sie diesen Dreckskerl?»

«Lieben?» Sie lachte auf. Das Lachen war nicht böse gemeint. Es brach einfach aus ihr heraus. «Lieben? Ich habe ihn doch gerade erst kennen gelernt, heute, am Strand.»

Montag, 10. März

Max Maifeld klappte das Notebook wieder zu und verstaute es in der Aktentasche. Die knapp einstündige Flugzeit war zu kurz, um vernünftig zu arbeiten, und er konnte sich ohnehin nicht konzentrieren. Der Airbus hatte seine

Reiseflughöhe schon verlassen und setzte zum Gleitflug auf die spanische Hauptstadt an. Max schloss die Augen und versuchte, sich zu entspannen. Sein Körper sehnte sich nach einem Bett und nach mindestens acht Stunden Schlaf. Sein Geist erinnerte ihn permanent daran, dass die Zeit davonlief. Und seine Seele glich einem Labyrinth aus Angst, Hoffnung, Sehnsucht, Verwirrung und Wut.

Er nahm ein Taxi zur Gran Vía. Er lief ein paar Schritte, schaute sich die Auslagen in den Schaufenstern an, bis er sicher war, dass ihm niemand folgte. Dann wechselte er die Straßenseite und schlenderte zurück. Sie hatten seine Spur verloren.

Miguel saß am selben Tisch, auf demselben Stuhl wie vor zwei Tagen und studierte aufmerksam die Zeitung, für die er schrieb. Als Max sich setzte, faltete er die Zeitung ordentlich zusammen und legte sie auf dem Bistrotisch ab.

«Du siehst müde aus, *amigo.*»

«Ich bin müde.»

«Wie war's?»

«Verwirrend.»

«Wie das Leben.»

«Die Kette. Hast du jemals etwas von einer geheimen Organisation dieses Namens gehört?»

«Die Kette? Noch nie. Klingt ziemlich unmodern.»

«Wieso?»

Der Kellner brachte den *cortado.* Max fiel in diesem Moment auf, dass er sich seit zwei Tagen nur noch von Kaffee ernährte. Sein Magen krampfte bei dem Gedanken an Essen.

«Nun, eine Kette funktioniert nur als Kette, solange jedes einzelne Glied der Kette funktioniert. Fehlt ein Glied, ist die Kette nutzlos. Entferne eine Perle aus einer Perlenkette, und du hast keine Kette mehr, sondern nur noch einen Haufen Perlen. Ist so ein Hobby von mir: Kybernetik und Chaos-Theorie und ihre Anwendung auf politische Systeme.»

Miguel kratzte sich am Kopf. «Die Kette. Interessanter Name. Manchmal sind Begriffe verräterisch. Wir denken in Sprache, also spiegelt Sprache auch unser Denken wider. Ich spekuliere mal: Wer eine Organisation mit dem Begriff Kette koppelt, denkt in antiquierten Strukturen, ist extrem hierarchiegläubig und ignoriert, wie verwundbar ein solches System in Wahrheit ist – ganz gleich übrigens, wie stark die einzelnen Glieder der Kette sind. Denn der Ausfall eines einzigen Gliedes schwächt oder zerstört die Struktur der gesamten Organisation.»

«Gibt es denn unverwundbare Systeme?»

Miguel grinste. «Al-Qaida zum Beispiel. Das ist arabisch und bedeutet Netz. Auch das Internet ist ein Netzwerk. Seine Entwicklung wurde damals übrigens von amerikanischen Militärs in Auftrag gegeben. Die suchten ein unverwundbares Kommunikations- und Informationssystem. Das Internet ist nicht hierarchisch, sondern anarchisch strukturiert. Fällt irgendwo ein Knotenpunkt aus, sucht sich die Information einfach einen anderen Weg durchs Netz. Wenn du von diesem Tisch aus eine E-Mail an meine Redaktion bei *El País* sendest, wandern die Daten vielleicht über einen Server in Hongkong, obwohl Sender und Empfänger der E-Mail beide in Madrid sitzen. Vielleicht wird die E-Mail aber auch zerstückelt, die einzelnen Bausteine gehen sekundenschnell getrennte Wege, Toronto, Mailand, Tokio, was weiß ich, und werden erst auf meinem Monitor wieder zusammengesetzt. Der Datenfluss im Internet folgt keinem festgelegten Plan, sondern entscheidet sich jedes Mal neu und autark für den aktuell effektivsten Weg.»

«Und so arbeitet auch Al-Qaida, willst du sagen?»

«Genau. Ich merke, du bist schon eine Weile raus aus dem Geschäft. Kriegt man auf Fuerteventura überhaupt Zeitungen zu lesen? Al-Qaida ist ein Netzwerk aus kleinen, dezentralen, autonom arbeitenden, schlagkräftigen Einheiten. Marokkaner, Algerier, Palästinenser, Saudis, Afghanen mit zum Teil völlig unterschiedlichen politischen Zielen. Was sie eint, ist der Gedanke des Dschihad. Der Kampf gegen die ungläubigen Unterdrücker. Die Geheimdienste schätzen, dass zwischen 1996 und dem 11. September 2001 rund 20 000 junge Moslems aus aller Welt durch Osama bin Ladens Terror-Trainingscamps in Afghanistan gegangen sind. Nur etwa zehn Prozent dieser bestens ausgebildeten Terrorspezialisten konnten bisher ausgeschaltet werden, sind tot oder sitzen im Gefängnis. Und wir wissen nicht, wie viele neue Rekruten seit dem 11. September bereits an anderen Orten der Welt ausgebildet wurden.»

«Aber es muss doch wohl möglich sein, an den Grenzen besser aufzupassen, damit ...»

«Du irrst, Max. Sie sind doch schon längst in Europa. Seit Jahren. Schläfer. So nennen die Geheimdienste solche Leute. Schläfer. Bis sie zum Einsatz geweckt werden. Nicht weit von hier, in einer Nebenstraße der Puerta del Sol, gibt es ein nettes kleines arabisches Restaurant. Gutes Essen, faire Preise. Ich kenne den Laden, ich war da früher häufiger in der Mittagspause. Das Restaurant entwickelte sich rasch zum beliebten Treffpunkt nordafrikanischer Immigranten. Zur Stammkundschaft gehörte ein Mann namens Amer Azizi. Er lebte schon seit vielen Jahren in Madrid. Gebildet, charmant, sanftmütiger Augenaufschlag, ein geistreicher Plauderer. Man hatte allerdings stets den Eindruck, er kenne sämtliche 6226 Verse des Koran auswendig. Eines Mittags blieb sein Stammplatz im Restaurant leer. Zwei Stunden später stand das World Trade Center in Flammen. Der smarte Gast tauchte nie wieder auf. Der spanische Richter und Terroristenfahnder Baltasar Garzón hält Amer Azizi inzwischen für die Schlüsselfigur der Organisationsteams für den Anschlag in New York sowie für die Anschläge in Madrid, Casablanca und auf Djerba. Zwei Monate vor der Katastrophe in New York organisierte Amer Azizi das entscheidende Treffen zwischen dem Attentäter Mohammed Atta und Ramzi Binalshibh, dem damals engsten Verbindungsmann Osama bin Ladens. Die spanischen Experten sind davon überzeugt, dass ohne den netten Stammgast des Restaurants an der Puerta del Sol die 191 Todesopfer vom 11. März in Madrid noch leben würden. Oder nimm den jungen Marokkaner Jamal Zougam, der 1999 den Job im Gemüseladen seiner Mutter in Madrid aufgab, um sich ein paar Straßen weiter mit einem Handy-Laden samt Internet-Café selbständig zu machen. *El Nuevo Siglo* nannte er seinen Laden hochtrabend. Stand auch so über der Eingangstür: Das Neue Jahrhundert. Die Geschäfte gingen gut für den jungen Moslem, der seit seinem zehnten Lebensjahr in Spanien lebte und trotz seines Glaubens die Annehmlichkeiten und die liberale Moral der westlichen Gesellschaft zu schätzen wusste, vor allem die liberale Moral der jungen Großstadt-Spanierinnen. Das hinderte ihn aber nicht daran, im Auftrag von Al-Qaida insgesamt 13 seiner Handys in Zeitzünder zu verwandeln, mit denen die Bomben in den Madrider Pendlerzügen gezündet wurden. Sie sind also überall, mein Freund. Überall. Schläfer, die darauf warten, geweckt zu werden, um dann zuzuschlagen. Aber was rede ich die ganze Zeit. Erzähle lieber, was du erfahren hast.»

«Ich habe zwei alte Männer kennen gelernt, Freunde

des ermordeten Madrider Professorenehepaares, die mich davon zu überzeugen suchen, dass Europa vor einer weit größeren Bedrohung als durch Al-Qaida steht. Und dass diese Bedrohung einen Namen hat: die Kette.»

«Die Kette. Aha. Wer soll das eigentlich sein?»

«Das ist eine abenteuerliche Geschichte. Ich weiß nicht, was ich davon glauben soll. Den Namen soll Admiral Wilhelm Canaris erfunden haben. Und einen geheimnisvollen Z-Plan entwickelt haben. Z für Zukunft. Ein Plan, der eines Tages die Wiederauferstehung der ewig Gestrigen ermöglichen soll, beziehungsweise ihrer Nachfahren, um in Europa eine neue abendländische Klassengesellschaft zu errichten. Angeblich hat man zu diesem Zweck vor mehr als einem halben Jahrhundert Nazi-Vermögen rechtzeitig beiseite geschafft. Angeblich um die fünf Milliarden Dollar. Und der 11. September sei sozusagen das Signal zum Aufbruch gewesen. Die Bedrohung durch den Islam als Initialzündung für die Abschaffung der Demokratie. Nach dem Motto: Nur ein starkes, einiges und vor allem autokratisch gelenktes Abendland ist in der Lage, dem Feuerschwert des Islam Einhalt zu gebieten. Als Pilotprojekt der Verschwörer soll Spanien dienen, bevor man dann später die Macht auch in Deutschland und im Rest Europas übernehmen will.»

Miguel rührte nachdenklich in seinem Kaffee. Max besah sich derweil das mittägliche Treiben auf Madrids Prachtstraße. Er ließ ihm Zeit, obwohl jede Gewissheit, dass Zeit verrann, während er untätig blieb, ihn augenblicklich in Panik versetzte. Schließlich legte der Redakteur den Löffel beiseite.

«Max, es liegt etwas in der Luft. Ich kann es nicht genauer erklären, aber es braut sich was zusammen in Spanien. Wir beobachten das schon eine Weile. Aber wir kriegen nichts raus. Politiker, Geheimdienst, Militär, alle sind von einer merkwürdigen Unruhe erfasst, die wir uns nicht erklären können. Weißt du eigentlich, wie viele einflussreiche Kräfte in diesem Land diese ausschließlich durch die Person des Königs garantierte Demokratie hassen? Abgrundtief hassen? Der spanische Klerus, vor allem das Opus Dei. Die Fremdenlegion. Die Guardia Civil. Der Adel. Was ist, wenn Juan Carlos einmal stirbt? Hätte sein Sohn die Stärke, das Rückgrat und die natürliche Autorität, so wie sein Vater die spanische Demokratie zu garantieren? Was mich erschreckt an dem, was du sagst, ist die bestechende Logik, Spanien als Pilotprojekt für Europa auszuwählen. Kein Land wäre besser geeignet. Der Bombenanschlag der Islamisten in Madrid hat dafür gesorgt, dass eine Regierung abgewählt wurde. Vielleicht sorgt der nächste, noch brutalere Terrorakt im Namen Allahs auf spanischem Boden dafür, dass die Demokratie abgewählt wird. Lass jemanden kommen, der den einfachen Leuten ein Feindbild schenkt. Ein Feindbild, das ihnen hilft, sämtliche Alltagssorgen, alle familiären, beruflichen und finanziellen Probleme zu verdrängen. Der ihnen zudem verspricht, Arbeitslosigkeit und Kriminalität abzuschaffen, indem er die Marokkaner aus dem Land wirft. Der ihnen eine Orientierung im Chaos verspricht, ihnen sagt, was gut und was böse ist. Dieser Jemand würde gefeiert wie der Messias. Er benötigte keinen Putsch, keinen gewaltsamen Staatsstreich, um an die Macht zu kommen. Er müsste sich ganz einfach nur wählen lassen.»

«Und die Weltöffentlichkeit?»

«Wer ist die Weltöffentlichkeit? CNN? Die *New York Times?* Glaube mir, die Weltmacht USA würde seelenruhig zuschauen, solange Gibraltar britisch bleibt, solange Spanien treuer Bündnispartner bleibt und die neue Regierung ihren reaktionären Irrsinn ausschließlich innenpolitisch auslebt. So wie Franco.»

Max fröstelte, trotz der Mittagssonne. «Du glaubst diese verrückte Geschichte also?»

Miguel beugte sich vor und verschränkte die Hände auf dem Tisch wie zum Gebet. «Max, ich bin kein besonders gläubiger Mensch. War ich noch nie. Im Gegenteil, ich bin ein von Natur aus misstrauischer Mensch. Ich habe weder gesagt, dass ich die Geschichte glaube, noch habe ich gesagt, dass ich sie nicht glaube. Ich halte sie nur nicht für unmöglich. Falls diese Geschichte aber stimmt: Dann gnade uns Gott.»

Miguel legte ein paar Münzen in die Plastikschale mit dem Kassenbon, klemmte seine Zeitung unter den Arm und stand auf: «Lass uns noch ein paar Schritte gehen. Das ist sicherer. Wir sollten nicht zu lange an einem Platz sitzen.»

Sie liefen bis zur Puerta del Sol und setzten sich auf eine Parkbank. Frühling. Die spanische Hauptstadt präsentierte sich im schmeichelnden Licht der Mittagssonne von ihrer besten Seite. Fliegende Händler, Eis- und Limonadenverkäufer, Liebespaare, spielende Kinder, elegante Frauen, Flaneure auf Brautschau, diskutierende Rentner. Der Platz lebte. Max spürte plötzlich und mit Macht, wie sehr ihm die Großstadt fehlte. Vielleicht sollte er doch wieder zurück nach Köln ziehen. Eines Tages. Wenn das alles hier mal vorbei war. Falls es jemals vorbei sein würde.

«Was hast du für mich, Miguel?»

Miguel steckte ihm einen gefalteten Zettel in die Außentasche seines Sakkos. «Da steht die Adresse drauf. Er heißt Harald. Kein Nachname. Ein Deutscher übrigens.»

«Kann man ihm trauen?»

Miguel vergaß sein Lächeln. «Ich weiß nichts über

ihn bis auf das, was ich gerade gesagt habe. Ich habe den Namen und die Adresse von unserem Korrespondenten in Casablanca. Und der hat sie von einem einheimischen Informanten, von dem er nicht mal einen Gebrauchtwagen kaufen würde. *Amigo*, in dieser Branche sollte man niemandem trauen. Du solltest zwischendurch nicht vergessen, zu Gott zu beten. Du bist verrückt, Max.»

«Ich muss zurück auf die Insel. Und ich kann nicht offiziell dorthin. Ich kann nicht legal nach Fuerteventura fliegen. Sonst sitze ich eine Stunde später in einer Zelle der Guardia Civil.»

«Du musst nicht dorthin. Bleib hier, du Idiot.»

«Ich muss sie finden, Miguel.»

«Ist sie es wert?»

Max sagte nichts.

«Entschuldige, *amigo*. Blöde Frage. Jeder Mensch ist es wert, gerettet zu werden.»

Max stand auf und reichte ihm die Hand. Miguel hielt ihn am Ärmel seines Sakkos fest. «Geh zu diesem Harald. Er ist der Einzige, den ich auf die Schnelle auftreiben konnte. Die annoncieren schließlich nicht in den spanischen Zeitungen. Wenigstens gibt es mit ihm keine Sprachprobleme. Aber pass auf dich auf. Hast du genug Geld?»

Max nickte.

«*Hasta luego, amigo*. Ich wünsche dir viel Glück. Und wenn es ein Problem gibt, dann ruf mich an. *El País* ist immer noch eine wichtige Stimme in diesem Land.» Dann brachte er doch noch ein Lächeln zustande. «Solange nicht diese Kette-Kerle kommen und die Druckerei schließen.»

Max stieg in ein Taxi. Am Flughafen Barajas kaufte er am Schalter der Royal Air Maroc ein Ticket nach Casablanca und ein Ticket für einen Anschlussflug von Casablanca nach Tarfaya. 245 Euro. Netto-Flugzeit dreieinhalb Stunden, unterbrochen von einer Stunde Aufenthalt auf dem Flughafen Mohammed V. in Casablanca. Wieder kaum Zeit für Schlaf. Er checkte ein und suchte sich ein ruhiges Plätzchen im Wartesaal, hinter einer Säule. Er aktivierte das Notebook und das Handy, stellte über Bluetooth eine Internetverbindung her und schickte Hurl eine E-Mail mit mehreren Anhängen: die Dateien mit allen Informationen, die er in den zwei Tagen gesammelt hatte.

All das wirre Zeug.

Er packte das Notebook wieder in die Aktentasche und wollte das Handy ausschalten, um sich in die Schlange der für den Flug nach Casablanca aufgerufenen Menschen einzureihen, als das Display aufleuchtete. Jemand hatte während der Datenübertragung versucht, ihn anzurufen.

Die Nummer seiner Tochter in Amsterdam. Er drückte die Rückruftaste.

«Ja?»

Sie klang nicht gut. Das eine kleine Wort spiegelte Angst. Todesangst.

«Ich bin's, mein Engel.»

Sie brach augenblicklich in ein jämmerliches Schluchzen aus. Max blieb das Herz stehen.

«Was ist los?»

«Er ist ...»

«Ganz ruhig. Was ist passiert?»

Max ahnte, was passiert war.

Er wollte es nur nicht glauben.

«Niemand hat etwas gesehen. Joop, der Wirt des *'t Smalle*, wurde vom Quietschen der Reifen, vom Aufheulen des Motors geweckt, mitten in der Nacht. Joop sprang sofort aus dem Bett und lief runter auf die Straße und um die Ecke in die Gasse. Aber da war es schon zu spät. Er wurde überfahren. Vor seinem Laden. Letzte Nacht. Da dürfen eigentlich gar keine Autos durchfahren. Er war sofort tot. Papa, er ist tot! Jakob Glück ist tot!»

Sie brach erneut in hemmungsloses Schluchzen aus. Der Lautsprecher rief zum zweiten Mal seinen Flug auf.

«Höre mir gut zu, Vera. Höre mir jetzt ganz genau zu! Du nimmst sofort den Schlüssel, den ich dir gegeben habe, und deinen Pass. Das Visum, das ich dir besorgt habe, ist noch gültig. Du packst ein paar Sachen in den Rucksack, den du immer bei dir trägst. Nur so viel, wie da reinpasst, ohne dass der Rucksack ungewöhnlich schwer aussieht. Nicht mehr. Keinen Koffer. Du rufst per Telefon ein Taxi. Du öffnest so lange niemandem die Wohnungstür. Du wartest, bis der Taxifahrer an der Haustür klingelt. Dann schaust du aus dem Fenster, ob da auch tatsächlich ein Taxi steht, rufst runter, dass er einen Moment warten soll, und merkst dir die Nummer. Wenn du sie nicht lesen kannst, fragst du den Taxifahrer danach. Du rufst die Taxi-Zentrale an und fragst, welche Nummer das Taxi hat, das sie dir geschickt haben. Wenn alles in Ordnung ist, läufst du runter, steigst ein und lässt dich zum rechten Seiteneingang des Hauptbahnhofs fahren. Du gehst durch das Gebäude, nicht zu schnell und nicht zu langsam, verlässt es wieder durch den Haupteingang und steigst auf dem Vorplatz in eines der Taxis, die dort zu Dutzenden stehen. Du lässt dich zum Flughafen Schiphol fahren. An dem Zettel, der an dem Schlüssel hängt, erkennst du, wo du hin musst. Du öffnest das Schließfach und steckst das Geld ein, das du dort findest. Dann kaufst du dir davon ein Ticket und fliegst zu deinem Bruder. Hast du verstanden? Du fliegst zu deinem Bruder! Sobald du in Schiphol eingecheckt hast und dich jenseits der Sicherheitsschleuse befindest, schickst du Hurl eine SMS. Du nennst weder Uhrzeit noch Fluggesellschaft. Du tippst einfach das Geburtsdatum deines Bruders ein. Hurl weiß dann Bescheid und wird seinen Cousin informieren. Dann gehst du zur Damentoilette, wirfst das Handy ins Klo und steigst in die Maschine. Am Zielort wird dich Hurls Cousin in Empfang nehmen. Hast du alles verstanden?»

«Ja. Alles verstanden, Dad.» Das Schluchzen kam nur noch sporadisch. Sie hatte sich gefasst.

«Gut. Du hast keine Zeit zu verlieren. Ich denke an dich.»

Max packte das Notebook wieder aus. Royal Air Maroc rief zum dritten Mal den Flug AT 973 nach Casablanca auf. Er schickte Hurl eine weitere E-Mail. Nur wenige Sätze. Die Buchstaben tanzten vor seinen Augen. Dann löschte er sämtliche Dateien im Notebook, stand auf, machte sich auf den Weg zum Gate und ließ unterwegs das Notebook und das Handy in den vollen Putzeimer eines verwaisten Reinigungswagens gleiten.

Die Stewardess des Bodenpersonals guckte gespielt böse: «Haben Sie aber ein Glück. In einer Minute hätte ich Sie nicht mehr durchgelassen, und die Maschine wäre ohne Sie abgeflogen.»

Glück. Ein ungerecht verteiltes Gut.

Max Maifeld dachte an den kleinen, alten Mann, der jetzt tot war.

Keine große Sache, Antonia. Nur Routinekram, Antonia. Sie hatte seine Worte noch deutlich im Ohr. Die Worte des Kriminalhauptkommissars Josef Morian, Leiter der Bonner Mordkommission. Von wegen!

Antonia Dix starrte in die dunkle Brühe, während ihr der Regen unablässig in den Nacken rann. Die Luft war unangenehm feucht und kalt. Plitsch, platsch. Sie betrachtete ihre Schuhe. Die Wiese war inzwischen ein Schwamm. Ihre Schuhe und ihre Socken ebenfalls. Sie hätte sich auch gleich in die Brühe stellen können. Hier hatten sie die Wasserleiche gefunden, genau hier. Ein Spaziergänger hatte sie entdeckt, als er mit seinem Hund am Rheinufer spazieren ging. Eigentlich hatte der Hund die Leiche entdeckt. Wie immer. Diesmal war's allerdings kein Belgischer Schäferhund, sondern ein Collie. Und der Spaziergänger hieß auch nicht Alfons Becker. Wenigstens etwas.

Antonia, so wie die aussieht, ist die schon ganz schön weit geschwommen, hatte Morian im Brustton der Überzeugung versichert, bevor er ab in die Sonne geflogen war. Den Fall kannst du ganz schnell an die Kollegen in Koblenz oder Mainz abgeben, sobald der Gerichtsmediziner mit der Leiche fertig ist, hatte er orakelt. Keine große Sache. Reine Routine.

Von wegen!

Dr. Ernst Friedrich, die Fledermaus, hatte in dem verwesten Gewebe mehrere Hämatome festgestellt. Am Kopf und auf dem Rücken. Sichere Indizien für eine massive Gewalteinwirkung. Ausgeführt mit einem stumpfen Gegenstand, Eisenstange vielleicht, Baseballschläger. Für Profis gab es die inzwischen aus Aluminium. Die waren wesentlich leichter und besser zu säubern, aber ebenso wirkungsvoll wie die herkömmlichen aus Hartholz. Was allerdings schließlich zum Tod führte, war nicht mehr feststellbar. Der Mann hatte wochenlang im Wasser gelegen. Hier. Genau hier, wo sie jetzt stand.

Die ganze Zeit an derselben Stelle. Versicherte jedenfalls der Gutachter, ein Strömungsexperte von der Bonner Uni. Von wegen ganz schön weit geschwommen, Herr Kriminalhauptkommissar. Die Leiche war männlich und mindestens siebzig Jahre alt. Die Kleidung ließ darauf schließen, dass der Mann zu Lebzeiten nicht zu den Besserverdienenden gezählt hatte.

Entweder hatte man den Mann zu Tode geprügelt und die Leiche anschließend hier ins Wasser geworfen, oder der Mann war nach dem Angriff schwer verletzt zurückgeblieben und ist dann im Wasser verblutet oder ertrunken. Im letzteren Fall stellte sich die Frage, ob er schwer verletzt in den Rhein geworfen worden oder selbst ins Wasser gestürzt war. Für Antonia Dix machte das alles keinen großen Unterschied. Für die Juristen schon. Das eine war Mord oder Totschlag, das andere war schwere Körperverletzung mit Todesfolge in Verbindung mit unterlassener Hilfeleistung. Und wahrscheinlich fiel Juristen noch eine Menge weiterer Spezifikationen ein, die am Ende darüber entschieden, ob der oder die Täter ein paar Jahre oder für immer in den Bau gingen.

Oder gar nicht.

Falls sie, Kriminalkommissarin Antonia Dix, den oder die Täter überhaupt fand.

Sie schlug den Kragen ihrer Jacke hoch und stapfte über die Wiese zurück zum Parkplatz. Plitsch, platsch. Es hatte keinen Zweck, noch länger im Regen herumzulaufen. Sie hatte eine Stunde lang am Ufer jeden Quadratzentimeter im Halbkreis von fünfzig Metern um den Leichenfundort abgesucht und nichts gefunden außer einem Haufen benutzter Kondome. Sie scheute sich, im Präsidium eine Einsatzhundertschaft anzufordern, um die komplette Rheinaue absuchen zu lassen. Bei dem Wetter. Außerdem hatte sie das sichere Gefühl, dass die am Ende nichts finden würden. Außer weiteren Kondomen.

Die beiden Gutachten, das von der Fledermaus und das des Strömungsexperten, hatten auf Morians Schreibtisch gelegen, unangetastet, in noch verschlossenen Umschlägen. Antonia Dix hatte sie zufällig entdeckt, gestern, nachdem sie Morian zum Flughafen gebracht hatte und anschließend ins Büro gefahren war, aus Langeweile. Sie hatte zwar den Sonntag dienstfrei, aber für einen unfreiwilligen Single war der Sonntag die Pest. Den Samstag hatte sie mit Einkaufen, Putzen und Krafttraining rumgekriegt, wie immer. Aber der Sonntag war regelmäßig die Pest.

Sie hatte die Fotos von der Leiche gleich den Kriminaltechnikern unter die Tür geschoben, noch gestern, zusammen mit einem nett formulierten Brief, der ein Wunder bewirkte: Als sie heute Morgen ins Büro kam, lag auf ihrem Schreibtisch bereits ein Satz Phantom-Fotos. Eines gab sie sofort an die Kollegen von der Pressestelle des Polizeipräsidiums weiter, die es per E-Mail an die regionalen Medien schickten. Ein weiteres steckte sie in die Innentasche ihrer Jacke, bevor sie zur Rheinaue fuhr.

Sie startete den Mini, schaltete die Heizung und das Gebläse ein, um die beschlagenen Scheiben frei zu kriegen, verließ den Parkplatz und fuhr zurück in die Stadt. Es war nur ein Versuch. Nur so eine Idee. Sie fuhr nach Norden. Das Caritas-Heim für Obdachlose lag am anderen Ende der Stadt, an der Umgehungsstraße, die zur Autobahn nach Köln führte.

Hoffentlich erwies sich wenigstens der zweite Fall, den Morian ihr hinterlassen hatte, wie versprochen als reine Formsache. Ein Gastwirt aus Bad Godesberg. Seine Leiche lag noch auf dem Seziertisch der Fledermaus. 56

Jahre alt, geschieden, keine Kinder, keine Vorstrafen, allein lebend, schwer herzkrank, mehrere Bypass-Operationen. Man hatte ihn in seiner heruntergekommenen 2-Zimmer-Wohnung gefunden, auf dem Bett, in Anzug und Krawatte, als hätte er sich schon für seine eigene Beerdigung fein gemacht, um dem Bestattungsunternehmer Arbeit zu ersparen. Er hatte auf dem Rücken gelegen, die Augen geschlossen, die Hände über dem Bauch gefaltet, wie zum Gebet. Als habe er sich selber aufgebahrt. Auf dem Nachttisch neben dem Bett fanden sie eine leere Schachtel Valium und ein leeres Wasserglas und eine fast leere Mineralwasserflasche, darunter ein von Hand geschriebener Abschiedsbrief. Das graphologische Gutachten lag noch nicht vor. Aber alles deutete darauf hin, dass der Mann sich umgebracht hatte, weil ihm die Schulden über den Kopf gewachsen waren und er kurz vor der Pleite stand.

Antonia Dix war über sich selbst erstaunt, wie freimütig sie über Mord oder Selbstmord entschied. Sie hatte die in dem Abschiedsbrief erwähnten Schulden noch gar nicht überprüft. Sie hatte lediglich die Protokolle der Zeugenbefragungen gelesen. Eine Nachbarin hatte versichert, der Gerichtsvollzieher hätte ständig vor der Tür gestanden.

Sie erinnerte sich, was ihr Dozent für Mord und Totschlag seinen Studenten immer wieder gepredigt hatte: Jedes zweite Tötungsdelikt bleibt unentdeckt, weil die Hausärzte zu schnell mit den Totenscheinen bei der Hand sind. Seit genau einer Woche war sie Mitglied der Bonner Mordkommission. Seit Montag, 3. März. Eine ziemlich kurze Lehrzeit, um den Laden jetzt, nach nur einer Woche, alleine zu schmeißen. Mordkommissionen bestanden immer nur zu einem Bruchteil aus festem Personal. In der

Regel aus einem Leiter und einem Protokollführer. Sie wurden bei Bedarf mit Kollegen aus anderen Kommissariaten aufgestockt, je nach Zahl und Schwierigkeitsgrad der Fälle.

Und je nach Öffentlichkeitswirkung des Falles, an dem sich wiederum der Druck der Medien bemaß. Polizeipräsidenten waren schließlich auch nur Menschen. Wäre der Gastwirt nicht Pächter einer Eckkneipe, sondern Eigentümer eines Edel-Restaurants gewesen, in dem die Big Shots der Stadt verkehrten, sähe die Sache schon völlig anders aus. Und wäre die namenlose Wasserleiche aus der Rheinaue nicht die eines alten Mannes, sondern die eines jungen Mädchens, stünden ihr jetzt garantiert mindestens sechs Kollegen zur Seite.

Da Bonn den Fall Lewandowski ans BKA abgegeben hatte und der Polizeipräsident den Rest für medienunwirksamen Routinekram hielt, bestand die Mordkommission seit heute, seit Kriminalhauptkommissar Josef Morian offiziell Urlaub machte, aus einer einzigen Person: Kriminalkommissarin Antonia Dix, Einser-Absolventin der Polizeihochschule, seit 13 Monaten im aktiven Dienst. Als ihr dies durch den Kopf schoss, fühlte sie sich einen Moment hundeelend, einen Augenblick so überfordert wie die Scheibenwischer ihres Wagens, die keine Chance gegen den neuerlichen Platzregen hatten. Sie ging erschreckt vom Gas und trat aufs Bremspedal, als unmittelbar vor ihr, verzerrt vom Regenschleier, rote Lichter in Serie aufblitzten und rasch näher rückten. Stau auf der Adenauerallee. Der Mini Cooper kam keine zwanzig Zentimeter vor dem Kofferraum des BMW vor ihr zum Stehen. Dessen Fahrer schickte ihr einen angriffslustigen Blick durch seinen Rückspiegel. Antonia Dix spürte den Adrenalinstoß in ihren Adern. Das war gerade noch einmal gut gegangen. Irgendwann würden sie ihren Führerschein einkassieren, wenn sie weiter so auf die Tube drückte.

Das Wasser spritzte mit jedem Hufschlag auf, als der Hengst im gestreckten Galopp durch den nassen Sand jagte. Er duckte sich tief über den Hals des Pferdes, ließ die Zügel locker, hatte das Tier aber über den Druck seiner Schenkel im Griff. Das sichere Gefühl, ein Wesen vollkommen zu beherrschen, das körperlich weitaus stärker war als er selbst, verschaffte ihm große Befriedigung. Ein Ritt am Strand war das beste Mittel, um die Nerven zu beruhigen. Und er brauchte dringend ein Beruhigungsmittel.

Die Sache lief nicht rund. Es war ihm ein Rätsel, wie etwas über die Organisation und den Plan durchsickern konnte. Außerdem hatte er durch die Panne mit der deutschen Schlampe an Autorität verloren. Bei seinen Verbündeten, bei seinen Soldaten, und bei diesem Clown mit seiner lächerlichen Uniform. Seither trug er sie übrigens wieder, triumphierend.

Vermutlich war dieser Clown die undichte Stelle, hatte vor seiner Abreise in Argentinien damit geprahlt, dieser eitle Pfau. Er hätte niemals einwilligen dürfen, dass die stillen Teilhaber des Projekts in Südamerika ihm einen Kontrolleur schickten. Ihm, Don Felipe, Marqués de Portago, der seinen Stammbaum bis zur Reconquista zurückverfolgen konnte, dessen Vorfahren an der Seite der Katholischen Könige gekämpft hatten. Er hätte den Financiers in Südamerika sagen müssen, dass sie entweder dem Wort eines kastilischen Edelmannes vertrauen oder sich mit ihrem ganzen Geld zum Teufel scheren sollten. Man sollte besser nicht mit Deutschen zusammenarbeiten. Sie hatten zwar Größe, aber sie neigten schnell zum Größenwahnsinn.

Er gab dem Pferd die Sporen und hetzte es den Berg hinauf. Noch war nichts verloren. Außerdem gab es kein Zurück mehr. Dann konnte er sich ebenso gut gleich erschießen. Sie waren kurz vor dem Ziel. Und wenn Gott mit ihnen war ...

Der Z-Plan war durchgesickert, aber nicht die Operation, weder Ort noch Zeitpunkt noch deren Durchführung. Diese Schlampe. Wie konnte er nur so verblendet sein und glauben, diese kleine Hure hätte es verdient, an seiner Seite zu leben? Weil sie so schön und so blond und so blauäugig war? Vielleicht hätte er auch nur eine Weile mit ihr gespielt. Nach seinen Regeln. Jetzt aber hatte sie versucht, mit ihm ein Spiel zu spielen. Noch nie hatte ihn eine Frau so gedemütigt. Er kam sich vor wie ein Schuljunge, wie ein Bauerntölpel. Sie würde dafür büßen, so viel war sicher. Er würde sie dafür bestrafen. Aber erst nach dem Abschluss der Operation. Jetzt hatte er andere Sorgen. Er würde sie bis dahin fortbringen lassen, sie musste noch vor der Operation raus aus der Villa. An einen sicheren Ort. Unbedingt. Er hatte auch schon eine Idee. Sie musste weg, bis er wieder den Kopf frei hatte, um sich eingehend mit ihr zu beschäftigen.

Er sprang aus dem Sattel und übergab die Zügel an einen der Söldner. «El Cid muss noch mindestens eine Viertelstunde bewegt werden, nur im Schritt, und in der Sonne, nicht im Schatten, und dann muss er ordentlich trocken gerieben werden. Und gib ihm genug zu saufen. Hast du verstanden?»

Auch das noch. Vor dem Tor stand dieser Idiot in seiner Operettenuniform. «Wir müssen reden», sagte der Idiot.

«Später», entgegnete Don Felipe und ließ ihn stehen.

Im Salon wartete Aleksandar auf ihn.

«Was Neues?»

«Nichts.» Aleksandar zuckte bedauernd mit den Schultern.

«Er kann doch nicht einfach vom Erdboden verschluckt worden sein», herrschte Don Felipe ihn an.

«Sicher ist nur, dass er die Insel verlassen hat. Er ist noch am Samstag von Puerto del Rosario nach Madrid geflogen. Nachdem die Guardia ihn in der Mangel hatte. Die Männer des Capitán hatten ihn die ganze Zeit im Auge, bis die Maschine mit ihm an Bord gestartet ist. In Madrid hat er ein Taxi vom Flughafen Barajas ins Zentrum genommen. Dort haben die Leute, die Sie angeheuert haben, seine Spur verloren.»

«Wie konnte das passieren?»

«Das waren eben keine Profis. Er hat in der Calle de Toledo eine Bank betreten, aber er ist nicht wieder herausgekommen.»

«Was heißt das?»

«Die Bank hat einen zweiten Ausgang. Einen Hinterausgang, eigentlich nur für die Bankangestellten. Ich habe das prüfen lassen. Den hat er wohl genommen. Er ist über eine Parallelstraße der Calle de Toledo verschwunden.»

Don Felipe ließ die Reitgerte auf den Tisch niedersausen. Hart und laut knallte das Leder nur Zentimeter neben der Hand seines Gesprächspartners aufs Holz. Aber Aleksandar zuckte nicht einmal mit der Wimper.

«Wie gesagt: Amateure.» Aleksandar konnte den Triumph in der Stimme kaum verbergen. «Sie sollten die Auswahl des Personals künftig besser mir überlassen.»

«Behalten Sie Ihre Ratschläge für sich, bis Sie danach

gefragt werden. Ich hatte eine Privatdetektei in Madrid engagiert, die einen ausgezeichneten Ruf genießt, was das unauffällige Observieren angeht. Was ist mit dem Juden?»

«Liquidiert.»

«Und der Zigeuner?»

«Wir suchen ihn noch.»

«Findet ihn. Aber schnell. Ihn und diesen Maifeld. Könnte er bereits Kontakt zu dem Zigeuner aufgenommen haben? Und zu dem Juden, bevor ...»

«Dann müsste er ganz schön fix gewesen sein.»

«Beten Sie zu Gott, Aleksandar, dass er nicht so fix ist. Wir müssen mehr über ihn erfahren. Er wird doch Angehörige haben. Kinder vielleicht. Irgendetwas, womit man ihn unter Druck setzen kann. Jeder Mensch hat eine verwundbare Stelle. Setzt euch mit unseren Vertrauensleuten in Deutschland in Verbindung. Heute noch. Die sollen sich erkundigen. Die sollen in den Melderegistern nachschauen. Wir dürfen jetzt nichts mehr anbrennen lassen. Alle Welt schaut auf uns. Unsere Freunde in Deutschland, in Frankreich, in Italien warten nur auf unser Zeichen. Wir müssen siegen, Aleksandar. Wir müssen die Operation in Spanien zu einem erfolgreichen Ende führen. Sonst brechen all unsere Pläne für Europa zusammen. Also: an die Arbeit. Kontaktiert unsere Leute in Deutschland.»

«Wird gemacht. Jedenfalls kann er uns nicht mehr in die Quere kommen. Die Guardia observiert den Flughafen in Puerto del Rosario Tag und Nacht. Ebenso den Fährhafen in Corralejo. Wenn er auch nur einen Fuß auf die Insel setzt, haben wir ihn. Was ist mit der ... Gefangenen?»

«Sie wird in Kürze die Villa verlassen. Aber überlassen Sie das gefälligst mir. Wegtreten!»

Aleksandar salutierte und ging. Er hatte den Durchgang zum Patio noch nicht erreicht, als er Don Felipes Stimme hörte, deren Schärfe ihn bewog, einen Augenblick innezuhalten.

«Aleksandar, für Sie und die Gesellschafter Ihrer Firma geht es um viel Geld. Für mich hingegen geht es darum, mein Land vor dem Untergang zu retten. Vor der Fäulnis der Spaßgesellschaft. Vor der Gottlosigkeit. Das ist ein Unterschied.»

Ja, dachte Aleksandar, als er weiterging, die Treppe in den Keller hinablief, um in der Kommandozentrale nach dem Rechten zu sehen. Das war ein gewaltiger Unterschied.

Als Josef Morian mit seinem Dessert vom Büffet zurückkehrte, saß eine Frau an seinem Tisch.

«Hallo, guten Abend. Ich bin die Annegret. Ich finde, alleine am Tisch zu sitzen und zu essen ist langweilig.»

Das fand Morian überhaupt nicht. Aber er behielt seine Meinung für sich und nahm ihr gegenüber Platz. Er hatte sich zuvor den kleinen Zweiertisch in der hintersten Ecke des Speisesaals unmittelbar neben der Schwingtür zur Küche in der Hoffnung ausgesucht, dort garantiert ungestört zu bleiben.

«Was haben Sie denn da Leckeres? Hm, Tiramisu! Sieht aber gut aus. Ich möchte nur nicht wissen, wie viele Punkte das sind.»

«Punkte?»

«Weight-Watchers-Punkte.» Sie beugte sich vor und begutachtete eingehend Morians Teller. «Also acht oder neun Punkte sind das bestimmt, schätze ich mal grob. Ihr Männer habt es gut. Ihr dürft am Tag sowieso gut und gerne neun Punkte mehr verbrauchen als wir Frauen. Also bei Ihrer stattlichen Größe und Ihrem … üben Sie beruflich eine vorwiegend sitzende Tätigkeit aus?»

Morian nickte mit vollen Backen.

«Treiben Sie Sport?»

Morian log mit vollen Backen.

«Also dann können Sie sich gut und gerne 28 Punkte pro Tag leisten. Kein Witz. Wenn ich es Ihnen sage. Damit Sie mal eine Vorstellung haben: Eine Rippe Vollmilchschokolade hat vier Punkte. Ganz schön heftig, oder? Also in Ihrem Fall, wenn Sie also 28 Punkte dürfen, dann würden Sie bei 27 oder 26 Punkten am Tag automatisch abnehmen. Aber passen Sie auf: Noch weniger Punkte wären sogar kontraproduktiv, weil der Körper dann automatisch eine Alarmstellung einnimmt.»

Die Alarmstellung hatte Morian längst eingenommen; spätestens, seit Annegret einen Blick auf den Schlüssel mit der Nummer seines Apartments geworfen hatte.

Sie stocherte lustlos in ihrem Salat herum. Morian fand sie gar nicht zu dick. Sie sah eben aus wie eine richtige Frau und nicht wie eine magersüchtige Zwölfjährige. Er fand nur, dass ihr die feuerrot gefärbten Haare nicht standen. Und dass sie es nicht nötig hatte, sich so stark zu schminken und zum Abendessen ein Kleid zu tragen, das an einer Achtzehnjährigen in der Disco besser aufgehoben wäre. Es war ihr anzusehen, dass sie verzweifelt nach einem neuen Thema suchte, um das Gespräch in Gang zu halten. Morian nutzte die Pause, stand auf, griff nach seinem Apartmentschlüssel und verabschiedete sich.

«War nett, Sie kennen gelernt zu haben, Annegret. Vielleicht sieht man sich ja mal.» Er wartete die Antwort nicht ab und ging.

In seinem Apartment nahm er ein Bier aus dem Kühlschrank und setzte sich damit auf die Terrasse. In einer halben Stunde wollte Hurl ihn abholen. Sie tat ihm Leid. Sie war nett. Sie war einsam. Sie war ungefähr so alt wie er. Sie hatte sich leider den Falschen ausgeguckt. Ihm war nicht nach einem Urlaubsflirt.

Jemand klopfte an die Tür.

Es war nicht Hurl.

Es waren zwei Männer in grünen Uniformen, die sich verlegen als Sergentos der Guardia Civil vorstellten.

«Dürfen wir reinkommen?»

Sie sprachen englisch, wenn auch mit einem grauenhaften Akzent.

«Natürlich. Ein Bier?»

«Nein danke. Es dauert nicht lange. Können wir uns vielleicht einen Augenblick setzen?»

Morian führte sie hinaus auf die Terrasse, nachdem er einen winzigen Augenblick lang in Versuchung geraten war, mit ihrer Hilfe den Tresen mit den wackligen Barhockern zwischen Küche und Wohnzimmer auszutesten.

Der Ältere der beiden Zivilgardisten räusperte sich. «Señor Morian, es liegt eine Anzeige gegen Sie vor.»

«Eine Anzeige?»

«Ja. Eine Anzeige wegen Körperverletzung. Angeblich haben Sie gestern Abend im Pool einem jungen Mann mit der Faust ins Gesicht geschlagen.»

«Das stimmt!»

Die beiden Zivilgardisten tauschten irritiert Blicke aus. Auf ein rasches Geständnis waren sie offenbar nicht eingestellt. Morian gewann den Eindruck, dass beide mangels Flexibilität und Intelligenz nicht eben zu den Spitzenkräften der Guardia zählten. Sie steckten die Köpfe zusammen und redeten auf Spanisch miteinander. Morian verstand nur, dass der Ältere Arturo mit Vornamen hieß und der Jüngere Javier.

Arturo beschwichtigte schließlich Javier, indem er seine Hand auf dessen Arm legte, und wandte sich wieder Morian zu.

«Señor, in diesem Fall müssen wir Sie bitten, uns zur Wache nach La Oliva zu begleiten. Dort werden wir dann ein Protokoll anfertigen und ...»

«Wenn Sie mich einen Moment entschuldigen!»

Morian stand auf und ging ins Schlafzimmer. Er hatte sehr wohl registriert, wie Javiers Hand in diesem Moment nervös in Richtung Pistolentasche zuckte. Er musste einen Moment in Ruhe nachdenken. Dann ritt ihn der Teufel. Nach zwei Minuten kehrte er zurück und legte seinen deutschen Dienstausweis mit der Hundemarke auf den Plastiktisch.

«Wir sind Kollegen, meine Herren. Darf ich mich vorstellen? Kriminalhauptkommissar Josef Morian. Ich weiß nicht, welchem Dienstgrad das in Ihrer Einheit entspricht. Wahrscheinlich dem Ihres Vorgesetzten in La Oliva. Nein, eher dem Ihres obersten Vorgesetzten in Las Palmas auf Gran Canaria. Ein sehr netter Herr übrigens. Sehr kooperativ. Wir haben kürzlich telefoniert in der Angelegenheit. Sie kennen ihn sicher?»

Die beiden Zivilgardisten schüttelten verneinend die Köpfe. Sie wirkten völlig verstört.

«Wissen Sie, ich bin dem Kerl schon lange auf der Spur. Jetzt will er mir mit der Anzeige eins auswischen. Mich kaltstellen und sich aus der Schusslinie bringen. Sie kennen diese Typen doch auch, oder? Langhaarige, arbeitsscheue Muttersöhnchen aus gutem Hause, die sich noch nie in ihrem Leben Geldsorgen machen mussten, die von

Papa zum Geburtstag ein Porsche-Cabrio gekauft kriegen und die sich die Langeweile vertreiben, indem sie abends in den Discos Rauschgift an spanische Mädchen verteilen, an unschuldige, minderjährige Töchter hart arbeitender Väter, einfacher Bauern und Handwerker, deren ganzer Stolz sie sind. Aber diese Typen geben ihnen Rauschgift, machen sie süchtig und willenlos, rauben ihnen die Unschuld und die Ehre, und dann schicken sie diese armen Mädchen auf den Strich.»

Die beiden Zivilgardisten sahen ihn mit großen Augen an. Sie brauchten eine Weile, um ihre Sprache wiederzufinden.

«Und Sie meinen, dass dieser blonde ...»

Statt zu antworten, setzte Morian eine finstere Miene auf. Als trüge er das gesamte Elend dieser Welt auf seinen Schultern. Die beiden Zivilgardisten nickten sich zu und erhoben sich aus den Plastikstühlen. «Verzeihen Sie, Señor, dass wir Ihre wertvolle Zeit geraubt haben.» Sie rückten ihre Uniformröcke zurecht und grüßten militärisch.

«Aber ich bitte Sie! Wir tun doch alle nur unsere Pflicht. Kann ich mich auf Ihre Diskretion verlassen, meine Herren?»

«Selbstverständlich. Wenn wir noch irgendetwas auf dem Wege der Amtshilfe für Sie tun können ...»

«Ja. Da hätte ich eine Idee. Wenn Sie vielleicht so freundlich wären. Wissen Sie, wenn dieser Kriminelle möglichst rasch wieder nach Deutschland fliegen würde, das würde meine Arbeit sehr erleichtern. Dann hätte ich die Chance, ihn dort von meinen Leuten weiter observieren zu lassen, um ihn in flagranti zu erwischen. Denn hier auf spanischem Boden habe ich ja rechtlich gar keine Handhabe. Wenn Sie ihm also vielleicht ein bisschen Angst machen könnten, nur ein bisschen, vielleicht mal sein Apartment durchsuchen, das könnte ihm schon Beine machen. Sie verstehen, was ich meine?»

Arturo und Javier verstanden. Morian brachte die Zivilgardisten zur Tür und winkte ihnen freundlich nach. Dann setzte er sich wieder auf seine Terrasse, nahm einen Schluck aus der Flasche und lehnte sich zufrieden zurück.

Im Schlafzimmer, bei der Suche nach seinem Dienstausweis, war ihm der Gedanke gekommen. Ein Faustschlag war einfach nicht Strafe genug für das Schwein. Morian hoffte nur, dass die beiden Zivilgardisten tatsächlich so einfältig waren, wie er sie einschätzte, und sie nicht auf die Idee kamen, mit ihren Vorgesetzten Rücksprache zu halten, bevor er die Insel wieder verlassen hatte. Aber vielleicht fanden sie bei dem Blonden ja auch ein paar Gramm Haschisch unter der Matratze. Das würde die Sache erleichtern. Im Grunde war es ihm aber auch völlig egal, was daraus wurde. Im schlimmsten Fall würde er wieder einmal Ärger mit seinem Präsidenten bekommen. Vielleicht auch eine schriftliche Abmahnung. Aber das war beileibe nicht das Schlimmste, was einem im Leben passieren konnte.

Jemand klopfte an der Tür.

Das konnte nur Hurl sein.

Es war aber nicht Hurl.

Sondern Annegret.

Sie hielt eine Flasche Cava in der Hand. Spanischer Champagner.

«Stör' ich? Komme ich ungelegen?»

Montag, 10. März, 17 Uhr Ortszeit, 32 Grad im Schatten. Die grellgrüne digitale Anzeige von Datum, Uhrzeit und Temperatur über dem Zollschalter in der schmucklosen

Betongarage war weit und breit das einzig sichtbare Zugeständnis an das 21. Jahrhundert. Der Flughafen Tarfaya war eine erst kürzlich für Inlandsflüge kleinerer Passagiermaschinen der Royal Air Maroc provisorisch wiederbelebte Rollbahn am Ende der Welt, zwischen Geröllwüste und Wasserwüste, zwischen Sahara und Atlantik, weit außerhalb der Stadt, nahe der Grenze zum von den bewaffneten Rebellen der Polisario beanspruchten Niemandsland zwischen Marokko und Mauretanien. Früher diente die Landepiste den Franzosen als Zwischenstopp für ihre Fracht- und Postflieger auf der Linie Toulouse–Dakar. Da hieß Tarfaya noch Cap Juby, die einmotorigen Propellermaschinen stürzten regelmäßig ab, und Antoine de Saint-Exupéry hielt es 18 Monate als Rettungsflieger in Cap Juby aus, bevor er 1929 nach Europa zurückkehrte.

Angeblich war «Der kleine Prinz» wesentlich von den Eindrücken des Schriftstellers aus jener Zeit geprägt, hatte Max einmal gelesen. Und ein Zitat Saint-Exupérys aus dieser Zeit war ihm im Gedächtnis haften geblieben: *«In Cap Juby badet man nicht im Meer oder in der Sonne. Man badet in Langeweile.»*

Der marokkanische Zollbeamte nickte gnädig. Max Maifeld durfte seine Reisetasche wieder schließen. Vor fast einer Stunde war die Maschine aus Casablanca gelandet. Die letzte Maschine des Tages. Und er war der letzte Passagier des Tages, der den Zollschalter passieren durfte. Draußen wartete zum Glück das letzte Taxi des Tages. Ein Peugeot aus dem 20. Jahrhundert. Windstille. Hoffentlich blieb das so.

Max Maifeld warf seinen Koffer auf die Rückbank und nahm auf dem Beifahrersitz Platz, aus dessen zerschlissenem Kunstlederpolster der Schaumgummi quoll. Sie folgten der schnurgeraden Küste nach Norden. Der Himmel sah aus wie geschmolzenes Blei, grau und schwer. Der schwarzblaue Atlantische Ozean wirkte bedrohlich und hatte nichts von der türkisblauen Leichtigkeit der nur 90 Kilometer entfernten Ostküste Fuerteventuras. Der Strand bestand aus grauem Geröll. Und Müll. Der Fahrer, ein junger, hellhäutiger Berber in Jeans und weißem T-Shirt, deutete nach vorne: «Tarfaya».

Die fensterlosen, leblosen Häuser aus gestampften Lehmziegeln reihten sich im staubigen Dunst den Hügel hinauf wie Grabsteine auf einem Friedhof. Links lag der Hafen, umgeben von einer etwa drei Meter hohen Mauer. Vor dem Tor zum Hafen eine Schranke und Soldaten, Maschinenpistolen im Anschlag. Gar nicht gut. Rechts der Straße Wellblechhütten. Lagerschuppen. Und das vor Jahrzehnten verlassene Fort der spanischen Fremdenlegion.

Die Wachposten winkten einen Tankwagen durch, der aus der Hafeneinfahrt donnerte und dem Taxi die Vorfahrt nahm. Der Fahrer hupte und trat auf die Bremse. Der Peugeot rutschte über den Sand und geriet ins Schlingern. Der Fahrer steuerte geschickt gegen und bog schließlich nach rechts in die Stadt ab.

«Hotel?»

Max nickte.

«Hotel Atlantis. *Muy bien. Très bien. Very good.*»

Max nickte erneut. Er gönnte dem Fahrer die Provision, die er garantiert kassierte, wenn er ihn dort ablieferte. Außerdem erinnerte ihn der Name des Hotels an die unglaublichste Geschichte, die er je in seinem Leben gehört hatte.

Das *Hotel Atlantis* war ein dreistöckiger, würfelförmiger, die Umgebung überragender Bau mitten im Zentrum. Max schob dem Portier zehn Dollar Trinkgeld über den

Tresen und bestand auf einem Zimmer im obersten Stockwerk.

Das Zimmer war okay. Es hatte ein Bett mit einer ordentlichen Matratze, einen schmalen, vielleicht zwanzig Zentimeter tiefen unnützen Balkon und nützliche Fensterläden, die sich wie Markisen aufstellen ließen, um die Sonne abzuhalten; außerdem einen Deckenventilator und eine Dusche. Beides funktionierte. Max duschte und rasierte sich, zog ein frisches Hemd an, studierte die Adresse und die Wegbeschreibung auf dem Zettel, den er von Miguel in Madrid erhalten hatte, und verließ das Hotel.

Die Dämmerung kam über die Stadt wie ein Fallbeil. Aber der Souk war noch voller Leben. Die vor der Sonne schützenden Bastmatten über den engen Gassen, die das Marktviertel schon bei Tag verdunkelten, verwandelten den Souk nun in ein düsteres Höhlenlabyrinth. In den Gassen stand die Hitze des Tages fest und unverrückbar wie ein Kubus aus Glas. Es würde noch zwei Stunden dauern, bis die Stadt in der für die Sahara typischen Nachtkälte erstarrte. Max Maifeld umkurvte die überquellenden Säcke und Bastschalen mit getrockneten Datteln, Nüssen, Gewürzen, Tabak und Kaffeebohnen. Aus den dampfenden Kesseln der Garküchen strömte der Duft von Couscous und gebratenem Lammfleisch. Tuchfärber, Kupferschmiede, Gerber gingen ihrer Arbeit nach. Wasserverkäufer, Wahrsager und Wunderheiler warteten auf Kundschaft. Der Zahnzieher beugte sich über ein neues Opfer. Aus dem Dunkel der Läden und Werkstätten reckten sich ihm Hände entgegen, priesen gestenreich Stoffe, Teppiche und Silberschmuck an.

Zwanzig Minuten später hatte Max Maifeld das Haus gefunden. Das Wort «HOTEL» war mit weißer Farbe auf eine Holztafel an der Wand gemalt, dazu ein Pfeil. Er folgte dem Pfeil und durchquerte einen nach menschlichen Exkrementen stinkenden Hof, in dem ein alter Mann damit beschäftigt war, einen Esel mit gefüllten Benzinkanistern zu beladen. Der Esel äußerte lautstark seinen Unmut über die Last. Der Alte in seiner mausgrauen Djellabah ignorierte sowohl das Schreien des Esels als auch das Auftauchen des Fremden, der über die Hintertreppe hinauf in den ersten Stock stieg. Max klopfte an die Tür, zweimal, dreimal, zweimal, so wie es auf dem Zettel stand.

Eine junge Frau öffnete die Tür. Das weiße, hauchdünne Gewand schimmerte bläulich im Gegenlicht des laufenden Fernsehers im Hintergrund, der einzigen Lichtquelle des halbdunklen, fensterlosen Raumes. Sie hatte große braune Augen, die vollen Lippen waren grell geschminkt, die Haut kupferbraun. Dicke schwarze Locken quollen unter einem silbernen Stirnreif hervor und umrahmten das ebenmäßige Gesicht. Sie lächelte, winkte ihn wortlos herein und ging voran. In dem blau schimmernden Licht erschien ihr Körper ungewöhnlich knabenhaft.

Dem Vorraum schloss sich ein langer Flur mit verschlossenen Türen zu beiden Seiten an. Am Ende des Flurs schob die Frau einen Vorhang beiseite und ließ Max den Vortritt.

Der Lichtschein Dutzender brennender Kerzen zuckte über die blutrot gestrichenen Wände. Dicke Schwaden ganzer Bündel brennender Räucherstäbchen vernebelten den etwa fünf mal fünf Meter großen Raum. Weiche Teppiche bedeckten den Fußboden. Mitten in einem Berg aus Samtkissen thronte ein Mann und nuckelte an einer Wasserpfeife.

Max Maifeld hatte noch nie in seinem Leben einen so fetten Menschen gesehen.

Der Mann trug ein ärmelloses Leibchen aus orangefarbenem Satin sowie eine kurze schwarze Lederhose, die unmittelbar unterhalb des Schritts endete und Max an seine Kindheit erinnerte. Allerdings waren die kurzen Lederhosen seiner Kindheit nicht mit Leopardenfell-Imitat gesäumt.

Der Mann, der so entspannt in den Kissen lag, als dächte er nicht im Traum daran, jemals wieder aufzustehen, war zweifellos kein Marokkaner. Max schätzte seine Körpergröße auf knapp zwei Meter. Seine Haut war schneeweiß und selbst an den Beinen völlig unbehaart. Die senffarbenen Haare standen in sämtlichen Himmelsrichtungen von seinem Kopf ab, und die Bartstoppeln in seinem unförmigen Gesicht waren grau wie die eines Mannes, der seine besten Jahre bereits hinter sich hatte.

Die junge Frau legte sich zu seinen Füßen nieder und bettete ihren Kopf auf seinen fleischigen Oberschenkeln. Der Mann vergrub seine freie Hand in ihren schwarzen Locken und kraulte ihren Hinterkopf. Dann gab er ihr einen Klaps auf den Po und sprach sie auf Deutsch an:

«Achmed, bring unserem Gast doch bitte etwas zu trinken.»

Er grinste breit, als hätte er den irritierten Gesichtsausdruck seines Gastes einkalkuliert, und ergänzte:

«Und zeig unserem ungläubigen Gast doch bitte vorher noch, was er jetzt zu gerne sehen möchte.»

Achmed blieb in der Tür stehen, drehte sich um, hob verlegen sein schneeweißes Gewand bis unters Kinn und verschwand dann nach nebenan.

Der Mann drückte sich wohlig in die Kissen und zog am Mundstück der Wasserpfeife.

«Marokko ist ein Paradies für europäische Männer

mit meinen privaten Vorlieben. Und obendrein ein preiswertes Paradies. Seine Eltern sind froh, dass er versorgt ist. Kein Thema. Woher kennen Sie das Klopfzeichen? Wer hat mich Ihnen empfohlen?»

«Sie sind Harald?»

«Ja. Und wer sind Sie?»

«Ich will nach Fuerteventura.»

«Ja, das wollen viele. Kein Thema. Tarfaya ist die ideale Stadt zum Untertauchen, und ebenso ideal, um sich schnell und ohne lästige Formalitäten abzusetzen. Aber das hat natürlich seinen Preis. Bar und im Voraus natürlich.»

«Wie viel?»

Achmed kam und stellte ein kreisrundes Tablett aus Messing auf einen Schemel zwischen Max und Harald. Der Tee schäumte, als Achmed ihn aus einer schnabelförmigen Kanne in hohem Bogen in die winzigen Gläser goss.

«Mögen Sie marokkanischen Tee? Viel frische Minze, eine Unmenge Zucker, heißes Wasser. Köstlich. So einfach kann Genuss sein. Sagen wir: zehntausend.»

«Zehntausend Dirham?»

«Euro natürlich. Dollars gehen auch. Kein Thema.»

«Wann?»

«Sie handeln nicht? In Marokko kann das Ihr Untergang sein. Haben Sie es etwa so eilig? Wann wollen Sie denn rüber?»

«Heute.»

«Heute nicht. Morgen.»

«Einverstanden.»

«Das Geld. Wie gesagt: Hier läuft nichts ohne Vorkasse.» Harald schnippte mit den Fingern. Achmed erschien und führte Max in den Flur. Er öffnete eine der Türen, ohne anzuklopfen. Drei schwarze Frauen schreckten von ihren

Betten hoch. Sie waren jung. Sie trugen Jeans und T-Shirts. Sie wirkten verängstigt. Achmed baute sich mitten im Zimmer auf und ließ einen Schwall arabischer Worte auf sie niederprasseln, die Max ebenso wenig verstand wie die Frauen, deren Botschaft aber unmissverständlich war: Raus hier, aber ganz schnell!

Der Raum roch nach billigem Parfüm und Angst. Als Max alleine war, zog er den Ledergürtel aus den Schlaufen seines Hosenbunds, öffnete den innen liegenden Klettverschluss und zupfte zwanzig violette 500-Euro-Scheine aus dem Gürtel. Er rollte die Banknoten zu einem Bündel, steckte es in die Hosentasche, zog den Gürtel wieder an, verließ den Raum, nickte den im Flur wartenden Frauen freundlich zu, durchquerte den Flur und ließ sich wieder auf dem Teppich vor der Kissenburg nieder.

Harald streckte die Hand aus. Geld schien ihn noch mehr zu locken als minderjährige Transvestiten.

Max rührte sich nicht.

«Was ist?» Harald zog verärgert die Hand zurück.

«Wie sieht die Gegenleistung aus?»

«Was soll das denn heißen? Ich bringe Sie rüber, und das war's.»

«Ich will Details. Das Boot. Die Ausstattung. Die Mitreisenden.»

«Natürlich. Kein Thema. Solide Schlauchboote mit Holzboden, französische Armeebestände. Außenborder. Ersatzkanister. Trinkwasser. Kompass. Kein GPS, ist mir zu teuer, die gehen immer verloren und sind auch überflüssig auf der kurzen Strecke. Rettungswesten, Stechpaddel, Taschenlampe. Außer Ihnen elf weitere Mitreisende plus Steuermann.»

«Wann und wo?»

«Wo wohnen Sie?»

«Sie haben meine Frage noch nicht beantwortet. Wann und wo?»

«Morgen Abend, sobald es dunkel wird. Sie kennen die Wellblechhütten gegenüber der Hafeneinfahrt? Da gibt es einen Lagerschuppen, da sitzt so ein Michelin-Männchen oben auf dem Dach. Die Werbefigur, von diesem Reifenhersteller. Sieht fast so aus wie ich. Genauso viele Rettungsringe.» Er lachte schallend und klopfte sich auf seinen Bauch.

«Sie kommen, sobald es dunkel ist, zum rückwärtigen, dem Hafen abgewandten Eingang und klopfen, so wie Sie eben geklopft haben: zweimal, dreimal, zweimal. Dann wird Ihnen aufgemacht. Drei Ihrer Mitreisenden haben Sie eben nebenan schon kennen gelernt. Die drei schwarzen Gazellen. Sie lernen in dem Lagerschuppen Ihre übrigen Mitreisenden kennen, vertreiben sich miteinander bei geistreichen Gesprächen die Zeit, bis wir die Wachposten am Hafen bestochen haben. Das kann allerdings eine Weile dauern. Dann geht es ruckzuck aufs Boot und nichts wie weg. Das war's. Der Rest liegt natürlich in Gottes Hand. Inschallah, wie man hier sagt.»

Max stand auf, griff in die Hosentasche und gab ihm das Geld. In der Tür drehte er sich noch einmal um.

«Harald, wenn alles gut geht, werden wir uns vermutlich nie wieder sehen. Wenn es aber nicht gut geht, wenn Sie mich aufs Kreuz legen wollen, verspreche ich Ihnen: Dann werden wir uns wieder sehen. Dann komme ich zurück, eines Tages. Dann nehme ich eines Ihrer flauschigen Samtkissen und drücke es Ihnen so lange aufs Gesicht, bis Sie tot sind. Inschallah.»

Dienstag, 11. März

Der Regen hämmerte unablässig gegen die Fenster des Büros, seit sie vor einer Stunde damit begonnen hatte, das graphologische Gutachten, die Computeranalyse der Fingerabdrücke auf dem Abschiedsschreiben, den Bericht der Kriminaltechniker über die Untersuchung der Bad Godesberger Wohnung des toten Gastwirts sowie die langatmigen gerichtsmedizinischen Ausführungen der Fledermaus zu studieren. Antonia Dix schob die Papiere von sich weg, als könne sie so auch ihre Gedanken wegschieben, und blickte durch das Fenster und durch den Regen hinauf in das eintönige Grau des Himmels über dem Rheintal.

«Kannst du da oben nicht endlich mal den Hahn abstellen?»

Er tat ihr den Gefallen nicht, wer auch immer da oben im Himmel das Sagen hatte. Der Gastwirt war es jedenfalls nicht, denn ein Selbstmörder hatte keine Chance, in den Himmel zu kommen. Das hatte ihnen jedenfalls der Pastor damals im Kommunionsunterricht erklärt. Selbstmord ist eine Todsünde. Antonia Dix war seit ihrem 18. Lebensjahr keine Katholikin mehr. Aber sie würde dennoch nie begreifen, wie ein Mensch es fertig bringen konnte, sich selbst zu töten. Sie würde vermutlich auch nie begreifen, wie Menschen es fertig brachten, sich gegenseitig umzubringen. Aber der Suizid, der Selbstmord, der Freitod jagte ihr eine Heidenangst ein, ohne dass sie sich den Grund dafür erklären konnte. Allein der Gedanke versetzte sie in helle Panik. Wie konnte das Leben jemals so hoffnungslos sein?

Vielleicht sollte sie endlich Feierabend machen. Sie

sah auf die Uhr. Kurz vor sieben. Vielleicht sollte sie nach Hause fahren, rasch duschen, die Klamotten wechseln, noch mal losziehen, in die Stadt, sich unter fröhliche Menschen mischen. Und an der Theke endlich den Traumprinzen treffen: Hallo, wo warst du so lange? Ich habe die ganze Zeit auf dich gewartet.

Aber sie wusste genau, wenn sie daheim noch einmal aus dem Fenster in den Regen schauen würde, dann würde sie sich auf der Stelle mit einem Buch in ihr Bett verkriechen, die Decke hochgezogen bis zum Kinn.

Antonia Dix, was soll nur aus dir werden?

Das Klingeln des Telefons auf dem Schreibtisch beendete ihre depressive Selbstreflexion. Ein Mensch! Der Traumprinz?

Leider nicht. Sondern Morian.

«Wie geht's denn so, Chef? Schönes Wetter? Kann man schon ins Meer gehen, oder ist es noch zu frisch zum Baden?» Sie hätte beinahe vergessen, dass sie sich seit dem Abend in ihrer Wohnung duzten. «Hast du wenigstens schon einen Sonnenbrand gekriegt? Du wirst es nicht glauben, aber das hört sich tatsächlich so an, als würdest du vom Nachbarhaus aus telefonieren.» Das sagte man doch so zu Urlaubern am Telefon, oder nicht?

«Danke. Und bei dir? Hast du dir die Witwe und die Sekretärin noch mal vorgenommen?»

«Tut mir Leid. Bin ich noch nicht zu gekommen, Chef.» Ehrlich gesagt, hatte sie es in dem ganzen Trubel vergessen.

«Wieso nicht?» Die Stimme klang leicht gereizt. Ja wunderbar. Liegt mit seiner fetten Wampe in der Sonne und ist gereizt. Wenn hier einer Grund hatte, gereizt zu sein ...

«Höre ich da etwa Vorwurf in deiner Stimme? Behalt

deine Vorwürfe, Chef. Ich will sie nicht haben, deine Vorwürfe. Ich tue, was ich kann. Du kannst dir nicht vorstellen, was hier los ist. Der Suizid ist tatsächlich ein Suizid, das wissen wir aber erst seit heute. Aber die Wasserleiche, die kam nicht von Süden rheinaufwärts angeschwommen. Die kann ich nicht wieder zurückschicken. Ernst Kucera heißt der Mann. Die Leiterin des Caritas-Heims für Obdachlose hat ihn nämlich auf dem Phantom-Foto gleich erkannt. Das genaue Alter ist unbekannt, irgendwas über siebzig. Er hatte keine Papiere dabei, als er nach dem Krieg aus dem Osten kam. Außerdem wusste er sein Geburtsdatum nicht. Er war nämlich Zeit seines Lebens Analphabet. Verwandte hat er auch nicht. Er wurde übrigens mit einem Baseballschläger aus Aluminium erschlagen, sagt die Fledermaus. Hier im Rheinauenpark. Jetzt ist es also ein Mordfall. Ein Bonner Mordfall. Ein Fall für die Bonner Mordkommission, die derzeit aus Antonia Dix besteht und aus sonst niemandem. Also, Chef: Welcher Fall ist denn jetzt vordringlicher? Der Mordfall Lewandowski, der gar nicht mehr unser Fall ist, oder der Mordfall Kucera?»

«Tut mir Leid, Antonia. Das wusste ich nicht. Ich dachte nur, es wäre vielleicht nützlich ...»

«Schon gut. Konntest du ja nicht wissen. Der Präsident hatte schon den ersten Anruf von RTL. Ob die Parks der beschaulichen Bundesstadt am Rhein denn nachts nicht mehr sicher seien und wie denn die Bonner Kriminalstatistik insgesamt so aussähe, man habe gehört, dass die Zahl der Vergewaltigungen gestiegen sei, und er solle die Statistik doch mal bitteschön rüber nach Köln faxen. Er ist ganz aus dem Häuschen, kannst du dir vorstellen. Also soll ich morgen Hilfe bekommen. Zwei Kollegen aus dem KK 14. Drogenfahndung. Ja, wunderbar. Dann sinkt wenigstens die Zahl der Drogendelikte in der Statistik. Jedenfalls hoffe ich, morgen, spätestens übermorgen deinen Wunschzettel zwischenschieben zu können. Wonach sollte ich noch mal fragen? Wie hieß der Club doch gleich? Die Kette?»

«Ich danke dir. Es ist wichtig. Mach's gut, Antonia. Ich drück' dir die Daumen. Du hast ja meine Handynummer.»

Antonia Dix legte auf.

Es ist wichtig. Wieso war das jetzt wichtig für ihn, im Urlaub? Was trieb Morian da auf dieser Insel?

Es ist wichtig.

Antonia Dix knipste die Schreibtischlampe aus.

Wichtig.

Wichtig waren jetzt vor allem drei Dinge: eine Dusche, ein Bett und ein Buch. Der Traumprinz musste sich in Geduld üben.

«Willst du?»

Mit ausgestrecktem Arm hielt sie ihm auffordernd die Dose entgegen, aus der ein Löffel ragte. Sie sprach englisch. Max Maifeld kniff die Augen zusammen und entzifferte das zerkratzte Etikett auf der Dose. Motoröl.

Jetzt war die Dose ein Essnapf.

«Was ist das?»

«Banku.» Sie rutschte auf den Knien noch etwas näher. «Das ist unser Nationalgericht. Maismehl, dazu Zwiebeln, Tomaten, Öl, Pfeffer. Probier mal.»

Max probierte. Es schmeckte wie der Kartoffelbrei, den er seinen Kindern gemacht hatte, als sie noch Babys waren.

«Schmeckt gut.»

Ihre Augen leuchteten vor Freude. Die anderen aßen

still und beobachteten sie verstohlen aus den Augenwinkeln.

Misstrauisch. Feindselig.

Sie war eine der drei Frauen, die Achmed am Abend zuvor aus dem Zimmer in Haralds Hotel vertrieben hatte. Die anderen beiden saßen bei ihren Landsleuten in der Mitte des Lagerschuppens. Sie hockten auf Strohsäcken im Kreis um eine Petroleumlampe. Der Rest der Wellblechhütte lag im Dunkel. Max lehnte sich gegen die Wellblechwand und streckte seine Beine aus.

«Wie heißt du?»

«Max. Und du?»

«Patricia.»

«Woher kommst du, Patricia?»

«Aus Lagos. Das ist eine große Hafenstadt in Nigeria.» Sie kroch noch näher zu ihm, über den rauen Boden aus gestampftem Lehm, ganz nah, und flüsterte ihm ins Ohr: «Wir alle hier kommen aus Nigeria. Aber das dürfen wir nicht sagen. Niemandem. Wir müssen sagen, wir kommen aus Ghana.»

«Wer sagt das?»

«Der *patron*. Der *connection-man*.»

«Wer ist das? Harald?»

«Ja. Aber das ist immer so. Man soll nicht sagen, dass man aus Nigeria ist, wenn man erwischt wird. Das war in Tanger auch so.»

«Du hast es schon einmal versucht? Über die Straße von Gibraltar?»

«Ja. Das ist viel kürzer. Und billiger. Aber zu viel spanische Polizei. Guardia Civil. Die schicken dich sofort zurück. Die bringen dich sofort nach Calamocarro.»

Max hatte darüber in den spanischen Zeitungen gelesen. Calamocarro hieß das Lager in der spanischen Enklave Ceuta an der nordmarokkanischen Küste, das die EU mit 150 Millionen Euro Steuergeldern finanziert hat.

«Und von dort bist du wieder abgehauen?»

«Ja. Nach Casablanca. Aber da haben sie mich erwischt. Die marokkanischen Soldaten fuhren uns mit Lastwagen in die Wüste, bis an die algerische Grenze.»

Sie öffnete den Müllsack, der ihr Hab und Gut später bei der Überfahrt schützen sollte. Auch die anderen hatten solche Plastiksäcke. Sie entnahm ihrem Müllsack zwei Cremedosen, öffnete die eine und begann, sich das Gesicht einzuschmieren.

«Was ist das?»

«*Civil Clear.* Das macht die Haut heller. Das gibt es bei uns in Lagos zu kaufen. Die andere Creme ist gut für die Haare. Sie macht die Haare glatter.»

«Die anderen mögen es nicht, wenn du mit mir redest.»

Patricia beugte sich vor und flüsterte ihm ins Ohr: «Sie sagen, man darf Weißen nicht trauen. Man redet nicht mit Weißen. Aber mir ist das egal, was sie über mich denken. Ich will upstairs, und upstairs sind doch überall Weiße. Also kann ich schon mal üben.»

«Upstairs?»

«Ja, upstairs. So nennen wir Europa.»

«Wie bezahlst du die Überfahrt? Ich meine ...»

«Du willst wissen, ob ich so viel Geld habe? Nein, habe ich natürlich nicht. Ich habe einen Kredit aufgenommen. Bei Harald. Wenn ich in Europa ankomme, muss ich ihn abarbeiten. Da warten Leute von Harald, die zeigen mir meine Arbeit.»

«Was für eine Arbeit ist das?»

Sie antwortete nicht. Sie cremte hingebungsvoll ihr Gesicht ein und verrieb alles ordentlich. Sie packte die Dosen wieder in den Sack und rutschte noch näher zu ihm, neben ihn an die Wellblechwand, bis die Dunkelheit sie verschluckte.

«Du bist ein schöner Mann», sagte Patricia und berührte seinen Arm. Er konnte nur noch das Weiß ihrer Augen sehen.

«Wie alt bist du, Patricia?»

«27 Jahre», antwortete sie. «Morgen habe ich Geburtstag. Dann werde ich 28 Jahre alt. Viel zu alt. Viel zu alt für dich.»

Max antwortete nicht. Ihre Hand ruhte immer noch auf seinem Unterarm. Ihre Fingerspitzen waren ganz kalt.

«Hattet ihr damals in Tanger auch ein Schlauchboot?»

«Nein, das war ein Holzboot. Sehr alt. Ich mag keine Schiffe. Am liebsten würde ich mit einem von den Hubschraubern fliegen.»

«Welche Hubschrauber?»

«Mit so einem wie nebenan. In der großen Halle nebenan. Da stehen vier Hubschrauber drin. Groß und ganz schwarz. So welche wie in den amerikanischen Filmen. Ich war zu früh hier heute Abend. Es war noch niemand da, um die Tür aufzumachen. Da bin ich noch ein bisschen in der Gegend herumgelaufen, weil ich Angst hatte, dass es auffällt, wenn eine Schwarze mit einem Plastiksack dumm herumsteht. Und da stand das riesige Tor der großen Halle nebenan offen. Die Halle gehört auch dem *connection-man*, so wie die kleine hier. Da habe ich die Hubschrauber gesehen. Vier Stück. Riesengroß. Aber da waren Männer, die haben mich sofort weggejagt.»

«Marokkanische Soldaten?»

«Nein, keine Marokkaner. Aber Soldaten.»

Max stand auf. «Patricia, ich würde mir das gerne ansehen. Kannst du mir die Halle zeigen?»

In diesem Augenblick stieß Harald die vordere Tür auf. Drei Einheimische mit Taschenlampen begleiteten ihn. Er wirkte angespannt und nervös. Er klatschte in die Hände.

«Es geht los. Raus hier. Einer nach dem anderen. Und ich will keinen Mucks hören, bis ihr auf dem Meer seid.»

Sie mussten den Schuppen einzeln verlassen und erst auf Haralds Kommando über die Straße laufen. Einer nach dem anderen, im Schutz der Dunkelheit. Vor der Schranke zum Hafen war kein einziger Soldat zu sehen. Jenseits der Schranke wartete schon einer von Haralds Marokkanern und wies ihnen den Weg.

Das Schlauchboot war an einem abgelegenen Kai zwischen zwei Fischerbooten vertäut. Es war so, wie Harald es beschrieben hatte. Auch der Außenborder machte einen guten Eindruck. Max öffnete den Tank. Er war nur noch halb voll. Max kletterte wieder auf den Kai und sprach den Marokkaner auf Englisch an.

«Wo ist Harald?»

Der Marokkaner reagierte nicht.

Max versuchte es auf Spanisch und auf Französisch.

Der Marokkaner grinste nur und zuckte mit den Schultern.

Die elf Nigerianer beobachteten die Szene verstört. Sie zitterten. Sie trugen alle nur T-Shirts zu ihren Jeans, die sieben Frauen wie die vier Männer, und es wurde bereits empfindlich kalt.

Max war mit seiner Geduld am Ende. Er packte das

Handgelenk des Marokkaners, drehte ihm den Arm auf den Rücken, zwang ihn auf die Knie und noch tiefer, bis sein vom Schmerz verzerrtes Gesicht auf dem Beton lag, und wiederholte seine Frage:

«Wo ist Harald?»

«Immer mit der Ruhe. Gibt's ein Problem?»

Harald erschien auf dem Kai, gefolgt von den beiden anderen Marokkanern.

«Das Boot ist leer. Wo sind die Sachen? Wir hatten eine Abmachung. Wenn du die vereinbarte Ausrüstung nicht blitzschnell heranschaffst, sorge ich dafür, dass dein Lakai hier den ganzen Hafen zusammenschreit.»

«Kein Thema. Immer mit der Ruhe.» Harald schnippte mit den Fingern. Fünf Minuten später trugen seine Marokkaner einen vollen Benzinkanister, einen Kanister mit Trinkwasser, eine Taschenlampe und vier Stechpaddel ins Boot. Harald übergab ihm den Kompass und außerdem einen gefalteten Zettel.

«Das sind die Koordinaten. Damit findet ihr problemlos ins Paradies. Kein Thema. Immer geradeaus.»

«Wo ist der Steuermann?»

«Krank. Leider. Ich finde jetzt so schnell keinen Ersatz. Sonst müssten wir die Sache verschieben. Aber das schafft ihr auch so.»

«Und das Boot?»

«Das lasst ihr einfach am Strand liegen. Ich lasse es morgen von einem Fischer abholen.»

«Ich will noch elf Decken.»

«Wozu das?»

Max deutete auf die frierenden Männer und Frauen. «Da draußen auf dem Meer sind es diese Nacht allenfalls zehn Grad.»

«Decken waren aber nicht abgemacht.»

«Ohne Steuermann zu fahren war auch nicht abgemacht.»

Harald ließ die Decken holen. Max starrte in die Nacht über dem tiefschwarzen Atlantik. Neumond. Sehr gut. Windstille. Wenn das so blieb, waren sie vor Anbruch der Dämmerung am Ziel.

Der Außenborder sprang problemlos an. Die Nigerianer kauerten auf dem Holzboden und duckten sich tief hinter den dicken Wulst aus schwarzem Kautschuk, bis sie den Hafen verlassen und das offene Meer erreicht hatten. Max drehte den Griff an der Ruderpinne des Außenborders auf. Das Boot machte gute Fahrt und hielt sauber den Kurs. Die Nigerianer begannen zu singen, leise und monoton.

Erst als Tarfaya in ihrem Rücken nur noch als Ansammlung winziger Lichtpunkte im Dunkel der Nacht auszumachen war, fiel ihm plötzlich ein, was fehlte, was er vergessen und was Harald unterschlagen hatte, entgegen der Abmachung, versehentlich oder absichtlich, um sich unnötige Kosten zu ersparen.

Die Schwimmwesten.

Hurl war am Nachmittag mit der Fähre nach Lanzarote gefahren, um in Arrecife Ersatzteile für den Ofen der finnischen Sauna zu bestellen, der am Morgen überraschend seinen Geist aufgegeben hatte. Er hatte ihn eingeladen mitzukommen, Arrecife sei eine nette Stadt, um sich ein wenig abzulenken, vor allem abends. Er könne doch sicher etwas Ablenkung gebrauchen. Morian hatte dankend abgelehnt. Er wollte lieber alleine sein.

Jetzt war er alleine.

Er hatte auf das Abendessen im Speisesaal des Clubs

verzichtet, um nicht wieder Annegret zu begegnen. Er war zu Fuß nach Corralejo gelaufen, hatte sich in einer Pizzeria auf der Vergnügungsmeile einen Teller Spaghetti Carbonara bestellt und die völlig verkochten Nudeln samt der wundersam nach nichts schmeckenden Soße tapfer in sich hineingestopft.

Morgen früh würde er in Hurls Studio mit dem Training beginnen. Das hatte er mit Hurl bereits ausgemacht. Eine Stunde Kardio-Training, auch wenn Hurl meinte, das sei zu viel für den Anfang, anschließend eine Stunde Krafttraining. Morgen würde sein neues Leben beginnen.

Den vergangenen Abend hatten sie zu dritt verbracht. Fünf Minuten nach Annegret war Hurl eingetroffen. Er hatte noch schnell mit seinem Cousin in den USA telefoniert: Vera war in Sicherheit. Sie hatten auf Morians Terrasse die Flasche Schampus geleert, die Annegret mitgebracht hatte, und sich über Gott und die Welt und das Leben unterhalten, was nicht ganz einfach, aber dennoch recht amüsant war, weil sie alles in allem recht unterschiedliche Vorstellungen vom Leben hatten. Anschließend waren sie in Hurls altem Ford Mustang nach El Cotillo gefahren, um Antonios Bar zu besuchen, wo schon die Hippie-Familie, von der Hurl bereits erzählt hatte, auf sie wartete. Hurl stellte Morian allen als alten Freund von Max vor und Annegret als seine neue Freundin, was Morian ärgerte und Annegret freute.

Zum Glück ließ sie ihn in Ruhe und war den Rest des Abends damit beschäftigt, den Hippies die Vorzüge der Weight-Watchers-Philosophie zu erläutern. Dergestalt bekehrt, boten ihr die Hippies garantiert cholesterinfreie und ausschließlich mit mehrfach ungesättigten Omega-3-Fettsäuren zubereitete Haschischplätzchen an, sodass Annegret, die bereits den Schampus und inzwischen auch noch drei Gläser Rotwein intus hatte, bereits in der Bar tief und fest schlief und auch nicht wieder aufwachte, als Hurl und Morian sie später in den Mustang und anschließend in ihr Bett im Club-Apartment verfrachteten.

Sie ist nett, meinte Hurl, als sie Annegrets Apartment verließen, um an der Club-Bar noch einen Espresso zu nehmen. Dem konnte und wollte Morian nicht widersprechen. Er wollte bloß seine Ruhe haben. Und wissen, wer von beiden, Hurl oder Max, auf die wahnsinnige Idee gekommen war, illegal von Marokko nach Spanien einzureisen. Auf einem Flüchtlingsboot. Hurl sagte nichts, aber sein Blick verriet ihm, wer auf die Idee gekommen war. Hätte er sich ja auch denken können. Und dann fragte er Hurl, ob er eigentlich an den ganzen Mist mit der umgedrehten Ratline glaube, den Max da in seinen E-Mails verzapft habe.

«Keine Ahnung», hatte Hurl geantwortet. «Ich weiß nur, dass Aleksandar mitmischt. Das genügt mir.»

Den folgenden Tag hatte Morian mit einem langen Spaziergang am Strand verbracht. Und mit Nachdenken.

Der Espresso in der Pizzeria schmeckte ebenso abscheulich wie zuvor die Spaghetti. Morian zahlte und verließ das Lokal.

Er folgte der belebten, hell erleuchteten Avenida General Franco in Richtung Hafen. Sämtliche Geschäfte waren noch geöffnet. Er betrachtete die Auslagen in den Schaufenstern, dann mit wachsendem Vergnügen die Menschen im Inneren der Geschäfte, als wären sie Schauspieler in einem Stummfilm, die Scheibe des Schaufensters die Leinwand, und er der einzige Kinobesucher. Er machte sich einen Spaß daraus zu erraten, welcher Nationalität sie angehörten, und gelegentlich überprüfte er das Ergebnis, indem er in das Geschäft trat und so den Ton anschaltete.

Und er amüsierte sich darüber, dass seine Landsleute schon auf hundert Meter Entfernung problemlos von englischen Touristen und von den Einheimischen zu unterscheiden waren. Durch ihren Gesichtsausdruck. Sie schauten so grimmig. Selbst im Urlaub.

«Hey!»

Zwei schwarze Frauen lehnten in dem unbeleuchteten Hauseingang zwischen zwei Läden. Sie trugen weiße Miniröcke, knappe rosafarbene Tops und Sandaletten mit gut zwölf Zentimeter hohen Pfennigabsätzen.

«Willst du ein bisschen Spaß haben?»

Nein, er wollte keinen Spaß haben. Also ging er weiter, überquerte die Kreuzung und lief durch die Gassen der Altstadt hinunter zum Hafen. Er sah eine Weile den Fischern bei der Arbeit zu, die soeben mit ihren Booten vom abendlichen Fangzug zurückgekehrt waren. Dann schlenderte er bis zur Spitze der lang gestreckten, leicht gekrümmten Mole, die das Hafenbecken vor Wellenschlag schützte. Neumond. Der Wind frischte auf.

Die Lichter des Fährhafens von Playa Blanca auf der Nachbarinsel Lanzarote schienen zum Greifen nahe. Vielleicht hätte er doch besser Hurl ins Nachtleben von Arrecife begleiten sollen.

Er setzte sich auf die Mauer, lehnte sich an einen der Laternenmasten, die in Abständen von fünf Metern die Mole säumten und sie in ein unnatürlich grelles weißblaues Neonlicht tauchten. Er nahm sein Handy aus der Tasche des Trenchcoats. War gar nicht so schlecht, ihn dabeizuhaben. Tagsüber war es zwar heiß, nachts aber erstaunlich kühl. Er zögerte, spielte eine Weile mit dem Handy herum, prüfte nach, ob inzwischen vielleicht jemand versucht hatte, ihn zu erreichen. Niemand hatte versucht, ihn zu erreichen.

Dann tippte er die Deutschland-Vorwahl 0049 und anschließend die Handynummer seiner Frau.

«Hallo?»

«Ich bin's.» Wer sonst.

Schweigen.

«Sind die Kinder noch wach?»

«Nein. Natürlich nicht. Sie schlafen längst. Weißt du eigentlich, wie spät es ist?»

Nein, wusste er nicht. Er sah auf seine Armbanduhr. Kurz nach zehn. Also war es in Deutschland schon kurz nach elf. Er hatte die einstündige Zeitverschiebung völlig vergessen.

«Liz, kannst du ihnen bitte ausrichten, dass ich sie liebe?»

«Kannst du ihnen das vielleicht bei Gelegenheit selbst ausrichten? Zum Beispiel tagsüber, wenn sie wach sind und nicht gerade schlafen. Sie fragen mich ständig, warum du nicht anrufst. Wo bist du überhaupt?»

Vier Jeeps der Guardia Civil stoppten vor der Hafenmole.

«Ich? Ich bin in Urlaub.»

«In Urlaub. Wie schön für dich.»

Etwa ein Dutzend Zivilgardisten verließen die Jeeps und marschierten über die Mole auf ihn zu.

«Ja. Auf Fuerteventura. Ich musste mal raus. Ich habe es nicht mehr ausgehalten ... in dem Haus.»

Sie trugen jeweils zu zweit eine Metallkiste zu den grün-weiß lackierten Patrouillenbooten, die vertäut an der Mole lagen. Morian fielen die drei Schnellboote erst jetzt auf, obwohl das Wappen der Guardia mit dem Fascis-Bündel und dem Schwert kaum zu übersehen war. Die uniformierten Männer klappten Stege aus und trugen die Kisten an Bord, jeweils zwei Kisten pro Boot. Dann rollten sie einen langen Schlauch aus und betankten die Boote der Reihe nach.

«Fuerteventura? Ist das nicht die Insel, wo Max und Hurl leben? Wie geht's den beiden denn?»

«Gut, gut. Hurl geht es jedenfalls gut. Max habe ich noch gar nicht ...»

Auf dem Boot, das Morian am nächsten lag, keine zwanzig Schritte von ihm entfernt, ganz vorne am spitz zulaufenden Bug, öffnete ein Zivilgardist eine der Metallkisten. Plötzlich wusste Morian, was in den Kisten war, unmittelbar bevor der Gardist die Schutzabdeckung von dem schwenkbaren, an Deck verankerten Stativ nahm und begann, die gut geölten, in weichen Tüchern verpackten Einzelteile Stück für Stück aus der Kiste zu nehmen und zu einem Maschinengewehr zusammenzusetzen. Und er begriff auf der Stelle, was die Zivilgardisten vorhatten.

«Jo? Bist du eigentlich noch dran?»

«Ja, Liz. Ich muss jetzt Schluss machen. Mach's gut.»

Er legte auf und tippte die Handynummer von Max.

Sie machten sich fertig zur Jagd.

«Max?»

«The person you are calling is temporarily not available», antwortete die Frauenstimme vom Band. *«Please call again later.»*

Mittwoch, 12. März

Seit sie Tarfaya verlassen hatten, kauerte sie dicht neben ihm, eingehüllt in eine Decke, und ließ ihn seit Stunden nicht aus den Augen, während er das Boot durch die noch sanft wogenden, aber inzwischen von Minute zu Minute zunehmenden Wellen steuerte. Sie assistierte ihm, sie erriet seine Gedanken, indem sie die Taschenlampe einschaltete, Sekunden bevor er nach dem Ersatzkanister greifen und den Tankdeckel aufschrauben konnte, oder indem sie den Lichtkegel in dem Augenblick auf den Kompass in seiner rechten Hand richtete, wenn ihm der Gedanke kam, dass es wieder an der Zeit war, den Kurs zu überprüfen. Seine linke Hand schmerzte vom krampfhaften Ausrichten der Ruderpinne, vom ständigen Ansteuern gegen die Strömung. Er verließ seinen Platz auf dem dicken Wulst, rutschte tiefer, auf den Holzboden, und klemmte sich die Pinne unter die Achselhöhle. Nur wenige Zentimeter Abweichung auf der Gesamtdistanz von 90 Kilometern, und sie würden nicht am einsamen, kilometerlangen Dünenstrand des Naturschutzgebietes, sondern mitten im Fährhafen von Corralejo landen. Oder an den winzigen Felsinseln zwischen Fuerteventura und Lanzarote zerschellen.

Sie hatte am frühen Morgen darauf bestanden, mit ihm und den anderen auf ihren Geburtstag anzustoßen, mit einem Schluck Wasser aus dem Plastikkanister. Was für ein Zufall, hatte sie gesagt: Heute ist mein Geburtstag, und heute beginnt mein neues Leben. Dann hatte sie ihm ihre komplette Lebensgeschichte erzählt, während er das Boot nach Westen steuerte.

Patricia Omorigie wurde auf den Tag vor 28 Jahren als jüngstes von fünf Kindern eines Englischdolmetschers und einer Näherin in der nigerianischen Hafenstadt Lagos geboren. Ihr Vater hatte ihr Englisch beigebracht, als sie noch ein kleines Mädchen war. Sie ging nur vier Jahre zur Schule; dann wurden ihre Eltern und ihre beiden ältesten Geschwister bei einem Raubüberfall erschossen.

Sie überlebte. Aber sie musste die Schule verlassen. Patricia überlebte eine Kindheit als Vollwaise in einer der am schnellsten wachsenden Städte der Welt. 13 Millionen Einwohner. Täglich strandeten dort mehr als tausend Neuankömmlinge, die das umgebende Land in der Hoffnung auf Arbeit in der großen Stadt verließen. Patricia überlebte die Cholera-Epidemie, sie überlebte die alltägliche Gewalt, das tägliche Gemetzel auf den Straßen. Allein zehntausend Tote in den letzten fünf Jahren durch Stammeskriege und Religionskriege in den Slums von Lagos. Lynchjustiz. Jugendbanden, die plündernd und mordend durch die Straßen zogen. Achtjährige, die für Geld töteten. An einer roten Ampel anzuhalten bedeutete in manchen Vierteln der Stadt den sicheren Tod. Und wer nach Einbruch der Dunkelheit das Haus verließ, musste lebensmüde sein.

Über Nacht verließen ihre beiden Geschwister die Stadt. Upstairs. Sie traute sich damals noch nicht. Ihr Bruder meldete sich Monate später aus einem Auffanglager in Deutschland. Von ihrer Schwester hat sie nie wieder etwas gehört. Upstairs. Der zweite Versuch. Patricia Omorigie lehnte ihren Kopf an die Schulter des fremden, schweigsamen Weißen. Heute war ihr Geburtstag.

Ein guter Tag.

Die ersten Lichter. Nordwestlich. Das musste der Hafen von Corralejo sein. Max sah nach rechts. Weit entfernt, ganz schwach, erwachte im Norden der Hafen von Playa Blanca auf Lanzarote. Er fühlte, wie sich sein Körper entspannte. Er hatte den Kurs halten können. Sie hatten es fast geschafft. Geradeaus war tiefschwarze Nacht. Ein gutes Zeichen. Das einsame Naturschutzgebiet südlich von Corralejo. Nichts als Dünen und kilometerlanger Strand. Seichtes Gewässer, keine Felsen. Er musste nichts mehr tun, als mit Vollgas darauf zuzuhalten. Sie hatten es geschafft.

Plötzlich Unruhe an Bord. Die Nigerianer zeigten aufgeregt nach rechts. Nach Norden. Ein Lichtpunkt. Der Lichtpunkt bewegte sich, schaukelte, kam tanzend auf sie zu. Max drehte unwillkürlich den Gasgriff nach rechts. Aber da war nichts mehr zu drehen; die Schraube des Außenborders lief längst auf vollen Touren. Der Wind frischte auf. Gischt spritzte über Bord. Der Lichtpunkt wurde größer. Die Männer und Frauen klammerten sich an die glitschigen Gummiwülste des Bootes.

Der Lichtpunkt war ein Suchscheinwerfer, wurde größer und stärker. Der Lichtkegel schweifte über die in Richtung Küste rollenden Wellen. Max änderte den Kurs, schwenkte nach Süden, um die Silhouette des Schlauchbootes zu verkleinern, eine Welle schwappte über den Wulst, jemand schrie auf, panisch.

Keine Chance. Der Suchscheinwerfer hatte sie erfasst, ließ sie nicht mehr los, ließ den nassen Kautschuk glänzen, entstellte ihre Gesichter zu zuckenden Grimassen.

«Schalten Sie den Motor ab! Letzte Warnung! Schalten Sie den Motor ab!» Die Befehle bellten auf Spanisch durch ein elektronisch verstärktes Megaphon, peitschten über die Brandung in das Boot. Die Männer und Frauen sahen ihn flehend an. Max wusste, was ihr Blick bedeutete. Sie wollten nicht anhalten. Sie wollten es riskieren.

Er schwenkte wieder auf den ursprünglichen Kurs ein und hetzte das Boot über die Wellen, auf dem kürzesten Weg dem nahen Strand entgegen.

Das Knattern der in der Zündkammer des Maschinengewehrs explodierenden Patronen. Das Pfeifen der Geschosse im Wind. Dann das klatschende Geräusch, wie wenn man eine Hand voll Kieselsteine ins Wasser wirft. MG-Dauerfeuer. Der Benzintank. «Runter vom Boot. Sofort alle über Bord. Es ist nicht mehr weit.» Max stoppte den Motor, sprang, tauchte, hörte über sich die Einschläge ins Wasser klatschen, tauchte weiter, bis ihm die Lunge zu platzen drohte. Er tauchte auf, japste nach Luft, drehte sich schwimmend um die eigene Achse, suchte die anderen.

Niemand war ihm gefolgt. Sie saßen alle noch in dem führerlos auf den Wellen schaukelnden Boot, knapp zwanzig Meter von ihm entfernt, stumm, hoffnungslos.

Er schrie: «Was ist los? Kommt schon. Es ist nicht mehr weit.» Er schrie, so laut er konnte. Auf Englisch. Er wusste nicht, ob sie ihn verstanden.

Im Gegenlicht des sich rasch nähernden Scheinwerfers erkannte er Patricia. Sie formte ihre Hände zu einem Trichter. Erst beim dritten Mal verstand er durch das Donnern der Brandung in seinem Rücken, was sie ihm zurief. Sie schrie nicht, sie erhob nur ihre Stimme, damit er sie verstand, ruhig, ohne Hast.

«Wir können nicht schwimmen.»

Nein. Sie winkte ihm zu, wie zum Abschied. Nein. Jetzt wusste er, warum keine Schwimmwesten an Bord waren. Nein. Neben ihr sackte einer der Männer zusammen, getroffen von einem der MG-Geschosse. Nein. Er schwamm zurück in Richtung Schlauchboot, so schnell er konnte, kämpfte gegen die Wellen an, Meter für Meter. Nein.

In diesem Augenblick bohrte sich ein Vollmantelgeschoss durch das dünne Blech des Außenbordertanks.

Arturo und Javier hatten beide noch nicht allzu viel gesehen von der Welt. Trotz des Altersunterschieds von neun Jahren wiesen ihre überschaubaren Biographien verblüffende Parallelen auf. Sie waren beide in Galicien geboren und aufgewachsen. Sie waren Bauernsöhne, dummerweise aber die Zweitgeborenen, sodass es nichts zu erben gab. Da sie wie die meisten galicischen Zweitgeborenen keine große Lust verspürten, sich später als Tagelöhner auf den Höfen ihrer älteren Brüder zu verdingen, boten sich mangels ausreichender Schulbildung zwei Möglichkeiten an: das Militär und die Guardia Civil.

Der Unterschied war nicht so gewaltig, und da schon ihre beiden Paten als Zweitgeborene zur Guardia Civil gegangen waren, wären sie nie und nimmer auf den Gedanken gekommen, etwas völlig anderes mit ihrem Leben anzufangen.

So absolvierten Arturo und Javier im Abstand von neun Jahren die zweijährige Grundausbildung an der Militärakademie in Zaragoza und verpatzten angesichts ihrer nicht eben überschäumenden Intelligenz die Aufnahmeprüfung für die anschließende dreijährige Fachausbildung an der Militärakademie von Aranjuez, die ihnen später eine Offizierslaufbahn ermöglicht hätte. Sie waren Sergentos, Feldwebel, und würden es wohl auch bis zu ihrer Pensionierung bleiben.

Gleich nach der Grundausbildung wurden Arturo und Javier im Abstand von neun Jahren nach La Oliva auf Fuerteventura geschickt. Ihre ehemaligen Ausbilder waren der Ansicht, dass sie dort am wenigsten Schaden anrichten könnten. Auf der ewig sonnigen Urlaubsinsel war vieles anders als daheim in ihrem verregneten galicischen Bergdorf. Auf Fuerteventura erfuhren sie erstmals, dass es Menschen gab, die sonntags nicht zur Kirche gingen. Sie lernten Wörter wie Marihuana buchstabieren, für die Protokolle, und sie machten an den weitläufigen Stränden der Insel die überraschende Entdeckung, dass völlig unbekleidete Frauen nicht ausschließlich in den abgegriffenen Porno-Magazinen der Kasernenlatrinen anzutreffen waren.

Sie waren beide noch ledig, was für Zivilgardisten ihres Alters nicht ungewöhnlich war. Das hatte mit dem Kasernenleben und den mangelnden Rückzugsmöglichkeiten zu tun, aber auch mit der Tatsache, dass der Großteil der spanischen Bevölkerung der Guardia Civil mehr als reserviert begegnete und folglich ihre grünen Uniformen auf die einheimischen Frauen der Insel nicht eben anziehend wirkten. Arturo versuchte seit geraumer Zeit, mit der Verkäuferin in der Bäckerei von La Oliva zu flirten, aber sie hatte ihm bisher stets die kalte Schulter gezeigt.

Schon wieder. Arturo verließ enttäuscht die Bäckerei, die eben erst geöffnet hatte, und kletterte auf den Beifahrersitz des Jeeps.

«*Vamos.*»

Javier startete und lenkte den Jeep aus der noch schlafenden Kleinstadt. Arturo riss die gewachste Papiertüte mit dem *alfajor*, dem Gewürzkuchen auf, den er immer kaufte, weil ihm nichts Besseres einfiel, wenn er die Bäckerei betrat. Sie hatte ihn wieder einmal keines Blickes gewürdigt. Was machte er nur falsch?

«Willst du ein Stück?»

Javier schüttelte den Kopf, bog auf die Schnellstraße nach Süden und trat aufs Gas.

«Hast du eine Ahnung, was da in der Villa vorgeht?»

Jetzt schüttelte Arturo den Kopf, während er den trockenen Kuchen widerwillig in sich hineinwürgte. Er nahm einen Schluck aus der Wasserflasche, die er stets griffbereit in der Ablage der Beifahrertür aufbewahrte.

«Es ist besser für uns, wenn wir nicht so viel fragen. Der Capitán hat uns einen Befehl gegeben, und den werden wir jetzt ausführen. Hast du den Ölwechsel machen lassen?»

Javier tätschelte liebevoll das abgegriffene Lenkrad des Jeeps. «Natürlich. Er läuft wieder wie geschmiert. Neuer Luftfilter, neue Zündkerzen. Alles bestens. In der Kaserne sagen sie, diese Nacht hat es wieder Flüchtlinge gegeben ...»

«Frag nicht so viel, Dummkopf. Ja. Als die Patrouille sie an Bord nehmen wollte, haben sie sich selbst in die Luft gesprengt. Sie haben ein Streichholz in den Benzintank geworfen. Das muss man sich mal vorstellen. Einfach so. Seit die Straße von Gibraltar dicht ist, versuchen sie es hier. Es kommen immer mehr, Jahr für Jahr mehr. Der Capitán führt eine Statistik. Rate doch mal, wie viele wir vergangenes Jahr geschnappt haben. Na?»

Javier legte die Stirn in Falten und dachte lange nach. Ohne Ergebnis.

«Ganz genau 9212 waren es. Und wie viele waren es in den ersten zwölf Tagen dieses Monats? Na? 483. In nicht mal zwei Wochen. Rechne das mal aufs Jahr hoch! 86 sind allerdings ertrunken, die muss man abziehen. Die meisten können nicht schwimmen. Weißt du, was das bedeutet, Javier? Na?»

Javier wusste es nicht.

Arturo erklärte es ihm: «Der Capitán sagt, die machen unser Land kaputt. Die untergraben unsere Moral und unseren Glauben. Und die nehmen uns die Arbeitsplätze weg.»

Und die Frauen. Aber das sagte er nicht.

Javier schaltete Blaulicht und Martinshorn ein und überholte einen Lastwagen, der wegen der Sandverwehungen auf der Küstenstraße immer wieder zur Fahrbahnmitte ausweichen musste. Der Wind hatte über Nacht beträchtlich zugenommen. Die Brandung schleuderte weiße Gischt an den Strand.

«Sie haben für heute Abend Sturmwarnung gegeben, Arturo.»

«Ich weiß. Was meinst du, warum ich darauf bestanden habe, so früh loszufahren, du Dummkopf?»

Sie kamen gut voran. Auf der Schotterpiste von Morro Jable über den Pass zur Villa begegnete ihnen keine Menschenseele. Javier parkte unmittelbar vor dem Tor.

Die Wachposten wussten Bescheid: «Sie ist im Keller. Durch den Innenhof, der rechte Arkadengang, am Ende die Treppe runter, links um die Ecke, die dritte Tür rechts.»

Der Posten vor der Kellertür feilte sich gelangweilt die Nägel. Als er sie kommen sah, grüßte er mit einem Kopfnicken und schlenderte davon. Arturo sah ihm nach. Der Wachposten beschleunigte seinen Schritt und verließ den Keller über die Treppe. Als würde er sich aus dem Staub machen. Seltsam. Als hätte er ein schlechtes Gewissen.

Der Riegel war nicht vorgeschoben. Eigenartig. Arturo zog vorsichtshalber seine Dienstwaffe. Dann gab er Javier ein Zeichen, vorsichtig die Tür zu öffnen.

Die Frau stand mit dem Rücken zur gegenüberliegenden Wand. Sie hatte den angriffslustigen Gesichtsausdruck einer Raubkatze. Gleichzeitig zitterte sie am ganzen Leib. Die blonden Haare hingen ihr in wirren Strähnen vor den

Augen. Sie hatte eine schorfige Wunde auf der Wange. Sie trug nichts als einen Slip und ein T-Shirt, das ihr in Fetzen um die Schultern hing. Die Frau war nicht allein in dem Raum. Vor ihr stand ein kleiner, schmächtiger, alter Mann in einem cremefarbenen Leinenanzug, hielt sich den Unterleib und krümmte sich vor Schmerzen.

«Señora Cronenberg?»

Die Frau nickte. Arturo steckte die Pistole wieder ein und betrat die Zelle, gefolgt von Javier, der die Frau anstarrte, als hätte er noch nie zuvor ein weibliches Wesen gesehen. Die Luft war alt und verbraucht, stickig, abgestanden. Der Alte drehte sich mit schmerzverzerrtem, hasserfülltem Gesicht zu ihnen um.

«Señora Cronenberg, ich möchte Sie bitten, uns zu begleiten. Ich nehme Sie fest wegen des Verdachts auf Hausfriedensbruch und wegen des Verdachts auf Mitgliedschaft in einer terroristischen Vereinigung.» Genauso hatte es ihm der Capitán aufgetragen.

Wortwörtlich.

«Bitte ziehen Sie sich an!»

Die Frau verstand ihn nicht. Sie verstand offenbar kein Spanisch. Arturo deutete auf die Jeans, den Pullover und die Schuhe neben dem Bett. Die Frau nickte und hob ihre Kleidung vom Boden auf. In diesem Augenblick stieß der Alte einen markerschütternden Schrei aus und stürzte sich auf die Frau. Sie fiel zu Boden, er fiel auf sie, würgte sie, drückte ihr die Gurgel zu. Ihre Augen weiteten sich, traten aus ihren Höhlen hervor.

Javier hatte immer noch seine Dienstpistole in der Hand. Er trat hinter den Mann und schlug ihm den Knauf auf den Hinterkopf. Der Alte brach bewusstlos zusammen. Javier rollte ihn zur Seite, nahm die Handschellen aus seinem Gürtel und kettete den Mann an den Rahmen des Feldbettes.

«Können wir jetzt gehen, Señora?»

Der Wind hatte weiter zugenommen. Javier hatte Mühe, den Jeep auf der schmalen Passstraße in der Spur zu halten. Arturo nahm seine Wasserflasche und reichte sie der Frau auf der Rückbank. Er fand, sie sah schrecklich aus. Ihr Gesicht war ganz schmutzig. Wer war sie? Eine Landstreicherin? Sie sah aus, als ob sie schon seit Wochen in dem Verlies festgehalten worden wäre. Wie konnte man einer Frau so etwas antun?

Die Frau trank gierig, dann schüttete sie sich Wasser auf den Handteller und wusch notdürftig ihr Gesicht.

Javier betrachtete sie verstört im Rückspiegel. «Was ist mit ihr, Arturo? Was hat sie angestellt?»

«Ich habe keine Ahnung. Schau gefälligst nach vorne und achte auf den Verkehr.»

Sie passierten Puerto del Rosario. Als Javier das nächste Mal einen Blick in den Rückspiegel riskierte, war die Frau eingeschlafen. Sie hatte sich auf dem Rücksitz zusammengerollt. Die Schnellstraße näherte sich wieder der Küste. Überall standen Autos herum, die sich zu nah an den Randstreifen gewagt hatten und im Sand stecken geblieben waren. Arturo blickte durch die Seitenscheibe aufs Meer. Auf den Wellen, die auf den Strand zurollten, tanzten weiße Schaumkronen.

Arturo hasste das Meer.

Arturo fand, Javier nahm die Kurven zu scharf.

«Verdammt, warum sind die Straßenarbeiter noch nicht ...»

Javier unterbrach sich mitten im Satz und trat auf die Bremse. Stau. In fünfzig Metern Entfernung standen vier Autos quer. Ein Auffahrunfall. Das graue Asphaltband war unter dem Sand verschwunden. Die Dünen hatten sich die Straße zurückerobert. Menschen rannten durch die Gegend, gestikulierten, telefonierten mit ihren Handys, drückten und schoben, versuchten vergebens, ihre Autos wieder flottzukriegen.

«Scheiße. Was machen wir jetzt, Arturo?»

«Wir fahren weiter.»

«Aber wenn es Verletzte gegeben hat? Sollen wir nicht erst mal nachsehen, was da vorne los ist? Nach der Dienstvorschrift müssten wir jetzt außerdem die Straße sichern und hinter uns ein Warnschild aufstellen. Einhundert Meter vor der Kurve. Sonst passiert gleich der nächste Unfall.»

«Einverstanden. Stell das Warnschild auf, und dann fahren wir weiter. Aber schnell!»

Javier sprang aus dem Wagen, öffnete die Hecktür, nahm das Warndreieck und das Blinklicht, lief los und verschwand hinter der Kurve. Arturo spielte nervös an seinen Uniformknöpfen. Er starrte in den Außenspiegel, bis er nach zwei Minuten Javier sah, der zurück zum Wagen sprintete.

«Gut. Jetzt weiter. Wir werden ja im Vorbeifahren sehen, was da vorne los ist und ob jemand verletzt ist.»

Javier schaltete auf Allradantrieb. Der Jeep quälte sich im Schritttempo durch den tiefen Sand an der Autoschlange vorbei. Menschen standen ratlos und Hilfe suchend neben ihren gestrandeten Fahrzeugen. Arturo sah schnell weg.

«Siehst du, Javier? Was habe ich gesagt? Es ist niemandem etwas passiert. Blechschaden, nichts weiter. Gleich werden die Straßenarbeiter und die Kollegen kommen und …»

Javier trat erneut auf die Bremse. Vor der Kühlerhaube

hatte sich ein rotgesichtiger, schwergewichtiger Mann aufgebaut und fuchtelte mit den Armen. Der Mann trug nichts als ein Sonnenhütchen und eine Badehose. Um weiterzukommen, hätte Javier ihn über den Haufen fahren müssen. Der Mann starrte sie wild entschlossen durch die Windschutzscheibe an.

«Was jetzt, Arturo?»

«Steig aus und frage ihn, was er will. Dann jagst du ihn zum Teufel. Der hat wohl einen Knall. Diese Touristen führen sich auf, als würde ihnen die Insel gehören. Steig schon aus und frag ihn, was er will!»

«Arturo, wir wissen doch ganz genau, was er will.»

«Mach schon.»

Javier stieg aus und ging auf den wütenden Mann zu. Arturo konnte durch die Windschutzscheibe sehen, wie Javier die gesamte Autorität seiner Uniform in die Waagschale warf, um den Mann von der Straße zu scheuchen. Doch das machte den Mann nur noch wütender. Die beiden brüllten sich an. Arturo kurbelte die Seitenscheibe runter, um besser zu verstehen. Javier brüllte auf Spanisch, der Tourist, soweit Arturo das erkennen konnte, auf Deutsch. Also verstanden die beiden sich nicht.

Kein Wort.

Jetzt winkte der Deutsche die restlichen drei Insassen aus dem Mietwagen zu Hilfe, die augenblicklich aus dem verbeulten Renault Clio kletterten, als hätten sie nur auf dieses Zeichen gewartet: ein Mann, der aussah wie der Zwillingsbruder dieses cholerischen Deutschen, und zwei Frauen, ebenfalls halb nackt. Und spindeldürr. Faltige Bäuche. Alte Schabracken. Ekelhaft. Dass die sich nicht schämten, in diesem Aufzug auf einer öffentlichen Straße herumzulaufen.

Jetzt schlug der brüllende Deutsche mit der Faust auf die Kühlerhaube. Auf die Kühlerhaube des Jeeps.

Auf die Kühlerhaube eines Dienstfahrzeugs der Guardia Civil.

«Jetzt reicht's!»

Arturo rückte seine Uniformmütze zurecht, stieß die Beifahrertür auf und sprang aus dem Wagen.

Das Geschrei weckte Iris aus ihrer Lethargie. Sie rappelte sich auf, rieb sich die müden Augen und blinzelte zwischen den beiden Vordersitzen hindurch. Sie kannte die Stimmen. Sie kannte die beiden Frauen in ihren giftgrünen Bikinis, die da draußen Zeter und Mordio schrien, und sie erkannte die dröhnenden Bass-Stimmen samt den gewaltigen, rot verbrannten Resonanzböden über den viel zu knappen Badehosen.

«Und wer bezahlt den Schaden jetzt? Wer kommt dafür auf? Was glauben Sie, was die mir sagen, wenn ich den Mietwagen ohne Stoßstange abliefere? Verstehen Sie überhaupt, was ich sage? Sprechen Sie überhaupt ein Wort Deutsch? Wie sieht das überhaupt aus hier. Alles voll Sand. Sieht das hier etwa noch wie eine Straße aus? Eins ist sicher, mein Herr: Das war unser letzter Urlaub auf dieser Insel. So viel steht mal fest.»

Die vier Düsseldorfer Touristen von der Pool-Bar des *Tres Islas*. Wie lange war das her? Sie wusste es nicht. Sie wusste nur noch, dass die vier ihr gleich nach ihrer Ankunft im Hotel über den Weg gelaufen waren. Due Espressi, aber pronto! Inzwischen hatte sich eine Menschentraube um die vier Düsseldorfer Touristen und die beiden Zivilgardisten gebildet. Wildes, ärgerliches Hupen hinter ihr. Iris Cronenberg sah aus dem Rückfenster. Eine Autoschlange, so weit ihr Auge reichte.

Jetzt oder nie.

Die Hecktür ließ sich tatsächlich von innen öffnen. Sie kletterte über die Rückbank, öffnete die Tür nur einen Spalt, glitt aus dem Wagen, ging hinter dem Jeep in die Hocke, schloss die Hecktür wieder, so leise es ging.

Was jetzt?

Erneutes Hupen, nicht ärgerlich, sondern ausgelassen. Fröhliches Gejohle. Ein offener orangefarbener Jeep. Vier junge, braun gebrannte Männer, halbe Kinder noch. Surfbretter. Sie hatten ihren Spaß, mit Hilfe des Allradantriebs die Schlange zu überholen, und sie hatten ihren Spaß an den verdutzten Gesichtern.

Iris wartete, bis der Jeep fast auf ihrer Höhe war, dann sprang sie aus ihrer Deckung.

«Nehmt ihr mich ein Stück mit?»

Zehn Sekunden später wurde sie von zwei kräftigen tätowierten Armpaaren hinauf auf die Rückbank des Jeeps gehievt, zwanzig Sekunden später wusste sie die Namen der vier Jungs aus Schweden und vergaß sie auf der Stelle wieder, dreißig Sekunden später passierten die Surfer hupend und johlend die Unfallstelle, während sich Iris auf den Boden des Jeeps drückte, sechzig Sekunden später begriffen Arturo und Javier, dass sie ihre Gefangene verloren hatten.

Aber da war es schon zu spät.

Don Felipe massierte sich die Stirn. Er hatte Kopfschmerzen. Das Unternehmen stand unter keinem guten Stern. Die Gesinnungsgenossen in Italien wurden bereits nervös. Feiglinge. Weicheier. Dabei hatte alles so perfekt begonnen.

Soeben hatte er das Gespräch mit Capitán Pedro Calvo Moreno abrupt beendet. Schon nach dessen erstem Satz:

«Wir haben sie verloren.»

Don Felipe war noch nicht einmal zu einem Wutanfall fähig gewesen. Er hatte das Gespräch einfach beendet. Capitán Pedro Calvo Moreno. Dieser Bauer. Capitán. Spekulierte darauf, nach Abschluss der Operation aufzusteigen. Capitán. Man sollte ihn zum Sergento degradieren. Hatte er immer noch nicht kapiert, was auf dem Spiel stand?

Don Felipe fehlte die Zeit, sich noch länger damit zu beschäftigen. Er musste einen klaren Kopf behalten. Er trank das Wasserglas mit der aufgelösten Aspirin-Tablette in einem Zug aus. Den zeternden Nazi hatte er kurzerhand in Iris Cronenbergs Zelle sperren lassen. Er hatte genug von diesem Irren. Und von diesen angeheuerten Söldnern. Der Wachposten hatte sich klar seinem Befehl widersetzt, als er den Irren zu der Schlampe ließ. Zur Strafe hätte Don Felipe ihn auf der Stelle erschießen sollen. Und diesen irren Nazi dazu. Don Felipe hasste Ungehorsam. Aleksandar konnte von Glück sagen, dass er außer Reichweite war.

Die Schlampe würden sie morgen suchen. Vielleicht lief sie ja jetzt schnurgerade ins *Tres Islas*. Wunderbar. Dann hätte sich die Suche sowieso erübrigt. Er sah auf die Uhr. Noch eine Stunde. Dann würden sie losschlagen. Hier, auf der Insel, und in Madrid. Um der Welt zu beweisen, wie weit der islamische Terror zu gehen bereit war.

Er stand auf und ging hinunter in den Keller.

Jetzt gab es kein Zurück mehr.

Die vier schwedischen Beach Boys waren so nett und fuhren sie bis nach El Cotillo. Am Ortseingang sprang sie vom Jeep, winkte ihnen nach, als sie sich hupend und johlend in Richtung Lajares entfernten, dann lief sie die Gassen hinunter zum Hafen.

Antonios Bar war geschlossen.

Siesta.

In der Calle Requena klopfte sie gegen die blau gestrichene Holztür des Hauses mit der Nummer 16.

Nichts.

Max war also ebenfalls nicht da. Ihr war zum Heulen zumute. Sollte sie hinüber auf die andere Hafenseite und die Klippe hinauf zum Haus der Hippies laufen?

Sie hatte keine Lust, sich fremden Menschen so zu zeigen und neugierige Fragen zu beantworten.

Sie stapfte nebenan durch das verwaiste Grundstück, kletterte die Ruinen des verfallenen Hauses hinauf auf die Dachterrasse, öffnete die Falltür, stieg die schmale Holztreppe hinab. Lichtstreifen malten Muster auf den staubigen Fußboden. Der Laden des einzigen Fensters im Raum war verschlossen. Langsam gewöhnten sich ihre Augen an das Halbdunkel.

Das Haus bestand aus einem einzigen großen Zimmer. Ein Spülstein, ein Herd, ein Kühlschrank. Eine Kommode, eine Matratze, daneben eine Holzkiste, darauf eine Kerze.

Wie romantisch.

Wie konnte ein Mensch nur so spartanisch leben.

Sie erschrak, als das Miauen die Stille zerriss. Auf der Treppe saß eine Katze. Sie musste ihr gefolgt sein.

«Na, wer bist du denn? Gehörst du zu Max?»

Die Katze begann augenblicklich zu schnurren.

Sie fand ein frisches Handtuch, warf den Pullover aufs Bett, zwängte sich aus der Jeans, riss sich das zerfetzte T-Shirt vom Leib, warf es zusammen mit dem Slip in die Mülltonne unter der Spüle, sah sich um und fand schließlich die provisorische Dusche hinter einem Mauervorsprung, einer türlosen Nische, die vermutlich einmal eine Vorratskammer beherbergt hatte.

Das Wasser tröpfelte nur dünn aus der verrosteten Brause, aber es war wenigstens angenehm warm.

Sie schloss die Augen.

Sie wusste nicht, wie lange sie einfach nur so dagestanden und das warme Wasser auf ihrer Haut genossen hatte.

Sie hatte sich nicht verhört.

Jemand war auf dem Dach.

Sie legte den Kopf in den Nacken und sah nach oben. Ein Schatten huschte vorbei, verdunkelte für den Bruchteil einer Sekunde die winzige Luke aus milchigem Plexiglas über der Dusche. Kein Zweifel.

Sie drehte den Wasserhahn zu und lauschte.

Nichts.

Sie rubbelte sich notdürftig trocken, ließ das Handtuch achtlos fallen und sah sich nach einer Waffe um.

Nichts.

Sie ging in die Hocke, lugte vorsichtig um die Mauer und wartete ungeduldig, bis sich ihre Augen erneut an das Halbdunkel des Zimmers gewöhnt hatten.

Im Spülstein, keine vier Schritte von ihr entfernt, lag ein Brotmesser. Sie versuchte, ihren Herzschlag zu kontrollieren. Dann atmete sie tief durch, zählte bis drei und sprang auf.

Im selben Moment spürte sie den Schatten in ihrem Rücken wie einen kalten Luftzug. Der Schatten stürzte von der obersten Treppenstufe auf sie hinab. Keine Chance. Ihre ausgestreckte Hand war nur noch Zentimeter von dem Spülstein mit dem Brotmesser entfernt, als sie herumgerissen und rücklings auf die Matratze geschleudert wurde.

Hände umklammerten ihre Unterarme wie Schraubzwingen. Sie hörte das Keuchen dicht neben ihrem Ohr und spürte die kratzigen Bartstoppeln. Dann erst sah sie seine Augen, vor Erstaunen geweitet.

«Max.»

«Iris.»

«Wolltest du mich zerquetschen?»

«Und du? Wolltest du mich erstechen?»

«Schön, dass du da bist, Max.»

Er berührte den Schorf auf ihrer Wange. «Wer war das? Was haben sie mit dir gemacht?»

«Halb so wild. Schön, dich zu spüren, Max.» Sie wusste nicht, warum sie das sagte. Sie wusste nicht, warum ihre Lippen seine Schläfe berührten, während sie das sagte, warum ihre Arme seinen Rücken umschlangen, ihre Hände unter sein Hemd glitten, es nach oben schoben, während ihre Finger die Kontur seines Rückgrats nachzeichneten, hinauf bis zum Nacken, dann wieder hinunter, nicht zärtlich, sondern gierig, bis unter den Gürtel, und tiefer. Sein Atem ging schwer, er stützte sich auf, sah ihr in die Augen, sie lächelte, er berührte ihre zerschundene Wange mit seinen Lippen, ganz vorsichtig, dann küsste er sie auf den Mund, ganz zaghaft zunächst, dann heftiger, er schmeckte nach Meersalz, er schmeckte so gut, seine Lippen glitten über ihren Hals, sie spürte sein Herz schlagen, sie spürte sein Blut, wie es in seinen Adern pochte, sie spürte das Kribbeln in ihrem Bauch und die Wärme, tief unten, sie reckte sich ihm entgegen, sie spürte die harte Wölbung, sie riss an seinem Gürtel, zerrte ungeduldig an der Gürtelschnalle.

«Komm bitte», flüsterte sie. «Komm zu mir. Jetzt.»

Josef Morian sah immer noch ganz blass aus, als er aus der Dusche kam und sich zu Hurl aufs Dach setzte.

«Hier.» Hurl schob ihm einen Espresso zu. «Der bringt deinen Kreislauf wieder in Schwung. Tu mir bitte den Gefallen und setz dich hin. Sonst kippst du mir noch aus den Latschen. Ich habe dich gewarnt. Eine Stunde Kardio ist zu viel für den Anfang. Wann hast du das letzte Mal Sport getrieben?»

Morian antwortete nicht. Er wusste, dass er es übertrieben hatte. Aber er musste sich ablenken. Das Nichtstun machte ihn verrückt. «Schon was gehört?»

«Nichts.»

«Aber wir müssen doch irgendwas tun, Hurl!»

«Wir können nichts tun außer warten.»

Hurl konzentrierte sich wieder auf die Papiere auf seinen Knien. Lange, komplizierte Texte zu lesen war nicht gerade sein Ding. Außerdem verstand er so gut wie kein Wort von dem, was da stand. Seit einer Stunde versuchte er in den Papieren einen Hinweis zu finden, der ihnen weiterhelfen könnte.

«Was liest du da?»

«Die E-Mail von Max. Dieser ganze politische und religiöse Wirrwarr. Hast du das Zeug verstanden?»

«Verstanden? Ja. Aber ich kann es nicht glauben. Den Terror des Dschihad und die wachsende Ausländerfeindlichkeit nutzen, um die Demokratie abzuschaffen?»

«Hier zum Beispiel ... begreifst du das? Hör mal zu, Jo: Der Unterschied zwischen einer Kette und einem Netzwerk. Entferne nur ein einziges Glied aus der Kette, und die Kette als Organisationsform funktioniert nicht mehr. Was sollen wir damit anfangen? Was will er uns damit sagen?»

«Ich wünschte, er wäre hier und könnte es uns selber

sagen. Wann kommen die nächsten Nachrichten im Radio?»

Jetzt. Hurl stand auf und ging nach drinnen, zur Empfangstheke des Fitnessstudios, um das Radio in der Musikanlage im Regal mit den Handtüchern einzuschalten. Er musste sich bewegen. Seine Unruhe wuchs von Minute zu Minute.

Das Radio reagierte nicht.

Kein Strom?

Die Espressomaschine funktionierte einwandfrei, ebenso das Schubfach des CD-Players.

Aber das Radio nicht.

Seltsam.

Als er wieder auf die Dachterrasse trat, klingelte Morians Handy.

«Max?»

Aber es war nicht Max. Es war Antonia Dix.

«Bitte, was hast du gesagt?»

Hurl trat an die Brüstung der Dachterrasse und starrte aufs Meer. Er wünschte, er würde diese Unruhe los.

«Was hast du gelöst?»

Das feine Sirren. Das Geräusch würde er nie vergessen. Eine Sinnestäuschung? Schnappte er gerade über?

«Ich kapiere immer noch nicht. Welchen Mordfall? Die Verbindung ist so schlecht. Ich verstehe dich ganz schlecht, Antonia. Meinst du etwa diesen Penner, den sie im Rheinauenpark erschlagen haben?»

Das feine Sirren. Wenn man darauf trainiert war, konnte man sie hören, bevor man sie sah. Hurl war darauf trainiert. Das frühe Orten des peitschenden Überschallknalls der feinen Rotorblätter hatte mehr als einmal sein Leben gerettet.

In seinem früheren Leben.

«Hallo? Antonia?»

Morian betrachtete ungläubig das Handy. Er hatte es doch gerade erst über Nacht aufgeladen.

Aber es waren nicht die Akkus. Die Akkus waren einwandfrei, verriet ihm das Display. Er hatte keine Netzverbindung.

Wie abgeschnitten.

«Hurl, habt ihr hier häufiger Probleme mit dem Empfang?»

Hurl antwortete nicht, sondern starrte aufs Meer. Das Wetter hatte umgeschlagen. Der Himmel war milchig grau.

Plötzlich begriff er, was bereits am Morgen im Vorbeigehen seine innere Unruhe ausgelöst hatte: Hotelgäste hatten sich an der Rezeption darüber beschwert, dass über Nacht auf den beiden Tennisplätzen die Netze verschwunden seien. Die Ratlosigkeit des Mannes hinter dem Tresen hätte ihn stutzig machen müssen. Er war offenbar nicht informiert. Das passierte nie in diesem Hotel. Eine Reparatur? Dann hätten sie vorher neue Netze gekauft. So etwas passierte nie. Nicht im *Tres Islas.*

«Also wenn ich mich nicht schwer verhört habe, dann sagte meine junge, ungestüme, übereifrige und zudem völlig unerfahrene Kollegin soeben, sie habe den Mordfall Lewandowski gelöst.» Morian schüttelte verstört den Kopf.

«Der Waffenhändler?»

«Genau. Der Waffenhändler.»

«Was sagtest du noch mal, welche Hubschraubertypen Lewandowski nach Marokko geliefert hatte?» Hurl sprach mit ihm, ohne auch nur einmal den Kopf zu wenden. Er ließ den Horizont nicht mehr aus den Augen.

«O Gott, ich kann mir solche Namen nicht merken. Ich war nicht beim Militär. Ich müsste nachschauen. Vier Stück waren es insgesamt. Genau: Zwei Transporthubschrauber und zwei Kampfhubschrauber. Irgendwas mit einem Indianerstamm und mit Hengsten, glaube ich.»

«Sikorsky S-65 Sea Stallion. Maximal 55 Soldaten an Bord. Boeing McDonnell Douglas AH-64 Apache. Bewaffnet mit ferngesteuerten Hellfire Missiles und mit automatischen Maschinengewehren. Explosivgeschosse, 30 Millimeter. So dick wie Zigarren. 625 Schuss pro Minute.»

Dann endlich konnte er sie sehen. Wie feingliedrige Libellen im milchig grauen Gegenlicht. Hurl schätzte die Entfernung auf knapp einen Kilometer. Wenn es sein musste, machten die Apaches 360 Kilometer pro Stunde. Er stieß sich von der Brüstung ab und wandte sich Morian zu. Er bemühte sich, betont ruhig zu bleiben. Einen übergewichtigen, untrainierten Büromenschen in Panik war so ziemlich das Letzte, was er jetzt brauchen konnte.

«Jo, hast du deinen Espresso ausgetrunken? Wir sollten nämlich jetzt schleunigst vom Dach verschwinden.»

«Was ist denn los?»

Das Sirren kam näher. Rasend schnell näher. Aber das war nicht das Sirren der Rotorblätter. Viel zu schnell.

In diesem Augenblick explodierte die finnische Sauna.

Keine Widerrede. Wenn sie das schon hörte. Ihr Leben lang hatte sie Widerworte gegeben. Das war ihre Spezialität. Aber vielleicht hatte Max Recht. Sie würden die Suche nach ihr nicht aufgeben. Außerdem war sie am Ende ihrer Kraft.

«Hör mir gut zu, Iris. Wir haben nicht viel Zeit. Dieser Pass hier gehört einem der holländischen Hippie-Mädchen.

Sie leiht ihn dir. Das Passfoto sieht dir halbwegs ähnlich. Wenn du sicher in Deutschland angekommen bist, schickst du ihn mit der Post zurück. Antonio nimmt dich jetzt mit. Ihr stoppt kurz in Lajares. Da wohnt Antonios Schwester. Sie gibt dir ein paar Sachen zum Anziehen. Dann setzt ihr in Corralejo mit der Autofähre nach Lanzarote über. Antonio fährt dich dort zum Flughafen Arrecife und wartet, bis du in der Maschine nach Deutschland sitzt. Hier ist das Geld für den Flug.»

Sie hatte noch nie Geld von einem Mann genommen, seit sie kein Kind mehr war. Sie ließ sich grundsätzlich nie in Restaurants einladen, sie zahlte immer selbst, und sie hatte noch nie in ihrem Leben Schulden gemacht.

Sie steckte das Geld und den Pass ein.

«Danke. Für alles.»

Erst als Antonio auf die Landstraße nach Lajares einbog, fiel ihr ein, dass sie vergessen hatte, ihn zum Abschied zu küssen.

Max wartete, bis Antonios Peugeot verschwunden war, dann ging er durch die Calle Requena zurück zu seinem Haus, was eigentlich nicht mehr sein Haus war, weil er es vor vier Tagen gekündigt und dem Vermieter den Schlüssel ausgehändigt hatte.

Vier Tage.

Nur vier Tage war das her.

Paco stand vor dem Taubenschlag auf seinem Dach und winkte aufgeregt. «Hast du schon gehört, *amigo*?»

«Was denn?»

«Ich hab's gerade im Fernsehen gehört. Ein Attentat auf den König. In Madrid. Ein Attentat auf Juan Carlos.»

«Was ist passiert?»

«Keine Ahnung. Der Nachrichtensprecher hatte noch

keine zwei Sätze gesagt, da hat dieses Mistding von Fernseher seinen Geist aufgegeben. Alles schwarz. Nichts. *Nada.*»

«Komm runter. Ich habe den Schlüssel von Antonios Bar.»

Aber auch der Fernseher in Antonios Bar blieb schwarz. Er prüfte das Radio. Nichts. Das Telefon. Tot. Max schlug das Herz bis zum Hals. Es ging also los. Paco nahm sich derweil ein kaltes Bier aus Antonios tadellos funktionierendem Kühlschrank.

«Paco, können deine Brieftauben eigentlich eine Nachricht transportieren?»

«Wohin?»

«Egal. Irgendwohin.»

«Meine Tauben natürlich nicht. Meine Tauben können nur eine Nachricht von woanders zu mir transportieren. Sie sind darauf geeicht, schnurstracks nach Hause zu fliegen. So funktioniert das mit den Brieftauben. Aber ...»

«Was aber?»

«Ich habe gerade ein paar fremde Brieftauben hier. Von einem Freund, der auf Gran Canaria wohnt. Wir tauschen uns immer aus. Damit die Tiere zwischen den Turnieren im Training bleiben.»

«Wie heißt dein Freund?»

«Pepe.»

«Ist er zuverlässig?»

«Natürlich!» Paco empfand die Frage als Beleidigung.

Max riss einen Zettel von dem Rechnungsblock auf der Theke und kritzelte ein paar Zeilen darauf:

PEPE: DIES IST EIN NOTFALL.
BITTE RUFE SOFORT DIE FOLGENDE TELEFONNUMMER AN, FRAGE NACH MIGUEL UND SAGE

WÖRTLICH: ES GEHT LOS. NICHT NUR IN
MADRID. AUCH AUF FUERTEVENTURA.
SCHAU HIN. DU HATTEST RECHT:
SIE SIND ÜBERALL.
MAX.

Darunter schrieb er Miguels Büronummer in der Redaktion von *El País* und gab den Zettel Paco. Der nickte und verschwand.

Paco war ein arbeitsscheuer Säufer, der zudem seine Frau nicht gut behandelt hatte, weshalb er jetzt alleine lebte. Aber er hatte seinen Ehrenkodex, und der besagte: Man hilft einander in der Not, ohne Fragen zu stellen. Deshalb war jetzt auf ihn Verlass.

Max öffnete die Kasse. Da lag sein Autoschlüssel. Neben dem Schlüssel für das Boot. Er verriegelte Antonios Bar und rannte die Gassen hinauf zu seinem R4.

«Du musst jetzt die Zähne zusammenbeißen. Nimm vorher noch einen kräftigen Schluck.»

Morian nahm noch einen Schluck aus der Brandyflasche und besah sich das Etikett.

«Nicht schlecht. Carlos Primero. Das ist der Anlass wohl wert. Ich hätte nie gedacht, eines Tages von einer finnischen Sauna niedergestreckt zu werden. Deine schöne Sauna. Wenn man gewusst hätte, was passiert, dann hättest du dir den Einbau des neuen Ofens heute Morgen sparen können.»

Jedenfalls hatte er seinen Humor noch nicht verloren. Hurl band den Oberschenkel oberhalb der Wunde mit seinem Gürtel ab. Dann zog er ohne weitere Vorwarnung den zwanzig Zentimeter langen, keilförmigen Holzsplitter mit einem kräftigen Ruck aus Morians Oberschenkel. Ein Schwall Blut tränkte die Hose.

«Zum Glück wurde die Aorta nicht getroffen, mein Freund.»

Aber das hörte Morian schon nicht mehr. Er hatte auf der Stelle das Bewusstsein verloren.

Hurl öffnete den Erste-Hilfe-Kasten, riss Morians Hosenbein auf, legte einen Druckverband an, löste den Gürtel und bettete Morians Kopf auf einen Stapel gefalteter Handtücher.

Dann robbte er hinaus auf die Terrasse, bis zur Brüstung, um sich einen Überblick zu verschaffen.

Die Transporthubschrauber waren tatsächlich auf den Tennisplätzen gelandet. Deshalb mussten die Netze vorher verschwinden. Sie hatten also Helfer im Hotel.

Die Soldaten trugen schwarze Kampfanzüge. Ihre Gesichter waren unter Palästinenser-Tüchern und hinter Sonnenbrillen versteckt. Halb nackte Menschen flüchteten schreiend durch den Palmengarten. Sie schrien vor Angst. Andere lagen auf dem Rasen und schrien vor Schmerzen. Dort unten, im Park rund um den Pool des Hotels, fand ein Massaker statt.

Die beiden Kampfhubschrauber setzten soeben zur Landung auf dem Dach an, gegen den Wind, am Ende des Nordflügels, etwa achtzig Meter entfernt. Wie gefährliche, auf gigantische Größe mutierte Insekten schwebten die beiden Apache-Hubschrauber noch einen Meter über dem Dach und suchten nach der richtigen Position zwischen den zahllosen Belüftungsschächten, die wie Kamine aus dem Flachdach ragten, als jemand aus dem vorderen Hubschrauber sprang und in geduckter Haltung unter den Rotorblättern weglief.

Der Luftwirbel riss ihm das Palästinenser-Tuch vom Kopf.

Aleksandar.

Was für eine alberne Maskerade. Hatten sie tatsächlich vor, der Welt einen islamistischen Anschlag vorzugaukeln? Glaubten sie tatsächlich, die Welt würde ihnen das abkaufen?

Aleksandar hatte eine Maschinenpistole geschultert. Er marschierte auf das Penthouse zu. Hurl kroch rückwärts zurück ins Studio. Der brennende Holzscheit, der einmal die Sauna gewesen war, gab ihm Deckung. Er suchte nach einer Waffe. Sein Gewehr lag im Kofferraum des Mustang. Er griff sich eine Langhantel und entfernte die Gewichte. Er zog Morian zur Wand links neben der Tür. Dann suchte sich Hurl ein geeignetes Versteck.

Nicht das geringste Geräusch kündigte sein Kommen an. Plötzlich stand Aleksandar in der Tür, als sei er aus dem Fußboden gewachsen. Die Maschinenpistole im Anschlag, den Finger gekrümmt. Im Spiegel an der Wand gegenüber registrierte er den Mann, der links neben der Tür in seinem Blut auf dem Boden lag. Dann registrierte er den Verband am Oberschenkel. Und wusste, dass der bewusstlos am Boden liegende Mann nicht alleine war. Aleksandar war eine aufs Töten abgerichtete Kampfmaschine, die für diese Beobachtung und die einzig richtige Schlussfolgerung nur den Bruchteil einer Sekunde benötigte.

Zu lange.

Hinter ihm brach Hurl aus dem Spind im Flur und rammte ihm die Hantelstange ins Kreuz. Die Maschinenpistole fiel zu Boden. Aleksandar wirbelte herum und zog in der Drehung seine 9-Millimeter-Luger aus dem Gürtelholster. Die Hantelstange krachte auf sein Handgelenk, die

Luger schlidderte über das Parkett. Sein Gesicht zeigte keinen Schmerz, nur pure Aggression.

«Hallo, Aleksandar. Lange nicht gesehen.»

Ihm dämmerte, wen er vor sich hatte. Die Irritation verzögerte seine Reflexe um genau jene Sekunde, die über Leben und Tod entschied. Wer leben durfte, wer sterben musste. Zum ersten Mal in seinem Leben traf Aleksandar diese Entscheidung nicht selbst. Die Hantelstange brach sein Nasenbein. Der vierte Schlag beendete sein Leben.

Hurl kniete nieder und untersuchte Aleksandars Taschen. Keine Papiere. Ein winziges Funkgerät in der Brusttasche.

Plötzlich beschlich ihn eine vage Ahnung, was Max mit Kette und Netzwerk und diesem Kram gemeint haben könnte.

Aleksandar war nur ein fehlendes Glied in der Kette.

Hurl schaltete das Funkgerät ein.

«An alle. Aleksandar ist tot. Ich wiederhole: Aleksandar ist tot.»

Max hetzte den jaulenden R4 durch die Malpaís-Felder hinab in Richtung Corralejo. Das *Tres Islas*. Iris hatte ihm von der Kommandozentrale im Keller der Villa Winter erzählt und was dort auf der Großbildleinwand zu sehen war. Das Hotel. Und noch ein Gebäude, das sie nicht erkannt hatte. Sie hatten irgendetwas mit dem *Tres Islas* vor.

Am Ortsrand von Corralejo bog er auf die Küstenstraße nach Süden ab. Der Wind kam vom Meer und zerrte an dem Wagen. In der ersten Kurve rutschte der R4 über den Sand und geriet ins Schlingern. Vorsicht, Max, Vorsicht.

Hinter der nächsten Kurve war die Fahrt zu Ende. Stau. Zuckende Blaulichter. Grün-weiß lackierte Jeeps mit dem

Fascis-Wappen, Panzerwagen der Fremdenlegion, Gardisten in grünen Uniformen und Legionäre in khakifarbenen Kampfanzügen, die Maschinenpistolen im Anschlag. Die Guardia Civil hatte die Küstenstraße komplett gesperrt. In der Ferne sah er das einsam in den Dünen gelegene sechsstöckige Hotelgebäude.

Eine Rauchsäule stieg vom Dach auf.

Zwei Zivilgardisten steuerten auf ihn zu, beschleunigten ihre Schritte. Keine Chance. Dann gab es nur noch eine Möglichkeit. Max legte den Rückwärtsgang ein, gab Vollgas, wendete nach hundert Metern und hetzte den R4 zurück nach Norden.

Kurz vor Corralejo bog er nach Südwesten ab.

Nach La Oliva.

Hurl steckte das Funkgerät und das Messer ein, hängte sich die Maschinenpistole um den Hals und schulterte den immer noch bewusstlosen Morian. Sie konnten nicht auf dem Dach bleiben. Dort saßen sie wie in einem Käfig, zusammen mit zwei Exemplaren des besten Kampfhubschraubers der Welt in Sichtweite, die bisher erst eine einzige ihrer ferngesteuerten Raketen abgefeuert hatten.

Den Aufzug zu nehmen war zu riskant. Hurl nahm die Treppe. Morian war noch schwerer, als er vermutet hatte.

Im zweiten Stock hielt er inne. Schritte auf der Treppe, von unten, das Knallen von Kampfstiefeln auf den marmornen Stufen. Hurl bog in den Südflügel ab. Der dicke Teppichboden in dem achtzig Meter langen Flur schluckte jedes Geräusch.

Zimmertüren links und rechts. Verschlossen. Am Ende des Flures gab es zwar einen von innen zu öffnenden Notausgang, aber dahinter eine enge Wendeltreppe. Das schaffte er mit Morian nie. Sie würden minutenlang eine Zielscheibe abgeben.

Zimmer 225. Ein verlassener Putzwagen. Die Tür stand offen. Ein Doppelzimmer. Leer. Das Bett frisch gemacht. Das Zimmer bereits hergerichtet für neue Gäste. Hurl schob Morian unter das Bett und richtete die Tagesdecke wieder sorgfältig her. Dann ging er in die Hocke, öffnete die gläserne Balkontür und warf einen Blick über die Brüstung.

Das Schreien hatte aufgehört. Über dem Park lag eine tödliche Stille. Offenbar hatten sie die Überlebenden in die Lobby des Hotels gedrängt und hielten sie dort in Schach, als Geiseln.

Oder sie hatten längst alle erschossen.

Im Park waren nur noch vier Söldner zu sehen. Auf den Tennisplätzen. Sie bewachten die Transporthubschrauber. Sie mussten sich ihrer Sache sehr sicher sein. Nur vier Soldaten für die Außenverteidigung. Sie mussten das sichere Gefühl haben, dass in nächster Zeit kein Angriff von außen zu erwarten war. Vermutlich durchkämmten die Terroristen gerade die einzelnen Stockwerke, jedes einzelne Zimmer, und trieben die Hotelgäste zusammen, in der Lobby, im Speisesaal, im Keller, wo auch immer.

Die Pergola.

Er könnte es schaffen, mit etwas Glück. Die Pergola verlief entlang der gesamten Gebäudefront und spendete den Außenterrassen der Hotelbar, des Cafés und des Restaurants im Erdgeschoss Schatten. Das Dach der Pergola etwa drei Meter unter ihm war eine Gitterfläche aus massivem Tropenholz.

Hurl schätzte die Entfernung auf 140 Meter.

140 Meter bis zur Fluchttreppe, bis zu der eisernen Wendeltreppe an der Kopfwand des Nordflügels, die ihn

auf kürzestem Wege hinauf zu den Apache-Hubschraubern bringen würde.

Hurl wartete, bis er sicher war, dass keiner der Wachposten im Park in seine Richtung schaute. Dann sprang er über die Brüstung des Balkons in die Tiefe.

Er rannte, so schnell er konnte, aufrecht, ohne jede Deckung, darauf konzentriert, nicht in die Löcher zwischen den Holzlatten zu treten. Nach 140 Metern schwang er sich über das Geländer der Nottreppe. Die eisernen Stufen verwandelten seine Schritte in einen Trommelwirbel. Egal. Er hatte keine Zeit zu verlieren. Auf jedem Stockwerk konnte plötzlich die Tür des Noteingangs aufgestoßen werden. Egal. Im fünften Stock verlangsamte er sein Tempo, dämpfte seine Schritte, hielt die Maschinenpistole im Anschlag, senkrecht nach oben, lehnte sich dabei weit über das Geländer, um nicht von den eigenen Querschlägern getroffen zu werden, wenn er schießen müsste. Er hatte keine Ahnung, was ihn oben auf dem Dach erwartete.

Nichts. Außer den beiden Kampfhubschraubern, die nebeneinander mit dem Heck zu ihm standen. Die Motoren abgeschaltet. Er stellte die Maschinenpistole auf Einzelfeuer und robbte vorwärts, Zentimeter für Zentimeter.

Er konnte nur ihre Beine sehen. Die beiden Piloten standen nebeneinander vor der Schnauze des linken der beiden Kampfhubschrauber. Sie unterhielten sich gedämpft. In seiner Muttersprache. Landsleute. Das waren keine islamischen Terroristen. Das waren Amerikaner, die für Geld den Job machten, den sie gelernt hatten.

Sie waren vernünftig. Nachdem Hurl ihnen deutlich gemacht hatte, dass er nicht zögern würde, sie zu töten. Hurl stand dicht hinter ihnen, hielt dem einen Aleksandars Messer an die Kehle und dem anderen den kurzen Lauf der Maschinenpistole durch das aufgeklappte Visier seines Helms. Sie gaben auf. Sie waren nicht bereit, für eine Idee zu sterben. Auch nicht für Geld.

Hurl schnitt die Gurte von den Sitzen. Fünf Minuten später lagen sie gefesselt unter ihren Hubschraubern. Hurl ging nach hinten und trat einmal kräftig gegen den Heckrotor. Die beiden gefesselten Piloten stöhnten auf. Sie wussten, was das Geräusch zu bedeuten hatte. Dann nahm Hurl sich das Heck des zweiten Hubschraubers vor. So einfach waren tödliche Hightech-Waffen mitunter auszuschalten und in einen nutzlosen Haufen Schrott zu verwandeln. Die Unwucht in den Heckrotoren sorgte dafür, dass die Apache-Hubschrauber nur noch im Kreis fliegen konnten.

Hurl zog Aleksandars Funkgerät aus der Brusttasche.

«An alle. Die Apaches sind außer Gefecht. Flugunfähig. Die beiden Sea Stallions haben also ab sofort keine Rückendeckung mehr. Konsequenz: Operation abbrechen. Ich wiederhole: Operation sofort abbrechen.»

Die Kette hatte soeben zwei weitere Glieder verloren.

Die Kette war keine Kette mehr.

Hurl sah sich um. Er hatte keine Ahnung, ob sein Plan aufging. Er hatte nur die Hoffnung, dass sie sich von der Firmenzentrale neue Order holen würden. Und dass die Firmenzentrale Kosten, Nutzen und Risiko zwischenbilanzieren würde.

Er hatte keine Ahnung, was er jetzt noch tun konnte.

Aber es wurde höchste Zeit, wieder vom Dach zu verschwinden.

Außerdem musste er nach Morian sehen.

«Was soll das heißen?» Don Felipe war außer sich vor Zorn. Der Mann am anderen Ende der Leitung trieb ihn mit seinem Gleichmut zur Weißglut. Die sanfte Stimme. Die geschäftsmäßige, wohl kalkulierte Wortwahl, als handele es sich um ein leider, leider geplatztes Börsengeschäft an der Wall Street.

Gregor. So hatte er sich vorgestellt. Kein Nachname. Einfach nur Gregor, Administrativ-Direktor der Firma in Belgrad, der Aleksandar als Operativ-Direktor vorstand.

«Sie wollen doch nicht etwa sagen, dass Sie die Operation abbrechen wollen?»

«Sir, wir haben die Operation bereits abgebrochen. Schauen Sie bitte in den Vertrag, Sir. Sie haben die Vertragsbedingungen nicht erfüllt. Ihre Informationen waren falsch. Sie haben garantiert, dass wir auf keinerlei Widerstand stoßen würden. Irrtum. Wir sind auf schweren militärischen Widerstand gestoßen. Eine erfolgreiche Operation hätte unter diesen Umständen ganz anders vorbereitet werden müssen. Aufwendigere Ausrüstung. Mehr Personal. Laut Vertrag hätte der Kern der Operation nicht länger als eine halbe Stunde in Anspruch nehmen dürfen. Nicht länger, als Madrid braucht, um sich vom Schock des Attentats auf den König zu erholen und festzustellen, dass die lokalen Sicherheitskräfte auf der Insel, Guardia Civil und Fremdenlegion, korrumpiert wurden. 30 Minuten. Wir waren aber schon bei 45 Minuten. Außerdem gab es Sturmwarnung. Außerdem wurden die Apache-Hubschrauber außer Gefecht gesetzt. Außerdem ...»

«Und was sagt Aleksandar dazu?»

«Aleksandar ist tot.»

Schweigen.

«Marqués?»

«Und was ist mit den Zündkörpern? Haben Sie die Zündkörper noch rechtzeitig zünden können? Wir hatten doch vereinbart, dass Sie das gesamte Hotel ...»

«Natürlich nicht. Jegliche weitere Kollateralschäden waren zu diesem Zeitpunkt nicht zielführend. Die Transporthubschrauber sind längst schon wieder auf dem Rückflug nach Marokko. Sie müssten jeden Augenblick in Tarfaya eintreffen. Die Zündkörper sind an Bord. Das Material ist teuer. Gutes Material ist immer teuer. Wir behalten das Material, sozusagen als Rückvergütung.»

«Und Madrid? Was ist mit Madrid?»

«Nicht unser Fehler. Wir haben die Bombe exakt nach Ihren Vorgaben gezündet. Werfen Sie einen Blick in den Vertrag. Ihr Plan hat leider nicht alle Eventualitäten einberechnet. So würde ich nun vorschlagen, Ihr Einverständnis vorausgesetzt, wir betrachten den Vertrag einfach als null und nichtig. Mit Verlaub, Sir: Das Ganze war doch wohl sowieso eine Schnapsidee.»

Don Felipe legte auf.

Nie wieder würde er mit Leuten arbeiten, die für Geld kämpften. Er brauchte in Zukunft überzeugte Gesinnungsgenossen. Aber nicht nur alte Männer mit Geld. Sondern junge Männer, mutig und stark, leidensfähig und skrupellos, die bereit waren, für eine Idee zu sterben. Für die Ehre, und für Gott.

So wie die Al-Qaida-Kämpfer.

Einen Augenblick spielte er mit dem Gedanken, sich zu erschießen. Nur einen Augenblick.

Nein. Er würde noch gebraucht. Draußen vor der Küste wartete der argentinische Frachter.

Mit quietschenden Reifen stoppte der R4 vor dem Tor der Kaserne. Max Maifeld sprang aus dem Wagen, öffnete die Heckklappe und nahm das Radkreuz aus dem Kofferraum.

«Hier können Sie nicht parken», herrschte ihn der Zivilgardist an, der sich vor der geschlossenen Schranke aufgebaut hatte.

Weiter kam er nicht.

Max kannte den Weg.

Die Fensterläden waren verschlossen. Der Ventilator an der Decke war abgeschaltet. Capitán Pedro Calvo Moreno saß hinter seinem Schreibtisch. Die Uniform saß tadellos. Er trug sogar seine Dienstmütze. Nur sein Gesicht wirkte wie versteinert, seltsam wächsern im schwachen Schein der Schreibtischlampe. Er hatte den Telefonhörer noch in der Hand. Er legte ihn zurück auf die Gabel. Dann öffnete er die Schublade vor sich.

«Guten Tag, Capitán. Heute hatte Patricia Omorigie Geburtstag. Ich will von Ihnen wissen, warum sie an ihrem 28. Geburtstag sterben musste. Warum? Antworten Sie gefälligst, oder ich schlage Ihnen den Schädel ein! Warum musste Jakob Glück in Amsterdam sterben? Und warum mussten ...»

Der Capitán antwortete nicht. Er sah durch ihn hindurch. Er nahm seine Dienstpistole aus der Schublade.

«Was ist, Capitán? Wollen Sie mich erschießen? Nur zu. Auf einen Mord mehr oder weniger kommt es jetzt nicht mehr an.»

Nein. Darauf kam es nicht mehr an.

Capitán Pedro Calvo Moreno öffnete seine Lippen, schob sich den Lauf tief in den Mund, spannte den Hahn und drückte ab.

Miguel druckte sich die Meldung aus, die er soeben auf seinem Monitor gelesen hatte. Er nahm sie aus dem Drucker, lehnte sich in seinem Schreibtischsessel zurück, nahm einen Schluck Kaffee und dachte nach. Die Meldung stammte von der spanischen Nachrichtenagentur EFE. In deren Regionalbüro in Sevilla war zeitgleich mit den Anschlägen in Madrid und auf Fuerteventura ein Bekennerschreiben eingegangen. Eine bisher unbekannte Organisation namens «Söhne Allahs» übernahm die Verantwortung für die Anschläge und forderte im Austausch für die in Geiselhaft genommenen Gäste des *Tres Islas* die sofortige Freilassung aller inhaftierten afghanischen, irakischen und palästinensischen Gotteskrieger. Bei Zuwiderhandlung werde man das gesamte Hotel in die Luft sprengen.

Vor wenigen Minuten hatte ihn ein völlig betrunkener Brieftaubenzüchter aus Gran Canaria angerufen und schöne Grüße von Paco und Max bestellt. Der Mann war nicht mehr in der Lage, auch nur zwei zusammenhängende Sätze verständlich zu formulieren. Wirres Zeug. Miguel kannte keinen Paco.

Aber er kannte Max lange genug.

Das Attentat auf den König war fehlgeschlagen. Wie durch ein Wunder. Juan Carlos hatte eine international beachtete Ausstellung mit bisher unbekannten, verschollenen Goya-Gemälden im *Museo del Prado* eröffnet. Die Bombe war im Motorraum seines Wagens deponiert worden und hatte, als der König das Gebäude wieder verließ, den Chauffeur sowie zwei seiner Leibwächter in Stücke gerissen. Niemand wusste eine Erklärung, wie die Bombe in den Wagen gelangen konnte.

Der König wäre tot, hätte sich nicht ein kleines Mädchen unter den zahlreichen Schaulustigen, die den Kiesweg vom Säulenportal bis zur Straße säumten, von der Hand seiner Mutter losgerissen. Sie durchbrach problemlos den Sicherheitskordon, ohne sich bücken zu müssen, sie nahm ihre Beine in die Hand und flitzte, so schnell sie konnte, quer über den frisch gestutzten Rasen, sie baute sich vor dem König auf, der seine Bodyguards mit einer Handbewegung anwies, sie in Ruhe zu lassen, und schenkte ihm eine Rose. Der König war sichtlich gerührt, und die Pressefotografen und Kameraleute kamen nach einem bis dahin eher unergiebigen Termin doch noch auf ihre Kosten.

Das Bild des Tages.

Dachten sie.

Das Bild des Tages gab es dreißig Sekunden später.

Miguel goss sich den nächsten Kaffee in seine Tasse. Er trank zu viel Kaffee. Sein Magen machte das nicht mehr mit.

Wie würden die Wähler in Deutschland wohl reagieren, wenn da jemand käme, der ihnen verspräche, gleich nach der Bundestagswahl alle Türken aus dem Land zu werfen, die Strafgesetze gegen Drogenhändler und Kinderschänder zu verschärfen und außerdem Hartz IV wieder abzuschaffen?

Miguel setzte sich vor dem Monitor zurecht und hämmerte seine Version der Geschichte in die Tasten.

Er hätte sich die Arbeit erspart, wenn er da schon gewusst hätte, dass sie niemals gedruckt wurde.

Das ist reine Spekulation, befand die Chefredaktion zwei Stunden später. Wo sind die Quellen? Wo ist die Gegenrecherche? Die Geschichte glaubt uns doch niemand. Auf den König wurde ein Attentat verübt. Sie wissen, was das bedeutet, Miguel. Jetzt muss das Land ganz eng zusammenrücken.

Max Maifeld stoppte den R4 auf dem Pass und stieg aus. Der Sturm trieb ihm den Sand in die Augen und riss wütend an seinem Hemd. Die Brandung brüllte ihm ins Ohr: zu spät, zu spät, zu spät. Er nahm das Fernglas vom Beifahrersitz.

Der argentinische Frachter am Horizont nahm Kurs Südsüdwest.

Auf den Wellen, die auf die Küste zurollten, tanzte ein herrenloses Schlauchboot.

Dann zitterte die Erde.

Die Explosion übertönte selbst die Brandung.

Einmal, zweimal, dreimal.

Als sich der Rauch verzog, war die Villa Winter verschwunden.

Donnerstag, 13. März

Deutsche Presseagentur dpa _ 1700 _Vierte Zusammenfassung (enthält neue Details / politische Stellungnahmen) _ Weitere Zusammenfassung folgt 2100 _ Korr bis 2230:
«… fordert die spanische Regierung geeignete Maßnahmen der EU, um religiös motivierte islamische Straftäter, die sich in Europa aufhalten, wesentlich

früher zu identifizieren und dingfest zu machen. Erste Gespräche Madrids mit Berlin, Paris und London wurden bereits vereinbart. Ferner soll das von der EU finanzierte Auffanglager Calamocarro in der spanischen Enklave Ceuta in Nordmarokko ausgebaut und erweitert werden. Derzeit werde das Schengener Abkommen in Brüssel erneut auf den Prüfstand gestellt. Die französische Regierung denke darüber nach, das Kopftuchverbot um ein Verbot sämtlicher Koranschulen und islamischer Kulturzentren zu erweitern, hieß es aus Paris.

Der US-Präsident bekundete in einem Kondolenzschreiben nach Berlin und Madrid sein tief empfundenes Mitgefühl für die Terroropfer und deren Angehörige und versicherte den Menschen in Europa die uneingeschränkte Solidarität des amerikanischen Volkes bei der Bekämpfung des Terrorismus.

Bei dem Attentat auf den spanischen König Juan Carlos vor dem weltberühmten Prado-Museum waren am Mittwoch ein Chauffeur und zwei Leibwächter des Königs ums Leben gekommen. Bei dem Attentat auf das Palace Hotel Tres Islas auf der kanarischen Urlaubsinsel Fuerteventura starben 14 vorwiegend deutsche Touristen sowie vier Hotelbedienstete. 32 weitere Menschen wurden zum Teil

schwer verletzt. Insgesamt sollen sich in dem Hotel im Nordosten der Insel zum Zeitpunkt der Geiselnahme mehr als 400 Menschen befunden haben. Eine genaue Zahl ist noch nicht festgestellt, weil bei dem Terrorangriff die Büroräume im Erdgeschoss des Gebäudes völlig verwüstet wurden.
Terror-Experten des amerikanischen Geheimdienstes CIA hegen inzwischen keine Zweifel mehr an der Echtheit des an eine spanische Nachrichtenagentur gesandten Bekennerschreibens, auch wenn eine islamistische Organisation namens «Söhne Allahs» bisher noch nicht in Erscheinung getreten war. Die spanische Regierung nahm ihre ursprünglich geäußerte Vermutung, es handele sich bei den Attentaten um Anschläge der baskischen ETA, inzwischen zurück. Sie hatte sich dabei zunächst auf erste Erkenntnisse der in dem Fall ermittelnden paramilitärischen Anti-Terror-Polizei Guardia Civil verlassen.
Bei einer ersten Durchsuchung des sechsstöckigen Gebäudes wurden im Untergeschoss Vorbereitungen für eine Sprengung des Hotels vorgefunden. Aus welchem Grund die Terroristen auf die in ihrem Bekennerschreiben angedrohte Sprengung verzichteten und nach einer Dreiviertelstunde überraschend die

Geiselnahme beendeten, war zunächst nicht bekannt. Mehrere Kabinettsmitglieder in Madrid nannten als Grund die unbeugsame, kompromisslose Haltung der spanischen Regierung gegenüber den Geiselnehmern. Man habe sich konsequent geweigert, mit den Gangstern zu verhandeln, hieß es. Auf diese Weise habe man die Sprengung des Hotels und damit den sicheren Tod mehrerer hundert Menschen erfolgreich verhindert. Die Terroristen hätten schließlich eingesehen, dass ihre Aktion keinerlei Aussicht auf Erfolg habe, hieß es in einer offiziellen Erklärung des Regierungssprechers. Die Opposition im Madrider Parlament hingegen beklagte erneut die ihrer Ansicht nach grundsätzlich zu laxe Haltung der Regierung gegenüber radikalen Islamisten im Land.
Ob die Explosion eines seit Jahrzehnten leer stehenden Wohngebäudes im Süden der Insel Fuerteventura im Zusammenhang zu den Anschlägen steht, ist derzeit noch nicht bekannt. Die Guardia Civil ermittelt. In einem ehemaligen Kellerraum des völlig zerstörten Gebäudes hat man die verkohlte Leiche eines vermutlich älteren Mannes gefunden, der mit Handschellen an das Metallgestell eines Bettes gekettet war. Offenbar wurde vor der Explosion ein Brandbeschleuniger

benutzt und entzündet. Die Identität der Leiche konnte noch nicht festgestellt werden ...»

Freitag, 14. März

Josef Morian nahm die Fernbedienung vom Nachttisch und schaltete den Fernseher aus. Er konnte das sich endlos im Kreis drehende Gewäsch der Politiker nicht mehr ertragen. Jeder Hinterbänkler im Bundestag produzierte sich inzwischen als Islam-Kenner und Anti-Terror-Experte. Er neigte den Kopf zur Seite und sah aus dem Fenster. Nicht zu fassen. Der Himmel über dem Rheinland war blau. Kein Regen mehr. Keine einzige Wolke. Er schlug den *Bonner General-Anzeiger* auf. Vorletzte Seite. Die Wetterkarte. Tatsächlich. Sonnig, 20 Grad, mindestens bis Montag. Und er lag im Krankenhaus.

Die Schläuche der Infusion, die in seinem Körper verschwanden, nervten beim Umblättern. Titelseite. Spanien natürlich. Außerdem: Tschetschenische Terroristen zündeten eine Bombe in einem Moskauer Nachtclub. Sieben Tote. Afghanische Taliban-Anhänger zündeten eine Bombe in Kabul. Zwei deutsche Soldaten der Bundeswehr werden schwer verletzt, einer wird sein restliches Leben im Rollstuhl verbringen, hieß es. Irakische Terroristen töteten in Bagdad vier ausländische Geiseln. Tod durch den

Strang. Zwei französische Journalisten und zwei türkische Geschäftsleute. Jetzt brachten sich die Moslems also schon gegenseitig um. Anführer der Terror-Gruppe soll ein Jordanier sein. Sie hatten die Ermordung der vier Geiseln auf Videoband aufgezeichnet und ins Internet gestellt.

«Sie sollen sich doch ausruhen, Herr Morian», sagte Schwester Inga streng. Er hatte sie nicht kommen gehört. Er hörte sie nie kommen. Schwester Inga kontrollierte die beiden an einem Gestänge neben seinem Bett hängenden Flaschen, deren Inhalt seit mehr als 24 Stunden in seinen Körper sickerte. Er hatte keine Ahnung, was in den Flaschen drin war. Er wollte es auch nicht wissen. Er wollte nur raus aus dem Krankenhaus. Frühling. Draußen, vor dem Johannes-Hospital, rumpelte die Straßenbahn über den Wilhelmsplatz.

«Sie sollten jetzt wirklich etwas schlafen», sagte sie noch einmal streng, bevor sie auf leisen Sohlen das Zimmer verließ.

Seite drei. Spanien natürlich. Ein Foto vom Prado; jenem Gebäude, das Iris Cronenberg außer dem *Hotel Tres Islas* auf den Projektionsschirmen in der unterirdischen Kommandozentrale der Villa Winter gesehen und nicht erkannt hatte.

Morian schlug den Lokalteil auf.

Und hielt den Atem an.

Doris.

Riesengroß.

Das Foto musste mindestens zwanzig Jahre alt sein. Sie mit Heinz, auf dem Bundespresseball. Wunderschön in ihrem Kleid. Sie strahlte in die Kamera.

Die Tür ging auf. Morian klappte rasch die Zeitung zu. Aber es war nicht Schwester Inga.

«Hallo, Chef. Du machst ja Sachen. Kann man dich denn nicht mal alleine in Urlaub schicken?»

Antonia Dix.

Sie schälte den Strauß gelber Tulpen aus dem Zellophan, stellte die Blumen in die hässliche Vase, die sie sich schon auf dem Weg zu ihm im Schwesternzimmer organisiert und mit Wasser gefüllt hatte, warf ihre monströse lederne Kampfjacke auf das unbenutzte Nachbarbett, zog einen Stuhl heran, setzte sich verkehrt herum darauf, wie damals, als er sie zum ersten Mal sah, in seinem Büro, auf seinem Stuhl, vor seinem Computer. Sie stützte ihre Arme auf die Rückenlehne und grinste ihn erwartungsfroh an.

«Nu erzähl mal, Chef. Das Rote Kreuz hat dich mit einem Lear Jet rausgeflogen, erzählt der Präsident überall. Wie schick. Bist du ADAC-Mitglied?»

«Ich habe nicht viel mitbekommen von dem Flug. Und hier haben sie mich gleich in den OP-Saal geschoben. Das war weniger schick. Aber jetzt geht's wieder einigermaßen.»

«Noch Schmerzen?»

«Zum Aushalten.»

«Und deine Freunde?»

«Hurl und Max? Alles in Ordnung. Sie haben sich übrigens entschieden, zurück nach Köln zu ziehen. Dann wirst du sie sicher mal kennen lernen. Hurl ist schon auf dem Weg. Er rief eben vom Flughafen Köln/Bonn an. Max macht vorher noch einen Abstecher nach Marokko. Hurl sagte nur, Max müsse dort noch einen Freund namens Harald besuchen. Das sei er ihm schuldig.»

«Schön, wenn man gute Freunde hat.»

Morian antwortete nicht. Antonia hatte vollkommen Recht. Es gab nichts Wichtigeres auf der Welt als gute

Freunde. Nur hatten Hurls Worte am Telefon so geklungen, als wäre dieser Harald, wer das auch immer sein mochte, nicht unbedingt erfreut über den Besuch.

Antonia Dix riss ihn aus seinen Gedanken. «Deine Frau hat übrigens bei mir angerufen. Im Präsidium.»

«Was wollte sie?»

«Wissen, wie es dir geht.»

«Ich habe Telefon hier am Bett.»

«Ja. Aber sie wusste nicht, dass man dich rausgeflogen hat und in welchem Krankenhaus du liegst.»

Antonia Dix wechselte schnell das Thema und deutete auf den *General-Anzeiger*. «Hast du schon Zeitung gelesen, Chef?»

«Ich war gerade dabei, als du kamst.»

«Es war gar nicht so schwer. Ich hatte mich einfach mal in Ruhe hingesetzt und Revue passieren lassen, was ich auf der Polizeischule und anschließend im KK 22 über Fallanalysen gelernt hatte. Dann habe ich vorsichtshalber meinen alten Dozenten angerufen, um mich zu vergewissern, dass ich mit meiner Spekulation nicht völlig danebenlag.»

«Die Fledermaus war der Überzeugung, Doris Lewandowski, also eine Frau wäre nicht in der Lage ...»

«Eine Frau vielleicht nicht. Aber zwei Frauen.»

«Wie meinst du das?»

«Alles schön der Reihe nach, Chef. Ich habe die Tat noch mal Revue passieren lassen. Wenn professionelle Killer morden, im Auftrag der russischen Mafia beispielsweise, dann gibt es erfahrungsgemäß zwei Möglichkeiten, mit zwei unterschiedlichen Zielen: Entweder jemand soll liquidiert werden, weil er bei etwas im Weg steht und stört. Dann bringt man ihn um, und die Sache ist erledigt. Man erschießt ihn in seinem Wagen, oder man schlägt ihm in seinem Bett den Schädel ein. Ende. Auftrag erledigt. Oder aber man will ein Zeichen setzen, mit der Hinrichtung eine Warnung aussprechen, schaut her, das passiert mit Verrätern. Aber dann wirft man das Opfer nicht mit Steinen beschwert in einen See. Denn wäre die Wurzel nicht gewesen, die Lewandowskis freien Fall kurz vor dem Ziel unfreiwillig stoppte, dann wäre die Leiche doch auf Nimmerwiedersehen im Dornheckensee verschwunden. Außerdem passte der Modus Operandi des zweiten Mordes nicht ins Bild. Der bestialische Mord an der Geliebten, an Eva Gering. Scheinbar ohne Sinn und Zweck. Alles zusammen ließ nur einen Schluss zu: Es waren keine Profis am Werk, und das Motiv hieß nicht Geld, sondern Rache. Wer aber könnte den Waffenhändler Heinz Lewandowski ebenso abgrundtief hassen wie diese kleine, liebenswürdige Fußpflegerin namens Eva Gering, die wahrscheinlich in ihrem Leben noch keine einzige Fliege erschlagen hatte? Na? Wer wohl?»

Morian hatte keine Lust, wie ein dummer Schüler auf eine rein rhetorische Frage zu antworten. Er fühlte sich unwohl in seiner Haut. Er ahnte, dass ihn sein Unterbewusstsein aufs Glatteis geführt hatte, ihm die ganze Zeit verboten hatte, das Naheliegende zu denken. Die simple Wahrheit.

«Manchmal ist das Leben so banal. Mein Profiler-Dozent an der Polizeischule hat immer gesagt, Antonia, die ganze Welt dreht sich um drei Dinge: Sex, Macht und Geld. Und weil das so ist, sind dies auch die gängigen Schlüsselmotive für Morde. Sexuelle Frustration ist ein erstaunlich starkes Motiv. Ich habe mir zunächst die eindeutig schwächere Figur in dem Spiel vorgeknöpft. Es war dann überraschend einfach. Weil ich aus meiner Hypothese eine Tatsachenbehauptung machte. *No risk, no fun.* Ich fuhr also in diese schrecklich trostlose Siedlung namens Brüser Berg, klingelte an der Tür dieser schrecklich langweiligen, sterilen Wohnung, die du ja auch von innen gesehen hast, ließ mir von dieser schrecklich farblosen Frau einen schrecklich dünnen grauen Kaffee machen und sagte zu Gisela Meurer: Frau Meurer, Sie waren nicht nur Heinz Lewandowskis langjährige Sekretärin, sondern sie waren auch seine langjährige Geliebte. Da fiel sie um. Sie gestand alles. Als sei sie erleichtert und dankbar, endlich darüber reden zu dürfen. Der Rest war Routine.»

Die Tür wurde geöffnet, und Hurl musste sich bücken, um sich nicht den Kopf am Rahmen zu stoßen. Er beugte sich über das Krankenbett und umarmte Morian, dann drückte er ihm einen Strauß gelber Tulpen in die Hand.

«Hurl, das ist übrigens Antonia Dix. Antonia, das ist Hurl. Habt ihr euch mit den Blumen abgesprochen? Oder gab's die im Krankenhaus-Kiosk im Sonderangebot?»

Hurl drückte Antonia die Hand und sah ihr dabei so intensiv in die Augen, dass Antonia fürchtete, er würde bis auf den Grund ihrer Seele blicken.

«Hurl, Antonia erzählt mir gerade, was so alles passiert ist in meinem Urlaub.»

«Lasst euch nicht stören. Ich habe Zeit.»

Er setzte sich abseits auf den zweiten Besucherstuhl, der unter ihm wirkte wie ein Hocker für Zwerge. Antonia war beeindruckt. Und blieb es für die restliche Dauer ihres Vortrags.

«Wo waren wir stehen geblieben, Chef? Ach ja. Gisela Meurer war übrigens schon seine gelegentliche Geliebte, noch bevor Lewandowski seine spätere Frau anbaggerte. Lewandowski ließ nie etwas anbrennen. Die drei eben genannten Triebfedern Sex, Macht und Geld waren sein Lebenselixier. Nur spielte seine Sekretärin natürlich nie die

Hauptrolle in seinem Film. Dafür war sie zu alt und zu langweilig. Zu Weihnachten und zum Geburtstag bekam sie ein kleines Präsent, eine Schachtel Pralinen oder eine Flasche Cognac, und etwa einmal im Monat, mal häufiger, mal seltener, je nach Lewandowskis Lust und Laune, durfte sie durch ihn fühlen, dass sie eine Frau war und nicht nur die mütterliche Sekretärin. Gisela Meurer hatte nie einen anderen Mann in ihrem Leben. Als Doris Lewandowski Jahre später davon erfuhr, behielt sie es für sich. All die anderen blutjungen Gespielinnen, Amateurinnen wie Professionelle, waren eine viel größere Gefahr. Aber Gisela Meurer bedeutete durch ihr Alter und ihr Aussehen nie eine ernsthafte Konkurrenz für Doris Lewandowski und ihren Jugendwahn. Kannst du mir so weit folgen, Chef?»

«Kein Problem. Erzähl weiter.»

«Dann aber tauchte Eva Gering auf. Und plötzlich war alles anders. Heinz Lewandowski verlor die Kontrolle. Vielleicht zum ersten Mal in seinem Leben. Eigentlich passte die Fußpflegerin mit ihrem schlichten Gemüt so gar nicht in Doris Lewandowskis Konkurrenzschema: Sie war viel zu klein, viel zu dick, viel zu unsportlich, viel zu ungebildet und viel zu schlecht angezogen. Ein kleiner Bauerntrampel. Allerdings drückte sie bei Heinz Lewandowski wohl die richtigen Knöpfe und gab ihm das Gefühl, der tollste und begehrenswerteste Mann der Welt zu sein. Mal ehrlich, Chef: Welcher Mann kann da widerstehen?»

Die Frage war an Morian gerichtet, aber sie fixierte dabei Hurl, bevor sie weitersprach:

«Jedenfalls verließ Heinz Lewandowski mit fliegenden Fahnen sein bisheriges Leben, und Doris Lewandowski drehte durch. Schließlich entwickelte sie einen teuflischen Plan. Sie kontaktierte Gisela Meurer, lud sie häufiger zu sich ein, zum Essen, zum Reden, leistete ihr Gesellschaft, nahm sie mit ins Theater, zu Vernissagen, erschlich ihr Vertrauen und machte ihr schließlich weis, Heinz Lewandowski plane, seine Firma zu schließen und sich als Privatier mit seiner Geliebten auf eine mallorquinische Finca zurückzuziehen. Ich habe keine Ahnung, ob das tatsächlich stimmte. Einige Vorgänge in den vernichteten Geschäftsakten sprechen dafür. Mit dem Kette-Geschäft, den Hubschraubern, wollte Lewandowski noch einmal groß absahnen. Ist ihm ja auch gelungen. Jedenfalls verwandelte sich Gisela Meurers Leben schlagartig in einen großen Scherbenhaufen. Denn dieser Job war ihr Leben. Sie hatte sonst nichts, sie kannte sonst nichts. Keine Hobbys, keine Freunde, keinen Liebhaber. Damit hatte Doris Lewandowski sie so weit.»

«Und wie haben die beiden es dann geschafft, ihn zum Dornheckensee zu locken?»

«Du wirst es nicht für möglich halten: mit der Aussicht auf ein sexuelles Abenteuer. Sie wussten doch ganz genau, wo das kleine, dicke, perverse Schweinchen zu packen war. Daran hatte sich durch Eva Gering nichts geändert. Wo war er zu packen? An seinem Schwanz natürlich.»

Einen Moment war sie erschreckt über ihre Wortwahl. Ein rascher, kontrollierender Blick. Aber Hurl guckte so teilnahmslos aus der Wäsche, als ob sie übers Wetter redete.

«Sie tauchten gemeinsam in seinem Büro auf. Sie hatten sich mächtig in Schale geworfen. Richtig scharfe Fummel. Doris Lewandowski hatte Gisela Meurer vorher noch extra ausstaffiert, weil die so etwas natürlich nicht in ihrem Kleiderschrank hängen hat. Bei Fräulein Meurer gibt's nur so praktische, pflegeleichte, bequeme Klamotten und Schuhe. Na, du hast sie ja erlebt. Sie ziehen also vor seinem Schreibtisch ihre kleine Modenschau ab. Er sei ihnen zum Abschied noch eine letzte aufregende Stunde schuldig, gurrten sie. Zu dritt. Das sei ja wohl das Mindeste. Sie verbanden ihm die Augen, fesselten seine Hände, raunten ihm schlüpfrige Dinge ins Ohr. Sie lotsten ihn zum Aufzug, fuhren gemeinsam runter in die Tiefgarage, setzten ihn auf die Rückbank seines Mercedes, Gisela Meurer setzte sich ans Steuer, Doris Lewandowski folgte in ihrem eigenen Wagen. Sie fuhren das kurze Stück bis zum Wald, führten ihn zur Klippe, hielten ihn zwischendurch bei Laune, du weißt, was ich meine, hängten die vorbereitete russische Einkaufstasche mit den Steinen an den Strick, dann erst lösten sie seine Augenbinde. Sie wollten, dass er im letzten Moment noch begriff, was mit ihm passieren würde. Dass er sterben würde.»

«Und Eva Gering?»

«Um die hat sich Doris Lewandowski anschließend alleine gekümmert. Übrigens mit der Waffe ihres Mannes, die sie aus seiner Schreibtischschublade im Büro mitgenommen hatte. Er lebte immer mit der Angst, überraschend Besuch zu bekommen. Von verärgerter Kundschaft. Kein Wunder. Gisela Meurer weigerte sich mitzufahren. Sagt sie. Ich glaube ihr. Ich glaube, sie hatte ihre Tat in diesem Augenblick schon bereut. Als sie den lustvollen Hass in Doris Lewandowskis Augen bemerkte, als die sich auf den Weg zum Jagdhaus machte. Die Rachlust. Die Tatwaffe haben wir inzwischen gefunden. Im Wald. Doris Lewandowski hatte sie einfach auf der Rückfahrt vom Jagdhaus aus dem Seitenfenster geschleudert.»

«Hat sie gestanden?»

«Nach vier Stunden. Das war wirklich harte Arbeit, Chef. Vier Stunden hatten wir sie im Präsidium in der Mangel. Gut, dass ich die beiden Kollegen von der Drogenfahndung ausgeliehen bekommen hatte. Die verstehen sich auf das Spiel. Und einer Frau gegenüber hätte sich Doris Lewandowski niemals offenbart. Ich glaube, sie hasst Frauen. Alle Frauen. Deshalb musste Eva Gering auch viel länger leiden als ihr Heinz. Das Messer. Die aufgesetzten Schüsse. Dieser Sadismus. Unglaublich.»

«Das hast du sehr gut gemacht, Antonia.» Morian wollte nichts mehr hören über eine sadistische Frau, die er einmal geliebt hatte. Und der er auf den Leim gegangen war.

«Danke.» Sie strahlte. «Übrigens hat sich der Präsident schnell wieder beruhigt. Eigentlich hatten wir ja gar nichts mehr mit dem Fall zu tun, weil das BKA übernommen hatte. Ich musste also mit dem schlimmsten Donnerwetter rechnen. Aber der Präsident hat einen Anruf vom Innenminister persönlich bekommen, und der hat ihn für die schnelle Aufklärung des Falls gelobt. Das gefiel dem Präsidenten natürlich ausgesprochen gut. Und die Politiker sind natürlich heilfroh, dass es die frustrierte Ehefrau war. Eine gewöhnliche Beziehungstat. Und kein Aufsehen erregender politischer Mord an einem schmierigen deutschen Waffenhändler, der garantiert für ein lästiges Medienecho gesorgt hätte. Aber für mich war es auch viel einfacher, den Fall aufzuklären, als es für dich gewesen wäre.»

«Wieso?» Vor dieser Bemerkung hatte sich Morian schon die ganze Zeit gefürchtet.

«Weil ... du musstest in die Falle tappen, die Doris Lewandowski dir gestellt hatte. Nachdem die Nachricht vom Tod ihres Mannes wie ein Lauffeuer durch Oberkassel gegangen war, nachdem ihr Plan dank einer Wurzel und eines Belgischen Schäferhundes nicht in Perfektion aufgegangen war. Sie musste etwas umdisponieren. Und improvisieren. Sie wusste, dass dein Unterbewusstsein jeden Strohhalm ergreifen würde, der auf einen anderen Täter als auf sie hinweist. Und sie hat dem Leiter der Bonner Mordkommission eine Menge Strohhalme hingehalten, damit der was zu kauen hatte: die russische Einkaufstasche, die Lewandowski selbst mal von einer Geschäftsreise nach Moskau mitgebracht hatte und die immer in seinem Büro herumlag, war noch Zufall, aber brachte sie anschließend erst auf die Idee. Die Dokumente über eine geheimnisvolle politische Organisation in seinem Safe als Strohhalm für Josef Morian kamen da wie gerufen ...»

«... die schon vernichtet waren!»

«Ja. Sehr clever. Wir haben bei der Durchsuchung von Gisela Meurers Wohnung in der Küchenschublade einen interessanten Zeitungsartikel gefunden. Den hatte sie sich ausgeschnitten. Da wird die neueste Technik des Bundeskriminalamtes zur Rekonstruktion geschredderter Stasi-Akten beschrieben. Doris Lewandowski wusste also ganz genau, wie sie deine Neugierde weckt und dich auf eine falsche Spur bringt. Die Kette.»

Die Kette. Was wäre eigentlich aus den 400 Menschen im Hotel Tres Islas geworden, wenn er Doris Lewandowskis falscher Fährte nicht gefolgt wäre?

Antonia stand auf und nahm ihre Jacke. «So. Ich lasse euch mal alleine. Ich muss ja noch den Mordfall Kucera lösen.»

«Den was?» Morian war mit seinen Gedanken längst woanders.

«Na, den Baseballschläger-Fall. Der erschlagene Obdachlose. Gute Besserung. Bis bald, Chef.»

Sie zwinkerte Hurl zu und verließ das Zimmer. Sie

fühlte sich leicht und unbeschwert. Sie hatte ihren ersten großen Fall gelöst. Ganz alleine. Kriminalkommissarin Antonia Dix, Bonner Mordkommission. Sie verzichtete auf den Lift und hüpfte die Treppen hinunter, immer zwei Stufen auf einmal. Binnen zwei Wochen. Tatsächlich. Heute war Freitag. Heute vor zwei Wochen wurde Lewandowskis Leiche im See gefunden.

Fall gelöst. Zwei Geständnisse.

Das sollte ihr erst mal einer nachmachen.

Sie hatte eine Knolle.

Sie ließ den Zettel unter dem Scheibenwischer fröhlich im Wind flattern, während sie dem Mini die Sporen gab. Vielleicht sollte sie Morian und seine beiden Freunde mal zu sich zum Essen einladen. Könnte doch nett werden. Sie öffnete das Schiebedach und genoss den Fahrtwind. Vielleicht sollte sie diesen Hurl fragen, ob er Lust hätte, mal mit ihr zum Sparring in den Kickbox-Ring zu steigen.

Oder ins Bett.

Böses Mädchen.

Sie lachte und fuhr bei Gelb über die Ampel.

Frühling. Endlich Frühling.

Nein, sie würde jetzt nicht mehr ins Büro zurückfahren. Sie würde für heute Feierabend machen.

Nein, nicht nur für heute. Bis Montag.

Wochenende. Ein freies Wochenende.

Vielleicht sollte sie heute Abend ihr Buch in die Ecke feuern und lieber mal nachschauen, ob er immer noch an der Theke stand und geduldig auf sie wartete.

Ihr Traumprinz.